LAÇOS QUE PERDURAM

NICHOLAS SPARKS

LAÇOS QUE PERDURAM

Tradução de Saul Barata

FICHA TÉCNICA

Título original: *The Guardian*
Autor: *Nicholas Sparks*

Tradução: *Saul Barata*
Capa: © *Getty Images/Imageone com arranjo gráfico de Ana Espadinha*
Fotocomposição, impressão e acabamento: *Multitipo — Artes Gráficas, Lda.*
1.ª edição, Lisboa, Maio, 2003
2.ª edição, Lisboa, Maio, 2003
3.ª edição, Lisboa, Junho, 2003
4.ª edição, Lisboa, Julho, 2003
Depósito legal n.º 198 137/03

EDITORIAL PRESENÇA
Estrada das Palmeiras, 59
Queluz de Baixo
2745-578 BARCARENA
Email: info@editpresenca.pt
Internet: http://www.editpresenca.pt

Dedicado a Larry Kirshbaum e a Maureen Egen
Pessoas maravilhosas, uma maravilha de amigos

AGRADECIMENTOS

Os agradecimentos não fariam sentido se não começasse por me mostrar grato a Cathy, minha esposa há quase catorze anos. É a pessoa mais amorosa que conheço e amo-a mais do que ela alguma vez poderia imaginar.

E nenhum livro ficaria completo sem agradecer à malta nova. Miles, Ryan, Landon, Lexie e Savannah podem ser uma multidão, mas não deixam de ser uma fonte de alegria sem fim. A minha vida não estaria completa sem eles.

Theresa Park, de Sanford Greenburger Associates, também merece os meus agradecimentos. A Theresa não é apenas minha agente e gestora dos meus assuntos, é também um génio e um ouvido sempre disponível. É ainda uma das minhas amigas mais queridas. Custa a crer que tenhamos sete romances à nossa conta, até agora; espero que consigamos muitos mais no futuro.

Jamie Raab, o meu editor, é, falando em termos simples, o melhor que existe em toda a indústria, e este livro, mais do que qualquer outro, exigiu a sua orientação paciente. Sem ele, nunca teria conseguido levar este romance até ao fim e devo dizer que é uma honra trabalhar com uma pessoa tão competente e tão amável como o Jamie.

Denise DiNovi, produtora de *As Palavras Que Nunca Te Direi* e de *Um Momento Inesquecível*, tornou-se uma das pessoas mais importantes da minha vida. Devo-lhe grande parte da transformação da minha vida para melhor. Não sei se conseguirei pagar-lhe quanto lhe devo.

Julie Barer, agente na Sanford Greensburger, revelou uma tal simpatia que, estando de férias, se dispôs a ler o manuscrito e a apresentar sugestões. Nunca poderei agradecer-lhe tudo o que fez por mim e espero que a principal personagem feminina seja do seu agrado.

Howie Sanders e Richard Green, meus agentes para a indústria cinematográfica na UTA, também merecem a minha gratidão pelo seu trabalho, não só neste projecto mas também em todos os meus romances. No seu mister, são os melhores.

Scott Shwimer, meu advogado, não só é fabuloso no que faz, é também um amigo que torna o meu trabalho muito mais fácil. Obrigado por estares sempre do meu lado.

Dave Park, o meu agente de televisão na UTA, tem-me guiado com toda a paciência através do mundo intrincado da televisão, e merece a minha gratidão por todo o trabalho com o romance *Corações em Silêncio*.

Lorenzo de Bonaventura e Courtenay Valenti, da Warner Brothers, Lynn Harris, da New Line Cinema, Mark Johnson, Hunt Lowry e Ed Gaylord II, o trabalho com todos eles foi fantástico e merecem a minha gratidão.

Jennifer Romanello, Emi Battaglia, Edna Farley, na publicidade, o coordenador John Aherne e Flag, todos ajudaram a que a minha carreira chegasse aonde está. Obrigado a todos.

E, finalmente, agradeço a Todd Robinson por ter trabalhado com tanta diligência na série televisiva. Tive a sorte de conseguir fazer equipa com ele.

PRÓLOGO

NOITE DE NATAL, 1998

Exactamente quarenta dias depois de ter pegado na mão do marido pela última vez, Julie Barenson encontrava-se sentada defronte da janela, a olhar as ruas calmas de Swansboro. Estava frio: havia uma semana que o céu se apresentava carrancudo e a chuva batia docemente de encontro à vidraça da janela. As árvores estavam despidas de folhas, com os galhos grossos encurvados como dedos atacados de artrite.

Sabia que o Jim gostaria que ela ouvisse música numa noite como aquela; como música de fundo, ouvia-se a voz de Bing Crosby a cantar «White Christmas». Tinha montado a árvore de Natal para ele, embora, quando se decidiu a fazê-lo, a época das festas estivesse já tão adiantada que as únicas árvores disponíveis estavam ressequidas e com a caruma a cair, abandonadas para quem as quisesse junto da parede do supermercado. Não tinha importância. Nem mesmo depois de terminada a decoração da árvore conseguiu reunir energia suficiente para se preocupar. Desde que o tumor do cérebro tinha finalmente reclamado a vida de Jim, Julie tinha dificuldade em sentir fosse o que fosse.

Estava viúva, aos 25 anos, e odiava tudo o que a palavra significava. Resolvera nunca a incluir nas suas conversas. Se lhe perguntavam como é que estava a passar, limitava-se a encolher os ombros. Mas, por vezes, apenas em certas situações, sentia necessidade de responder. Apetecia-lhe perguntar: «Quer saber o que senti por ter perdido o meu marido? Olhe, vou contar-lhe como é.»

«Jim morreu e, agora que já cá não está, sinto que também estou morta.»

Seria isso, magicava Julie, o que as pessoas gostariam de ouvir? Ou quereriam apenas ouvir banalidades? «Estou bem. É difícil, mas vou ultrapassar isto. Obrigada pelo seu cuidado.» Seria capaz, supunha, de fazer a rábula da mulher corajosa sempre que quisesse, mas nunca entrou nisso. Era bem mais fácil, além de mais honesto, limitar-se a encolher os ombros e a ficar calada.

Afinal, parecia-lhe que jamais voltaria a sentir-se bem. Em metade do tempo, não pensava conseguir aguentar até ao fim do dia, parecia-lhe que estava a ir-se abaixo. Especialmente numa noite como aquela.

Na claridade reflectida pelas luzes da árvore de Natal, Julie pousou a mão na janela, sentindo a dureza fria do vidro contra a pele.

Mabel tinha-a convidado para jantar e passar a noite de Natal com ela, mas declinara o convite. E Mike e Emma tinham feito a mesma coisa, mas também a eles respondera com a recusa. Todos tinham compreendido. Ou, talvez, estivessem a fingir que compreendiam, pois era óbvio que todos os amigos achavam que ela não devia estar só. Talvez tivessem razão. Na casa, tudo o que via, e todos os cheiros, lhe recordavam o Jim. As roupas dele ocupavam metade do guarda-fatos, a máquina de barbear continuava junto da saboneteira da casa de banho, o último número da *Sports Illustrated* chegara na véspera pelo correio. Ainda havia duas garrafas de *Heineken*, a sua cerveja preferida, no frigorífico. Ao princípio da tarde, quando reparara nelas, tinha murmurado para si própria que aquelas nunca seriam bebidas pelo Jim, mas fechara a porta de imediato e deixara-se ficar encostada ao frigorífico, a chorar durante uma hora.

Mergulhada nos seus pensamentos, Julie não estava a dar atenção ao que se passava do lado de fora da janela, mas apercebeu-se do que lhe pareceu ser a pancada surda de um ramo contra a parede. O bater era persistente, sempre igual, e decorreu algum tempo até perceber que se tinha enganado a respeito do ramo.

Alguém estava a bater à porta.

Levantou-se, com movimentos lentos. À porta, parou para passar a mão pelos cabelos, a compor-se. Se fosse um dos seus amigos a querer saber notícias, não gostaria que pensasse que ela estava a precisar de alguém para lhe fazer companhia durante algum tempo. Contudo, ao abrir a porta, ficou surpreendida por deparar com um jovem que envergava um impermeável amarelo. Nas mãos, transportava uma grande caixa embrulhada.

— Mrs. Barenson? — perguntou.

— Sou eu mesma.

O estranho deu um passo hesitante. — Mandaram-me vir entregar-lhe isto.

— O meu pai diz que é importante.

— O seu pai?

— Ele quis ter a certeza de que receberia a encomenda esta noite.

— E eu conheço o seu pai?

— Isso não sei. Mas ele insistiu bastante. É uma prenda de alguém.

— De quem?

— O meu pai disse que compreenderia logo que a abrisse. Mas não a balance e mantenha este lado para cima.

Antes que Julie o pudesse impedir, o jovem colocou-lhe a caixa nas mãos e rodou sobre os calcanhares para ir-se embora.

— Espere — exclamou Julie —, não estou a perceber.

O jovem olhou-a por cima do ombro e despediu-se: — Bom Natal!

Julie ficou especada à porta, a vê-lo saltar para a cabina da carrinha. Entrou em casa e colocou a caixa no chão, em frente da árvore, e ajoelhou-se junto dela. Uma olhada rápida confirmou a inexistência de um cartão ou de qualquer outra indicação acerca da pessoa que enviara o presente. Desapertou a fita, levantou a tampa da caixa e deu consigo a olhar, sem conseguir proferir palavra sobre a prenda que acabava de receber.

Era uma coisa minúscula, leve e coberta de pêlo espesso; estava a um canto da caixa, sentado sobre os quartos traseiros, tão feio como o mais feio dos cachorros que alguma vez tinha visto. A cabeça era grande, desproporcionada em relação ao resto do corpo. Gania baixinho e olhava para ela com olhos ramelosos.

Alguém, pensou, tinha resolvido oferecer-lhe um cachorro. Um cachorro bem feio.

Preso com fita no interior da caixa, havia um sobrescrito. Ao estender a mão para o apanhar, reconheceu a caligrafia e imobilizou--se. Não, pensou, não pode ser...

Tinha visto aquela caligrafia nas cartas de amor que ele lhe escrevera nos aniversários, em mensagens garatujadas à pressa enquanto ele atendia o telefone, no trabalho que ele acumulava sobre a secretária. Manteve o sobrescrito diante dos olhos, lendo o seu nome, uma e outra vez. Depois, com mãos trémulas, tirou a carta do sobrescrito. Os olhos desviaram-se para as palavras escritas no canto superior esquerdo.

Querida Jules,

Era o diminutivo que Jim sempre usara ao falar com ela e Julie fechou os olhos, parecendo-lhe que, repentinamente, encolhera dentro da própria pele. Forçou-se a respirar fundo e recomeçou.

Querida Jules,

Sei que, se chegares a ler esta carta, isso significa que deixei este mundo. Não sei há quanto tempo terá sido, mas espero que tenhas começado a ultrapassar o desgosto. Sei quanto me seria difícil se fosse eu a estar nessa situação, mas também sabes que sempre te considerei a mais forte de nós os dois.

Como vês, comprei-te um cão. Harold Kuphaldt já era amigo do meu pai e desde miúdo que o conheço como criador de cães de raça dinamarquesa. Nos meus tempos de criança sempre desejei ter um, mas a mamã nunca o consentiu porque a casa era demasiado pequena. São cães grandes, sem dúvida mas Harold garante que são os mais meigos do mundo. Cão ou cadela, espero que te agrade.

Julgo que, lá bem no fundo, nunca acreditei que conseguisse safar-me. Não queria, porém, pensar no assunto porque sabia que não tinhas ninguém para te ajudar numa situação como aquela em que estás agora. Refiro-me a pessoas de família. Saber que ias ficar sozinha partia-me o coração. Como não sabia o que fazer, arranjei maneira de te dar este cão.

É claro que, se não te agradar, não és obrigada a ficar com ele. Harold disse que o aceitava de volta, sem problemas de qualquer tipo. (O número do telefone dele deve estar algures na caixa.)

Espero que estejas bem. Foi sempre o que mais me preocupou, desde o início da doença. Amo-te Jules, amo-te de verdade. Depois de te conhecer tornei-me o homem mais feliz deste mundo. Desesperava ao pensar que nunca mais voltarias a ser feliz. Por isso, faz-me esse favor, volta a ser feliz, por mim. Procura alguém que te faça feliz. Talvez seja difícil, podes pensar que não é possível, mas gostaria que tentasses. O mundo torna-se um lugar bem mais alegre sempre que tu sorris.

E não te preocupes. Esteja onde estiver, nunca te perderei de vista. Meu amor, serei o teu anjo da guarda. Podes contar comigo para te proteger.

Amo-te,
Jim

Através das lágrimas, Julie espreitou para dentro da caixa e pegou no animal. O cachorro aninhou-se na mão dela. Levantou-o e manteve-o perto da cara. Era minúsculo e ela sentia-lhe os ossos das costelas quando ele tremia.

Era realmente uma coisa feia, pensou. E cresceria até ficar do tamanho de um cavalo pequeno. Que diabo é que ela faria com um cão daqueles?

Gostaria de saber porque é que o Jim não lhe tinha escolhido um *schnauzer* em miniatura e com pequenos bigodes cinzentos, ou um *cocker spaniel* de olhos redondos e tristes. Algo de manejável. Um animal bonito, que de vez em quando se aninhasse no seu colo.

O cachorro, um macho, começou a ganir, um lamento esganiçado que aumentava e diminuía, como se fosse o eco do apito de um comboio longínquo.

— Chiu... está tudo bem — murmurou Julie —, não te faço mal...

Continuou a falar em voz baixa com o cachorro, deixando que ele se habituasse ao som da sua voz, enquanto ela própria procurava habituar-se à ideia de que Jim fizera tudo pelo bem dela. O cachorro continuou a ganir, como se acompanhasse o ritmo da alta fidelidade, e Julie fez-lhe festas por debaixo da queixada.

— Estás a cantar para mim? — perguntou, pela primeira vez a sorrir com doçura. — É o que parece, sabes?

Por momentos, o cão deixou de ganir e levantou a cabeça na direcção dela, olhando-a fixamente. Depois, recomeçou a ganir, embora, desta vez, parecesse menos assustado.

— *Singer** — murmurou Julie. — Acho que vou chamar-te *Singer*.

---

* Cantor. *(NT)*

UM

QUATRO ANOS DEPOIS

Nos quatro anos passados após a morte de Jim, Julie Barenson tinha conseguido encontrar maneira de começar uma nova vida. Os dois primeiros anos tinham sido difíceis e solitários, mas o tempo acabara por exercer o seu poder mágico sobre ela, tornando a perda menos dura de suportar. Embora amasse Jim e soubesse que esse amor ocuparia sempre um espaço dentro de si, a dor não era agora tão forte como tinha sido no início. Recordava-se das lágrimas e do vazio que sentira na sua vida depois que Jim partira, mas, agora, a dor dilacerante desses dias era apenas uma recordação. Quatro anos depois, quando pensava em Jim, recordava-se dele com um sorriso, agradecida por ele ter feito parte da sua vida.

Também lhe estava agradecida pelo *Singer*. Ao oferecer-lhe o cão, Jim tomara uma decisão acertada. De certa forma, *Singer* tornou-lhe possível continuar a viver.

Mas, de momento, deitada na cama numa manhã do princípio da Primavera, em Swansboro, Carolina do Norte, Julie não pensava no apoio fantástico que o *Singer* representara durante os últimos quatro anos. Em vez disso, e enquanto fazia enormes esforços para conseguir respirar, maldizia a sua vida, pensando não lhe ser possível acreditar que podia morrer daquela maneira tão estúpida.

Esmagada na cama pelo seu próprio cão.

Com o *Singer* esparramado por cima dela, esmagando-a contra o colchão, imaginou-se inerte, com os lábios a ficarem roxos por falta de oxigénio.

— Levanta-te, cão preguiçoso — sibilou. — Estás a sufocar-me.

A ressonar pesadamente, *Singer* não a ouvia e Julie começou a contorcer-se, tentando acordá-lo. A sufocar por debaixo do peso do cão, Julie sentia-se como se tivesse sido enrolada numa manta e atirada para um lago, segundo o estilo da Mafia.

— Estou a falar a sério — conseguiu dizer —, não posso respirar.

Singer acabou por levantar a cabeçorra e pestanejou na direcção dela, ainda meio a dormir. «Que algazarra é esta», parecia perguntar. «Não vês que estou apenas a descansar um bocado?»

— Salta daqui! — gritou Julie.

Singer bocejou, encostando o nariz frio à cara dela.

— Pois, pois, bom dia — disse Julie com dificuldade. — Agora salta.

Com isto, finalmente, *Singer* resfolegou e sentiu que tinha pernas, amassando ainda mais algumas partes do corpo de Julie na tentativa de se levantar. Para cima. Para cima. Mais para cima, ainda. Momentos depois, lá no alto, com um pingo de baba a escorrer-lhe da boca, parecia a imagem de um desses filmes de terror feitos em série. «Meu Deus», pensou ela, «o cão é imenso. Já devia estar habituada à ideia.» Julie inspirou profundamente e levantou os olhos para ele, de cenho franzido.

— Quem é que te disse que podias dormir na minha cama? — perguntou.

Habitualmente, *Singer* dormia num dos cantos do quarto. Contudo, nas duas últimas noites saltara para a cama, para o pé dela. Ou, melhor dizendo, para cima dela. Cão maluco.

Singer baixou a cabeça e lambeu-lhe a cara.

— Não, não estás perdoado — repreendeu Julie, repelindo-o. — Nem penses que vais safar-te desta. Podias ter-me matado. Tens quase o dobro do meu peso, percebes? Agora salta da cama.

Antes de saltar para o chão, *Singer* ganiu como uma criança amuada. Julie sentou-se na cama, cheia de dores nas costelas, e olhou para o relógio, a pensar que eram horas de se levantar. Ela e o cão espreguiçaram-se ao mesmo tempo e Julie acabou por afastar os cobertores para um lado.

— Anda daí — mandou —, vou deixar-te sair antes de ir para o duche. Mas não vais outra vez farejar os caixotes do lixo dos vizinhos. Eles deixaram-me uma mensagem muito desagradável no gravador.

Singer olhou para ela.

— Já sei, já sei — concordou —, é apenas lixo. Mas há pessoas muito esquisitas com essas coisas.

O cão saiu do quarto e dirigiu-se para a porta da frente. Julie aconchegou os ombros ao segui-lo, fechando os olhos por um momento. Grande asneira. Ao sair da cama bateu com o dedo grande do pé contra a cómoda. Através da perna, a dor passou do pé para todo o corpo. Depois do grito inicial, saiu-lhe uma série de pragas, em que os palavrões se permutavam para dar lugar a combinações maravilhosas. Envolvida pelo pijama cor-de-rosa, só com um pé assente no chão, tinha a certeza de se parecer com a coelhinha do anúncio das pilhas *Energizer*. *Singer* limitou-se a lançar-lhe um olhar que parecia querer dizer: «Qual é agora o problema? Arrancaste-me da cama, recordas-te? Então, o melhor é sairmos daqui. Tenho que fazer, lá fora.»

Ela gemeu. — Não estás a ver que me magoei aqui?

Singer bocejou de novo e Julie esfregou o dedo, antes de seguir, a coxear, atrás dele.

— Obrigada pela ajuda. Numa emergência, és completamente inútil.

Segundos mais tarde, depois de ter pisado o dedo magoado de Julie — ela ficou convencida de que o cão a pisou de propósito —, *Singer* dirigiu-se para a porta e saiu. Em vez de seguir para o lado dos caixotes do lixo, *Singer* correu para um espaço arborizado que bordejava o muro da propriedade de Julie. Ficou a ver o cão fazer oscilar o corpo maciço para um lado e para o outro, como que a assegurar-se de que, desde o dia anterior, ninguém tinha plantado mais árvores ou arbustos por ali. Todos os cães gostam de delimitar os seus territórios, mas *Singer* parecia crer que, se conseguisse encontrar bastantes lugares para se aliviar, poderia vir a ser coroado *Rei dos Cães* de todo o mundo. Se não tivesse outra virtude, o passeio deixava-a livre do cão durante algum tempo.

Um pequeno favor que tinha de agradecer aos deuses, pensou Julie. Nos últimos dois dias, o cão estava a pô-la maluca. Seguia-a para todo o lado, recusando-se a perdê-la de vista nem que fosse só por um ou dois minutos, excepto quando ela o deixava sair de casa. Nem conseguia tratar da louça sem tropeçar no cão uma dúzia de vezes. A situação piorava à noite. Na noite anterior passara uma hora a uivar, embora, de vez em quando, resolvesse ladrar, situação que a tinha levado a fantasiar acerca do que devia fazer: comprar uma casota de cão à prova de som ou uma espingarda de caça aos elefantes.

Não que o comportamento de *Singer* alguma vez tivesse sido... como dizer, comum. Tirando a mania de urinar contra tudo, o cão sempre agira como se pensasse que era humano. Recusava-se a comer numa malga para cães, nunca precisara de trela e sempre que Julie se sentava a ver televisão, subia para o sofá e ficava a olhar para o ecrã. E quando Julie falava com ele — ou melhor, sempre que alguém falava com ele — *Singer* ficava a olhar a pessoa intensamente, de cabeça inclinada para um dos lados, como se estivesse a perceber a conversa. E, pelo menos em metade das ocasiões, parecia perceber o que ela lhe dizia. Podia dizer o que lhe apetecesse, dar-lhe a ordem mais absurda, que *Singer* apressava-se a cumpri-la. «Podes ir buscar a minha mala ao quarto?» Momentos depois, *Singer* aparecia a trote, com a mala pendurada nos dentes. «Podes ir desligar a luz do quarto?» O cão erguia-se sobre as patas traseiras e carregava no interruptor com o nariz. «Põe esta lata de sopa na despensa, está bem?» O animal apanhava a lata com os dentes e colocava-a na prateleira. É certo que havia cães que tinham sido treinados para fazer esse tipo de coisas, mas não como este. E, além disso, *Singer* não recebera qualquer treino. Pelo menos não fora sujeito a nada que se pudesse considerar um treino. Tudo o que era preciso era mostrar-lhe uma vez como se fazia. Era um mistério para as outras pessoas, mas fazia que Julie se sentisse uma espécie de Dr. Dolittle, uma situação que lhe agradava.

Mesmo que tivesse de usar frases completas com o *Singer*, tivesse discussões com ele e lhe pedisse conselho uma vez por outra.

Mas, alto lá! Dizia para si mesma que a situação não tinha nada de estranho. Ou teria? Estavam juntos desde a morte do Jim, só os dois e, durante a maior parte do tempo, *Singer* era muito boa companhia.

Todavia, tinha começado a agir de forma estranha logo que ela recomeçara a aceitar convites para sair, além de não ter gostado de nenhum dos homens que lhe tinham aparecido à porta durante os últimos meses. Julie já esperava algo do género. Desde os dias de cachorro pequeno, *Singer* habituara-se a ladrar a todos os homens que via pela primeira vez. Julie costumava pensar que o animal possuía um sexto sentido que lhe permitia distinguir os bons tipos dos homens que ela devia evitar, mas ultimamente começara a mudar de ideias. Agora não conseguia deixar de pensar que *Singer* não passava de uma versão, grande e peluda, do típico namorado ciumento.

Aquilo estava a tornar-se um problema. Decidiu que ela e o cão precisavam de ter uma conversa a sério. *Singer* não pretendia que ela ficasse sozinha, pois não? Não, é claro que não. Talvez precisasse de algum tempo para se habituar à presença de outra pessoa em casa, mas acabaria por entender. Com o tempo, acabaria provavelmente por se sentir feliz por ela. Mas Julie dava tratos aos miolos a tentar descobrir qual seria a melhor maneira de lhe explicar tudo aquilo.

Parou por momentos, a ponderar a questão, antes de se aperceber da implicação do que estava a pensar.

«Explicar-lhe tudo aquilo?», pensou, «meu Deus, estou a ficar maluca.»

Dirigiu-se a coxear para a casa de banho, tinha de se preparar para ir trabalhar e, pelo caminho, começou a libertar-se do pijama. Ficou encostada ao lavatório, a ver-se reflectida no espelho. «Olha para isto», pensou, «tenho 29 anos e estou a rebentar pelas costuras.» Doíam-lhe as costelas sempre que respirava, o dedo grande do pé latejava, o espelho não estava a ajudar nada. Durante o dia, o cabelo era comprido e liso mas, depois de uma noite deitada na cama, parecia ter sido atacado por uma legião de pequenos gnomos das almofadas, armados de escovas. O penteado estava uma desgraça, com o cabelo todo eriçado, «em atitude de defesa» como Jim costumava dizer. O rímel tinha escorrido pelas faces. A ponta do nariz mostrava-se avermelhada e os olhos verdes estavam inchados por causa do pólen próprio da época primaveril, mas um duche ajudaria a pôr tudo no sítio, não era?

Bem, talvez não ajudasse, quanto às alergias. Abriu o armário dos remédios e tomou um *Claritin*, antes de nova olhadela para o espelho, na esperança de ver qualquer melhoria súbita.

Bolas!

Pensou que, afinal, talvez não tivesse de se esforçar muito para desencorajar o Bob. Havia um ano que cortava o cabelo ao Bob ou, melhor, aquilo que restava do cabelo. Dois meses antes, Bob tinha finalmente arranjado coragem para a convidar a sair com ele. Não era exactamente o homem mais bonito do mundo — a ficar calvo, cara redonda, olhos demasiado juntos, barriga que começava a notar-se — mas era solteiro e bem-sucedido, e Julie não saía com um homem desde a morte de Jim. Pareceu-lhe uma boa maneira de voltar a molhar os pés no mundo dos namoricos. Errado. Havia uma razão para o estado de solteiro de Bob. O homem não era apenas uma desgraça quanto ao aspecto físico: foi tão enfadonho durante o jantar que até as pessoas das mesas à volta lançaram olhares de piedade na direcção dela. A contabilidade era o seu tópico preferido de conversação. Não mostrou interesse por mais nada: por ela, pela ementa, pelo tempo, pelo desporto, nem pelo vestido preto curto que ela levava. A vida resumia-se à contabilidade. Durante três horas, ouviu a lengalenga do Bob sobre deduções e distribuições de lucros, depreciações e planos de poupança. Para o final do jantar, quando ele se debruçou sobre a mesa e lhe confidenciou que conhecia «pessoas muito importantes do IRS», os olhos de Julie estavam tão vidrados como uma dúzia de *donuts*.

Não será preciso dizer que, na realidade, Bob passou um serão maravilhoso. Depois daquele jantar, telefonava três vezes por semana para perguntar «se podiam juntar-se para uma segunda consulta, eh, eh, eh». Era persistente, sem dúvida. Fastidioso como o diabo, mas persistente.

Houve também Ross, o segundo homem com quem saiu. Ross era médico. Ross, o rapaz bonito. Ross, o pervertido. Uma saída com ele era suficiente, muito obrigada e até à vista.

E não podia esquecer-se do velho Adam. Gabava-se de trabalhar para bem do país, afirmava gostar do que fazia. Não passava de um tipo comum, dizia.

Tinha descoberto que Adam trabalhava nos esgotos.

Não cheirava mal, não mostrava substâncias esquisitas por debaixo das unhas, o cabelo não brilhava, empastado de uma qualquer gordura, mas Julie sabia que, por muitos anos que vivesse, nunca conseguiria habituar-se à ideia de que, um dia, podia aparecer-lhe diante da porta com esse aspecto detestável. «Houve um acidente nas instalações, minha querida. Desculpa por te aparecer neste estado.» Sentia arrepios só de pensar na situação. Nem conseguia imaginar-se a mexer nas roupas dele, a pô-las na máquina de lavar, depois de um incidente do género. A relação estava condenada desde o início.

Porém, precisamente quando começava a ter dúvidas de que ainda existissem homens normais como o Jim, precisamente quando começava a imaginar se não possuiria uma qualidade qualquer que atraía os tipos esquisitos, como um anúncio luminoso: «Estou disponível! Normalidade não exigida!», Richard tinha entrado em cena.

E, milagre dos milagres, mesmo depois de uma saída, no último sábado, continuava a parecer normal. Consultor da firma JD Blanchard Engineering, nos arredores de Cleveland — a firma que estava a proceder à reparação da ponte sobre o canal — conheceu-a quando entrou no salão para cortar o cabelo. Quando saíram, falou de coisas novas para ela, sorriu nos momentos adequados, encomendou o jantar ao empregado de mesa e, no momento de a deixar à porta de casa, nem sequer se esforçara demasiado para a beijar. E, o melhor de tudo: era bem-parecido, tinha um certo ar artístico; maçãs do rosto bem destacadas, olhos da cor das esmeraldas, cabelo preto e bigode. Depois de ele a ter deixado, quase lhe apeteceu gritar: «Aleluia! Finalmente vi a luz!»

Singer não se deixou impressionar tanto. Depois de ela ter dado as boas-noites a Richard, o cão entregou-se a uma das suas cenas de quem manda aqui sou eu. Rosnou até Julie lhe ter aberto a porta da frente.

— Eh, deixa-te disso — mandou Julie —, não sejas tão mau para ele.

O cão fez o que ela mandou, mas retirou-se para o quarto, de onde não saiu durante o resto do serão.

Julie ficou a pensar que, se o cão fosse um pouco mais bizarro, podia fazer equipa com ele para darem espectáculo, mesmo ao lado do homem que engole lâmpadas. Mas a vida dela também não fora um modelo de normalidade.

Abriu a torneira do duche e entrou na banheira, tentando deter a torrente de memórias. Que interesse havia em reviver tempos passados? Por vezes, dava consigo a pensar que a mãe fora objecto de duas atracções fatais: bebida e homens nocivos. Na ausência da outra, qualquer delas seria tolerável, mas Julie sempre pensara que a combinação das duas ultrapassava os limites do que ela conseguia suportar. A mãe usava namorados como as crianças usam as toalhas de papel e, pelo menos alguns deles, faziam Julie sentir desconforto logo que entrou na adolescência. De facto, o último tinha tentado meter-se com ela e, quando contou à mãe, à sua própria mãe, esta, presa de uma fúria provocada pelo álcool, tinha-a acusado de se querer meter com ele. Não foi muito tempo antes de Julie se ter visto na situação dos sem-abrigo.

Viver na rua tinha sido uma experiência terrível que durou cerca de seis meses, até Jim ter aparecido. A maioria das pessoas que conheceu consumia drogas, pedia esmola ou roubava... quando não fazia coisas piores. Com medo de se tornar mais um dos miseráveis acossados que encontrava todas as noites nos abrigos e nos vãos das portas, procurou desesperadamente trabalhos de todo o género, que a pudessem manter alimentada e fora de vista. Aceitou todas as tarefas mais servis que lhe ofereceram e manteve a cabeça baixa. Quando conheceu Jim, num restaurante de Daytona, estava a aquecer as mãos numa chávena de café que lhe custara as últimas moedas que trazia no bolso. Jim pagou-lhe o pequeno-almoço e, no caminho para a porta, disse-lhe que faria o mesmo no dia seguinte, se ela aparecesse. Esfomeada como andava, voltou e, quando o interpelou acerca dos motivos do interesse dele (presumindo que os conhecia e preparando-se para o embaraçar com uma tirada em voz alta sobre abusadores de crianças e penas de prisão), Jim negou qualquer interesse menos próprio por ela. No final da semana, quando se preparava para regressar a casa, fez-lhe uma proposta: se Julie fosse viver para Swansboro, no estado da Carolina do Norte, ele ajudava-a a encontrar um emprego a tempo inteiro e uma casa onde viver.

Recorda-se de ter olhado para ele como se Jim tivesse escaravelhos a saírem-lhe das orelhas.

Mas um mês depois, considerando que não havia muitos compromissos na sua velha agenda social, apresentou-se em Swansboro, a pensar, ao saltar do autocarro, que diabo teria vindo fazer àquela cidade do fim do mundo? Mesmo assim, encarou Jim, que, apesar da desconfiança persistente dela, a levou ao salão para conhecer a sua tia Mabel. E não tardou muito que se visse a limpar o chão, a ganhar um salário e a viver no quarto que havia por cima do salão.

De início, Julie sentiu-se aliviada com a aparente falta de interesse de Jim. A seguir, sentiu curiosidade. Depois, aborreceu-se com a situação. Finalmente, depois de ter chocado com ele inúmeras vezes e de lhe ter dado sugestões diversas, desavergonhadas na opinião dela, deu-se por vencida e perguntou a Mabel se pensava que Jim não a achava atraente. Só então ele pareceu perceber a mensagem. Saíram uma vez, depois outra, e, passado um mês, as hormonas começaram a fazer o seu trabalho. O verdadeiro amor chegou um pouco mais tarde. Ele propôs-lhe casamento, desfilaram pela coxia da igreja onde Jim fora baptizado e Julie passou os primeiros anos de casada a desenhar rostos sorridentes de todas as vezes que se entretinha a garatujar coisas junto do telefone. Tendo em conta a vida que levara antes, que mais poderia desejar?

Muito, como não tardou a perceber. Poucas semanas depois de celebrarem o quarto aniversário do casamento, Jim sentiu-se doente quando regressava a casa, vindo da igreja, e foi levado para o hospital. Dois anos depois, o tumor cerebral tirava-lhe a vida e, aos 25 anos de idade, Julie encontrou-se na situação de ter de começar de novo. Descontada a aparição inesperada de *Singer*, parecia já não haver mais nada que a pudesse surpreender.

Pensou que, na realidade, o que interessava eram as pequenas coisas da vida. Embora os marcos da vida passada dessem o tom, eram os pequenos eventos da vida quotidiana que agora definiam a pessoa que ela era. Mabel, Deus a abençoe, tinha sido um anjo. Tinha ajudado Julie a conseguir a licença que lhe permitia cortar cabelo e ganhar o suficiente para ter uma vida decente, sem extravagâncias. Henry e Emma, dois bons amigos de Jim, tinham-na ajudado muito, não só quando se mudou para a cidade mas também depois da morte do marido. E havia ainda Mike, o irmão mais novo de Henry, a crescer para se tornar o melhor amigo de Jim.

No chuveiro, Julie sorriu. Mike.

Ali está um rapaz que, um dia, há-de fazer uma mulher feliz, mesmo que por vezes dê a ideia de que anda um bocado perdido.

Uns minutos mais tarde, depois de se secar com a toalha, Julie escovou os dentes, compôs o penteado e deslizou para dentro das roupas. Como o carro estava na oficina, tinha de ir a pé para o trabalho — tinha de percorrer cerca de mil e quinhentos metros — e calçou um par de sapatos confortáveis. Chamou pelo cão quando estava junto à porta e preparada para sair, quase não reparando na mensagem que alguém deixara para ela.

Pelo canto do olho, espiou um sobrescrito preso na ranhura da caixa do correio, mesmo ao lado da porta principal.

Curiosa, Julie abriu-o e começou a ler, ao mesmo tempo que *Singer* saiu do bosque e trotou na sua direcção.

Querida Julie,

O encontro de sábado foi maravilhoso. Já não consigo deixar de pensar em si.

Richard

Ali estava a razão de *Singer* se ter portado mal na noite anterior.

— Estás a ver — disse ela, a acenar com a carta de forma a que o cão pudesse vê-la. — Eu disse-te que este era um homem decente.

Singer voltou-lhe o rabo.

— Não me trates assim. Podes admitir que estavas enganado, não podes? Acho que estás com ciúmes.

Singer encostou-se a ela.

— É isso? Estás com ciúmes?

Ao contrário do que sucedia com outros cães, Julie não teve de se baixar para lhe acariciar o pêlo. Na altura em que entrou para a escola secundária era mais baixa do que este cão.

— Não sejas ciumento, está bem? Sê feliz por mim.

O cão rodou para o outro lado e levantou a cabeça para ela.

— Agora, anda daí. Temos de ir a pé porque o Mike ainda não acabou de arranjar o jipe.

Ao ouvir o nome de Mike, *Singer* agitou a cauda.

DOIS

As letras das canções de Mike deixavam muito a desejar e, além disso, a sua vocalização não era de molde a fazer que os executivos das empresas de gravação fizessem bicha à sua porta de Swansboro. Mas tocava guitarra e treinava todos os dias, esperando a grande oportunidade que havia de encontrar ao virar uma esquina. No espaço de dez anos, tinha trabalhado com uma dúzia de bandas diferentes, que iam desde os barulhentos roqueiros de cabelos compridos dos anos 80 até às canções meladas destinadas às mamãs, próprias da música *country*. No palco, tinha usado tudo, desde as calças de couro às peles de jibóia, dos safões de pele aos chapéus de *cowboy* e, embora tocasse com evidente entusiasmo e não existisse pessoa alguma nas bandas que conseguisse não gostar dele, habitualmente era posto de lado passadas poucas semanas, quando lhe diziam que, por uma razão ou por outra, as coisas não iam bem. Tantas vezes tinha acontecido que o próprio Mike já devia ter-se apercebido de que não se tratava de um conflito de personalidades, mas o facto é que continuava a ser incapaz de admitir que talvez não prestasse para aquilo.

Mike também andava com um caderno de apontamentos, onde escrevia, sempre que tinha um momento disponível, os pensamentos que deveriam ser incluídos num futuro romance, mas chegara à conclusão de que a escrita era uma actividade bastante mais difícil do que pudera imaginar. Não era um problema de falta de ideias, era a existência de ideias em demasia, que tornava difícil a selecção das que deviam e não deviam ser incluídas na história. No ano anterior, tentara escrever um romance policial cuja acção decorria durante um cruzeiro no mar, uma história que poderia ter sido escrita por Agatha Christie, e incluía a habitual dezena de suspeitos. Mas pensou que a intriga não era suficientemente emocionante, pelo que tratou de incluir nela todo o género de ideias que alguma vez lhe tinham passado pela cabeça, incluindo uma ogiva nuclear que estaria escondida em São Francisco, um polícia sórdido que tinha assistido ao assassínio de John Kennedy, um terrorista irlandês, a Mafia, um rapaz e o seu cão, um capitalista sem escrúpulos e um cientista que, viajando numa cápsula do tempo, escapara às perseguições que lhe haviam sido movidas no Sacro Império Romano. Afinal, o prólogo estendia-se por uma centena de páginas, sem que os suspeitos principais conseguissem encontrar o caminho para o palco. Não vale a pena dizer que o projecto ficou por ali.

No passado, também tentara o desenho, a pintura, a gravação sobre vidro fosco, a cerâmica, a gravura em madeira e a tapeçaria, chegando a elaborar algumas peças de estilo muito pessoal, numa explosão de génio e inspiração que o manteve afastado do emprego durante uma semana. Juntou e soldou peças velhas de automóveis, construindo três estruturas altas e de equilíbrio precário; quando deu as peças por acabadas, sentou-se nos degraus da porta de frente, a olhar com orgulho o que tinha feito, sabendo, do fundo do coração, que tinha encontrado o seu caminho. Este sentimento durou uma semana, até que a Assembleia Municipal, numa reunião convocada à pressa, decidiu proibir a exibição de «lixo» nos jardins das residências. Como sucede com tanta gente, Mike Harris alimentava o sonho e o desejo de ser artista; só lhe faltava o talento.

No entanto, em termos práticos, Mike era capaz de consertar tudo. Era o verdadeiro homem dos sete ofícios, um autêntico cavaleiro de armadura brilhante, capaz de desfeitear qualquer avaria no esgoto do lava-louça ou no sistema de recolha de lixo. Porém, se Mike era um bom artífice, era também um verdadeiro mágico dos tempos modernos em tudo o que tivesse a ver com veículos de quatro rodas e respectivos motores. Ele e o irmão, Henry, eram donos da oficina mais movimentada de toda a cidade e, enquanto Henry se encarregava da parte burocrática, Mike fazia o verdadeiro trabalho de reparações. Carros estrangeiros ou americanos, tanto fazia ser um *Escort* de quatro cilindros como um *Porsche 911 Turbo*, reparava tudo. Conseguia detectar os mais pequenos ruídos internos de um motor, ouvir silvos e cliques onde outros mecânicos não ouviam coisa nenhuma, notar o que estava mal, quase sempre em poucos minutos. Sabia de tubagens e válvulas de admissão, de amortecedores, braços oscilatórios e pistões, de radiadores e de diferenças entre eixos, além de poder dizer de memória o tempo de reparação de qualquer carro que tivesse passado pela oficina. Conseguia reconstruir motores sem ter de consultar o respectivo manual. Tinha sempre as pontas dos dedos manchadas de negro e, embora soubesse que a profissão lhe proporcionava uma vida decente, por vezes gostaria de pegar numa pequena parte do seu talento para a aplicar em qualquer actividade diferente.

A tradicional reputação de femeeiros que se associa com mecânicos e músicos, não tinha afectado Mike. Tivera dois namoros a sério em toda a sua vida e, como um desses namoros tinha sido na escola secundária e o outro, com a Sarah, tinha terminado havia três anos, poderia dizer-se que Mike não andava à procura de compromissos de longo prazo, ou mesmo de um compromisso que pudesse durar todo o Verão. O próprio costumava, por vezes, reflectir sobre o assunto; mas estava agora numa fase em que, quaisquer que fossem as expectativas, a maioria das suas saídas parecia acabar com um beijo na face, enquanto a mulher se lhe mostrava agradecida por ter um amigo como ele. Aos 34 anos, Mike era notavelmente bem versado na amorosa arte de abraçar fraternalmente mulheres que lhe choravam no ombro, a lamentarem-se pelo facto de o último namorado se ter revelado um malandro. E não era um homem sem atractivos. Com cabelo castanho-claro, olhos azuis e sorriso fácil, a que se juntava um corpo elegante, era bem parecido segundo a definição corrente do americano típico. Também não se dava o caso de as mulheres não apreciarem a companhia dele, porque apreciavam. A sua falta de sorte tinha mais a ver com o facto de as mulheres com quem Mike saía terem a sensação de que ele não andava à procura de uma relação estável com qualquer delas.

Henry, o irmão, e a mulher deste, Emma, sabiam o que as levava a pensar assim. Mabel também conhecia o motivo, como acontecia com quase todas as pessoas das relações de Mike Harris.

Mike, todos sabiam, já estava apaixonado por outra pessoa.

— Viva, Julie, espera um pouco.

Tendo acabado de chegar à antiquada zona industrial, localizada nos limites de Swansboro, Julie voltou-se ao ouvir o chamamento de Mike. *Singer* levantou os olhos para ela, e ela acenou-lhe.

— Podes ir — ordenou ao cão.

Singer saiu de ao pé dela a galope, encontrando-se com Mike a meio do caminho. Mike fez-lhe festas na cabeça e no lombo, e depois coçou-lhe a parte de trás das orelhas. Quando Mike parou, *Singer* moveu a cabeça para cima e para baixo, a pedir mais.

— Por agora chega, grandalhão — ralhou Mike. — Deixa-me falar com a Julie.

Momentos depois, chegou junto de Julie e *Singer* sentou-se ao lado dele, ainda à espera de mais festas.

— Viva, Mike — saudou Julie, a sorrir. — O que é que se passa?

— Nada de importante. Só quis dizer-te que o jipe está pronto.

— Qual era a avaria?

— O alternador.

Exactamente o problema que ele tinha detectado na sexta-feira, quando ela levara o carro à oficina, recordou Julie. — Tiveste de o substituir?

— Tive. O outro estava arrumado. Nada de difícil, a loja tinha muitos em *stock*. A propósito, também eliminei a fuga de óleo. Tive de substituir uma borracha junto do filtro.

— Havia uma fuga de óleo?

— Não viste as manchas na entrada para a garagem?

— Na verdade, não. Mas também não me recordo de ter olhado.

Mike sorriu. — Bem, como disse, também reparei isso. Queres que pegue nas chaves e te leve o carro?

— Não, levo-o quando largar o trabalho. Não vou precisar dele tão depressa. Tenho marcações para o dia todo. Sabes como são as segundas-feiras.

Julie sorriu. — A propósito, como é que correram as coisas no Clipper? Tive pena de não poder ir.

Mike passara o fim-de-semana a tocar *rock* da pesada com um grupo de desistentes da escola secundária, cujos sonhos se limitavam à conquista de miúdas, a beber cerveja e a passar os dias a ver a MTV. Mike tinha pelo menos mais doze anos de idade do que qualquer deles e quando mostrou as calças, largas como sacos, e a *T-shirt* que ia usar no espectáculo do fim-de-semana, Julie fez um gesto de aprovação e exclamou: — Oh, que giro! — o que, na verdade, queria dizer: «Vais parecer absolutamente ridículo, lá no Clipper.»

— Acho que correu bem — respondeu Mike.

— Só bem?

Ele encolheu os ombros. — De qualquer das formas, aquele não é o meu tipo de música.

Julie assentiu. Embora gostasse muito dele, nem ela conseguia ser grande apreciadora da sua voz. No entanto, *Singer* parecia adorá-la. Sempre que Mike cantava para os amigos, o cão acompanhava-o com uivos. Estavam em disputa, dizia-se na cidade, para ver qual dos dois conseguiria chegar ao estrelato.

— Então, quanto é que te devo pela reparação?

A coçar a cabeça com ar ausente, Mike pareceu reflectir no assunto. — Dois cortes de cabelo devem chegar.

— Vá lá. Deixa-me pagar, só por esta vez. Pelo menos o custo das peças. Sabes que tenho dinheiro.

No ano anterior, o jipe, um modelo *CJ7*, já antigo, tinha ido três vezes à oficina. Contudo, Mike tinha artes de o manter a funcionar nos períodos entre as visitas.

— Mas tu estás a pagar — protestou Mike. — Mesmo que o meu cabelo esteja cada vez mais ralo, tenho de o cortar uma vez por outra.

— Está bem, mas dois cortes de cabelo não me parece um negócio justo.

— A reparação não levou muito tempo. E as peças não custaram assim tanto. O homem deve-me favores.

Julie ergueu ligeiramente o queixo.

— E o Henry, sabe que estás a fazer isto?

Mike abriu os braços, com ar inocente. — É claro que sabe. Sou sócio dele. Além disso, foi ele quem teve a ideia.

Certamente que sim, pensou Julie.

— Bom, então obrigada — concluiu. — Fico-te muito agradecida.

— Foi um prazer.

Mike calou-se. Como queria continuar a conversa mas não sabia o que dizer, voltou-se para o cão. *Singer* estava a observá-lo com toda a atenção, de cabeça descaída para um lado, como se quisesse dizer-lhe: «Então, vê se te decides, Romeu. Ambos sabemos os motivos que te levam a querer falar com ela.» Mike engoliu em seco.

— Então, como é que correram as coisas... com... — perguntou, tentando falar com um tom desprendido.

— Com o Richard?

— Pois, Richard.

— Foi agradável.

— Oh!

Mike assentiu, sentindo as gotas de suor que começavam a inundar-lhe a testa. Quem poderia imaginar que estaria tanto calor, logo pela manhã?

— Então... hum... Aonde é que foste? — acabou por perguntar.

— Ao Slocum House.

— Muito elegante, para uma primeira saída — reconheceu Mike.

— A escolha era entre este o Pizza Hut. Fui eu que decidi.

Mike mudou de pé, à espera de que ela acrescentasse mais qualquer coisa. Mas ela não o fez.

Pouca sorte, pensou Mike. Richard era totalmente diferente de Bob, o romântico devorador de números. Ou de Ross, o tarado sexual. Ou do Adam, das entranhas de Swansboro. Tendo tipos desses como concorrentes, pensava ter algumas possibilidades. Mas, com Richard? The Slocum House? *Fora agradável.*

— Nesse caso... divertiste-te? — perguntou.

— Sim. Foi giro.

Giro? Até que ponto? Não estava nada satisfeito com o rumo que as coisas estavam a tomar.

— Fico contente — mentiu, dando o seu melhor para parecer entusiasmado.

Julie apertou-lhe um braço. — Mike, não te preocupes. Sabes que sempre gostei muito de ti, não sabes?

Mike enfiou as mãos nos bolsos.

— Isso é por eu te reparar o carro.

— Não te vendas por tão pouco — objectou Julie. — Também ajudaste a reparar o meu telhado.

— E reparei a tua máquina de lavar.

Ela inclinou-se para diante, beijou-o na face e deu-lhe um breve apertão no braço.

— Mike, que mais posso dizer? És uma jóia de pessoa.

Julie sentia os olhos de Mike cravados nela quando se dirigiu para o salão, mas, ao contrário do que sentia quando certos homens lhe prestavam atenção, o olhar dele não a afectava em nada. Era um bom amigo, pensou, para rapidamente mudar de ideias. Não, Mike era um bom amigo na mais pura acepção da palavra, uma pessoa a quem não hesitaria recorrer numa emergência; o tipo de amigo que lhe tornava a vida em Swansboro bastante mais fácil, pois sabia que ele estaria sempre pronto a ajudá-la. Os amigos como ele não abundavam, uma razão que a fazia sentir-se mal por fazer segredo de alguns aspectos da sua vida privada, como sucedia com os namorados mais recentes.

Não tinha coragem para entrar em pormenores, porque Mike... bem, Mike não era exactamente o Homem Mistério quando se tratava de saber como se sentia em relação a Julie, e o que ela menos desejava era ferir-lhe os sentimentos. O que é que deveria ter dito? «Comparado com os meus outros namorados, Richard foi fantástico! Decerto vou voltar a sair com ele!» Sabia que Mike pretendia namorar com ela; havia anos que o sabia. Mas os seus sentimentos em relação a Mike, para além de ver nele o seu melhor amigo, eram complicados. Como poderia ser de outro modo? Jim e Mike tinham crescido como amigos, Mike tinha sido padrinho do casamento, além de ter sido o apoio que ela procurou depois da morte do marido. Via-o mais como um irmão, não podia limitar-se a rodar um interruptor e mudar subitamente os seus sentimentos em relação ao homem.

Havia mais, no entanto. Como Jim e Mike tinham sido tão íntimos, como Mike tinha feito parte das suas vidas, só o facto de imaginar-se a sair com ele era suficiente para a deixar com um vago sentimento de traição. Se concordasse em sair com ele, não significaria isso que, lá no fundo, sempre desejara fazê-lo? O que é que Jim pensaria disso? E, quanto a ela, alguma vez seria capaz de olhar para Mike sem pensar em Jim e naqueles momentos do passado que tinham vivido juntos? Não sabia. E o que aconteceria se saíssem e, por uma razão qualquer, o serão não corresse bem? A relação entre ambos seria alterada, mas ela recusava-se a encarar a ideia de perder um amigo como Mike. Era muito mais fácil deixar tudo como estava.

Suspeitava de que Mike sabia tudo aquilo e que essa seria a razão de ele nunca se ter declarado, embora fosse evidente que desejaria ser capaz de o fazer.

Conquanto, por vezes — como sucedera no Verão precedente, quando foram para o mar fazer esqui na companhia do Henry e da Emma —, Julie sentisse que ele estava a tentar arranjar coragem para declarar o que sentia. Mike tornava-se algo cómico quando era afectado por sentimentos desse tipo. Em vez do «Senhor Contente» — o primeiro a rir-se das piadas, mesmo daquelas que o tinham como alvo, o tipo de pessoa a quem se pede que vá buscar mais umas cervejas à loja de conveniência, por toda gente saber que ele não é capaz dizer não —, Mike ficava subitamente calado, como se suspeitasse de que todo o seu problema com Julie derivava do facto de ela não o considerar suficientemente inteligente. Em vez de se rir com o que os outros estavam a dizer, carregava o cenho, rolava os olhos ou punha-se a estudar as unhas e, quando ele lhe sorriu naquele dia, no barco, o sorriso parecia dizer-lhe: «Olha, meu amor, não seria melhor deixarmo-nos de tretas e divertirmo-nos como deve ser?» Henry, o irmão mais velho, era implacável quando Mike estava com aquela disposição de espírito. Ao notar a alteração súbita da atitude do irmão, Henry perguntara se Mike tinha comido demasiado feijão ao almoço, porque estava com mau aspecto.

O ego de Mike perdeu todo o gás.

Julie sorriu, ao recordar o episódio. Pobre Mike.

No dia seguinte voltara à sua habitual maneira de ser. E Julie apreciava bem mais essa versão do Mike do que a outra. Sentia-se enfastiada com os homens que pensavam que a felicidade de qualquer mulher era conseguir apanhá-los, com homens que se armavam em espertos e em maus, com os que provocavam rixas em bares só para mostrarem que ninguém era mais valente do que eles. Por outro lado, qualquer que fosse a sua maneira de o encarar, homens como o Mike eram um troféu bastante apetecido. Tinha bom coração e era bem-parecido; Julie gostava da forma como lhe apareciam rugas nos cantos dos olhos quando sorria e adorava as covinhas das bochechas dele. Tinha aprendido a apreciar a maneira como parecia deixar que as más notícias deslizassem por ele, bastando recebê-las com um encolher de ombros. Gostava de homens que riam. E Mike ria-se muito.

E Julie gostava realmente do som do seu riso.

Porém, como sempre acontecia quando se deixava levar por aquele tipo de pensamentos, ouviu logo uma voz interior. «Não te metas nisso. Mike é teu amigo, o teu melhor amigo, e não pretendes destruir um relacionamento assim, pois não?»

Enquanto meditava na questão, sentiu que *Singer* se encostava a ela e a libertava daqueles pensamentos. O cão levantou os olhos.

— Vá, continua, meu grande vadio — mandou.

Singer trotou à frente dela, passou pela padaria, até mudar de direcção diante da porta aberta do salão de Mabel. Todas as manhãs tinha um biscoito à sua espera, oferta da Mabel.

Henry estava encostado à ombreira da porta, junto da cafeteira, a falar por cima da borda de uma chávena de café. — Então, como é que correu o jantar da Julie?

— Não lhe fiz perguntas acerca disso — respondeu Mike, como se considerasse ridículo falar dessas coisas. Enfiou as pernas no fato-macaco, que vestiu por cima das calças de ganga.

— Porque é que não perguntaste?

— Nem sequer pensei nisso.

— Ah!

Com 38 anos de idade, Henry era quatro anos mais velho que Mike e, em muitos aspectos, era o verdadeiro *alter ego* do irmão, embora mais maduro. Henry era mais alto, mais pesado, e estava a aproximar-se da meia-idade, com uma barriguinha que se expandia à mesma velocidade com que a cabeleira se retraía; um casamento de 13 anos com Emma, três filhas e uma casa em vez de um apartamento, gozava de uma vida bem mais estável. Ao contrário de Mike, nunca alimentara quaisquer sonhos de vir a ser artista. Na universidade tinha-se formado em gestão financeira de empresas. E, como acontece à maioria dos irmãos mais velhos, não conseguia resistir à ideia de que tinha de trazer o irmão mais novo debaixo de olho, de se assegurar de que ele estava bem, de que não andaria a fazer coisas de que mais tarde se viesse a arrepender. Para muitas pessoas era insensibilidade demasiada que o apoio fraternal incluísse uma boa dose de chacota, insultos e berros ocasionais, tudo destinado a obrigar o Mike a aterrar; mas quem mais é que poderia encarregar-se dessa tarefa? Henry sorriu. Alguém tinha de zelar pelo irmão mais novo.

Mike tinha conseguido enfiar-se dentro do fato-macaco.

— Só quis dizer-lhe que o carro está pronto.

— Já? Pareceu-me ouvir dizer que havia uma fuga de óleo.

— Pois havia.

— E já foi reparada?

— Precisei apenas de umas horas.

— Ah! — assentiu Henry, a pensar: «Se fosses só um poucochinho mais mole, irmãozinho, podiam incluir-te na massa dos gelados.»

Em vez de dizer isso, Henry pigarreou. — Então, foi isso que fizeste durante o teu fim-de-semana? Estiveste a reparar o carro da Julie?

— Não precisei do tempo todo. Também estive a tocar no Clipper, mas acho que te esqueceste disso, não foi?

Henry levantou as duas mãos em atitude de defesa. — Sabes que aprecio mais Garth Brooks e Tim McGraw. Não gosto dessas coisas novas. E, além disso, os pais da Emma vieram jantar connosco.

— Também podiam ter ido.

Henry soltou uma gargalhada, quase entornando o café. — Claro, tens razão. Estás a ver-me a levar aqueles dois ao Clipper? São dos que pensam que a música de fundo que se ouve nos elevadores é demasiado barulhenta, e que a música *rock* foi a fórmula descoberta pelo demónio para controlar o espírito das pessoas. Se fossem ao Clipper, ficavam com os ouvidos a sangrar.

— Vou contar à Emma as coisas que tu dizes dos pais dela.

— Emma concordará comigo — respondeu Henry. — As palavras que ouviste não são minhas, são dela. Mas, como é que correram as coisas? No Clipper, quero eu dizer?

— Bem.

Henry fez um gesto de compreensão, percebendo perfeitamente. — Lamento ouvir isso.

Mike encolheu os ombros e correu o fecho do fato-macaco.

— Então, quanto é que vais cobrar à Julie por esta reparação do carro? Três lápis e uma sanduíche?

— Não.

— Uma canção?

— Hã, hã.

— A sério. Estou apenas curioso.

— O habitual.

Henry assobiou. — Ainda bem que sou eu a tratar da contabilidade por estas bandas.

Mike lançou-lhe uma olhadela impaciente. — Sabes perfeitamente que também lhe fazias um preço especial.

— Pois sei.

— Nesse caso, porque é que estás a chatear-me com isso?

— Porque também estou interessado em saber como correu o encontro da Julie.

— O que é que o custo da reparação do carro tem a ver com o encontro?

Henry sorriu. — Não tenho a certeza, maninho. O que é que tu pensas?

— Penso que já bebeste demasiado café esta manhã e que tens as ideias todas baralhadas.

O irmão acabou de despejar a chávena. — Sabes, és capaz de ter razão. Estou certo de que não estás nada ralado com o encontro da Julie.

— Exactamente.

Henry pegou na cafeteira e voltou a encher a chávena. — Então, também não te interessa saber aquilo que a Mabel pensa sobre o caso.

Mike olhou para o irmão. — Mabel?

Com a maior das calmas, Henry deitou um pouco de leite e açúcar no café. — Sim, Mabel. Ela viu-os na noite de sábado.

— Como é que sabes?

— Porque conversei com ela, ontem, à saída da igreja, e ela falou-me nisso.

— Falou?

Henry voltou as costas ao irmão e dirigiu-se para o escritório, a exibir um grande sorriso. — Mas, como disseste, não estás interessado; por isso, não falo mais do assunto.

Sabia por experiência própria que Mike continuaria junto da porta, como que petrificado, muito depois de ele se encontrar já sentado à secretária.

TRÊS

Embora Andrea Radley tivesse obtido a carteira profissional de esteticista há um ano e estivesse a trabalhar para Mabel há nove meses, não era muito boa empregada. Não só tinha tendência para tirar dias de «folgas pessoais» sem avisar, habitualmente sem se dar ao cuidado de telefonar, mas, mesmo nos dias em que resolvia vir trabalhar, era raro chegar a horas. Nem era especialmente dotada para as artes do penteado e do corte de cabelo, pouco se preocupando a seguir as indicações que os clientes lhe davam. Não fazia diferença nenhuma que os clientes trouxessem fotografias ou explicassem com tempo e com toda a minúcia aquilo que pretendiam; Andrea aplicava exactamente a toda a gente o mesmo tipo de corte de cabelo. Não que interessasse muito. Já conseguira quase o mesmo número de clientes que a Julie atendia, embora, o que talvez nem constituísse surpresa, fossem todos homens.

Andrea tinha 23 anos e era uma loura de pernas longas, ostentava um bronzeado perpétuo, como se tivesse vindo directamente de uma das praias da Califórnia e não da cidade montanhosa de Boone, na Carolina do Norte, onde tinha sido criada. Um aspecto que fazia realçar graças ao vestuário, pois, por mais frio que o tempo estivesse, ia para o salão de mini-saia. No Verão, aumentava o efeito com topes de alças, de tamanho reduzido; no Inverno, com botas de pele, de cano alto. Tratava todos os clientes por «doçura», pestanejava com as longas pálpebras carregadas de maquilhagem e nunca parava de mascar pastilha elástica. Julie e Mabel riam-se à socapa dos ares sonhadores com que os homens apreciavam a imagem de Andrea reflectida no espelho. Ambas pensavam que Andrea bem poderia barbear acidentalmente a cabeça de algum cliente, sem que ele deixasse de voltar, para ser tratado da mesma maneira.

Apesar do aspecto exterior, Andrea era bastante ingénua em relação aos homens. Sabia, sem dúvida, aquilo que os homens queriam e, na maioria dos casos, tinha razão acerca disso. O que não conseguia compreender era a maneira de os manter interessados. Nunca lhe ocorrera que a sua aparência poderia atrair um certo tipo de homens em detrimento de outros. Não tinha problemas em arranjar namorados, homens com tatuagens que conduziam motos *Harley*, ou bêbados que faziam vida no Clipper, ou tipos em liberdade condicional, mas nunca tinha conseguido sair com homens que tivessem empregos estáveis. Pelo menos era o que ela dizia, nas alturas em que decidia ter pena de si mesma. Na verdade, Andrea recebia frequentes convites para sair com homens normais, com empregos normais, mas parecia cansar-se depressa deles, esquecendo-se rapidamente de quem a tinha convidado.

Só nos últimos três meses, tinha saído com sete homens diferentes, trinta e uma tatuagens, seis motos *Harley-Davidson*, duas violações de liberdade condicional e zero empregos, pelo que, de momento, estava a sentir um bocadinho de pena de si mesma. No sábado tinha sido ela a pagar o jantar e o cinema, porque o companheiro estava sem cheta; mas tinha ligado esta manhã? Não, certamente não. Talvez tencionasse telefonar-lhe hoje. Os companheiros dela nunca telefonavam, a menos que precisassem de dinheiro ou estivessem a «sentir-se um pouco sós», como muitos deles gostavam de dizer.

Mas Richard tinha ligado para o salão logo pela manhã, a perguntar pela Julie.

Pior ainda, muito provavelmente a Julie não se tinha visto obrigada a pagar o jantar para ele a tratar assim. Como era possível, bem gostaria de saber, que a Julie açambarcasse todos os homens que valiam a pena? Não era por se vestir bem. Metade dos dias, parecia absolutamente vulgar, com aquelas calças de ganga e as camisolas que mais pareciam sacos e, vamos lá falar com franqueza, usava sapatos feios. Não tinha grandes cuidados com o aspecto, não trazia as unhas tratadas nem mostrava bronzeado nenhum, excepto no Verão, quando o bronzeado estava ao alcance de qualquer pessoa. Então, como é que o Richard estava tão embeiçado pela Julie? Estavam lá as duas quando, na semana anterior, ele entrara no salão para cortar o cabelo, ambas tinham furos nas respectivas marcações, ambas tinham levantado a cabeça e dado os bons-dias ao mesmo tempo. Mas Richard tinha decidido que queria o cabelo cortado pela Julie e não por ela, o que, não sabia como, tinha conduzido ao encontro de sábado. Só de pensar nisso, Andrea franziu a testa.

— Ai!

Trazida ao presente pelo grito de dor, Andrea olhou para a imagem do cliente no espelho. Era um advogado, no início da casa dos trinta. E estava a esfregar a cabeça. Andrea retirou as mãos.

— O que é que aconteceu, doçura?

— Deu-me uma espetadela na cabeça, com a tesoura.

— Dei?

— Pois deu. E fez doer.

As pestanas de Andrea fizeram dois batimentos apressados.

— Desculpe, doçura. Não fiz de propósito. Não está zangado comigo, pois não?

— Não... zangado não — acabou ele por dizer, tirando as mãos da cabeça. Olhando de novo para o espelho, o cliente examinou o trabalho que ela estava a fazer. — Não acha que o corte do cabelo está desigual?

— Onde?

— Aqui — disse o cliente, a apontar com o dedo. — Esta patilha ficou demasiado curta.

Andrea bateu as pálpebras por duas vezes e, lentamente, inclinou a cabeça para um dos lados e depois para o outro. — Acho que o espelho está torto.

— O espelho?

Ela pôs-lhe uma mão no ombro e sorriu.

— Ora bem, acho que está muito bonito, doçura.

— Acha?

Do outro lado da sala, perto da janela, Mabel levantou os olhos da revista que estava a ler. Reparou que o homem estava praticamente a derreter-se na cadeira. Mabel abanou a cabeça enquanto Andrea recomeçava o corte do cabelo. Passados momentos, sentindo-se mais tranquilo, o homem mudou de posição, endireitou-se mais na cadeira.

— Ouça, tenho bilhetes para o espectáculo de Faith Hill, em Raleigh, dentro de duas semanas — anunciou. — Estava a magicar se não gostaria de ir comigo.

Infelizmente, a mente de Andrea estava de novo ocupada com a história de Richard e Julie. Mabel dissera-lhe que o par tinha ido ao Slocum House! Sabia, embora nunca lá tivesse posto os pés, que o Slocum House era um restaurante para gente elegante, um daqueles lugares em que põem velas nas mesas. E, se necessário, tomam conta dos casacos dos clientes, que são instalados em gabinetes especiais. Onde as mesas são cobertas com toalhas de pano, não com aquelas toalhas de plástico barato com quadrados vermelhos e brancos. Os seus companheiros nunca a levaram a um restaurante assim. O mais provável é que nem sequer soubessem onde ficam os lugares desse género.

— Tenho muita pena, mas não posso — respondeu automaticamente.

Conhecendo o Richard (embora, como é evidente, não soubesse absolutamente nada acerca de Richard), o mais provável é que tenha mandado flores. Rosas, talvez. Rosas vermelhas! Via a cena com toda a clareza, em espírito. Porque é que a Julie açambarcava todos os bons?

O homem ficou desalentado. — Oh!

A maneira como o disse obrigou Andrea a regressar ao presente. — Desculpe, estava a dizer o quê?

— Nada. Limitei-me a dizer oh!

Andrea nem sabia do que é que ele estava falar. Quando na dúvida, pensou, sorri. Foi o que fez. Passados momentos, o homem começou novamente a derreter-se.

Lá do seu canto, Mabel mal conseguia conter o riso.

Mabel viu Julie passar pela porta um minuto depois de o *Singer* ter entrado. Estava para lhe dar os bons-dias quando Andrea falou.

— O Richard ligou — anunciou Andrea, sem fazer qualquer tentativa para disfarçar o despeito. Estava a limpar com todo o vigor as unhas já perfeitamente arranjadas, como se tentasse arrancar qualquer animal invisível que se tivesse alojado nas pontas dos dedos.

— Ah, sim? — começou Julie. — O que é que ele queria?

— Nem me dei ao trabalho de perguntar — retorquiu Andrea. — Não sou a tua secretária, como sabes.

Mabel abanou a cabeça, como a recomendar a Julie que não se preocupasse com a outra.

Aos 63 anos, Mabel era uma das amigas mais íntimas de Julie e o facto de ser tia do Jim era agora um pormenor quase secundário. Onze anos antes, Mabel dera a Julie um emprego e um lugar para viver, favores que Julie nunca poderia esquecer; mas onze anos era tempo suficiente para ela saber que teria sempre apreciado a amizade de Mabel, mesmo que não houvesse quaisquer favores de permeio.

Julie não se importava que a amiga fosse um tanto excêntrica, para não dizer pior. Durante todos aqueles anos, desde que se mudara para a cidade, foi sabendo que ali praticamente toda a gente era senhora de um ou outro pormenor pessoal interessante. Mas Mabel punha o «E» maiúsculo no adjectivo excêntrica, especialmente naquela cidade do Sul, pequena e conservadora, e isso não se devia a um ou dois ardis inofensivos de que ela se valia. Mabel *era diferente* quando comparada com outros habitantes da cidade e, como sucedia com as outras pessoas, tinha consciência disso. Apesar de terem aparecido três candidatos, nunca se casou, o que a desqualificava como membro dos diversos grupos de pessoas do seu grupo etário. Contudo, mesmo ignorando outras idiossincrasias — o percorrer a cidade de motoreta, a preferência pelos tecidos com pintas, a crença em que a sua colecção de recordações de Elvis era «pura arte» —, Mabel continuaria a ser apontada como absolutamente esquisita devido a qualquer coisa que fizera há mais de um quarto de século. Quando tinha 36 anos de idade, depois de ter vivido em Swansboro toda a sua vida, resolveu mudar-se sem dizer a ninguém para onde ia ou, ainda pior, sem sequer dar a informação de que pretendia mudar-se. Durante os oito anos seguintes mandou postais à família, vindos de todas as partes do mundo: Ayers Rock, na Austrália, Monte Kilimanjaro, em África, fiordes da Noruega, porto de Hong Kong, Wawel, na Polónia. Quando finalmente regressou a Swansboro, aparecendo de forma tão inesperada como tinha partido, retomou a mesma vida que tinha deixado, foi habitar a mesma casa e voltou a trabalhar no salão. Ninguém soube a razão que a levara a portar-se daquela maneira, como também não se soube como é que arranjara o dinheiro para ir viajar ou para, um ano depois do regresso, comprar o salão; também se recusou sempre a dar resposta a qualquer destas questões. «É um mistério», costumava responder, ao mesmo tempo que piscava o olho, o que só concorria para estimular as especulações dos habitantes da terra, onde corriam boatos de que o passado de Mabel não era apenas algo escabroso; era pior do que isso, pois ninguém sabia exactamente os sarilhos em que teria andado metida.

Mabel não se preocupava com o que as pessoas pensavam dela, o que, para Julie, era uma boa parte do seu encanto. Vestia-se como lhe apetecia, andava com quem lhe apetecia, fazia o que lhe apetecia. Mais de uma vez, Julie deu consigo a pensar se as histórias sobre Mabel seriam verdadeiras ou se ela as deixava circular só para manter as pessoas a imaginar coisas acerca de si. De qualquer das formas, Julie adorava tudo o que dizia respeito a Mabel. Até a tendência para coscuvilhar.

— Então, como é que correram as coisas com o Richard? — perguntou Mabel.

— Bom, para dizer a verdade, estive preocupada contigo durante o tempo todo — respondeu Julie. — Pensei que poderias fazer uma distensão nos músculos do pescoço, dada a maneira como tentavas espichar a cabeça para ouvires melhor.

— Oh, não devias preocupar-te com isso — continuou Mabel —, um pouco de *Tylenol* e no dia seguinte estava como nova. Mas não te ponhas a mudar de assunto. Correu tudo bem?

— Correu bem, tendo em conta que acabara de o conhecer.

— Do ponto onde eu estava, dava a ideia de que ele já te conhecia de qualquer lado.

— Porque é que dizes isso?

— Não sei. Talvez a expressão dele, ou talvez a maneira como te olhou durante rodo o serão. Por momentos, pareceu-me que os olhos dele estavam ligados aos teus por um fio invisível.

— Não foi assim tão óbvio, pois não?

— Minha querida, ele parecia um marinheiro de licença, a assistir a um espectáculo só com raparigas.

Julie riu-se enquanto vestia a bata. — Presumo que o tenha enfeitiçado.

— Suponho que sim.

Havia algo no tom dela que fez Julie levantar a cabeça. — O que se passa? Não gostaste dele?

— Não digo isso. Nem sequer lhe fui apresentada, recordas-te? Não estava cá quando ele veio ao salão, e não se pode dizer que, na noite de sábado, nos tenhas apresentado — lamentou Mabel, a sorrir. — E, além disso, no fundo sou uma velha romântica. Desde que um homem ouça e se interesse pelo que estiveres a dizer, a sua aparência não é assim tão importante.

— Não o achaste bem-parecido?

— Oh, tu conheces-me, sinto-me muito mais atraída pelos tipos que vêm à procura da Andrea. Penso que uns braços cheios de tatuagens são irresistíveis.

Julie soltou uma gargalhada. — Não deixes que a Andrea ouça isso. Pode sentir-se ofendida.

— Não, não, nada disso. A menos que eu o desenhe, nunca descobrirá de quem estamos a falar.

Naquele preciso momento, a porta abriu-se e entrou uma mulher. A primeira marcação de Julie para aquele dia. A marcação de Mabel, outra mulher, entrou uns segundos depois.

— Então... vais voltar a sair com ele? — perguntou Mabel.

— Não sei se ele me vai pedir, mas é provável que sim.

— E tu, queres aquele homem?

— Sim — admitiu Julie. — Acho que sim.

Mabel pestanejou. — Bom... e o teu adorável Bob, o que é que ele vai dizer? Vai ficar destroçado.

— Se ele voltar a ligar, talvez me limite a dizer que estás interessada.

— Pois, se fazes favor, preciso de quem me ajude a pagar menos impostos. Mas, infelizmente, ele é capaz de pensar que sou demasiado aventureira para o seu gosto.

Fez uma pausa. — E quanto ao Mike, como é que vai aceitar a ideia?

Do seu posto de observação, junto da janela, vira-os a conversar.

Julie encolheu os ombros. Sabia que Mabel não deixaria de fazer a pergunta. — Bem, penso eu.

— É um bom homem, como sabes.

— Sim, é um bom homem.

Mabel não pressionou mais, sabendo que não serviria de nada. Já fizera outras tentativas, sempre sem resultados. Mas, na ideia dela, era uma pena que as coisas ainda não se tivessem composto entre eles. Na sua opinião, Mike e Julie fariam um bom par. E, a despeito do que qualquer deles imaginava, Mabel tinha a certeza de que Jim não se importaria mesmo nada.

Ela tinha obrigação de saber. Afinal, fora tia dele.

Naquela manhã, com o sol da manhã a desencadear uma onda de calor própria do princípio da estação quente, a chave de porcas de Mike ficou presa numa das partes de acesso mais difícil do motor. Com os esforços para se libertar, foi um pouco longe de mais e fez um golpe nas costas da mão. Depois de ter desinfectado a ferida e aplicado um penso, tentou um segundo esforço para libertar a chave, mas o resultado foi o mesmo. Praguejando consigo próprio, completamente frustrado, afastou-se do carro e ficou a olhá-lo, com uma expressão fria, como se o quisesse intimidar para o levar a fazer o que pretendia. Durante toda aquela manhã cometera erros estúpidos uns atrás dos outros, numa reparação que era capaz de fazer de olhos fechados, para agora nem conseguir retirar a estúpida da chave do sítio para onde resolvera cair. Decerto a culpa não seria inteiramente sua. A haver um culpado, reflectia Mike, era Julie. Como é que podia concentrar-se no trabalho, se não conseguia deixar de pensar no namoro dela com o Richard?

Com o seu encontro *agradável*. O seu encontro *giro*.

O que é que um jantar tinha assim de tão *agradável*? E o que é que ela pretendera dizer com *giro*?

Só havia uma maneira de o saber, embora se sentisse mal, só de pensar nisso. Mas, qual era a outra opção? Nada daquilo estaria a suceder se Julie não se tivesse mostrado tão evasiva, mas também não podia entrar no salão e perguntar directamente a Mabel, com a Julie mesmo ali ao lado. Desse modo, Henry passara a ser a única opção.

Henry, o certinho, o simpático irmão mais velho.

Tinha de ser, pensou Mike.

Henry podia ter contado tudo mais cedo, mas não, era obrigatório que lhe tivesse pregado a partida. O irmão sabia exactamente o que estava a fazer quando deixara a conversa naquele ponto exacto. Pretendia que Mike viesse mendigar informações. Viesse até junto dele a rastejar. Para que lhe desse umas dicas.

Pois bem, desta vez não ia suceder nada disso, decidiu Mike. Desta vez, não.

Voltou a debruçar-se para o motor do automóvel e começou a avançar com a mão até ao ponto onde a chave se encontrava. Continuava presa. Olhando por cima do ombro, imaginou que, se usasse uma chave de fendas, talvez conseguisse chegar mais longe, aonde a mão não alcançava, e libertar a chave. Decidido a experimentar, estendeu o braço mas, justamente quando estava a chegar ao ponto certo, voltou a ouvir a voz de Julie e deixou cair a chave de fendas.

Foi *agradável*, dissera Julie. Foi *giro*.

Quando tentou apanhar a chave de fendas, a ferramenta deslizou mais um pouco, fazendo sons parecidos com os daquelas bolas dos jogos de salão, acabando por desaparecer. Esticou-se ainda mais mas, apesar de saber tudo a respeito daquele motor, não fazia ideia do sítio para onde a chave teria deslizado.

Mike ficou a olhar para o motor, a piscar os olhos, sem querer acreditar.

Que bonito, pensou, uma maravilha. A chave de porcas está presa, a chave de fendas entrou num buraco negro do motor, não estou aqui a fazer nada. Há uma hora que estou a trabalhar e, se as coisas continuarem neste ritmo, o melhor é pensar desde já em fazer uma nova encomenda de ferramentas.

Tinha de falar com Henry. Era a única maneira de pôr o assunto para trás das costas.

Chiça!

Mike pegou num pedaço de desperdícios e foi limpando as mãos enquanto atravessava a garagem, tentando encontrar uma forma expedita de fazer a pergunta. A dificuldade, sabia-o bem, era não deixar que Henry percebesse a razão por que estava tão interessado na resposta. Seria melhor que o tema surgisse naturalmente; a não ser assim, Henry acabaria a esfregar o nariz do irmão na porcaria. O irmão sentia-se realizado em momentos daqueles. Era provável que tivesse estado toda a manhã a preparar as frases que iria pronunciar. Com uma pessoa assim, só havia uma coisa a fazer: utilizar a difícil arte do engano. Mais um momento para afinar o plano e Mike sentiu-se preparado para enfiar a cabeça pela fresta da porta do escritório.

Henry estava sentado à secretária cheia de papéis, a fazer uma encomenda pelo telefone, tendo, mesmo ao alcance da mão, uma caixa de miniaturas de *donuts* e uma lata de *Pepsi*. Henry tinha sempre uma grande quantidade de comida bera, para compensar os almoços saudáveis que Emma lhe preparava. Fez um aceno a pedir ao irmão que entrasse. Mike sentou-se do outro lado da secretária, justamente no momento em que Henry desligou.

— Era o armazenista de Jacksonville — informou Henry. — Só dentro de uma semana é que terão o interruptor de que precisas para o *Volvo*. Lembras-me de ligar à Evelyn, está bem?

— Fica descansado — respondeu Mike.

— Então, maninho, o que é que fazes por aqui?

Não havia dúvidas de que Henry já sabia que o irmão precisava de conversar. Pela sua expressão, também não era difícil adivinhar o tema da conversa e, embora lhe pudesse transmitir directamente o diálogo que mantivera com Mabel, não o fez. A visão de Mike a contorcer-se diante dele tinha sempre o condão de o deixar bem-disposto para o resto do dia.

— Bom — começou Mike —, estive a pensar... — mas não conseguiu prosseguir.

— O quê? — perguntou Henry.

— Bom, estive a pensar que talvez fosse conveniente eu voltar a ir à igreja juntamente com a família.

Henry levou um dedo ao queixo, a pensar que aquela era uma maneira original de começar a conversa. Não lhe valeria de nada, mas não podia deixar de ser considerada original.

— Ah, sim? — disse, a esconder o sorriso.

— É. Como sabes, tenho andado um pouco afastado, mas acho que vai fazer-me bem.

Henry assentiu. — És capaz de ter razão. Encontramo-nos lá ou queres que passemos por tua casa, para te levar?

Mike agitou-se na cadeira. — Antes de tomar a decisão, só pretendo saber como é nosso reverendo. Quero dizer, as pessoas apreciam o que ele diz nos sermões? Falam sobre o assunto depois do serviço religioso?

— Às vezes.

— Mas as pessoas conversam, depois da cerimónia, quero eu dizer.

— Claro. Mas poderás ver tudo isso no próximo domingo. Saímos às nove.

— Nove. Está bem. Bom — disse Mike, parando por momentos. — Bom, só a título de exemplo, o que é as pessoas disseram no domingo passado?

— Ora bem, deixa-me ver... — hesitou Henry, a fingir uma profunda concentração. — Por falar nisso, estive a falar com a Mabel.

Bingo!, pensou Mike, a sorrir para dentro. Tal como estava planeado. Sou o rei dos fingidores.

— Mabel? — perguntou.

Henry estendeu a mão para os *donuts*. Dando uma dentada, acenou com a mão e recostou-se na cadeira, a falar ao mesmo tempo que comia. — Pois. Ela costuma ir mais cedo, mas penso que se atrasou por qualquer motivo. Falámos durante muito tempo e nem calculas as coisas interessantes que me contou.

Ficou um momento a olhar para o tecto, contando os pequenos orifícios decorativos das placas que o cobriam, depois voltou a sentar--se na posição inicial, a abanar a cabeça. — Mas não deves querer saber aquilo de que conversámos. Estivemos apenas a falar do namoro da Julie e já me disseste que o assunto não te interessa. Então, vamos buscar-te no domingo, ou não?

Apercebendo-se de que o seu belo plano se esfumara, Mike precisou de uns segundos para se recompor.

— Ah... bem...

Henry olhou directamente para ele, com os olhos brilhantes de desafio. — A menos que tenhas mudado de ideias.

Mike empalideceu. — Ah...

O irmão soltou uma gargalhada. Tinha tido a sua diversão e, por muito que lhe agradasse, sabia que chegara a altura de parar. Muito sério, Henry inclinou-se para diante, sem deixar de fitar o irmão. — Diz-me uma coisa, Mike. Por que razão continuas a fingir que não queres namorar com a Julie?

Mike baixou os olhos. — Somos apenas amigos — desculpou-se, uma resposta que lhe saiu automaticamente.

Henry fez de conta que não tinha ouvido a resposta. — É por causa do Jim?

Como Mike não respondeu, Henry pousou o *donut*. — Ele já morreu há muito tempo. Não se trata de estares a tentar roubar-lhe a mulher.

— Nesse caso, como é que podes ter agido como se entendesses que eu não devia ter nada com ela? Como aconteceu no Verão passado, no barco?

— Porque ela precisava de tempo. Mike, tu sabes isso. No ano passado, ela ainda não estava preparada para voltar a dar-se com pessoas, talvez isso ainda acontecesse há seis meses. Mas agora está preparada.

Sem poder fugir, Mike não sabia o que dizer. Nem conseguia perceber como é que o irmão sabia tudo aquilo.

— Não é nada fácil — acabou por responder.

— Decerto não é fácil. Pensas que foi fácil para mim fazer o primeiro convite à Emma? Havia uma quantidade de tipos a quererem namorar com ela, mas pensei que o pior que me podia acontecer era ela dizer que não.

— Deixa-te disso. A Emma disse-me que, muito tempo antes de te declarares, já ela andava de olho em ti. Tu e ela foram feitos um para o outro.

— Mas eu não sabia disso. Pelo menos nessa altura. A única coisa que sabia é que tinha de fazer a tentativa.

Mike olhou o irmão de frente. — Mas ela não era casada com o teu melhor amigo.

— Não — retorquiu Henry —, não era. Porém, nessa ordem de ideias, também não éramos amigos como acontece contigo e com a Julie.

— Isso é que torna tudo tão difícil. E se eu for provocar uma alteração das relações entre nós?

— Elas já estão a alterar-se, maninho.

— Na realidade, não estão.

— Podes ter a certeza de que estão — contrapôs Henry. — Se assim não fosse, nunca terias vindo fazer-me perguntas acerca do namoro dela. A própria Julie ter-te-ia falado disso. Ela falou-te do Bob, não falou?

Mike não tinha resposta para a pergunta mas, ao deixar o escritório, um minuto mais tarde, sabia que Henry tinha toda a razão.

QUATRO

Singer levantou a cabeça da manta logo que Richard entrou no salão; embora rosnasse, fê-lo num tom abafado, como se achasse que Julie ia repreendê-lo outra vez.

— Viva, doçura. Vem cortar o cabelo outra vez? — perguntou uma Andrea toda sorridente.

Richard vinha de calças de ganga e trazia o colarinho da camisa de denim desabotoado, deixando espaço suficiente para mostrar os cabelos encaracolados do peito. E aqueles olhos! — Estarei disponível dentro de um ou dois minutos.

Ele abanou a cabeça. — Não, obrigado. A Julie está por aí?

O sorriso de Andrea desvaneceu-se. Mordeu a pastilha elástica e fez um gesto de cabeça para o fundo do salão. — Está — disse, fazendo beicinho. — Está nas traseiras.

Mabel ouviu a campainha da porta e saiu de trás do biombo, para ver quem entrara.

— Ah... Richard, não é? Como está? — inquiriu.

Richard juntou as mãos à frente do peito. Reconheceu-a por tê-la visto no restaurante, na noite de sábado e, embora a expressão da senhora denotasse bastante simpatia, reparou que ela continuava a avaliá-lo. As cidades pequenas são assim, como todas aquelas onde já estivera.

— Óptimo, minha senhora, obrigado. Como está?

— Bem. Julie estará aqui dentro de instantes. Está a pôr uma cliente no secador, mas vou dizer-lhe que o senhor está cá.

— Obrigado.

Embora não se tivesse voltado para ela, Richard sabia que Andrea continuava a observá-lo. Uma brasa, era o que muitos homens diriam acerca dela, mas Richard não ficara muito impressionado. A rapariga impunha-se pela beleza forçada, como se estivesse muito empenhada em parecer bonita. Gostava de mulheres bem proporcionadas, como a Julie.

— Richard! — exclamou Julie momentos depois. Sorriu-lhe, novamente impressionada com o seu excelente aspecto.

Singer levantou-se da manta e preparou-se para a seguir, mas ela levantou a mão, mandou-o ficar. O cão ficou quieto e deixou de rosnar.

— Olá — respondeu Richard. — Acho que está a habituar-se a mim, não é?

Julie olhou na direcção de *Singer*.

— Ele? Oh, tivemos uma conversa. Penso que agora está tudo bem.

— Uma conversa?

— Ele é ciumento.

— Ciumento?

Ela encolheu os ombros. — Só vivendo com ele é que conseguiria compreender.

Richard ergueu uma sobrancelha, mas não fez mais comentários.

— Então, o que é que o traz por cá? — perguntou Julie.

— Pensei vir saber como estava.

— Estou bem, mas neste momento também estou bastante ocupada. Tenho estado afundada em trabalho durante toda a manhã. Porque é que não está a trabalhar?

— Estou. É como se estivesse, de qualquer modo. A função de consultor dá-me uma certa liberdade e decidi dar um salto à cidade.

— Só para me ver?

— Não consegui pensar em mais nada para fazer.

Ela sorriu. — O meu serão de sábado foi muito agradável — afirmou Julie.

— O meu também.

Os olhos de Richard passaram de Mabel para Andrea e, embora ambas parecessem ocupadas com outras coisas, sabia que elas estavam a ouvir. — Acha que podia fazer um pequeno intervalo, de modo a podermos andar um pouco lá fora? Telefonei antes, mas ainda não tinha chegado.

— Adoraria. Mas tenho uma pessoa à espera, no fundo do salão.

— Não demoraríamos muito.

Julie hesitou, dando uma olhadela ao relógio.

— Prometo — acrescentou Richard. — Sei que está a trabalhar.

Uma estimativa rápida mostrou que talvez pudesse dispor de uns minutos.

— Acho que está bem — acedeu —, mas não me posso demorar. De outra forma, terei de passar o resto do dia a tentar fixar a cor e, quanto a si, vai poder acabar na casota dos cães. Mas tem de dar-me um segundo para ir verificar uma coisa, está bem?

— É claro.

Julie foi ver como estava a cliente. A mulher estava a fazer madeixas e tinha a cabeça coberta por um capacete de plástico perfurado. Diversas pontas de cabelo, que saíam pelos furos do capacete, estavam pintadas de cor púrpura. Julie conferiu a cor, pôs o secador menos forte, ganhando mais uns minutos, e voltou à parte da frente.

— Tudo bem — concluiu, ao dirigir-se para a porta. — Estou pronta.

Richard seguiu-a para a rua. A porta fechou-se depois de ele passar, fazendo soar de novo a campainha.

— Então, de que é que me quer falar?

Richard encolheu os ombros. — Na verdade, não é nada de importante. Só quis tê-la toda para mim durante um minuto.

— Está a brincar comigo.

— De maneira nenhuma.

— Mas, porquê?

— Meu Deus! — exclamou, a fazer-se de inocente. — Não sei muito bem.

— Encontrei o seu cartão — informou Julie. — Não tinha de fazer aquilo.

— Sei que não. Mas fi-lo de boa vontade.

— Foi por isso que hoje de manhã ligou para o salão? Para saber se eu o tinha recebido?

— Não. Só queria ouvir a sua voz. Boas recordações, compreende?

— Já?

— Fiquei enfeitiçado.

Julie olhou para ele, a pensar que ser lisonjeada era uma maneira bem interessante de começar o dia. Passado um momento, Richard começou a brincar com a correia do relógio.

— No entanto, além de querer vê-la, existe outra razão para a minha vinda.

— Oh, já percebo. Agora que já deu a graxa toda, chegou o momento da verdade, é isso?

Ele riu-se. — Mais ou menos. Quis vê-la porque me agradaria muito que voltássemos a sair no sábado.

Subitamente aflita, Julie lembrou-se de que no sábado estava combinado um jantar em casa de Emma, com o Henry e o Mike.

— Bem gostaria, mas não posso. Uns amigos já me convidaram para jantar em casa deles. Podemos ir antes na sexta-feira? Ou num outro dia da semana?

Richard abanou a cabeça. — Gostaria de poder, mas vou esta tarde para Cleveland e não estarei de regresso antes de sábado. E acabei de ser informado de que talvez tenha de me ausentar outra vez durante o fim-de-semana seguinte. Não está definitivamente resolvido, mas o mais certo é ter de ir — continuou. Fez uma ligeira pausa. — Tem a certeza de que não consegue?

— Na verdade, não posso — disse Julie, soltando as palavras com esforço, desejando não ter de as dizer. — São bons amigos. Não posso decepcioná-los à última hora.

Uma expressão inescrutável passou pelo rosto de Richard, mas desapareceu tão depressa como tinha aparecido. — Tudo bem — acabou por dizer.

— Tenho muita pena — lamentou-se ela, esperando que ele percebesse que estava a ser sincera.

— Não se fala mais nisso.

Pareceu concentrar-se num ponto distante, antes de olhar de novo para Julie. — Não se preocupe, são coisas que acontecem. Nada de importante. Mas não se importa que lhe ligue dentro de um par de semanas? Ou melhor, quando regressar? Pode ser que possamos combinar qualquer coisa.

Um par de semanas?

— Bem, espere lá — disse Julie. — Podia vir jantar comigo. Tenho a certeza de que os meus amigos não se importam.

Richard abanou a cabeça. — Não. São seus amigos e não sou lá muito bom a relacionar-me com pessoas. Nunca fui; penso que é por timidez. E não quero obrigá-la a mudar os seus planos.

Sorriu antes de apontar com a cabeça para o salão. — Ouça, obrigou-me a prometer que não a demorava e sou o género de homem que gosta de cumprir a sua palavra. Além disso, também tenho de regressar ao trabalho — acrescentou, a sorrir. — A propósito, acho que está muito bonita.

Quando Richard se voltou para se ir embora, e antes que pudesse pensar melhor, Julie chamou-o: — Espere!

Richard parou. — O que é?

«Eles hão-de compreender, não é verdade?», pensou.

— Se não vai estar na cidade durante a semana que vem, talvez eu consiga modificar os planos. Eu falo com a Emma. Estou certa de que não se vai importar.

— Não quero ser responsável pela quebra do seu compromisso.

— Não é assim tão importante... Estamos sempre em contacto.

— Tem a certeza? — insistiu ele.

— Sim, tenho a certeza.

Olhou-a nos olhos, como se a visse pela primeira vez. — Fantástico!... — exclamou e, antes de ela se aperceber do que estava a passar-se, inclinou-se e beijou-a.

Sem grande pressão, sem insistência, mas um beijo, sem sombra de dúvida.

— Obrigado — murmurou.

Antes que ela pensasse em qualquer coisa para dizer, Richard rodou sobre os calcanhares e começou a percorrer a rua. Tudo o que Julie pôde fazer foi deixá-lo ir.

— Mas, ele beijou-a? — perguntou Mike, de boca aberta.

Antes, quando estava no parque de estacionamento da garagem, tinha visto Richard a subir a rua. Ficou a vê-lo entrar sozinho no salão, tinha observado a saída de Richard e Julie; Henry chegava, no preciso momento em que Richard se inclinou para beijar Julie.

— Foi o que pareceu — respondeu Henry.

— Mas eles nem se conhecem.

— Ficaram a conhecer-se.

— Obrigado, Henry. Fazes que me sinta muito melhor.

— Preferes que te minta?

— Neste momento, penso que preferia — murmurou Mike.

— Ora bem — concluiu Henry, pensando no assunto. — Aquele tipo é mesmo feio.

Ao ouvir o comentário do irmão, Mike escondeu a cara nas mãos.

De regresso ao salão, Julie foi até junto da cliente.

— Pensei que se tinha esquecido de mim — queixou-se a mulher, ao pousar a revista no colo.

Julie verificou a cor de alguns tufos de cabelo. — Desculpe, mas eu estava a controlar tudo pelo relógio. Parece que ainda lhe restam alguns minutos. A menos que o queira assim escuro.

— Penso que devia ficar mais claro, não acha?

— Julgo que sim.

A mulher continuou a descrever a cor exacta que desejava. Embora Julie se apercebesse de que a cliente estava a falar, não conseguia concentrar-se no que ela dizia. Em vez disso, estava a pensar em Richard e naquilo que acabara de acontecer à porta do salão.

Ele beijara-a.

Nada de extraordinário, é certo, nada que alterasse a ordem mundial. No entanto, por qualquer razão, não conseguia deixar de pensar naquilo, tal como não sabia exactamente o que sentia. A maneira como acontecera fora tão... tão... tão o *quê*?

Prematura? Surpreendente?

Julie dirigiu-se ao lavatório para procurar o champô adequado, ainda a tentar chegar a uma conclusão, quando Mabel entrou.

— Será que vi mesmo aquilo que penso que vi? — perguntou. — É verdade que ele te beijou?

— Beijou-me, é verdade.

— Não me pareces muito feliz.

— Não tenho a certeza de que feliz seja a palavra exacta para descrever o que sinto.

— Porquê?

— Não sei — admitiu. — Pareceu-me... — Julie parou, ainda à procura da palavra exacta.

— Inesperado? — ofereceu Mabel.

Julie ficou a pensar. Embora fosse prematuro, não lhe parecia que tivesse ido longe de mais. E achava-o verdadeiramente atraente, e concordara em sair com ele; por isso, não tinha a certeza de que surpresa fosse a palavra correcta. Por outro lado, se ele tivesse feito aquilo no final do serão de sábado, o mais provável era ela não ter posto o gesto em dúvida. Quanto ao sábado seguinte, bem, certamente sentir-se-ia insultada se ele não tentasse beijá-la.

Nesse caso, porque é que tinha a sensação de que ele saltara uma barreira sem pedir autorização para o fazer?

Julie encolheu os ombros. — Acho que foi isso.

Mabel ficou a estudá-la durante uns momentos. — Pois bem, diria que isso significa que ele se divertiu tanto como tu — avançou. — Embora eu não esteja totalmente surpreendida. Como é óbvio, está a pressionar-te com uma corte segundo mandam todas as regras.

Julie assentiu lentamente. — Acho que sim.

— Achas?

— É que ele também deixou um cartão no alpendre. Encontrei-o hoje pela manhã.

Mabel enrugou a testa.

— Estás a achar que é demasiado? — perguntou Julie. — Tendo em conta que acabámos de nos conhecer?

— Não necessariamente.

— Mas pode ser visto assim?

— Olha, já nem sei. Pode ser aquele género de homem que sabe o que quer e, quando o encontra, persegue a presa com o máximo entusiasmo. Conheci montes de homens assim. Têm um certo encanto. E tu és a presa, como sabes.

Julie sorriu.

— Ou pode haver outra razão — disse Mabel, com um encolher de ombros muito elaborado: — Talvez ele seja chalado.

— Muito obrigada.

— Não tens de quê. Mas, de qualquer das formas, o que posso é dar-te as boas-vindas ao mundo maravilhoso do namoro. Como eu estou sempre a dizer, as pessoas nunca se fartam, pois não?

Há muito tempo que Richard não soltava uma gargalhada assim e, dentro do carro, o som parecia mais alto do que realmente era.

«Ele é ciumento», foi o que Julie disse acerca do cão. Como se, honestamente, acreditasse que ele era humano. Bonito.

O serão que passaram juntos foi maravilhoso. Tinha apreciado a companhia dela, decerto que sim, mas o que acabara por admirar mais era a sua força de ânimo. Tivera uma vida difícil, capaz de marcar com a amargura ou a raiva a maioria das pessoas, mas durante o encontro não notara nela traços de nenhum desses sentimentos.

Também era adorável. A maneira como lhe sorrira, com uma excitação quase infantil e os sinais da luta interior que travou para decidir se ia ou não ao jantar com os amigos... Pareceu-lhe que podia ficar a observá-la durante horas, sem nunca se sentir cansado.

«O meu serão de sábado foi muito agradável», tinha dito Julie.

Ele tinha quase a certeza de que fora, mas hoje tivera de a ver para confirmar. A mente consegue engendrar ideias esquisitas no dia seguinte a um encontro, como é sabido. As perguntas, as preocupações, os medos... Deveria ter feito isto, deveria ter dito aquilo? No dia anterior tinha reconstituído o encontro em pormenor, recordando as expressões de Julie e tentando descobrir qualquer segundo sentido nas suas afirmações, ou o sinal de qualquer erro que ele tivesse cometido. Tinha ficado acordado, incapaz de dormir, até que, finalmente, teve de lhe escrever um bilhete e deixá-lo junto da porta dela, para que Julie o encontrasse logo pela manhã.

Mas não devia ter-se preocupado. Ambos tinham apreciado o encontro, um bom encontro mas nada de excepcional. Ridículo chegar a admitir que poderia ter feito algo de errado.

O telemóvel tocou e ele verificou a origem da chamada.

Blansen, da empresa. O supervisor, sem dúvida para dar mais más notícias acerca do programa, acerca dos atrasos, acerca de desvios nos custos orçamentados. Atrasos. De Blansen chegavam sempre novidades desagradáveis. O mensageiro das más notícias. Um homem deprimente, aquele Blansen. Diz que se preocupa com os subordinados, mas, na realidade, o que quer dizer com isso é que pretende que eles trabalhem muito.

Em vez de responder, voltou a recordar a imagem de Julie. Pensou que encontrá-la da forma como a encontrou, fora certamente obra do destino. Havia milhares de lugares onde poderia ter ido naquela manhã. Só precisaria de cortar o cabelo dentro de umas duas semanas, mas tinha empurrado a porta do salão, como que impelido por uma força desconhecida, pelo *destino*.

O telemóvel voltou a tocar.

Sim, o encontro correra bem, mas ainda havia ali qualquer coisa. Hoje, para o final da conversa...

Talvez não devesse tê-la beijado. Não fizera planos para a beijar, mas ficara tão radiante por ela ter cancelado o seu compromisso, só para voltar a sair com ele... que aquilo *aconteceu*. Uma verdadeira surpresa para ambos. Mas teria sido exagerado, cedo de mais?

Sim, decidiu, provavelmente fora e era lamentável. Não havia pressa nenhuma. Achou que seria preferível levar as coisas com mais calma na próxima vez que se encontrassem. Dar-lhe um pouco de espaço, deixá-la chegar às suas próprias conclusões acerca dele, sem qualquer pressão. Naturalmente.

O telemóvel tocou pela terceira vez, mas Richard continuou a ignorá-lo. Dentro da cabeça, voltou a ver toda a cena.

Que coisa bonita!

CINCO

Na noite de sábado, durante o jantar, Richard ficou a observar Julie, do outro lado da mesa, com um ténue sorriso a bailar-lhe nos lábios.

— Está a rir-se de quê? — perguntou Julie.

Richard pareceu acordar, mostrou-se embaraçado.

— Desculpe. É que sonhei acordado durante um segundo ou dois.

— Sou assim tão maçadora?

— De maneira nenhuma. Só tenho a agradecer que tenha conseguido vir jantar comigo esta noite — justificou-se, levando o guardanapo aos cantos da boca. — Já lhe disse que esta noite está encantadora?

— Uma dezena de vezes, mais ou menos.

— Quer que não diga mais?

— Não. Chame-me vaidosa, mas tenho a impressão de que aprecio o pedestal.

Richard riu-se. — Vou fazer tudo o que puder para a manter aí em cima.

Estavam no Pagini's, um restaurante aconchegado de Morehead City, que cheirava a temperos frescos e manteiga derretida, o género de lugar onde os empregados vestem de preto e branco e alguns dos pratos são confeccionados junto da mesa. Ao lado da mesa, num balde de gelo, haviam posto uma garrafa de *Chardonnay*; o empregado tinha enchido os dois copos que lançavam chispas amarelas naquele ambiente de luz suave. Vestido com um casaco de linho, Richard aparecera diante da porta de Julie a segurar um ramo de rosas e a cheirar vagamente a água-de-colónia.

— Ora bem, diga-me como é que correu a sua semana — começou. — Que coisas excitantes é que aconteceram na minha ausência?

— No trabalho?

— No trabalho, na vida, em qualquer lado. Pretendo saber tudo.

— Provavelmente essa pergunta faz mais sentido em relação a si.

— Porquê?

— Porque — admitiu Julie — a minha vida não tem nada de excitante. Trabalho num salão de beleza de uma pequena cidade do Sul, ou já se esqueceu?

Disse isto com bom humor, com vivacidade, como que a dizer que não estava a lamentar-se. — E, além disso, acabo de perceber que não sei grande coisa a seu respeito.

— Ai isso é que sabe.

— Acho que não. Não me falou muito de si. Nem sei exactamente o que é que faz.

— Julgo ter-lhe dito que era consultor, ou não disse?

— Sim, mas não entrou em grandes pormenores.

— Porque o meu trabalho é uma maçada.

Ela fingiu adoptar um ar de cepticismo e Richard ficou pensativo por um instante. — Está bem... o que faço... Bem, pode imaginar que sou o tipo que, trabalhando nos bastidores, assegura as condições para que a ponte se aguente de pé.

— Não é nada maçador.

— Esta é apenas uma maneira bonita de dizer que vivo mergulhado em números durante todo o dia. Nesse sentido, sou aquilo a que muitas pessoas chamam um maluquinho dos números.

Ela examinou-o por momentos, a duvidar de que fosse assim. — E a reunião era sobre isso?

— Qual reunião?

— A de Cleveland.

— Ah, não — respondeu Richard, abanando a cabeça. — Há um outro projecto para uma obra, na Florida, a que a empresa quer concorrer, e há muito trabalho a fazer: projecções de custos, estimativas de tráfego, cálculos de cargas a suportar, coisas desse género. Têm o seu próprio pessoal, certamente, mas consultam pessoas como eu para se assegurarem de que tudo, até ao mais ínfimo pormenor, está de acordo com as normas impostas pelas autoridades. Ficaria espantada com o volume de trabalho que tem de ser feito antes de se iniciar um projecto. Sozinho, sou responsável pelo derrube de enormes áreas florestais, só pelo volume de papelada que o governo exige e, de momento, luto com alguma falta de pessoal.

Julie continuou a observá-lo à luz difusa do restaurante. O rosto anguloso, simultaneamente austero e juvenil, a recordar-lhe os homens que ganham a vida a fazer poses para os anúncios de cigarros. Tentou, e não conseguiu, imaginar qual seria o aspecto dele em criança.

— O que é que faz nas horas vagas? Isto é, quais são os seus passatempos?

— Pouca coisa, na verdade. Entre o trabalho e os exercícios para manter a forma, não me fica muito tempo para outras coisas. Costumava fazer um pouco de fotografia. Fiz alguns cursos na universidade e, durante algum tempo, cheguei mesmo a encarar a hipótese de enveredar pela carreira. Até comprei algum equipamento. Mas é uma maneira difícil de arranjar dinheiro para pagar as contas, a menos que se pretenda abrir uma loja, mas não me senti vocacionado para passar os fins-de-semana a fotografar casamentos e *bar mitzvahs*,* ou miúdos trazidos à força pelos pais.

— E então decidiu ser engenheiro?

Ele assentiu. Por momento, a conversa chegou a um beco sem saída e Julie pegou no seu copo de vinho.

— E é natural de Cleveland?

— Não, não vivi este tempo todo em Cleveland. Só um ano, mais ou menos. Na verdade, cresci em Denver e passei lá a maior parte da minha vida.

— O que é que os seus pais fazem?

— O meu pai trabalhava numa fábrica de produtos químicos. A mamã era apenas a mamã. De início, pelo menos. Sabe como é: vida da casa, fazer a comida, manter a casa arrumada, o tipo de vida descrito na série *Leave It to Beaver*. Porém, depois da morte do papá, teve de arranjar emprego como empregada de mesa. Não ganhava muito, mas lá foi dando para irmos vivendo. Para ser franco, não sei como é que ela conseguia equilibrar-se.

— Parece ser uma mulher notável.

— Era.

— Era?

— É — corrigiu e baixou os olhos, a rodar o copo entre os dedos. — Fez um derrame cerebral há uns anos e... como hei-de dizer, não está bem. Mal se apercebe do que está a acontecer à sua volta e nem se recorda de mim. De facto, recorda-se de muito pouco. Tive de a

---

* Cerimónia judaica que consagra a entrada na puberdade e o início da maturidade religiosa: 13 anos para os rapazes (*bar*) e 12 anos e um dia para as raparigas (*bat*). *(NT)*

internar numa instituição especializada no tratamento da doença dela, em Salt Lake City.

Julie estremeceu. Ao observar a reacção dela, Richard abanou a cabeça.

— Não se incomode. Você não sabia. Mas, para ser franco, não é um assunto de que eu costume falar, especialmente quando as pessoas sabem que o meu pai também morreu. Põem-se a imaginar como é que será viver sem família. Contudo, suponho que não precisa de que lhe explique como é.

«Não», pensou Julie, «não preciso. Esse é um território que conheço bem.»

— Então foi por isso que saiu de Denver? Por causa da sua mãe?

— Ela foi apenas uma parte do problema — respondeu Richard, a examinar o tampo da mesa, antes de olhar de novo para ela. — Julgo que chegou a altura de lhe contar que já fui casado. Com uma mulher chamada Jessica. Também concorreu para a minha saída da cidade.

Embora um pouco surpreendida por ele não ter mencionado antes o casamento, Julie não disse nada. Pareceu-lhe que ele se debatia com o dilema de continuar ou não a falar do assunto, mas, finalmente, ele prosseguiu, numa voz neutra, sem emoção.

— Não sei o que é que correu mal. Podia estar aqui o resto da noite, a falar e a procurar encontrar o sentido de tudo o que se passou, mas, para falar com sinceridade, ainda não consegui entender. Afinal, só sei que não deu certo.

— Quanto anos é que foi casado?

— Quatro.

Richard encarou-a, do outro lado da mesa. — Quer realmente falar do assunto?

— Não, se não está disposto a contar-me.

— Obrigado — respondeu, respirando fundo. — Nem faz ideia de quanto fico satisfeito por me ter dito isso.

Ela sorriu. — E, depois, Cleveland, não foi? Gosta de lá viver?

— Não é mau, mas não passo lá muito tempo. Habitualmente estou onde a empresa tem projectos em execução, como sucede aqui, de momento. Terminado este projecto, não faço ideia de para onde vou.

— Julgo que por vezes deve ser duro.

— É, às vezes é, em especial quando sou obrigado a viver em hotéis. Este projecto é interessante porque vou passar aqui algum tempo e consegui encontrar uma casa para alugar. Além de, é preciso não esquecer, ter tido a oportunidade de a conhecer.

À medida que ia ouvindo, Julie ia ficando mais admirada pelo paralelismo da vida de ambos, desde o facto de serem filhos únicos, criados só pelas mães, à decisão que ambos tomaram de recomeçar a vida noutra terra. E embora os seus casamentos tivessem acabado de formas diferentes, algo na maneira de Richard falar parecia dar a entender que fora ele a ser abandonado e que se debatera com um verdadeiro sentimento de perda, posteriormente. Ali, em Swansboro, Julie ainda não encontrara ninguém capaz de perceber quanto ela por vezes se sentia só, especialmente nos períodos de férias, quando Henry e Mike falavam de ir visitar os pais, ou Mabel ia para Charleston, passar uns tempos com a irmã.

Mas Richard sabia o que custava, o que a fazia sentir uma crescente afinidade com ele, do género da que se pode sentir ao visitar um país estrangeiro e verificar que as pessoas sentadas na mesa mais próxima são naturais de uma terra vizinha da nossa.

A tarde ia morrendo e o céu estava cada vez mais escuro, destapando as estrelas. Nem Julie nem Richard queriam apressar o fim do jantar. Mandaram vir café no fim da refeição e partilharam uma fatia de tarte de limão, comendo cada um do seu lado, até ficar um pedaço que não podia ser reclamado por nenhum deles.

A ar ainda estava quente quando deixaram o restaurante. À espera de que ele lhe oferecesse a mão ou o braço, Julie ficou surpreendida por ele não fazer nada disso. Em parte, julgou-o retraído por sentir que ela fora apanhada desprevenida quando a beijara, no início da semana; mas também podia acontecer que estivesse surpreendido consigo mesmo por todas as confidências que fizera acerca do seu passado. Havia ali, pensou Julie, muita matéria de reflexão. A pequena achega acerca do antigo casamento tinha caído do céu, pondo-a a tentar descobrir a razão que o levara a não o mencionar durante o primeiro encontro entre eles, na altura em que ela lhe falara acerca de Jim.

Bem, não fazia mal. Recordou a si mesma que as pessoas são diferentes quando chega a altura de falarem do seu passado. Além de se ter apercebido de que, agora que se sentiam mais à vontade um com o outro, estava a apreciar tanto este encontro quanto apreciara o primeiro. Era agradável, nada de extraordinário, mas, sem dúvida, agradável. Quando pararam no cruzamento, Julie olhou para Richard. «Gosto dele», pensou. «Ainda não estou maluquinha por ele, ainda poderei dizer-lhe adeus, mas gosto dele. O que, por agora, é suficiente para mim.»

— Gosta de dançar? — inquiriu.

— Porquê? Quer ir dançar?

— Se estiver disposto.

— Oh, não sei. Não sou grande dançarino.

— Venha daí — encorajou Julie —, conheço um sítio estupendo.

— Tem a certeza de que não quer andar por aí mais um bocado? Certamente arranjaremos um sítio para bebermos um copo.

— Há horas que estamos sentados. Julgo que estou pronta para me divertir um pouco.

— Acha que até agora a noite não foi divertida? — perguntou Richard, a fingir-se ofendido. — E eu a pensar que estávamos a passar um serão excelente.

— Sabe muito bem o que estou a dizer. Contudo, se isso o faz sentir-se um pouco melhor, confesso que também não sou lá muito boa a dançar, pelo que prometo ficar muito calada se me der uma pisadela. Até estou disposta a fingir que não me doeu.

— Sofrer e sorrir?

— É o papel reservado à mulher, como sabe.

— Muito bem — concordou Richard —, mas não deixarei de lhe recordar o seu compromisso.

Julie riu-se e apontou para o carro dele. — Vamos embora.

Richard alegrou-se com o som do riso dela, a primeira vez que o ouvia naquela noite.

Ia a pensar que estava a lidar com uma mulher curiosa. Beija-se uma vez e parece pôr tudo em questão. Mas deixem que seja ela a dirigir e todas as precauções parecem desaparecer. Sabia que ela estava a tentar avaliá-lo, a tentar perceber como é que a história que estava a ouvir podia ajustar-se ao homem que estava sentado do outro lado da mesa. No entanto, não havia dúvidas acerca da compreensão patente na cara dela, quando se apercebera das afinidades entre as vidas de ambos.

SEIS

O Sailing Clipper era um bar típico das pequenas cidades costeiras. Mal iluminado e a cheirar a bafio, a tabaco e a bebidas retardadas, era popular entre os trabalhadores, que se amontoavam à volta do balcão a encomendar cerveja *Budweiser* aos litros. Encostado à parede oposta, o palco estava um pouco acima de uma pista de dança algo empenada, mas raramente desocupada quando a banda estava a tocar. Umas dezenas de mesas, tendo gravadas as iniciais da maioria das pessoas que alguma vez entraram no bar, estavam dispostas um pouco ao acaso, sem um número certo de cadeiras à volta de cada uma.

O grupo que ocupava o palco, Ocracoke Inlet, podia ser considerado habitual no Clipper. O dono, um homem amputado de uma perna que as pessoas tratavam por Leaning Joe*, gostava do grupo porque os rapazes tocavam música que punha os clientes bem-dispostos, o que os levava a quererem ficar e, em consequência, a consumirem maiores quantidades de bebidas. Não tocavam nada de original, nada de arriscado, nada que não pudesse ser encontrado nas *jukeboxes* dos bares espalhados pelo país, o verdadeiro motivo por que, na opinião de Mike, toda a gente gostava tanto deles. Eram *realmente* apreciados. Ao contrário do que acontecia nas actuações dos grupos em que ele tocava, as pessoas acorriam «aos magotes» quando os Inlet actuavam. Porém, nunca convidaram o Mike a tocar com eles, embora ele tratasse por tu a maioria dos músicos do grupo. Fossem, ou não, uma banda de segunda ordem, a ideia era deprimente.

---

* *Leaning*, em inglês, significa inclinado. O nome da personagem faz, portanto, uma alusão à sua deficiência física. *(NT)*

Era preciso, porém, não esquecer que a noite fora deprimente. Raios, bem podia dizer-se que toda a semana fora deprimente. Desde segunda-feira, quando Julie foi buscar o carro e mencionou casualmente (*casualmente!*) que, no sábado, ia sair com o Richard em vez de passar a noite com eles, Mike nunca mais deixara de sentir-se assustado. Tinha passado o tempo a resmungar entre dentes acerca da injustiça daquela situação, de tal maneira que alguns clientes chegaram a comentar o assunto com Henry. Pior ainda, durante o resto da semana Mike não conseguiu reunir coragem para a falar à Julie, sabendo que, se lhe falasse, ela não deixaria de o pressionar para que lhe contasse aquilo que o andava a preocupar. Não estava preparado para lhe dizer a verdade, porém, vê-la passar junto da oficina todos os dias, constituía uma lembrança viva de que ele não fazia ideia do que fazer de toda aquela situação.

É claro que Henry e Emma eram fantásticos e gostava de passar o tempo com eles, mas, se queria ser honesto consigo, Mike sabia que era uma terceira roda naquele pequeno grupo. Eles tinham-se um ao outro como motivo de irem para casa. Pelo seu lado, Mike não tinha em casa um ser vivo, a menos que contasse com algum rato que uma vez por outra se escapulisse através da cozinha. Formavam um par para dançar; durante a maior parte do tempo, Mike tinha de ficar sentado, sozinho, a ler e a descolar os rótulos das garrafas de cerveja. E quando Emma o convidava para dançar, o que naquele noite fizera com regularidade, Mike olhava para o chão, sempre de cabeça baixa, pedindo a Deus que ninguém o visse a dançar com a irmã.

Irmã. Cunhada. O que se quisesse. As formalidades pouco valiam numa altura daquelas. Quando ela pedia, continuava a sentir o que sentiria se a mãe se oferecesse para ir com ele ao baile dos finalistas, por ele não ter conseguido arranjar companhia.

Não era assim que as coisas tinham sido planeadas para aquela noite. Julie tinha assegurado que vinha. Julie seria a quarta roda. Julie deveria formar um par de dança com ele, sorrir ao segurar um copo, rir-se e namoriscar. E teria sido assim, se não tivesse aparecido aquele Richard.

Richard.

Odiava aquele tipo.

Não o conhecia. Não queria conhecê-lo. Não lhe interessava. Ficava de sobrolho franzido só de pensar nele e estava farto de franzir a testa, pois não fizera outra coisa durante todo o serão.

Sem tirar os olhos do irmão, Henry acabou a sua cerveja *Coors* e pôs a garrafa de lado.

— Julgo que devias cortar com essa cerveja barata que andas a beber — comentou Henry. — Parece que te põe nervoso.

Mike olhou-o de soslaio. Henry estava a sorrir e a pegar na garrafa de Emma. A mulher tinha ido à casa de banho e, tendo em conta as bichas inevitáveis quando se junta uma multidão daquelas, Henry sabia que ela poderia demorar-se um bom bocado. Já tinha mandado vir uma nova garrafa.

— Estou a beber o mesmo que tu.

— Isso é verdade — replicou Henry —, mas tens de compreender que alguns homens aguentam a bebida com mais facilidade do que outros.

— Pois, pois... continua a falar.

— Que coisa! Esta noite estás impossível — repreendeu Henry.

— Tens passado a noite a implicar comigo.

— É o que mereces, tendo em conta a maneira como te tens portado ultimamente. Tivemos um esplêndido jantar, tenho estado toda a noite a tentar envolver-te na minha conversação inteligente e Emma tem feito tudo para que não estejas para aí sentado sozinho, como um falhado a quem a parceira deixou pendurado no meio da pista de dança.

— Essa não teve piada nenhuma.

— Não era para ter. Só estou a dizer-te a verdade. Olha para mim como o teu verdadeiro caminho para a salvação. Quando em dúvida, quando necessitares de respostas, vem junto de mim. Precisas, por exemplo, de aliviar a pressão. Estás a estragar a noite a todos.

— Olha, estou a fazer o que posso, está bem?

— Oh! — exclamou Henry, a franzir o sobrolho —, desculpa. Julgo que estou a imaginar esses teus suspiros profundos.

Mike arrancou o resto do rótulo da garrafa e fez uma bola com ele.

— Pois, pois. És um tipo cómico, Henry. Devias ir apresentar o teu número em Las Vegas. Podes crer, serei o primeiro a ajudar-te a fazer as malas.

Henry recostou-se na cadeira. — Vá, lá. Estava apenas a querer divertir-me um pouco.

— Pois estavas, à minha custa.

Henry levantou as duas mãos, com o ar mais inocente. — Só tu é que estás aqui comigo. Quem mais é que posso chatear?

Mike esbugalhou uns olhos zangados para o irmão, mas depois olhou para o lado.

— Está bem, está... peço desculpa — disse Henry com modos apaziguadores. — Mas, ouve, vou dizer o mesmo outra vez. Por ela ter saído com Richard não quer dizer que as tuas hipóteses tenham desaparecido para sempre. Em vez de te arrastares por aí, encara o facto como um desafio. Talvez esta derrota te inspire para esclareceres tudo com ela.

— Estava a planear isso mesmo.

— Ai estavas?

— Estava. Depois de termos conversado, na segunda-feira, decidi fazer exactamente como me disseste. Esta seria a noite em que lhe diria tudo.

Henry ficou a observá-lo. — Bom — acabou por dizer —, tenho orgulho em ti.

Mike esperou por mais, mas o irmão manteve-se silencioso.

— Então? Acabaram-se as piadas?

— Não há razão para brincadeiras.

— Porquê? Não acreditas?

— É claro que acredito. Acho que tenho de acreditar.

— Porquê?

— Porque vou ter oportunidade de te ver fazer o que dizes.

— Hã?

— Os deuses estão do teu lado, irmãozinho.

— De que raio é que estás a falar?

Henry levantou o queixo, acenando na direcção da porta.

— Adivinha quem acaba de entrar?

Richard manteve-se ao lado de Julie, que esticava o pescoço em todas as direcções, a procurar um lugar para se sentarem.

— Nunca pensei que estivesse tão cheio — gritou Richard, por cima da vozearia. — Tem a certeza de que quer ficar?

— Venha daí, isto tem a sua graça. Vai ver.

Embora esboçasse um sorriso rápido de concordância, Richard tinha as suas dúvidas. O lugar parecia-lhe um refúgio para quem bebe para fugir dos problemas, pessoas desesperadas que procuram a companhia de um estranho. Era, pensou, o tipo de atmosfera que promovia a ideia de que todos os que ali estavam, acompanhados ou não, se encontravam disponíveis. Julie não pertencia a um lugar daqueles e ele tampouco se sentia ali bem.

No palco, a banda tinha recomeçado a tocar e as pessoas entravam e saíam da pista de dança, as que iam começar e as que saíam para descansar um pouco. Estava tão perto de Julie que lhe sentia a respiração mesmo junto do ouvido. — Vamos arranjar alguma coisa que se beba — disse —, e depois procuramos um sítio para nos sentarmos.

Julie assentiu. — Certo. Vá à frente. O balcão é lá mais para diante.

Quando começou a deslizar por entre as pessoas, Richard ofereceu-lhe a mão. Julie aceitou-a sem hesitação. Quando chegaram junto do balcão, não lhe soltou a mão; levantou a outra para chamar a atenção do empregado.

— Então, é aquele, o Richard? — inquiriu Emma.

Emma, com 38 anos de idade, era uma loura de olhos verdes, sempre bem-disposta, o que fazia qualquer pessoa esquecer que não era uma mulher bonita no sentido comum. Baixa e de rosto redondo, andava constantemente a experimentar dietas, sem êxito, embora nem Mike nem Henry conseguissem perceber as razões de tantos cuidados com a alimentação. As pessoas não gostavam de Emma pelo seu aspecto, adoravam-na pela pessoa que era e pelo que fazia. Prestava trabalho voluntário regular na escola infantil e em cada tarde, às três horas, abria o portão da frente e segurava-o com um tijolo, de modo a que as crianças da vizinhança tivessem um espaço para se juntarem. E era o que elas faziam: durante horas, a casa transformava-se numa colmeia cheia de actividade graças às constantes entradas e saídas dos miúdos, atraídos pelas pizas caseiras que ela fazia quase todos os dias.

Se as crianças a amavam, Henry adorava-a e considerava-se um homem de sorte por tê-la a seu lado. A presença de Emma era benéfica para Henry, mas o contrário também era verdade; era frequente afirmarem que, por estarem demasiado ocupados a rirem-se um com o outro, não lhes sobrava tempo para discussões. Como Henry, Emma adorava a zombaria e, quando começavam a caçoar de alguém, pareciam alimentar-se mutuamente. E depois de uma ou duas bebidas? Mike precisava de se precaver. Eram terríveis, pareciam dois tubarões adultos a alimentarem-se dos mais pequenos.

Mike pensava que, infelizmente, na altura não passava de um tubarão bebé, a nadar diante das mandíbulas abertas da mãe. A visão daquele brilho esfomeado nos olhos deles fez que tivesse vontade de mergulhar para se proteger.

Henry assentiu. — Ele mesmo.

Emma continuou a olhar. — Não é nada de deitar fora, pois não?

— Julgo que a Mabel usou a palavra... sensual — avançou Henry.

Emma apontou-lhe um dedo, como se Henry fosse um advogado que tivesse expressado uma ideia válida em pleno tribunal. — Isso... sensual. Muito sensual. De uma forma atraentemente estranha, quero eu dizer.

Mike cruzou os braços e afundou-se mais na cadeira, a reflectir se a noite ainda poderia vir a revelar-se pior.

— É isso exactamente o que penso — disse Henry. Ainda à espera das bebidas, Richard e Julie estavam de pé junto do balcão, ambos de perfil. — Não há dúvida de que fazem um bonito par — acrescentou.

— Não há dúvida de que sobressaem no meio da multidão — concordou Emma.

— Parecem saídos de um desses artigos da *People*, onde se fala dos mais fascinantes casais de todo o mundo.

— Como se estivessem a preparar-se para fazer um filme juntos.

Finalmente, Mike resolveu interrompê-los. — Deixem-se disso, vocês os dois. Já entendi. Ele é perfeito, é extraordinário, é o Senhor Maravilhas.

De olhos brilhantes de gozo, Henry e Emma olharam Mike de frente.

— Não é isso que estamos a dizer — contemporizou Henry. — Só pretendemos dizer que *parece* que é.

Emma estendeu o braço por cima da mesa e deu uma palmadinha no ombro do cunhado. — E, além disso, não há motivos para perderes a esperança. O aspecto não é a única coisa que interessa.

Mike limitou-se a olhar para eles.

Henry inclinou-se para a mulher. — Julgo que deves saber que o meu maninho tem passado um mau bocado devido a esta situação. E, pela expressão dele, não penso que estejamos a ajudar.

— Oh, achas mesmo? — perguntou Emma com ar inocente.

— Seria bom que os dois deixassem de me espicaçar. Não têm feito outra coisa, durante toda a noite.

— Mas tu és um alvo tão fácil quando estás com essa disposição — gracejou Emma. — A dor de cotovelo é isso mesmo, como sabes.

— Eu e o Henry já discutimos este assunto.

— E, além disso não é nada bonito — continuou Emma, ignorando o comentário do cunhado. — Aceita a opinião de uma mulher que sabe o que diz. Se não queres ser derrotado por um tipo como aquele, é melhor que mudes de música, antes que seja demasiado tarde. Se continuares a portar-te como te tens portado toda a noite, bem podes dizer-lhe adeus a partir deste preciso momento.

Mike ficou espantado com a franqueza. — Nesse caso, devo agir como se não me importasse?

— Não, Mike. Age como se te importasses realmente, como se quisesses demonstrar que queres o melhor para ela.

— E como é que faço isso?

— Sendo amigo dela.

— Eu sou amigo dela.

— Não, de momento não estás a ser. Se fosses seu amigo, partilharias a felicidade que ela está a sentir.

— Como é que posso estar feliz a vê-la com ele?

— Porque — contrapôs Emma, como se a resposta fosse óbvia — estar com ele significa que a Julie está pronta a procurar o homem que lhe convém; e toda a gente sabe quem é esse homem. E, se queres saber, duvido sinceramente de que seja aquele tipo que ali está — continuou. Sorriu e fez uma nova carícia no ombro do cunhado. — Acreditas mesmo que estaríamos os dois a massacrar-te se não acreditássemos que tu e ela acabarão por se entender?

Por mais que ela zombasse dele, naquele momento descobriu porque é que Henry a amava tanto. E por que razão ele próprio a amava também.

Como se ama uma irmã, evidentemente.

Finalmente, as bebidas de Julie e Richard chegaram: uísque para ele e *Diet Coke* para ela. Depois de pagar, quando estava a guardar a carteira, Richard olhou para o lado, reparando no homem que se encontrava na ponta do balcão.

O homem estava a mexer a bebida e parecia alheado de tudo. Mas Richard resolveu aguardar e, como esperava, momentos depois o olhar do homem desviou-se para Julie. O homem não abandonara aquele ritual durante todo o tempo que tinham estado à espera das bebidas, fizera aquilo constantemente, apesar das tentativas para passar despercebido. Porém, desta vez, Richard fixou-o, olhos nos olhos, e não pestanejou até o outro desviar o olhar.

— Para quem é que está a olhar? — inquiriu Julie.

Richard abanou a cabeça. — Para ninguém — desculpou-se, sorrindo. — Durante um segundo, pensei em qualquer outra coisa.

— Já está preparado para enfrentar a pista de dança?

— Ainda não. Julgo que preciso de acabar a minha bebida primeiro.

Andrea, metida dentro de uma mini-saia preta muito apertada, sapatos de salto agulha e um top reduzido, esticara a pastilha elástica para fora da boca e estava a enrolá-la à volta do dedo, enfastiada a ver o Cobra a emborcar o sexto copo de *tequilla*, a que acrescentou um pedaço de limão cujo sumo chupou. A limpar a boca com as costas da mão, sorriu para Andrea, com o incisivo de ouro a faiscar com a luz fluorescente que se encontrava atrás deles.

Montado na sua *Harley*, o Cobra tinha aparecido diante do salão na quinta-feira pela manhã — embora Andrea não o soubesse, o nome dela era mencionado com frequência nos bares frequentados por motociclistas, desde Swansboro até à Louisiana — e, quando decidiu ir-se embora, ela já lhe fornecera o seu número de telefone, para depois passar o resto do dia a pavonear-se pelo salão, sentindo-se extremamente satisfeita consigo própria. No seu deslumbramento, nem reparava nos olhares de piedade que Mabel lhe lançava, nem se apercebia de que, como todos os homens que namorava, o Cobra não passava de um falhado.

Tinha-lhe ligado ao princípio da tarde, depois de beber umas cervejas, para a convidar a encontrar-se com ele e os amigos no Clipper. Embora em termos técnicos não fosse um convite, pois não se oferecera para a ir buscar, nem ocorrera a nenhum deles que talvez fosse conveniente começarem por comer alguma coisa, Andrea estava nas nuvens ainda antes de pôr o auscultador no descanso, pensando que o convite em pouco se distinguia de um pedido formal de namoro. Passou uma hora a pensar no que devia levar vestido (pois as primeiras impressões são as mais importantes), antes de se dirigir ao Clipper, para o encontro com o Cobra.

O primeiro gesto do homem fora colocar os braços à volta dela, com as duas mãos a agarrarem-lhe as nádegas, ao mesmo tempo que a beijava no pescoço.

Não se incomodou nada. Afinal, o Cobra nem tinha mau aspecto, especialmente quando comparado com outros tipos com quem já andara metida. Embora vestisse uma *T-shirt* preta com a gravura de uma caveira no peito e pedaços de couro cosidos numas calças de ganga sebentas, não era gordo nem peludo. E a sereia que trazia tatuada no braço era, tinha de o admitir, relativamente decente ao pé de outras que já vira. Não lhe agradava muito o pormenor do dente de ouro, mas o homem parecia bastante limpo e não cheirava mal, coisas que uma rapariga nem sempre consegue obter.

No entanto, acabara por concluir que a noite tinha sido uma completa perda de tempo e que cometera um erro ao dar-lhe o número de telefone. É que, depois dos dois primeiros copos, quando as coisas começavam a ficar interessantes, tinham aparecido alguns dos amigos e um deles informou-a de que Cobra não era o verdadeiro nome do rapaz, era um nome de guerra só usado pelos amigos. Na verdade, chamava-se Ed DeBoner.

Foi então que o interesse de Andrea começou a esmorecer. Embora nem conseguisse imaginar-se a admitir o que sentia. Ao contrário de

Cobra (ou Snake, ou Rat, ou até Dean) Ed não era um nome ajustado a alguém que conduzia uma *Harley*, a alguém que se considerava acima da lei e era adepto da vida livre. Ed não era nome para um homem de verdade. Ed era um nome próprio para um burro falante, valha-nos Deus. E do apelido, nem falar.

DeBoner!

Quase cuspira a bebida no momento em que ele disse como se chamava.

— Queres voltar para casa, boneca? — perguntou o Cobra, com voz pastosa.

Andrea fez a pastilha deslizar novamente para a boca.

— Não.

— Então, vamos beber mais um copo.

— Como? Não tens cheta.

— Nesse caso, pagas-me uma bebida e eu mais tarde compenso-te, boneca.

Embora tivesse gostado que a tratasse por «boneca» anteriormente (e pensar nisso deixou-a deprimida), quem o dizia então era o Cobra. E não um fulano chamado Ed DeBoner. Formou um balão com a pastilha e fê-lo rebentar.

Cobra não pareceu afectado pelo escárnio com que era tratado. Pôs a mão por debaixo da mesa e acariciou-lhe as coxas, mas ela levantou-se, empurrou a cadeira e foi à procura de outra bebida.

Foi ao aproximar-se do balcão do bar que reconheceu Richard.

O rosto de Julie iluminou-se logo que descobriu Mike, Henry e Emma, sentados numa mesa próxima da pista de dança, e procurou a mão de Richard.

— Venha daí — comandou —, parece que descobri lugares para nos sentarmos.

Abriram caminho por entre a multidão, atravessaram o topo da pista de dança e chegaram junto da mesa.

— Olá, malta. Não esperava encontrar-vos aqui — saudou Julie. — Como é que estão?

— Vamos bem — respondeu Henry. — Resolvemos vir até cá depois de jantar, para vermos o que se passa por estas bandas.

Richard mantinha-se atrás de Julie, sem lhe largar a mão. — Richard, quero apresentar-te umas pessoas. Este é o Richard, esta é a Emma e este é o Henry. E este aqui é Mike, o meu melhor amigo.

Henry estendeu a mão. — Olá, viva — avançou.

Richard hesitou antes de corresponder. — Olá — limitou-se a dizer.

Seguiram-se Mike e Emma. Quando Julie olhou para Mike, este sorriu-lhe com agrado, embora se sentisse morrer ao fazê-lo. No ar quente do interior do bar, as faces dela estavam ligeiramente coradas. Pensou que a amiga estava muitíssimo bonita naquela noite.

— Não querem sentar-se? — ofereceu Henry. Há aqui cadeiras a mais.

— Não, não queremos incomodar — desculpou-se Richard.

— Não é incómodo nenhum. Vá lá, juntem-se a nós — convidou Emma.

— Não se importam, de certeza? — inquiriu Julie.

— Não sejas pateta — respondeu Emma. — Estamos todos entre amigos.

Julie sorriu e rodeou a mesa para se sentar. Richard seguiu-a e fez o mesmo. Uma vez todos instalados, Emma apoiou os cotovelos na mesa e interpelou o estranho.

— Então, Richard — começou —, fale-nos de si.

A princípio, a conversa não fluiu, foi até quase desagradável, pois ele falava pouco e limitava-se a responder a perguntas directas. Uma vez por outra, Julie fornecia uma ou outra informação adicional, outras vezes dava-lhe uma cotovelada amigável, como que a empurrá-lo até ele arrancar.

Quando Richard falava, Mike fazia os maiores esforços para parecer interessado.

E estava, de uma forma que podia ser considerada algo interesseira, como se quisesse ao menos fazer uma ideia do adversário que tinha de defrontar. Porém, com a passagem dos minutos, começou a comparar o seu futuro com o dos salmões que têm de subir o rio a lutar contra a corrente. Até ele conseguia ver que Julie estava interessada em Richard. Era inteligente (e teve de concordar que era também, sem dúvida, bem-parecido, mas só para quem apreciasse os homens rudes e atléticos) e, ao contrário de Mike, tivera educação universitária e era viajado. Embora não se risse muito e dissesse poucas piadas, e não apreciasse Emma ou Henry quando eles as diziam, parecia que tal desconforto assinalava mais timidez do que arrogância. E os seus sentimentos em relação a Julie eram bem evidentes. Sempre que Julie falava, Richard não tirava os olhos dela, como se fosse um marido a acordar na primeira manhã da lua-de-mel.

Durante todo o tempo, Mike não deixou de sorrir e acenar a sua concordância, ao mesmo tempo que destilava ódio contra Richard.

Um pouco mais tarde, enquanto Julie e Emma se punham ao corrente das últimas novidades da cidade, Richard acabou a sua bebida. Perguntando a Julie se pretendia mais qualquer coisa, pediu desculpa e dirigiu-se de novo ao balcão. Quando Henry pediu se ele não se importava de trazer mais duas cervejas, Mike também se levantou e ofereceu-se para acompanhar Richard.

— Vou ajudar a trazer as bebidas.

Chegaram junto do balcão e chamaram a atenção do empregado, que fez sinal de que iria atendê-los logo que pudesse. Richard puxou da carteira e, embora Mike estivesse mesmo ao seu lado, manteve-se em silêncio.

Mike tentou meter conversa. — Ela é uma grande senhora.

Richard virou-se para ele, pareceu estudá-lo durante uns momentos e voltou à posição inicial.

— Pois é — limitou-se a dizer.

Chegados junto da mesa, Richard pediu a Julie que fossem dançar e, depois de se despedirem, foram-se embora.

— Então, não foi assim tão difícil, pois não? — perguntou Emma.

Mike encolheu os ombros, sem vontade de responder.

— E ele mostrou-se bastante simpático — acrescentou Henry. — Um pouco sorumbático, mas educado.

Mike pegou na cerveja. — Não gostei dele — acabou por dizer.

— Oh, eis uma grande surpresa! — exclamou Henry, por entre as gargalhadas.

— Não estou certo de que seja pessoa em quem se possa confiar.

Henry continuava bem-disposto. — Bom, como desperdiçaste a tua oportunidade, julgo que temos de ficar por aqui durante mais algum tempo.

— Qual oportunidade?

— Disseste que esta era a noite em que ias convidá-la a sair contigo.

— Cala a boca.

Um pouco mais tarde, Mike deu consigo a tamborilar com os dedos no tampo da mesa. Henry e Emma tinham ido cumprimentar outro casal e, agora que estava só, Mike tentou perceber exactamente aquilo que lhe desagradava em Richard Franklin.

Para além do que era óbvio.

Havia mais qualquer coisa. Apesar do que Henry tinha dito e do que Julie parecia pensar, Richard não lhe parecia um tipo particularmente *simpático*. O que acontecera no balcão não lhe deixou dúvidas a esse respeito. Depois de ele lhe ter dito o que pensava acerca de Julie, Richard olhou-o como se já conhecesse os sentimentos dele em relação à amiga, adoptando a expressão de quem queria dizer claramente: «Perdeste. Por isso, não te aproximes.»

Nada que possa levar alguém a considerá-lo um tipo *simpático*.

Sendo assim, como é Julie parecia não ver o lado menos bom do Richard, como ele via? E por que razão estava a acontecer o mesmo com o Henry e com a Emma? Ou tudo aquilo não seria mais do que uma partida que a imaginação lhe estava a pregar?

Voltou a reviver toda a cena. Não, acabou por decidir, não se tratava de imaginação sua. Sabia o que vira. E não gostava dele.

Recostou-se na cadeira, respirou fundo e observou a sala. Conseguiu encontrar Julie e Richard, observou-os por momentos e depois forçou-se a olhar para outro lado.

Durante o intervalo para descanso da banda, Julie e Richard saíram da pista de dança e encontraram uma mesa vaga no lado oposto do bar. Mike nunca mais deixou de olhar para lá. Não conseguia resistir. Embora tentasse fingir que continuava a proceder a uma avaliação de Richard, sabia que a compulsão de olhar tinha mais em comum com a que as pessoas sentem quando se lhes depara um acidente grave. Ou, ainda mais exacto, pensou, observá-los juntos era como ver um carro a despenhar-se por um desfiladeiro monstruoso, mas com a oportunidade de espreitar pelo pára-brisas e ver o que se passava lá dentro.

Era realmente o que parecia. Com o correr da noite, não conseguia evitar a conclusão de que a sua possibilidade de conquistar Julie se tornara semelhante à hipótese de encontrar a Atlântida. Enquanto Mike estava para ali sozinho, Julie e Richard olhavam-se com aqueles sorrisos parvos, obviamente a apreciarem a companhia um do outro.

Um nojo.

Pelo menos, fora isso que lhe parecera da última vez que olhara, uns segundos antes.

Mas, o que é que estavam a fazer *agora*?

Lentamente, com toda a subtileza, Mike começou outra vez a dirigir o olhar na direcção deles. Julie estava de cara voltada e, graças a Deus, não conseguia ver que ele a observava. Se o caçasse a olhar, não deixaria de lhe fazer um gesto ou de lhe sorrir ou, pior ainda, podia ignorá-lo. As duas primeiras reacções fariam que parecesse um idiota, a última seria suficiente para o lançar no desespero.

Quando se virou, viu Julie concentrada a olhar para o colo, a procurar qualquer coisa na mala de mão.

Porém, o olhar de Richard encontrou o seu numa expressão dura, concentrado numa avaliação fria, quase confiante da situação. «Sim, Mike, sei que estás a olhar.»

Mike sentiu-se gelar, como um garoto apanhado a tirar uma nota da carteira da mãe.

Queria voltar a cabeça mas não parecia ter energia suficiente para executar o movimento, até que ouviu uma voz atrás de si. Olhou por cima do ombro e viu que Drew, o vocalista da banda, estava junto da mesa.

— Viva, Mike! — exclamou Drew. — Tens um minuto? Tenho uma coisa para te dizer.

Uma hora depois, com Cobra completamente embriagado, Andrea dirigiu-se para a casa de banho. E, como não deixara de fazer desde a primeira vez que notara a presença de Richard, enquanto estava na bicha ia perscrutando a sala em busca dele. Julie e ele estavam a sair da pista de dança. Richard inclinou-se para murmurar qualquer coisa ao ouvido da companheira e dirigiu-se para a casa de banho dos homens.

Vendo que ele tinha de passar junto dela, Andrea apressou-se a passar a mão pelo cabelo e a ajeitar a saia e o top. Saiu da bicha, cortando-lhe o caminho.

— Olá, Richard — saudou. Embora não imediatamente, viu que Richard a reconhecera. — Andrea, não é?

Sorriu, convencida de que ele tinha mesmo de se recordar. — Nunca o tinha visto por aqui — disse ela.

— É a primeira vez que aqui venho.

— Não acha isto fantástico?

— Nem por isso.

— Oh, também acho que não é grande coisa, mas não há por aqui muitos sítios aonde se possa ir. Sabe como são as cidades pequenas.

— Estou a aprender — respondeu Richard.

— No entanto, as noites de sexta-feira são as melhores.

— Ai são?

— É verdade. É quando eu costumo vir. De facto, nesses dias estou quase sempre aqui.

Ele parou, olhando directamente para ela, sem pestanejar, até que decidiu fazer um aceno na direcção de Julie.

— Ouça, gostaria de ficar a conversar consigo, mas não posso.

— Por ter vindo com a Julie?

Richard encolheu os ombros. — Vim na companhia dela.
— Pois, eu sei — concordou Andrea.
— Bem, gostei de a ver — rematou ele.
— Obrigada. Também gostei de o ver.
Momentos depois, Richard abriu a porta e esperou que ela se fechasse atrás de si. Enquanto Andrea estava a olhar para a porta, Cobra apareceu a cambalear por detrás dela, resmungando qualquer coisa sobre necessidades do corpo.
Logo que ele entrou na casa de banho, Andrea decidiu que estava na hora de se pôr a mexer.
Ver o Cobra uma vez mais, pensou, só serviria para destruir a sensação de ter estado a olhar para Richard.

Um pouco depois da meia-noite, com o mundo mergulhado em luar, Julie e Richard encontravam-se no alpendre. As rãs e os grilos cantavam, uma brisa ligeira agitava as folhas e até *Singer* parecia disposto a aceitar melhor o Richard. Embora o focinho do cão aparecesse por entre as cortinas e estivesse a observar o homem com cuidado, não soltara um único latido.
— Obrigada por esta noite — disse Julie.
— Não tem de quê. Passei uma noite maravilhosa.
— Mesmo no Clipper?
— Desde que lhe tenha agradado, fico satisfeito por termos ido.
— Mas não é o género de lugar que prefere?
Ele encolheu os ombros. — Para lhe ser franco, é provável que tivesse preferido um lugar com maior privacidade. Preferia que estivéssemos sós.
— Estivemos sós.
— Mas não durante o tempo todo.
Julie encarou-o com uma expressão estranha.
— Está a falar daquele bocado em que estivemos sentados junto dos meus amigos? — perguntou. — Pensou que quis fazer aquilo por não estar satisfeita?
— Não soube bem o que pensar. É um tipo de escape que as mulheres usam com frequência, quando o encontro não está a correr bem. É como se gritassem: «Socorro! Preciso de ajuda!»
Ela sorriu. — Não se passou nada disso. Aquelas são as pessoas com quem tinha decidido ir jantar esta noite; quando as vi, tinha de ir cumprimentá-las.
Os olhos de Richard foram da luz do alpendre até ao rosto de Julie. — Bem... como dizer, reconheço que não me mostrei muito expansi-

vo com os seus amigos. Peço desculpa. Parece que nunca me ocorre nada para dizer.

— Portou-se muito bem. Tenho a certeza de que gostaram de si.

— Não estou muito certo de que o Mike gostasse.

— Mike?

— Esteve a observar-nos.

Embora não tivesse reparado, apercebeu-se de que deveria estar à espera de algo do género. — Mike e eu conhecemo-nos há muitos anos — informou. — Ele preocupa-se comigo. Só isso.

Richard pareceu avaliar a resposta. Finalmente, passou-lhe pelo rosto um sorriso fugaz. — Muito bem.

Durante um longo momento nenhum deles falou e Richard acabou por se acercar dela.

Desta vez, embora esperasse o beijo e desejasse que ele lho desse — ou, pelo menos, pensou que o desejava — não conseguiu deixar de sentir um certo alívio quando ele se voltou para se ir embora.

Pensou que não havia necessidade de apressar as coisas. Quando fosse conveniente, ela saberia.

SETE

— Ele aí vai — anunciou Henry —, mesmo à hora.

Era a manhã de terça-feira, uns dias depois de terem sido apresentados no Clipper. Henry estava a beber *Dr. Pepper* e a observar Richard, que ia a passar na rua, a caminho do salão. Richard transportava um presente, uma caixa pequena, mas esse não era o motivo da curiosidade de Henry.

Como, no sábado, tinha informado o Richard do local onde trabalhava, esperou que o outro se dignasse ao menos dar uma olhadela quando passasse pela garagem. No dia anterior, Henry chegara a acenar-lhe, mas Richard continuou o caminho, não vendo ou fingindo não ver o cumprimento. Em vez disso, manteve os olhos no chão e seguiu. Tal como hoje.

Ao ouvir o irmão, Mike emergiu de baixo da tampa do motor de um automóvel, pegou num pedaço de desperdícios que trazia preso no cinto e começou a limpar as mãos.

— Ser consultor deve ser uma rica profissão — observou ele. — Será que este tipo nunca tem obrigação de trabalhar?

— Agora não fiques assim. Na semana passada usaste a quota de mau humor que te devia chegar para o ano todo. Além disso, é preferível que o vejas a visitá-la durante as horas de trabalho, em vez de o fazer quando ela está em casa, não achas?

Um olhar bastou a Henry para saber que o irmão nem tinha pensado naquilo. Então, quase de imediato, o rosto de Mike assumiu uma expressão sobressaltada.

— Será que ele vai levar-lhe um presente? — inquiriu.

— Pois vai.

— Alguma ocasião especial?

— É provável que pretenda causar boa impressão.

Mike voltou a limpar as mãos. — Pois bem, a ser assim, talvez eu também passe pelo salão, um pouco mais tarde, para lhe levar uma prenda minha.

— Isso é que é falar — aplaudiu Henry, aplicando uma palmada nas costas do irmão. — Era exactamente isso que eu queria ouvir. Um pouco menos de amuo, um pouco mais de acção. Nós, os Harris, nunca fomos homens de virar a cara às dificuldades.

— Obrigado, Henry.

— Mas antes de entrares pelo salão adentro armado de presentes, deixa que te dê um conselho.

— Claro, avança.

— Esquece a prenda.

— Mas pareceu-me ouvir-te dizer que...

— Isso é coisa dele. Não funciona no teu caso.

— Mas...

— Acredita no que te digo. Far-te-ia parecer desesperado.

— Eu estou desesperado.

— Pode ser que sim — concordou Henry. — Mas não podes dar-lhe a entender isso. Ia julgar-te patético.

— Richard!... — exclamou Julie, a olhar para a caixa aberta que tinha na mão. Lá dentro estava um medalhão em forma de coração enfiado num fio de ouro. — É uma beleza.

Estavam de pé, do lado de fora da porta, sem repararem que Mike e Henry estavam do outro lado da rua a observá-los, além de Mabel e *Singer* os espreitarem por entre as cortinas do salão. — Mas... porquê? Quero dizer, estamos a celebrar o quê?

— Nada. Vi o medalhão e, bom... gostei. Ou melhor, pensei em si e decidi que tinha de lho oferecer.

Os olhos de Julie fixaram-se no medalhão. Decerto fora caro e, por conseguinte, trazia consigo novas expectativas.

Como se estivesse a ler-lhe os pensamentos, Richard levantou as duas mãos. — Por favor, quero que aceite. Se for preciso, pense que se trata de um presente de aniversário.

— O meu aniversário é só em Agosto.

— Nesse caso estou um pouco adiantado — admitiu. — Por favor!

No entanto...

— Richard... é muito bonito, mas eu não devia, de verdade...

— É apenas um medalhão, não é um anel de noivado.

Ainda um pouco insegura, ela acabou por aceitar e deu-lhe um beijo. — Obrigada — murmurou.

Richard apontou para o medalhão. — Ponha-o.

Julie abriu o fecho e pôs o fio à volta do pescoço.

— Como é que me fica?

Ele ficou a olhar o medalhão, mas mostrou um sorriso esquisito, como se estivesse a pensar noutra coisa. Mesmo quando respondeu, não tirou os olhos da jóia.

— Perfeito. É exactamente assim que me recordo de o ver.

— Recorda?

— Da ourivesaria — atalhou ele. — Contudo, parece muito mais belo.

— Oh! Bem, não devia ter feito isto.

— Está errada. Fiz exactamente o que devia fazer.

Julie apoiou uma das mãos na cintura.

— Está a estragar-me com mimo, sabia? As pessoas não costumam andar por aí a comprar-me presentes sem haver um motivo qualquer.

— Então, fiz uma boa acção. E pensa realmente que tem de existir sempre um motivo? Nunca lhe aconteceu ver uma coisa que considerasse perfeita para dar a alguém, e comprá-la de seguida?

— É claro que já aconteceu. Mas não assim. E não quero que sinta que eu estou à espera deste tipo de coisas, porque não estou.

— Sei que não está. Essa é uma das razões por que senti prazer em fazer o que fiz. Toda a gente precisa de ser surpreendida, uma vez por outra.

Richard fez uma pausa. — Então, tem alguma coisa para fazer nesta sexta-feira à noite?

— Pensei que ia para fora, assistir a uma reunião.

— Ia. Mas acontece que a reunião foi cancelada. Ou melhor, a minha participação foi dispensada. Tenho todo o fim-de-semana livre.

— O que é que tem na ideia? — perguntou Julie.

— Algo de muito especial. Porém, por agora, quero manter o segredo.

Julie não respondeu de imediato e, como notasse nela uma certa incerteza, pegou-lhe na mão. — Julie, vai adorar. Acredite em mim. Mas tem de sair um pouco mais cedo. Terei de ir buscá-la a casa por volta das quatro da tarde.

— Tão cedo? Porquê?

— Levaremos algum tempo a chegar ao sítio aonde vamos. Acha que consegue?

Ela sorriu. — Terei de alterar um pouco a minha agenda, mas acho que consigo. E quanto a roupa, a de sair ou a de todos os dias?

Era uma maneira polida de perguntar se devia levar uma mala. Se ele respondesse ambas, significava que passavam o fim-de-semana e ainda não lhe parecia conveniente entrar nisso.

— Eu vou de casaco e gravata, se isso a ajuda a decidir.

Decerto tinha todo o ar de um convite formal. — Acho que tenho de ir às compras — concluiu Julie.

— Tenho a certeza de que irá bonita, vista o que vestir.

Dito isto, voltou a beijá-la e, quando ele acabou por se ir embora, o dedo de Julie foi acariciar o medalhão. Abrindo-o, confirmou que tivera razão ao pensar que podia acomodar uma fotografia pequena. Ficou surpreendida por ver que já trazia as suas iniciais gravadas, uma de cada lado.

— As coisas não me parecem nada bem encaminhadas, maninho — admitiu Henry. — Não me interessa o que a Emma disse na noite de sábado. Isto não me está a cheirar bem.

— Obrigado pela actualização, Einstein — grunhiu Mike.

— Deixa que te dê um conselho.

— Mais conselhos?

Henry assentiu, como se quisesse dizer que o irmão não tinha nada que lhe agradecer. — Antes de fazer seja o que for, tens de elaborar um plano qualquer.

— Que espécie de plano?

— Não sei. Mas, se estivesse no teu lugar, não descansava enquanto não tivesse um bom plano.

— É adorável! — exclamou Mabel, ao ver o medalhão. — Julgo que ele está definitivamente caído por ti. Isto deve ter custado uma pequena fortuna. Importas-te?

Mabel estendeu a mão para a jóia.

— Não, avança — respondeu Julie, inclinando-se para diante.

Mabel fez um exame completo. — Não foi, certamente, comprado em qualquer das joalharias da cidade. Parece feito à mão.

— Achas que sim?

— Tenho a certeza. E não é a única certeza acerca de Richard Franklin.

— Há mais?

— É um homem de bom gosto.

Mabel soltou o medalhão e Julie sentiu-o bater levemente contra o peito. Olhou-o uma vez mais. — Agora, só falta arranjar um par de fotografias para pôr aqui dentro.

As pálpebras de Mabel bateram várias vezes. — Olha, minha querida, se andas à procura não precisas de te preocupar. Ficarei muito feliz se decidires trazer uma fotografia minha junto ao peito. De facto, seria uma honra.

Julie soltou uma gargalhada. — Obrigada. Sabes bem que foste a primeira pessoa em quem pensei.

— Não duvido. Então, vais pôr aí uma fotografia do *Singer*?

Ao ouvir mencionar o seu nome, o cão levantou a cabeça. Tinha-se mantido ao lado de Julie desde que ela regressara ao salão e esta passou-lhe uma mão pelo lombo.

— Com um matulão destes, teria de me afastar aí uns cem metros para conseguir uma fotografia que coubesse aqui dentro.

— Isso é verdade — concordou Mabel. — Mas o que é que se passa com o cão? Ultimamente anda muito pegajoso.

— Não faço ideia. Mas tens razão, anda a pôr-me maluca. Não consigo dar um passo sem tropeçar nele.

— E como é que ele se dá com o Richard? Em casa, quero dizer?

— Da mesma maneira que aqui — respondeu Julie. — Fica a olhar, mas, ao menos, não lhe ladra, como fez no primeiro dia.

Singer baixou a cabeça, com um latido arrastado a dançar-lhe na garganta, um latido que parecia demasiado pequeno para poder sair dele.

«Deixa-te de queixinhas», parecia querer dizer, «ambos sabemos que me adoras, qualquer que seja a minha maneira de agir.»

Um plano, pensava Mike, o que ele precisava era de um plano.

Ficou a esfregar o queixo, sem reparar que estava a deixá-lo preto de óleo. Henry tinha razão, pensava Mike. Pela primeira vez, o tipo tinha dito algo de importante, algo que fazia sentido. Sem sombra de dúvida, precisava de elaborar um plano.

Porém, como Mike não tardou a compreender, era muito mais fácil dizer que precisava de um plano do que conseguir arquitectar um verdadeiro plano. Não era muito dado a planeamentos; nunca o fora. Costumava esperar que as coisas acontecessem para, então, se deixar ir na onda, como uma rolha de cortiça que se mantém sempre à tona de água e vai para onde as ondas a levam. E a vida não fora assim tão má. Durante a maior parte do tempo fora feliz; durante a maior parte do tempo sentira-se bem consigo próprio, embora as aptidões de pintor e de músico não tivessem até agora sido utilizadas em toda a sua plenitude.

Mas agora a aposta era bem mais alta. Os dados estavam lançados, chegara a altura de mostrar o jogo. Subir a parada ou calar-se. O caminho era difícil mas estava na altura de começar a caminhar. O tempo melhor é o tempo presente e Deus ajuda quem madruga. Era tempo de meter mãos à obra.

No entanto, mesmo que todos aqueles clichés se ajustassem, Mike continuava a não ter uma ideia sobre o que tinha de fazer.

Um plano.

Todo o problema começava por um facto muito simples: não sabia por onde começar. No passado, tinha sido o bom, o amigo, a pessoa com quem se pode contar sempre. O amigo que lhe reparava o carro, que jogava à bola com o *Singer*, o homem que passara os dois primeiros anos depois da morte do Jim a fornecer-lhe um ombro para ela chorar. Nada disto parecia ter tido importância; tudo tinha conduzido àquelas duas primeiras saídas com o Richard. Então, mudando tudo de repente, na última semana tinha-a evitado. Não tinha falado com ela, não ligara para casa dela, não tinha passado por lá, nem para dizer «olá». E o resultado? Julie também não ligou, também não o visitou na garagem e, por fim, a fazer fé no que tinha visto na rua, tudo resultara numa terceira saída na companhia de Richard.

O que é que ele teria de fazer? Não podia pura e simplesmente passar por lá e convidá-la a sair com ele. Corria o risco de Julie lhe responder que ia sair com o Richard e, nesse caso, como é que ele ia reagir? Ah, já estás comprometida para sábado? E quanto a sexta-feira? Ou talvez pudesse ser na semana que vem? E se tomássemos um pequeno-almoço juntos? Este era o convite, segundo pensava, que faria dele um verdadeiro desesperado, uma situação que, de acordo com Henry, tinha de evitar a todo o custo.

Um plano.

Mike abanou a cabeça. O pior de tudo era que, com plano ou sem plano, estava sozinho.

Pois era, a situação com Richard fora uma grande decepção, pois, nos últimos dois anos, Mike tinha-se habituado a falar com Julie, pelo menos uma vez por dia. Por vezes mais.

Ficaria destroçado se Julie e Richard acabassem por viver juntos. Porém, se acontecesse, acontecia. Com o tempo, poderia conseguir aceitar o facto como normal.

Todavia, não conseguia encarar a possibilidade de continuar a sentir-se como se tinha sentido na semana anterior. Não sentia apenas frustração, ou medo ou, até, ciúme. Também não se tratara de depressão. Mais do que tudo, sentia a falta de Julie.

Sentia a falta das conversas com ela, de a ver sorrir, de ouvir o som das gargalhadas da amiga. De observar como os seus olhos, para o final da tarde, quando o Sol estava na posição exacta, pareciam mudar de cor: de verde para turquesa. De ouvir a respiração entrecortada, sempre que ela se aproximava do final de uma história engraçada. Até da maneira como lhe dava pequenos socos no braço.

Talvez devesse apenas tomar alento e ir falar com ela, como sempre tinha feito até agora, como se nada se tivesse alterado entre eles. Talvez até lhe dissesse que ficara satisfeito por tê-la visto feliz na outra noite, a mesma coisa que Mabel, Henry ou Emma poderiam dizer-lhe.

Todavia, mudando subitamente de ideias, achou que não. Não ia fazer nada daquilo. Não havia razões para entusiasmos. Daria um passo de cada vez.

Mas havia de falar com ela.

Sabia que, como plano, não era grande coisa, mas não conseguiu pensar em mais nada.

OITO

— Eh, Julie — chamou Mike —, espera aí!

A caminhar em direcção ao carro, Julie voltou-se e viu Mike a correr para ela. *Singer* arrancou na direcção dele, apanhando-o primeiro. Avançando uma pata e depois a outra, parecia tentar prender o amigo, uma preparação necessária para uma série de lambedelas bem molhadas e amigáveis. Mike evitou essa parte, pois, por muito que gostasse do animal, sentia-se um pouco enojado ante a perspectiva de ficar todo molhado com saliva de cão; mas não deixou de lhe fazer festas. Tal como Julie, falava com o *Singer* como se ele fosse uma pessoa.

— Tiveste saudades de mim, grandalhão? Pois, pois, também senti a tua falta. Temos de fazer qualquer coisa juntos.

O cão arrebitou as orelhas, a mostrar-se interessado, e Mike abanou a cabeça.

— Não, hoje não há bola, tenho muita pena. Fica para outro dia.

Singer não pareceu decepcionado. Quando Mike caminhou ao encontro de Julie, o cão endireitou-se e trotou ao lado dele, a brincar e a dar ao rabo. A brincar é uma maneira de dizer. Apanhando-o em desequilíbrio, o cão quase atirou Mike contra a caixa do correio.

— Julgo que tens de levar o cão a passear mais vezes — comentou. — Está demasiado excitado.

— Está apenas excitado por te ver. Como é que estás? Ultimamente, mal te tenho visto.

— Estou bem. Mas tenho tido muito trabalho.

Ao responder, não resistiu à tentação de reparar que os olhos dela naquele dia estavam muito verdes. Pareciam feitos de jade.

— Também eu — informou Julie. — E na noutra noite, com o Henry e a Emma, correu tudo bem?

— Foi giro. Foi pena que não pudesses estar connosco, mas... Encolheu os ombros, como se não tivesse importância, embora Julie soubesse, pelo que Richard lhe tinha contado, que provavelmente tivera. Contudo, ele conseguiu surpreendê-la ao mudar subitamente de assunto. — Mas tenho algumas boas notícias — informou. — Lembras-te da banda que estava a tocar? Os Ocracoke Inlet? Nessa noite, quando eu ia a sair, Drew perguntou-me se estaria interessado em substituir o guitarrista deles. O guitarrista habitual tem de ir a um casamento, em Chicago, da próxima vez que tocarem no Clipper.

— Boa, isso é fantástico. Quando é que vai ser?

— Dentro de duas semanas. Sei que é apenas por uma vez, mas deve ser giro.

— Tocar para uma casa cheia, queres tu dizer?

— É claro — corroborou Mike. — Isto é, porque não? Sei a maioria das canções e a banda nem é assim tão má.

— Não era isso que costumavas dizer deles.

— Eles nunca me tinham convidado.

— Oh! Tinhas inveja, não tinhas?

Lamentou o que disse, mal a palavra lhe saiu da boca, mas Mike não pareceu reparar.

— Não, não se trata de inveja. Sentia-me vexado, mas não invejoso. E quem sabe até aonde é que isto nos pode levar? Pode ser exactamente o empurrão de que necessito para conseguir uma situação mais regular.

— Bom — avançou Julie, sem querer diminuir-lhe o entusiasmo —, fico satisfeita por saber que conseguiste.

Por momentos, nenhum disse nada e Mike mexeu os pés embaraçado.

— Então, o que é que tens andado a fazer? Quero dizer, sei que tens andado a sair com o Richard, mas não tenho tido muitas oportunidades de conversar contigo. Quais são as grandes novidades?

— Nada de importante. O *Singer* anda a pôr-me maluca, mas isso é normal.

— O *Singer*? O que é que ele anda a fazer?

Julie pô-lo ao corrente do comportamento recente do cão e Mike não conseguiu evitar uma gargalhada. — Talvez ande a precisar de *Prozac*, ou coisa do género.

— Sabe-se lá. Mas, se não melhorar, vou comprar uma casota de cães e ponho-o no jardim.

— Ouve, sabes que não me importo de tomar conta do cão, sempre que queiras ver-te livre dele por um bocado. Levo-o para a praia e, chegada a altura de ir para casa, estará exausto. Não lhe restará energia para rosnar ou para ladrar, nem para andar à volta de ti durante o resto do dia.

— Sou capaz de aproveitar a tua oferta.

— Espero que sim. Adoro este matulão — confessou, a fazer uma festa ao cão. — Não é verdade?

Singer recebeu os sinais de afecto de Mike com um latido amigável.

— Quais são as últimas cenas da Andrea? — perguntou Mike. A rapariga era tema frequente das conversas entre eles.

— Contou-me tudo sobre o companheiro de sábado.

Mike torceu o nariz. — Aquele tipo que estava com ela no Clipper?

— Tu viste-o?

— Vi. Um tipo asqueroso. Com dente de ouro e tudo. Pensei que ela tinha batido no fundo com aquele tipo da venda no olho, mas acho que me enganei.

Julie riu-se. — Gostaria de tê-lo visto. Mabel contou-me exactamente a mesma coisa.

Entrou depois numa descrição do que Andrea lhe tinha contado acerca do Cobra. Mike apreciou especialmente a anedota do nome Ed DeBoner, embora não percebesse muito bem como é que essa característica preocupava a Andrea, que não se mostrava sensível aos outros defeitos do tipo. No final, Julie também desatou a rir às gargalhadas.

— Mas o que é que se passa com ela? — perguntou Mike. — Como é consegue não reparar no que está à vista de toda a gente? Chego a sentir pena dela.

— Pelo menos não tens de trabalhar com ela. Apesar de, para falar com franqueza, ela animar um pouco as coisas lá no salão.

— Faço ideia. Oh, a propósito, a Emma pediu-me que te dissesse para lhe telefonares. Pelo menos foi isso que o Henry me disse.

— Eu ligo. Sabes do que se trata?

— Não, não faço ideia. Provavelmente quer dar-te uma nova receita ou uma dessas coisas de que falais uma com a outra.

— Nós não falamos de receitas. Falamos de coisas boas.

— Por outras palavras, mexericam.

— Não se trata de mexericos — protestou Julie. — Chama-se estar actualizada.

— Óptimo, se ouvires alguma coisa que valha a pena, não deixes de me ligar, está bem? Passo a noite em casa. E talvez se arranje maneira de te livrar do *Singer*, nem que seja só por algum tempo. Pode ser neste fim-de-semana? — Julie sorriu. — Está combinado.

Mike pensou que tinha feito o que devia, sentia-se bastante satisfeito consigo mesmo.

Não fora, longe disso, uma conversa sobre temas elevados ou sobre coisas íntimas, mas foi o suficiente para se convencer de que Julie continuava a gostar de falar com ele. Disseram piadas, riram-se juntos e isso conta, ou não? É claro que conta!

Achou que a sua actuação tinha sido perfeita: manteve a conversa em tom ligeiro, evitou temas problemáticos e, melhor do que tudo, sentiu que talvez voltassem a conversar mais tarde, depois de ela ter falado com a Emma. A cunhada nunca deixava de dizer qualquer coisa que merecesse ser repetida e se, na pior das hipóteses, não o fizesse, estava convencido de que a oferta de ajuda com o *Singer* era praticamente uma garantia de que Julie lhe ia ligar.

Recusou-se a pensar em Richard. Sempre que a imagem dele, ou a imagem dele na companhia de Julie, ou até a imagem daquele estúpido medalhão lhe vinham à cabeça, forçava-se a pô-las de parte. Richard poderia levar algum avanço, mas Mike não estava disposto a deixar que de momento esse pormenor viesse estragar-lhe os pensamentos acerca de Julie.

Pode dizer-se que a estratégia, ou parte dela, funcionou bastante bem. Mike manteve o bom humor durante o resto do dia de trabalho, na viagem para casa e até durante o jantar. De facto, a boa disposição durou até ao noticiário da noite, que Mike viu já deitado na cama.

O telefone, apercebeu-se com tristeza, não tinha tocado.

Mike viveu o resto da semana numa tortura constante.

Julie não telefonou nem se desviou um pouco para ir à oficina cumprimentá-lo.

Embora pudesse ser ele a ligar-lhe, mesmo que antes nunca tivesse hesitado em pegar no telefone para conversar com ela, agora não estava disposto a tomar a iniciativa. Pelo que sabia, ela não lhe telefonava por estar com Richard e também não podia correr o risco de lhe ligar para casa e ouvi-la explicar que, de momento, não podia conversar «porque estava acompanhada». Ou porque estava «a preparar-me para sair». E se, por acaso, ela não estivesse em casa, sabia que iria passar o resto da noite sem conseguir pregar olho, a magicar aonde é que ela poderia ter ido.

E o mal não foi apenas a falta da chamada de Julie, nem o facto de Richard aparecer todos os dias (e provavelmente também à noite!); o pior foi que, na sexta-feira, Mike viu Julie sair do salão a meio da tarde. Embora não soubesse para onde ela ia, tinha quase a certeza de que sabia o motivo daquela saída antes da hora.

Richard, pensou.

Tentou não dar importância ao caso, disse a si próprio que não tinha motivos para se preocupar. Por que motivo havia de se preocupar com o que ela fazia? A sua noite já estava programada: tinha cerveja no frigorífico, um clube de vídeo mesmo à esquina e uma pizaria a trinta minutos de caminho. Passaria um bom bocado. Nada de fantástico. Espojar-se no sofá e deixar sair a pressão acumulada durante a semana, talvez ouvir uns discos antes de pôr o vídeo, ficar ali toda a noite, se lhe apetecesse.

Por momentos, ficou a imaginar como ia correr o serão, mas acabou por ceder e deixou cair os braços. Era patético, pensou. A vida dele parecia capaz de fazer adoecer os mais saudáveis.

Mas a cereja do bolo, como costuma dizer-se, foi que, apesar de estar decidido a não se importar, acabou por descobrir aonde Richard e Julie tinham ido. Não por ela. Em vez disso, soube tudo por intermédio de pessoas que mal conhecia, por palavras e frases soltas que ouviu aqui e ali, por toda a cidade: na mercearia, no restaurante, até na garagem, enquanto estava a trabalhar. De súbito, parecia que até mesmo pessoas que Julie quase só conhecia de vista, pessoas com quem ela talvez convivesse durante uns minutos depois do serviço religioso de domingo, sabiam muito mais do que ele. Na manhã de segunda-feira precisou de quase vinte minutos para reunir a energia necessária para saltar da cama.

Segundo parecia, Richard tinha ido buscar a Julie numa limusina previamente fornecida de champanhe e tinham ido jantar a Raleigh. Depois, na sede do município, em lugares da frente, tinham assistido a uma representação de *O Fantasma da Ópera*.

No entanto, como se tudo aquilo não fosse suficiente para a impressionar, aconteceu que Richard e Julie também passaram o sábado juntos, perto de Wilmington.

Antes do piquenique na praia, passearam num balão de ar quente. Como diabo é que Mike poderia competir com um tipo que podia fazer coisas daquelas?

NOVE

Aquilo é que era um fim-de-semana, pensava Julie com os seus botões. Richard podia, sem dúvida, dar algumas instruções ao Bob acerca da maneira de impressionar uma senhora. Com os diabos, Richard até poderia dirigir *seminários* sobre o tema.

No domingo de manhã, ao olhar a própria imagem reflectida no espelho, continuava a sentir dificuldade em acreditar. Não passava um fim-de-semana como aquele há... bom, nunca tinha passado um fim-de-semana como aquele. O teatro constituíra uma nova experiência e, quando ele, finalmente, lhe dissera, quando seguiam na limusina, para onde iam, imaginou ser provável que viesse a apreciar o tipo de espectáculo, mas sem ter a certeza absoluta. O seu conceito de espectáculo musical baseava-se nos que tinham sido adaptados ao cinema havia dezenas de anos, como *Music Man* e *Oklahoma*; algures, nas profundezas da mente, albergava a ideia de que ver aquele espectáculo em Raleigh, em vez de o ver em Nova Iorque, deveria ser quase o mesmo do que assistir a uma peça razoável, levada à cena pelo grupo de teatro de uma escola secundária.

Caramba! Como estava enganada!

Ficou fascinada com tudo o que viu: casais vestidos a rigor e a beber vinho nos jardins antes do início do espectáculo, o silêncio da multidão logo que a iluminação começou a diminuir, as primeiras notas enérgicas da orquestra que a fizeram saltar na cadeira, o romantismo e o drama da história, o virtuosismo dos intérpretes e as canções, algumas tão fascinantes que lhe encheram os olhos de lágrimas. E as cores! Os adereços e os trajes com combinações estonteantes de cores, o jogo entre os focos de luz intensa e as zonas de profunda escuridão, tudo a concorrer para transformar o palco num mundo simultaneamente irreal e dotado de imensa vitalidade.

Ao reflectir sobre isso, todo o serão lhe pareceu uma fantasia. Nada daquilo lhe era familiar e durante algumas horas tivera a sensação de ser subitamente projectada para um universo diferente, em que não era cabeleireira numa pequena cidade do Sul, a rapariga cujo facto mais marcante da semana costumava ser algo tão mundano como a remoção de uma mancha de sujidade mais teimosa. Não, aquele era outro mundo, um lugar ocupado por habitantes de comunidades fechadas e elitistas, que analisavam as cotações do mercado de títulos nos jornais da manhã, enquanto a empregada doméstica preparava as crianças para irem para a escola. Mais tarde, quando ela e Richard saíram e olharam para o alto, quase ficou admirada por não ver duas luas a iluminarem o céu da baixa da cidade.

Mas, cuidado, não tinha nada a reclamar. No carro, a caminho de casa, a inalar o cheiro almiscarado do couro dos assentos e as bolhas do champanhe e subirem-lhe ao nariz, recordou-se de ter pensado: «Então, é assim que vive a outra metade. Não me custa nada perceber que as pessoas se habituem a este tipo de coisas».

O dia seguinte foi também uma surpresa. Não só pelo entretenimento mas também pelo absoluto contraste em relação à noite anterior: luz do dia em vez do escuro da noite, um passeio em balão de ar quente em vez do espectáculo, um passeio a pé através de ruas animadas em vez da viagem de automóvel, um piquenique na praia em lugar do jantar no restaurante. Um repertório completo de encontros de namorados, em apenas dois dias, como dois recém-casados que tentassem aproveitar as últimas horas da lua-de-mel.

Apesar de o passeio de balão ter sido engraçado, um pouco assustador quando o vento aumentou mas interessante, de tudo o que fizeram, desde passear de mãos dadas às poses que adoptou enquanto ele lhe tirava várias fotografias, o que mais apreciou foi o piquenique. Aquilo sim, pensara, estava mais de acordo com a vida a que estava habituada. Tinha feito piqueniques em toda a sua vida — Jim gostava muito — e, por momentos, voltou a sentir-se ela própria. Uma sensação que não tardou a desvanecer-se. No cesto do piquenique havia uma garrafa de *Merlot*, além de fruta e de uma tábua de queijos; depois da refeição, Richard dispôs-se a fazer-lhe uma massagem aos pés. Quando ele falou nisso, parecera-lhe sentimentalismo barato e começou por se rir da ideia; porém, quando ele lhe agarrou o pé com todo o carinho, lhe tirou a sandália e começou a massajá-lo, não conseguiu resistir, imaginando que Cleópatra deveria ter-se sentido assim tão bem, tão descontraída, ao ser refrescada pelo movimento suave das folhas de palmeira.

Por estranho que pareça, naquele momento pensou na mãe.

Apesar de ter decidido, há muito tempo, que a sua progenitora era inútil como mãe e como modelo de virtudes, recordou-se de uma coisa que ela lhe respondeu, quando Julie lhe perguntou o motivo de ter deixado de se encontrar com um namorado recente.

— Ele não fazia balançar o meu barco — informara a mãe no tom mais normal possível. — Acontece, por vezes.

Julie, então com oito anos, aceitara a explicação, tentando imaginar onde é que eles guardariam o barco e qual o motivo de nunca o ter visto.

Anos depois, percebia finalmente o que a mãe quisera dizer e, ao ver Richard a segurar-lhe os pés, recordou-se da expressão.

E, quanto a Richard, fazia balançar o barco de Julie?

Pensava que a resposta devia ser sim. Não era provável que conseguisse encontrar um homem melhor, pelo menos em Swansboro. Falando de homens aceitáveis, ele demonstrava possuir todas as características positivas do rol, mas, naquele momento, depois de quatro encontros românticos e de terem passado tanto tempo juntos, apercebeu-se subitamente de que ele não era homem para isso. Perceber aquilo deixou-a com a sensação de estar presa no fundo de uma piscina, mas não podia deixar de pensar que, fosse o que fosse que juntava as pessoas em casais — compatibilidade, magia ou uma combinação das duas coisas — isso não estava presente na relação dela com Richard. Não sentia os pequenos calafrios no pescoço que sentira quando Jim lhe pegou na mão pela primeira vez. Não sentiu vontade de fechar os olhos e sonhar com um futuro em conjunto e teve a certeza de que não ia passar o dia seguinte a caminhar à toa, naquele entorpecimento romântico. Ele era perito a preparar encontros; era apenas isso e, por mais que quisesse pensar o contrário, não estava certa de que Richard fosse mais do que parecia: um homem simpático... o tipo de homem perfeito para outra mulher qualquer.

Acontece, por vezes, tal como a mãe lhe disse.

Não sabia se uma parte do problema não estaria na sua tentativa de ir demasiado depressa no domínio sentimental. Talvez precisassem de mais tempo para se sentirem bem e à vontade um com o outro. Afinal, a sua relação com Jim levara tempo a consolidar-se. Depois de mais alguns encontros, talvez olhasse para trás e se admirasse de ter sido tão picuinhas. Certo?

Pensava se isso seria possível, enquanto escovava o cabelo em frente do espelho. Talvez. Depois, pousando a escova, pensou que teria de ser assim mesmo. Só precisavam de um melhor conhecimento mútuo. Além de que a culpa era dela, em parte. Era ela quem estava a jogar à defesa.

Embora ela e Richard tivessem passado horas a falar um com o outro, raramente foram além da conversa superficial. É claro que Richard sabia o essencial acerca dela, tal como ela ficara a saber os pormenores mais óbvios acerca dele. Mas Julie não tinha avançado muito. Sempre que o passado parecia querer emergir, arranjava maneira de o evitar. Não lhe tinha revelado quanto a relação com a mãe fora difícil, como era desconsolador ver homens a entrar e sair lá de casa, a qualquer hora, como se sentira infeliz por ter de sair de casa sem sequer acabar o curso secundário. Não lhe falara do medo que sentiu durante o tempo em que viveu na rua, especialmente a altas horas da noite. Ou como se tinha sentido depois da morte do Jim, quando duvidara de que alguma vez voltasse a ter forças para prosseguir. Aquelas eram as más recordações, as que deixavam um travo amargo sempre que falava delas. Em parte, sentira-se tentada a contar-lhe tudo, para que Richard pudesse avaliar quem na realidade ela era.

Mas não o fez. Por qualquer razão, não encontrou ânimo para o fazer. E Richard também não se revelou pródigo quanto aos pormenores da sua vida. Também tinha a sua maneira de evitar o passado.

Porém, não era a isso que tudo acabava por se resumir? Na capacidade de comunicar, de se abrir e de confiar? Ela e Jim tinham revelado essa capacidade mas, como acontece com o dilema da galinha e do ovo, não conseguia recordar-se do que tinha acontecido primeiro: o formigueiro no pescoço ou as outras coisas todas.

O retinir da campainha do telefone interrompeu-lhe o desfiar das recordações. *Singer* seguiu-a até à sala e ficou a vê-la pegar no auscultador.

— Estou!

— Então, o que é que aconteceu? — disparou a Emma. — Quero saber tudo. Nem penses esconder-me seja o que for.

— Uma massagem nos pés? — perguntou Mike, sem procurar disfarçar o espanto. Aquele era um pormenor que não tinha ouvido da boca de estranhos.

— Foi o que ela disse à Emma, ontem.

— Mas... uma massagem?

— Não me custa admitir que o homem tem talento.

— Não estou a falar disso.

Mike fez uma pausa e meteu ambas as mãos nos bolsos. Tinha um ar abstracto. Henry inclinou-se para a frente.

— Ouve, odeio ter de te dar mais notícias tristes, mas o Benny telefonou a dizer que vem cá hoje.

Mike mostrou desconforto. Benny, pensou. Santo Deus, o Benny. Uma grande semana em perspectiva, não era?

— E Blansen continua a dizer que precisa do camião — continuou Henry. — Vais tê-lo pronto quando ele chegar, não vais? Faz parte do contrato que eu assinei com aquela gente da ponte, por isso é importante.

— Está bem, vai ficar pronto a tempo.

Andrea não conseguia acreditar, não queria acreditar. Toda aquela história lhe provocava dores de estômago, especialmente o ar de displicência com que Julie falava do que acontecera. Uma limusina? Champanhe? A peça... *Fantasmas das Óperas*, ou lá como lhe chamavam? Passeio de balão? Piquenique na praia?

Andrea não queria ouvir mais. Por acaso, nem queria ouvir, mas isso não era possível num local pequeno como era o salão.

O seu fim-de-semana não tivera qualquer semelhança com o de Julie. Não, o seu fim-de-semana tinha sido igual a todos os outros que passara nos tempos mais recentes, apenas mais um numa linha de fins-de-semana para esquecer. Passara a noite de sexta-feira no Clipper, a contrariar pela segunda vez os avanços do Cobra. Apesar de não ter combinado encontrar-se lá com ele, o homem viu-a mal ela acabava de chegar e tinha passado todo o serão à sua volta como um insecto à procura de uma vítima. E sábado? O que dizer de passar horas a reparar as estúpidas das pontas das unhas que tinha estragado na noite anterior? «Como é que passaste o fim-de-semana, doçura?» Apetecia-lhe gritar. «Aposto que estou a pôr o teu sangue a ferver de inveja, não estou?»

Porém, ninguém se dera ao trabalho de lhe perguntar como passara o fim-de-semana. Não, Julie e Mabel só se preocupavam com o que Julie tinha feito. «E, então, o que é que aconteceu? Aposto que ficaste embasbacada, não? Parece uma maravilha.» Julie, Julie, Julie. Só Julie é que contava, sempre. E Julie a encolher os ombros e a contar tudo aquilo como se não tivesse a mínima importância.

No canto, Andrea polia as unhas como se fosse uma rebarbadora humana. Aquela, pensava, não era a maneira como as coisas deviam acontecer.

Richard abriu a porta do salão e segurou-a para deixar sair a cliente que Julie acabava de atender.

— Oh, viva, Richard! — exclamou Julie. — Chegaste na altura exacta. Acabei mesmo agora.

Embora estivesse longe de ter compreendido todas as emoções que ele lhe suscitava, ficou satisfeita por ele aparecer, quando mais não fosse porque a presença dele poderia torná-las mais inteligíveis.

— Estás muito bonita — elogiou Richard, inclinando-se para a beijar.

Embora breve, o beijo foi objecto de uma análise objectiva por parte de Julie. Não foi de embandeirar em arco, pensou, mas também não provocou qualquer sensação estranha. Apenas... um beijo.

E pensou de imediato que, a continuar assim, iria acabar ainda mais maluca do que a mãe.

— Dispões de uns minutos para bebermos um café? — perguntou ele.

Mabel tinha ido ao banco. Andrea estava no canto, a folhear o *National Enquirer* ou, como dizia, a «ler o jornal», mas Julie sabia que ela estava de ouvido à escuta.

— Sim — concordou Julie —, disponho de algum tempo. A minha próxima marcação é para daqui a meia hora.

Ao responder, viu os olhos de Richard focados num triângulo de pele visível por debaixo do seu queixo.

— Onde está o medalhão?

Num gesto automático, Julie levou a mão ao peito.

— Oh, hoje não o pus. Está sempre a prender-se na roupa enquanto estou a trabalhar e esta tarde tenho de fazer uma porção de permanentes.

— Porque é que não o metes para dentro da blusa?

— Já tentei mas está sempre a sair.

Deu um passo para a porta. — Vamos — pediu. — Vamos sair daqui. Estive toda a manhã metida aqui dentro.

— Queres que compre um fio mais curto?

— Não sejas ridículo. Tem o comprimento ideal.

— Mas não o usas — insistiu ele.

Julie não respondeu e, no longo silêncio que se seguiu, observou-o cuidadosamente. Embora Richard estivesse a sorrir, havia algo de fingido na sua expressão.

— Importa-te assim tanto que eu não o use? — perguntou.

— É que pensei que tinhas gostado dele.

— É claro que gostei dele. Só não quero usá-lo enquanto estou a trabalhar.

Uma vez mais, a expressão de brandura dele pareceu forçada; porém, antes que Julie decidisse o que devia pensar, Richard pareceu sair do encantamento em que se encontrava e o seu sorriso voltou a ser normal, como se todo o episódio não tivesse passado de uma ilusão.

— Vou arranjar um fio mais curto — anunciou. — Desse modo, passas a ter dois e podes usar o medalhão sempre que te apeteça.

— Não é preciso nada disso.

— Eu sei — disse ele, baixando os olhos por um instante, e voltando a olhá-la de novo. — Mas eu quero.

Julie encarou-o de frente, sentindo subitamente... o quê?

Desgostosa, Andrea pôs o *Enquirer* de lado logo que eles saíram do salão. Pensou que Julie era a maior idiota que existia à superfície do planeta.

Depois de um fim-de-semana como aquele, o que é que Julie estaria a pensar?

Devia saber que Richard não deixaria de aparecer. Ainda não falhara um dia e Andrea percebia perfeitamente que ele se sentisse ofendido com a falta de consideração de Julie. Quem não se sentiria ofendido? Tipos como o Richard não aparecem todos os dias, a darem presentes como um político a visitar um orfanato na véspera do Natal. Seria possível que Julie não estivesse agradecida pelo que ele fazia? Seria capaz de parar para reflectir que talvez, apenas talvez, devesse encontrar maneiras de fazer Richard feliz, em vez de só pensar nela? Alguma vez pararia para reflectir que talvez Richard lhe tivesse dado o medalhão porque queria ver a estúpida da jóia pendurada ao pescoço dela? Porque, ao usá-la, estaria a mostrar-se agradecida por tudo o que Richard estava a fazer por ela?

O problema era Julie não saber apreciar o que tinha. Pensava certamente que todos os homens eram como Richard. Provavelmente, pensava que todos os homens gastam rios de dinheiro em presentes, em encontros e em passeios de limusina com mulheres. Mas as coisas não são assim. Pelo menos numa cidade pequena como aquela. Com mil diabos, pensava Andrea, só o aluguer da limusina tinha talvez custado mais do que tudo o que os homens tinham gasto em encontros com ela durante o último ano. Provavelmente custara mais do que a maioria dos homens que a convidavam a sair ganha num ano inteiro.

Andrea abanou a cabeça. Julie não merecia um homem como aquele.

Era uma grande sorte para ela que Richard fosse um tipo fantástico. Sem esquecer, é claro, o seu aspecto. Andrea começava a pensar que Richard era o homem mais fascinante que alguma vez tinha visto.

* * *

Manipulada.

Era como Julie se sentia, agora que Richard tinha regressado ao emprego.

Manipulada. Como se quisesse que lhe prometesse começar a usar o medalhão enquanto estivesse a trabalhar. Como se devesse sentir-se culpada se não o fizesse.

«Como se tivesse de o usar sempre.»

Não lhe agradava o sentimento, que ela agora estava a tentar conciliar com o homem que a levara a passear durante o fim-de-semana. Como é que poderia ficar tão incomodado por uma coisa tão... insignificante? Seria assim tão importante para ele?

A menos que, essa era a dúvida, estivesse a ver no facto uma espécie de declaração subconsciente dos sentimentos que ela alimentava em relação a ele.

Julie imobilizou-se de repente: bem gostaria de saber se era assim que ele pensava, especialmente se tivesse em conta a maneira como ela se tinha sentido no domingo. Tinha usado o medalhão desde que ele lho dera, tinha-o usado durante todo o fim-de-semana. E não era impossível usá-lo quando estava a trabalhar, era apenas inconveniente. Porém, naquela manhã tinha decidido deixá-lo em casa, pelo que talvez...

Não, pensava Julie a negar com a cabeça, não era nada disso. Sabia bem o que estava a fazer. O medalhão atrapalhava mesmo. Na semana anterior, por duas vezes, estivera quase a partir o fio, que ficara preso no cabelo dos clientes ainda mais vezes. Não estava a usá-lo naquele dia porque não queria estragá-lo.

E, para mais, isso nem era o mais importante. Não tinha nada a ver com ela, nem com os motivos que a levavam a usar, ou não usar, o medalhão; o que estava em causa era a maneira como ele reagiu. Não apenas por ter acontecido, mas por causa da maneira como aconteceu. A maneira como falou, a cara que fez, a sensação que lhe transmitiu... tudo a preocupava.

Jim nunca fora assim. Quando Jim se zangava, o que, tinha de admiti-lo, não acontecera com frequência, nunca tentava manipulá-la. Nem tentava esconder a fúria por detrás de um sorriso. E Jim nunca lhe provocara aquela impressão com que Richard a deixou, uma impressão que não lhe agradava mesmo nada.

Richard parecia querer dizer: «Desde que façamos tudo como eu quero, não voltaremos a ter problemas deste género».

O que deveria ela pensar de tudo aquilo?

DEZ

Mike estava na garagem, muito compenetrado, a fazer esforços inauditos para não apertar o pescoço do cliente.

O que também desejaria fazer ao irmão, por lhe ter impingido aquele cliente muito especial. Logo que Benny Dickens entrou, Henry lembrou-se repentinamente de uma chamada importante de que se havia esquecido e pôs-se a mexer.

— Mike, não te importas de o atender, pois não?

Benny, de 21 anos, era filho dos donos da mina de fósforo existente à saída da cidade, uma empresa que empregava mais de trezentas pessoas, o que fazia dela a maior fornecedora de postos de trabalho de Swansboro. Deixara a escola no décimo ano mas era dono de uma casa monstruosa junto ao rio, comprada com o dinheiro do papá. Benny não trabalhava, nem alguma vez lhe passara pela cabeça que devia trabalhar, e havia dois pequenos Bennys, pelo menos, na cidade, filhos de duas mães diferentes. Mas a família Dickens era de longe o cliente mais importante da oficina, o tipo de cliente que uma pequena empresa não se pode dar ao luxo de perder. E o papá adorava o filho. O papá acreditava que o seu menino era capaz de andar sobre a água. Há muito tempo que Mike chegara à conclusão de que o papá era um idiota.

— Mais ruidoso — dizia Benny, com o rosto a ficar afogueado, com a voz a transformar-se num guincho. — Disse-te que o queria mais ruidoso!

Estava a falar do motor do *Calloway Corvette* que tinha comprado recentemente. Tinha-o trazido para a oficina para que Mike pusesse o motor «a cantar mais alto». Mike supôs que ele queria o motor assim para o pôr de acordo com uma pintura de chamas que na semana precedente mandara fazer na tampa do motor e com o sistema de alta-fidelidade que mandara instalar. Embora não tivesse andado na faculdade, na semana seguinte, Benny ia levar o carro à *Spring Break* de Fort Lauderdale, por ocasião das férias escolares, esperando seduzir o maior número possível de raparigas. Um rapaz deveras impressionante.

— O motor está alto — afirmou Mike. — Mais alto é ilegal.

— Não é nada ilegal.

— Os polícias vão mandá-lo parar — argumentou Mike —, isso posso eu garantir.

Benny piscou os olhos como se estivesse a fazer um esforço enorme para perceber o que Mike acabava de dizer.

— Não sabes do que estás a falar, meu estúpido macaco engordurado. Não é nada ilegal, estás a ouvir o que te digo?

— Estúpido macaco engordurado — assentiu Mike. — Percebi.

Duas mãos à volta daquele pescoço, os polegares em cima da maçã de Adão. Apertar e agitar.

Benny pôs as mãos nos quadris. Como sempre, trazia o seu *Rolex*.

— É verdade que o meu pai manda reparar todos os camiões aqui?

— É.

— E é também um bom cliente?

— É.

— Não foi aqui que comprei o *Porsche* e o *Jaguar*?

— Foi.

— E não pago sempre tudo a tempo e horas?

— Paga.

Benny agitou os braços com desespero, a gritar cada vez mais alto.

— Então, porque é que não puseste o motor mais alto? Recordo que vim cá explicar-te tudo muito claramente, há apenas uns dias. Disse que o queria barulhento. Para passar na avenida principal! As miúdas gramam o barulho! E não vou lá para apanhar sol! Estás a ouvir-me?

— Miúdas, não apanhar sol — resmungou Mike. — Percebi.

— Então põe-no a fazer barulho que se ouça!

— Barulho que se ouça.

— Exactamente! E quero tudo pronto amanhã.

— Amanhã.

— Ruído! Consegues entender isso, não consegues? Ruído!

— Consigo.

Postado atrás de Mike, Henry coçava o queixo. Logo que Benny tinha arrancado, a fazer patinar os pneus do *Jaguar*, tinha regressado à oficina. Mike estava debruçado sobre o motor, a ferver e a resmungar sozinho, sem reparar na presença do irmão.

— Talvez devesses tê-lo posto um pouco mais ruidoso — sentenciou Henry. — O motor, quero eu dizer.

— Cala-te!

Henry levantou as duas mãos a fazer papel de inocente. — Só estou a tentar ajudar.

— Pois estás. Como o tipo que faz rodar o interruptor da cadeira eléctrica. Porque é que me puseste a atender aquele tipo?

— Sabes que não consigo suportá-lo.

— E, então, eu consigo?

— Talvez não. Mas a encaixar insultos és muito melhor do que eu. Lidaste muito bem com ele e sabes que não podemos perder um cliente como este.

— Estive quase a deitar-lhe as mãos ao pescoço.

— Mas não deitaste. E pensa bem: poderemos debitar-lhe um extra.

— Continua a não valer a pena.

— Vá lá, Mike, deixa-te disso. Portaste-te como um verdadeiro profissional. Fiquei impressionado.

— O gajo chamou-me estúpido macaco engordurado.

— Vindo de quem veio, talvez devesses encarar isso como um elogio.

Henry pôs a mão no ombro do irmão. — Mas, se isto voltar a acontecer, talvez seja melhor tentar qualquer coisa diferente. Acalmá-lo um bocado.

— Fita adesiva?

— Não, estava a pensar em algo um pouco mais subtil.

— Por exemplo?

— Não sei.

Henry fez uma pausa e começou a afagar o queixo. — Alguma vez pensaste em te ofereceres para lhe massajar os pés?

Mike ficou boquiaberto.

Por vezes, sentia um ódio mortal em relação ao irmão.

Jake Blansen chegou um pouco depois das quatro da tarde para levar o camião; depois de ter pago a factura no escritório, acercou-se de Mike.

— As chaves estão na ignição — informou Mike. — Para que saiba, ajustei-lhe os travões que estavam um bocado frouxos. Tenha isso em conta. Para além disso, está aí para as curvas.

Jake Blansen assentiu. O protótipo do homem de trabalho, Jake Blansen tinha a barriga proeminente dos bebedores de cerveja e os ombros largos, com um palito preso entre os dentes e um logotipo da *NASCAR* no boné de basebol. Grandes gotas de suor tinham-lhe ensopado a camisa, deixando manchas circulares à volta dos sovacos. As botas e as calças estavam cobertas por uma camada de cimento e pó.

— Eu digo-lhes — prometeu Jake. — Embora, para te ser franco, não sei porque é que me meto nisto. Segundo as normas, a manutenção devia encarregar-se de todos os veículos. Mas acho que sabes como aquilo é por lá. Os manda-chuvas lixam aquilo tudo.

Mike acenou com a cabeça na direcção de Henry. — Sei o que queres dizer. Aquele tipo que ali vês também consegue ser um grande chato. Mas ouvi dizer que tem de tomar *Viagra*, o que me leva a desculpá-lo. Saber que se é apenas meio homem deve ser difícil de engolir.

Jake soltou uma gargalhada. Gostara daquela.

Mike também estava a sorrir; ao menos, sentia-se parcialmente vingado. — E quantos tipos é que estão lá a trabalhar?

— Nem eles sabem. Talvez umas duas centenas. Porquê? Andas à procura de emprego?

— Não, sou mecânico. Acontece que conheci um dos engenheiros, um consultor na obra da ponte.

— Qual deles?

— Richard Franklin. Conheces?

Sem tirar os olhos de Mike, Jake tirou o palito da boca. — Sim, conheço-o — respondeu.

— Bom tipo?

— O que é que pensas? — perguntou Jake.

O tom de desconforto levou Mike a hesitar. — Tomo a resposta como um não.

Jake pareceu avaliar a resposta.

— Ouve lá, qual é o teu interesse? — acabou por perguntar. — É teu amigo?

— Não. Como disse, só estive com ele uma vez.

— Mantém as coisas assim. Não precisas de o conhecer melhor.

— Porquê?

Passado algum tempo, Jake abanou a cabeça e, embora Mike tivesse vontade de saber pormenores, Jake Blansen não disse mais nada sobre o assunto. Em vez disso, voltou a falar acerca do camião e saiu minutos depois, deixando Mike a pensar o que seria que Jake

Blansen não lhe tinha querido dizer e porque é que isso, de súbito, se tornara mais importante do que tudo o que ele dissera.

Porém, os seus pensamentos foram interrompidos pela chegada de *Singer*.

— Eh, matulão! — saudou Mike.

Quando estava mais perto, o cão saltou, equilibrando-se nas patas traseiras, com as da frente a exercerem pressão sobre o peito de Mike, como se ambos estivessem a dançar. *Singer* rosnava baixinho, parecendo excitado.

— O que é que andas a fazer por aqui? — perguntou Mike.

Singer regressou à posição normal, em cima das quatro patas, mas voltou-se e trotou em direcção ao armário de Mike.

— Não tenho nada que tu comas — disse Mike, seguindo atrás do cão. — Mas sei que o Henry tem qualquer coisa no escritório. Vamos fazer-lhe um assalto.

O cão seguiu à frente. Mike abriu a gaveta do fundo da secretária de Henry e tirou os bolos preferidos do irmão: *donuts* em miniatura, com açúcar, e bolachas de chocolate, e deixou-se cair na cadeira de Henry. Uma por uma, foi atirando as guloseimas ao cão, que as apanhava no ar como um sapo a caçar moscas. Embora a comida pudesse não ser a mais apropriada para ele, *Singer* não deixou de agitar a cauda, em sinal de aprovação. Mas o melhor viria depois: Henry iria ficar profundamente chateado quando descobrisse que o esconderijo tinha sido violado. Como costuma dizer-se, com a mesma cajadada matava dois coelhos.

Com o último cliente do dia a caminho da porta, Julie olhou à volta do salão. Falando com Mabel, perguntou: — Viste o *Singer*?

— Deixei-o sair há já algum tempo. Estava junto da porta de patas dianteiras levantadas.

— Há quanto tempo?

— Acho que foi há cerca de uma hora.

Julie consultou o relógio. *Singer* nunca andava tanto tempo por fora.

— E não voltou?

— Julgo que o vi a dirigir-se para a oficina do Mike.

Singer estava enroscado em cima de uma manta velha, a dormir, consolado com o tratamento de doces, enquanto Mike se ocupava a ajustar a transmissão de um *Pontiac Sunbird*.

— Eh, Mike — chamou Julie. — Ainda cá estás?

Ao ouvir o som da voz dela, Mike olhou para cima e mudou de posição. — Estou aqui — bradou. Ainda de olhos sonolentos, *Singer* levantou a cabeça.

— Viste o *Singer*?

— Vi, está cá.

Indicou um canto com um aceno e pegou num pedaço de desperdícios. Ainda estava a limpar as mãos quando o cão se levantou e se aproximou de Julie.

— Ah, estás aqui — disse Julie quando o cão chegou junto dela e se roçou pelas suas pernas. Fez-lhe uma festa no lombo. — Estava a ficar preocupada por tua causa.

Mike sorriu, agradecido ao cão por se ter deixado ficar por ali.

Julie levantou a cabeça. — O que é que passa?

— Nada de especial. Como estás?

— Estou bem.

— Bem, apenas bem?

— Tive um mau dia — respondeu Julie. — Sabes como é.

— Sim, acho que sei — assentiu Mike. — Em especial hoje. Benny veio cá, para começar e, depois, Henry quase morreu.

— Espera aí. Henry quase morreu?

— Esteve para morrer... ser morto... qualquer coisa. Contive-me no último instante. Não consegui suportar a ideia do que os meus pais me diriam quando estivesse a trás das grades. Mas, digo-te, estive quase a fazê-lo.

— Fez-te passar um mau bocado, hoje?

— Quando é que ele não me faz passar um mau bocado?

— Pobrezinho — lamentou Julie. — Lembra-me para, logo à noite, derramar um rio de lágrimas por ti.

— Sabia que podia contar contigo — agradeceu Mike.

Julie riu-se. Por vezes, aquele estupor era tão bonito, especialmente com aquelas covinhas. — Então, o que é que te fez? Voltou a fazer-te um buraco nos fundilhos do macaco?

— Não. Essa já é velha. Além disso, da última fez que me fez isso cobri uma chave inglesa com cola *Krazy Glue* e pedi-lhe que a segurasse enquanto eu fazia outra coisa. Só conseguiu ver-se livre da chave na manhã seguinte. Teve de dormir com ela.

Julie riu. — Recordo-me disso. Durante semanas não aceitava nada que lhe quisesses dar.

— Pois — disse Mike, parecendo nostálgico. Na sua opinião, fora uma das suas melhores partidas de sempre. — Devia fazer coisas dessas com mais frequência, mas não é a minha maneira de ser.

— Faças o que fizeres, ele nunca deixará de implicar contigo. Mas, recorda-te, ele faz tudo isso por inveja.

— Achas que sim?

— Sei, de certeza. Henry está a perder cabelo e tem a doença de *Dunlop*.

— Doença de *Dunlop*?

— Sim, a barriga dele está a formar um pneu, logo acima do cinto.

Mike riu-se. — É. Estar a ficar velho deve ser duro.

— No entanto... não respondeste à minha pergunta. O que é que ele te fez hoje?

Mike não lhe disse, não podia dizer-lhe, qual tinha sido o comentário do irmão. Em vez disso, procurou moedas na algibeira e dirigiu-se à máquina dos refrigerantes. Meteu moedas na máquina. — Olha — respondeu em voz de quem não dá muita importância ao assunto —, o mesmo de sempre.

Ela levou as mãos à boca. — Se não queres contar-me, deve ter sido das boas.

— Nunca te conto — respondeu Mike. Depois, ao endireitar-se, falou num tom mais sério. — Mas, muitas vezes, não posso deixar de pensar que tu provocas as palhaçadas dele e que isso me deixa magoado.

Mike passou a Julie uma *Diet Coke* e para ele escolheu uma *Dr. Pepper*. Não era preciso perguntar o que ela queria, pois já o sabia.

— Magoou-te? — perguntou ela.

— Pareceu uma facada.

— Será que logo à noite terei de chorar dois rios de lágrimas?

— Dois seria bom. Mas, se queres que te perdoe, têm de ser pelo menos três.

Quando Mike sorriu é que Julie se apercebeu do que tinha perdido por não falar com ele nos últimos dias. — Portanto, para além das maldades do Henry, sucedeu hoje mais alguma coisa importante.

Mike fez uma pausa. «Um tipo chamado Jake Blansen veio cá e insinuou umas coisas acerca do teu Richard. Queres ouvi-las?»

Não, não era a altura. Em vez disso, abanou a cabeça.

— Realmente, não. E contigo?

— Nada — respondeu, a olhar para o cão. — Excluindo a fuga deste maroto. Cheguei a ter medo de que lhe tivesse sucedido algum mal.

— Ao *Singer*? Nenhum carro tem hipóteses de o atropelar. O carro seria esmagado como um insecto.

— Mesmo assim, fiquei preocupada.

— É por seres mulher. Nós, os homens como eu, não nos preocupamos. Somos educados para não entrarmos em pânico.

Julie sorriu. — É bom ouvir isso. Quando o furacão estiver para chegar, serás a primeira pessoa a quem telefono para me entaipar as janelas da casa.

— Farias isso, de qualquer maneira. Ou já te esqueceste? Até me compraste aquele martelo especial.

— Bom, não esperes que te chame. Posso entrar em pânico ou algo assim.

Mike riu-se à socapa e por momentos houve silêncio entre os dois. E agora, o que poderia fazer?, pensava Mike. O mais óbvio!

— Então, como é que estão a correr as coisas entre ti e o Richard? — perguntou, a tentar falar com voz neutra.

Julie hesitou, a pensar que também ela gostaria de saber como é que estavam a correr.

— Vão bem — respondeu. — O fim-de-semana correu bem, mas...

Não conseguiu terminar a frase, ficou a pensar, sem saber exactamente o que desejava contar ao amigo.

— Mas?

— Nada de importante.

Ele analisou-a por instantes. — Tens a certeza?

— Claro, tenho a certeza — disse, a forçar um sorriso fugidio. — Como te disse, não é nada que interesse.

Mike sentiu o desconforto, mas não pressionou. Se ela não queria falar de Richard, ele também não. Não lhe causava problema de espécie alguma.

— Bem, ouve, se descobrires o que é, ou se precisares de falar de qualquer outra coisa, sabes que estou aqui, não sabes?

— Pois sei.

— Estou a falar a sério. Estarei sempre por perto.

— Sei que estás — corroborou Julie, a pôr-lhe a mão num ombro, tentando aliviar a tensão. — Em parte, sou de opinião de que mereces mais. Ver o mundo, fazer viagens a locais exóticos.

— O quê? E perder o meu recorde de noites consecutivas a ver reposições de episódios da série *Marés Vivas*?

— Exactamente. Qualquer coisa melhor do que a televisão. Mas se não tens queda para as viagens, deves pensar em qualquer outra coisa. Como aprenderes a tocar um instrumento, ou coisa do género.

Ele arrepanhou os lábios. — Esse, minha querida, foi um golpe baixo.

Os olhos dela brilharam. — Tão bom como os do Henry?

Mike meditou um pouco. — Não — decidiu. — Nisso, o Henry é muito melhor do que tu.

— Suas ratazanas!

— Que mais posso dizer? Não passas de uma principiante.

Julie sorriu e depois recuou um passo, como se precisasse de um pouco mais de distância para o ver bem. — Sabes que é muito fácil uma pessoa entender-se contigo?

— Por ser fácil zombar de mim?

— Não, é pelo desportivismo com que aceitas as brincadeiras.

Mike demorou-se um instante a tirar um pouco de óleo de uma das unhas. — Que engraçado! — exclamou, por fim.

— O quê?

— As palavras que usaste. Há uns dias, a Andrea disse-me exactamente a mesma coisa.

— A Andrea? — repetiu Julie, como se duvidasse de ter ouvido bem.

— Sim, no último fim-de-semana. Quando saímos juntos. O que me faz lembrar que tenho de a ir buscar, dentro de uns minutos.

Olhou para o relógio e depois para o armário da roupa.

Julie não conseguiu conter o assombro. — Mas... espera lá... a Andrea?

— Pois, grande miúda. Passámos um bom bocado. Mas, desculpa, tenho de me despachar...

Ela agarrou-o por um braço. — Mas...? — começou. — *Tu* e a Andrea...?

Mike encarou-a com ar solene durante alguns segundos, até não conseguir conter-se. — Deixaste-te levar, não deixaste?

Julie cruzou os braços. — Não — retorquiu.

— Vá lá. Um bocadinho?

— Não.

— Tens de admitir que sim.

— Está bem. Admito.

Mike olhou-a com ar de satisfação. — Óptimo, agora estamos quites.

ONZE

Julie deixou a porta bater atrás de si, ainda deleitada com a conversa entre ela e Mike. Mabel levantou a cabeça da secretária.

— Esta noite vais encontrar-te com o Richard? — perguntou.

— Não. Porquê?

— Passou por aí e perguntou por ti. Não o viste?

— Estava na garagem, a falar com o Mike.

— Não encontraste o Richard quando vinhas para cá?

— Não.

— É estranho — disse Mabel. — Devias ter-te cruzado com ele na rua. Quero dizer, ele saiu daqui há apenas uns minutos e pensei que fosse à tua procura.

— Julgo que não — avançou Julie, sem tirar os olhos da porta. — Ele disse o que é que queria?

— Não. Apenas disse que andava à tua procura. Se andares depressa, ainda consegues apanhá-lo.

Mabel ligou o gravador de chamadas e acabou de arrumar a secretária, observando Julie a debater-se com o dilema de ir ou não ir. Quando o tempo propício passou, evitando-lhe a tomada de decisão, Mabel continuou como se não tivesse feito a sugestão.

— Não sei o que se passa contigo — sondou —, mas eu estou saturada. Hoje, todas as clientes tinham queixas a fazer. Se não era o cabelo, eram os filhos ou o marido, ou o novo pregador, ou os latidos dos cães, ou os malucos dos automobilistas do Norte. Às vezes, só me apetece mandar que cresçam. Sabes o que quero dizer?

Julie ainda estava a pensar em Richard.

— Deve ser lua cheia — murmurou. — Hoje toda a gente anda um bocado esquisita.

— Até o Mike?

— Não, o Mike não — disse Julie, a agitar a mão com ar de alívio. — O Mike é sempre o mesmo.

Mabel abriu a gaveta do fundo da secretária e tirou uma garrafa.

— Bem, está na hora de afastar as teias de aranha — anunciou —, fazes-me companhia?

Gostava de afastar as teias de aranha com regularidade e, em resultado disso, de entre todos os conhecidos de Julie, era a pessoa com menos teias de aranha.

— Claro, também bebo uma pinga. Vou fechar a porta.

Mabel tirou dois copos da gaveta e instalou-se confortavelmente no sofá. Na altura em que Julie se juntou a ela, já tinha atirado com os sapatos, colocara os pés em cima da mesa e já estava a beberricar. Com os olhos fechados e bem recostada, parecia acreditar que estava deitada numa cadeira de descanso, numa praia distante, a torrar ao sol dos trópicos.

— Então, o que é que o Mike anda agora a fazer? — perguntou, mantendo os olhos fechados. — Ultimamente tem aparecido pouco por aqui.

— Nada de muito excitante. Trabalha, barafusta com o irmão, o habitual.

Fez uma pausa e o rosto iluminou-se-lhe. — Oh, ouviste dizer que vai tocar no Clipper dentro de umas semanas?

— Oh... hurra!

A falta de entusiasmo era notória.

Julie riu-se. — Não sejas má. Na verdade, desta vez a banda é bastante boa.

— Não vai servir de nada.

— Ele também não é assim *tão* mau.

Mabel sorriu e endireitou-se no sofá.

— Minha querida, sei que ele é teu amigo, mas, para mim, é como se fosse da família. Lembro-me de o ver a correr pela casa de fraldas e não duvides de mim quando digo que ele é mesmo assim *tão* mau. Também sei que a ideia o põe maluco, pois, na verdade, nunca quis fazer outra coisa na vida. Mas, como diz o livro santo: «Não atures os maus músicos, pois eles arruinarão os teus ouvidos.»

— O livro santo não diz nada disso.

— Devia dizer. E provavelmente diria, se o Mike já andasse pelo mundo quando o escreveram.

— Está bem, mas ele adora a música. Se tocar o faz feliz, fico satisfeita por ele.

Mabel sorriu. — Decerto, Julie. És uma rapariga de bom coração e muito especial. Não me interessa o que possam dizer de ti. Eu *gosto* de ti — declamou a levantar o copo numa saudação.

— Digo o mesmo — disse Julie, quando tocaram os copos.

— Portanto, o que é que se passa entre ti e o Richard? Depois de ele ter passado por cá hoje, praticamente ainda não o mencionaste.

— Vai bem, acho eu.

O queixo de Mabel ergueu-se. — Tu *achas*? Como o outro: «Meu capitão, *acho* que não vejo o icebergue»?

— Vai bem — repetiu Julie.

Mabel ficou a estudar-lhe o rosto durante uns segundos. — Nesse caso, porque é que não tentaste apanhá-lo, há apenas uns minutos, quando te sugeri que fosses atrás dele?

— Por nada — respondeu Julie. — Foi apenas porque já o vi hoje.

— Ah! — disse Mabel, numa exclamação forçada. — *Acho* que isso faz sentido.

Julie bebeu um gole, sentindo o calor na garganta. Embora não pudesse falar com Mike acerca de Richard, com Mabel era diferente. Pensava que a amiga a podia ajudar a perceber os seus sentimentos em relação ao namorado.

— Recordas-te do medalhão que ele me deu? — acabou por perguntar.

— O das iniciais *J.B.* gravadas? Como poderia esquecê-lo.

— Bem — continuou Julie —, o problema é que não o usei hoje.

— E então?

— Foi o que eu pensei. Mas julgo que Richard ficou ofendido.

— Se isso o ofendeu, lembra-me de que nunca mais o inclua nos meus sonhos.

Como Julie não respondeu, levantou o copo, antes de prosseguir. — Então, ficou ofendido? E depois? Os homens têm os seus artifícios e esse pode ser um dos dele. E, acredita, há coisas piores. Contudo, penso que tens de avaliar o que aconteceu hoje em conjunto com tudo o resto. Já saíste com ele quantas vezes? Três?

— Na verdade, foram quatro. Se contarmos o fim-de-semana como dois encontros separados.

— E disseste que foram agradáveis, não disseste?

— Sim. Até agora.

— Nesse caso, pode apenas suceder que ele tenha tido um dia difícil. Disseste-me que tem um horário de trabalho fora do normal, não é? Talvez no domingo ainda tenha ido ao emprego e ficado lá até tarde. Quem sabe?

Julie tamborilou com os dedos na chávena. — Pode ser.

Mabel fez rodar a bebida no copo. — Não te preocupes muito com isso — aconselhou, com toda a calma. — Enquanto ele não passar as marcas, não é nada de importante.

— Achas que devo deixar andar?

— Não é bem assim. Também não deves ignorá-lo por completo.

Julie levantou a cabeça e encontrou os olhos de Mabel.

— Aceita o conselho de uma senhora que teve muitos convites para sair e conheceu muitos homens ao longo dos anos. Toda a gente, incluindo tu, se porta da melhor maneira no início de uma relação. Por vezes, os pequenos artifícios transformam-se em grandes problemas e a grande vantagem das mulheres, por vezes a única vantagem, é a sua intuição.

— Mas pensei que estavas a aconselhar-me a não me preocupar.

— Pois aconselhei. Mas também nunca deves ignorar a tua intuição.

— Portanto, pensas realmente que tenho um problema?

— Minha querida, não sei o que hei-de pensar, como tu também não sabes. Não há livros de respostas mágicas à venda. Estou apenas a dizer que não te limites a encolher os ombros se o assunto te preocupa tanto, mas também te digo para não deixares que isso destrua uma coisa boa. É para isso que serve o namoro, para se descobrir as qualidades e os defeitos das pessoas. Para descobrir se os dois se ajustam um ao outro. Só estou a acrescentar um pouco do velho senso comum a essa mistura. Nada mais.

Julie ficou uns instantes em silêncio. — Acho que tens razão — concluiu.

O telefone começou a tocar e Mabel virou-se para o lado de onde vinha o som. Passado um instante, o gravador de chamadas começou a funcionar. Depois de ouvir, para saber quem era, olhou novamente para Julie.

— Quatro saídas, hein?

Julie assentiu.

— Haverá uma quinta?

— Ainda não falou nisso, mas é provável que sim.

— Essa foi uma maneira muito esquisita de responderes à minha pergunta.

— O que é que queres dizer com isso?

— Não disseste o que tencionas responder quando ele perguntar.

Julie olhou para o lado.

— Não — concordou —, julgo que não disse.

Quando chegou a casa, Richard estava à espera dela.

Tinha arrumado o carro em frente da casa e estava à espera, encostado à porta do automóvel, de braços cruzados e uma perna sobre a outra, a observar a manobra de entrada de Julie no caminho de acesso à garagem.

Depois de parar, Julie olhou para o *Singer* e soltou o cinto de segurança.

— Ficas no jipe até eu dizer, está bem?

O cão alçou as orelhas.

— E porta-te bem — acrescentou ao sair. Nessa altura, Richard já se encontrava no caminho de acesso à garagem.

— Boa tarde, Julie.

— Boa tarde, Richard — cumprimentou Julie, com voz neutra. — O que é que estás aqui a fazer?

Ele mudou o peso do corpo de um pé para o outro. — Dispus de uns minutos e resolvi passar por cá. Tentei falar contigo no salão, mas parece que tinhas saído.

— Fui à procura do *Singer*. Fui encontrá-lo na garagem.

Richard assentiu. — Foi o que Mabel me disse, mas não podia esperar; tinha de entregar umas plantas antes de o escritório fechar e, na verdade, tenho de lá voltar logo que sair daqui. Mas queria pedir-te desculpa pelo que se passou esta manhã. Fiquei a pensar naquilo e acho que passei um bocado das marcas.

Sorriu, com ar arrependido, como um menino apanhado a meter a mão no frasco da compota.

— Bem... — começou Julie —, agora que falas nisso...

Richard levantou ambas as mãos para evitar que ela prosseguisse. — Eu sei, eu sei. Nada de recriminações. Só quis pedir-te desculpa.

Julie afastou uma madeixa de cabelo que lhe tinha caído para a cara.

— Como é que pudeste ficar tão aborrecido só por eu não ter posto o medalhão?

— Não — respondeu. — Acredita, não foi nada disso.

— Então, foi o quê?

Richard desviou o olhar. Falou em voz tão baixa que ela mal conseguiu ouvi-lo.

— É que passei um fim-de-semana maravilhoso e, quando vi que não o trazias, fui levado a pensar que não sentias o mesmo que eu em relação ao tempo que passámos juntos. Julgo ter pensado que, por qualquer razão, não te tinha agradado plenamente. Quero dizer... não fazes ideia de quanto me senti feliz durante o tempo em que estivemos juntos. Consegues perceber o que estou a tentar explicar-te?

Antes de responder, Julie meditou uns segundos.

— Sim, estou a perceber.

— Sabia que ias compreender — disse Richard, a olhar à volta como se, de súbito, a presença dela o pusesse nervoso. — Olha... como te disse... tenho de voltar ao trabalho.

— Está bem — limitou-se Julie a dizer. Forçou um sorriso.

Momentos depois, desta vez sem tentar beijá-la, ele foi-se embora.

DOZE

Na escuridão, tendo como única iluminação uma fatia da lua, Richard aproximou-se da porta da frente da vivenda vitoriana a que temporariamente chamava o seu lar. Situava-se nos arrabaldes da cidade, rodeada de terras de cultivo, e fora construída a cem metros da estrada principal.

A casa, de altura sensivelmente igual a metade da dos pinheiros que a rodeavam, mal se distinguia à luz pálida do luar. Embora um pouco degradada, ainda retinha algum do encanto de antigamente, com decorações e painéis de madeira que pareciam trazer à mente um convite bem decorado para uma festa na mansão do governador. A propriedade carecia de manutenção; o que antes fora um jardim bem tratado, tinha-se enchido de ervas demasiado altas que, no entanto, não pareciam importuná-lo. Havia beleza no trabalho desordenado da natureza, pensava Richard, nas réstias de luz e nas sombras da noite, nas cores variegadas e nas formas dos ramos e das folhas durante o dia.

Lá dentro, pelo contrário, preferia a ordem. A desordem acabava à porta e, logo que entrou, acendeu as luzes. A mobília alugada, nada de especial mas suficiente para tornar a casa apresentável, não era do seu gosto; porém, numa cidade pequena como Swansboro, não havia muito por onde escolher. Num mundo de produtos baratos e de vendedores com fatos de fibras sintéticas, tinha escolhido os artigos menos ofensivos que tinha encontrado: sofás de veludo escuro, mesas folheadas de carvalho e candeeiros de plástico com latão fingido.

Naquela noite, contudo, nem reparou na decoração. Naquela noite, só pensava em Julie. E no medalhão. E na maneira como ela o olhara poucos minutos antes.

Tinha, uma vez mais, feito demasiada pressão e ela fizera-o pagar por isso. Julie estava a transformar-se num desafio e ele gostava de ser desafiado. Respeitava isso, pois o que mais desprezava era a fraqueza.

Por que diabo estaria ela a viver numa cidade como aquela?

Julie, pensava, pertencia à grande cidade, a lugares com passeios a fervilhar de pessoas e reclames sempre a piscar, com insultos rápidos e respostas certeiras. Era demasiado inteligente, tinha demasiada classe para um lugar como aquele. Ali não havia energia suficiente para a fazer funcionar, nada capaz de lhe assegurar um futuro. A força, se não utilizada, desaparece e, se Julie ficasse, sabia que ela se iria tornar fraca, exactamente como a mãe dele se tinha tornado fraca. E, com a passagem do tempo, não ficaria nada digno de respeito.

Julie era como a mãe dele. Uma vítima. Sempre a vítima.

Cerrou os olhos, retirando-se para o passado. Estava em 1974 e a imagem era sempre a mesma.

Com o olho esquerdo inchado e a face arroxeada, a mãe estava a pôr uma mala de viagem na bagageira do carro, a tentar sair dali o mais depressa possível. Na mala de viagem levava roupas para ambos. Na mala de mão tinha 37 dólares em moedas de diversos valores. Tinha levado quase um ano a poupar aquela importância; Vernon controlava as finanças e dava-lhe só o indispensável para as compras do dia. Não estava autorizada a pôr a mão no livro de cheques e nem sabia qual era o banco em que ele descontava o cheque do ordenado. O pouco dinheiro que ela conseguira juntar provinha das almofadas do sofá, eram moedas caídas dos bolsos dele quando dormitava em frente da televisão. Tinha escondido as moedas numa caixa de detergente para a roupa, na prateleira mais alta da despensa e, de cada vez que o via aproximar-se do local, o coração começava a martelar-lhe com violência dentro do peito.

Dizia a si mesma que, dessa vez, se ia embora para sempre. Dessa vez, ele não conseguiria convencê-la a voltar. Disse a si mesma que não acreditaria nele, por mais amável que se mostrasse, por mais sinceras que as suas promessas parecessem. Disse a si mesma que, se voltasse, ele acabaria por matá-la. E, a seguir, mataria o filho. Disse tudo isto para si própria, repetiu as palavras como se recitasse os mandamentos sagrados, como se as palavras pudessem transmitir-lhe a força para prosseguir.

Em pensamento, Richard estava a ver a mãe naquele dia. Como o tinha mantido em casa, sem ir à escola, como lhe tinha dito que fosse a casa e trouxesse o pão com manteiga de amendoim, pois iam fazer um piquenique. Como ela lhe mandara que trouxesse também um casaco, para o caso de a temperatura descer. Tinha seis anos de idade e fez tudo o que a mãe mandou, embora soubesse que ela estava a mentir.

Na noite anterior, já deitado, tinha ouvido a mãe a gritar e a chorar na cozinha. Ouvira o ruído seco que a mão do pai fizera ao aterrar na cara dela, ouvira a mãe ser atirada contra a parede fina, que separava o seu quarto do quarto dos pais, ouvira-lhe os queixumes e as súplicas para que ele parasse, a pedir-lhe desculpa, que pensara lavar a roupa mas que fora obrigada a levar o menino ao médico. Ouviu Vernon chamar nomes à mãe e fazer-lhe todas as acusações que costumava fazer sempre que se embebedava. — O miúdo não é parecido comigo! — gritava o pai. — Não é meu!

Deitado na cama, a ouvir os gritos, lembrou-se de rezar para que a acusação fosse verdadeira. Não queria ser um monstro como o pai. Odiava-o. Quando ele chegava a casa, vindo da fábrica de produtos químicos, odiava aquele cabelo lustroso e gordurento; odiava o cheiro a álcool que emanava dele à noite. Odiava o facto de, pelo Natal, ter recebido apenas um taco de basebol, sem a luva, enquanto os miúdos da vizinhança tinha recebido bicicletas e pranchas de *skate*. Odiava-o por bater na mãe quando achava que a casa não estava suficientemente limpa, ou quando não conseguia encontrar qualquer coisa que a mãe tivesse guardado. Odiava aquela mania de terem as cortinas sempre corridas e a falta de visitas.

— Despacha-te — mandara a mãe, fazendo-lhe sinal com a mão —, para encontrarmos uma boa mesa no parque.

E ele entrou em casa a correr.

Dentro de uma hora, o pai estaria em casa para almoçar, como fazia todos os dias. Embora se deslocasse a pé para o trabalho, levava com ele as chaves do carro, juntamente com outras, presas ao cinto por uma corrente. Naquela manhã, enquanto o pai fumava, lia o jornal e comia o *bacon* com ovos que a mulher tinha preparado, a mãe tinha tirado uma das chaves.

Deviam ter saído imediatamente, logo que o pai desapareceu por detrás do monte, a caminho da fábrica. Até ele, com seis anos, sabia isso, mas a mãe deixara-se ficar sentada à mesa durante horas, de mãos trémulas, a fumar cigarro após cigarro. Não tinha dito nada, não se tinha mexido; só voltara à vida uns momentos antes.

Pelo que, agora, estavam a lutar contra o tempo. A ideia de que não ia conseguir tornava-a histérica. Outra tentativa.

Richard saíra disparado de casa, a carregar o pão com manteiga de amendoim e o casaco, a correr para o carro. Mesmo a correr, viu que o branco do olho esquerdo da mãe estava vermelho de sangue. Fechou a porta do *Pontiac* com estrondo e viu que a mãe tentou enfiar a chave na ignição, mas falhou. Tinha as mãos a tremer. Respirou fundo e tentou de novo. Desta vez, o motor pegou e ela tentou sorrir. O lábio estava inchado e o sorriso foi um esgar; com a cara inchada e o olho sangrento, havia algo de medonho naquele sorriso. Engatou o carro em marcha atrás e recuou para sair da garagem. Já na estrada, pararam um pouco e a mãe olhou para o painel de instrumentos.

Suspirou. O manómetro de gasolina mostrava que o depósito estava quase vazio.

Por isso, ficaram. Outra vez. Como sempre.

Nessa noite, ouviu o pai e a mãe no quarto, mas desta vez não havia sinais de zanga. Pelo contrário, ouviu-os a rir e a beijarem-se; mais tarde notou que a mãe respirava com esforço e gritava o nome do pai. Na manhã seguinte, quando se levantou, viu os pais abraçados na cozinha. O pai piscou-lhe o olho e fez as mãos descerem, até ficarem pousadas na saia da mãe.

Viu a mãe corar.

Richard abriu os olhos. Não, pensou, Julie não podia ficar naquela cidade. Não podia, se quisesse aproveitar o que a vida tinha para lhe dar, se desejasse a vida a que tinha direito. Ele ia afastá-la daquilo tudo.

Fora uma estupidez ter-lhe falado daquela maneira acerca do medalhão. Estúpido. Não voltaria a acontecer.

Perdido na meditação, mal ouviu o toque do telefone, mas levantou-se a tempo de atender, antes de o gravador ter entrado em funcionamento.

Detendo-se por um momento, reconheceu o indicativo da área de Daytona ao verificar a origem da chamada. Depois de respirar fundo, atendeu.

TREZE

Na escuridão do quarto, a lutar com uma terrível dor de cabeça provocada pela alergia, Julie atirou com a segunda almofada ao cão.

— Queres fazer o favor de te calares? — gemeu.

Singer ignorou a almofada. Em vez de se calar, acercou-se da cama e ficou a ofegar e a rosnar, obviamente a pedir que Julie lhe abrisse a porta, para que fosse, como só os cães sabem fazer, «investigar os arredores». Tinha andado pela casa durante a última hora, passando do quarto para a sala e regressando pelo mesmo caminho, uma e outra vez, a pressionar o nariz húmido contra ela, a fazê-la sobressaltar-se.

Julie pôs a almofada por cima da cabeça, mas não foi o suficiente para abafar o som e a compressão ainda a fez sentir-se pior.

— Lá fora não há nada — resmungou. — Estamos a meio da noite e dói-me a cabeça. Não me levanto daqui.

Singer continuou a rosnar. Não era um rosnar sinistro, não era um mostrar de dentes, como fazia quando via homens que vinham contar a electricidade ou, pior ainda, quando vinham entregar o correio. Era apenas um rosnar incomodativo, demasiado alto para passar despercebido.

Atirou-lhe com a almofada que lhe restava. *Singer* vingou-se: atravessou o quarto e enfiou-lhe o nariz numa orelha.

Sentou-se na cama, a limpar a orelha com o dedo.

— Pronto! Conseguiste o que querias!

O cão agitou a cauda, mostrando-se satisfeito. «Agora já estamos a entender-nos. Anda daí.» *Singer* trotou para fora do quarto, a indicar o caminho.

— Óptimo! Queres que me certifique de que não há nada lá fora, cão maluco?

Depois de ter massajado as têmporas, soltando gemidos de dor, Julie saltou da cama e seguiu aos tropeções até à sala. *Singer* já estava junto das janelas da frente; tinha afastado as cortinas com o nariz e olhava de um lado para o outro.

Julie também espreitou para fora, sem ver nada.

— Estás a ver? Nada. Tal como te disse.

O cão não se dava por vencido. Foi até junto da porta e sentou-se.

— Se queres ir lá fora, não contes comigo para ficar à tua espera. Se sais, ficas lá. Vou voltar para a cama. A cabeça dói-me a valer. Não que isso te interesse.

Singer não parecia interessar-se.

— Muito bem. Vou fazer-te a vontade.

Abriu a porta. Embora estivesse à espera de ver o cão disparar em direcção ao bosque, tal não aconteceu. Em vez disso, foi até ao alpendre, ladrou duas vezes e baixou o nariz para cheirar o chão. Enquanto ele se entregava ao exercício, Julie cruzou os braços e olhou à volta.

Nada. Não havia sinais de ter estado ali alguém. Tirando os sons dos grilos e das rãs, o silêncio era absoluto. As folhas não mexiam; a rua estava deserta.

Satisfeito, *Singer* rodou para entrar em casa.

— Estás satisfeito? Fizeste-me sair da cama para nada?

Singer levantou os olhos para ela. «Não há inimigos à vista», pareceu dizer. «Não há motivos para alarme. Podes ir para dentro e voltar a dormir.»

Julie repreendeu-o antes de o deixar para ir à casa de banho. O cão não foi atrás dela. Em vez disso, quando ia para se deitar, olhou por cima do ombro e viu que ele estava novamente sentado em frente da janela e tinha voltado a afastar as cortinas com o nariz.

— Não faço ideia do que será — resmungou Julie.

Quando, uma hora mais tarde, o cão recomeçou a rosnar e a ladrar, desta vez com vontade, Julie, que tinha fechado a porta do quarto e posto a ventoinha da casa de banho a funcionar, não o ouviu.

Na manhã seguinte, Julie encontrava-se no caminho de acesso à garagem, de óculos escuros, tendo por cima de si uma enorme bola de fogo e um céu tão azul que parecia artificial. Ainda sentia vestígios da dor de cabeça, mas nada comparável à dor excruciante que tinha sentido durante a noite. O cão estava ao seu lado quando ela leu o bilhete que alguém tinha prendido no limpa-pára-brisas do jipe.

Julie,

Tenho de sair da cidade devido a uma emergência, pelo que não poderei ver-te durante uns dias. Telefono logo que puder. Não deixarei de pensar em ti.

Richard

Julie olhou para o cão.

— Então, foi este o motivo de todo aquele barulho? — perguntou a segurar o bilhete. — Richard?

Singer mostrou-se presumido, como só ele sabia ser. «Vês, eu avisei-te de que andava alguém por aqui.»

O *Tylenol* tinha-a deixado atordoada e com uma sensação de fadiga, além daquele gosto ácido na boca, pelo que não estava disposta a pactuar com atitudes de superioridade. — Não me venhas com isso. Fizeste-me ficar acordada durante horas. E não se tratou de uma pessoa que não conhecias; por isso, esquece.

Singer rosnou e saltou para o jipe.

— Ele nem chegou a aproximar-se da porta.

Julie fechou a porta traseira e deslizou para o banco do condutor. Pelo retrovisor viu o cão dar uma volta, para se sentar de rabo virado para ela.

— Ah, sim. Também eu estou zangada contigo.

Durante o percurso para o emprego, sempre que olhava pelo retrovisor, via que *Singer* não tinha mudado de posição, nem inclinado a cabeça para um dos lados para deixar que o vento lhe passasse pela língua e pelas orelhas, como costumava fazer. O cão saltou logo que ela acabou de arrumar o jipe. Embora o tivesse chamado, o animal continuou o caminho, atravessou a rua e seguiu em direcção à garagem.

Cães.

Por vezes, pensou Julie, são tão infantis como os homens.

Mabel estava ao telefone, a cancelar as marcações de Andrea. Esta não viria, estava a desfrutar de outro «dia pessoal». Desta vez, pelo menos, tinha telefonado, pensou Mabel. Andrea apareceria decerto com uma história complicada. No seu último dia pessoal, jurou que tinha visto Bruce Springsteen a atravessar o parque de estacionamento do Food Lion e resolveu segui-lo durante todo o dia, para acabar por perceber que não era ele. A questão de saber porque é que Bruce Springsteen estaria no Food Lion de Swansboro não parecia sequer ter-lhe passado pela cabeça.

Ao ouvir a campainha da porta tocar atrás de si, Mabel virou-se e viu Julie. Pegando na caixa de *Milk-Bonz*, preparava-se para dar um biscoito ao cão quando reparou que Julie vinha sozinha.

— Onde é que está o *Singer*?

Julie pousou a mala de mão numa prateleira ao lado do seu posto de trabalho. — Julgo que foi visitar o Mike.

— Outra vez?

— Tivemos uma zanga.

Disse aquilo da mesma forma que usava depois de uma discussão com o Jim, o que levou Mabel a sorrir. Só Julie parecia não perceber quanto a afirmação soava ridícula às outras pessoas.

— Tiveram então uma zanga? — comentou Mabel.

— Foi; por isso penso que está amuado. Como se quisesse punir-me pela ousadia de ter-lhe gritado. Mas ele mereceu a descompostura.

— Ah! O que é que aconteceu?

Julie contou a Mabel o que se passara durante a noite.

— Ele deixou um bilhete a pedir desculpa? — perguntou Mabel.

— Não, fez isso ontem, quando cheguei a casa. O bilhete foi só para me informar de que vai estar fora da cidade durante uns dias.

Embora Mabel tivesse gostado de perguntar como é que correra o pedido de desculpa, era evidente que Julie não estava com disposição para falar do assunto. Mabel guardou a caixa de *Milk-Bonz* no armário e ficou a olhar para o canto, onde se encontrava a manta do *Singer*.

— Sem ele, isto aqui parece vazio — comentou. — É como se alguém tivesse levado um dos sofás ou coisa semelhante.

— Oh, ele volta não tarda nada. Sabes como ele é.

Todavia, para surpresa delas, passadas oito horas o *Singer* ainda não tinha voltado.

— Tentei levá-lo umas poucas de vezes — disse Mike, parecendo tão perplexo quanto Julie. — Mas não me seguia para lá da porta, por mais que o chamasse. Ainda tentei suborná-lo com um pedaço de carne, mas não quis deixar a garagem. Pensei levá-lo a reboque mas, para falar francamente, não penso que ele mo permitisse.

Julie olhou para o cão. Estava sentado ao lado de Mike, a observar Julie, com a cabeça descaída para um lado.

— *Singer*, ainda continuas zangado comigo? É por isso que estás amuado?

— Por que motivo é que havia de estar zangado contigo?

— Tivemos uma zanga.

— Oh!

— Vais ficar aí sentado ou vens comigo? — perguntou Julie.

Singer passou a língua pelos lábios mas não se mexeu.

— *Singer*, vem cá — ordenou ela.

O cão deixou-se ficar onde estava.

— Salta!

Apesar de nunca lhe ter dado aquela ordem, não sabia o que mais poderia dizer; quando lhe pareceu que Julie estava ficar demasiado impaciente, Mike fez um gesto com a mão.

— Vai-te embora, *Singer*. Antes de te meteres em sarilhos ainda maiores.

Ao ouvir a ordem de Mike, o cão levantou-se e, com alguma relutância, segundo pareceu, foi colocar-se ao lado de Julie. Esta pôs as mãos nos quadris.

— Então, agora recebes ordens do Mike?

— Não me atribuas a culpa — pediu Mike, a fazer o ar mais inocente que conseguiu. — Eu não fiz nada.

— Não estou a atribuir-te a culpa. Só não percebo o que lhe deu nestes últimos dias.

Singer sentou-se junto das pernas dela e olhou para cima. — Então, o que é que ele fez por aqui, durante todo o dia?

— Dormitou, roubou a minha sanduíche de peru quando me afastei para ir buscar uma bebida, andou por aí a fazer as coisas do costume.

— Pareceu-te estranho?

— Não. De maneira nenhuma. Para além de estar aqui, pareceu-me bem.

— Não se mostrou zangado?

Mike coçou a cabeça, sabendo que ela considerava estar perante um problema grave. — Bem, para te ser franco, não falou de nada, pelo menos comigo. Queres que vá perguntar ao meu irmão? Talvez tenham conversado enquanto estive fora daqui.

— Estás a gozar comigo?

— Não, nunca. Sabes que jamais faria uma coisa dessas.

— Bom. Depois de quase ter perdido o meu cão para outra pessoa, neste momento não estou com a melhor das disposições para brincadeiras.

— Não estiveste quase a perdê-lo. O cão estava aqui comigo.

— Pois. E agora gosta mais de ti que de mim.

— Talvez tivesse saudades. Eu provoco dependência, como sabes.

Pela primeira vez desde que chegara, Julie sorriu.

— Ai provocas?

— O que é que posso dizer? É uma maldição.

Julie soltou uma gargalhada. — Suportares-te a ti mesmo deve ser uma tarefa difícil.

Mike abanou a cabeça, a pensar que Julie estava com um belo aspecto.

— Nem fazes ideia!

Uma hora mais tarde, Julie estava na cozinha, de pé, junto do lava-louças, tentando desesperadamente manter no lugar os panos da louça que, a toda a pressa, enrolara à volta da torneira avariada, a fazer o que podia para conter o fluxo de água que tinha explodido em direcção ao tecto, como se fosse um géiser doméstico. Pegou noutro pano, juntando-o aos outros, apertou com mais força, acabando por conseguir reduzir a intensidade do chuveiro. Infelizmente, fez que uma parte da água esguichasse na sua direcção.

— Podes passar-me o telefone? — gritou, mantendo o queixo erguido para evitar que a água lhe atingisse os olhos.

O cão trotou em direcção à sala; momentos depois, com a mão livre, Julie tirou o telefone portátil da boca dele. Marcou o primeiro número que constava da sua lista de emergências.

Mike estava esparrinhado no sofá, a mastigar *Doritos*, com os dedos cobertos de pó cor-de-laranja e uma lata de cerveja apertada entre as pernas. Era o seu jantar, juntamente com o *Big Mac* que comprara (e acabara) a caminho de casa. A guitarra estava em cima do sofá, a seu lado, e, como sempre, depois de ter tocado durante um bocado, fechou os olhos e recostou-se, imaginando a Katie Couric a descrever a cena para uma audiência da televisão nacional.

«Trata-se do concerto mais aguardado deste ano», diz a arrebatada Katie. «Com um só álbum, Michael Harris lançou fogo ao mundo da música. Só o seu primeiro álbum já vendeu mais discos do que os Beatles e Elvis Presley venderam, em conjunto, durante as suas carreiras e espera-se que o concerto que vai ser transmitido pela televisão venha a ter a maior audiência de todos os tempos. Está a ser transmitido simultaneamente em todo o mundo, para uma audiência estimada em três mil milhões de pessoas, e o número de espectadores que seguem o concerto ao vivo deve andar perto dos dois milhões. Caros ouvintes, estamos a fazer História.»

A sorrir, Mike enfiou mais uma batata frita na boca. Que beleza!, pensou, que beleza!

«Podem ouvir a multidão, atrás de mim, a entoar o seu nome. É espantoso o número de pessoas que ele conseguiu contagiar. As pessoas têm-nos procurado durante todo o dia, dizendo-nos que a música de Michael Harris mudou as suas vidas... e eis que ele chega neste preciso momento!»

A voz de Katie á abafada quando a multidão avança e irrompe em aplausos ensurdecedores. Empunhando a guitarra, Mike entra no palco.

Percorre a multidão com o olhar. Os espectadores enlouquecem, o barulho é ensurdecedor. Enquanto caminha na direcção do microfone é bombardeado com flores. Mulheres e crianças sentem-se rendidas pela sua presença. Os homens, a debaterem-se com a inveja, gostariam de estar no lugar dele. Katie quase desmaia.

Mike bate com as pontas dos dedos no microfone, para assinalar que está quase pronto para começar e, como por encanto, o público cala-se. Estão à sua espera, mas ele não começa a tocar de imediato. Os segundos passam, mais dez segundos e, chegados a este ponto, os espectadores estão a tremer com a expectativa febril que se apoderou deles, mas Mike continua a deixar que a expectativa aumente.

E continua até a situação se tornar quase impossível de suportar. Os espectadores sentem-no, Katie também. A mesma expectativa é sentida por milhares de milhões de pessoas sentadas em frente dos televisores.

E até por Mike.

Sentado no sofá, deixou que a adoração o submergisse, sem deixar de segurar o pacote de *Doritos*.

Oh, que beleza!

Quando o telefone, colocado na mesa ao lado do sofá, começou a tocar como um sinal de alarme, Mike foi arrancado do mundo da fantasia e saltou, com as mãos lançadas para cima e provocando uma erupção vulcânica de *Doritos* em todas as direcções, ao mesmo tempo que entornava a cerveja por cima das calças. Agindo por instinto, tentou sacudir a cerveja, mas o mais que conseguiu foi deixar estrias alaranjadas que escorriam a partir da braguilha.

— Bolas — bufou, pondo de lado a lata vazia e o pacote. Ainda a tentar limpar a mancha de cerveja, estendeu a mão para o telefone. Mais estrias. «Vá lá», gemeu, «vê se acabas com isso.» O telefone voltou a tocar antes de ele conseguir levantar o auscultador.

— Estou!

— Olá, Mike — disse Julie, parecendo transtornada. — Estás muito ocupado?

A cerveja continuava a ensopar o tecido das calças e Mike mexeu--se ligeiramente, a tentar sentir-se mais confortável. Não o conseguiu; em vez disso, a cerveja foi abrindo caminho até aos fundilhos das calças. Uma sensação de frescura que, pensou, não fazia falta nenhuma num momento daqueles.

— Nem por isso.

— Pareces distraído.

— Desculpa. Tive um ligeiro acidente que envolveu o meu jantar.

— Perdoas o incómodo?

Mike pegou no saco e começou a recolher as batatas fritas que cobriam a guitarra.

— Não é nada de grave. Vai ficar tudo bem. Então, o que é que há?

— Preciso de ti.

— Ah, precisas?

Ao fazer a pergunta o seu ego inchou, momentaneamente esquecido da confusão em que estava sentado.

— A torneira rebentou.

— Oh! — exclamou Mike, com o ego a voltar ao normal tão rapidamente como inchara. — Como é que aconteceu?

— Como é que posso saber?

— Torceste-la, ou coisa do género?

— Não. Estava apenas a tentar abri-la.

— E antes, já estava lassa?

— Na verdade, não sei. Mas vens ou não vens?

Ele tomou uma decisão rápida.

— Antes de sair, tenho de mudar de calças.

— Desculpa, o que é que disseste?

— Não interessa. Estou aí dentro de minutos. Tenho de passar pela loja para comprar uma torneira nova.

— Não te vais demorar, pois não? Estou aqui presa, sem poder soltar o trapo, e tenho vontade de ir à casa de banho. Se apertar mais as pernas, corro o risco de rebentar com os joelhos.

— Já estou a caminho.

Mesmo com a pressa de se vestir e de sair pela porta fora o mais depressa possível, a que se juntava a expectativa de ver Julie, conseguiu só cair uma vez ao vestir as calças.

O que, dadas as circunstâncias, lhe pareceu perfeitamente razoável.

CATORZE

— Julie? — chamou Mike ao entrar em casa dela.

Julie esticou o pescoço, aliviando ligeiramente o aperto exercido sobre os trapos.

— Estou aqui, Mike. Mas acho que deve ter sucedido qualquer coisa. Parece que já não deita.

— Acabo de fechar a torneira de segurança que existe na frente da casa. Agora deve estar bem.

Mike enfiou a cabeça pela fresta da porta da cozinha e uma palavra cruzou-lhe a mente logo de seguida: *seios*. Julie, encharcada a ponto de mostrar com toda a nitidez os contornos dos seios, parecia ter sido escolhida como alvo de brincadeiras de rapazes atrevidos, daqueles que acham que tomar parte em concursos onde se bebe cerveja aos litros e se usam *T-shirts* molhadas são o ponto máxima das suas existências.

— Nem calculas quanto te agradeço por vires aqui a esta hora — afirmou Julie. Sacudiu a água das mãos e tirou os trapos que tinha posto à volta da torneira.

Mike mal a ouvia. Disse para si mesmo que não devia espreitar os seios da amiga; houvesse o que houvesse, não devia espreitar. Não seria próprio de um *cavalheiro*, como também não seria próprio de um *amigo*. Agachando-se, abriu a caixa de ferramentas. *Singer* sentou-se a seu lado e cheirou a caixa, como se andasse à procura de guloseimas.

— Não tens de agradecer — murmurou Mike.

Julie começou a torcer os trapos, um de cada vez.

— Estou a ser sincera. Espero não te ter desviado de alguma coisa importante.

— Não te preocupes com isso.

Ela despegou a *T-shirt* da pele e olhou-o. — Estás bem? — perguntou.

Mike começou a vasculhar a caixa de ferramentas, à procura da chave de grifos, uma ferramenta de canalizador usada para rodar porcas em lugares difíceis.

— Estou óptimo. Porquê?

— Estás a mostrar-te, como dizer, desorientado.

— Não estou nada desorientado.

— Até evitas olhar para mim.

— Não estou a olhar para ti.

— Foi isso que acabei de dizer.

— Oh!

— Mike?

— Cá está! — exclamou Mike, agradecendo a Deus a oportunidade de mudar de assunto. — Tinha a certeza de a ter posto aqui.

Intrigada, Julie continuava a olhar para ele. — Acho que é altura de mudar de roupa — acabou por dizer.

— Acho que talvez seja uma boa ideia — resmungou Mike, a falar sozinho.

O trabalho que tinha entre mãos obrigou Mike a concentrar-se e ele começou desde logo, quando mais não fosse para tirar a imagem de Julie da cabeça.

Espalhou panos da louça que retirou do armário das roupas e com eles ensopou a maior parte da água que cobria o chão, depois esvaziou o armário que havia por debaixo de lava-louça, espalhando embalagens de vários detergentes de ambos os lados da porta. Quando Julie regressou, já ele estava a trabalhar na substituição da torneira; só lhe via o torso e a parte inferior do corpo. Ambas as pernas estavam estendidas; apesar dos panos espalhados, tinha círculos molhados em ambos os joelhos, feitos quando tivera de se ajoelhar. *Singer* estava deitado ao lado dele, com a cabeça escondida no espaço escuro do armário.

— Importas-te de deixar de ofegar? — protestou Mike.

O cão ignorou o comentário e Mike expirou o ar dos pulmões, fazendo o possível para respirar só pela boca.

— Estou a falar a sério. Tens um hálito fedorento.

A cauda de *Singer* agitou-se, para cima e para baixo.

— E deixa-me espaço para trabalhar, está bem? Estás a estorvar-me.

Julie viu-o empurrar, ou melhor, tentar empurrar o cão, sem grande resultado. Enregelada, tinha vestido umas calças de ganga e uma camisola leve. O cabelo ainda estava húmido, mas tinha-o penteado para trás, afastando-o das faces.

— Como é que estão as coisas aí em baixo? — perguntou.

Ao ouvir o som da voz dela, Mike levantou a cabeça e bateu no sifão do lava-louça. Sentia na cara o bafo quente do cão, o odor que o fazia lacrimejar.

— Bem. Está quase pronto.

— Já?

— Não tem nada de complicado, é só desapertar um par de porcas e a torneira fica solta. Não sabia qual o tipo de torneira que querias, por isso trouxe uma que me pareceu semelhante à que cá tinhas. Espero que sirva.

Ela deu uma olhadela. — É óptima.

— É que posso ir trocá-la por outra. Não há qualquer problema.

— Não, desde que funcione, é perfeita.

Observou que ele recomeçara a trabalhar com a chave e, para sua surpresa, deu consigo a apreciar-lhe os músculos fortes dos antebraços. Momentos depois, ouviu o som metálico de qualquer coisa que caiu dentro do armário.

— Já está.

Deslizou de baixo da tina do lava-louça e, vendo que ela mudara de roupa, sentiu-se mais descansado. Era melhor assim. Menos ameaças. Menos mamas à vista. Levantou-se e soltou a torneira velha, que passou a Julie.

— Conseguiste destruir essa coisa — disse Mike, apontando para a abertura do castelo da torneira. — O que é que usaste, um martelo?

— Não. Dinamite.

— Da próxima vez utiliza menos quantidade.

Ela sorriu. — Sabes o que é que provocou este acidente?

— A idade, talvez. É provável que seja a torneira original, colocada quando a casa foi construída. Era uma das coisas que ainda não tinha substituído aqui em tua casa, mas talvez devesse ter-lhe dado uma vista de olhos quando fiz a última reparação no cano de esgoto.

— Nesse caso, estás a querer dizer que és o culpado.

— Se tu o dizes — retorquiu Mike. — Quero dizer, se isso faz que te sintas melhor, ou coisa do género. Mas dá-me mais um minuto e ponho isto a funcionar, está bem?

— Com certeza.

Colocou a nova torneira no lugar, rastejou para debaixo do lava-louça e fixou-a. Então, pedindo licença, saiu da cozinha e desapareceu porta fora, com o *Singer* a trotar logo atrás dele. Depois de abrir a torneira de segurança, regressou à cozinha e experimentou a do lava--louça, assegurando-se de que não vertia.

— Parece que já podes servir-te dela.

— Continuo a pensar que estás a subestimar o trabalho que tiveste. Antes de cá chegares, estava a pensar qual seria o canalizador que ia chamar, se não conseguisses resolver o problema.

Mike fingiu-se ofendido. — Não posso crer que, passado tanto tempo, ainda possas pensar numa coisa dessas.

Julie riu-se ao vê-lo pôr-se de cócoras para arrumar as embalagens de detergente.

— Oh, não, deixa que seja eu a fazer isso — protestou, ajoelhando--se ao lado dele. — Há coisas que sou capaz de fazer.

Ao arrumarem as embalagens, Julie sentiu mais do que uma vez o braço de Mike a roçar por ela e ficou a pensar por que motivo estava a reparar num gesto tão banal. Minutos depois, o armário estava fechado e os panos da louça, ainda ensopados, foram juntos numa trouxa. Julie deixou a cozinha por momentos, levando-os para o compartimento da máquina de lavar, enquanto Mike arrumava as ferramentas. Quando regressou, Julie foi direita ao frigorífico.

— Quanto a ti, não sei, mas eu preciso de uma cerveja para afogar toda esta excitação. Também queres?

— Adorava.

Julie pegou em duas garrafas de *Coors Light* e deu uma ao Mike. Depois de tiradas as caricas, levantaram as duas garrafas para um brinde.

— Obrigada por teres vindo. Sei que já disse isto, mas não faz mal que te agradeça outra vez.

— Olha lá — respondeu Mike —, não é para isso que servem os amigos?

— Anda daí — convidou Julie, a apontar a direcção com a garrafa —, vamos sentar-nos no alpendre com isto. O tempo está demasiado agradável para se estar fechado em casa.

Começou a dirigir-se para a porta, mas parou subitamente. — Espera lá, não disseste que já tinhas jantado? Quando te liguei?

— Por que é que perguntas?

— Porque estou esfomeada. Com toda esta comoção, nem me lembrei de comer. Alinhas numa piza?

Mike sorriu. — Parece uma excelente ideia.

Ela caminhou para o telefone e, ao vê-la afastar-se, Mike ficou a pensar se aquele serão não acabaria por lhe destroçar o coração.

— Fiambre e ananás, está bem? — gritou Julie.

Mike engoliu em seco. — Tudo o que decidires está bem para mim.

Sentaram-se em cadeiras de balouço, no alpendre, com o calor dos corpos a escapar-se para o frio da noite, a ouvirem as cigarras e a verem os mosquitos que se agitavam à volta do mosquiteiro. O Sol desaparecera finalmente de vista; os últimos raios reflectiam-se no horizonte e brilhavam por entre as árvores.

A casa de Julie, construída num terreno com dois mil e quinhentos metros quadrados, pegava com lotes vagos florestados, nas traseiras e nos lados; e, quando queria estar só, instalava-se naquele alpendre. Foi também a razão principal para que ela e o Jim decidissem comprar a casa. Ambos alimentavam há muito o desejo de terem uma casa com alpendres na frente e nas traseiras. Embora a casa carecesse de obras urgentes, fizeram a oferta de compra no próprio dia em que a visitaram pela primeira vez.

Singer estava a dormitar junto dos degraus do alpendre, abrindo um olho de vez em quando, como para ter a certeza de que não lhe escapava nada. Na luz que ia desaparecendo, as feições de Julie emanavam um brilho suave.

— Isto faz-me lembrar o dia em que fomos apresentados. Recordas-te? Quando a Mabel nos convidou a todos para sua casa, para podermos conhecer-te.

— Como é que poderia esquecer-me? Foi um dos momentos mais medonhos da minha vida.

— Mas nós somos pessoas simpáticas.

— Eu não sabia disso. Na altura, eram todos desconhecidos para mim. Não fazia ideia daquilo que me esperava.

— Mesmo com o Jim?

— Especialmente com o Jim. Levei muito tempo a perceber a razão de ele ter feito o que fez por mim. Isto é, nunca tinha conhecido ninguém como ele, foi-me muito difícil acreditar na existência de pessoas que eram pura e simplesmente... boas. Penso que não lhe disse uma única palavra em toda a noite.

— Pois não. No dia seguinte, o Jim falou-me disso.

— De verdade?

— Não o fez de forma acintosa. De qualquer forma, ele tinha começado por nos avisar de que não esperássemos muita conversa. Disse que eras um pouco tímida.

— Não!

— Chamou-te bicho do mato.

Ela riu-se. — Já me chamaram muitas coisas, mas não sabia dessa do bicho do mato.

— Bem, acho que ele o disse para que tivéssemos mais uma razão para te querer conhecer. Não que precisássemos de razões. O facto de tanto ele como a Mabel gostarem de ti era suficiente para nós.

Julie fez uma longa pausa, como se estivesse longe dali. — Ainda me custa a crer que estou aqui, neste momento — acabou por dizer.

— Porquê?

— Pela maneira como tudo aconteceu. Nunca tinha ouvido falar de Swansboro até ao dia em que Jim me falou da cidade e, no entanto, estou aqui, doze anos depois, ainda sem rumo.

Mike olhou-a por cima da garrafa. — Parece que tens vontade de te ires embora.

Julie sentou-se em cima de uma das pernas. — Não. Nada disso. Gosto de estar aqui. Quero dizer, houve um tempo, depois da morte do Jim, em que pensei ir recomeçar a vida noutro lugar qualquer, mas nunca me decidi a fazer fosse o que fosse. Além disso, para onde é que iria? Tenho a impressão de que não me agradaria nada voltar a viver perto da minha mãe.

— Tens falado com ela ultimamente?

— Há meses que não falamos. Telefonou pelo Natal, para anunciar que queria fazer-me uma visita, mas depois não voltou a contactar-me. Acho que disse aquilo para eu me oferecer para lhe mandar dinheiro para o bilhete de avião, ou coisa do género, mas não me apetece fazer-lhe a vontade. Só serviria para abrir feridas antigas.

— Deve ser difícil de suportar.

— É, por vezes. Ou, pelo menos, costumava ser. Mas já não me dou ao luxo de pensar muito no assunto. Quando comecei a namorar com o Jim, quis restabelecer contacto com ela, ao menos para lhe dizer que a vida me estava a correr bem. É provável que me agradasse a aprovação dela, sabes? É estranho que me preocupasse com esse tipo de coisas, como se, apesar de a considerar um fracasso enquanto mãe, a sua aprovação ainda fosse importante para mim.

— E agora, já não é?

— Muito pouco. Não veio ao casamento, não apareceu no funeral. Depois disso, dir-se-ia que desisti. Explicando melhor: não a trato mal quando me telefona, mas também há muito pouca emoção. É quase o mesmo que falar com qualquer pessoa estranha.

Ouvindo-a falar, Mike dirigiu o olhar para as sombras das árvores, que iam escurecendo cada vez mais. Lá longe, pequenos morcegos apareciam e desapareciam com um simples movimento das asas, como se nunca tivessem passado por ali.

— O meu irmão passa metade do tempo a dar-me cabo da cabeça e os meus pais são tão brincalhões como ele, mas é agradável saber que os tenho por perto, prontos a ajudar. Não sei o que seria de mim sem eles. Não sei se conseguiria safar-me sozinho, como tu conseguiste.

Julie olhou para ele. — Tu safavas-te. E, além disso, eu não estou totalmente só. Tenho o *Singer* e tenho os meus amigos. O suficiente, por agora.

Mike gostaria de perguntar qual era o lugar de Richard naquele cenário, mas decidiu não o fazer. Não queria estragar o momento. Nem queria estragar a sensação de leveza que parecia envolvê-lo, agora que a cerveja estava quase no fim.

— Posso fazer-te uma pergunta? — inquiriu Julie.

— Com certeza.

— O que é que aconteceu com a Sarah? Pareceu-me que havia um entendimento muito especial entre vós e, de repente, separaram-se para sempre.

Mike ajustou-se melhor na cadeira. — Oh, tu sabes...

— Não, na verdade não sei. Nunca me contaste porque é que acabou.

— Não havia muito que contar.

— É o que me disseste sempre. Mas qual é a verdadeira história?

Mike permaneceu calado durante bastante tempo e acabou por abanar a cabeça. — São coisas que não interessam.

— O que é que ela fez? Enganou-te?

Como Mike não respondeu, Julie ficou a saber que o seu palpite estava certo.

— Oh, Mike. Lamento muito.

— Pois, eu também. Ou lamentava, pelo menos. Foi com um dos colegas do emprego. O carro estava à porta da casa dela quando passei por lá, numa manhã.

— O que é que fizeste?

— Queres saber se fiquei furioso? Decerto. Mas, para te ser franco, a culpa não foi só dela. Afinal, eu não estava a ser o mais atencioso dos namorados. Julgo que se sentiu rejeitada — explicou, a esfregar a face com uma das mãos. — Não sei, mas, em parte, eu percebi que a relação não ia durar; talvez, por isso, deixasse de tentar melhorar as coisas. A partir daí, tudo podia acontecer.

Ambos se calaram por instantes e, notando que ele estava quase a seco, apontou para a garrafa e perguntou:

— Vais precisar de outra?

— Provavelmente.

— Vou buscá-la.

Julie levantou-se e Mike teve de desviar um pouco a cadeira de balanço para ela poder passar, ficando a ver a porta a balançar nas molas depois de ela entrar. Não pôde evitar notar que as calças de ganga lhe assentavam mesmo bem.

Mike abanou a cabeça, forçando-se a não pensar na figura dela. Não, não era aquele o momento propício. Se estivessem a beber vinho e a comer lagosta, talvez, mas piza e cerveja? Não, esta era apenas uma noite normal. Como costumavam ser as noites, antes de ele ter tido aquela ideia insensata de se permitir apaixonar-se por ela.

Nem sabia exactamente quando é que tinha acontecido. Bastante depois de Jim ter morrido, disso tinha a certeza. Mas não conseguia ser mais preciso quanto à data. Não foi um clarão de luz súbita que o cegou; foi mais uma espécie de alvorada, em que o céu se foi tornando mais e mais claro, de forma quase imperceptível, até se aperceber de que a manhã tinha chegado.

Julie regressou, passou-lhe a cerveja e voltou a sentar-se.

— Sabes que o Jim também costumava dizer isso?

— O quê?

— «Provavelmente.» Sempre que lhe perguntava se queria outra cerveja. Terá aprendido contigo?

— Provavelmente.

Ela soltou uma gargalhada. — Ainda pensas nele?

Mike assentiu. — Nunca deixei de pensar.

— Eu também não.

— Não tenho dúvidas. Era um bom tipo, um homem fora de série. Não podias ter arranjado melhor. E costumava dizer-me que, também ele, não teria conseguido arranjar melhor do que tu.

Julie recostou-se na cadeira, a pensar quanto lhe agradava ouvi-lo falar assim. — Também és um bom tipo.

— Pois sou. Eu e cerca de um milhão de outros homens. Não sou como o Jim.

— É claro que és. Nasceste na mesma cidade pequena, tiveste os mesmos amigos que ele, gostavas de fazer as mesmas coisas. Na maioria dos casos, pareciam mais dois irmãos do que tu e o Henry. Excepto, é preciso dizê-lo, que o Jim nunca seria capaz de reparar aquela torneira. Não era capaz de reparar fosse o que fosse.

— Bom, o Henry também não seria capaz.

— De verdade?

— Não. O Henry sabe o que há a fazer. Mas não se teria metido nisso. Odeia sujar as mãos.

— O que é estranho, considerando que os dois são proprietários de uma oficina.

— A quem o dizes. Mas não me importo. Para te ser franco, gosto mais do que faço do que a parte do trabalho que lhe cabe. Não sou muito dado a mexer em papéis.

— Nesse caso, ser um analista de créditos está fora de questão, não é assim?

— Como o Jim? Nem pensar. Mesmo que conseguisse convencer alguém a dar-me o lugar, não aguentaria mais de uma semana. Aprovaria todos os pedidos de crédito que me aparecessem pela frente. Quando alguém precisa de qualquer coisa, não sou muito bom a dizer não.

Julie estendeu a mão, para lhe afagar o braço. — Meu Deus, nunca recusas nada?

Ele sorriu, parecendo que, subitamente, não conseguia encontrar as palavras, desejando de todo o coração que o afago durasse para sempre.

A piza chegou minutos depois. Um jovem com acne, que usava óculos com uma espessa armação preta, examinou o talão durante imenso tempo, antes de achar o total a pagar.

Mike ia puxar da carteira, mas Julie, já com o porta-moedas na mão, afastou-o.

— Nem penses. Esta é por minha conta.

— Mas eu como sempre mais.

— Se quiseres até podes comê-la toda. Mas continuo a ser eu a pagar.

Antes que ele voltasse a pôr objecções, Julie entregou o dinheiro ao estafeta, dizendo-lhe que guardasse o troco, e levou a caixa para a cozinha.

— Pratos de papel, servem?

— Como sempre em pratos de papel.

— Eu sei — retorquiu Julie piscando o olho. — Nem consigo dizer-te quanto isso me entristece.

* * *

Durante a hora seguinte, entretiveram-se a comer e a conversar no tom familiar que sempre existira entre eles. Falaram de Jim e de recordações, para acabarem no que ia acontecendo na cidade e às pessoas que conheciam. De tempos a tempos, *Singer* gania, parecendo sentir-se ignorado, e Mike lançava um pedaço de piza na direcção dele, sem interromper a conversa.

À medida que a noite avançava, Julie deu consigo a retribuir o olhar de Mike mais tempo do que era habitual. Ficou surpreendida. Não que ele, desde que chegara, tivesse feito qualquer coisa fora do comum; nem era pelo facto de estarem sentados juntos no alpendre e a partilharem o jantar, como se aquele serão tivesse sido preparado com antecedência.

Não, não havia qualquer razão para ela se sentir diferente naquela noite, mas não parecia capaz de controlar as suas emoções. Apercebeu--se também de que não pretendia pôr aquela sensação de lado, embora aquele sentimento não fizesse muito sentido para ela. Com o seu ar desportivo, de sapatos de ténis e calças de ganga, com as pernas levantadas e apoiada no corrimão, o cabelo em desalinho, seria bonito aos olhos de qualquer mulher. No entanto, sempre soubera disso, mesmo antes de começar a namorar com o Jim.

Passar um bocado na companhia de Mike, reflectia, não tinha nada a ver com as suas saídas recentes, incluindo o fim-de-semana passado com Richard. Aqui não havia fingimento, nem significados ocultos nas afirmações que faziam, nem planos complexos e destinados a impressionar o outro. Embora sempre lhe parecesse que era fácil passar o tempo na companhia de Mike, agora, de repente, apercebia--se de que no turbilhão em que tinha vivido nas últimas duas semanas quase se esquecera de quanto apreciava momentos como aquele.

Foi o que mais apreciou durante o tempo em que esteve casada com Jim. Não se tinha deixado cativar só pela torrente de emoções que a submergia quando faziam amor; ainda mais importantes tinham sido os momentos de descontracção passados na cama a ler o jornal e a beber café, ou as frias manhãs de Dezembro em que decidiam ir plantar bolbos no jardim, ou as horas que, com os pés já cansados, tinham passado a percorrer lojas, a escolher a mobília para o quarto ou a debater os méritos relativos das diversas madeiras. Tinham sido esses os momentos em que se sentira mais contente, quando finalmente se permitira acreditar no impossível. Aqueles foram os momentos em que tudo parecia perfeito neste mundo.

A recordar estas coisas, com as comissuras dos lábios ligeiramente erguidas, Julie ficou a ver Mike comer. Estava a lutar com longos fios de queijo derretido que lhe escorriam da boca para cima da fatia de piza, fazendo o gesto parecer mais difícil do que era na realidade. Por vezes, depois de uma dentada, tinha de se soerguer na cadeira e debater--se desajeitadamente com a fatia, usando os dedos para evitar que o recheio caísse ou que o sumo de tomate se derramasse. Então, a rir-se de si próprio, limpava a cara com um guardanapo, murmurando coisas do género: «Desta vez, quase dei cabo da camisa.» Que ele não se levasse muito a sério, ou não se importasse quando ela fazia o mesmo, fazia que o olhasse com uma ternura parecida com a que pensava ser sentida pelos velhos casais que encontrava sentados de mãos dadas nos bancos dos parques. Era o que ainda tinha na cabeça quando, minutos depois, o seguiu a caminho da cozinha, ambos a transportarem os restos da refeição, e ficou a vê-lo ir buscar o saco de celofane à gaveta do armário que estava ao lado do fogão, sem necessidade de perguntar onde estava. Quando o viu chamar a si a tarefa de embrulhar a piza e a meter no frigorífico, para depois meter os restos no lixo, antes de se aperceber de que o caixote estava cheio, houve um momento, apenas um momento, em que a cena lhe pareceu não estar a acontecer ali, naquela conjuntura, mas algures, no futuro, um serão vulgar numa longa sequência de serões passados em comum.

— Penso que está tudo arrumado — concluiu Mike, a percorrer a cozinha com os olhos.

O som da voz dele obrigou a regressar ao presente uma Julie que sentia um ligeiro ardor nas faces.

— Parece que sim — concordou. — Obrigada pela ajuda.

Durante um longo momento, nenhum deles falou e, de súbito, veio à mente de Julie o refrão com que ela tinha vivido os dois últimos anos, como se um disco tivesse sido posto a tocar. «Uma relação com Mike? De maneira nenhuma. Nem pensar.»

Mike juntou as mãos, interrompendo-lhe o pensamento antes que fosse mais além.

— Acho que é melhor ir andando. Amanhã tenho de começar cedo.

Ela assentiu. — Já calculava. O mais provável é ir também para a cama daqui a pouco. Na noite passada, *Singer* manteve-me acordada durante horas.

— O que é que ele andou a fazer?

— A latir, a rosnar, a ladrar, a trote de um lado para o outro... quase todo o rol de maneiras de me irritar.

— *Singer*? O que é que se passa?

— Oh, o Richard passou por cá na noite passada. Sabes como o *Singer* fica com pessoas que não conhece.

Era a primeira vez que o nome de Richard era pronunciado naquela noite; de súbito, Mike sentiu um aperto na garganta, como se alguém lhe estivesse a carregar com um polegar.

— O Richard esteve aqui na noite passada? — inquiriu.

— Não, não foi assim. Não tivemos nenhum encontro ou coisa do género. Só cá veio para deixar um bilhete no pára-brisas do carro, a informar que ia estar fora durante uns dias.

— Oh!

— Não foi nada — acrescentou Julie, sentindo uma vontade súbita de esclarecer tudo.

— Então, que horas eram? — perguntou Mike.

Julie voltou-se para o relógio de parede, como se necessitasse de verificar a posição dos ponteiros para se lembrar.

— Julgo que foi por volta das duas. Pelo menos foi a essa hora que o *Singer* começou, mas, como te disse, a cena prolongou-se durante bastante tempo. — Porquê?

Mike contraiu os lábios, a pensar. «E o *Singer* ladrou durante o tempo todo?»

— Estou a tentar adivinhar a razão que o levou a não vir cá deixar o bilhete quando saiu, pela manhã — acrescentou.

Julie encolheu os ombros. — Não faço ideia. Talvez não dispusesse de tempo.

Mike acenou, a tentar saber se devia dizer mais qualquer coisa, até decidir que não devia. Baixou-se para apanhar a caixa de ferramentas e na torneira velha, não desejando que o serão acabasse com uma conversa que poderia dar para o torto. Deu um pequeno passo para trás.

— Ouve...

Julie passou a mão pelo cabelo, notando, pela primeira vez, que ele tinha uma pequena verruga na cara, quase ornamental, como se tivesse sido posta ali por um especialista de maquilhagem, para causar um determinado efeito. Bem gostaria de saber o motivo de só agora reparar nela.

— Sei que tens de te ir embora — disse, cortando o fio de pensamento.

Mike mudou o peso do corpo de um pé para o outro. Sem saber o que dizer, pegou na torneira.

— Bem, obrigado por me teres chamado por causa disto. Acredites ou não, fiquei satisfeito por o teres feito. Passei um excelente serão.

Os olhares de ambos encontraram-se por momentos, até Mike desviar o seu. Julie sentiu-se a expirar o ar; tinha estado a conter a respiração sem sequer se dar conta disso e, mesmo sem querer, não conseguiu tirar os olhos de Mike, que já ia a caminho da porta. As calças ajustavam-se-lhe perfeitamente ao traseiro e Julie sentiu que estava novamente a corar, o sangue aflorar-lhe à superfície da pele como lama agitada no fundo de um lago.

Os olhos desviaram-se para cima quando Mike agarrou no puxador da porta. Por momentos, Julie sentiu-se como se tivesse estado a observar alguém numa festa, numa sala cheia de gente, alguém que nunca tivesse visto. Em qualquer outra situação, em qualquer outra altura, o absurdo de tudo aquilo tê-la-ia feito soltar uma gargalhada.

Mas, coisa estranha, não sentia a mínima vontade de rir.

Depois de se despedir, ficou à porta a observar Mike a meter-se na carrinha. No momento em que ia fechar a porta da carrinha, iluminado pela luz vinda de cima, que formava uma espécie de halo, fez-lhe um último aceno de despedida.

Julie retribuiu o aceno e ficou a observar a carrinha, cujas luzes traseiras iam desaparecendo ao longe. Ficou junto da porta durante quase um minuto, a tentar pôr alguma ordem nos seus sentimentos. Mike, voltou a pensar, *Mike.*

Por que é se preocupava a pensar no assunto? Não ia acontecer. Cruzou os braços e riu-se para dentro. Mike? Sem dúvida era simpático, sem dúvida era fácil conversar com ele e, bom, também era bonito. Mas, *Mike?*

Tudo aquilo, decidiu, era ridículo. Uma cabazada de asneiras. Voltou-se para entrar em casa. Seria?

QUINZE

No dia seguinte, no escritório, Henry ocupava-se a pôr a chávena de plástico, com café, em cima da secretária. — Então, foi tudo? — inquiriu.

Mike coçou o pescoço.

— Foi tudo.

— Saíste? Assim, sem mais nem menos?

— Saí.

Henry apoiou o queixo num triângulo que formou com os polegares e os indicadores. Embora, em condições normais, tivesse ali motivos de sobra para escarnecer do irmão, que nem tinha aproveitado a oportunidade para convidar Julie para jantar fora, aquela não era a altura para estar com zombarias.

— Deixa-me ter a certeza de que percebi bem. Ouviste esse Jake Blansen fazer alusões veladas acerca de Richard, que podem querer dizer qualquer coisa ou não querer dizer nada, mas são com certeza um pouco estranhas, especialmente por Jake se recusar a falar mais do assunto. Depois, descobres que Richard vai a casa dela pela calada da noite e anda por lá Deus sabe quanto tempo, mas não encontras motivo para lhe dizeres que tudo isso te parece algo esquisito? Ou até para mencionares o facto de poder haver algum motivo de preocupação?

— Foi ela quem me disse que Richard esteve lá. Não é o mesmo que ela não saber que ele tinha estado lá.

— Esse não é o pormenor que importa, e sabes isso muito bem. Mike abanou a cabeça. — Henry, não aconteceu nada.

— Mesmo assim, devias ter dito qualquer coisa.

— Como?

Henry recostou-se na cadeira. — Exactamente como acabei de fazer. Dizendo-lhe o que pensavas.

— Tu podes pôr as coisas nesses termos, mas eu não posso — redarguiu, a aguentar o olhar do irmão. — Julie poderia pensar que eu estava a falar assim por causa dos meus sentimentos em relação a ela.

— Ouve, Mike — retorquiu Henry, mais parecendo um pai do que um irmão. — És amigo de Julie e serás sempre seu amigo, venha ou não a acontecer alguma coisa entre vós. O mesmo acontece comigo, estás de acordo? E não me agrada a ideia de saber que esse tipo anda a rondar-lhe a casa a meio da noite. É arrepiante, qualquer que seja a explicação que o tipo possa inventar. Podia ter deixado o bilhete pela manhã, podia ter-lhe telefonado, podia ter-lhe deixado uma mensagem no emprego... que espécie de homem é que, às duas horas da manhã, se veste, salta para o carro e atravessa a cidade para deixar um bilhete? E não dizes que o cão a manteve desperta durante horas? E se isso quisesse dizer que ele andou por lá durante o tempo todo em que o *Singer* esteve em acção? E se Blansen estivesse de certa maneira a tentar avisar-te? Nenhum destes pormenores te dá cuidado?

— É claro que estou preocupado. Também não me agrada a ideia.

— Nesse caso, devias ter feito qualquer coisa.

Mike cerrou os olhos. Tinha sido um excelente serão, até surgir aquilo.

— Henry, tu não estavas lá — avançou. — E, além do mais, ela não pareceu ver nada de estranho no episódio; por isso, não tornes as coisas piores do que podem ser. O homem limitou-se a deixar um bilhete.

— Como é que sabes se ele fez só isso?

Mike começou a responder mas a expressão que viu na cara do irmão obrigou-o a calar-se.

— Ouve — afirmou Henry —, habitualmente deixo que faças as coisas à tua maneira, mesmo quando estragas tudo, mas há um lugar e um tempo para tudo. Esta não é a altura indicada para começares a ter segredos com ela, especialmente factos como estes. Parece-te que isto faz sentido?

Passado um momento, Mike baixou o queixo na direcção do peito.

— Sim — concluiu —, faz todo o sentido.

— Pois bem, parece que ambos passastes um bom bocado — disse Mabel.

— Pois passámos — respondeu Julie. — Sabes como ele é. Está sempre alegre.

Mabel acomodou-se na cadeira vazia; não havia clientes marcados para os minutos seguintes e tinham o salão todo por sua conta.

— E a torneira ficou boa?

Julie estava ocupada a preparar o seu posto de trabalho e assentiu.

— Colocou uma nova.

— Fez que o trabalho parecesse fácil? Fez-te perguntar a ti mesma por que razão tiveste de o chamar?

— Sim.

— E não detestas isso?

— Sempre.

Mabel soltou uma gargalhada. — Sem dúvida há qualquer coisa naquele rapaz, não é?

Julie hesitou. Pelo canto do olho, viu que *Singer* estava sentado perto da porta da frente, a olhar para fora da janela, como se quisesse que o deixassem sair.

Apesar de a pergunta de Mabel não exigir resposta, havia um elemento de seriedade na possível resposta, um elemento que nunca mais lhe saíra da cabeça desde a noite anterior. Não conseguia descobrir o motivo por que os acontecimentos da noite anterior continuavam a bailar-lhe na cabeça. Não eram excitantes; nem tinham nada de memorável. Contudo, na noite anterior, com o luar a infiltrar-se pela janela e as borboletas a baterem contra a vidraça, Mike não foi apenas a única pessoa em quem pensou antes de ter caído no sono, foi também a primeira que lhe veio à mente quando, pela manhã, voltou a abrir os olhos.

A resposta de Julie saiu-lhe sem esforço, quando se dirigia para a porta para deixar sair o cão.

— Há — retorquiu — certamente que há.

— Mike — chamou Henry em voz alta —, tens companhia.

Mike deitou a cabeça de fora do depósito de materiais.

— Adivinha quem é?

Antes de conseguir responder, *Singer* estava a seu lado.

A tarde estava quase no fim quando Julie entrou na oficina. De mãos na cintura, ficou a olhar para o cão.

— Se não soubesse aquilo que a casa gasta, pensaria estar a ser vítima de um plano para me obrigarem a entrar aqui — comentou Julie.

Logo que ela o disse, Mike fez o melhor que pôde para expressar os seus agradecimentos ao *Singer* — telepaticamente, bem entendido.

— Talvez ele esteja a tentar transmitir-te qualquer coisa.

— Tal como?

— Não sei.

— Talvez ache que ultimamente não lhe têm dado a devida atenção.

— Oh, é-lhe dada a atenção suficiente. Não deixes que te engane. É um animal estragado com mimos.

Sentado nos quartos traseiros, o cão começou a coçar-se com uma das patas posteriores, como a querer demonstrar a sua indiferença em relação ao que estavam a dizer dele. Enquanto falava, Mike estava a soltar as alças do fato-macaco.

— Espero que não leves a mal, mas isto está a pôr-me maluco. Deixei cair massa de transmissões no macaco e tenho estado todo o dia a respirar as emanações.

— Nesse caso, estás um bocado excitado, não?

— Não, é apenas uma dor de cabeça. Não tenho essa sorte.

Julie ficou a vê-lo despir o fato-macaco, tirando uma perna de cada vez enquanto se equilibrava em cima da outra; depois de despido, atirou o fato-macaco para um canto. Ao vê-lo de calças de ganga e *T-shirt* vermelha, Julie pensou que ele parecia mais novo do que era.

— Então, qual é o teu programa para esta noite? — perguntou Julie.

— Apenas o trivial: salvar o mundo, alimentar os esfomeados, defender a paz mundial.

— É espantoso o número de coisas que uma pessoa pode fazer apenas numa noite, desde que se disponha a isso.

— Uma grande verdade!

Mike presenteou-a com um sorriso gaiato. Porém, ao ver Julie passar a mão pelo cabelo, foi subitamente atingido pelo nervosismo que sentira na noite anterior, quando chegou à cozinha.

— E tu? Tens algum plano excitante?

— Não. Tenho umas limpezas a fazer em casa e algumas contas para pagar. Ao contrário de ti, tenho de me ocupar de pequenas coisas, antes de meter mãos à obra de aperfeiçoar o universo.

Mike avistou Henry encostado à ombreira da porta, a consultar uma pilha de papéis e a fingir que ainda não tinha reparado em Julie e no irmão, mas fazendo o possível para que a sua presença fosse notada, para que Mike não se esquecesse daquilo que ele lhe dissera antes. Mike enfiou as mãos nas algibeiras. Não queria fazer aquilo. Sabia que era preciso, mas não queria fazê-lo e começou por respirar fundo.

— Olha lá, dispões de uns minutos? — perguntou. — Há um assunto de que gostaria de te falar.

— Claro. O que é?

— Importas-te de ir para outro sítio qualquer? Julgo que, antes, preciso de uma cerveja.

Apesar de intrigada pelo súbito ar sério dele, Julie não pôde deixar de pensar que lhe agradava o convite.

— Uma cerveja é uma óptima ideia — anuiu.

Um curto passeio ao longo da rua e chegaram perto da baixa. Entalado entre uma loja de animais e uma lavandaria, ficava o Tizzy's; tal como o Clipper, não primava pela limpeza nem pelo conforto. Um televisor berrava num dos cantos do bar, os vidros das janelas estavam esbranquiçados de pó, o ar estava saturado de fumo que revoluteava por cima das mesas como o conteúdo de uma lâmpada de lava. Para os frequentadores habituais do Tizzy, nenhuma dessas coisas tinha importância e havia umas quantas pessoas que, em termos práticos, viviam ali. De acordo com Tizzy Welborn, o proprietário, o seu bar era popular por «ter carácter». Mike partia do princípio de que, quando falava de carácter, o homem queria dizer bebidas baratas.

Do lado positivo, tinha de reconhecer-se que Tizzy não tinha a mania dos regulamentos. Para serem servidos, os clientes não precisavam de sapatos, nem de camisas, pois Tizzy não se preocupava com aquilo que os fregueses transportavam consigo. Com o passar dos anos, aquelas portas tinham sido atravessadas por tudo, desde espadas de samurai a bonecas insufláveis; a despeito dos protestos acalorados de Julie, o *Singer* era incluído nesta categoria. Ao ver que Mike e Julie se sentavam em bancos altos, na ponta do balcão, o cão deu uma volta às instalações, antes de se acomodar.

Depois de lhes perguntar o que queria, Tizzy pôs duas canecas de cerveja à frente deles. Embora não tão frescas como poderiam estar, também não estavam quentes, o que Mike agradeceu. Quanto a serviço, o cliente não devia alimentar grandes esperanças num lugar daqueles.

Julie olhou à volta. — Este lugar é uma pocilga. Receio sempre apanhar uma doença contagiosa se permanecer num sítio destes mais de uma hora.

— Mas tem carácter — afiançou Mike.

— É claro que sim, meu grande perdulário. Então, o que é que se passa de tão importante, para teres necessidade de me arrastar para aqui?

Mike pôs as duas mãos à volta da garrafa. — É uma coisa que o Henry me disse e que eu devia ter-te contado.

— Henry?

— Sim.

Fez uma pausa, antes de continuar. — Pensa que, ontem, devia ter-te contado uma coisa que sei.

— Acerca de quê?

— Do Richard.

— O que é que se passa com o Richard?

Mike endireitou-se no assento. — Acerca do pormenor de ele ter deixado aquele bilhete.

— Qual é o problema com o bilhete?

— O Henry achou o gesto um pouco estranho. Por exemplo, o facto de o ter feito a meio da noite.

Julie olhou para ele com ar de dúvida. — O Henry preocupou-se com isso?

— Sim. O Henry.

— Hum... mas tu não te preocupaste.

— Não.

Julie bebeu um gole de cerveja. — E o Henry ficou muito preocupado. Porquê? Não me parece que o Richard tivesse andado a espreitar pelas janelas. O *Singer* teria investido contra a vidraça se o visse fazer uma coisa dessas. E o bilhete explica que se tratou de uma emergência; talvez tenha sido obrigado a sair de imediato.

— Bem... aconteceu uma outra coisa. Há dias, uma pessoa das que trabalham na ponte esteve na oficina e disse coisas um pouco estranhas.

— Tais como?

A seguir os ornatos do balcão com a ponta de um dedo, Mike contou-lhe o que Blansen dissera e forneceu-lhe mais detalhes acerca dos comentários de Henry. Quando terminou, Julie pôs a mão no ombro de Mike e disse-lhe, arrepanhando os lábios num ligeiro sorriso:

— Oh, que simpático da parte do Henry, preocupar-se tanto comigo.

Mike levou uns segundos a digerir a resposta.

— Espera lá, não ficaste zangada, pois não?

— É claro que não estou zangada. Fico feliz por saber que tenho amigos como ele a guardarem-me.

— Mas...

— Mas o quê?

— Bem... ele...

Julie riu-se e fez uma ligeira pressão no ombro dele. — Anda lá, admite que também te preocupaste. Não foi só o Henry, pois não?

Mike engoliu em seco. — Não.

— Nesse caso, qual o motivo de não me dizeres logo de início? Que necessidade tinhas de atribuir tudo ao teu irmão?

— Não quis que te zangasses comigo.

— O que é que te leva a pensar que me zangaria contigo?

— Porque... bem, tu sabes... andas a sair com o tipo.

— E?

— Não querias que pensasses... bem, não tinha a certeza de... Mike retraiu-se, não quis explicar a razão.

— Não quiseste que eu pensasse que me estavas a falar disso só para eu deixar de andar com ele? — perguntou Julie.

— Foi isso mesmo.

Julie pareceu estudá-lo. — Tinhas assim tão pouca confiança na nossa amizade? Pensaste que podia esquecer tudo o que se passou nos últimos doze anos?

Mike não respondeu.

— Conheces-me melhor do que ninguém e és o meu melhor amigo. Não há certamente nada que possas dizer que me leve a pensar que apenas pretendes magoar-me. É que há pelo menos uma coisa que sei acerca de ti: nem sequer eras capaz de pensar num esquema desses. Que razão é que vês para eu gostar de passar tanto tempo na tua companhia? Porque és um homem decente. Um homem justo.

Mike olhou para o outro lado, a pensar que só faltava que lhe chamasse eunuco.

— Os tipos decentes ficam em último lugar. Não é isso que as pessoas costumam dizer?

Julie serviu-se de um dedo para o obrigar a olhar para ela e olhou-o nos olhos. — Algumas pessoas. Mas eu não.

— E quanto ao Richard?

— O que há com ele?

— Nos últimos tempos, tens passado muito tempo com ele.

Ela inclinou-se para trás, parecendo procurar maneira de o focar melhor.

— Vejam só! Se não te conhecesse tão bem, diria que pareces estar com ciúmes. Porquê? Não é nada importante. Não tenho planos para casar com o homem.

— Não tens?

Julie pareceu resfolegar. — Estás a brincar, não estás?

Fez uma pausa, mas a expressão de Mike obrigou-a a responder à sua própria pergunta: — Não estás a brincar, pois não? Como, pensaste que eu estava apaixonada por ele?

— Não fazia ideia.

— Ah! Pois bem, não estou. Nem sequer tenho a certeza de voltar a sair com ele. E isso não tem nada a ver com aquilo que acabas de dizer-me. A semana passada foi fantástica, foi divertida, mas faltou qualquer coisa, percebes? E depois, na segunda-feira, pareceu-me mais distante, por qualquer razão, e decidi que não valia a pena.

— De verdade?

Ela sorriu. — De verdade?

— Hurra!

Foi tudo o que Mike conseguiu dizer.

— Decerto. Hurra!

Tizzy passou junto deles e mudou o canal de televisão, para depois lhes perguntar se queriam mais uma bebida. Ambos acenaram que não.

— Então, e agora segue-se o quê? — inquiriu Mike. — Voltas a namorar com o velho Bob?

— Espero não vir a precisar disso.

Mike assentiu. Naquele ambiente esquálido, Julie parecia emitir luz e ele sentiu a garganta seca. Bebeu mais um gole de cerveja.

— Bom, talvez apareça outro tipo que te convide — sondou Mike.

— É possível.

Julie descansou o queixo na mão e sustentou-lhe o olhar.

— Não terás de esperar muito. Tenho a certeza de que haverá por aí uma dúzia de tipos que só esperam uma oportunidade para te convidarem.

Ela sorriu abertamente. — Só preciso de um.

— Hás-de encontrá-lo — afirmou Mike. — Eu não me preocuparia com isso.

— Não estou preocupada. Julgo que já consegui ter uma ideia bastante precisa daquilo que procuro num homem. Agora que saí umas quantas vezes com homens, tudo está a ficar um pouco mais claro. Quero encontrar um homem decente, um homem justo.

— Bom, merece-lo, disso tenho a certeza.

Julie não pôde deixar de pensar que, por vezes, Mike era tão obtuso como uma estátua de mármore. Experimentou outra táctica.

— Pois bem, e tu? Também vais encontrar alguém muito especial?

— Quem sabe?
— Vais, de certeza. Se procurares, está bem de ver. Por vezes, temos essas pessoas mesmo à frente do nariz.
Mike deu um puxão à parte da frente da camisa. Não se tinha apercebido do calor que estava dentro do bar, mas sentia que estava prestes a ficar inundado em suor, que não podia aguentar ali muito mais tempo. — Espero que tenhas razão — foi a única coisa que lhe ocorreu dizer.
Voltaram a ficar silenciosos.
— Então? — recomeçou Julie, a ver se ele dizia qualquer coisa.
— Então... — respondeu ele, olhando à volta da sala.
Finalmente, Julie respirou fundo. Pensou que tinha de ser ela a iniciar a conversa que interessava. Se esperasse por aquele Casanova, ficaria tão velha que ele só serviria para a ajudar nos passeios pelo parque.
— O que é que fazes amanhã à noite? — perguntou.
— Ainda não pensei nisso.
— Estava a pensar se não podíamos sair juntos.
— Sair juntos?
— Sim. Na ilha, há um sítio verdadeiramente interessante. É mesmo na praia e ouvi dizer que a comida é realmente boa.
— Queres que pergunte se o Henry e a Emma também querem ir?
Julie levou um dedo ao queixo. — Hum... e se fôssemos só nós os dois?
Ele sentia o coração aos saltos por debaixo das costelas. — Tu e eu?
— É claro. Por que não? A menos que não queiras, como é óbvio.
— Não, quero — respondeu, talvez demasiado depressa, mas logo se arrependeu. Respirando fundo, esforçou-se por se acalmar. Era preciso descontracção. Olhou-a com a sua expressão à James Dean. — Quero dizer, acho que me vai ser possível.
Julie engoliu uma gargalhada, mas conseguiu dizer:
— Graças a Deus! Fico-te muito agradecida.

— Portanto, convidaste-a para sair, é isso? — inquiriu Henry.
Mike estava encostado como um *cowboy* num velho filme do Oeste, um joelho dobrado, o pé apoiado na parede, cabeça descaída para o lado. Observava as unhas, como se não atribuísse grande importância ao assunto.
Falou com calma, encolhendo os ombros num gesto estudado. — Achei que estava na altura.

— Pois... fizeste bem. E tens a certeza de que se trata de uma saída de namorados?

Mike levantou os olhos, como se a pergunta do irmão o enfadasse.

— É claro. Não pode ser outra coisa.

— Conta lá como foi? Como é que surgiu a ideia?

— Fiz que surgisse. Nas calmas. Limitei-me a levar a conversa por esse caminho e, na altura própria, aconteceu.

— Assim, sem mais nem menos?

— Sem mais nem menos.

— Hum — fez Henry. Sabia que Mike estava a mentir numa parte qualquer do relato, só não era capaz de apontar o ponto exacto. Significava, porém, que eles iam sair juntos e isso era o mais importante.

— E o que é que ela disse acerca do Richard?

O irmão poliu as unhas de encontro à camisa e observou o resultado. — Julgo que esse é um caso praticamente arrumado.

— Ela disse isso?

— Pois disse.

— Ah!

Estava a ganhar tempo, a pensar no que devia dizer a seguir. Podia provocar o irmão, podia dar-lhe conselhos, mas não podia fazer nada sem descobrir o motivo que o levava a considerar pouco credível a sequência dos factos.

— Bom, acho que só me resta dizer que tenho orgulho em ti. Chegou a altura de a bola começar a rolar entre vós.

— Obrigado, Henry.

— Não tens de quê — disse, fazendo um gesto com a cabeça na direcção do escritório. — Ouve, ainda tenho ali umas coisas para fazer e quero ir para casa a horas decentes; vou voltar ao trabalho, se não te importas?

— Avança.

Sentindo-se mais feliz do que alguma vez se sentira na vida, Mike baixou o pé e, segundos depois, ia a caminho da oficina. Henry ficou a observá-lo e dirigiu-se para o escritório, fechando a porta logo de seguida. Pegou no telefone, marcou um número e não tardou a ouvir a voz de Emma.

— Nem vais acreditar naquilo que acabo de ouvir — começou.

— O que foi?

Henry pô-la ao corrente da conversa com Mike.

— Bem, já era tempo — exultou Emma.

— Eu sei. Disse-lhe isso mesmo. Mas, olha lá, achas que podes conseguir que a Julie te conte a sua versão da história?

— Julgo ter ouvido que o Mike te contou a história toda.

— Pois contou. Mas acho que está a esconder um pormenor qualquer.

Emma fez uma pausa. — Não estás a preparar nenhuma das tuas partidas, pois não? Não vais fazer sabotagem?

— Não, nada disso. Na realidade, apenas gostaria de saber como tudo se passou.

— Porquê? Para poderes zombar dele à vontade?

— É claro que não.

— Henry...

— Vá lá, meu amor. Tu conheces-me. Nunca seria capaz de fazer uma coisa dessas. Apenas gostaria de saber quais são os planos da Julie. O Mike está a levar o caso muito a sério e não gostaria que ele acabasse por se magoar.

Emma ficou calada e Henry sabia que ela estava a ponderar se havia ou não de acreditar no marido.

— Está bem, há bastante tempo que não almoço com ela.

Henry acenou, pensando que a mulher era uma querida.

A segurar o saco das mercearias e o correio, Julie abriu a porta e caminhou com dificuldade em direcção à cozinha. O motivo principal de ter passado pela loja foi o desejo de comprar qualquer coisa saudável, mas, em vez disso, acabou por comprar uma única refeição de lasanha para aquecer no microondas.

Singer não a acompanhou: logo que o jipe parou, saltou e correu para o bosque existente entre a estrada e a costa e só estaria de volta passados alguns minutos.

Julie guardou a lasanha no frigorífico, trocou a roupa que trazia por uns calções e uma *T-shirt*, e regressou à cozinha. Passou em revista o correio: facturas, publicidade diversa, um par de catálogos de vendas pelo correio; pôs a pilha de lado. De momento, não estava com disposição para aquele tipo de coisas.

Ia sair com o Mike, pensou. Mike.

Murmurou o nome, a verificar se soava tão inacreditável como lhe parecia.

Soava.

Imersa nestes pensamentos, olhou para o telefone e viu a luz do gravador de chamadas a piscar. Foi até junto da máquina, carregou no botão «*play*» e ouviu a voz de Emma, a perguntar se Julie queria almoçar com ela na sexta-feira. — Se não puderes, liga-me. Se te agradar, encontramo-nos no restaurante. De acordo?

A ideia agradou-lhe. Momentos depois, a máquina emitiu um som e Julie ouviu a voz de Richard. Parecia cansado, como se tivesse estado a manejar um martelo durante todo um dia soalheiro de Verão.

— Boa tarde, Julie. Só estou a ligar para ter a certeza, pois calculo que não deves estar em casa. Vou estar fora a maior parte da tarde, mas amanhã estarei de regresso.

Fez-se uma pausa e Julie ouviu-o inspirar profundamente. — Nem calculas como neste momento estou a sentir a tua falta.

Ouviu o clique quando ele desligou. Observou um tentilhão que aterrou no peitoril da janela, deu dois saltos e voou para longe.

«Meu Deus», pensou subitamente, «não sei por quê, tenho o pressentimento de que ele não vai aceitar isto muito bem.»

DEZASSEIS

Mike apareceu em casa de Julie no final da tarde do dia seguinte, um pouco antes das sete, vestido com umas *Dockers* e camisa branca. Desligou o motor, meteu as chaves no bolso, pegou na caixa de chocolates e começou a andar, ensaiando o que devia dizer. Embora Julie preferisse que ele se mostrasse tal como era, Mike não conseguia livrar-se do desejo de a impressionar, ou, melhor, de a deslumbrar, a começar pelo início do discurso. Depois de várias horas de meditação, decidira-se por: «Que grande ideia, essa da ida à praia. Vai estar uma noite linda», não só por parecer uma observação natural mas também por querer afirmar que ia cheio de determinação. Esta era a sua oportunidade, talvez a única hipótese, e não estava disposto a desperdiçá-la.

Julie saiu de casa no momento em que Mike estava a chegar à porta e disse qualquer coisa amável, provavelmente uma espécie de cumprimento, mas a voz dela, a que se juntava a certeza esmagadora de que «ia mesmo sair com ela!», cortaram-lhe o fio do pensamento e fizeram que esquecesse o que pretendia dizer. De facto, bem poderia dizer-se que se esqueceu de tudo.

Havia mulheres bonitas por todo o lado, pensava Mike ao olhar para ela. Havia mulheres que faziam os homens virar a cabeça, mesmo que estivessem acompanhados da namorada, havia mulheres que, com um simples bater das pestanas, conseguiam safar-se quando o polícia as mandava parar por excesso de velocidade.

Contudo, para além delas, havia Julie.

A maioria das pessoas considerá-la-ia atraente. Havia, com certeza, pormenores menos felizes: um nariz ligeiramente arrebitado, talvez sardas em demasia, um cabelo que, na maior parte dos dias, parecia fazer o que lhe apetecia. Porém, quando Mike a viu começar a descer a escada, de saia a agitar-se ligeiramente com a brisa daquele final de Primavera, decidiu que nunca tinha visto mulher mais bonita.

— Mike? — disse Julie.

Ele percebeu que aquela era a sua oportunidade. Que não podia desperdiçá-la. Que sabia exactamente o que tinha de dizer. Que tinha de permanecer calmo e deixar que as palavras fluíssem com naturalidade.

— Mike? — repetiu Julie.

A voz dela obrigou-o a aterrar. Só faltava a frase inicial do discurso.

— Sentes-te bem? — inquiriu ela. — Estás um pouco pálido.

Mike ainda começou a abrir a boca, mas fechou-a de imediato, logo que se apercebeu de que se esquecera de tudo o que pretendia dizer. Pensou que devia evitar o pânico, acontecesse o que acontecesse não podia entrar em pânico. Acabou por decidir apresentar-se como era e respirou fundo.

— Trouxe-te chocolates — disse finalmente, entregando-lhe a caixa.

Julie olhou para ele. — Estou a ver. Obrigada.

«Trouxe-te chocolates?» «Foi tudo o que conseguiste tirar dessa cabeça?»

— Olá! — brincou Julie. — Está alguém em casa?

A primeira frase... a primeira frase... Mike concentrou-se e sentiu a frase começar a formar-se a partir de palavras soltas. Todavia, Julie estava diante dele, à espera de que ele dissesse alguma coisa, qualquer coisa.

— Está muito bonita a praia, esta noite — balbuciou finalmente.

Julie ficou a observá-lo por momentos, a sorrir. — Obrigada. Mas ainda não estamos na praia.

Mike enfiou as mãos nos bolsos. Idiota!

— Desculpa — murmurou, sem saber o que mais devia fazer.

— Desculpo, o quê?

— Por eu não saber o que hei-de dizer.

— De que é que estás a falar?

A expressão dela revelava uma mistura curiosa de confusão e paciência e foi isso que, acima de tudo, acabou por fornecer a Mike a chave para encontrar o que devia dizer.

— De nada — respondeu. — Acho que é apenas a alegria de estar aqui.

Ela comoveu-se com a sinceridade daquelas palavras.

— Eu sinto o mesmo.

Isto permitiu que Mike recuperasse um pouco da confusão. Sorriu, mas de olhos perdidos na distância, como se estivesse a iniciar um prolongado estudo científico sobre as zonas vizinhas. Não falou de imediato, ainda sem certezas sobre como proceder a partir daquele ponto.

— Bom, estás pronta? — acabou por perguntar.

— Logo que tu estiveres.

Ao virar-se para se dirigir para a carrinha, Mike ouviu o ladrar do cão, vindo de dentro de casa, e olhou por cima do ombro.

— O *Singer* não vem?

— Não tinha a certeza de que o quisesses atrás de ti.

Mike parou. Pensou que o cão, reduzindo as expectativas de ambas as partes, poderia ser a solução para os nervos que sentia. Uma espécie de pau-de-cabeleira. — Se quiseres levá-lo, não me importo: vamos à praia, ele vai adorar.

Quando ela olhou de novo para a casa, o *Singer* voltou a ladrar. Tinha o focinho encostado ao vidro da janela. Julie gostaria que ele fosse porque o cão seguia-a para todo o lado; por outro lado, aquele era suposto ser um encontro de namorados. No caso de Richard, ou de qualquer dos outros homens com quem tinha saído, nem colocara essa hipótese.

— Tens a certeza de que não te importas?

— Não me importo nada.

Ela sorriu. — Espera só um segundo para eu lhe abrir a porta, está bem?

Uns minutos depois, quando iam a passar por cima da ponte que levava a Bogue Banks, *Singer* voltou a ladrar. Seguia na caixa da carrinha, a receber o vento na boca aberta e na língua, com o ar mais feliz que se pode esperar de um cão.

Singer acomodou-se na areia morna, em frente do restaurante, enquanto Mike e Julie se sentaram a uma mesa pequena, na esplanada do segundo andar. Nuvens baixas estavam a esfarrapar-se no céu que ia escurecendo lentamente. A brisa do oceano, que na ilha era sempre mais forte, agitava as abas do chapéu-de-sol que abrigava a mesa, fazendo-as oscilar num ritmo constante. Isso obrigou Julie a prender o cabelo por detrás das orelhas, para evitar que as pontas lhe caíssem sobre a cara. A praia propriamente dita estava quase vazia, pois a maior parte das pessoas só começa a frequentar as praias depois do Memorial Day, no final de Maio, e as ondas rolavam suavemente sobre os montículos de areia que iam até à beira da água.

Em si, o restaurante era simples e acolhedor e, devido à excelente localização, em plena praia, praticamente não havia mesas vagas. Quando o empregado apareceu, Julie mandou vir um copo de vinho; Mike optou por uma cerveja em garrafa.

Durante a curta viagem desde casa tinham falado um pouco sobre o que tinham feito durante o dia; como era costume, tiveram de se referir a Mabel, a Andrea, a Henry e Emma. Enquanto conversavam, Mike tentava recompor-se. Não conseguia perdoar-se o facto de ter estragado o plano que lhe custara um dia de trabalho, só por não ter conseguido dizer a frase inicial, apesar de tudo se ter arranjado, fosse lá como fosse. Gostaria de atribuir isso ao seu encanto natural mas, lá no fundo, sabia que Julie não tinha notado porque, afinal, não viu no comportamento dele nada que não fosse habitual. Uma conclusão que o deixava algo descoroçoado mas, pelo lado positivo, ela não se aproveitara da situação para zombar dele.

Sentiu alguma dificuldade de concentração durante os primeiros minutos passados no restaurante. Afinal, aquele era o momento com que sonhara, todos os dias, durante os últimos dois anos. E continuava a regressar sempre à ideia de que, se agisse como devia ser, talvez a noite acabasse com ele e Julie a trocarem um beijo. Quando ela levantou o copo e bebeu um gole, estendendo os lábios para a borda do copo, Mike pensou estar perante um dos gestos mais sensuais que alguma vez tinha presenciado.

Enquanto duraram os aperitivos, Mike conseguiu manter a conversa sem interrupções e chegou a fazê-la rir uma vez ou duas; porém, quando o jantar acabou por ser servido, tinha os nervos tão esfrangalhados que nem conseguia recordar-se da maior parte daquilo que fora dito.

Pensou que tinha de se portar como um homem.

Aquele não era o Mike normal.

Julie não estava surpreendida. Sabia que ele precisava de algum tempo para se adaptar. No entanto, esperava que o conseguisse o mais depressa possível. Ela própria não se sentia muito à vontade e a insegurança dele não facilitavam em nada a situação. A maneira como Mike esbugalhava os olhos de cada vez que ela pegava no copo fazia que tivesse vontade de perguntar se ele nunca vira ninguém a beber vinho. Da primeira vez que aconteceu, pensou que ele estava a tentar avisá-la de que lhe caíra um mosquito na bebida.

Esta noite era diferente daquela em que ele fora reparar a torneira lá de casa; porém, quando no dia anterior, no Tizzy's, o convidou, nunca poderia imaginar quanto ele se sentiria desajeitado. Afinal, Mike não era apenas uma parte possível do seu futuro, era de igual modo uma pessoa indelevelmente ligada ao seu passado. Como Jim.

Enquanto comiam, pensou em Jim mais do que uma vez e deu consigo a estabelecer comparações entre os dois homens. O que a surpreendeu foi o facto de que, embora estivesse a tornar a situação mais difícil do que o necessário, Mike estava a aguentar-se bastante bem. Nunca seria igual a Jim mas, quando estava junto dele, havia certos pormenores que lhe recordavam os bons tempos do seu casamento. E tinha uma certeza, como sempre acontecera com Jim: a de que Mike a amava agora e que nunca deixaria de a amar. Durante o jantar, houve apenas um breve momento em que na sua mente se insinuou um leve sentimento de traição, em que teve a impressão de que, de algum modo, Jim estaria a observá-los, mas o pensamento desapareceu com a mesma rapidez com que tinha surgido. E, pela primeira vez, Julie teve aquela sensação agradável, a que lhe assegurava que Jim não ficaria nada perturbado com a situação.

Na altura em que acabaram de jantar, a Lua já estava alta no céu, derramando um manto de luz sobre a água escura do oceano.

— Não te apetece caminhar um bocado? — inquiriu Mike.

— Parece-me uma excelente ideia — respondeu, ao pousar o copo sobre a mesa.

Mike levantou-se, Julie alisou o vestido e ajeitou a alça que lhe tinha caído do ombro. Ao dirigir-se ao corrimão, Mike teve de a apertar um pouco para passar e, juntamente com o cheiro a sal e a mar, também notou o odor da água-de-colónia que ele usava, tornando-a ciente de quanto as coisas tinham mudado subitamente. Mike dobrou-se sobre o corrimão, à procura do *Singer*, o rosto foi momentaneamente engolido por uma sombra mas, quando virou a cabeça, o luar pareceu apoderar-se da textura rude da sua pele, dando-lhe a aparência de alguém que ela mal conhecia. Os dedos, dobrados à volta do corrimão de ferro forjado, estavam manchados de óleo, o que a fez aperceber-se, uma vez mais, de quanto Mike era diferente do homem que a levara a percorrer a coxia central da igreja.

Não, pensou, não estou apaixonada pelo Mike.

Julie sentiu que começara a sorrir. Pelo menos, ainda não estava.

— Para o final do jantar, ficaste algo taciturna — notou Mike.

Caminhavam junto da linha de água; tinham tirado os sapatos e Mike tinha enrolado as calças até meio das pernas. O cão vagueava à frente deles, de nariz junto à areia, à procura de caranguejos.

— Estive a pensar — murmurou Julie.

Mike assentiu. — Em Jim?

Ela olhou-o de relance. — Como é que sabes?

— Já vi essa expressão muitas vezes. Como jogadora de póquer serias um verdadeiro desastre — respondeu Mike. Deu uma palmada num dos lados da cabeça. — Não me escapa nada, bem sabes.

— Pois. Nesse caso, eu estive a pensar exactamente o quê?

— Estavas a pensar... que te sentias feliz por teres casado com ele.

— Oh, isso toda a gente sabe.

— Mas acertei?

— Não.

— Então, estavas a pensar em quê?

— Não é nada de importante. Além disso, não te interessa saber.

— Porquê? É mau?

— Não.

— Então, conta-me.

— Está bem. Estava a pensar nos dedos dele.

— Estavas a pensar nos dedos do Jim?

— Era. Tens os dedos manchados de óleo. Estive a pensar que, durante todo o tempo que passei casada com o Jim, nunca vi os dedos dele parecerem-se com os teus.

Embaraçado, Mike colocou as mãos atrás das costas.

— Oh, não disse isso com má intenção. Sei que és mecânico. És obrigado a sujar as mãos.

— Não estão sujas. Estou sempre a lavá-las. Estão apenas manchadas.

— Não sejas tão picuinhas. Sabes o quero dizer. Além do mais, pode dizer-se que até gosto.

— Tu gostas?

— Acho que não tenho outro remédio. As mãos fazem parte do conjunto.

Mike encheu o peito de ar e percorreram alguma distância sem dizer nada. — Olha lá, aonde é que gostarias de ir amanhã à noite? Podemos, talvez, ir até Beaufort?

— Parece interessante.

— Dessa vez temos de deixar o *Singer* em casa — acrescentou Mike.

— Não faz mal. Ele já é crescido. Pode suportar a nossa falta.

— Há algum lugar aonde prefiras ir?

— É a tua vez de escolheres. Já cumpri o meu dever.

— E foi muito bem cumprido — corroborou Mike, a olhá-la de esguelha, para lhe pegar na mão. — Que excelente ideia, esta de vir à praia. Está uma noite maravilhosa.

Julie sorriu quando os dedos de ambos se entrelaçaram. — Pois está — concordou.

Como Julie começava a sentir frio, saíram da praia alguns minutos depois. Mike estava relutante, não queria largar-lhe a mão mesmo depois de chegarem junto da carrinha, mas não teve outro remédio. Pensou apoderar-se novamente dela quanto estivessem dentro do carro, mas ela pousou as duas mãos no regaço e ficou a olhar para fora, pela janela lateral.

Nenhum deles falou muito durante o caminho para casa; quando ia a acompanhá-la à porta é que Mike percebeu que não fazia ideia daquilo em que ela estaria a pensar. Quanto a si, porém, sabia bem o que pensava: alimentava a esperança de que, ao chegar ao alpendre, Julie tivesse uma ligeira hesitação antes de se despedirem, dando-lhe a oportunidade de demonstrar que era capaz de ultrapassar o embaraço. Também aqui não podia haver erros.

— Passei uma excelente noite — disse.

— Eu também. Amanhã, a que horas é que devo estar pronta?

— Às sete.

— Acho óptimo.

Mike aquiesceu, sentindo-se um adolescente. Pensou que estava tudo bem, que era chegado o grande momento. Afinal, era aquele o momento que resumia tudo.

— Então — começou, a fingir uma grande calma.

Julie sorriu, a ler-lhe os pensamentos. Pegou-lhe na mão, apertou-a e voltou a largá-la.

— Boa noite, Mike. Até amanhã.

Levou um segundo a perceber a recusa, transferiu o peso do corpo de um pé para o outro, voltou à posição inicial. — Amanhã? — perguntou, inseguro.

Ela abriu a bolsa e começou a procurar as chaves. — Claro. Como está combinado. Não te lembras?

Julie encontrou o molho de chaves, meteu uma na fechadura e voltou a olhá-lo. *Singer* já se tinha juntado a eles e Julie abriu-lhe a porta, deixando o cão entrar à frente.

— E obrigada por esta noite tão agradável.

Fez um aceno e seguiu o cão para dentro de casa. Vendo a porta fechar-se atrás dela, Mike ficou parado, só a olhar, até se aperceber de que ela não voltaria a sair. Segundos depois, deixava o alpendre, a pontapear a gravilha ao dirigir-se para a carrinha.

Sabendo que não conseguiria dormir, Julie sentou-se no sofá e pôs-se a folhear um catálogo, enquanto revia as peripécias do serão. Estava satisfeita por não ter beijado Mike no alpendre, embora não pudesse dizer porquê. Talvez fosse por precisar de mais tempo para se adaptar aos seus novos sentimentos em relação a ele.

Ou talvez quisesse apenas vê-lo estrebuchar um bocadinho. Quando estrebuchava, ficava bonito, como só ele podia ser. E Henry tinha razão: o irmão era engraçado quando se deixava levar.

Procurou o controlo remoto e ligou a televisão. Era cedo, ainda não eram dez horas, e escolheu um drama da CBC, acerca do xerife de uma pequena cidade que se vê obrigado a arriscar a vida para salvar pessoas.

Vinte minutos depois, no preciso momento em que o xerife se preparava para salvar um jovem impossibilitado de saltar de um carro a arder, ouviu bater à porta.

O cão levantou-se de imediato e percorreu a sala em dois saltos. Afastou as cortinas com a cabeça e ela pensou que Mike tinha voltado.

Foi então que o *Singer* começou a rosnar.

DEZASSETE

— Richard! — exclamou a surpreendida Julie.

— Olá, Julie.

Empunhava um ramo de rosas. — Arranjei-as no aeroporto, no caminho para cá. Desculpa, não estão tão frescas quanto deviam, mas não havia muito por onde escolher.

Julie deixou-se ficar à porta, com o cão a seu lado. O *Singer* tinha deixado de rosnar quando ela abriu a porta e Richard lhe mostrou a palma da mão. O cão cheirou antes de levantar a cabeça, para se assegurar de que o rosto condizia com aquele cheiro já conhecido, e voltar-lhe o rabo. «Oh, este», pareceu querer dizer. «Não me agrada muito, mas está bem.»

Uma situação ingrata para Julie. Hesitou antes de aceitar as flores, preferindo que ele não as tivesse trazido.

— Obrigada.

— Peço desculpa por vir tão tarde, mas queria cumprimentar-te antes de ir para casa.

— Não faz mal.

— Telefonei mais cedo para te pôr ao corrente, mas julgo que não estiveste em casa.

— Deixaste alguma mensagem?

— Não. Não tive tempo. Estavam a fazer a última chamada para o embarque e o meu lugar não estava confirmado. Sabes como são estas coisas. Ontem, sim, deixei-te uma.

— Sim — aquiesceu Julie —, ouvi essa.

Richard ergueu as duas mãos à frente do peito. — Portanto, não estavas em casa? — inquiriu. — Antes, pergunto eu.

Ela sentiu que os ombros lhe descaíam um pouco. Não queria fazer aquilo, àquela hora.

— Tinha saído com um amigo — informou.
— Um amigo?
— Lembras-te do Mike? Quando jantámos juntos.
— Ah, sim. Aquele do bar, naquela noite? O tipo que trabalha numa oficina de automóveis.
— É esse.
— Oh! — deixou escapar, a acenar com a cabeça. — Divertiram-se?
— Mal nos temos visto, ultimamente. Por isso foi agradável pormos a conversa em dia.
— Bom. — Olhou para o fundo do alpendre, depois para os próprios pés, para voltar a olhar para ela. — Posso entrar? Tinha a esperança de podermos falar durante alguns minutos.
— Não sei — começou Julie. — Acho que é bastante tarde. Estava justamente a preparar-me para ir para a cama.
— Oh! Não faz mal, eu compreendo. Podemos encontrar-nos amanhã, então? Talvez possamos jantar juntos?
Na sombra, parecia ter um ar mais grave, mas estava a sorrir, como se soubesse qual ia ser a resposta dela.
Julie pestanejou e manteve os olhos cerrados por mais um instante. «Odeio ter de fazer isto», pensou, «odeio, odeio, odeio. Bob tinha, pelo menos, a suspeita do que estava para acontecer. Richard, não.»
— Tenho muita pena — disse —, mas não posso. Planeei outra coisa.
— Com Mike? Outra vez?
Ela assentiu.
Com ar absorto, Richard coçou uma das faces, sem desviar os olhos dos dela. — Quer dizer que o caso está arrumado? Para nós, quero dizer?
A expressão de Julie foi resposta suficiente.
— Cometi algum erro? — perguntou ele.
— Não — protestou Julie —, não é nada disso.
— Nesse caso... é o quê? Não te divertiste quando saímos juntos?
— Sim, diverti-me.
— Porquê, então, este desfecho?
Julie hesitou. — Na verdade, não tem nada a ver contigo. É uma questão só entre mim e o Mike. Parecemos apenas... Bom, não sei como explicar isto. O que mais posso dizer?
Richard ficou a vê-a lutar para encontrar as palavras e foi cerrando os dentes, ao ponto de fazer sobressair os músculos das faces. Permaneceu calado durante muito tempo.

— Estes dias em que estive ausente devem ter sido muito excitantes, ou não? — inquiriu.

— Ouve, lamento muito...

— O quê? Teres-me atraiçoado mal voltei as costas? Por me teres usado para fazeres ciúmes ao Mike?

As palavras levaram algum tempo a fazer efeito. — O que é que estás para aí a dizer?

— Tu ouviste.

— Eu não te usei...

Richard ignorou-a, cada vez mais furioso. — Não? Então por que é que estás a pôr fim à nossa relação? Numa fase em que estávamos ainda a tentar compreender-nos um ao outro? E qual a razão de esse Mike se ter, de repente, revelado tão interessante? Isto é, deixo a cidade por uns dias e, logo que regresso, a primeira coisa que ouço é que está tudo acabado e que o meu lugar foi ocupado pelo Mike.

Olhou para ela, com as comissuras dos lábios a ficarem brancas. — Com os diabos, não posso deixar de pensar que planeaste cada pormenor desta situação.

Aquela sua explosão fora tão espantosa, tão inesperada, que as palavras lhe saíram da boca antes que ela pudesse pensar em conter-se. — És um parvalhão.

Richard continuou a olhar para ela durante muito tempo, mas acabou por desviar os olhos. De súbito, o ar de fúria deu lugar a uma expressão de dor.

— Isto não é justo — disse em voz baixa, e suplicou: — Por favor, só pretendo falar uns minutos contigo, está bem?

Quando Julie olhou, ficou espantada por ver os olhos dele a encherem-se de lágrimas. Aquele homem era uma verdadeira montanha russa de emoções, decidiu. Para cima, para baixo, à roda. — Richard, lamento muito, não devia ter dito o que disse. E não tive intenção de te magoar. Acredita que não.

Fez uma pausa para se assegurar de que ele estava a ouvi-la. — Mas é tarde e estamos ambos cansados. Acho que é melhor ficarmos por aqui, antes que algum de nós diga mais alguma coisa. De acordo?

Como Richard não desse resposta, deu um passo atrás e começou a fechar a porta. De súbito, ele levantou o braço e agarrou a porta, para evitar que ela a fechasse.

— Julie! Espera! — exclamou. — Desculpa. Por favor... tenho absoluta necessidade de falar contigo.

No futuro, sempre que aquele momento lhe viesse à memória, recordaria com espanto a velocidade com que *Singer* actuou. Antes que ela tivesse tempo de se aperceber que Richard tinha agarrado a porta, já o cão se lançara contra aquela mão, como se tentasse abocanhar uma bola em pleno voo. As mandíbulas de *Singer* não falharam o alvo e Richard gritou de dor, ao mesmo tempo que se encostava à ombreira da porta.

Julie gritou: — *Singer!*

Richard caiu de joelhos, com um braço estendido, abocanhado pelo cão que agitava a cabeça de um lado para o outro, sempre a rosnar.

— Fá-lo parar! — gritou Richard. — Afasta-o de mim!

Julie debruçou-se sobre o cão, agarrou-o com força pela coleira e puxou. — Larga-o! — ordenou. — Larga-o, já!

Apesar da fúria momentânea, o cão recuou imediatamente e Richard, por instinto, levou a mão ferida ao peito e cobriu-a com a outra. *Singer* ficou ao lado de Julie, com os dentes à mostra e os pêlos do lombo eriçados.

— *Singer*, não! — gritou Julie, ainda espantada com a ferocidade do animal. — Como é que está mão?

Ainda a tremer, Richard mexeu os dedos. — Julgo que não há nada partido.

Julie estendeu a mão para o cão. Tinha os músculos rígidos, os olhos fixos em Richard.

— Nem reparei que vinha direito a mim — disse ele em voz baixa. — Lembra-me para não segurar a tua porta quando o cão estiver por perto.

Embora falasse como se o incidente tivesse algo de cómico, Julie não respondeu. *Singer* tinha agido instintivamente para a proteger e não estava disposta a castigá-lo por causa disso.

Richard ficou ali, a abrir e a fechar a mão. Julie viu as marcas dos dentes do cão, embora não parecesse que a pele tivesse sido rasgada.

— Peço desculpa — disse ele. — Não devia ter tentado impedir-te de fechar a porta. Foi uma asneira da minha parte.

Julie concordou interiormente com aquela análise da situação.

— E, antes disso, não devia ter-me zangado contigo — continuou, com um suspiro. — O problema é que isto aconteceu no final de uma semana realmente complicada. Foi esse o motivo que me trouxe até aqui. Sei que não tenho desculpa, mas...

Parecia tão sincero quanto contrito, mas Julie levantou as mãos para que parasse.

— Richard...

O seu tom de voz mostrava que não queria voltar à discussão do assunto. Richard desviou os olhos. Ficou de olhos fixos em nada, segundo parecia, com a luz fraca do alpendre a bruxulear-lhe no rosto, e Julie verificou que não se enganara quando, antes, lhe parecera que ele tinha lágrimas nos olhos. Agora estavam, de novo, húmidos.

Quando voltou a falar, fê-lo numa voz abafada, hesitante.

— A minha mãe morreu esta semana — murmurou. — Venho de assistir ao funeral dela.

— Foi por causa disso que, naquela noite, tive de deixar o bilhete no teu jipe — explicou Richard. — O médico dissera-me que seria melhor apanhar o primeiro avião, pois não tinha a certeza de que ela pudesse viver mais um dia. Apanhei o primeiro avião para Raleigh, na manhã de terça-feira, e, por causa das novas medidas de segurança, tive de sair de casa a meio da noite, para ter a certeza de chegar a tempo.

Tinham decorrido alguns minutos; Richard encontrava-se sentado no sofá de Julie, a olhar para o chão, ainda a tentar conter as lágrimas. Ela não precisara de mais explicações, percebeu tudo o que acontecera e não conseguiu evitar um aceno de compaixão por ele. Depois de ela ter balbuciado a fórmula habitual: — Sinto muito — e — Por que é que não disseste logo? — Richard tinha ficado completamente destroçado e as suas lágrimas comoveram Julie. Depois de ter posto o cão no quarto, autorizou-o a entrar. Estava agora sentada numa cadeira, em frente dele, a pensar enquanto ele ia falando. A pensar que ele era um verdadeiro especialista a partir corações, a escolher o momento exacto para agir.

— Sei que isto não vai alterar o que me disseste antes, no alpendre, mas não queria que a nossa relação terminasse numa zanga. Apreciei demasiado o tempo que passámos juntos para permitir que tudo acabasse assim.

Aclarou a voz e pressionou os dedos contra as pálpebras. — É que me pareceu tudo tão repentino, percebes? Não estava preparado para aquilo que me disseste — continuou, com um suspiro. — Bolas, não estava preparado para quase nada do que me sucedeu. Não queiras saber como estavam as coisas por lá. Tudo... o aspecto dela no final, o que as enfermeiras disseram, o cheiro que deitava...

Levou as duas mãos à cara e Julie ouviu a respiração opressa dele, uma série de inspirações rápidas a que se seguia uma longa expiração.

— Só precisava de falar com alguém. Alguém que sabia ser capaz de ouvir.

«Caramba!», pensou Julie. «Era difícil as coisas terem sido piores!»

Julie forçou um sorriso cansado:

— Podemos falar. Continuamos amigos, ou não?

Richard prosseguiu a conversa solta durante umas duas horas, saltando de um tema para outro: as recordações da mãe, a primeira coisa que pensara ao entrar no quarto do hospital, como se sentira na manhã seguinte, ao saber que segurava a mão da mãe pela última vez. Depois de ele ter falado bastante tempo, Julie ofereceu-lhe uma cerveja; com o avançar da noite, e sem parecer dar por isso, bebeu ainda mais duas. De tempos a tempos, ficava a olhar para a parede da sala, com uma expressão de alheamento, como se não se recordasse do que pretendia dizer; noutras ocasiões, falava como se acabasse de beber dois cafés fortes, ligando as palavras umas às outras. Contudo, Julie nunca deixou de ouvir. Fez uma ou outra pergunta quando lhe pareceu apropriado, mas não passou disso. Viu-lhe lágrimas em mais de uma ocasião mas, sempre que elas ameaçavam escorrer-lhe pela cara, Richard punha as mãos na ponte do nariz para as conter.

Passou a meia-noite. O ponteiro do relógio que estava sobre a cornija da lareira passou a uma hora, e avançou lentamente para as duas. Por essa altura, a cerveja e a exaustão emocional tinham feito estragos. Richard começou a repetir-se, as palavras começaram a sair arrastadas. Quando Julie regressou da cozinha, onde fora buscar um copo de água para si, viu que ele tinha fechado os olhos. Estava dobrado a um canto, a cabeça tombada por cima dos braços do sofá, de boca aberta. A respiração adquirira um ritmo regular.

De copo de água na mão, ficou de pé, a pensar. Que esplêndida situação! Não sabia o que fazer.

Quis acordá-lo, mas não o julgou suficientemente sóbrio para conduzir. Não lhe agradava deixá-lo ficar, mas que havia de fazer, se já estava a dormir; se o acordasse, ele poderia querer continuar a conversa. Por mais vontade que tivesse de lhe ser útil, sentia-se exausta.

— Richard — murmurou. — Estás acordado?

Nada.

Tentou novamente, momentos depois, mas o resultado foi o mesmo. Achou que podia gritar ou abaná-lo mas, considerando as opções, pareceu-lhe que não valia a pena.

Acabou por decidir que não havia outra solução, que tinha de o deixar ficar.

Apagou as luzes e, deixando-o onde estava, dirigiu-se para o quarto, cuja porta fechou à chave. *Singer* estava em cima da cama. Levantou a cabeça e ficou a vê-la enfiar-se dentro do pijama.

— É só por esta noite — explicou, como se tentasse convencer-se a si própria de que tomara a decisão mais acertada. — Não se trata de ter mudado de ideias. É que, sabes, estou muito cansada.

Julie acordou de madrugada e, depois de dar uma olhadela ao relógio, gemeu e virou-se para o outro lado, como que tentando retardar o novo dia. Sentia-se preguiçosa e parecia estar a sofrer uma ressaca.

Depois de saltar da cama, abriu a porta do quarto com cuidado e espreitou para a sala; segundo parecia, Richard continuava a dormir. Tomou um duche e vestiu-se para ir trabalhar; não desejava que ele a visse em pijama. Na altura em que entrou na sala, com o cão a caminhar sempre a seu lado, Richard já se encontrava sentado no sofá, a esfregar a cara. A sua carteira, com as chaves em cima, estava na mesinha, à sua frente.

— Oh, bom dia — saudou, parecendo embaraçado. — Acho que me deixei adormecer, não foi? Peço desculpa.

— Tinhas tido um dia complicado — comentou Julie.

— Pois tinha — limitou-se a responder. Levou algum tempo a pôr-se de pé e a pegar na carteira. Um breve sorriso passou-lhe pela cara. — Obrigado por me teres deixado ficar aqui a noite passada. Foi um grande favor.

— Não há nada que agradecer. Sentes-te bem?

Tinha a camisa amarrotada e penteou o cabelo com os dedos. — Tenho de voltar a pedir desculpa pelo meu comportamento de ontem à noite — acrescentou Richard. — Não sei o que me deu.

O cabelo de Julie ainda não secara completamente e ela sentiu um pingo a escorrer para a blusa.

— Não faz mal — respondeu. — Sei que tudo isto te pode parecer um pouco estranho, mas...

Ele abanou a cabeça — Não, está tudo bem. Não tens de me explicar nada, eu compreendo. Mike parece-me ser um tipo decente.

Julie hesitou. — É mesmo — acabou por dizer —, mas obrigada.

— Desejo que sejas feliz. Nunca desejei outra coisa. És uma pessoa fantástica e mereces ser feliz. Especialmente depois de teres suportado a minha verborreia da noite passada. Sem rancores?

— Sem rancores — confirmou Julie. — Continuamos amigos?

— É claro — corroborou Richard.

— Obrigada.

Então, depois de hesitar um pouco, pegou nas chaves e começou a dirigir-se para a saída. Ao abrir a porta, olhou por cima do ombro e disse:

— O Mike é um homem de sorte. Não te esqueças disso.

Sorriu, mas foi um sorriso algo melancólico. — Adeus, Julie.

Quando ele finalmente entrou no carro, Julie deu um grande suspiro de alívio, satisfeita por as coisas terem corrido melhor do que esperava que corressem. Bom, pelo menos tinham corrido melhor do que na noite anterior. Tudo era melhor do que aquilo.

Mas, pelo menos, era um caso encerrado.

DEZOITO

Depois de entrar na sua casa alugada, Richard subiu a escada e foi para o quarto do gaveto. Pintara as paredes de preto e cobrira as janelas de forma a evitar a entrada de luz; por cima de uma mesa improvisada, que tinha encostado à parede do fundo, dançava uma lâmpada forrada de vermelho. O equipamento de fotografia estava ao canto: quatro máquinas diferentes, uma dezena de objectivas, várias caixas com rolos de película.

Dirigiu-se para junto da tina de bordos baixos que utilizava para revelar os negativos e pegou num monte de fotografias que tinha tirado durante os passeios com Julie.

Foi passando as fotografias uma a uma, parando de vez em quando para apreciar alguma delas. Como ela parecia feliz naquele fim-de--semana, pensava Richard, como se sentisse que a sua vida mudara definitivamente para melhor. E também adorável. Ao analisar a expressão de Julie, não conseguiu encontrar nada que pudesse explicar o que tinha acontecido na noite anterior.

Abanou a cabeça. Não, não pretendia utilizar os próprios erros de Julie contra ela. Uma pessoa que conseguia passar da fúria ao perdão com a facilidade com que ela o fazia era um tesouro. E sentia-se muito feliz por tê-la encontrado.

Agora sabia muitos pormenores acerca de Julie Barenson. A mãe era alcoólica, com acentuada preferência pela vodca, que vivia numa caravana degradada, nos arredores de Daytona. O pai, actualmente a residir no estado de Minnesota, junto de outra mulher, sobrevivia graças a uma pensão de invalidez devida a um desastre ocorrido quando trabalhava na construção civil. Os pais casaram-se dois anos antes de ele ter deixado a cidade; Julie tinha na altura três anos. Seis homens diferentes tinham passado diversos períodos a viver com ela e a mãe; o período mais curto fora de um mês, o mais longo chegara aos dois anos. Tinham-se mudado meia dúzia de vezes, de pocilga em pocilga.

Uma escola diferente em cada ano, até chegar ao ensino secundário. Primeiro namorado aos 14 anos; ele jogava futebol e basquetebol, pelo que o par teve direito a uma fotografia no livro do ano. Apareceu no teatro escolar, em papéis secundários. Desistiu antes do fim do curso e desapareceu durante alguns meses, até reaparecer em Swansboro.

Não fazia ideia daquilo que Jim fizera para a atrair a um lugar como Swansboro.

Casamento feliz, marido insípido. Decente, mas insípido.

Depois ter conhecido o Mike, no Clipper, soubera alguns pormenores acerca dele, fornecidos por um habitante da terra. É espantoso como se pode conseguir tanta informação apenas com o pagamento de umas bebidas, num bar qualquer.

Disseram-lhe que Mike estava apaixonado pela Julie, mas Richard já sabia isso. Também sabia pormenores sobre a sua relação anterior, com Sarah, cuja infidelidade, aliás, o intrigava. Recordou-se de que vira, logo de início, as vantagens que poderia tirar desse conhecimento.

Também soube que Mike tinha sido padrinho de casamento de Julie, pelo que o relacionamento entre ambos começou a fazer sentido. Mike representava o conforto, o elo com o passado, a ligação a Jim. Compreendia que Julie se agarrasse a isso, que tivesse medo de tudo o que pudesse afastá-la dessa segurança. Era, porém, um desejo nascido do medo, do medo de poder acabar como a mãe, medo de perder tudo o que obtivera à custa de tanto trabalho, medo do desconhecido. Não se surpreendia por o cão dormir no quarto com ela e também suspeitava de que ela tinha fechado o quarto à chave.

Muito cautelosa, pensou. Provavelmente, desenvolvera aquele instinto de defesa quando era criança, por causa dos homens que a mãe metia em casa. Mas já não tinha motivos para viver assim. Agora, já não. Julie podia evoluir, como ele fizera.

Afinal, talvez as suas infâncias não fossem assim tão diferentes. A bebida. A violência. A cozinha infestada de baratas. O cheiro a bafio e à madeira apodrecida dos tabiques. A água grossa que saía da torneira, vinda de um poço, que o punha doente do estômago. A única fuga tinham sido os livros de fotografias da autoria de Ansel Adams, fotos que pareciam apontar-lhe certos lugares, melhores lugares. Tinha descoberto os livros na biblioteca da escola e passara muitas horas a estudar as fotografias, a perder-se naquelas paisagens de beleza irreal. A mãe notara o interesse dele e, embora o Natal fosse habitualmente um época para esquecer, quando Richard tinha dez anos, conseguiu persuadir o pai a dar dinheiro para uma pequena câmara e dois rolos de película. Foi a única ocasião, em toda a sua vida, em que se recordava de ter derramado lágrimas de alegria.

Passava horas a fotografar objectos de casa ou, no quintal, a fotografar pássaros. Tirou fotografias de madrugada e ao anoitecer, porque gostava da luz dessas horas; tornou-se especialista em movimentos furtivos, que lhe permitiam instantâneos considerados impossíveis. Logo que acabava um rolo, corria para casa, a pedir ao pai que o revelasse. Depois, com as fotografias prontas, sentava-se na cama e ficava a analisá-las, a avaliar o que tinha feito bem ou mal.

De início, o pai parecera divertir-se com aquela mania do filho e até deu uma vista de olhos pelos primeiros rolos. Porém, os comentários não tardaram: « O quê? Outro pássaro?», perguntava com sarcasmo, ou: «Meu Deus, temos aqui mais um.» Acabou por lamentar o dinheiro que gastava com o novo divertimento do filho. «Estás a gozar comigo, não estás?», rosnava; porém, em vez de sugerir que Richard fizesse alguns trabalhos nas redondezas para pagar as despesas dos rolos e das revelações, o pai decidiu dar-lhe uma lição.

Tinha estado de novo a beber naquela noite e tanto Richard como a mãe tentavam não o importunar, fazendo o que podiam para não serem notados. Richard estava sentado na cozinha, a ouvir o pai soltar impropérios enquanto via um jogo de futebol na televisão. Tinha apostado na sua equipa preferida, os Patriots, mas perdera e Richard sentiu toda a fúria do pai quando ele atravessou a casa de entrada. Momentos depois, o pai entrou na cozinha com a máquina fotográfica na mão e colocou-a em cima da mesa. Na outra mão empunhava um martelo. Quando teve a certeza de que tinha despertado a atenção do filho, esmagou a máquina com uma única martelada.

— Trabalho a semana inteira para ganhar a vida e *tu só te preocupas com estas merdas*! A partir de agora, temos uma preocupação a menos!

O pai morreu nesse mesmo ano. As recordações do acontecimento estavam ainda bem vivas: a réstia de sol matinal sobre a mesa da cozinha, o pingar contínuo da torneira, a passagem lenta das horas para além do meio-dia. Os agentes iam e vinham, sempre a falarem em voz baixa; o médico-legista examinou o corpo e mandou que o levassem dali.

E, depois, a choradeira da mãe, quando finalmente ficaram sós.

— Como é que vamos viver sem ele? — lamentava, a abanar os ombros do filho. — Como é que uma coisas destas pôde suceder?

Acontecera. O pai tinha estado a beber no O'Brien's, um bar esquálido de Boston, não muito longe de casa. Segundo algumas das pessoas presentes no bar, ele tinha jogado, e perdido, uma partida de bilhar; depois, sentara-se no bar durante o resto da noite, sempre a beberricar. Dois meses antes, fora dispensado pela fábrica e passava a maior parte das noites ali, um homem zangado, a procurar simpatia e compreensão na companhia dos outros alcoólicos.

Por essa altura, Vernon espancava a família com regularidade e, na noite anterior, tinha sido particularmente brutal.

Saiu do bar um pouco depois das 22 horas, parou na loja da esquina para comprar um maço de cigarros e conduziu o carro até ao bairro habitado por operários, onde vivia. Um vizinho que andava a passear o cão viu-o aproximar-se de casa. A garagem tinha ficado aberta e Vernon arrumou o carro naquele espaço acanhado. Havia caixas empilhadas a todo o comprimento das paredes.

Todavia, a partir daquele momento, era tudo pura especulação. Devido aos elevados níveis de monóxido de carbono, não restavam dúvidas de que tinha fechado a porta da garagem. Nesse caso, reflectia o médico-legista, por que razão não tinha desligado o motor? E qual o motivo que o levara a voltar ao carro depois de ter fechado a porta da garagem? Para todos os efeitos, parecia um suicídio, embora os seus amigos do bar insistissem na impossibilidade de ele fazer uma coisa daquelas. Consideravam-no um lutador, um homem que não virava a cara. Não poria termo à própria vida.

Os agentes tinham voltado dois dias depois, fazendo perguntas sem fim e exigindo respostas. A mãe continuou as suas lamúrias incoerentes; o miúdo de dez anos limitava-se a olhá-los com ar de espanto. Por essa altura, os hematomas das faces da mãe e do filho tinham começado a ficar esverdeados nos bordos, dando a ambos uma aparência fantasmagórica. Os agentes não conseguiram apurar nada.

No final, a morte foi considerada um acidente provocado pelo estado de embriaguês.

O funeral foi seguido por uma dúzia de pessoas. A mãe ia vestida de preto e chorava, sem largar um lenço branco, com o filho sempre a seu lado. Três pessoas falaram antes de o descerem à sepultura, dedicando palavras amáveis a um homem momentaneamente na mó de baixo, sem deixar de ser um bom homem, um trabalhador assíduo, marido e pai carinhoso.

O filho desempenhou bem o seu papel. Manteve os olhos fixos no chão; de vez em quando levava um dedo à cara, como quem limpa uma lágrima. Pôs um braço à volta da cintura da mãe, acenou com gravidade e aceitou as condolências das outras pessoas.

Contudo, no dia seguinte, livre de toda aquela gente, voltou até junto da sepultura e deixou-se ficar em frente da terra recentemente remexida.

E cuspiu-lhe em cima.

Na sala escura, Richard pregou uma das fotografias na parede, sem nunca se esquecer de que o passado projecta longas sombras. Qualquer pessoa se podia confundir facilmente, pensou. Sabia que ela não o pudera evitar e compreendeu-a. Perdoou o que ela lhe tinha feito.

Ficou a olhar a fotografia. Como era possível não lhe perdoar?

DEZANOVE

Como já estava vestida no momento em que Richard saiu, Julie dispôs de tempo suficiente e, antes de chegar ao emprego, parou e comprou o jornal da manhã. Sentou-se a uma pequena mesa, na esplanada de uma pastelaria, a beber café e a ler, com o *Singer* estirado a seus pés.

Pondo o jornal de lado, ficou a observar as ruas da baixa, que voltavam à vida. Um a um, os letreiros das montras das lojas iluminavam-se e as portas eram abertas para deixarem entrar a brisa fresca da manhã. Não havia uma nuvem e notava-se uma ligeira película de orvalho nos pára-brisas dos carros que tinham passado a noite ao relento.

Julie levantou-se, ofereceu o jornal ao casal da mesa ao lado, atirou com o copo usado para o recipiente do lixo e começou a percorrer a distância que a separava do salão. A garagem já estava aberta havia uma hora e, pensando que dispunha de uns minutos antes de entrar ao serviço, decidiu-se a entrar. Pensou que tinha boas razões para isso e que ele ainda não estaria muito ocupado. Além disso, queria passar por lá para confirmar que o que sentira na noite anterior não fora produto da sua imaginação.

Não tinha intenção de contar ao Mike que Richard tinha passado a noite em sua casa. Por mais que tentasse, não encontrara uma maneira de lhe dizer que não parecesse suspeita, especialmente tendo em conta o que tinha acontecido com a Sarah. Sentiu que ele jamais deixaria de pensar no assunto, criando entre eles uma sombra de dúvida e de mágoa. De qualquer maneira, não tinha significado. E o mais importante era estar tudo acabado.

Atravessou a rua, com o cão a trotar à sua frente. Quando ia a passar pelos carros que aguardavam reparação, Mike já vinha ao seu encontro, com ar de quem tinha comprado o bilhete premiado na lotaria.

— Bom dia, Julie — saudou. — Que surpresa mais agradável!

Embora ele tivesse uma mancha de óleo na cara e a testa já brilhante de suor, Julie não pôde deixar de pensar que ele era bonito como tudo. E que, decididamente, não tinha imaginado coisa nenhuma.

— Olá, também estou feliz por te ver, matulão — acrescentou Mike, estendendo a mão para o cão. Foi quando Mike estava a acariciar o *Singer* que Julie notou o penso na mão dele.

— O que é aconteceu aos teus dedos?

Mike olhou para as mãos. — Oh, não é nada. São apenas uns arranhões.

— Como é que fizeste isso?

— Acho que ontem, quando cheguei a casa, os esfreguei com demasiada força.

Ela mostrou desagrado. — Por causa do que te disse ontem, na praia?

— Não — respondeu. Depois, encolhendo os ombros, acrescentou: — Talvez essa fosse uma das razões.

— Estava a brincar contigo.

— Eu sei. Mas deu-me para fazer a experiência com um novo sabonete.

— Nesse caso, usaste o quê? *Ajax*?

— *Ajax*, *409*, *Lysol*. Pode dizer-se que tentei tudo.

Julie pôs as mãos nas ancas e ficou a estudá-lo. — Sabes, por vezes dou comigo a procurar saber como é que tu serás quando cresceres.

— Para te falar com franqueza, não vejo muitas possibilidades de que tal venha a acontecer.

Ela soltou uma gargalhada, a pensar: «Gosto deste tipo. Quem é que consegue não gostar dele?»

— Pois bem, só parei aqui para te dizer que ontem passei um serão maravilhoso.

— Eu também. E espero ansiosamente pelo desta noite.

— Deve ser giro.

Os olhos de ambos encontraram-se, antes de Julie consultar o relógio. — Mas, olha, acho que tenho de ir indo. Tenho marcações para esta manhã e está combinado almoçar com a Emma. Por isso, não me posso atrasar.

— Dá um beijo à Emma, por mim.

— Dou. Diverte-te.

— Tu também.

Julie sorriu. — E olha-me para esses dedos, se fazes favor. Odiaria saber que andas a sujar de sangue todos os motores em que pões as mãos.

— Ah, ah, ah.

Não que se aborrecesse por ser objecto de chacota. Sabia que aquela era a forma de ela namorar. Namorar a sério; já não eram simples conversas de amigos.

E, por Deus, estava a gostar daquilo! Estava a gostar mesmo muito!

Despediram-se e, momentos depois, Julie atravessou a rua, a andar com renovada energia.

— Então, parece que o serão te correu muito bem, não foi?

Henry tinha na mão um *donut* meio comido.

Mike enfiou os dedos nas alças do fato-macaco e fungou. — Pois correu — respondeu com ar de gozo. — Correu *realmente* bem.

O irmão agitou o *donut* e abanou a cabeça. — Estás a treinar o teu ar de James Dean, irmãozinho? — Deixa que te diga, não és nada parecido. Também não consegues esconder o aspecto de tonto.

— Eu não pareço um tonto.

— Tonto. Maluco de amor. O que quiseres.

— Olha lá, eu não posso evitar que ela goste de mim.

— Sei que não podes. És simplesmente irresistível, não és?

— Julguei que te sentisses feliz por mim.

— Sinto-me feliz — respondeu Henry. — E também tenho muito orgulho em ti.

— Porquê?

— Porque, de qualquer forma, qualquer que tenha sido o teu plano, resultou.

— Então, o que é que se passou com o Richard? — perguntou Emma. — No bar, umas noites atrás, pareceu-me que os dois estavam a entender-se muito bem.

— Oh, tu sabes como são estas coisas... Ele era simpático, mas aconteceu que eu não sentia nada em relação a ele.

— Acho que deve ser por causa do aspecto dele, não?

— Essa parte, tenho de admiti-lo, não era má de todo — respondeu Julie, provocando uma gargalhada de Emma.

Estavam sentadas no restaurante, uma antiga casa da parte velha da cidade, a comer uma salada. A luz solar derramava-se sobre a mesa, instalada a um canto, emprestando aos copos um brilho cor de mel.

— Disse o mesmo ao Henry quando chegámos a casa. Fartei-me de perguntar a mim mesma a razão de ele não ter voltado a olhar na nossa direcção.

— O que é que respondeu?

— Disse... — Emma endireitou-se na cadeira e baixou a voz, a imitar Henry. — Não sei do que é que estás a falar mas, se não tivesse a certeza de que me amas muito, pensaria que estás a querer insultar-me.

Julie soltou uma gargalhada. — Consegues imitá-lo na perfeição.

— Minha querida, se estivesses casada há tantos anos como eu, saberias que nem é muito difícil. A única coisa que me falta é o *donut* na mão que faz o gesto final.

Julie engasgou-se com o chá, espirrando um pouco de líquido para cima da mesa. — Mas continua a fazer-te feliz, não é? Mesmo passado todo este tempo?

— Na maior parte do tempo é um tipo bastante bom. Por vezes, dá-me vontade de lhe pregar com a frigideira na cabeça, mas acho isso normal, não é?

Os olhos de Julie adquiriram um brilho estranho quando ela se inclinou para diante. — Nunca te contei que uma vez atirei com um tacho ao Jim?

— Atiraste o quê? Quando é que isso aconteceu?

— Já não me lembro. Já nem me recordo do motivo por que estávamos a brigar, mas atirei-lhe com o tacho. Não acertei, mas deu-me atenção depois disso.

As sobrancelhas de Emma subiram e desceram. — A vida que se desenrola por detrás das portas fechadas é sempre um mistério, não é?

— Eu diria que sim.

Emma bebeu um golinho de chá e recomeçou a comer a salada. — Então, o que é isso que ouvi acerca de Mike?

Julie sabia que a pergunta tinha de aparecer. Em lugar de discutirem política, desporto ou as últimas grandes notícias, as pessoas daquela pequena cidade falavam do que ia acontecendo aos seus concidadãos.

— Depende daquilo que ouviste.

— Ouvi dizer que te convidou para sair e que foram jantar juntos.

— Mais ou menos. Na verdade, fui eu quem o convidou.

— Ele não podia encarregar-se disso?

Julie olhou-a por cima do copo. — O que é que pensas?

— Hum... penso que provavelmente ficou gelado como uma poça de água no Inverno.

Julie riu-se. — Mais ou menos.

— Então, como é que foi? O que é que fizeste?

Depois de ouvir o relato da saída, Emma recostou-se na cadeira.

— Parece que correu bem.

— Pois correu.

Emma estudou a cara de Julie durante um segundo. — E tu... tu sabes... não pensaste em...

Não conseguiu terminar a frase e Julie completou-a por ela.

— Jim?

Emma assentiu, deixando Julie reflectir no assunto. — Não tanto quanto esperava — respondeu esta. — E, no final, não me preocupei nada com isso. O Mike e eu... damo-nos tão bem um com o outro. Ele faz-me rir. Faz-me sentir em paz comigo mesma. Há muito tempo que não me sentia assim.

— Falas como se tivesse sido uma surpresa.

— Foi. Para ser honesta, não fazia ideia de como iria correr.

O rosto de Emma distendeu-se. — Não é surpreendente. Tu e o Jim formavam um par excelente. Quando saíamos juntos, costumávamos fazer chacota sobre a maneira como olhavam um para outro.

— Sim, éramos especiais — comentou, com um certo anseio na voz.

Emma fez uma pausa. — E o Mike, como é que te pareceu?

— Óptimo, penso. Para te dizer a verdade, começou por estar bastante nervoso, mas não julgo que isso tivesse muito a ver com o Jim. Penso que o problema estava na própria saída para jantar.

— Oh, meu Deus, de verdade?

Julie sorriu. — De verdade. Mas correu tudo bem.

— Portanto... gostas dele?

— É claro que gosto dele.

— Não. Estou a perguntar-te se gostas *mesmo*?

No fundo, tudo se resumia a isso, não era?, pensou Julie. No final, nem teve necessidade de responder, a sua expressão dizia tudo, e Emma estendeu o braço por cima da mesa e apertou a mão da amiga.

— Sinto-me feliz. Sempre calculei que acabaria por acontecer.

— Calculaste?

— Penso que toda a gente o esperava, com excepção de ti e do Mike. Era só uma questão de tempo.

— Nunca me disseste nada.

— Nem foi preciso. Calculei que acabarias por reconhecer nele o que eu reconheço; bastava que te sentisses bem e pronta a recomeçar.

— Reconhecer o quê, por exemplo?

— Que ele é incapaz de te deixar mal. Aquele rapaz tem um coração do tamanho do estado de Kentucky, e ama-te. E isso é importante. Aceita a opinião de quem sabe. A minha mãe costumava dizer-me: «faças o que fizeres, casa com alguém que te ame mais do que tu o amas a ele».

— Não, não te disse semelhante coisa.

— Certamente que disse. E eu fiz o que ela mandou. Por que é que pensas que eu e o Henry nos damos tão bem? Não estou a dizer que não o amo, porque não estaria a falar verdade. Porém, se alguma vez deixasse o Henry, ou, que Deus não o permita, me acontecesse alguma coisa, não penso que ele fosse capaz de continuar. É homem para arriscar a vida por mim, sem pensar, no momento necessário.

— E pensas que Mike também é assim?

— Minha querida, podes apostar o teu último cêntimo nele.

No final do dia, ao sair do salão, Julie ainda continuava a reflectir sobre o que se passara no almoço com Emma.

Na realidade, reflectia sobre uma quantidade de coisas. Especialmente sobre Jim. Se bem que a intenção de Emma não fosse levá-la a pensar no defunto marido — não tinha dúvidas sobre isso — e sem que a própria Julie soubesse exactamente o que ela pretendera dizer, a reflexão tinha a ver com o comentário que Emma fizera acerca da mãe. E também uma observação de que Henry não seria capaz de viver sem a mulher.

Naquela tarde sentira a falta de Jim com uma intensidade não sentida desde há muito. Supôs que seria consequência do que tinha acontecido com Mike. Ela continuara a sua vida, mas começou a ponderar se Jim o teria conseguido, caso a situação tivesse sido a inversa. Pensou que provavelmente ele conseguiria mas, se não o conseguisse, isso significaria que ele a tinha amado mais do que ela o amara? E o que é que iria acontecer, quando se apaixonasse por Mike? O que aconteceria aos seus sentimentos em relação a Jim? Eram estas as perguntas que se repetiam vezes sem conta na cabeça de Julie desde o almoço, perguntas que exigiam respostas que ela não desejava enfrentar. Gostaria de ter resposta para a grande dúvida: iriam as suas recordações diminuir pouco a pouco, perder a nitidez de contornos, como acontece com as fotografias antigas?

Não sabia. Como também não sabia por que motivo a ideia de ver Mike à noite a deixava mais nervosa do que se tinha sentido na véspera. Na verdade, sentia-se mais nervosa do que em relação a qualquer dos encontros anteriores. Porquê agora?

Talvez, pensou, respondendo à sua própria pergunta, fosse por saber que aquele seria diferente.

Chegou junto do jipe e entrou; *Singer* saltou para o banco de trás e Julie pôs o motor em funcionamento. Não foi logo para casa. Em vez disso, seguiu pela avenida principal durante umas centenas de metros, virou à esquerda e dirigiu-se para os arrabaldes da cidade. Minutos depois, ao sair de uma curva, encontrou-se diante do cemitério de Brookview.

A lápide de Jim ficava perto da entrada, logo depois do pequeno morro e afastada do carreiro principal, à sombra de uma nogueira. Julie seguiu pelo carreiro. Quando estava já perto da sepultura, o cão parou, recusando-se a ir mais além. Nunca passara dali. De início, não atinava com a razão que levava o animal a ficar para trás mas, com o tempo, acabou por pensar que, fosse como fosse, *Singer* sabia que ela preferia estar só naquele local.

Chegou junto da campa e ficou a olhá-la de cima para baixo, sem saber o que ia sentir. Respirou fundo, ficando à espera das lágrimas, que não apareceram. Nem sentiu aquela sensação de peso que sempre sentira até então. Recriou o Jim mentalmente, recordou as alturas felizes e, embora com as recordações viesse aquela sensação de tristeza e de perda, era como ouvir o toque musical de um relógio distante, que ecoa suavemente até que acaba por deixar de se ouvir. No seu lugar ficou a sensação de torpor; não sabia o que significava até pôr os olhos no anjo de asas abertas colocado em cima do nome dele, aquele que a fazia sempre recordar a carta que viera a acompanhar o *Singer*.

Desesperava ao pensar que não voltarias a ser feliz... Procura alguém que te faça feliz... O mundo torna-se um lugar bem mais alegre, sempre que tu sorris.

De pé, junto da sepultura do marido, apercebeu-se subitamente do que ele quereria dizer com aquelas palavras. E, como já sucedera na noite anterior, também naquele preciso momento soube que Jim se sentiria feliz com a decisão dela.

Não, pensou, nunca iria esquecê-lo. Jamais. E Mike também não o esqueceria.

Essa era uma das características que o tornavam diferente.

Ficou por ali até os mosquitos começarem a fazer círculos à sua volta. Enxotou com uma palmada um que lhe picara um braço, feliz por ter decidido vir mas pensando que talvez tivesse chegado a altura de partir. Mike iria buscá-la dali a menos de uma hora e queria estar preparada.

Um sopro de vento agitou as folhas por cima da sua cabeça, com um som parecido com o da areia agitada dentro de uma garrafa. Parou momentos depois, como se alguém tivesse suspendido o movimento. Mas já não havia silêncio; da estrada chegou-lhe o ruído de um carro a passar, com o som do motor a aumentar e a diminuir, antes de desaparecer. Vinda de casas distantes, chegou-lhe a voz de uma criança. Havia também o som abafado de esfregar, algo que parecia arranhar a casca de qualquer árvore próxima. Um pássaro cardeal voou, vindo das moitas, e, olhando por cima do ombro, Julie viu o cão virar a cabeça, de orelhas arrebitadas. Mas o animal não saiu de onde estava. Julie ergueu ligeiramente o sobrolho e cruzou os braços. Voltando as costas à pedra tumular, pôs os olhos no chão e começou a caminhar em direcção ao carro, sentindo os pêlos dos braços eriçarem--se devido a um súbito arrepio.

VINTE

Mike apareceu mesmo à hora marcada e Julie saiu, fechando a porta antes que *Singer* tivesse uma oportunidade de vir atrás dela. Sorriu, ao notar que ele vinha de casaco e calças de fazenda.

— Uau! — exclamou Julie. — Duas noites seguidas em que me apareces todo janota. Vou precisar de algum tempo para me habituar.

Julie poderia estar a falar de si mesma. Como na noite anterior, usava um vestido de Verão que lhe acentuava a figura. Das orelhas pendiam pequenas argolas de ouro e Mike notou um ligeiro odor de perfume.

— Achas demasiado? — perguntou ele.

Julie tranquilizou-o. — De maneira nenhuma. — E passou a mão pela banda do casaco dele. — Gosto disto. É novo?

— Não, já o tenho há algum tempo. Acontece que não o visto muitas vezes.

— Mas devias vestir. Fica-te bem.

Mike encolheu os ombros e apontou a carrinha com a cabeça, antes que ela fizesse mais comentários.

— Então, estás pronta?

— Logo que tu quiseres.

Quando ele estava para se voltar, Julie agarrou-o por um braço. — Onde é que estão os pensos?

— Tirei-os. Os dedos já estão melhores.

— Tão depressa?

— O que queres que te diga? As minhas feridas saram depressa.

De pé, no alpendre, Julie estendeu a mão como uma professora a mandar que o aluno tire a pastilha elástica da boca. Mike não teve outro remédio e mostrou-lhe as mãos.

— Acho que continuam inflamadas.

Fez uma pausa, antes de olhar para ele com uma expressão curiosa. — Não esfregaste com demasiada força? Parece que alguns dedos sangraram.

— Só um pouco — assegurou Mike.

— Meu Deus, se soubesse o que ias fazer não teria dito nada. Mas julgo que tenho um remédio para isso.

— Que remédio?

Julie olhou-os nos olhos enquanto levou a mão dele à boca e lhe beijou os dedos.

— Então? Sentes-te melhor? — perguntou, a sorrir.

Mike pigarreou. Pensou que estava ligado à corrente eléctrica. Ou que se encontrava no interior de um túnel de vento. Ou de esquis, voando pela montanha abaixo.

— Melhor — conseguiu responder.

Jantaram no Landing, um restaurante à beira-mar, na parte antiga de Beaufort. Como na noite anterior, optaram por uma mesa na esplanada, de onde podiam observar os barcos que chegavam e partiam. Pelo passeio feito de pranchas de madeira passavam famílias a lamber cones de gelados e a transportar sacos cheios de lembranças.

Julie colocou o guardanapo no colo e debruçou-se por cima da mesa.

— Mike, foi uma excelente escolha. Adoro este sítio.

— Ainda bem — respondeu um Mike extremamente aliviado. — Eu também gosto, mas habitualmente venho cá à hora do almoço. Há muito que não jantava aqui. Não me sentiria bem se viesse aqui jantar sozinho.

— Podias convidar o teu irmão.

— Podia — aquiesceu Mike. — Ou talvez não.

— Não gostas de sair com ele?

— Passo o dia com ele. Deves sentir o mesmo, se saíres para jantar com a Mabel.

— Eu gosto de jantar com a Mabel.

— Mas ela não te insulta.

Julie riu-se e Mike pôs o guardanapo em cima das pernas. Para ele, Julie estava descontraída e radiante, completamente à vontade naquele ambiente.

— Como é que correu o teu almoço com a Emma? — inquiriu.

— Foi giro. É uma pessoa de conversa fácil.

— Como eu?

— Não, não é como tu. Contigo também é fácil falar, mas num sentido diferente. Com ela posso falar de coisas que não posso discutir contigo.

— De mim, por exemplo?

Ela presenteou-o com um sorriso tímido. — É claro. Que interesse tem sair com alguém se não pudermos falar disso às outras pessoas?

— O que é que lhe disseste sobre mim? Coisas boas, espero.

— Não te preocupes. Só disse coisas agradáveis.

Mike sorriu ao pegar na ementa. — Ora bem, gostarias de começar por uma garrafa de vinho? Um *Chardonnay*, talvez? Estava a pensar que o *Kendall-Jackson* seria o ideal. Não é muito pesado e acho que o sabor a carvalho vem mesmo a calhar.

— Uau! — exclamou Julie. — Estou impressionada. Não me tinha apercebido de que sabias tanto acerca de vinhos.

— Sou um homem de muitos talentos — admitiu Mike e Julie ficou a rir-se, enquanto consultava a ementa.

Demoraram-se a comer e a beber, sempre a falar e a rir, mal reparando no empregado de mesa a andar à volta deles, a recolher os pratos. Quando chegou o momento da partida, o céu já estava pontuado de estrelas.

O cais continuava com muito movimento, mas agora a multidão era mais jovem; pessoas na casa dos vinte e trinta anos, encostadas às balaustradas colocadas à beira da água e à volta dos bares. A poucos passos do cais, havia dois restaurantes com esplanadas e, em cada um deles, estava um artista a fazer as últimas afinações da guitarra. Havia mais barcos do que espaço no cais e, no espírito de uma noite de sexta-feira, os últimos a chegar amarravam aos barcos que já lá estavam, até formarem verdadeiras pinhas de embarcações de vários tamanhos e feitios, todas amarradas umas às outras, constituindo uma espécie de bairro aquático. As cervejas e os cigarros circulavam livremente, os barcos agitavam-se quando as pessoas os utilizavam como passeios e os estranhos viam-se forçados a acamaradar com pessoas que provavelmente não voltariam a ver, tudo em nome da boa disposição.

Quando saíram do restaurante, Mike ofereceu-lhe a mão. Julie aceitou-a e caminharam pelo cais, com os saltos dos sapatos a martelarem o piso de madeira, fazendo um som semelhante aos das carruagens puxadas por cavalos. Mike sentia o calor da mão dela irradiar-lhe pelo braço acima, abrindo caminho até ao centro do seu peito.

* * *

Passaram mais uma hora em Beaufort, sempre a observar o que se passava à sua volta e a conversar, até que Julie sentiu esfumarem-se todos os vestígios de nervosismo. Compraram doces e caminharam pela relva, de pés nus, até encontrarem um lugar para se sentarem e se deliciarem. A Lua tinha subido e as estrelas haviam mudado de posição na altura em que voltaram ao cais, que continuava movimentado. Ondas pachorrentas batiam de encontro ao paredão do porto e a luz branca do luar reflectia-se na água do oceano. Pararam uma vez mais e sentaram-se por debaixo das pás rotativas de uma ventoinha de tecto. O cantor do restaurante cumprimentou Mike com um aceno — era evidente que se conheciam — e Mike mandou vir outra cerveja e Julie bebeu uma *Diet Coke*.

Enquanto ouviam o cantor, Julie, sentindo os olhos de Mike cravados nela, reflectia sobre a forma como a situação se tinha alterado nos últimos dois dias. Quanto tinha mudado, pensava, e quanto iria mudar a partir daquele ponto.

Era interessante descobrir como se podia ter visto a mesma pessoa durante anos e só agora descobrir certos pormenores em que nunca se tinha reparado. Apesar da luz difusa, conseguiu distinguir uns cabelos brancos junto das orelhas de Mike; conseguiu ver uma pequena cicatriz por baixo de uma sobrancelha. Dois dias antes, ele parecia-lhe no final da casa dos vinte anos; agora, conseguia reparar nas rugas de expressão nas faces e nos pés-de-galinha dos cantos dos olhos.

O músico passou para uma nova canção e Mike inclinou-se para ela.

— O Jim e eu costumávamos vir aqui com frequência — informou. — Antes de vires morar para cá. Sabias disso?

— Ele contou-me. Disse que costumavam vir aqui para conhecerem mulheres.

— Sabias que foi aqui que ele me falou em ti pela primeira vez?

— Aqui?

— Foi. Viemos cá no primeiro fim-de-semana, depois de ele regressar de Daytona. Falou-me de uma rapariga que tinha conhecido.

— O que é que te contou?

— Que te oferecera o pequeno-almoço em diversas ocasiões. Também disse que eras bonita.

— Andava com um aspecto horrível.

— Ele não pensava assim. Também me disse que prometera arranjar-te emprego e um lugar para viveres, se quisesses vir para cá.

— Pensaste que ele estava maluco?

— Sem dúvida. Especialmente por me parecer que nunca conseguia deixar de falar em ti.

— Nesse caso, o que é que pensaste quando eu aceitei a oferta?

— Pensei que também eras maluca. Mas, mais tarde, passei a considerar-te uma mulher de coragem.

— Não é verdade.

— É verdade. É preciso ter estofo para mudar de vida, como tu fizeste.

— Não tinha alternativa.

— Há sempre alternativas. O problema é que muitas pessoas escolhem a que não convém.

— Valha-me Deus, esta noite estamos com queda para a filosofia.

A música parou e a conversa entre eles foi interrompida quando o músico se acercou da mesa para murmurar qualquer coisa ao ouvido do Mike.

O cantor olhou para ela. — Oh, boa noite. Desculpe a interrupção. Vou fazer um intervalo e gostaria de saber se o Mike me queria substituir durante um bocado.

Mike olhou para o palco e, por momentos, ficou a pensar. Acabou por negar com movimentos de cabeça.

— Bem gostaria, mas estou acompanhado — acabou por dizer.

— Olha lá, avança — disse Julie. — Eu fico bem.

— De certeza que não te importas?

— Não me importo nada. Além disso, é óbvio que gostarias de aceitar.

Mike sorriu e pousou a garrafa em cima da mesa; um minuto depois, tinha a guitarra suspensa do ombro e dedilhava algumas cordas, a procurar a melhor afinação. Olhou para Julie e concentrou-se antes de atacar as primeiras notas. Momentos depois, toda os presentes tinham identificado a canção. Primeiro, bateram palmas e apuparam, além de se terem feito ouvir alguns assobios; e depois, para surpresa de Julie, as pessoas começaram a acompanhar a música com movimentos das garrafas.

Mike tinha escolhido um dos temas capazes de agradar a uma multidão em noite de copos, a eterna favorita das máquinas de discos dos bares: «*American Pie.*»

A voz, como Julie notou, estava fora do compasso; porém, numa noite daquelas, com aquela multidão, era um pormenor sem importância. A multidão cantava e agitava os braços, Julie incluída.

Quando terminou, Mike pousou a guitarra, parou um pouco para receber os aplausos e caminhou de regresso à mesa, retribuindo todas as palmadas nas costas com a expressão «não custa nada». Julie ficou a olhar para ele com uma mistura recente de admiração e prazer.

Mike, pensou ela, tinha tornado uma noite boa numa noite ainda melhor.

Um pouco mais tarde, quando estavam para sair, o empregado do bar informou-os de que a sua conta já estava paga.

— Aposto que foi um dos teus admiradores — concluiu Mike.

Durante a viagem de regresso, Julie sentia-se agradavelmente surpreendida pela alegria com que tinha decorrido o serão. Mike levou-a até à porta e ao voltar-se, Julie viu que ele tinha cara de quem estava a pensar beijá-la, embora, tendo em atenção o sucedido na noite anterior, não soubesse muito bem como proceder. Julie levantou os olhos para ele, dando-lhe a autorização oficial, mas, ao aproximar-se dela, Mike não percebeu o sinal.

— Ouve, passei um serão fantástico...

— Apetece-te entrar por uns minutos? — inquiriu Julie, cortando-lhe a frase. — Talvez estejam a dar um filme antigo, que poderemos ver durante um bocado.

— De certeza que não achas demasiado tarde?

— Para mim, não. Mas se preferes ir já para casa...

— Não, adorava entrar.

Ela abriu a porta e entrou primeiro. *Singer* tinha estado à espera e saudou-os, antes de disparar porta fora. Farejou o ar e ladrou uma vez, para depois baixar a cabeça e farejar o chão do quintal, parecendo satisfeito por não encontrar vestígios de cachorros estranhos a precisarem de uma perseguição em forma. Um minuto depois tinha desaparecido por entre as sombras das árvores.

Dentro de casa, Mike tirou o casaco e pendurou-o na cadeira de balouço e Julie foi à cozinha buscar dois copos de água. Mike ainda estava de pé quando ela regressou e se dirigiu para o sofá. Sentaram-se perto um do outro, mas sem se tocarem; Julie pegou no controlo remoto e iniciou uma pesquisa pelos canais em serviço. Apesar de não encontrarem um filme que merecesse a pena, deram com um velho episódio da série *I Love Lucy*, que os fez rir bastante. Àquele seguiu-se *The Dick Van Dyke Show*.

Quando o espectáculo acabou, *Singer* já tinha regressado e voltara a ladrar junto da porta da frente. Quase ao mesmo tempo, Julie bocejou.

— Acho que está na hora de me pôr a andar — disse Mike ao levantar-se do sofá. — Parece que estás a ficar cansada.

Ela assentiu. — Eu acompanho-te.

Junto da porta, Mike levou a mão ao puxador; o cão passou por eles, trotando em direcção à sala como se, também ele, soubesse que eram horas de ir para a cama.

Ao ver Mike no vão da porta, numa tremenda luta com o casaco, Julie tornou-se, de súbito, consciente do facto de ele ter sido durante muitos anos seu amigo e que, ao alterar a relação, perdia essa amizade. Valeria a pena correr esse risco?, perguntava a si mesma. Não tinha a certeza.

E beijar o Mike, seria mais ou menos a mesma coisa que beijar o irmão? Isto é, partindo do princípio de que tinha um.

Era outra coisa que desconhecia.

Porém, como o jogador perante a máquina do casino, à espera de que a jogada seguinte mude a sua vida para melhor, aproximou-se dele antes que perdesse a coragem. Agarrando-lhe na mão puxou-o para si, o suficiente para sentir o corpo dele de encontro ao seu. Olhou para ele, inclinando um pouco a cabeça ao encostar-se. Mike, reconhecendo o que estava a acontecer, mas ainda sem querer acreditar, baixou a cabeça e fechou os olhos, com as faces de ambos a aproximarem-se.

No alpendre, as borboletas adejavam à volta da luz, chocando com a lâmpada como se quisessem penetrar através do vidro. Um mocho piou de uma das árvores mais próximas.

Todavia, Mike não ouviu nada disso. Perdido naquele contacto de cortar a respiração, só teve a certeza de uma coisa: no instante em que os lábios de ambos se tocaram, sentiu dentro de si um choque quase eléctrico, que o fez crer que aquela sensação ia durar para sempre.

Julie achou agradável. Na verdade, ainda melhor do que pensara. E não era, de forma alguma, o mesmo que beijar um irmão.

Quando o ouviu ligar o motor da carrinha e desaparecer no fundo da rua, ainda continuava a reflectir sobre a maneira como se desenrolara o final do encontro. Sorria e preparava-se para apagar a luz quando reparou na postura do cão.

Estava a olhar para ela, de cabeça inclinada para um lado e orelhas arrebitadas, como se perguntasse «se ela também tinha visto o que ele pensava ter visto».

— O que foi? — perguntou. — Beijámo-nos.

Levantou os copos que tinham ficado em cima da mesa, continuando a sentir os olhos do *Singer* fixos nela. Por qualquer razão, sentiu-se quase como uma adolescente que tivesse sido caçada por um dos pais.

— Como se, antes, não me tivesses visto beijar outras pessoas — continuou.

Singer não desviou o olhar.

— Não foi nada do outro mundo — concluiu, dirigindo-se para a cozinha. Pôs os copos no lava-louça e acendeu a lâmpada existente por cima da torneira. Quando se voltou, viu a projecção de uma sombra e deu um salto para trás, antes de reconhecer a que se devia aquela sombra.

O cão tinha entrado na cozinha. Estava sentado junto da bancada, a olhar para ela com a mesma expressão. Julie pôs as mãos na ancas.

— Queres deixar de olhar para mim dessa maneira? E deixa de andar sempre atrás de mim. Assustaste-me.

Com a repreensão, o *Singer* acabou por desviar os olhos.

Assim é melhor, pensou Julie. Pegou num esfregão, molhou-o e começou a limpar a bancada, antes de decidir deixar as limpezas para o dia seguinte. Atirou o esfregão para dentro do lava-louça e dirigiu-se para o quarto, já a recordar mentalmente os eventos do serão. Sentiu-se corar um pouco.

Afinal, admitiu, Mike era muito bom a beijar.

Perdida no meio destas reflexões, mal notou o jorro de luz dos faróis de um carro que cruzou aquela rua normalmente sossegada, abrandando ao passar defronte da casa dela.

— Estás acordado? — perguntou Julie na manhã seguinte, depois de ter marcado o número de telefone do Mike.

Mike lutou com o lençol e sentou-se na cama logo que reconheceu a voz de Julie. — Agora estou.

— Então, levanta-te. O dia não é para desperdiçar na cama — comandou. — De pé e vamos a eles, soldado!

Mike esfregou os olhos, pensando que ela parecia estar a pé há várias horas. — O que é que estás para aí a dizer?

— O fim-de-semana. Que planos fizeste?

— Nenhum, porquê?

— Pois bem, levanta-te e veste-te. Estive a pensar que podíamos ir juntos à praia. Segundo o boletim meteorológico, vai estar um dia esplêndido. Pensei que podíamos levar o *Singer* e deixá-lo correr um bom bocado. Parece-te bem?

* * *

Passaram o dia a caminhar, descalços, pela areia. A lançarem o *frisbee* para o *Singer* apanhar, ou sentados nas toalhas a observarem a espuma que coroava as ondas. Para almoço, levaram uma piza e ficaram até o céu se tornar púrpura, a anunciar a noite; também jantaram juntos. Depois foram ao cinema; Mike deixou que fosse ela a escolher o filme e não protestou quando se apercebeu de que era uma história de amor. E depois, quando o filme ainda ia a meio, Julie sentiu os olhos cheios de lágrimas e se aconchegou mais a ele e ficando assim durante a hora seguinte, Mike esqueceu-se da crítica devastadora que tinha estado a preparar mentalmente.

Era tarde quando chegaram a casa dela e voltaram a beijar-se, no alpendre, mas desta vez o beijo foi mais longo do que o primeiro. Para Julie, foi ainda melhor; para Mike, não era possível nem necessário que fosse melhor.

Passaram o domingo em casa de Julie. Mike aparou a relva, podou as sebes e ajudou a plantar bolbos no canteiro das flores. Depois, foi para dentro de casa e tratou de reparar todas aquelas coisas que têm tendência a degradar-se numa casa velha: substituiu pregos soltos em algumas tábuas do soalho, lubrificou fechos, colocou o novo candeeiro da casa de banho que ela comprara meses antes.

Julie observava-o a trabalhar, notando, uma vez mais, como as calças de ganga lhe ficavam bem e a confiança redobrada de que ele dava provas quando estava a fazer coisas daquele género. Quando lhe deu um beijo, entre duas marteladas, a expressão do seu rosto disse tudo sobre os sentimentos que nutria em relação a ela e Julie percebeu que, aquilo que antes lhe causava desconforto, era agora a resposta que mais lhe agradava.

Quando ele se foi embora, Julie entrou e deixou-se ficar encostada à porta, de olhos fechados. Soltou uma exclamação de alegria, a sentir-se como Mike se tinha sentido duas noites antes.

VINTE E UM

No final do dia de trabalho de terça-feira, um dia extraordinariamente movimentado no salão, pois Andrea não aparecera e alguns clientes dela tinham pedido que os atendesse, Julie ia a empurrar lentamente o carrinho do supermercado local, a escolher aquilo de que precisava para o jantar. Mike tinha prometido ser ele a cozinhar e, embora não se sentisse muito entusiasmada com a lista que ele fornecera, estava interessada em saber o que ia sair dali. Apesar das promessas dele, não conseguia imaginar que um prato onde se juntavam batatas fritas e picles doces pudesse ser incluído num bom jantar. Mas parecia tão excitado com a ideia que ela decidira não ferir susceptibilidades.

Estava quase pronta a sair quando verificou que se esquecera de uma coisa. Estava a esquadrinhar o sector das especiarias, a tentar recordar se ele precisava de cebola picada ou de cebola condimentada, quando sentiu o carro parar abruptamente por ter chocado com qualquer pessoa.

— Oh, peço desculpa — disse automaticamente. — Não vi...

— Não tem de quê... estou bem — foi a resposta. O homem virou-se e Julie esbugalhou os olhos.

— Richard!

— Boa tarde, Julie — respondeu em voz baixa. — Como estás?

— Óptima. Como tens passado?

Julie não o vira desde a manhã em que ele saíra de casa dela. Não lhe parecia muito bem.

— Vou andando. Tem sido difícil. Tenho tido muitos afazeres. Mas sabes como são estas coisas.

— Sei, infelizmente sei. A propósito, como é que está a mão?

— Está melhor. Ainda magoada, mas nada de cuidado.

Depois, como o apertar dos dedos lhe trouxesse memórias daquela noite, baixou os olhos. — Ouve, quero pedir-te desculpa, uma vez mais, pelo meu comportamento da semana passada. Não tinha o direito de me zangar daquela maneira.

— Não faz mal.

— E também quero agradecer-te de novo por me teres ouvido. Não existem muitas pessoas capazes de fazerem o que tu fizeste.

— Não fiz nada de importante.

— Sim — insistiu Richard —, fizeste. Não sei como teria reagido sem a tua ajuda. Naquela noite encontrava-me numa situação bastante desesperada.

Julie encolheu os ombros.

— Bem — disse ele, como a tentar descobrir as palavras que lhe permitissem continuar a conversa. Ajeitou as compras no cesto que levava no braço. — Por favor, não me leves a mal, mas estás com um aspecto fantástico.

Disse aquilo como se fosse um amigo, sem aparentes segundas intenções, e Julie sorriu. — Obrigada.

Pelo corredor vinha uma mulher com o carrinho cheio. Julie e Richard tiveram de se desviar para a deixar passar.

— Olha, só mais uma coisa acerca da outra noite — acrescentou Richard. — De certa maneira, sinto-me em dívida contigo, por te mostrares tão compreensiva em relação à maneira como agi.

— Não me deves coisa alguma.

— No entanto, gostaria de mostrar a minha gratidão. Apenas uma maneira de dizer obrigado. Poderei, por exemplo, levar-te a jantar?

Ela não respondeu de imediato e, sentindo a hesitação, Richard continuou.

— Apenas um jantar, nada mais do que isso. Nem se trata de um convite formal. Prometo.

Julie desviou o olhar por instantes e voltou a encará-lo. — Não julgo que possa fazer isso — acabou por dizer. — Peço desculpa.

— Não tens de quê. Apenas pensei que tinha a obrigação de fazer a oferta — disse, sem deixar de sorrir. — Portanto, não existe azedume por causa daquela noite?

— Nenhum azedume.

— Muito bem.

Richard afastou-se ligeiramente dela. — Bem, ainda preciso de levar mais umas coisas. — Vemo-nos por aí?

— Certamente.

— Adeus.

— Adeus, Richard.

* * *

— Olha lá, como é que disseste que isto se chamava? — inquiriu Julie.

Mike estava junto do fogão do seu apartamento, a observar os hambúrgueres que chiavam na frigideira.

— Hambúrgueres crioulos.

— É *cajun*?*

— Pois é — concordou Mike. — Por que pensas que pedi estas duas latas de sopa? São elas que lhe vão acrescentar o autêntico sabor.

Só o Mike poderia considerar a sopa de galinha *Campbell* como autêntica cozinha *cajun*.

Quando achou que a carne estava pronta, acrescentou-lhe a sopa, mais um pouco de sumo de tomate e de mostarda, e começou a mexer. Julie encostou-se a ele, a observar a preparação da mistura, sem esconder uma careta de nojo.

— Recorda-me que nunca me torne uma solteirona.

— Pois, pois. Goza, mas logo que provares vais pensar que estás a comer uma refeição preparada na cozinha do céu.

— Não duvido.

Mike deu-lhe um piparote, como forma de protesto e sentiu que os dois corpos se moviam em simultâneo.

— Nunca te disseram que és dotada de uma estranha tendência para o sarcasmo? — perguntou.

— Uma ou duas vezes. Mas penso que foste tu quem disse isso.

— Sempre me considerei um tipo esperto.

— Eu também — respondeu Julie —, mas o que está a preocupar-me de momento é o cozinhado, não são os teus miolos.

Quinze minutos depois, estavam sentados à mesa e Julie não conseguia tirar os olhos do prato.

— Isto é um *sloppy joe**— anunciou Julie.

— Não — respondeu Mike, pegando na sanduíche —, isto é um hambúrguer crioulo. O *sloppy joe* tem sabor a tomate.

— Mas tu preferes este sabor típico da Louisiana?

---

* Tipo de cozinha de alguns estados do Sul dos EUA, nomeadamente da Louisiana. *(NT)*

* Hambúrguer com cerca de 150 gr. de carne, coberto de molho apimentado. *(NT)*

— Exactamente. E não te esqueças de ir comendo os picles. São quase imprescindíveis para o resultado final.

A tentar ganhar tempo, Julie percorreu o pequeno apartamento com o olhar. Embora, na sua maioria, as peças de mobiliário mostrassem algum gosto, existiam aqueles pormenores que tornavam claro que ele vivia como os homens solteiros de qualquer parte. Como as sapatilhas de ginástica atiradas para o canto da sala, para junto da guitarra. E o monte de roupa desarrumada que estava em cima da cama. E o televisor de ecrã gigante, cujo topo estava decorado com uma fila de garrafas de cerveja importada. E o alvo do jogo de dardos pregado na porta da frente.

Inclinou-se sobre a mesa, despertando a atenção dele. — Adoro o ambiente que conseguiste criar esta noite. Bastava termos uma vela acesa para me sentir em Paris.

— De verdade? Acho que tenho uma por aí.

Levantou-se da mesa e abriu uma gaveta; momentos depois, havia uma pequena luz a flamejar entre eles. Mike voltou a sentar-se.

— Está melhor assim?

— Exactamente como o dormitório de um colégio.

— Em Paris?

— Hum... talvez estivesse enganada. Parece-se mais com... Omaha.

Ele soltou uma gargalhada. — Boa. Nesse caso podes ir procurando uma maneira simpática de pedires desculpa ao mestre cozinheiro.

Julie pegou na sanduíche e deu-lhe uma dentada. Mike ficou a olhar, pois ela parecia estar a tomar-lhe o gosto.

— Não é mau — ajuizou Julie, depois de engolir.

— Não é mau?

Ela ficou a olhar a sanduíche com um certo ar de surpresa. — Na realidade, é bastante saborosa.

— Eu disse-te. É o tempero da sopa de galinha que lhe dá esse gosto.

Julie pegou na sanduíche e acenou com gravidade. — Vou tentar não me esquecer disso.

Na quarta-feira, era a vez de Julie fazer o jantar. Preparou linguado estufado com gambas e legumes salteados, acompanhado por uma garrafa de *Sauvignon Blanc*. — Não é o mesmo que hambúrgueres crioulos, mas talvez sirva — zombara Mike, antes de começar. Na quinta-feira saíram para jantar em Emerald Isle. Depois do jantar, enquanto passeavam pela areia fina, *Singer* bateu numa perna de Julie com um pedaço de madeira que apanhara. Deixou o pau na frente deles e, como ambos o ignorassem, voltou a abocanhá-lo e bloqueou-lhes a marcha com o próprio corpo. Olhou para cima, para Mike. «Vá lá», parecia dizer, «tu sabes como é.»

— Julgo que ele pretende que lances isso para longe — observou Julie. — Não acha que eu o atire suficientemente longe.

— É por seres rapariga.

Ela deu-lhe uma cotovelada. — Vê lá o que dizes, fanfarrão. Anda por aí uma feminista à procura de comentários desse género.

— As feministas sentem-se ofendidas com tudo o que os homens fazem melhor do que as mulheres.

Antes de levar outra cotovelada, deu um salto para o lado e agarrou no pedaço de pau. Tirou os sapatos, depois as meias, e enrolou as pernas das calças. Correu para a água e andou um bocado, até que as ondas lhe atingissem quase os joelhos. Estendeu o pau à sua frente. O cão olhou para o pau como se fosse um pedaço de carne fresca.

— Pronto? — perguntou Mike.

Recuou o braço e atirou o pau o mais longe que pôde. *Singer* correu a saltar sobre as ondas.

Julie sentou-se no areal, levantando os joelhos a descansando os braços à volta deles. Estava frio; o céu mostrava grandes manchas de branco e o sol espreitava esporadicamente por entre as nuvens. As gaivotas mergulhavam junto da rebentação, à procura de comida, com as cabeças a picar como agulhas de uma máquina de coser.

O cão voltou a trote e sacudiu a água do pêlo, ensopando Mike com o gesto. Mike pegou no pau, voltou a lançá-lo para longe e, com a camisa colada ao corpo, voltou-se para Julie. De onde estava sentada, podia apreciar-lhe a musculatura dos braços e a maneira como o peito se estreitava por altura da cintura. Interessante, pensou, mesmo muito interessante.

— Vamos fazer qualquer coisa esta noite, estás de acordo? — gritou Mike.

Julie assentiu. Quando o cão regressou, apertou um pouco mais os braços à volta das pernas e ficou a vê-los repetir tudo. Lá longe, uma traineira da pesca do camarão abria caminho por entre as ondas, a rebocar as extensas redes. À distância, a luz do farol de Cape Lookout era um simples faiscar. Julie sentia a brisa no rosto e estava a observá-los, a perguntar a si própria quais os motivos das suas anteriores preocupações.

* * *

— Vamos a umas tacadas — perguntou Julie quando, na tarde seguinte, entraram no parque. Vestia calças de ganga, tal como ele; horas antes, Mike aconselhara-a a não se preocupar com o traje e agora percebia o motivo. — É isto que vamos fazer esta noite?

— Não só. Há aqui muito por onde escolher. Também têm jogos de vídeo. E redes que permitem jogar minigolfe.

— Oh! Estou entusiasmada.

— Ah! Isso é por pensares que não me podes bater — respondeu um Mike zombeteiro.

— Posso vencer-te. Nesse jogo sou quase tão boa como o Tiger Woods.

— Tens de provar o que dizes.

Ela assentiu, com um brilho de desafio nos olhos. — Desafio aceite.

Saltaram da carrinha, e dirigiram-se ao quiosque para alugarem os tacos. — Rosa e azul — disse Mike, a apontar as cores das bolas de golfe. Tu e eu, em combate singular.

— Qual é que preferes? — perguntou Julie, a fingir-se inocente.

— Ah! — fanfarronou Mike. — Pois, não te ponhas a pau; não vou ser nada simpático no campo.

— Se tu o dizes.

Uns minutos mais tarde, alcançaram o primeiro buraco.

— A idade antes da beleza — ofereceu Julie, a apontar para ele. Mike exibiu um ar ofendido antes de enfiar a bola. O primeiro buraco exigia que a bola passasse através de um moinho de vento a rodar, antes de descer para um nível inferior, onde se situava o buraco. Mike procurou a posição de equilíbrio para a tacada.

— Vê e aprende — gabou-se.

— Vê se te despachas com isso.

Atingiu bem a bola, que passou pela abertura do moinho de vento; depois de deixar o tubo, foi parar a menos de trinta centímetros do buraco. — Estás a ver? É fácil.

— Sai da frente. Deixa-me mostrar-te como se faz.

Colocou a bola no sítio e deu a pancada. A bola bateu nas pás do moinho e voltou para trás.

— Hum... que pena — lamentou Mike, a abanar a cabeça. — Tenta outra vez.

— Isto é apenas o aquecimento.

Levou um pouco mais de tempo a concentrar-se e a bater a bola. Desta vez a bola passou e, ao tentar ver onde ela ia cair, viu-a rolar a caminho do buraco e desaparecer da vista.

— Bela pancada — admitiu Mike. — Uma bola de sorte.

Ela deu-lhe um toque com o taco. — Tudo faz parte do plano.

No quarto da sua casa vitoriana, às escuras, Richard estava sentado na cama, de costas para a cabeceira. Fechou as cortinas. O quarto ficou iluminado por uma só vela colocada sobre a mesa de cabeceira e ele, enquanto ia rolando um pedaço de cera entre os dedos, pensava em Julie.

Tinha-se mostrado simpática no supermercado, mas bem viu que ficara contrariada por ter ido de encontro a ele. Abanou a cabeça, a tentar imaginar a razão que a levara a esconder o desagrado. Pensava que não valera a pena. Sabia exactamente quem ela era, conhecia-a melhor do que ela se conhecia a si mesma. Sabia, por exemplo, que naquela noite ela estava com o Mike e que encontrava nele o conforto de que já tinha desfrutado e esperava poder vir a desfrutar de novo.

Percebeu que ela receava toda e qualquer novidade; desejaria que Julie fosse capaz de distinguir o que o mundo tinha para lhe dar, para dar a ambos. Não via que, se ficasse naquela cidade, Mike a arrastaria para baixo? Que os amigos acabariam por magoá-la? É isso que acontece sempre que permitimos que o medo determine as nossas decisões.

Ele havia aprendido com a experiência. Desprezara o pai, como Julie tinha desprezado os homens que entraram e saíram da sua vida. Ele odiava a mãe pela sua fraqueza, tal como Julie odiava a fraqueza da sua própria mãe. Julie, porém, ao reviver o passado estava a tentar fazer as pazes com ele. O medo estava a conduzi-la a uma ilusão de conforto mas, no final, nada lhe restaria senão a ilusão. Julie não tinha que acabar como a mãe; não tinha de levar a vida que a mãe levou. A sua vida podia ser o que ela quisesse que fosse. Como acontecia com a dele.

— Pancada de sorte! — exclamou Mike novamente. A meio do percurso, registava-se um empate, até à última pancada de Julie, em que a bola fizera ricochete na parede e depois entrara no buraco. Toda inchada, Julie, foi recuperar a bola.

— Como é que todas as minhas boas pancadas são fruto da sorte, enquanto as tuas se devem à habilidade? — perguntou.

Mike continuava a olhar para a trajectória que a bola tinha percorrido. — Porque é verdade! Nunca serias capaz de calcular aquela trajectória!

— Parece-me que estás a ficar nervoso.

— Não estou nada nervoso.

Imitando o gesto dele de há pouco, Julie passou as unhas pelo peito e fungou: — Pois devias estar. Odeias ser vencido por uma rapariga.

— Tu não vais vencer-me.

— Ai não? Qual é o resultado?

Ele enfiou os apontamentos e o lápis na algibeira. — Não interessa. O resultado final é o único que importa.

Mike caminhou para o buraco seguinte, com Julie a rir-se sorrateiramente nas suas costas.

Richard conteve a respiração, concentrando-se na imagem de Julie. Mesmo que estivesse confusa de momento, sabia que ela era diferente das outras pessoas. Era especial, era melhor, era como ele.

Aquele conhecimento secreto de ser superior é que o tinha sustentado entre um lar de acolhimento e outro. Para além de algumas peças de vestuário, as únicas coisas que sempre estiveram com ele foram a máquina fotográfica, roubada a um dos antigos vizinhos, e a caixa das fotografias que foi tirando.

As primeiras pessoas que o acolheram pareciam bastante simpáticas mas, na maior parte do tempo, ignorou-as. Entrava e saía como lhe dava na gana, não desejando mais nada do que uma cama para dormir e comida. Como acontecia em muitas casas de acolhimento, não era a única criança, partilhava o quarto com dois rapazes mais velhos. Foram esses dois rapazes que lhe roubaram a câmara, dois meses depois de ele ter chegado, vendendo-a numa casa de penhores para conseguirem dinheiro para cigarros.

Encontravam-se a brincar no lote vago ao lado da casa. Estava um taco de basebol no chão e pegou nele. Os outros começaram por se rir, pois eram ambos mais altos e mais pesados. Porém, no final, foram levados para o hospital em duas ambulâncias, com os rostos desfeitos e irreconhecíveis. A assistente social gestora do seu processo quis enviá-lo para um centro de detenção de delinquentes juvenis. Voltou mais tarde, com os polícias, depois de os pais adoptivos o terem denunciado. Richard foi algemado e conduzido à esquadra. Ali, obrigaram-no a sentar-se num banco duro, de madeira, em frente de um polícia gordo chamado Dugan, num pequeno gabinete com espelhos.

Dugan, com borbulhas na cara e nariz bulboso, tinha uma maneira irritante de falar. Inclinado para diante, informou Richard das feridas profundas que provocara nos dois rapazes, que iriam fazê-lo passar vários anos atrás das grades. Mas Richard não se mostrou receoso, tal como não tinha mostrado medo quando os polícias o interrogaram, e à mãe, acerca do pai. Sabia o que o esperava. Pôs os olhos no chão e começou a chorar.

— Eu não queria fazer aquilo — disse, em voz baixa. — Mas eles roubaram-me a máquina fotográfica e eu disse que ia fazer queixa à assistente social. Eles iam matar-me. Tive medo. Um deles atacou-me... com uma faca.

Dito isto, abriu o casaco e Dugan pôde comprovar a existência de sangue.

Richard foi levado ao hospital; tinha sido esfaqueado na barriga. O ferimento não fora mais grave porque, segundo afirmou Richard, ele tinha conseguido libertar-se deles no último instante. Dugan encontrou a navalha no telhado do celeiro, no local exacto para onde Richard disse que vira um dos rapazes atirá-la.

Em vez de Richard, os dois rapazes foram enviados para o centro de detenção juvenil, apesar de ambos afirmarem que nunca tinham visto aquela faca, pelo que não poderiam ter ferido Richard com ela. Mas o dono da casa de penhores afirmou que lhes tinha comprado a máquina fotográfica, o que fez que ninguém acreditasse nos protestos dos miúdos. Afinal, ambos tinham cadastro.

Anos mais tarde, Richard viu um dos rapazes na vizinhança, a caminhar pelo lado oposto da rua. Já era um homem mas, ao deparar com Richard, ficou estarrecido; Richard limitou-se a sorrir e continuou o seu caminho, a recordar-se perfeitamente do golpe que infligira a si próprio com a maior das facilidades.

Richard abriu os olhos. Sim, ele sabia por experiência que todos os obstáculos podem ser ultrapassados. Julie só precisava da pessoa certa para a ajudar. Juntos, estariam em condições de conseguir tudo, mas a mulher tinha de desejar que ele fizesse tudo por ela. Necessitava de que Julie aceitasse aquilo que tinha para lhe oferecer.

Seria pedir muito?

— Qual é o resultado actual? — perguntou Julie.

Estavam no último buraco e Mike estava agora sério. Sabia que tinha uma pancada a mais; na sua primeira pancada tinha errado a pontaria e a bola ficara presa numa pedra saliente, tornando impossível a pancada seguinte. Limpou a testa, tentando ignorar o sorriso de Julie.

— Julgo que deves estar à frente — respondeu. — Mas não fales antes do último buraco.

— Está bem.

— É que ainda podes perder.

— Muito bem.

— Quero dizer, ficarias fula se perdesses na última jogada.

— Muito bem.

— Por isso, faz o que tens a fazer, mas com a certeza de não cometeres o mínimo erro.

— Hum... tens razão, treinador. Obrigada pelo estímulo.

Colocou a bola no sítio e concentrou-se, a medir a distância entre a bola e o percurso a percorrer. Executou a pancada, a bola rolou com movimento seguro, acabando por ficar a uns dois centímetros do buraco. Bem gostaria de ter uma máquina de filmar, pensou, ao olhar para Mike. Aquela expressão batia todo o ouro do mundo.

— Julgo que estás sob pressão — comentou, pondo sal na ferida. — Penso que tens de enfiar esta bola, só para empatares a partida, e, do ponto em que estás, não vais conseguir.

Mike estava a olhar para a bola dela; finalmente, mediu a distância e encolheu os ombros. — Tens razão — admitiu. — O jogo acabou.

— Ah!

Mike abanou a cabeça. — Odeio ter de admitir isto, mas esta noite não tentei a sério. Deixei-te ganhar.

Julie hesitou apenas um segundo, antes de correr para ele com o taco erguido; Mike apenas ensaiou a fuga, mas foi caçado; Julie obrigou-o a voltar-se e puxou-o para si.

— Perdeste! — exclamou. — Admite!

— Não — recusou Mike, a olhá-la nos olhos. — Percebeste tudo mal. Posso ter perdido um jogo, mas penso que ganhei a partida.

— Como é isso?

Ele sorriu e inclinou-se para a beijar.

Richard levantou-se da cama e foi até à janela. Espreitando para fora, viu as sombras alongarem-se pelo terreno à volta da casa, escondendo o solo sob um tapete de escuridão.

Com o tempo, revelaria a Julie todos os pormenores sobre ele próprio. Havia de falar-lhe da mãe e do pai, dos rapazes do lar de acolhimento, e sabia que ela não deixaria de perceber que ele não tivera outra alternativa senão fazer o que fez. Havia de falar-lhe de Mrs. Higgins, a delegada escolar que, logo que soube que era órfão, mostrou um interesse especial por ele na escola secundária.

Recordava-se de falar com Mrs. Higgins, estando ela sentada no sofá do seu escritório. Recordava-se de pensar que a senhora talvez tivesse sido bonita no seu tempo, mas toda a beleza se tinha desvanecido com o passar dos anos. O seu cabelo era uma mistura de louro sujo e cinzento e, quando sorria, as rugas faziam que a cara parecesse seca e fendida. Mas Richard precisava de um aliado. Precisava de alguém que abonasse o seu carácter, que afirmasse que ele não era um desordeiro mas uma vítima; e Mrs. Higgins era perfeita. No escritório, toda a sua maneira de estar sugeria o desejo de ser simpática e compreensiva — a maneira como se inclinava para diante, de olhos tristes, com gestos constantes de compreensão ante as terríveis histórias da sua infância que ele lhe contava, uma a seguir à outra.

Mais do que uma vez, viu Mrs. Higgins com os olhos marejados de lágrimas.

Com o passar dos meses, a senhora passou a tratá-lo como o filho que não tinha e ele desempenhava bem esse papel. Deu-lhe um cartão de parabéns no aniversário; ela comprou-lhe outra máquina fotográfica, uma câmara de 35 milímetros com objectivas de qualidade, uma das máquinas que ainda conservava.

Richard sempre fora bom em Matemática e em Ciências, mas ela intercedeu por ele junto dos professores de Inglês e História, que passaram a ser mais complacentes. A média subiu de um período para o outro. Mrs. Higgins informou o director de que o QI de Richard o colocava ao nível dos génios e fez pressão para ele ser admitido nos programas destinados aos alunos mais dotados. Sugeriu que ele organizasse um dossiê em que mostrasse os seus talentos e suportou todas as despesas. Escreveu uma carta de recomendação para a Universidade de Massachusetts, a universidade em que se tinha formado, na qual confessava nunca ter encontrado jovem mais capaz. Fez uma visita à universidade e avistou-se com os membros do comité de admissão, pedindo-lhes que dessem uma oportunidade ao rapaz e mostrando-lhes o dossiê. Fez tudo o que pôde; no entanto, embora sentisse uma profunda satisfação quando soube que todos os seus esforços tinham resultado, a informação não lhe chegou através de Richard.

Aconteceu que, logo depois da sua admissão na universidade, Richard não voltou a falar-lhe. A senhora servira para ele atingir o objectivo; a partir daí, não tinha qualquer utilidade.

Da mesma maneira que Mike tinha servido o seu objectivo em relação a Julie, mas agora deixara de ter interesse. Mike tinha sido um bom amigo, mas era tempo de o afastar do caminho. Mike estava a escravizá-la, a puxá-la para trás, a não lhe permitir que escolhesse o seu próprio futuro. O futuro de ambos.

VINTE E DOIS

Para Julie, os dias começaram a adquirir um novo ritmo. Desde a manhã, quando Mike saía da garagem para lhe dar os bons-dias na rua, aos almoços conjuntos em restaurantes afastados, aos serões preguiçosos gastos em conversas sem fim, ele estava a tornar-se uma parte importante e excitante da vida dela.

Ambos estavam ainda à procura da sua parte no futuro da relação, como se ambos temessem que um simples gesto de mão pudesse fazê-la desaparecer como fumo. Mike não passara a noite em casa de Julie, Julie não passara a noite em casa de Mike e, embora qualquer dessas noites representassem uma oportunidade, nenhum deles pareceu estar pronto para a aproveitar.

Um dia, ao passear o cão depois de sair do emprego, Julie percebeu que era apenas uma questão de tempo. Era quinta-feira, duas semanas depois da primeira saída e, mais importante, uma semana e meia depois do *terceiro* encontro, que era, segundo as revistas da especialidade, o número mágico quando se tratava de decisões sobre a maneira de passar a noite. Tinham transposto esse marco sem se aperceberem de nada, o que não a surpreendia. Nos anos que se seguiram à morte de Jim, tivera os seus momentos em que sentira algo... sensual, como ela dizia; porém, tinha passado tantos anos sem ter um homem na cama que praticamente acabara por aceitar o celibato como uma maneira permanente de viver. Até acabara por se esquecer de como era desejar um certo tipo de coisas mas, lá no fundo, as velhas hormonas tinham vindo a manifestar-se vivamente nos últimos dias, havendo alturas em que dava consigo a fantasiar situações com Mike.

Não que estivesse preparada para se atirar a ele sem aviso prévio. Não, essa era uma situação que provavelmente provocaria espasmos em Mike. De qualquer maneira, não duvidava de que teria tanto medo como ele. Se o primeiro beijo fora uma provação para o sistema nervoso, o que pensar do passo seguinte? Imaginava-se no quarto, de pé, em frente dele, a dizer: «Oh! Estes pneus? Desculpa, mas bem sabes que ultimamente temos andado a comer fora. Apaga as luzes, meu amor.»

Era possível que todo o episódio terminasse num fiasco, completado com encontros de ombros, choques de cabeças e, no final, desapontamento. E, nesse caso, acontecer o quê? O sexo não era o mais importante numa relação. Mas também não estava, certamente, em terceiro lugar, nem em quarto. Calculava que, quando acabasse por acontecer, o stresse associado à primeira vez tornaria o acto sexual praticamente impossível de apreciar. Devo fazer isto? Devo murmurar aquilo? É como ir a um concurso de perguntas impossíveis, pensava, só que os concorrentes têm de estar nus.

Pois bem, repreendia-se a si mesma, era possível que estivesse a preocupar-se demasiado. Mas isso é o que acontece nos casos em que, durante toda a vida, se esteve na cama com uma única pessoa, com o pormenor de isso ter acontecido com o homem com quem se foi casada. Esta era a recompensa, supunha, de ter levado uma vida bastante recatada e, para ser honesta, não desejava pensar mais no assunto. Um passeio com o *Singer* devia servir para descontrair e não para ficar com as mãos húmidas.

Mais adiante, o cão deu uma volta pelo bosque que se estendia até ao canal interior, e Julie notou o caminho que estava a ser usado pelos agentes imobiliários. Um mês antes, os letreiros tinham surgido por toda a parte, até ao mar, e vira as fitas de plástico cor-de-laranja a marcar os limites da estrada que projectavam construir. Teria vizinhos, dentro de uns dois anos, o que, embora fosse interessante quanto ao valor da casa, não deixava de ser um contratempo. Gostava da sensação de privacidade proporcionada pelos lotes vagos à sua volta, que também davam muito jeito ao *Singer*. Não lhe agradava nada a ideia de ter de andar atrás dele feita parva para evitar que o cão conspurcasse os relvados recentemente semeados. Sentia-se mal só de pensar nisso e parecia já estar a ver os olhares que o *Singer* lhe deitaria. Não tinha dúvidas de que o animal ia perceber o que estava a passar-se. Depois das primeiras vezes, ficaria a olhar para ela de nariz torcido, a remoer algo parecido com: «Já fiz o que devia junto da árvore. Se queres ser uma menina bonita, por que não vais limpar a porcaria que fiz?»

De maneira nenhuma, pensava Julie. Nunca suportaria uma coisa dessas.

Andou mais quinze minutos, até chegar junto da água; sentou-se no toco de uma árvore e ficou a ver os barcos que iam passando. Não via o cão mas sabia que devia andar por perto; tinha voltado atrás com frequência, para se certificar de que ela vinha a segui-lo.

Era um dos seus protectores. O outro era Mike, à sua maneira.

Mike.

Mike e ela *juntos*. *Verdadeiramente* juntos. Momentos depois, Julie notou que as suas reflexões estavam a voltar ao ponto de partida, incluindo as mãos húmidas.

Quando estava a aproximar-se da porta de casa, uma hora mais tarde, ouviu o telefone tocar. Correndo para casa, deixou que o mosquiteiro batesse com estrondo. Devia ser a Emma, pensou. Ultimamente a Emma ligava-lhe com frequência; adorava o que estava a acontecer entre ela e Mike e ardia de desejos de falar do namoro. E, para ser honesta, Julie concordava que também sentia um certo prazer em falar do assunto. Certamente por uma questão de perspectiva.

Levou o auscultador ao ouvido. — Estou!

Não obteve resposta, embora lhe parecesse que a ligação continuava.

— Estou! — repetiu.

Nada. Julie colocou o auscultador no descanso e foi abrir a porta ao cão. Com a pressa, tinha-lhe dado com a porta no focinho. Porém, mal tinha chegado à porta, o telefone tocou de novo e ela voltou a atender.

Uma vez mais, silêncio do outro lado. Só que desta vez, antes de pousar o auscultador, julgou ouvir um estalido fraco quando o outro telefone foi desligado.

— Então, como é que vão as coisas com a Julie? — perguntou Henry.

— Vão bem — respondeu o irmão, de cabeça escondida por baixo da tampa de um motor. Durante a semana anterior mal falara do assunto com o irmão, mas apenas por falta de tempo. Com o Verão a chegar, os aparelhos de ar condicionado avariavam-se com a mesma frequência com que eram postos a funcionar e os automobilistas estavam constantemente a aparecer na oficina, mostrando um anel de sujidade à volta dos colarinhos das camisas. Além disso, era divertido ter novidades e não dizer nada ao mano. Como para o fazer ciente de que desta vez era Mike quem estava por cima.

Henry ficou a observá-lo. — Tendo em conta o número de vezes que tens saído com ela, esperava que tivesses mais qualquer coisa a dizer-me.

— Sabes como é — comentou Mike, sem interromper o trabalho. Pegou numa chave de porcas e começou a desapertar os fixadores que mantinham o compressor no seu lugar.

— Na verdade, não sei.

«Pois, eu sei que não sabes!»

— Como te disse, está a correr bem. Podes passar-me um desperdício? Tenho as mãos um bocado escorregadias.

Henry passou-lhe um pedaço de desperdício. — Segundo ouvi dizer, há dias convidaste-a para jantar em tua casa.

Resposta seca de Mike — Pois.

— E?

— E o quê?

— O que é que aconteceu?

— Ela gostou.

— Só isso?

— O que queres que te diga, Henry?

— O que é achas que ela pensa de ti?

— Acho que gosta de mim.

Henry juntou as mãos. Já era qualquer coisa. — Com que então, pensas que ela gosta de ti?

Mike levou uns segundos mais para responder, sabendo que Henry pretendia saber pormenores.

— Pois penso.

Sorriu, continuando com a cabeça escondida pela tampa do motor. Fantástico!

— Hum... — começou Henry; o irmão estava a julgar-se muito esperto, mas havia mais de uma maneira de o fazer falar. — Ouve, estive a pensar se os dois poderiam acompanhar-nos, a mim e à Emma, numa viagem de barco durante o fim-de-semana.

— No próximo fim-de-semana?

— Sim. Podíamos pescar um pouco, beber umas cervejas. Podia ser divertido.

— Acho que podemos conseguir isso.

Henry ergueu uma sobrancelha. O irmãozinho estava a dar-se ares de pessoa importante. Engraçado, como alguém se torna diferente só por arranjar uma namorada.

— Olha, vê se não te mostras tão entusiasmado — resmungou.

— Eh, não te enerves. Só pretendo dizer que tenho, antes de mais, de combinar tudo com Julie.

— Ah, bom — aquiesceu Henry —, isso faz sentido. — E, infelizmente, não o podia negar.

Ficou ao lado do irmão durante mais um minuto, mas Mike nem se dignou pôr a cabeça de fora. Finalmente, Henry rodou sobre os calcanhares e dirigiu-se para o escritório; precisava de reflectir. Por agora, Mike parecia na mó de cima. Só pretendia algumas informações, mas o irmão tinha de se armar em duro e mostrar que era do tipo silencioso.

Henry só tinha um problema: depois de vinte minutos a pensar, continuava a não saber o que fazer. Adorava uma boa chalaça, mas sem exageros, não tinha vontade de tornar as coisas mais difíceis para o irmão mais novo.

Podia ser um fraco, pensava, mas não era mesquinho.

— Deixa que te diga, de há uns dias para cá pareces resplandecer — dizia Mabel.

— Não pareço nada disso. Ultimamente, tenho estado bastante tempo ao sol — respondeu Julie.

Estavam no salão, a gozar um intervalo entre dois trabalhos. Andrea estava no seu lugar, a fazer um corte de cabelo e a manter uma conversa sobre política, condenada ao fracasso desde que ela afirmara que gostava do governador em exercício «porque o cabelo dele é mais bonito do que o do outro tipo». O «outro tipo» a que ela se referia parecia totalmente irrelevante para o cliente; de qualquer das formas, não estava ali para conversar.

— Não estou a falar do esplendor do Sol e tu sabes isso muito bem.

Julie pegou na esfregona e começou a limpar o chão à volta da sua cadeira.

— Sim, Mabel, eu sei. Não se pode dizer que sejas a pessoa mais subtil que conheci até hoje.

— Subtil? Para quê? É bastante mais fácil falar das coisas como elas são.

— Para ti, talvez. Nós, os mortais, preocupamo-nos por vezes com o que fazer quando encontramos outras pessoas.

— Minha querida, preocupa-te com essas coisas se te agrada. A vida é demasiado curta. Além disso, tu gostas de mim, ou não gostas?

— Tu és única, disso podes ter a certeza.

Mabel inclinou-se para ela. — Nesse caso, deita tudo cá para fora.

Uma hora mais tarde, o último cliente de Andrea estava servido e saiu, deixando uma gorjeta suficiente para pagar um novo modelo de sutiã *Miracle* que ela andava a cobiçar. Passara as últimas semanas a pensar que o seu problema estava no peito, não suficientemente volumoso para atrair o tipo de homens em que estava interessada, mas o novo sutiã iria certamente ser uma boa ajuda.

Também iria ajudá-la a sentir-se um pouco melhor na sua própria pele. Mabel e Julie tinham passado a semana toda a sussurrar uma com a outra, como se estivessem a planear um assalto ao banco do fundo da rua, mas ela sabia que estavam a falar da nova relação de Julie com o Mike. Embora lhe parecesse que não falavam senão de coisas triviais. Ela beijara-o! E depois? Que grande coisa! Andrea andava a beijar rapazes desde o segundo ano, mas Julie parecia acreditar que tudo aquilo tinha de ser tão romântico como no filme *Um Sonho de Mulher*.

Além de que, pensava Andrea, o caso com o Mike era completamente ridículo. Mike ou Richard? Que se deixassem de tretas, dizia para si mesma, a escolha era óbvia, mesmo para uma pateta. Mike era um tipo simpático, mas não era o Richard. Richard tinha tudo! E Mike? O seu encanto sexual resumia-se a ser grande. Mas, quando se tratava de homens, Julie era completamente cega.

Melhor seria, acreditava, que Julie falasse com ela. Poderia dar-lhe umas boas dicas sobre a maneira de tratar a questão do Richard.

A sineta da porta soou naquele preciso momento e Andrea virou a cabeça, a pensar: «Pois bem, por falar no diabo...»

O salão ficou silencioso por momentos. Mabel tinha saído por instantes, e a última cliente de Julie estava também de saída. Richard segurou na porta para ela passar. Vinha de óculos escuros e, quando se voltou, o reflexo das próprias feições dela nas lentes provocou-lhe uma sensação de peso no estômago. *Singer* levantou-se da manta.

— Richard? — começou Julie.

A interrogação saiu como que a medo.

— Viva, Julie. Como estás?

Não havia qualquer razão para ser malcriada, mas também não lhe agradava ficar ali a trocar amabilidades. Embora, uma vez por outra, tivesse de aceitar encontros fortuitos com Richard, como era inevitável numa cidade pequena, parecia não lhe agradar a ideia de o ver aparecer no salão. Encontros acidentais eram uma coisa, outra era saber que teria de continuar a vê-lo com regularidade e não lhe apetecia fazer nada que pudesse servir para o encorajar. Não pretendia, por certo, uma repetição do encontro no supermercado.

— O que há? — inquiriu.

Richard tirou os óculos e sorriu. Depois, falou com voz suave.

— Vinha com a esperança de que tivesses tempo para me cortar o cabelo. Parece-me que está na altura.

A duvidar de que aquela fosse a única razão da vinda dele, Julie consultou a agenda de marcações, sabendo de antemão o que ia encontrar. Começou a acenar com a cabeça.

— Lamento. Não penso que tenha espaço para te encaixar; hoje, tenho um dia muito ocupado. A minha próxima cliente chega dentro de poucos minutos e, depois dessa, tenho um trabalho de coloração, que pode levar muito tempo.

— Estou a ver que devia ter feito marcação, não é?

— Por vezes, pode pôr-se uma pessoa num intervalo, mas hoje não tenho essa possibilidade.

— Estou a ver.

Desviou os olhos. — Bem, como já aqui estou, talvez possamos combinar qualquer coisa. O que me dizes de segunda-feira?

Ela voltou a página, uma vez mais a saber o que ia encontrar.

— Também tenho o tempo todo ocupado. As segundas-feiras são sempre movimentadas. É o dia dos clientes regulares.

— Terça-feira?

Desta vez, não teve necessidade de olhar para a agenda. — Só trabalho meio-dia. Tenho uns assuntos a tratar durante a tarde.

Richard cerrou os olhos lentamente e abriu-os de novo, como se perguntasse: «Então é assim que vai ser, hã?» Contudo, não se voltou para sair. Ao sentir a tensão entre eles, Andrea afastou-se ligeiramente da sua cadeira.

— Eu posso fazer isso, doçura — ofereceu. — Tenho algum tempo disponível.

Passado um instante, Richard deu um curto passo atrás, sem tirar os olhos de Julie.

— Está bem — respondeu —, excelente.

Andrea endireitou a mini-saia, deu uma espreitadela ao espelho e indicou-lhe o caminho.

— Venha daí, doçura. Vamos lá para trás. Preciso de lhe lavar a cabeça.
— Com certeza. Obrigado, Andrea.
Ela olhou-o por cima do ombro, presenteando-o com o melhor dos sorrisos natalícios, deliciada com o som do seu nome na voz dele.

— O que é que ele veio cá fazer? — perguntou Mike. Logo que viu Richard sair do salão (tinha tendência para olhar para o salão sempre que tinha um minuto livre, o que lhe permitia, ao menos, imaginar o que Julie estava a fazer) tinha saído da oficina a correr e Julie saiu para se encontrar com ele na rua.
— Veio cortar o cabelo.
— Porquê?
— Bom, é isso que fazemos no salão.
Ele olhou-a com impaciência e Julie continuou. — Oh, não faças disto aquilo que não foi. Mal lhe falei. Foi a Andrea quem lhe cortou o cabelo, não fui eu.
— Mas ele queria que fosses tu, não queria? Mesmo depois de teres rompido com ele?
— Isso não posso negar. Mas julgo que ficou com a impressão de que não o quero ver mais, nem mesmo no local de trabalho. Não o tratei mal, mas tenho a certeza de que entendeu a mensagem.
— Bem... bom — tartamudeou Mike. Fez uma pausa. — Ele apercebeu-se de que tu... bom, andas a sair comigo, não foi?
Em vez de responder, Julie pegou-lhe na mão. — Sabes uma coisa, acho que ficas bonito quando estás com ciúmes.
— Eu não estou com ciúmes.
— É claro que estás. Mas não te preocupes, acho-te sempre bonito. Vemo-nos esta noite?
Pela primeira vez, desde o momento em que avistara o Richard, Mike sentiu-se um pouco mais descontraído. — Vou lá ter — concluiu.

Minutos depois, quando Julie regressou ao salão, Andrea estava novamente a trabalhar, embora continuasse corada devido ao tempo que passara junto de Richard. Fora a primeira vez, segundo Julie percebeu, que Andrea pareceu nervosa à volta de um homem. Bom para ela. Por uma vez, Andrea merecia alguém com emprego certo, apesar de não poder imaginar que ela conseguisse manter, por muito tempo, uma conversa com uma pessoa assim. Julie tinha uma suspeita estranha: Andrea não tardaria a fartar-se dele.

Acabou o trabalho por volta das cinco e começou a preparar o encerramento do salão. Andrea acabara meia hora antes e já tinha saído. Mabel estava ocupada em limpezas nas traseiras e foi então que encontrou os óculos de sol em cima da bancada, junto da planta envasada.

Viu logo que pertenciam a Richard e, por momentos, pensou em telefonar-lhe para lhe dizer onde tinha deixado os óculos; contudo, decidiu não o fazer. Mabel ou Andrea também podiam encarregar-se disso. Era preferível.

Julie passou pelo supermercado para comprar o jantar e estava quase a entrar em casa quando ouviu a campainha do telefone. Pôs o saco das compras em cima da mesa e atendeu.

— Estou!

— Olá, Julie — começou Richard. O tom era amável, descontraído, como se os dois tivessem o costume de conversar todos os dias pelo telefone. — Não tinha a certeza de já teres chegado, mas ainda bem que te apanhei. Tive pena de não poder conversar contigo.

Julie fechou os olhos, a reflectir. Outra vez, não! Chega!

— Olá, Richard — disse com voz gélida.

— Como estás?

— Estou bem, obrigada.

Ao ouvir o tom de voz dela, Richard fez uma pausa. — Deves estar a tentar descobrir o motivo do meu telefonema.

— Mais ou menos.

— Bom, estive a pensar se terias encontrado uns óculos de sol. Talvez os tenha deixado no salão.

— Sim, estão lá. Deixei-os em cima da bancada. Podes ir buscá-los na segunda-feira.

— Não abrem ao sábado?

— Não. A Mabel não acha que as pessoas devam trabalhar nos fins-de-semana.

— Oh!

Nova pausa. — Bom, estou prestes a sair da cidade e seria óptimo se pudesse ir buscá-los antes de ir. Seria possível ires lá e abrires-me a porta esta noite? Só te tomava uns minutos. Logo que os tenha, vou à minha vida.

Julie manteve o auscultador junto da orelha mas sem responder, a pensar que o homem devia estar a brincar com ela, pois era por demais evidente que ele deixara os óculos no salão como um pretexto para voltar a telefonar-lhe.

— Está? Julie?

Ela soltou um profundo suspiro, sabendo que ele não deixaria de a ouvir, mas não se importando com isso. — Parece-me que isto já está a ultrapassar as marcas, não achas? — disse para o aparelho, sem qualquer vestígio de simpatia ou de compreensão na voz. — Sei o que pretendes e tenho tentado ser simpática para ti, mas penso que está na altura de parar, percebes?

— Do que é que estás a falar? Só pretendo reaver os meus óculos.

— Richard, estou a falar a sério. Agora ando com outra pessoa. Acabou-se. Na segunda-feira podes ir buscar os teus óculos.

— Julie... espera...

Julie carregou no botão e desligou a chamada.

VINTE E TRÊS

Uma hora mais tarde, Mike empurrou a porta da frente e enfiou a cabeça por ela.

— Eh, já cheguei! — chamou.

Julie estava na casa de banho a secar o cabelo e, logo que o *Singer* ouviu a voz de Mike, saiu a trote para o receber.

— Estás visível? — inquiriu Mike. Ouviu o secador ser desligado.

— Estou, chega aqui.

Mike atravessou o quarto e espreitou para dentro da casa de banho.

— Tomaste um duche?

— Tomei. Sentia-me como que suja — respondeu Julie. Enrolou o cabo à volta do secador e guardou-o na gaveta. — Quando há muito que fazer, como sucedeu hoje, ao chegar ao fim fico com a sensação de estar coberta de cabelos de outras pessoas. Estarei pronta dentro de uns minutos.

— Importas-te que fique?

— Não me importo nada.

Mike encostou-se à ombreira e ficou a ver Julie pegar na caixa de sombra e a aplicá-la com gestos rápidos, sobre as pálpebras. Depois aplicou a base e escovou as pestanas com os mesmos gestos rápidos e precisos, primeiro a de cima, depois a de baixo, inclinando-se para o espelho ao fazê-lo.

Enquanto esperava, Mike entreteve-se a pensar que havia algo de sensual numa mulher a maquilhar-se, algo que falava do seu desejo de ser considerada atraente. Notou uma diferença subtil, sem tirar os olhos dela, viu-a ficar ligeiramente diferente. Como não tencionavam sair, todo aquele trabalho era em sua honra, uma ideia que considerou inegavelmente erótica.

Sabia que estava apaixonado por Julie. As últimas duas semanas em que tinham andado juntos tornaram a paixão bem evidente, mas tratava-se de um sentimento diferente do que tinha antes de começarem a namorar. Julie deixara de ser uma fantasia, era uma realidade, não conseguia imaginar a vida sem a ter a seu lado; cruzou os braços, como que a defender-se da possibilidade de tudo ainda se lhe escapar por entre os dedos.

Com um ligeiro sorriso, Julie pôs os brincos, a tentar perceber o que ele veria de tão interessante naquela operação, mas sem deixar de se sentir feliz com a análise a que ele procedia. Pegou num frasco de perfume e aspergiu um pouco no pescoço e nos pulsos.

— Melhor? — perguntou.

— Estás uma beleza — respondeu Mike. — Como sempre.

Julie obrigou-o a encolher-se para a deixar sair, com o corpo a roçar pelo dele, e Mike seguiu-a, de olhos pregados no movimento quase imperceptível dos quadris e na curva suave do traseiro dela. De pés descalços e calças de ganga coçadas, era a própria imagem da graça, embora Mike tivesse de reconhecer que ela estava a mover-se da forma que lhe era habitual.

— Decidi fazer bifes para o jantar — anunciou ela. — Parece-te bem?

— Excelente, mas ainda não tenho muita fome. Almocei tarde, na oficina. Mas uma cerveja vem mesmo a calhar.

Julie esticou-se para tirar um copo do armário. Quando estava em bicos de pés, a blusa levantou-se o suficiente para lhe deixar a barriga à mostra, obrigando Mike a desviar os olhos, forçando-se a pensar no basebol. Momentos depois, de pé em frente dele, levantou o copo e Mike serviu-lhe o vinho, preferindo uma cerveja para si. Abriu a garrafa e bebeu uma grande golada.

E depois outra.

— Não queres sentar-te um pouco lá fora? — perguntou Julie.

— Quero.

Foram para o alpendre e Julie abriu o mosquiteiro para o cão poder ir para o quintal. Vestia uma blusa sem mangas. Mike apreciou-lhe os músculos finos dos braços, junto aos ombros, e o volume do peito, sem conseguir coibir-se de imaginar o aspecto dela despida.

Fechou os olhos e respirou fundo. Por favor, pensou, não me faças armar em parvo. Por favor!

Bebeu outra grande golada, quase despejando a garrafa.

Pensou que aquela iria sem uma noite longa e difícil.

* * *

Acabou por não ser tão má como ele receara. Como era hábito, embrenharam-se uma conversa ligeira e deixaram-se acariciar pela brisa amena do fim de tarde; Mike acendeu o grelhador uma hora depois e grelhou os bifes, enquanto Julie foi para a cozinha preparar a salada.

Na cozinha, Julie reflectia que Mike estava com o ar de um náufrago que tivesse vivido isolado numa ilha deserta durante alguns anos. Desde que chegara, o pobre homem nunca mais tirou os olhos dela e, apesar de querer mostrar-se circunspecto, sabia exactamente o que ele estava a pensar, porque, para ser honesta, tinha de admitir que estava a pensar no mesmo. Sentia as mãos encharcadas, mal conseguia pegar nas verduras.

Cortou pepinos e tomates às rodelas e juntou-as ao resto da salada; em seguida, pôs a mesa com a melhor louça e talheres de que dispunha. Afastando-se um pouco para observar o efeito, apercebeu-se de que faltava qualquer coisa. Procurou duas velas, colocou-as no centro da mesa e acendeu-as. Depois de apagar a luz do tecto, acenou com a cabeça; sentia-se satisfeita.

Foi à sala, colocou um CD de Ella Fitzgerald a tocar e estava a servir o vinho quando Mike chegou com os bifes. Parou junto à porta, a apreciar os preparativos dela.

— Gostas? — inquiriu Julie.

— Está... maravilhoso!

Julie reparou que olhara directamente para ela ao responder e, durante um bom bocado, estiveram apenas a olhar um para o outro. Finalmente, Mike desviou os olhos e colocou a travessa dos bifes em cima da mesa. Porém, em vez de se sentar, foi até junto de Julie e ela sentiu o estômago contrair-se. «Oh, meu Deus, estarei realmente preparada para isto?»

De pé, em frente dela, Mike acariciou-lhe o rosto com a mão aberta, como se pedisse permissão para continuar. Ouvia-se, em fundo, uma música suave; o aroma do jantar enchia a pequena cozinha. Julie estava vagamente consciente de tudo isso. Mike parecia encher toda a divisão.

Foi naquele momento que compreendeu que estava apaixonada por ele.

Mike olhou para ela como se estivesse a ler-lhe a mente e Julie cedeu. Pressionou a face contra a mão dele, fechando os olhos e deixou-se contagiar pelo contacto. Mike aproximou-se mais, até ela sentir a pressão do peito dele e a força dos braços que a enlaçaram pela cintura.

Beijou-a. Um beijo suave, uma carícia que mais parecia o movimento de ar debaixo das asas de um pássaro zumbidor; e, embora já se tivessem beijado por diversas vezes, aquele beijo pareceu mais genuíno do que todos os que tinham trocado antes. Mike voltou a beijá-la e, quando as duas línguas se tocaram, Julie abraçou Mike, convencida de que todos aqueles anos de amizade recíproca os tinham conduzido inexoravelmente para aquele momento.

Quando se separaram, Mike tomou-a pela mão, fê-la sair da cozinha e levou-a para o quarto. Beijaram-se de novo e Mike começou a desabotoar a blusa dela. Julie sentiu-lhe os dedos contra a pele, depois sentiu as mãos de Mike moverem-se para o fecho das calças. Ele beijou-lhe o pescoço e acariciou-lhe a cabeça, mergulhando as mãos nos seus cabelos.

— Amo-te — sussurrou Mike.

Julie sentiu a respiração dele a aquecer-lhe a pele. — Oh, Mike, eu também te amo.

Amaram-se e, embora a situação não tivesse sido tão embaraçosa como Julie chegara a recear, também não fizeram nada capaz de incendiar o mundo. Mais do que tudo, Mike pretendia satisfazer Julie e Julie pretendia satisfazer Mike, o que obrigou a muita reflexão dos dois lados e evitou que ambos se tivessem limitado a desfrutar simplesmente o prazer do momento.

Depois de acabarem, deixaram-se ficar deitados ao lado um do outro, de respiração apressada e olhar fixo no tecto, ambos a pensar que, na realidade, se encontravam um pouco destreinados, cada um a desejar que o outro não desse por isso.

Porém, ao contrário do que sucede com muitos casais, sentiram prazer nos abraços que trocaram depois, quando os sentimentos iniciais de carência deram lugar à ternura. Uma vez mais, Mike disse a Julie que a amava, e também ela proferiu as palavras necessárias. E, uma hora mais tarde, quando voltaram a fazer amor, foi tudo perfeito.

Já passava da meia-noite e continuavam deitados. Julie a observar os dedos de Mike a descreverem-lhe sulcos na pele da barriga. Quando já não podia aguentar mais, tentou desviar-se, a rir-se às gargalhadas e a tentar agarrar a mão dele, para que parasse.

— Isso faz cócegas — protestou.

Mike beijou-lhe a mão e olhou para ela. — A propósito, estiveste fantástica.

— Bom, agora vamos descer de nível? Como se eu fosse um engate para uma noite só e quisesses lisonjear-me o ego, para evitares os sentimentos de culpa por te teres aproveitado da situação.

— Não, disse-o com sinceridade. Foste fantástica. A melhor. Nunca pensei que pudesse ser assim.

Ela riu-se. — Frases feitas, clichés.

— Não acreditas em mim?

— É claro que acredito. Fui fantástica — concordou. — A melhor. Nunca pensaste...

Mike recomeçou a fazer-lhe cócegas antes de ela poder concluir a frase; Julie saracoteou-se e conseguiu libertar-se dele. Depois, deitado de costas, Mike levantou-se até ficar apoiado nos cotovelos.

— E, por falares disso, eu não me aproveitei da situação.

Julie rolou sobre um dos lados para o ver melhor e deu um puxão no lençol.

— Ah, não? Tudo o que sei é que estava a preparar-me para jantar e, no minuto seguinte, estava no quarto e as nossas roupas voavam em todas as direcções.

— Fui bastante sedutor, não fui?

— Foste muito sedutor — concluiu e estendeu a mão para lhe acariciar a face. — Sabes que te amo, não sabes?

— Pois sei.

Julie deu-lhe um empurrão. — E eu para aqui a tentar falar a sério, só para variar — protestou. — O mínimo que podes fazer é dizer que também me amas.

— Outra vez? Quantas vezes é necessário que eu diga essas palavras?

— Quantas vezes é que pretendes repeti-las?

Mike ficou a olhar para ela; depois pegou-lhe na mão e beijou-lhe os dedos, um por um. — Por minha vontade, ficaria a repetir isso em todos os dias da minha vida.

Ah! Aquilo sim, foi bonito.

— Muito bem, já que me amas assim tanto, importas-te de ires buscar alguma coisa que se coma? Estou a morrer de fome.

— Tu mandas.

Quando Mike estava a dobrar-se para apanhar as calças, o telefone que estava em cima da mesa de cabeceira do seu lado começou a tocar.

Um toque. Dois. Ao terceiro, Mike respondeu.

— Sim! Está lá?

Julie cerrou os olhos, alimentando a esperança de que ele pousasse o auscultador.

— Está lá?

Desligou. — Não havia ninguém do outro lado. — Deve ter sido engano ou coisa do género — explicou. Depois, olhando para ela: — Sentes-te bem?

Julie esforçou-se por sorrir. — Sim, estou óptima.

O telefone tocou de novo. Desta vez, Mike olhou de relance para ela e, espantado, atendeu de novo.

Uma simples repetição.

Julie cruzou os braços. Embora quisesse convencer-se a si própria de que talvez os telefonemas não significassem nada, não conseguiu afastar a sensação de *déjà vu** que subitamente a assaltou, a mesma sensação que tivera durante a visita à sepultura de Jim.

Não pôde deixar de pensar que alguém andava a vigiá-la.

---

* Em francês, no original. *(NT)*

VINTE E QUATRO

As alterações na vida de Julie começaram naquela noite.

Maravilhosas, na sua maioria. Mike passou o sábado com ela, voltaram a fazer amor logo de manhã e novamente antes de adormecerem. No domingo foram os dois à zona comercial de Jacksonville e Julie comprou um biquíni, bem como calções e sandálias. Depois de regressarem a casa, Julie resolveu vestir o biquíni e passear com ele pela sala. Mike ficou a olhá-la, de olhos esbugalhados, e saltou do sofá para a perseguir. Ela correu pela casa, a rir e a gritar, até que Mike conseguiu apanhá-la, no quarto. Tombaram para cima da cama e rebolaram até que, uns minutos depois, se afundaram entre os lençóis.

Para além de passar muito tempo despida, ficou surpreendida, além de grata, pelo facto de o que se passava na cama não ter alterado a amizade entre eles. Mike continuou a dizer piadas e a fazê-la rir, Julie continuou a zombar dele, ele continuou a segurar-lhe na mão quando ficavam sentados no sofá a ver filmes.

Contudo, ao passar os acontecimentos da semana em revista, e por muito que quisesse negá-lo, o que quase nunca deixou de a atormentar foram os telefonemas. As duas chamadas de sexta-feira, já noite alta. No sábado houve mais duas. No domingo, o telefone tocou quatro vezes e cinco na segunda-feira, mas nesses dois dias Mike tinha saído de casa por momentos e foi ela quem respondeu. Na terça-feira, depois de ter ido para a cama — Mike foi passar a noite a sua casa — houve quatro chamadas, antes de ela decidir tirar a ficha do telefone. E, na quarta-feira, logo que entrou na cozinha, depois de um dia de trabalho, verificou que a cassete do gravador de chamadas estava cheia de mensagens.

Lembrava-se de ter carregado no botão para ouvir a primeira e depois passar para a outra. Depois a outra. As chamadas tinham chegado umas a seguir às outras. O gravador tinha registado a hora de cada uma; cada nova chamada tinha sido feita no momento em que a precedente fora desligada. À quarta mensagem, Julie começou a ofegar; à nona começou a sentir os olhos marejados de lágrimas. Quando chegou à décima segunda, começou a bater no botão de «apagar» com a mesma velocidade com que carregava no botão de «ouvir», numa tentativa desesperada de evitar o que estava a acontecer.

Quando acabou, sentou-se, a tremer.

Naquele dia, tinha havido um total de vinte chamadas para o seu gravador, com a duração de dois minutos cada uma.

Quem fez as chamadas não disse nada, em qualquer delas.

E na quinta e na sexta-feira não houve chamadas.

VINTE E CINCO

— Parece-me que está tudo a correr às mil maravilhas — disse Emma, no sábado.

Horas antes, Mike e Julie tinham-se juntado a Henry e Emma, em Harker's Island, para um almoço a bordo do barco. Encheram o barco de arcas frigoríficas cheias de comida e cerveja, mais protectores solares, toalhas e chapéus, baldes de gelo e material de pesca suficiente para apanhar tudo o que ousasse passar perto da popa, incluindo a Moby Dick, a grande orca ou um tubarão como o do filme *Tubarão*. Por volta do meio-dia, ancorados num local profundo próximo de Cape Lookout, Mike e Henry estavam de pé, perto um do outro, a manejar os carretos, numa competição que, no fundo, se poderia considerar bastante juvenil. Sempre que um deles apanhava um peixe, fazia negaças em frente da cara do outro com a garrafa de cerveja. Um dos baldes já continha cavalas e solhas em quantidades suficientes para alimentar um exército de focas esfaimadas; ambos os homens tiraram as camisas encharcadas de cerveja e puseram-nas a secar na amurada.

Emma e Julie estavam sentadas em pequenas cadeiras de lona, perto da cabina, e portavam-se de forma um pouco mais adulta. Os raios de sol derramavam-se sobre todos eles. Porém, como ainda não era Verão, a humidade era suportável, embora as latas de cerveja estivessem molhadas devido à condensação.

— Pois está — corroborou Julie. — Na verdade, tem sido excelente. Esta última semana fez-me pensar acerca daquilo que eu temi durante tanto tempo.

A forma como falou deixou Emma na expectativa.

— Mas?

— Mas o quê?

— Há qualquer coisa que te perturba, não há?

— É assim tão óbvio?

— Não. Mas não preciso de que seja assim tão óbvio. Conheço-te há tempo suficiente para reconhecer os sinais. Então, o que é? Tem alguma coisa a ver com Mike?

— Não. De maneira alguma.

— Tu ama-lo?

— Sem dúvida.

— Então, o que é?

Julie pousou lentamente a cerveja no convés. — Ultimamente, tenho recebido uns telefonemas estranhos.

— De quem?

— Não sei. Ninguém fala, nunca.

— Respirações ofegantes?

— Não, nem isso. Nenhum som.

— E não sabes de quem são os telefonemas?

— Não. Quando procurei saber, fui informada de que se tratava de um número particular; por isso, liguei para a companhia. Tudo o que me podem dizer é que se trata de um telemóvel. Mas o número não está registado, motivo por que não podem localizá-lo.

— Como é que é possível?

— Não faço ideia. Explicaram-me mas, na realidade, eu nem estava a ouvir. Depois de me informarem de que não podiam fazer nada, parece que deixei de pensar.

— Fazes alguma ideia de quem poderá ser?

Julie virou-se, a tempo de ver Mike voltar a lançar a linha. — Julgo que deve ser o Richard. Não posso provar nada, mas tenho a sensação de que é ele.

— Porquê?

— Pela altura em que começou, julgo eu. Não consigo pensar em mais alguém capaz de fazer uma coisa destas. Não conheci ninguém nos tempos mais recentes, além dele... Não sei... Apenas julgo que é ele. Pela maneira como agiu quando lhe disse que estava tudo acabado, pela maneira como continua a querer meter-se na minha vida.

— O que é que queres dizer?

— São pequenos pormenores. Quase choquei com ele no supermercado, depois apareceu no salão a querer um corte de cabelo. E, sempre que acontece encontrá-lo, não deixa de tentar descobrir a maneira de ter outra oportunidade comigo.

Emma fitou-a com ar sério. — O que é que o Mike pensa disso?

— Não faço ideia. Ainda não lhe contei.

— Porquê?

Julie encolheu os ombros. — O que é que ele vai fazer? Vai atrás do tipo? Como te disse, nem sequer tenho a certeza de que as chamadas sejam feitas pelo Richard.

— Ora bem, quantas chamadas houve?

Julie cerrou os olhos por momentos. — Na quarta-feira, havia vinte mensagens registadas.

Emma sobressaltou-se. — Oh, meu Deus. Ainda não participaste à Polícia?

— Não. Até então ainda não me tinha apercebido bem do que estava a acontecer. Julgo que alimentava a esperança de ser um erro qualquer, uma qualquer avaria num computador da companhia dos telefones, por exemplo. Estava à espera de que desistissem. E talvez tenham desistido. O meu telefone não toca há dois dias.

Emma pegou na mão de Julie. — As pessoas desse género nunca desistem. Os jornais estão constantemente a referir casos desses: «Ex-namorado procura um ajuste de contas.» É típico do caçador furtivo. Não estás a perceber isso?

— É claro que estou. E já pensei muito no assunto. Porém, o que é que posso contar aos polícias? Não consigo provar que o Richard faz as chamadas e a companhia dos telefones também não. Ele não me ameaçou. Não detectei o carro dele parado perto da minha casa ou do salão. Em todas as ocasiões em que nos encontrámos, nunca deixou de me tratar com delicadeza e, mais, houve sempre outras pessoas por perto. Tudo o que ele tem a fazer é negar.

Tratou todos os pontos como se fosse um advogado a fazer as suas alegações finais. — E, além do mais, como já te disse, não tenho a certeza de que o culpado seja ele. Tanto quanto sei, pode ser o Bob. Ou até alguém que eu não conheço.

Emma fitou-a exercendo pressão sobre a mão dela.

— Mas estás noventa e nove por cento convencida de que é o Richard?

Depois de uma ligeira hesitação, Julie aquiesceu.

— E durante a noite passada não houve chamadas? Nem na noite anterior? Ou quando o Mike lá estava?

— Não. Esteve tudo calmo. Talvez tenha desistido.

Emma franziu o cenho, ficando a reflectir sobre o assunto.

«Ou está a pretender levar-te a acreditar que desistiu.»

Mas não ia dizer uma coisa dessas. Em vez disso, limitou-se a dizer: — Estranho! Mete medo. Sinto um formigueiro só de pensar nisso.

— Também eu.
— E pensas fazer o quê?
Julie abanou a cabeça. — Não faço ideia.

Uma hora depois, Julie estava de pé junto à proa quando sentiu os braços de Mike à volta da cintura e a face dele no pescoço. Encostou-se a ele, a sentir-se estranhamente confortada quando ele se colocou a seu lado.
— Olá — saudou Julie.
— Olá. Pareceste-me solitária, aqui em cima.
— Não. Estava apenas a gozar a brisa. Ao sol, estava a ficar com calor a mais.
— Também eu. Julgo que apanhei um escaldão. A cerveja deve ter lavado o protector solar.
— Então, venceste?
— Não é para me gabar, mas pode dizer-se que apanhei muito mais peixe do que ele.
Ela sorriu. — E o Henry, o que é que está a fazer?
— Provavelmente está amuado.
Julie olhou para trás e viu Henry debruçado da amurada, a encher uma lata de cerveja com água do mar. Quando a viu a olhar, levou um dedo aos lábios, a pedir silêncio.
— Então, estás preparado para logo à noite? — perguntou. — No Clipper?
— Estou. Já conheço a maioria das canções.
— O que é que vais levar vestido?
— Por esta vez, acho que levo calças de ganga. Julgo que estou a ficar demasiado velho para me vestir como um miúdo.
— E só agora é que estás a perceber isso?
— Às vezes sou um bocado lento.
Julie aconchegou-se nele. — Como aconteceu em relação a mim?
— Pois, como também aconteceu contigo.
Mais longe, avistavam-se barcos de vários tipos que tinham ancorado perto da praia de Cape Lookout. No primeiro fim-de-semana quente do ano, a praia estava cheia de famílias. Os miúdos mergulhavam e gritavam na água, os pais ficavam deitados nas toalhas, a observar os filhos. Por detrás da multidão, o farol erguia-se mais de vinte e cinco metros acima do solo; pintado de branco com losangos pretos, parecia um tabuleiro de xadrez enrolado.
— Hoje tens estado bastante calada — sondou Mike.

— Tenho estado a pensar.

— Sobre alguma coisa que a Emma disse?

— Não. Pelo contrário. Sobre uma coisa que eu lhe contei.

Mike sentiu as madeixas do cabelo dela roçarem-lhe pela cara.

— Queres falar disso?

Julie respirou fundo e depois falou-lhe de tudo o que tinha contado à Emma. Ao ouvir, a expressão de Mike foi-se alterando: primeiro, preocupação, depois receio e, finalmente, fúria. Quando Julie terminou, ele pegou-lhe na mão e fê-la rodar até poder olhá-lo de frente.

— Portanto, pensas que era ele quando eu atendi o telefone naquela noite?

— Não sei.

— Por que motivo não me falaste disto mais cedo?

— Não havia nada para dizer. Pelo menos até há poucos dias.

Mike desviou o olhar, franziu o cenho e voltou a olhar para ela.

— Bom, se voltar a acontecer terei de pôr cobro a isso.

Julie pareceu estudá-lo, até que acabou por soltar uma gargalhada.

— Os teus olhos estão outra vez com aquele ar machão de antigamente.

— Não tentes mudar de assunto — corrigiu Mike. — Isto é grave. Recordas-te da nossa conversa no Tizzy's?

— Sim, lembro-me — respondeu Julie, com voz neutra. — Mas esta é a minha maneira de agir quando estou preocupada. Tento ultrapassar a dificuldade com uma piada. Um velho hábito, percebes?

Passou algum tempo até Mike voltar a pôr-lhe os braços à volta da cintura. — Não te preocupes. Não vou deixar que te aconteça nada de mal.

O almoço foi bastante informal: sanduíches e batatas fritas e uma embalagem de salada de batata. Depois de ter desabafado com Mike e com Emma, e de estômago cheio, Julie sentiu-se muito melhor. Sentiu um certo alívio ao constatar que ambos também tinham considerado muito grave o que estava a acontecer.

Começou até a descontrair-se e a gozar o passeio. Apesar de a expressão de Mike lhe mostrar que ele não estava esquecido do que ouvira, o Mike era o Mike, um homem que nunca poderia estar macambúzio durante muito tempo, em especial quando Henry andava por perto. A dada altura, Henry ofereceu ao irmão a lata de cerveja que tinha enchido de água salgada e este decidiu-se por uma grande golada, que teve de interromper a meio para cuspir a água por cima da amurada. Henry desatou às gargalhadas, Emma riu-se e Mike, depois de limpar o queixo, não teve outro remédio e riu-se também. Mas não se esqueceu. Pouco depois, pegou numa solha crua e usou-a para dar sabor a uma das sanduíches do irmão, esfregando o peixe no pão.

Henry fez-se verde, engasgou-se e atirou com o resto da sandes ao irmão.

Ao observar a cena, Emma inclinou-se para Julie. — Imbecis — sussurrou ao ouvido da amiga. — Nunca te esqueças de que os homens são uns imbecis.

Contudo, foi por causa dos telefonemas que Julie bebeu uma cerveja para além da sua conta habitual. Hoje precisava dela, pensou, e, com aquela lógica enevoada de alguém que vê o mundo a andar um pouco à roda, tentou afastar todos os temores para longe. Talvez os telefonemas fossem uma das manifestações do mau feitio de Richard. Talvez estivesse furioso pela forma como fora tratado quando telefonou a perguntar pelos óculos. Recordou-se de ter sido bastante dura com ele. É certo que ele merecera o tratamento, mas não lhe devia ser fácil aceitá-lo. Porém, como ainda não tinha passado pelo salão para os ir buscar, julgou que tivera razão ao pensar que tudo aquilo fora apenas um esquema pensado para estar com ela outra vez. As chamadas telefónicas eram uma maneira de a fazer saber que estava zangado por o plano não ter resultado.

Além disso, voltou a recordar-se, os telefonemas tinham cessado havia dois dias. Não era um intervalo grande, mas a situação também era recente. Como se tentasse convencer-se a si mesma, pensou ser provável que tivessem terminado. Ao contrário do que Emma pudesse ter pensado, Julie estava a levar o caso muito a sério. Ter sido uma sem-abrigo na adolescência, embora por pouco tempo, tinha-lhe deixado uns saudáveis vestígios de paranóia. Até ter a certeza de que os telefonemas tinham cessado, não ia tomar nenhuma decisão estúpida: nada de passeios solitários à noite, portas sempre fechadas à chave, o *Singer* a dormir no quarto sempre que Mike não ficasse lá. Teria cuidado.

Cruzou os braços e ficou a ouvir o rumor da água que corria por debaixo da proa.

Não, não poderia piorar, disse para si mesma. Não podia, de forma alguma.

* * *

A meio da tarde, Emma pôs um CD de Jimmy Buffet a tocar alto; tinham levantado âncora e iam a passar em frente de Cape Lookout, de regresso a Harker's Island. O barco deslizava lentamente, ao ritmo da ondulação, e Emma estava aninhada junto de Henry, que ia ao leme, e uma vez por outra mordia-lhe a orelha.

Na popa, Mike estava ocupado na limpeza e arrumação do equipamento, a guardar os carretos, não deixando que a linha se desenrolasse. Julie estava novamente na proa, a sentir o vento a agitar-lhe o cabelo. Tal como Mike, também se queimara bastante e sentia dores quando tocava nos ombros. O que também acontecia em todas as zonas da pele que esquecera ao aplicar o protector solar: testa e base do cabelo, uma porção da coxa e outra da canela. Espantosa, pensou, a forma como o sol tinha descoberto aqueles pedaços de pele e se vingara. Achou que tinha o aspecto de uma chita pintalgada de cor-de-rosa.

Apesar de o tempo continuar excelente, estava na hora do regresso à base. No princípio da manhã, Henry e Emma tinham enfrentado uma ligeira revolta, pois os filhos não conseguiam compreender o motivo de não terem sido convidados. Sentindo-se algo culpados, tinham prometido levá-los a sair para comerem uma piza e irem ao cinema. Mike tinha de estar no Clipper às 20 horas para as afinações finais com a banda. Como Julie não planeara ir juntar-se a ele antes das dez da noite, dormiria uma soneca. Sentia-se pesada. A cerveja e o sol tinham-lhe provocado uma certa embriaguez.

Foi até junto do saco e tirou uma blusa. Quando estava a vestir os calções, olhou de relance para a praia e os olhos registaram qualquer coisa fora do normal. Mesmo olhando com mais cuidado, era difícil perceber bem do que se tratava. A proteger os olhos da luz, observou os barcos, a linha da praia, as pessoas que estavam em terra.

Fora ali. Algures, por ali.

E, fosse o que fosse, não se ajustava àquele lugar.

De cenho carregado, Julie olhou com mais cuidado e, finalmente, percebeu o que lhe tinha despertado a atenção. E tivera razão. Não se ajustava, não estava certo num dia quente, em plena praia.

Confusa, baixou a mão.

Alguém vestido de calças de ganga e uma camisa escura, azul, encontrava-se perto das dunas, a empunhar... o quê? Binóculos? Um telescópio? Não conseguia distinguir, mas, fosse o que fosse, estava focado no barco.

Nela.

De súbito, ao reparar que o homem baixava aquilo que tinha nas mãos, sentiu-se vazia e, por momentos, tentou convencer-se de que estava enganada. Mas, então, como se soubesse exactamente o que ela estava a pensar, a pessoa acenou, lentamente, com o braço a descrever um movimento lateral, como o pêndulo de um relógio antigo. «Estou aqui», parecia dizer, «estarei sempre aqui.»

Richard.

Empalideceu e inspirou profundamente, tentando abafar um grito com as costas da mão encostadas à boca.

Porém, num abrir e fechar de olhos, Richard desapareceu. Foi até à amurada debruçou-se para diante. Nada. Não havia sinais dele. Foi como se nunca ali tivesse estado.

Mike ouviu o seu suspiro abafado e com dois saltos pôs-se ao lado de Julie.

— O que foi?

Ela continuava de olhos pregados na praia. Mike olhou na mesma direcção e, depois de não detectar sinais de Richard, nem vestígios de qualquer outra coisa fora do comum, sentiu que Julie se anichava sob a protecção dos seus braços. — Não sei — respondeu ela.

Fora certamente uma ilusão. Aquilo não podia ser verdade. Ninguém podia mover-se e desaparecer com tamanha rapidez.

Ninguém.

Mike levou Julie e ficou a descarregar as coisas enquanto ela entrou em casa. O cão estava à espera e seguiu-a até à cozinha, viu-a pousar a bolsa em cima da bancada e levantou-se sobre as patas traseiras para a cumprimentar. Julie estava a tentar evitar a língua do cão quando viu que o gravador de chamadas estava a piscar. O sinal indicava que havia uma única mensagem.

Afastou o cão, que deixou cair as patas dianteiras no chão; *Singer* seguiu lentamente para a sala, provavelmente para ir ao encontro de Mike. Na cozinha, o motor do frigorífico zumbia, uma mosca voava contra o vidro da janela, também a zumbir de fúria por estar fechada. Julie não ouvia nada. Nem Mike, nem o cão, nem o som da sua própria respiração. De momento, naquela cozinha existia apenas o gravador de chamadas, com o seu piscar hipnótico, de mau agouro. «Liga-me», parecia dizer o monstro, «liga-me...»

Por instantes, o soalho pareceu instável e Julie sentiu-se outra vez no barco, de olhos fixos na praia. Ele tinha-lhe acenado. Havia estado a observá-la e depois telefonara a dizer-lhe onde a tinha visto.

Abanou a cabeça. Não, não era nada disso. Ele não estivera lá. Nunca lá esteve. Tinha sido uma miragem. Os olhos resolveram pregar-lhe uma partida, resultado de umas cervejas a mais e de nervos à flor da pele.

A máquina, porém, continuava a piscar.

Julie esforçou-se por se recompor. Afinal, qualquer pessoa podia ter deixado um recado, qual era o problema? Para isso é que serviam os gravadores de chamadas; por isso devia ir até junto da máquina e limitar-se a premir o botão. Logo que o fizesse, reconheceria a voz de Mabel, ou de qualquer outra pessoa amiga, ou alguém a fazer uma marcação, ou a fazer publicidade de um produto ou de uma revista, ou a pedir ajuda para a organização local de caridade. Bastava premir o botão e aperceber-se de quanto eram ridículos os seus receios.

Porém, fazer um gesto em direcção ao gravador era tarefa quase impossível. Sentia um nó estômago e as pernas rígidas. Chegou junto da máquina e ergueu a mão mas hesitou, com o dedo mesmo em cima do botão.

«Liga-me...»

Fechou os olhos, a dizer a si mesma que conseguia fazê-lo.

De respiração pesada, não podia deixar de pensar que, por muito que estivesse a querer convencer-se de que era corajosa e racional, o medo estava a levar a melhor. Pedia a Deus que houvesse mesmo uma mensagem e não apenas um vazio. Que houvesse uma voz para se ouvir. Qualquer voz, excepto a dele.

Com a mão trémula, acabou por premir o botão.

De início, não houve nada, apenas silêncio, e Julie conteve a respiração. Depois, muito fraco, chegou-lhe o som de alguém a sussurrar, um sussurro impossível de identificar. Pôs o ouvido mais perto do gravador, a tentar perceber a voz. Ouviu com a máxima concentração e, quando estava prestes a premir o botão de «apagar», percebeu qual era a mensagem. De olhos esbugalhados, ouviu o refrão de uma canção, uma canção que sabia de cor.

Um canção ouvida duas semanas antes, no dia em que fora a Beaufort com Mike.

«Bye, bye, Miss American Pie...»

VINTE E SEIS

Os gritos de Julie fizeram que Mike corresse para dentro de casa. Encontrou-a junto do gravador, muito pálida, a premir com frenesim o botão de desligar.

— O que foi que aconteceu?

Julie mal o ouviu. Tremia devido às imagens que lhe passavam pela cabeça em sucessão rápida, uma logo a seguir a outra, deixando-a agoniada. Richard estivera hoje na praia, agora já não tinha dúvidas. Os telefonemas eram todos do Richard, também não restavam quaisquer dúvidas disso. E Richard, acabara de o verificar segundos antes, não se limitara a isso. Também fora a Beaufort para a espiar. Tinha-se mantido escondido enquanto ela jantava com Mike, tinha-os seguido durante o passeio no parque e tinha ficado por perto, suficientemente perto para saber a canção que Mike lhe dedicara. Até podia ter sido ele quem pagara as bebidas. Também telefonara na noite em que Mike dormiu com ela. E agora já não lhe restavam muitas dúvidas de que Richard a seguira quando foi ao cemitério visitar a sepultura de Jim.

Richard andava a segui-la para onde quer que fosse.

Com um aperto na garganta, pensava que aquilo não podia estar a acontecer; mas acontecia. De súbito, tudo lhe parecia terrivelmente errado. A cozinha tinha luz a mais, as cortinas estavam abertas, as janelas davam para os lotes vagos, onde qualquer pessoa podia esconder-se. Onde *ele* podia esconder-se. As sombras alongaram-se e converteram-se em escuridão, as nuvens começaram a mover-se lá no alto, o mundo adquiriu um tom acinzentado, como um filme antigo, fotografado a preto e branco. Se a tinha observado hoje, se tinha andado a observá-la *todos os dias*, também era provável que estivesse a observá-la naquele preciso momento.

No quintal, *Singer* levantou o nariz e ladrou.

Julie deu um salto, sentindo o coração bater apressado, e voltou-se para Mike, escondeu o rosto no peito dele e as lágrimas começaram a rolar-lhe pelas faces.

«As pessoas desse género nunca desistem», dissera a Emma.

— Julie. Por favor... conta-me o que aconteceu — pediu Mike. — O que é que tens?

Quando, finalmente, conseguiu responder, falou com voz fraca e hesitante: — Tenho medo!

Quando entrou no carro com Mike, uns minutos mais tarde, Julie continuava a tremer. Decerto a soneca estava agora fora de questão; nunca conseguiria dormir num tal estado de nervos. E nem se atrevia a pensar em ficar sozinha em casa durante o tempo em que Mike estivesse no Clipper. Mike tinha-se oferecido para desistir do espectáculo, mas ela não o permitiu, pois sabia perfeitamente que ia ficar em casa a rever os seus medos durante todo o serão. Não havia qualquer necessidade de reviver aquele terror sufocante.

Não, precisava de se divertir. Uma noite na cidade, música bem alta e mais umas cervejas; ficaria como nova. Pensava que tornaria a ser a mesma pessoa.

«Como se isso fosse possível», dizia-lhe uma céptica vozinha interior.

Julie franziu a testa. Era provável que não resolvesse coisa alguma, mas pensar de maneira obsessiva no mesmo também não era solução. E dizia a si mesma que não ia pensar mais naquilo; só pensaria na sua forma de agir a partir daquele momento.

Sempre acreditara que as pessoas se enquadram em dois tipos fundamentais: o das que olham pelo pára-brisas e o das que vêem pelo retrovisor. Ela sempre fora do tipo pára-brisas: o das pessoas que olham para o futuro, não para o passado, pois é o único tempo que ainda permite a esperança. A mãe pôs-te na rua? *Trata de arranjar qualquer coisa de comer e um lugar para dormir*. O marido morreu? *Continua a trabalhar, ou acabarás por ficar maluca*. Anda um tipo a espiar-te? *Arranja maneira de pôr cobro a isso*.

No carro, com Mike, retesou-se no banco. Julie Barenson, pensou, era rapariga para enfrentar qualquer situação.

A bravata durou uns momentos, antes de deixar descair os ombros. Daquela vez não ia por certo ser tão fácil, pois o cenário ainda não estava completo e é difícil alguém concentrar-se no futuro quando o passado ainda não terminou. De momento, estava imobilizada no presente, um sentimento nada agradável. Apesar de se esforçar por querer mostrar coragem, estava assustada, ainda mais assustada do que quando vivera na rua. Ali, arranjava sempre maneira de não dar nas vistas, de ser invisível para sobreviver, como ela dizia, o que era absolutamente o contrário do que estava a acontecer com Richard. O problema era a sua visibilidade actual e a impossibilidade de a evitar.

Quando Mike arrumou a carrinha em frente de casa, deu consigo a olhar para todos os lados e a tentar ouvir qualquer som estranho. Os espaços escuros entre as casas não a ajudavam muito a acalmar os nervos; nem uma restolhada, que verificou ser provocada por um gato a remexer no lixo.

E as perguntas que a afligiam? Excelentes calmantes para os nervos, não é assim? O que é que ele pretendia? O que faria em seguida? Passou-lhe pela cabeça a imagem dela própria à noite, deitada no quarto das traseiras, a acordar e, quando os olhos se habituaram à escuridão, vê-lo, ali no quarto, ao pé dela. De pé, ao lado da cama, só os olhos visíveis por detrás da máscara, a empunhar qualquer coisa e a aproximar-se dela...

Julie agitou a cabeça para afastar esta última imagem. Não queria deixar-se tomar pelo pânico. Tal não iria acontecer. Ela não deixaria que tal acontecesse. Mike não ia deixar que tal acontecesse. De maneira nenhuma. Nem pensar.

Mas, que fazer?

Agora achava que fizera asneira ao apagar a mensagem. De facto, não deveria ter apagado nenhuma das mensagens, pois eram a única prova daquilo que estava a acontecer. A Polícia talvez tivesse meios para fazer qualquer coisa com elas.

Mas eles podem sempre fazer qualquer coisa, não podem?

Julie pensou no assunto, chegando à mesma conclusão a que chegara durante a conversa com a Emma. Podia, decerto, tentar, mas, mesmo com as novas leis sobre o assunto, a Polícia não podia fazer nada sem provas. Acabaria em frente de um qualquer agente gorducho e cheio de trabalho, a martelar com o lápis no bloco de apontamentos, à espera de que ela lhe fornecesse qualquer prova concreta.

O que é que ele dizia na primeira mensagem? *Nada.*

Alguma vez a ameaçou? *Não.*

Alguma vez o viu a segui-la? *Não, excepto na praia.*

Tem a certeza de que era ele? *Encontrava-me demasiado longe.*

Na última mensagem, se a pessoa em questão estava a sussurrar, como é que pode ter a certeza de que era o Richard? *Não tenho provas, mas sei que era ele.*

Longa pausa. Ora bem, há mais alguma coisa? *Não. Se esquecermos o meu nervoso miudinho e o facto de não conseguir tomar um duche sem imaginar que um Norman Bates* pode estar do outro lado da cortina.*

Outra pancadinha com o lápis.

Soava a falso, até para ela. Pensar que era ele não o tornava culpado. Mas tratava-se de Richard! Tinha a certeza absoluta.

Ou não teria?

No Clipper, Julie sentou-se junto de uns quantos homens que tinham chegado mais cedo para verem um desafio de basebol.

Mandou vir uma cerveja e foi deixando correr o tempo. A televisão foi desligada às oito e os homens deixaram o bar; os membros da banda, depois de terem regulado os amplificadores e afinado os instrumentos, foram até às traseiras para se descontraírem um pouco. Mike veio ter com Julie. Decidiram não falar do que tinha acontecido, o que, na opinião dela, funcionava também como uma maneira de não se esquecerem do problema. Porém, quando Mike disse que tinha de ir porque precisavam dele no palco, Julie viu-lhe nos olhos a fúria de que estava possuído.

— Vou estar atento — assegurou-lhe.

Naquela altura, algumas pessoas tinham-se aproximado do balcão, outras estavam sentadas nas mesas e também se tinham formado pequenos grupos de gente que permanecia de pé. Por volta das 21h30, quando a música se fez ouvir, começaram a chegar ainda mais clientes, um verdadeiro caudal de gente. As pessoas acumularam-se junto do balcão a pedir bebidas, mas Julie ignorou-as, agradecida à atmosfera barulhenta que, pelo menos em parte, abafava aquela torrente infindável de perguntas. Mesmo assim, não deixava de olhar a porta com ar grave, receosa de ver Richard entrar.

Viu entrar dezenas de pessoas, mas não Richard.

As horas foram passando, sempre iguais: dez, onze, meia-noite e, pela primeira vez desde a tarde, Julie sentiu que estava a recompor-se um pouco. E, tal como acontecia com Mike, sentiu-se furiosa.

---

* O psicopata do filme *Psico*, de Alfred Hitchcock, interpretado por Anthony Perkins. (*NT*)

Mais do que tudo, queria envergonhar Richard em público, uma ensinadela em voz alta, que incluísse dedos em riste apontados ao peito dele. Imaginou-se a gritar-lhe «Quem é que tu pensas que és?» «Francamente, pensas que vou suportar esta treta por mais um minuto que seja?» (Dedo apontado.) «Já suportei demasiado em toda a minha vida, para deixar que me roubes o que tenho de mais precioso. Não vou, repito, não vou deixar que dês cabo da minha vida.» (Dedo apontado. Dedo apontado.) «Pensas que sou alguma parva?» (Dedo apontado.) «Uma pobrezinha que vai ficar sentada no sofá a tremer de medo, à espera da tua nova jogada? Não, com mil diabos!» (Dedo apontado. Dedo apontado.) «Está na altura de seguir o seu caminho, Mr. Richard Franklin. Ganha sempre o melhor e, tenho muita pena, meu caro, o melhor não és tu. Na verdade, nunca conseguirias ser como ele.» Dedo, dedo, dedo, a que se segue o aplauso de dezenas de mulheres que se levantam para a apoiarem espontaneamente.

Enquanto Julie ia visionando a sua vingança mental, um grupo de jovens aproximou-se dela, a pedir bebidas para eles e para os que não conseguiam aproximar-se o suficiente. O pedido demorou alguns minutos a ser atendido e, quando o grupo se afastou, Julie olhou para o lado.

A meio do balcão, topou uma figura conhecida a inclinar-se para o empregado para pedir uma bebida.

Richard.

Vê-lo foi quase o mesmo que levar um murro no plexo solar, o que a fez esquecer toda a encenação pensada para a vingança.

Ali estava ele.

Tinha-a seguido.

Outra vez.

Um minuto antes, Mike tinha visto a chegada de Richard e mal resistira à tentação de saltar do palco para o enfrentar, mas fez o esforço de continuar a tocar.

Richard também viu Mike. Cumprimentou-o com um sorriso malicioso e dirigiu-se para o balcão, fingindo não reparar na presença de Julie.

A sentir a adrenalina subir de novo, Mike desejou poder mandá-lo meter o sorriso no sítio em que as nádegas se encontram. Um gesto em falso e aquela guitarra podia aterrar em cima da cabeça do sujeito.

Julie viu-o, sentiu que ele estava ali, uma espécie de respiração pesada dentro de um elevador cheio de gente.

Ele não fez nada. Não olhou na direcção dela nem fez qualquer movimento para se aproximar. Em vez disso, deixou-se ficar de pé, de costas para o balcão, com a bebida na mão e a observar a multidão, sem nada que o diferenciasse dos outros homens presentes. Como se estivesse realmente a pensar que ela consideraria a sua presença ali uma simples coincidência.

«Vai-te lixar», pensou Julie. «Não consegues meter-me medo.»

A banda recomeçou a tocar e Julie olhou para Mike. Tinha um ar grave, os olhos a enviarem-lhe um aviso de longe. Mexeu os lábios como quem diz: «Estou quase despachado» e ela assentiu, a desejar subitamente uma bebida. Uma verdadeira bebida, qualquer coisa forte que engolisse de um trago.

Na luz baça, o perfil de Richard ficava em parte na sombra. Cruzara uma perna sobre a outra e, durante uma fracção de segundo, Julie pareceu ver-lhe um sorriso irónico, como se quisesse mostrar--lhe que se sentia observado. Julie verificou que tinha a boca seca.

Para que estava a querer iludir-se? A pergunta surgiu-lhe de chofre. Reconheceu que ele a assustava mortalmente.

Chegara, porém, a altura de pôr cobro àquela situação.

Sem chegar a saber de onde lhe veio a força para o que fez a seguir, Julie levantou-se e começou a caminhar na direcção dele. Richard voltou-se quando ela estava muito perto, com a expressão amistosa de quem tinha muito prazer em vê-la.

— Julie! — exclamou. — Não sabias que estavas cá. Como tens passado?

— Richard, o que é que estás aqui a fazer?

Ele encolheu os ombros. — Vim apenas beber uns copos.

— Deixa-te de lérias, está bem?

Disse-o bastante alto, de forma que as pessoas à volta reparassem.

— Perdão... — começou Richard.

— Sabes perfeitamente do que estou a falar!

— Não, não sei....

— Tu seguiste-me até aqui!

— O quê?

Por esta altura, havia muitas mais pessoas a observar a cena e Julie começou a recordar-se do discurso que tinha ensaiado. Do palco, Mike observava tudo com um interesse desesperado e, no preciso momento em que a canção acabou, dirigiu-se para eles, deixando cair a guitarra em pleno palco.

— Pensas que podes seguir-me para todo o lado e que eu não vou reagir? — perguntava Julie, cada vez mais exaltada.

Richard levantou as duas mãos. — Julie... acalma-te. Tem calma. Não sei do que estás a falar.

— Se procuravas uma rapariga a quem meter medo, enganaste--te; e se não paras, chamo a Polícia e peço que sejas proibido de te acercares de mim. Faço que te metam atrás das grades. Pensas que podes ligar para minha casa e deixares mensagens, como fizeste...

— Não deixei mensagens nenhumas...

Agora, Julie gritava e os olhares dos circunstantes iam dela para Richard e vice-versa, conforme as palavras que os dois trocavam. Já se formara um semicírculo à volta deles e toda a gente dera um passo atrás, como se esperasse uma cena de murros.

Julie, entretanto, descobrira o seu papel. Apercebeu-se de que levar a fantasia à prática era ainda melhor do imaginá-la. («Isso mesmo! Não desistas!»)

— ... e não te acontecer nada? Pensaste que não reparava em ti, que podias andar todo o dia a espiar-me?

Richard recuou um passo. — É a primeira vez que te vejo. Estive na obra durante todo o dia.

De cabeça perdida, Julie nem reparou nas negativas dele.

— Não vou suportar mais isto!

— Suportar o quê?

— *Pára!* Só quero que pares!

Richard olhou os rostos das pessoas que o rodeavam, a encolher os ombros, como que a pedir apoio.

— Vejam... não faço ideia do que está a passar-se aqui, mas talvez seja melhor que me vá embora...

— Acabou. Não consegues perceber isso?

Nesse momento Mike abriu caminho por entre a multidão. O rosto de Julie estava vermelho, mas deixava adivinhar o medo e, por instantes, os olhos de Richard encontraram os de Mike. Foi uma troca rápida de olhares, não detectável por quem não estivesse atento. Mike reconheceu no rosto dele o mesmo sorriso de escárnio que Richard ostentava quando entrou no bar, um misto de chacota e de desafio, como a convidar Mike a tomar uma atitude.

Não foi necessário mais nada.

A fúria que tinha estado a concentrar-se desde a tarde explodiu. Richard estava de pé quando Mike mergulhou de encontro a ele, fazendo que o outro tivesse de encaixar a sua cabeça como um jogador de râguebi encaixa a bola para iniciar uma jogada quando tem terreno livre.

O impacte fez Richard voar, até bater com as costas contra o balcão. Garrafas e copos despedaçaram-se no chão e houve gritos entre a assistência.

Mike agarrou Richard pelo pescoço e torceu-lhe o braço; embora Richard tivesse levantado as mãos, estava em desequilíbrio, o que permitiu que Mike lhe assentasse um primeiro murro na cara. Richard voltou a estatelar-se de encontro ao balcão e ficou a tentar não cair. Quando voltou a levantar a cabeça, desta vez mais devagar, viu-se que tinha um golpe por baixo de um olho. Mike atingiu-o de novo. A cabeça de Richard era atirada ora para um lado ora para o outro. Depois, bateu contra um banco alto do balcão e tentou equilibrar-se, até escorregar para o chão, numa cena que parecia ter sido filmada em câmara lenta. No momento em que rolou sobre si próprio, viu-se que tinha sangue a sair da boca. Mike preparava-se para novo ataque, mas houve uns quantos homens que acorreram e o agarraram por trás.

A luta não levara mais de quinze segundos. Mike lutou para se libertar, até se aperceber de que as pessoas que o seguravam não pretendiam prendê-lo para que Richard tivesse uma oportunidade de o atingir; só queriam evitar que ele o ferisse ainda mais. Logo que o soltaram, Julie agarrou-o pela mão e levou-o dali.

Os próprios membros da banda acharam conveniente não fazerem nada para os deter.

VINTE E SETE

Uma vez na rua, Mike encostou-se à traseira de um carro, a tentar recompor-se.

— Deixa-me descansar um minuto — pediu.

— Estás bem?

Mike levou as mãos ao rosto e respirou fundo, falando por entre os dedos. — Estou óptimo. Apenas um pouco descontrolado.

Julie acercou-se mais, a agarrá-lo pela camisa. — É uma faceta que eu desconhecia. Mas devias saber que eu estava senhora do que fazia.

— Também vi isso. Mas o olhar que ele me lançou fez-me saltar a tampa.

— Que olhar?

Mike descreveu-o e Julie sentiu-se estremecer. — Não reparei nisso.

— Não pensei que tivesses reparado. Mas acho que agora acabou.

Nenhum falou durante muito tempo. Atrás deles, umas pessoas que tinham saído do bar estavam a falar e a olhar na sua direcção. No entanto, os pensamentos de Julie estavam longe dali. O que é que Richard lhe tinha dito? Que tinha estado a trabalhar? Que tinha passado todo o dia na obra? Não tinha ligado às palavras quando ele as proferira, mas estava agora a recordá-las.

— Espero que sim — disse, esperançada.

Julie fez um breve sorriso, mas via-se que estava a pensar noutra coisa. — Negou que me tivesse visto hoje. Ou que tivesse feito os telefonemas. Disse que não fazia ideia daquilo de que eu estava a falar.

— Bom, não estavas à espera de que ele admitisse tal coisa, pois não?

— Não sei. Acho que esperava que ficasse calado.

— Contudo, estás perfeitamente convencida de que foi ele, não estás?

— Sim, tenho a certeza.

Fez uma pausa. — Ou, pelo menos, penso que tenho a certeza.

Ele pegou-lhe na mão. — Tens razão. Vi isso na cara dele.

Julie ficou a olhar para os pés. — Muito bem — concluiu.

Mike apertou-lhe a mão. — Vá lá, Julie. Queres que comece a ter remorsos por bater num tipo que está inocente? Foi ele. Acredita em mim. E se ele fizer mais alguma coisa, vamos à Polícia e contamos tudo o que aconteceu. Vamos obter uma restrição de movimentos para ele, apresentar queixa. Faremos tudo o que for necessário. Além disso, se estivesse inocente, que veio ele aqui fazer esta noite? E como é que se aproximou tanto de ti, sem dizer olá? Estavas a um ou dois metros dele.

Julie fechou os olhos. Pensou que ele tinha razão. A razão absoluta. Richard nunca teria ido ali. Não tinha dito que não gostava daquele lugar? Não, fora lá por tê-la visto entrar, na companhia do Mike. Sabia para onde iam porque tinha andado a vigiá-los. E, para mais, tinha mentido. Se Richard tinha feito todas as maluquices que lhe vieram à cabeça, como é que Julie podia esperar que ele confessasse a verdade?

Porém, qual seria a razão de, por esta vez, se ter mostrado? E qual seria o significado disso?

Apesar de o ar ser quente, Julie sentiu-se subitamente gelada.

— De qualquer maneira, talvez seja conveniente eu ir à Polícia. Só para que façam um relatório dos factos.

— Talvez não seja má ideia.

— Vais comigo?

— É claro que vou.

Mike pegou-lhe na mão e fez-lhe uma festa na cara. — Então, sentes-te melhor?

— Um pouco. Continuo com medo, mas agora estou melhor.

Ele fez deslizar um dedo pela cara de Julie antes de a beijar.

— Eu disse que não deixava que te acontecesse nada e vou cumprir. Percebes?

O toque da mão dele fez-lhe pele de galinha. — Sim.

No bar, Richard conseguira finalmente pôr-se de pé. Entre as primeiras pessoas a chegarem junto dele estava Andrea.

Vira Mike saltar do palco e abrir caminho através da multidão. O tipo com quem estava a dançar — outro desgraçado, pensava, apesar de a cicatriz do pescoço o tornar de certa forma atraente — agarrou-lhe a mão e disse: «Anda daí... uma luta.» Seguiram o caminho que Mike ia abrindo e, embora chegassem demasiado tarde para verem a briga começar ou acabar, Andrea viu Julie a conduzir Mike pela mão, em direcção à saída, enquanto Richard tentava usar as travessas mais baixas dos bancos como apoios para conseguir pôr-se de pé. Estava a ser ajudado por outras pessoas e, enquanto os espectadores se entretinham a falar do que acontecera, ficou a par do essencial do que tinha acontecido.

— Ele atacou o homem de repente...

— Este tipo estava aqui, sem se meter com ninguém, quando a mulher começou a berrar com ele, e então o outro gajo saltou...

— Ele não estava a fazer mal nenhum...

Andrea notou o golpe na cara, o sangue nos cantos da boca e deixou de mastigar a pastilha elástica. Não podia crer no que via. Nunca vira Mike atacar alguém, nem sequer se lembrava de o ouvir elevar a voz. Metido consigo, talvez, dado a confusões, podia ser, mas nunca nada de tão violento como isto. Mas a prova estava ali, mesmo diante dos seus olhos. Richard estava mesmo à frente dela e, ao vê-lo tentar levantar-se, o movimento seguinte de Andrea nunca poderia ser outro. «Está ferido! Precisa de mim!» Ignorou o tipo com quem estivera a dançar e lançou-se praticamente para cima de Richard.

— Oh, meu Deus... você está bem?

Richard olhou para ela sem responder e, ao vê-lo cambalear, Andrea avançou e pôs-lhe um braço à roda da cintura. Notou que não havia ali um grama de gordura.

— O que aconteceu? — perguntou, a sentir-se corar.

— Ele apareceu e bateu-me — respondeu Richard.

— Mas, porquê?

— Não sei.

Cambaleou de novo e Andrea sentiu-o apoiar-se nela.

O braço dele estendeu-se sobre os ombros dela. Também ali havia músculos, verificou Andrea.

— Precisa de se sentar um bocadinho. Vá lá, eu ajudo.

Tentaram os primeiros passos e a multidão abriu caminho. Andrea estava a gostar daquilo. Até parecia que estavam na última cena de um filme, mesmo antes da passagem da ficha técnica. Tinha justamente começado a pestanejar para conseguir mais efeito, quando Leaning Joe, a coxear em cima da perna postiça, apareceu de repente para auxiliar Richard.

— Vamos lá — rosnou. — Sou o dono disto. Temos de conversar.

Começou a conduzir Richard para uma mesa e, quando subitamente decidiu mudar de direcção, Andrea viu-se empurrada para um lado e teve de se deixar ficar para trás. Instantes depois, Leaning Joe e Richard estavam a conversar, de braços apoiados numa pequena mesa.

Perdida a sua grande oportunidade, Andrea ficou amuada, do outro lado do bar. Quando o companheiro reapareceu, já ela tinha decidido o que havia a fazer.

Visto em conjunto, aquele foi um dia que Julie preferia não ter de reviver.

É certo que tinha sido bom para, digamos, testar os motores. Podia dizer-se que passara por emoções de todos os géneros, desde o momento em que saltara da cama naquela manhã, e todas se tinham sucedido segundo uma ordem perfeita. No conjunto, se quisesse estabelecer uma classificação dos seus dias, este poderia ser o número um quanto a medo (ultrapassando a primeira noite em que dormira debaixo do viaduto da estrada, em Daytona), o número três em desgosto (o dia em que Jim morreu e o dia do funeral continuavam a ocupar os dois primeiros lugares nesta categoria) e o número um do capítulo de exaustão absoluta. Compondo o quadro com umas pinceladas de amor, raiva, lágrimas, riso, surpresa, alívio e os avanços e recuos da preocupação de imaginar o que poderia acontecer de seguida, não podia deixar de obter um dia para recordar durante muito, muito tempo.

Mike tinha ido para a cozinha e estava a pôr café no filtro da máquina. Tinha vindo calado durante a viagem para casa e continuava calado; logo que chegaram a casa, pediu aspirina e pôs quatro comprimidos na boca, ainda antes de encher um copo de água para os engolir. Julie ficou sentada à mesa e *Singer* escolheu o momento para se encostar a ela até receber as atenções que, para ele, tinham sido muito poucas nas últimas horas.

Não havia dúvidas de que Mike tinha razão. Toda a operação tinha sido planeada; e, mais, Richard tinha calculado a forma como ela ia reagir. Tinha de ser. As suas respostas, as mentiras, tinham sido demasiado rápidas, demasiado naturais, demonstraram uma facilidade que tivera de ser preparada.

E Richard nem sequer lutara para se defender.

Todos aqueles pormenores a preocupavam, especialmente o último.

Havia ali qualquer coisa que não fazia sentido. Mesmo considerando que Mike tivera por si o efeito da surpresa, a surpresa não podia considerar-se total. Ela vira-o aproximar-se e tivera tempo de se desviar; mas Richard não só não ripostou, como também não fez qualquer tentativa para se desviar. Ora, se sabia a forma como Julie ia reagir, como é que não conseguira calcular qual seria a reacção de Mike? Não teve sequer uma suspeita? E, se teve, por que motivo não se preocupou?

E como era possível que ela sentisse que a reacção de Mike também fazia parte do plano?

— De certeza não se sente tonto? Foi um golpe tremendo — afirmava Leaning Joe.

Estava com Richard, junto à saída do Clipper. Richard abanou a cabeça. — Só desejo ir para casa.

— Não me importo de chamar uma ambulância para o levar — ofereceu Joe. Para Richard, ao mostrar tanto interesse, Joe parecia querer dizer: «Por favor, não apresente queixa.»

— Não é preciso — retorquiu Richard, já farto de aturar o velho. Abriu a porta e deu um passo para o escuro. Esquadrinhando o parque de estacionamento, verificou que os polícias se tinham ido embora. Começou a atravessar o parque silencioso, a dirigir-se para o local onde tinha o carro.

Ao aproximar-se, verificou que havia alguém à sua espera.

— Olá, Richard — saudou ela.

Hesitou, mas acabou por responder: — Olá, Andrea.

A rapariga levantou ligeiramente o queixo e não desviou os olhos dele. — Está a sentir-se melhor?

Richard encolheu os ombros.

Passados instantes, Andrea pigarreou. — Sei que o pedido pode parecer estranho, tendo em conta o que se passou, mas importa-se de me dar uma boleia até casa?

Richard olhou à volta. Uma vez mais verificou que estavam sós. — O que é que foi feito do seu acompanhante?

Ela fez um aceno na direcção do Clipper. — Ainda lá está. Disse-lhe que tinha de ir à casa de banho.

Richard alçou um sobrolho e não disse nada.

Em silêncio, Andrea deu um passo na direcção dele. Quando estava suficientemente perto, levantou a mão e levou-a ao hematoma que Richard tinha numa das faces, sem nunca desviar os olhos dos dele.

— Por favor! — murmurou.

— E se fôssemos para outro sítio qualquer?

Andrea inclinou a cabeça para um lado, como se analisasse a proposta.

Ele sorriu. — Pode confiar em mim.

Julie e Mike estavam na cozinha; a cafeteira fervia.

— Em que é que estás a pensar? — indagou Mike.

Ela pensava que tudo o que acontecera naquela noite estava, de uma maneira ou de outra, errado. Porém, sabendo que Mike faria o possível para demonstrar que ela interpretara tudo mal, deu-lhe uma resposta vaga. — Estou a reflectir sobre o que aconteceu. Não consigo deixar de pensar nisto, percebes?

— Percebo. Comigo passa-se o mesmo.

A cafeteira emitiu um silvo; Mike levantou-se da cadeira e foi encher duas chávenas. *Singer* arrebitou as orelhas e Julie viu-o trotar em direcção à sala. Na pressa de sair, nem fechara as persianas e viu que vinha um carro a descer a rua. Não havia muito tráfego àquela hora da noite e Julie ficou a ver se reconhecia algum dos vizinhos a regressar a casa depois de passar o serão na cidade.

O cão foi para junto da janela logo que as luzes se tornaram mais fortes. Porém, em vez de ver as luzes desaparecerem para darem lugar ao escuro logo que o carro passasse, reparou que os faróis se tinham imobilizado. Borboletas e insectos diversos, atraídos pela luz, faziam que os faróis parecessem feitos de dedos em movimento. O *Singer* ladrou e ficou a rosnar logo que a luz dos faróis se fixou.

O automóvel, percebia-se, estava parado com o motor a trabalhar. Julie levantou-se. Sentiu o motor acelerar e, subitamente, os faróis foram desligados. Ouviu-se bater a porta de um carro.

Ele estava ali, pensou Julie. Richard tinha vindo até casa dela.

O rosnar do cão tornou-se mais violento, o pêlo do pescoço do animal eriçou-se. Mike pôs a mão no ombro de Julie e deu um passo cauteloso em direcção à porta. *Singer* ladrava e rosnava continuamente e Mike avançou.

Singer ficou descontrolado e, no meio da sua fúria, percebeu-se um som inesperado. Um som simultaneamente normal e assustador que levou Mike a parar, a tentar perceber se tinha ouvido bem.

E o som repetiu-se. Perceberam que estava alguém a bater à porta. Mike virou-se para Julie, como que a perguntar-lhe quem seria.

Espreitou pela janela e Julie viu os ombros dele descaírem; quando voltou a olhar para ela, tinha uma expressão de alívio. Fez uma festa ao cão e disse: — Chiu, está tudo bem — o suficiente para o *Singer* deixar de ladrar e rosnar. Mas seguiu-o até o ver rodar o fecho da porta.

Instantes depois, Julie viu dois polícias no alpendre.

A agente Jennifer Romanello era nova na cidade, nova na profissão e ansiava pelo dia em que pudesse dispor do seu próprio carro-patrulha, quando mais não fosse para se livrar do colega com quem tinha de trabalhar. Depois de completar o curso de formação, em Jacksonville, fora colocada em Swansboro havia menos de um mês. Há duas semanas que andava em patrulha com Pete Gandy e tinha de continuar assim durante mais quatro, pois os novatos tinham de acompanhar um colega mais experiente durante as primeiras seis semanas de trabalho; as seis semanas serviam de complemento à formação na academia, mas, se voltasse a ouvir de novo a palavra «música», receava ser atacada de uma fúria que a levasse a estrangular o colega.

Pete Gandy rodou a chave, desligando o motor, e olhou na direcção da colega.

— Deixa que seja eu a tratar disto — ordenou. — Ainda estás a aprender a música.

«Acho que vou apertar-lhe o pescoço», pensou Jennifer.

— Espero no carro?

Embora tivesse perguntado só para o gozar, ele não percebeu a zombaria; a colega viu-o flectir os braços. Pete levava os seus bíceps muito a sério. Antes de entrar em acção, também gostava de se olhar no espelho retrovisor.

— Não, anda daí. Bico calado, quem fala sou eu. E mantém esses olhos bem abertos, miúda.

Disse aquilo como se tivesse idade para ser pai dela. Na realidade, só tinha dois anos de serviço e, embora Swansboro não fosse exactamente o lugar mais propício para a grande criminalidade, Pete era o autor da teoria segundo a qual a Mafia tinha começado a infiltrar-se na cidade; mas a cidade podia contar com ele para solucionar o problema. Para Pete, *Serpico* era o maior filme de sempre, o motivo que o levara a ingressar nas forças policiais.

Jennifer cerrou os olhos. Havendo por aí tantos idiotas, que razão haveria para ser ela a aturar aquele tipo?

— Como queiras.

* * *

— É o Mike Harris — inquiriu o agente Gandy.

Pete Gandy tinha escolhido a pose «Eu sei que o uniforme te mete medo», enquanto Jennifer lutava contra a tentação de lhe aplicar uma palmada no alto da cabeça. Ainda no carro, soubera que Pete conhecia Mike e Julie há muitos anos, pois o colega não deixara de a informar que Mike lhe tratava do carro e que cortava o cabelo no salão onde Julie trabalhava. Nem fora necessário olhar para o endereço de Julie. Vida de cidade pequena, pensou. Para uma rapariga que crescera no Bronx, tratava-se de um mundo inteiramente novo, a que ainda estava a habituar-se.

— Olá. Viva, Pete! — exclamou Mike. — Em que é que posso ser-te útil?

— Podemos entrar por um instante? Preciso de falar contigo.

— É claro que sim.

Os agentes hesitaram e Mike olhou para baixo, para o *Singer*. — Não se preocupem. Ele porta-se bem.

Os agentes entraram na sala e Mike apontou a cozinha com um dedo. — Bebem um café? Tinha acabado de o fazer.

— Não, obrigado. Não estamos autorizados a beber em serviço.

Jennifer nem queria acreditar, pois a norma só se aplicava a bebidas alcoólicas.

Por essa altura, Julie tinha saído da cozinha e ficou de pé, uns passos atrás, de braços cruzados. O cão foi sentar-se junto aos pés dela.

— Pete, a que se deve esta tua visita? — indagou.

O agente Pete Gandy não gostava de ser tratado por tu quando estava uniformizado e, por momentos, não soube muito bem como lidar com aquela familiaridade. Pigarreou.

— Mike, estiveste no Sailing Clipper esta noite?

— Sim, estive a tocar com os Ocracoke Inlet.

Pete olhou de esguelha para Jennifer, como a querer mostrar-lhe como se fazia. Pois, que grande descoberta, pensou a agente. Um facto corroborado apenas por um milhão de pessoas.

— E estiveste envolvido numa altercação com um tal Richard Franklin?

Antes que Mike tivesse tempo de responder, Julie entrou na sala.

— O que é que se passa?

Pete Gandy vivia para momentos como aquele. Juntamente com o movimento de sacar da pistola, aquela era de longe a parte mais interessante do seu trabalho, mesmo que estivesse a tratar com pessoas conhecidas. Afinal, o dever não se discute e, se ele deixasse as pequenas infracções sem castigo, Swansboro poderia tornar-se a capital mundial do crime. Só no último mês, tinha multado uma dúzia de peões que atravessaram a rua sem tomar as devidas precauções e passara mais outra dúzia de multas por conspurcação da via pública.

— Muito bem, Mr. Harris, lamento ter de lhe dizer que tenho uma centena de testemunhas que juram tê-lo visto agredir Mr. Franklin, sem provocação.

Dois minutos depois, Mike estava a caminho da esquadra, levado no carro-patrulha.

VINTE E OITO

— Levaram-no preso? — perguntou Mabel, sem querer acreditar.

Estava-se na manhã de segunda-feira e, como Mabel tinha ido visitar um irmão a Atlanta, não soubera de nada até chegar ao salão. Julie tinha passado os últimos dez minutos a pô-la ao corrente do que acontecera. Andrea estava ocupada com os cabelos de um cliente e a esticar-se o mais que podia para ouvir. Não voltara a sorrir desde que Julie tinha começado a narrativa e, quanto mais a ouvia, mais desejava informá-la de que ela não sabia do estava a falar.

Richard não era perigoso! Mike é que o atacou! Além disso, Richard já não estava interessado em Julie! Andrea estava certa de que ele tinha, finalmente, visto a luz. Falar de romance! Ele tinha-a levado até à praia e tinham ficado a conversar! Durante horas! E ele nem tentara nada com ela! Nunca conhecera um homem que a tivesse tratado com todo aquele respeito. E também era amável. Tinha-lhe pedido que não dissesse nada a Julie para não lhe ferir os sentimentos. Isso são coisas de um homem perigoso? É claro que não! Mesmo tendo recusado o convite para entrar, quando, finalmente, a fora pôr em casa, ela sentia-se radiante desde que acordara na manhã seguinte.

Julie encolheu os ombros. Estava pálida, de olheiras fundas, como se mal tivesse dormido.

— O Pete Gandy interrogou-o durante uma hora e só às três é que o Henry conseguiu soltá-lo sob fiança.

Mabel parecia aturdida. — O Pete Gandy? Em que é que ele estava a pensar? Não ouvia o que o Mike lhe estava a dizer?

— Sei lá. Tentou sempre que o gesto não fosse visto como uma explosão de ciúme. Continuou sempre a querer descobrir o verdadeiro motivo que o levou a agredir o Richard.

— Disseste-lhe o que se estava a passar?

— Tentei, mas ele não achou que fosse relevante. Isto é, que não teve a ver com a acusação de agressão.

Mabel atirou com a bolsa para cima da mesa coberta de revistas.

— É um idiota. Nunca passou de um idiota. Nem sei como conseguiu entrar para a Polícia.

— Essa pode ser uma grande verdade, mas não ajuda em nada o Mike. Nem a mim, se queres saber a minha opinião.

— Então, o que vai agora acontecer ao Mike? Vai ser acusado?

— Não faço ideia. Acho que ficaremos a saber hoje, mais logo. Tem uma entrevista marcada com o Steven Sides.

Steven Sides era um advogado da cidade; Mabel conhecia a família dele há muitos anos.

— Foi uma boa escolha. Já o conheces?

— Não, mas o Henry conhece-o. Espera-se que consiga arrumar o assunto com o promotor de justiça.

— E tu, tencionas fazer o quê? Acerca do Richard?

— Vou, hoje mesmo, mudar o número do telefone.

— Só isso?

— Não sei que mais posso fazer. O Pete não me dará ouvidos; só me diz para apresentar queixa se o Richard continuar a molestar-me.

— No domingo, voltou a ligar?

— Não. Graças a Deus!

— E não o viste?

— Não.

Do outro lado do salão, Andrea ficou muito séria. A reflectir que o motivo era Richard estar ainda a pensar nela. Achava que era tempo de Julie deixar de o ofender.

— Então, pensas que foi tudo um esquema preparado por ele, não é?

— Penso que tudo faz parte de um plano, incluindo a noite de sábado. Incluindo-me a mim. Penso que ele vê tudo isto como um jogo.

Mabel olhou-a nos olhos. — Julie, não se trata de um jogo.

Julie levou algum tempo a responder.

— Eu sei.

— Então, como é que ele se portou? — perguntou Henry. — Durante o interrogatório?

Estavam sentados no escritório, de porta fechada. Desgostoso, Mike respirou fundo.

— É difícil de explicar.

— Difícil, porquê?

— É como se ele já tivesse uma ideia metida na cabeça, todas as explicações sobre o caso, sendo impossível fazê-lo mudar de opinião.

— Não ligou importância aos telefonemas? Ou ao facto de o Richard ter andado a espiar-vos?

— Não. Disse que lhe parecia que a Julie estava a exagerar. Um salão onde vai gente — explicou —, para cortar o cabelo. Nada de esquisito.

— E quanto ao segundo agente? A mulher?

— Como a Pete não a deixou abrir o bico, não faço ideia do que ela vale.

Henry bebeu um gole do seu café. — Bom, desta vez arranjaste-la bonita — comentou. — Não que esteja a atribuir-te a culpa. Se lá estivesse, teria feito a mesma coisa.

— E agora, o que é que julgas que vai acontecer?

— Bom, não acredito que vás parar à cadeia, se é isso que pretendes saber.

— Não estou a falar disso.

Henry olhou para o irmão. — O quê? Quanto ao Richard?

Mike assentiu.

Ao pousar a chávena, Henry só conseguiu dizer: — Olha, maninho, bem gostaria de te poder dizer.

A agente Jennifer já estava farta do agente Pete, embora naquela manhã tivessem trabalhado apenas uma hora juntos. Tivera de vir mais cedo para acabar os relatórios das ocorrências de sábado, que o colega não fizera avançar, porque, como dissera: — Já tenho bastante que fazer a tentar afastar os criminosos da rua; não vou passar o meu turno amarrado a uma secretária. Além disso, essa tarefa ajuda-te a aprender a música.

Nas duas semanas passadas na companhia dele, não tinha aprendido nada acerca da função, para além do facto de Pete se sentir muito feliz quando se podia descartar do trabalho, para poder passar mais tempo a exibir-se à frente do espelho. Na opinião de Jennifer, o homem era uma perfeita nulidade a conduzir interrogatórios.

A outra noite constituíra um bom exemplo.

Não era preciso ser detentora de um Prémio Nobel para ver que Mike e Julie estavam assustados, e o medo não se devia à circunstância de Mike ter sido levado à esquadra, a meio da noite, para ser interrogado. Não, estavam com medo de Richard Franklin e, se estavam a falar verdade, tinham todas as razões para isso. Pete Gandy talvez tivesse a sensibilidade de um poste de madeira, mas Jennifer, embora tivesse acabado a formação recentemente, tinha a vantagem de ser esperta. Um dado importante é que crescera a ouvir histórias daquele género.

Jennifer pertencia a uma longa linhagem de polícias; o pai era polícia, o avô era polícia e tinha dois irmãos polícias, embora estivessem todos a viver em Nova Iorque. Os motivos de se encontrar numa cidade costeira da Carolina do Norte eram diversos e inseriam-se numa longa história, envolvendo a universidade, um ex-namorado, a necessidade de se afirmar e o desejo de conhecer outras partes do país. Tudo pareceu conjugar-se cerca de seis meses antes, quando, por capricho, se candidatou à academia de Polícia e foi surpreendida ao ser aceite para preencher uma vaga existente em Swansboro. O pai, embora orgulhoso de a ver «juntar-se aos bons», sentia-se consternado por ela ter de cumprir o seu dever no estado da Carolina do Norte. — Todos aqueles tipos mascam tabaco, comem papas de aveia e tratam todas as mulheres por «bonecas». Não vejo maneira de uma bonita rapariga italiana como tu se adaptar àquela terra.

Mas tinha-se adaptado, aliás, bastante bem. Até agora, era muito melhor do que esperara, em especial as pessoas que, para que conste, eram tão simpáticas que cumprimentavam os estranhos enquanto conduziam. De facto, com excepção de Pete Gandy, achava todas as pessoas fantásticas. Pelo canto do olho conseguia vê-lo a flectir outra vez o músculo do braço, fazendo-o sobressair e, sempre que passava por outro carro, fazia um sinal de cabeça para o respectivo condutor, como a dizer «não te atrevas a ir muito depressa, meu caro».

A certa altura resolveu indagar: — Então, o que achas da história do Mike Harris na outra noite?

Como estava no meio de um dos seus sinais de cabeça aos automobilistas, Pete precisou de algum tempo para perceber que a colega estava a falar com ele.

— Oh, bem, hum... esteve a inventar desculpas — avançou. — Tanto faz ouvir aquela história uma vez como cem vezes. Todos os acusados atiram com as culpas para o outro. Um criminoso nunca se confessa culpado e, se o fizer, arranja logo uma explicação razoável. Uma vez aprendida a música, depressa nos habituamos.

— Mas não me disseste que o conhecias e que sempre o consideraste um tipo sossegado?

— Não interessa. A lei é a lei, é igual para todos.

Jennifer percebeu que ele procurava dar-se ares de homem inteligente, esperto e, acima de tudo, justo; porém, nas duas semanas em que fizera equipa com Pete, não achou que qualquer daqueles adjectivos pudesse ser-lhe aplicado. Inteligente e vivido? O homem achava que a luta livre profissional era um desporto a sério e, quanto à palavra justiça, não parecia existir no seu vocabulário. Com mil diabos, aplicou uma multa por atravessamento incorrecto da rua a uma senhora que usava canadianas e, na noite de sábado, quando ela abriu a boca para fazer uma pergunta ao Mike Harris, Pete tinha-a mandado calar, comentando que «a pequena ainda não conhece a música dos interrogatórios. Não lhe ligue».

Por causa daquela observação, se não estivessem dentro da esquadra, não deixaria de o pôr no seu lugar. Quase o fizera, de resto. Pequena? Logo que acabasse o período de formação, faria Pete Gandy pagar a afronta bem cara. De qualquer forma, em qualquer altura, pagaria.

No entanto, como em termos técnicos continuava em formação, embora nas últimas fases, que poderia fazer senão aguentar? Além do mais, não era isso que importava. Quem estava em causa eram Mike Harris e Richard Franklin. Sem esquecer Julie Barenson. Por causa do que Mike e Julie tinham dito e pelo modo como Richard actuara ao ser interrogado, «macio como veludo», acabado o seu turno de serviço, Jennifer sentira dificuldade em adormecer.

Teve a sensação de que, naquele caso, Richard não era a vítima. E nem Julie nem Mike lhe pareceram mentirosos.

— Mas não pensas que devemos, ao menos, investigar um pouco? E se eles estivessem a falar verdade?

Pete suspirou, como se o assunto estivesse a aborrecê-lo. — Nesse caso, deviam ter ido à esquadra apresentar queixa. Mas não o fizeram. E admitiram que não dispunham de provas. Ela nem nos disse que tinham a certeza de as chamadas terem sido feitas pelo Franklin. O que é que isto te diz?

— Mas...

— Diz-te que é provável que estivessem a inventar. Repara que é uma boa acusação, que o tínhamos na mão.

Jennifer tentou de novo. — Mas, e ela? Julie Barenson. Não te pareceu assustada?

— É claro que estava assustada. O seu menino estava preso. Provavelmente, também te sentirias assustada. Qualquer pessoa se sentiria.

— Em Nova Iorque, a polícia...

Pete Gandy levantou a mão. — Não me contes mais histórias de Nova Iorque, está bem? Aqui as coisas são diferentes. O sangue é um pouco mais quente, aqui por estes lados. Depois de saberes a música, vais aperceber-te de que, por aqui, quase todas as altercações têm a ver com inimizades antigas ou vinganças de um ou de outro género, pelo que a lei não está muito interessada em meter-se nisso, a menos que os tipos se excedam, como aconteceu com este. Além disso, esta manhã, antes de chegares, estive a falar com o chefe, que me disse ter recebido uma chamada do advogado e que estão a tentar uma solução qualquer. Por isso, haverá muitas possibilidades de o caso ser encerrado. Pelo menos naquilo que nos diz respeito. A menos que siga para o tribunal.

Jennifer olhou para o colega. — Do que é que estás a falar?

Pete encolheu os ombros. — Foi o que ele disse.

Outro dos pormenores que não suportava nas suas relações com o agente Gandy era o facto de ele lhe escamotear informações sobre casos em que trabalhavam juntos. Pete Gandy gostava de controlar tudo, uma das suas formas mesquinhas de lhe mostrar quem mandava.

Como Jennifer se calou, Pete regressou à sua tarefa de acenar aos automobilistas.

Jennifer abanou a cabeça. Que imbecil!

No silêncio que se seguiu, voltou a pensar em Mike e em Julie; ficou a pensar se não deveria ter uma nova conversa com eles, de preferência sem a companhia de Pete.

Henry encontrava-se de pé, no escritório, a ouvir a conversa que Mike mantinha com o advogado. — Deve estar a brincar comigo — dizia o irmão. — Não está a falar a sério. — Para logo acrescentar: — Não posso crer! — Mike andava de cá para lá, com os passos pesados a alternarem com expressões de descrença, a repetir constantemente as mesmas afirmações. Por fim, de maxilares contraídos, começou a responder com monossílabos, até que acabou a conversa e desligou.

Não se mexeu nem disse uma palavra ao irmão. Em vez disso, ficou de olhos postos no telefone, a passar a língua pelos dentes.

— Que conversa era aquela? — indagou Henry.

A este pareceu que a resposta tinha de passar por um sistema elaborado de filtragem, traduzida do inglês para outra língua qualquer, para voltar ao inglês original. O irmão afivelara a expressão das alturas em que as coisas «vão de mal a pior».

— Ele diz que acabou de falar com o advogado do Richard Franklin.

— E?

Mike não conseguiu olhar para o irmão. Tinha a cabeça virada para a porta, embora o olhar parecesse focado no vácuo. — Disse que pretendem uma ordem de restrição temporária dos meus movimentos, até o caso estar definido. Diz que o Richard Franklin me considera uma ameaça.

— Tu?

— Também têm a intenção de me mover um processo cível.

— Está a brincar.

— Foi isso que respondi. Porém, de acordo com o outro advogado, o Richard continua a sentir vertigens devido ao que aconteceu naquela noite. Supôs que estava bem e conseguiu chegar a casa na noite de sábado. Mas, na manhã de domingo, teve problemas de visão e vertigens tão fortes que teve de chamar um táxi para o conduzir ao hospital. O advogado dele diz que lhe provoquei um traumatismo.

Henry inclinou-se ligeiramente para trás. — Não lhe disseste que o Richard está a mentir? Que não tem nada contra ti? Parece-me que lhe deste bem, mas, um traumatismo?!

Mike encolheu os ombros, ainda a tentar processar toda aquela informação, a avaliar as razões de, subitamente, ter perdido o domínio de tudo o que estava a passar-se. Dois dias antes, só pretendia que Richard deixasse de incomodar Julie. Três dias antes, nem pensava naquele tipo, ponto final. E agora era considerado um criminoso só por fazer aquilo que devia ser feito.

O agente Pete Gandy, decidiu, estava definitivamente riscado da lista dos convidados da festa de Natal. Não que ele costumasse dar festas de Natal, mas, se alguma vez organizasse uma, Pete Gandy não seria certamente convidado. Se ele tivesse ouvido, se apenas tentasse perceber as razões de Mike, nada disto estaria agora a acontecer.

Levantou-se da cadeira. — Tenho de falar com a Julie — anunciou, atirando com a porta ao sair.

Quando Mike chegou ao salão, bastou um simples olhar para Julie concluir que nunca o vira tão perturbado.

— Isto é ridículo — repetia. — Quero dizer, para que serve a Polícia, se não consegue fazer nada em relação a ele? Neste caso, o maldito do problema é ele, não sou eu.

— Eu sei — respondeu Julie, a tentar acalmá-lo.

— Será que não percebem que não inventei aquilo que tentei explicar-lhes? Será que não sabem que eu seria incapaz de o atacar se ele não merecesse? Qual é a vantagem de estar do lado dos cumpridores da lei se os polícias não acreditam em nada do que lhes dizemos? Em vez disso, sou eu que tenho de me defender, que tive de pagar uma fiança para andar em liberdade, que tenho de contratar advogados. O que é que isto me diz acerca do sistema de justiça? Este tipo pode fazer tudo o que lhe apetecer, mas eu não posso mexer um dedo.

Julie não respondeu de imediato, nem Mike parecia precisar de respostas. Finalmente, pegou-lhe na mão e pressionou-a até ele se acalmar um pouco.

— Tens razão, não faz qualquer sentido — concordou. — E lamento muito.

Embora a carícia parecesse acalmá-lo, Mike não conseguia olhá-la de frente. — Também eu.

— Tu? Lamentas o quê?

— Lamento ter lixado tudo com a Polícia. É isso que me preocupa de verdade. Consigo suportar tudo o que aparecer, mas tu? Por causa de mim, os polícias não acreditaram na tua história. E se, no futuro, continuarem a não acreditar em mim e em ti?

Julie não queria pensar mais no assunto. Não pensara noutra coisa durante toda a manhã. Tudo correra de acordo com os desejos de Richard. Estava mais convencida do que nunca de que ele tinha planeado tudo.

— É que não me parece justo! — lamentou Mike.

— O advogado avançou mais alguma coisa?

Ele encolheu os ombros. — Apenas o habitual. Que ainda não há razões para eu estar preocupado.

— Fácil de dizer, para ele.

Mike não ligou a esta observação e respirou fundo, dizendo apenas: — Pois —, com voz de quem está cansado, derrotado, obrigando Julie a encará-lo.

— Ainda pensas ir a minha casa esta noite?

— Se me quiseres lá. Se não estiveres furiosa comigo.

— Eu não estou furiosa contigo. Mas vou zangar-me se não fores. Na verdade, esta noite não quero estar sozinha.

O escritório de Steven Sides estava situado perto do tribunal. Depois de entrar, Mike foi conduzido para uma sala com painéis de madeira, em que sobressaíam uma grande mesa rectangular e as estantes cheias de livros. O advogado segurou-lhe a porta e Mike sentou-se.

Um homem de cara redonda e cabelo preto, que estava a ficar cinzento nas têmporas, Steven Sides tinha 50 anos. Vestia um fato caro

— uma dessas criações em seda, importadas de Itália — mas amarrotado, como se não costumasse ver o cabide. Tinha a pele balofa e a ponta do nariz dava a entender que talvez abusasse um pouco das bebidas fora de horas, mas a serenidade que demonstrou ao recebê-lo deu a Mike a confiança de que necessitava. Sides falou devagar, foi cuidadoso, mediu cada palavra com que explicou o que fazer naquela situação. Deixou que Mike arengasse à vontade durante alguns minutos e depois, com uma série de perguntas, levou-o a falar dos pontos importantes da história. Não foi necessário muito tempo para que Mike lhe contasse tudo.

Quando ele terminou, Steven Sides pousou o lápis em cima do bloco e recostou-se na cadeira.

— Como disse pelo telefone, por agora acho que não temos que nos preocupar com a altercação de sábado à noite. Para começar, não tenho a certeza de que o procurador da comarca vá optar por levá-lo a tribunal, por várias razões.

E foi apontando as razões, uma por uma. — O seu cadastro limpo, a sua posição no seio da comunidade e o facto de ter consciência de que você poderia arranjar dezenas de testemunhas de abonação não lhe dão a certeza de conseguir que o júri o declare culpado. E, depois de eu lhe contar as circunstâncias que obrigaram o Mike a tomar aquela atitude no bar, a acusação é ainda mais duvidosa, mesmo que não consigamos provar o assédio. Esse é um pormenor que permite sempre influenciar o júri, e o procurador sabe isso tão bem como eu.

— Mas, e quanto ao processo cível?

— Esse é outro assunto, mas não é coisa que possa acontecer de imediato, se é que alguma vez vai acontecer. Se o procurador da comarca não deduzir acusação, isso não vai ajudar nada o caso do Franklin. Se o procurador decidir acusar e perder, também não vai ser bom para a outra parte. Em qualquer dos casos, não acredito que avancem com o processo cível sem que o procurador ganhe o primeiro processo e, como já disse, não vejo que isso seja possível. Você pensou que Julie estava em apuros e reagiu; para o bem e para o mal, haverá muita gente a considerar que foi uma atitude perfeitamente razoável. A ordem de limitação de movimentos não passa de fogo de vista. Parto do princípio de que não lamentará nada a proibição de estar perto de Richard Franklin.

— Pois não. Aliás, nunca quis estar por perto de tal personagem.

— Bom. Deixe-me tratar do caso com o procurador, está bem? E não volte a falar com os polícias. Mande-os ter comigo, eu encarrego-me deles.

Mike aquiesceu. — Portanto, não pensa que me deva preocupar muito com isto?

— Pelo menos por enquanto. Deixe-me falar com algumas pessoas e dentro de dias digo-lhe em que pé é que as coisas estão. Se quer uma preocupação, preocupe-se com Richard Franklin.

Sides inclinou-se para diante e falou com ar grave. — O que lhe vou dizer fica só entre nós, está bem? Só lhe estou a dizer isto porque você parece um tipo decente. Se contar a alguém que eu disse isto, nego tudo.

Passado um instante, Mike assentiu.

O advogado esperou mais um pouco, quis ter a certeza de que o cliente o ouvia com toda a atenção.

— Há uma coisa que tem de saber acerca dos polícias. São excelentes quando há um roubo ou um assassínio. É para isso que o sistema está montado, para caçar as pessoas depois de consumado o facto. Mesmo que as leis sobre o assédio estejam nos códigos, de facto, os polícias continuam a não poder fazer nada se um sujeito nos marcar como alvo e agir com cuidado, de forma a não deixar provas que possam levá-lo à cadeia. Se o sujeito estiver pronto para fazer mal e não se preocupar com as possíveis consequências, você estará, no fundo, entregue a si mesmo. Será você quem tem de resolver o assunto.

— Pensa, portanto, que o Richard Franklin poderá querer fazer mal à Julie?

— Essa não é a verdadeira questão. A pergunta a fazer é: você acredita que ele vai fazer-lhe mal? Se acredita, tem de estar preparado para o que der e vier. É que, se as coisas forem mais além, ninguém poderá ajudá-lo.

A conversa deixou Mike indisposto. Sides era obviamente um homem esperto e, embora Mike se sentisse melhor com as perspectivas legais do caso, o alívio era anulado pelos avisos deixados pelo advogado.

Estaria o caso de Richard resolvido?

Encostou-se à carrinha e ficou a pensar no assunto. Reviu a expressão de Richard no bar. Voltou a ver aquele sorriso sarcástico e, juntamente com a visão, veio a resposta.

O caso não estava encerrado. Richard estava apenas a começar.

Ao saltar para dentro da carrinha, voltou a ouvir as palavras de Sides:

«Ninguém poderá ajudá-lo.»

* * *

Chegada a noite, Mike e Julie fizeram o que puderam para tornar o serão o mais normal possível. Compraram uma piza no caminho para casa, viram um filme, mas nenhum se incomodou a esconder a preocupação que sentia sempre que um carro passava na rua. Mantiveram as cortinas corridas e o *Singer* dentro de casa. Até o cão pareceu inteirar-se do nervosismo deles. Percorrendo a casa como quem anda em patrulha, não ladrava nem rosnava. Quando fechava os olhos para dormitar, uma das orelhas ficava sempre arrebitada.

A única anormalidade daquela noite foi parecer demasiado silenciosa. Como o telefone de Julie tinha sido substituído e o número não vinha na lista, não houve chamadas. Decidira comunicar o novo número a muito poucas pessoas e tinha instruído a Mabel para não o fornecer a clientes. Não conseguindo telefonar, talvez Richard acabasse por perceber que devia deixá-la em paz.

Julie ajeitou-se no sofá. Talvez.

Depois do jantar, perguntou a Mike como tinha corrido a entrevista com o advogado e ele relatou-lhe o que Sides dissera, ou seja, que Mike não tinha muitos motivos para estar preocupado. Porém, para o olhar vigilante de Julie, a maneira como ele estava a comportar-se revelava que Sides dissera muito mais do que isso.

Do outro lado da cidade, Richard encontrava-se na sala escura, diante do tabuleiro dos reagentes de revelação, com um brilho vermelho no rosto enquanto o papel fotográfico ia pondo a descoberto os segredos que continha. Para ele, continuava a ser um processo com sabor a mistério: fantasmas e sombras, a escurecerem, a tornarem-se reais. A transformarem-se na imagem de Julie.

Dentro do tabuleiro raso, os olhos de Julie fitavam-no, brilhavam na direcção dele.

Acabava sempre por regressar à fotografia, a única constante da sua vida. Olhar para a beleza das luzes e sombras reflectidas nas imagens dava-lhe a ilusão de ter um propósito na vida, recordava-o de que era ele quem controlava o seu próprio destino.

Ainda sentia aquela enorme alegria da noite de sábado. Sem dúvida, a imaginação de Julie andava à solta. Mesmo agora, o mais provável é que gostasse de saber onde ele estava, o que pensava, qual seria a sua próxima jogada. Como se ele fosse uma espécie de monstro, o papão dos pesadelos infantis. Que vontade de rir. Como é que algo de tão terrível podia fazê-lo sentir-se tão bem?

E Mike, que parecia a cavalaria a carregar sobre ele, em pleno bar. Tão previsível! Também na altura lhe apeteceu soltar uma gargalhada. Aquele nem chegava a constituir um verdadeiro desafio. Julie, porém...

Tão emotiva. Tão corajosa.

Tão cheia de vida.

Ao estudar as fotografias que tinha à sua frente, voltou a reparar nas semelhanças entre Julie e Jessica. Os mesmos olhos. O mesmo cabelo. O mesmo ar de inocência. Desde o momento em que entrou pela primeira vez no salão pensou que poderiam ser irmãs.

Richard abanou a cabeça, sentindo a mente prisioneira da memória de Jessica.

Para passarem a lua-de-mel, tinham alugado uma casa nas Bermudas, num local pouco afastado de alguns grandes complexos turísticos. O lugar era calmo e romântico, com ventoinhas no tecto, mobílias de vime pintado de branco e uma varanda de frente para o oceano. Havia uma praia particular, onde podiam passar horas ao sol, sozinhos, sem mais ninguém por perto.

Oh, como desejara estar num lugar daqueles! Nos primeiros dias tirou dezenas de fotografias da mulher.

Adorava a pele dela: era macia e sem rugas, brilhante debaixo da camada de protector solar. A partir do terceiro dia, a pele adquiriu um tom de bronze, o que, juntamente com o biquíni de algodão branco, lhe dava um aspecto deslumbrante. Naquela noite não desejava mais do que tirar-lhe o biquíni muito lentamente e fazer amor com ela, tendo por tecto a abóbada estrelada do céu.

Mas ela quisera ir dançar. Para o complexo turístico.

Ele dissera que não, que ficassem ali. Estavam em lua-de-mel.

Ela rogara-lhe: «Por favor, faz isso por mim. Não fazes isso por mim?»

Foram a um local barulhento e cheio de bêbados; Jessica estava radiante e continuou a beber. As palavras começaram a sair-lhe truncadas e, mais adiante, quando pretendia dirigir-se para a casa de banho, tropeçou e foi chocar com um jovem, a quem quase entornava a bebida. O jovem tocou-lhe no braço e riu-se. Jessica riu-se com ele.

Ao ver o que tinha acontecido, Richard ficou rígido. Sentiu-se envergonhado. O episódio deixou-o furioso. Mas pensou que devia perdoar-lhe. Era jovem e imatura. Havia de perdoar-lhe porque era o seu marido e amava-a.

No entanto, ela teria de lhe prometer que cenas como aquela não voltariam a acontecer.

Porém, nessa mesma noite, ao regressarem a casa, tentou falar com Jessica mas ela não lhe deu ouvidos.

— Estava a divertir-me — desculpou-se. — Podias ter feito o mesmo.

— Como é que podia divertir-me, vendo a minha mulher a saracotear-se à frente de estranhos?

— Eu não estava a saracotear-me.

— Eu bem vi.

— Não sejas louco.

— O que é que me chamaste? O que é que disseste?

— Ai... larga-me... estás a magoar-me...

— O que é que disseste?

— Ai... por favor... Ai!

— O que é que disseste?

Afinal, pensou Richard, ficara desapontado com Jessica. E Julie também o desapontou. O supermercado, o salão, o modo como lhe tinha desligado o telefone. Começava a perder a fé, mas ela conseguira redimir-se no bar. Não conseguira ignorá-lo, não fora capaz de passar adiante, sem dizer nada. Não, tivera de lhe falar e, embora as palavras viessem carregadas de desprezo, ele sabia aquilo que na realidade Julie estava a sentir. Sim, sabia, ela preocupava-se com ele, pois não é verdade que ódio e amor são faces opostas da mesma moeda? Um grande ódio não é possível se não houver um grande amor... e ela tinha mostrado tanto ódio.

Sentia-se bem só de pensar naquilo.

Richard saiu da sala de revelação e foi para o quarto. Deitado em cima da cama, por entre a confusão de lentes objectivas, encontrou o telemóvel. Sabia que telefonar de casa podia deixar rasto, mas não podia passar aquela noite sem ouvir de novo a voz dela, mesmo gravada. Quando ouvisse a voz dela podia voltar a ver-se no teatro com ela, as lágrimas, a respiração acelerar-se quando o fantasma procurava decidir se permitiria que a sua amada o deixasse ou se ambos teriam de morrer.

Marcou o número e fechou os olhos, a gozar antecipadamente a sensação. Porém, em vez da voz familiar de Julie, ouviu uma gravação da companhia dos telefones. Terminou a chamada e voltou a marcar, agora com mais cuidado, mas apareceu-lhe a mesma mensagem gravada.

Ficou parado, a olhar para o telefone. Oh, Julie, porquê? Porquê?

VINTE E NOVE

Depois do tumulto do último mês, a semana seguinte de Julie decorreu numa extraordinária pacatez. Não viu Richard em toda a semana nem no fim-de-semana que se seguiu. Na segunda-feira também não aconteceu nada digno de registo e fazia cruzes para que a terça-feira não fosse diferente.

Tudo levava a crer que seria igual. O seu telefone era a prova de que os números não constantes da lista, não conhecidos, eram uma maneira eficaz de evitar telefonemas não desejados e, embora apreciasse o alívio de não ter de se preocupar com eles, começava a pensar que também podia enterrar o telefone no quintal das traseiras, pois era evidente que ninguém voltaria a ligar-lhe, nem que fosse só para falar do tempo, ninguém, durante o resto da sua vida.

O número só era do conhecimento de quatro pessoas: Mabel, Mike, Henry e Emma; como passava o dia todo na companhia de Mabel e as noites com Mike, não era razoável esperar que algum deles lhe telefonasse. Quanto a Henry, nunca lhe ligara desde que se conheceram, muitos anos antes, o que deixava a Emma como a única possibilidade. Contudo, depois de saber como Julie ficara afectada pelos telefonemas anónimos, Emma estava aparentemente a proporcionar-lhe algum descanso, não desejando sentir-se responsável pelo mal-estar da amiga.

Ora bem, não lhe custava a admitir que nos primeiros dias não lhe fizera muita diferença. Era bastante agradável conseguir cozinhar, tomar duche ou estar abraçada a Mike sem ser perturbada, mas, passada uma semana, a situação começava a irritá-la. Podia, é claro, telefonar a quem entendesse e fazia-o, mas não era a mesma coisa. Como ninguém ligava, como ninguém iria alguma vez ligar, começava a sentir-se transportada para a época dos pioneiros.

Engraçado! Como uma semana de quietude pode alterar a perspectiva de uma pessoa!

Mas o facto é que a semana fora calma. Verdadeiramente calma. Normalmente calma. Não vira ninguém que considerasse parecido com Richard, nem de longe, embora, na prática, estivesse sempre à espera de o ver aparecer. O que, como era evidente, também acontecia com Mike, Mabel e Henry. Ia à janela do salão pelo menos uma dúzia de vezes por dia, para observar a rua nos dois sentidos. Quando ia de carro, virava por vezes para uma rua diferente e parava, ficando a olhar pelo retrovisor para ver se estava a ser seguida. Esquadrinhava os parques de estacionamento com olhos de profissional e nunca perdia a porta de vista, quer estivesse numa bicha nos correios quer andasse pelo supermercado. Quando chegava a casa, *Singer* corria para o bosque, mas ela chamava-o para que ele desse uma volta pela casa. Ficava à espera, cá fora, empunhando um *spray* de pimenta que tinha comprado no Wal-Mart, enquanto o cão vistoriava todas as divisões da casa. Passados minutos, o *Singer* reaparecia, a agitar a cauda e a babar-se, feliz como uma criança numa festa de aniversário.

«O que é que estás a fazer aí no alpendre?», parecia perguntar. «Não queres entrar?»

Até o cão sentia que ela estava a ficar paranóica. Mas, como diz o velho ditado, o seguro morreu de velho.

E havia também Mike. Só a perdia de vista por alguns minutos, excepto quando estava a trabalhar. Embora fosse muito agradável tê-lo por perto, havia momentos em que a sua presença se tornava sufocante. Algumas coisas, pensava, eram mais fáceis de fazer sem ter Mike pegado a ela.

Na frente legal, havia alguma actividade. A agente Romanello havia aparecido lá em casa na semana anterior e falara com os dois; ouviu a história toda e disse-lhes que não hesitassem em chamá-la se voltasse a acontecer algo fora do comum. O que fez Julie sentir-se melhor; o mesmo aconteceu com Mike, mas, até ao momento, ainda não houvera qualquer razão para pedirem ajuda. Noutra das frentes, o procurador da comarca resolvera não deduzir acusação e, embora deixando em aberto a possibilidade de mais tarde voltar a intimá-lo, Mike encontrava-se em liberdade total. Informou que não tomara aquela decisão por achar que a acção de Mike tinha justificação; fizera-o por Richard não se ter apresentado para prestar declarações formais. E não conseguira contactá-lo.

Quando teve conhecimento disto, Julie não deixou de julgar a atitude de Richard muito estranha.

Contudo, sentia-se encorajada por aqueles oito dias em que não sucedera nada de anormal. Não que fosse suficientemente tola para esquecer os riscos possíveis — não se via no papel daquelas convidadas para o programa da manhã, que todas as pessoas presentes consideravam idiotas por não terem previsto o que as esperava — mas, sem que tivesse perfeita consciência disso. ocorrera nela uma mudança muito subtil. Na semana anterior mantivera-se na expectativa de ver Richard. Esperava vê-lo saltar-lhe ao caminho em qualquer altura e estava preparada para agir. Não sabia exactamente o que faria, é certo que isso dependia das circunstâncias, mas, em caso de necessidade, não teria problemas em gritar, em correr ou em atiçar o cão contra o homem. Repetia a si mesma que estava pronta para tudo, que bastava ele avançar. Mr. Franklin arrepender-se-ia se a provocasse, pouco que fosse.

Todavia, um milhar de alertas visuais ou auditivos, sem descobrir vestígios dele, tinham desgastado lentamente a sua determinação. Agora, embora continuasse a sofrer daquela sensação de desconforto, tinha atingido um ponto em que já não esperava vê-lo. Portanto, quando Mike a informou de que Steven Sides lhe tinha marcado uma pequena reunião para o final da tarde, Julie respondera que estava cansada e que ia direita para casa, mesmo sozinha.

— Aparece quando estiveres despachado — sugeriu. — E telefona, se estiveres atrasado, de acordo?

Singer saltou do jipe logo que ela parou e deu uma volta ao quintal, afastando-se cada vez mais, de nariz no chão, mesmo depois de ela o chamar.

«Vá lá», parecia querer dizer-lhe, «há séculos que não me levas a passear.»

Julie saiu do carro.

— Não, agora não podemos ir. Talvez mais tarde, depois de o Mike chegar.

O cão deixou-se ficar onde estava.

— Tenho muita pena mas não estou disposta a ficar cá fora, percebes?

Mesmo de longe, viu as orelhas dele abaterem-se. «Vá lá.»

Julie cruzou os braços e olhou à volta. Não viu o carro do Richard, nem o vira no caminho de carro para casa. Não andava por ali, a menos que estivesse disposto a percorrer uma grande distância a pé. A única viatura parada na rua pertencia à imobiliária que tinha posto os lotes vizinhos à venda e ostentava o nome da empresa e o da senhora que os vendia: Edna Farley.

Edna era cliente regular do salão. Embora fosse Mabel quem lhe tratava do cabelo, há muitos anos que Julie conhecia Edna. Roliça, de meia-idade, era simpática à maneira dos vendedores de propriedades — alegre e entusiasta, com tendência para deixar cartões de visita espalhados por todo o salão —, mas também bastante descuidada. Quando estava excitada, um estado que podia considerar-se permanente, parecia não reparar no mais óbvio e ia sempre ligeiramente atrasada nas conversas. Quando os outros já tinham mudado de assunto, Edna continuava a falar do tema anterior. Uma característica que por vezes irritava Julie, mas tolerava-a com um encolher de ombros, a pensar: «Ainda bem que é a Mabel que tem de aturar, não sou eu.»

A cauda do *Singer* movia-se para diante e para trás. «Por favoooor.»

Julie não queria ir, mas era verdade que não levava o cão a passear havia muito tempo.

Esquadrinhou a rua. Nada.

«Seria possível que ele percorresse uns bons quilómetros a pé, à espera da oportunidade remota de a encontrar a passear o cão?»

Não, não havia hipótese. Além disso, o cão estava com ela, e o *Singer* não era um caniche. Tudo o que era preciso era gritar e ele apareceria logo de seguida, a carregar como um samurai que sob o efeito de esteróides.

Mesmo assim, não lhe agradava a ideia. Passara a ter medo da mata. Havia demasiados sítios onde ele poderia esconder-se. Demasiados locais para observar e ser observado. Demasiadas oportunidades para Richard se esconder por detrás de uma árvore e atacá-la pelas costas, com as folhas secas a serem esmagadas pelo seu peso...

Sentiu-se de novo envolvida pelas garras do pânico, embora repetisse que não lhe podia acontecer nada, com o *Singer* por perto e a Edna a caminhar pelos lotes à venda. Sem se avistar o carro dele. Richard não andava por ali.

Nesse caso, por que não levar o cão a dar um passeio?

Singer ladrou, como que a pretender captar-lhe a atenção. «Então?»

— Ganhaste — acabou por dizer. O cão voltou-se e entrou na mata, desaparecendo por detrás de umas moitas.

Levou cinco minutos a aperceber-se de que ia a falar sozinha.

— Não vai acontecer nada — ia dizendo —, isto aqui é perfeitamente seguro.

E era, pensava, tinha de ser, mas não havia mal em passar em revista todas as opções, pois não? É que, por qualquer razão, não se sentia à vontade. Foi o que fez, até chegar de novo à conclusão de que Richard não andava por ali, pronto a saltar-lhe ao caminho. Nem isso serviu para a acalmar totalmente. Começou a ficar ofegante.

Uma asneira aquele passeio relaxante pela mata.

Julie apressou-se pelo carreiro, sempre de mão à frente para afastar os ramos mais crescidos. As ramagens estavam mais espessas em relação à última vez que por ali passara ou, pelo menos, assim parecia. Dantes, conseguia ver raios de sol a espreitar por entre as abertas no tecto verde mas, talvez por o sol já estar baixo e as nuvens terem naquele dia um tom escuro, acinzentado, a mata parecia excepcionalmente sombria.

Que ideia estúpida. Estúpida, estúpida, estúpida. Se tivessem o seu número de telefone, os tipos dos programas da manhã estariam certamente a convidá-la para a sessão do dia seguinte.

«Por que motivo não teve mais cuidado?», perguntaria o apresentador do programa.

«Porque», responderia de olhos baixos, «sou uma parva.»

Parou para escutar; não ouviu nada, excepto o palrar distante de uma pega. Olhou para ambos os lados, para a frente e para trás, não vendo nada de estranho. Nada. «É evidente que não corro perigo», disse para si mesma.

«Muito bem, minha menina, se entraste nisto agora tens de manter a calma. Posso não ver o *Singer*, mas sei que anda por aí. Vou deixá-lo vadiar uns minutos, depois vamos para casa e tudo voltará à normalidade. Talvez beba um copo de vinho para restaurar as forças, mas, com mil diabos, sou apenas humana. E o *Singer* aprecia tanto um passeio destes...»

Lá longe, ouviu o cão ladrar; sentiu o coração bater dentro do peito com uma força tal que parecia turvar-lhe a visão. Muito bem, parecia estar na altura de mudar de ideias, o recado estava entregue...

— *Singer*! Vamos embora — gritou. — Vamos para casa! Está na hora de voltar!

Esperou, à escuta, mas o *Singer* não apareceu. Em vez disso, ladrou de novo, mas não foi um latido de raiva. Parecia um latido de saudação, um latido amigável.

Deu um passo na direcção de onde viera o som mas parou. Julgou que não devia avançar, pelo menos até reconhecer qualquer outro som. Uma voz. Alguém estava a falar ao cão; soltou um suspiro de alívio ao reconhecer a voz. Edna Farley...

Caminhou mais depressa, seguindo pela longa curva do carreiro até poder ver a água do canal interior. Aí, a mata formava uma clareira, que lhe permitiu ver Edna a dar palmadinhas na cabeça do cão, que estava de boca aberta, sentado sobre as patas traseiras. Voltou a cabeça quando viu Julie entrar na clareira.

«Isto é que é vida», parecia querer demonstrar. «Um pouco de amor... O que poderá haver de melhor?»

Edna também se voltou.

— Julie! — chamou. — Pensei que estarias a vir para aqui. Como estás?

Julie olhou para Edna, que estava num plano ligeiramente inferior. — Viva, Edna. Estou óptima. Vim dar um passeio.

— Está um belo dia para passear. Ou estava, quando nós aqui chegámos. Mas agora parece que não tarda a chover.

Agora Julie estava muito perto.

— Nós?

— Sim, o meu cliente está a analisar dois dos lotes. Estão à venda há algum tempo; este parece bastante interessado, portanto, faz figas para que ele compre.

Como se percebesse o que Edna estava a dizer, o *Singer* pôs-se de pé num salto e foi postar-se ao lado de Julie, com o pêlo do lombo eriçado e o pescoço rígido. Começou a rosnar. Quando olhou na direcção para onde o cão estava virado, Julie sentiu o coração a bater novamente mais forte. Os olhos precisaram de uns instantes para se adaptarem à luz e ela soltou um suspiro prolongado. Atrás de si, Edna continuava a falar.

— Ah, ele aí está — dizia Edna.

Antes que Julie conseguisse dar um passo ou pensar em mais qualquer coisa, além de olhar, Richard chegou junto de Edna. Limpou a testa e sorriu-lhe, fazendo Edna corar.

— Tinha razão — afirmou Richard. — Aqueles lotes são interessantes, mas acho que gosto mais dos deste lado.

— Ah, sim. Tem toda a razão — respondeu Edna. — E a vista para o mar, deste lado, não tem preço. Como calcula, não é possível construir mais em frente nesta costa. É um investimento maravilhoso.

Edna riu-se, mas já ninguém estava a ouvi-la. — Oh, onde é que estão as minhas boas maneiras? Gostaria de lhe apresentar uma amiga...

— Olá, Julie — adiantou-se Richard. — Que agradável surpresa.

Ela não respondeu; não conseguiu senão ficar ali especada. O cão continuava a rosnar, de lábios arreganhados para mostrar os dentes. Edna ficou a meio da frase. — Oh, já se conhecem? — indagou.

— Pode dizer-se que sim — respondeu Richard. — Não é, Julie?

Julie tentou recompor-se. Aquele canalha... pensou. Como é que sabia que a vinha encontrar ali? Como é que ele sabia?

— Julie, o que é se passa com o *Singer*? — estava Edna a perguntar. — Está muito inquieto, porquê?

Antes que pudesse responder, Richard dirigiu-se a Edna.

— Edna, trouxe consigo a informação que lhe pedi, com as dimensões dos lotes? E os preços? Enquanto aqui estamos, gostaria de dar uma olhadela aos prospectos.

Ao ouvir a palavra preços, os olhos de Edna iluminaram-se.

— É claro que trouxe. Tenho tudo no carro. Deixe-me ir buscá-los. Estou certa de que ficará satisfeito, pois os preços são muito razoáveis. Só preciso de uns minutos.

Ele encolheu os ombros. — Leve o tempo que quiser. Não tenho pressa nenhuma.

Momentos depois, Edna seguia a cambalear pelo carreiro, como um pino de *bowling* prestes a cair. Quando ela se afastou, Richard dirigiu o sorriso para Julie.

— Estás com um aspecto excelente — começou. — Tenho sentido a tua falta. Como tens passado?

Só então, subitamente, Julie se apercebeu de que estavam sós, o suficiente para a fazer voltar à realidade. Deu um passo atrás, dando graças a Deus por o *Singer* se encontrar entre eles.

— Richard, o que é que tu estás aqui a fazer?

Ele encolheu os ombros, como se já esperasse a pergunta. — É um excelente investimento. Estou a pensar que este pode ser o lugar certo para eu criar raízes. Um homem precisa de um lugar que possa considerar como o seu lar e, dessa forma, poderemos vir a ser vizinhos.

Julie empalideceu.

Ele sorriu. — Não achas que te agradaria? Eu a viver perto de ti?... Não? Talvez eu quisesse apenas falar contigo. Mudaste o número do telefone, nunca andas sozinha. Que mais poderia fazer?

Julie recuou mais um passo; o cão ficou onde estava, como que à espera de que Richard ousasse aproximar-se dela, com as pernas traseiras tensas, pronto a saltar.

— Não quero falar contigo — disse ela, a odiar aquele seu tom lamentoso. — Como é possível que não consigas meter isso na cabeça?

— Não te recordas dos nossos encontros — respondeu Richard, com voz suave. Parecia alimentar esperanças e, de repente, Julie apercebeu-se da irrealidade de toda aquela cena. — O tempo que passámos juntos foi muito especial. Por que razão te recusas a admitir o que é evidente?

Julie recuou mais um passo. — Não há nada que admitir!

Ele pareceu magoado, estupefacto. — Qual o motivo de estares a agir assim? O Mike não está aqui neste momento. Estamos sozinhos, eu e tu.

Os olhos de Julie dardejaram para os lados, para a entrada do carreiro. Era chegada a altura de sair dali.

— Se fizeres algum movimento na minha direcção, ou se tentares seguir-me, eu grito e desta vez não agarro o cão pela coleira.

Ele recebeu a admoestação com um sorriso simpático, como se estivesse preparado para explicar qualquer coisa a uma criança.

— Não há razões para teres medo. Sabes que nunca te faria mal. Eu amo-te.

Ela pestanejou. Que tipo de amor era aquele?

— De que raio estás tu a falar? — acabou por dizer, com as palavras a saírem em tom mais alto do que o desejado.

— Amo-te — repetiu Richard. — E podemos começar de novo. Iremos de novo ao teatro. Sei que gostaste. E se não quiseres fazer isso, iremos a qualquer outro sítio que desejes conhecer. Não há problema. E consideraremos que este desvario com o Mike foi apenas um erro, está bem? Estou pronto a perdoar-te.

Deixando-o falar, Julie continuou a recuar, os olhos cada vez mais esbugalhados a cada palavra que ouvia. Todavia, mais do que as palavras, sentia-se aterrada pela expressão de absoluta sinceridade que ele demonstrava ao falar.

Presenteou-a com um sorriso fugidio. — Aposto que nem lhe disseste que me deixaste passar uma noite em tua casa. Como é que achas que ele vai reagir quando souber uma novidade dessas?

Aquelas palavras magoaram-na como se fossem pancadas físicas. Richard registou a reacção dela e, vendo que pensara bem, estendeu a mão.

— Anda cá, vamos a um lugar qualquer, onde possamos comer alguma coisa.

Julie recuou mais um pouco, tropeçou numa raiz exposta, quase perdeu o equilíbrio e sibilou: — Não vou a lado nenhum contigo.

— Não sejas assim. Por favor. Quero fazer-te feliz, Jessica!

Por um instante, Julie pensou se não teria ouvido mal, mas decidiu que ouvira perfeitamente.

— Tu... estás... maluco — balbuciou.

Desta vez as palavras fizeram mossa.

— Não devias ter dito isso — disse Richard, numa voz fria e cortante. — Não devias dizer coisas que não sentes.

Pelo canto do olho, Julie viu Edna a regressar à clareira.

— Já vou a caminho — anunciou ela com alegria. — Já vou a caminho...

Richard continuava de olhos fixos em Julie quando Edna chegou ao pé deles. Ela olhou para um e depois para o outro.

— Algum problema? — inquiriu.

Finalmente, Richard afastou os olhos dos de Julie. — Não — mentiu —, não há qualquer problema. Estávamos apenas a calcular quantas casas deveria haver aqui. Julgo que Julie aprecia a privacidade.

Julie mal ouviu esta resposta. — Tenho de ir — disse de súbito, recomeçando a recuar.

Richard sorriu. — Adeusinho, Julie. Até à vista.

Ela girou sobre os calcanhares e começou a andar para sair da clareira.

O *Singer* ficou mais um pouco, para ter a certeza de que Richard não ia atrás dela, e depois seguiu-a.

Logo que deixou de ser vista pelos outros, começou a correr, cada vez mais depressa. Com a respiração pesada e rápida, seguiu a tropeçar nos ramos estendidos sobre o carreiro. Caiu uma vez e levantou-se rapidamente, ignorando a dor no joelho. Ouvindo barulho, voltou-se para trás; não havia sinais de Richard atrás dela. Recomeçou a corrida, forçando as pernas a prosseguir, sentindo os galhos a rasgarem-lhe a pele enquanto abria caminho. Estou quase lá, meu Deus, permite-me que chegue a casa...

Minutos depois, quando ainda estava a tentar conter as lágrimas, Mike chegou. Abraçou-a e deixou-a chorar. Depois de lhe contar o que tinha acontecido, conseguiu acalmar-se o suficiente para poder perguntar-lhe por que chegara tão cedo.

Mike estava muito pálido. Quando falou, a voz não passava dum sussurro.

— Não foi o advogado quem me enviou a mensagem.

TRINTA

Meia hora depois, a agente Romanello estava sentada à mesa da cozinha, de olhos postos em Julie, que contava o novo episódio.

Julie não levou muito tempo a contar a história toda. Por muito importantes que as palavras fossem, foi a sua expressão que confirmou à agente que ela estava a dizer a verdade. Apesar da calma que tentava demonstrar, era evidente que estava destroçada. Até Jennifer ficou nervosa; sentiu pele de galinha pelo corpo todo, quando Julie contou que Richard lhe chamara Jessica.

— Isto não me está a cheirar nada bem — observou, logo que Julie terminou.

Embora a frase parecesse uma banalidade digna da inteligência de um Pete Gandy, que mais poderia dizer? «Pelos deuses! Compra uma arma e tranca as portas. Este tipo é maluco!» Mike e Julie estavam tão enervados que precisavam de alguém que os ajudasse a acalmar. Além disso, era exactamente aquilo que o seu pai teria dito. O pai era um verdadeiro mestre a manter as pessoas calmas em situações de tensão. Sempre lhe dissera que era a coisa mais importante que um polícia podia fazer, se queria viver o suficiente para chegar à idade da reforma.

— O que havemos de fazer? — perguntou Mike.

— Ainda não tenho a certeza — respondeu Jennifer. — Mas quero rever uma ou duas coisas, para ver se as percebi bem.

Julie estava absorta, a roer as unhas, pensando na parte da história que guardara para si mesma.

«Aposto que nem lhe disseste que me deixaste passar uma noite em tua casa. Como é que achas que ele vai reagir quando souber uma novidade dessas?»

O mais provável era Mike não se importar, pois não acontecera nada. Não foi nada de parecido com o que Sarah lhe fizera. E também não tinha interesse para a compreensão da história, pois não? Nesse caso, por que é que não conseguia referir-se a isso?

Imersa nestas reflexões, nem se apercebeu de que Jennifer tinha feito uma pergunta.

— Faz alguma ideia de como é que ele soube onde você estava? — repetiu a agente.

— Não.

— Mas ele chegou lá antes de si?

— Julgo que a Edna lhe deu uma boleia. Não sei há quanto tempo ali estava, mas não tenho dúvidas de que chegou antes de mim. Vi o carro dela arrumado de um dos lados da rua e não os vi entrar nos lotes que estão à venda.

Jennifer voltou-se para Mike. — E você pensou que tinha uma reunião com o advogado? — inquiriu.

— Deixaram um recado na oficina, dizendo que tinha uma reunião marcada para as cinco da tarde. Um dos empregados da oficina tomou nota do recado mas, quando cheguei ao escritório do advogado, descobri que ele não sabia de nada e vim o mais depressa possível para junto de Julie.

Mike parecia agoniado. E furioso.

Jennifer voltou-se novamente para Julie. — Posso, em primeiro lugar, saber o que a levou a dar o passeio?

— Sou uma tonta — murmurou Julie.

— Desculpe?

— Nada.

Respirou fundo. — Não o tinha visto nem ouvido durante toda uma semana; por isso, pensei que o caso estivesse encerrado.

— Não penso que deva repetir isso no futuro. Tudo bem quanto a lugares públicos, mas tente evitar os sítios onde ele a possa encontrar sozinha, de acordo?

Julie resfolegou. — Acho que não precisa de se preocupar mais com esse aspecto.

— E o que é que sabe acerca de Jessica?

— Na verdade, não sei nada. Contou-me que esteve casado com ela durante uns anos, que não deu certo. Não passou disso. Nunca mais falámos dela.

— E ele é de Denver?

— Foi o que me disse.

— E, uma vez mais, não lhe fez uma ameaça específica?

— Não. Mas não precisou de dizer fosse o que fosse. É um louco.

Sem dúvida, pensava Jennifer. Também pensava que ele era doido.

— E não avançou qualquer pista sobre o que pensa fazer a seguir? — perguntou a agente.

Julie negou com a cabeça. «Tive toda a espécie de fantasias. Quer saber quais?» De olhos cerrados, limitou-se a dizer, num fio de voz:
— Só desejo que isto acabe.

— Vai prendê-lo? — quis saber Mike. — Ou levá-lo para ser interrogado?

Jennifer não respondeu logo, defendeu-se. — Vou fazer o que puder.

Não precisou de dizer mais. Mike e Julie viraram-se para o outro lado.

— E então? Como é que nós ficamos? — indagou Julie.

— Vamos a ver. Sei que estão preocupados. Sei que estão com medo. E, acreditem-me, estou do vosso lado; por isso, não julguem que me vou embora e me esqueço do caso. Vou dar uma olhadela ao passado de Richard Franklin para ver o que daí sai e estou certa de que irei ter uma conversa com ele, mas ainda não sei quando. Mas, não se esqueçam de que neste caso tenho de trabalhar com o agente Gandy...

— Pois, fantástico!

Jennifer estendeu o braço por cima da mesa e apertou a mão de Julie.

— Mas dou-vos a minha palavra — continuou a agente —, de que vou investigar isto. E vamos fazer tudo o que estiver ao nosso alcance para vos ajudar. Creiam em mim, está bem?

Era o tipo de blá-blá que toda a gente gostaria de ouvir numa altura daquelas.

A ausência de reacções não provocou qualquer surpresa.

Andrea estava a ver *The Jerry Springer Show* quando ouviu o telefone tocar. Pegou no auscultador com ar ausente, mantendo os olhos fixos no ecrã ao balbuciar um «estou!».

Uma fracção de segundo depois, tinha os olhos a brilhar.

— Ora, viva! Estava à espera da sua chamada...

Jennifer mal conseguia concentrar-se durante a viagem para casa. Não parava de sentir aquele enjoo no estômago e o nervoso miudinho que nem o ronronar do motor parecia afastar. O caso metia-lhe medo, a diversos níveis. Como agente da polícia, sabia até que ponto os assediadores podem tornar-se perigosos. Como mulher, via-se a simpatizar com Julie a um nível bem mais pessoal. Só precisava de fechar os olhos: encontrava-se de imediato junto de Julie, a compartilhar a sua sensação de desamparo. Não havia nada de pior. Na sua maioria, as pessoas vivem na ilusão de que controlam as suas vidas, o que não é inteiramente verdade. É claro que cada um pode decidir o que vai comer ao pequeno-almoço, o que vai vestir e todos esses pequenos pormenores, mas, logo que damos os primeiros passos neste mundo, ficamos em grande parte à mercê de todos os que nos rodeiam, restando-nos a esperança de que, se eles tiverem tido um dia mau, não resolvam descarregar as culpas para cima de nós.

Sabia que estava a pintar o quadro com tintas muito carregadas, mas era exactamente assim que avaliava a situação. Para Julie, a sensação ilusória de segurança fora destruída e agora tudo o que pretendia era que Jennifer — alguém, qualquer pessoa, na verdade — voltasse a reconstruí-la. O que é que ela disse? «Só desejo que isto acabe.» Pois, quem não desejaria? O que ela quis mesmo dizer foi que desejava que a sua vida voltasse a ser como era. Num outro tempo em que o mundo era um lugar seguro.

Não seria assim tão fácil. Em parte, o problema residia no facto de a própria Jennifer se sentir igualmente abandonada à sua sorte. Afinal, eles tinham-lhe pedido ajuda, mas ela nem sequer podia falar com Richard a título pessoal e, a título oficial, ainda não tinha capacidade para o fazer. E Pete Gandy, embora provavelmente fizesse tudo o que ela mandasse, desde que se mostrasse coquete, era bem capaz de mandar toda a investigação às urtigas logo que abrisse a boca.

Mas ela podia investigar o tipo por conta própria. Foi o que prometeu ao Mike e à Julie. Era exactamente isso que ia fazer.

Uma hora depois de Jennifer Romanello os ter deixado, Julie e Mike continuavam sentados à mesa. Ele estava a beberricar uma cerveja, mas Julie não o tinha acompanhado. Não tinha estômago para o copo de vinho que tinha enchido antes e despejou-o no lava-louça. Limitava-se a olhar em frente, não pensando em nada e falando pouco e, embora parecesse muito cansada, Mike não se atrevia a sugerir-lhe que fosse para a cama, pois dormir era uma impossibilidade para qualquer deles.

Mike acabou por perguntar: — Tens fome?

— Não.

— Queres alugar um filme?

— Penso que não.

— Bom, tive uma ideia — propôs Mike. — Vamos ficar sentados a olhar um para o outro durante um bocado. E talvez consigamos zangar-nos um pouco, só para quebrar a monotonia. Só pretendo dizer que precisamos de descobrir qualquer coisa que nos permita gastar tempo.

Foi esta tirada que acabou por provocar o sorriso de Julie.

— Tens razão — aquiesceu. Pegou na cerveja dele e bebeu um gole. — De qualquer das formas, começo a ficar cansada desta situação. Não parece estar a trazer-me qualquer benefício.

— Portanto, queres fazer o quê?

— Importas-te de me abraçar? — perguntou ao levantar-se e caminhar para ele.

Mike levantou-se e rodeou-a com os braços. Apertou-a contra si, absorvendo o calor que irradiava do corpo dela. Presa nos seus braços, Julie deixou a cabeça descair para o peito dele.

— Estou satisfeita por estares aqui — murmurou Julie. — Não sei o que faria sem ti.

O telefone tocou antes que Mike pudesse responder. Ambos ficaram tensos ao ouvir a campainha. Continuaram a cingir-se até ouvirem o segundo toque.

Depois, o terceiro.

Mike largou-a.

— Não atendas — gritou Julie, a quem o terror fazia arregalar os olhos.

O telefone tocou pela quarta vez.

Mike ignorou-a. Foi até à sala e levantou o auscultador. Deixou-o a meio caminho durante um instante, até que o levantou lentamente até ao ouvido.

— Estou!

— Olá, boa noite. Cheguei a pensar que não estava ninguém em casa — disse a voz do outro lado do fio, para alívio de Mike.

— Olá, boa-noite, Emma — respondeu com um largo sorriso. — Como estás?

— Estou óptima — respondeu uma voz cheia de energia. — Mas, ouve, estou em Morehead City e nem vais acreditar quando te disser quem acabo de ver.

Julie veio até à sala e ficou junto de Mike, que afastou o auscultador da orelha para ela também ouvir.

— Quem?

— A Andrea. E nem vais acreditar em quem estava com ela.

— Quem era?

— Estava com o Richard. E, digo-te mais, acabo de o ver beijá-la.

— Não sei o que pensar acerca disto — admitiu Julie. — Quero dizer, não faz sentido.

Mike tinha pousado o auscultador e estavam ambos sentados no sofá, com uma só lâmpada a iluminar a sala. O *Singer* estava a dormir junto à porta da frente.

— No salão, não fez nenhuma menção a isto, durante uma semana inteira? Sobre o namoro com ele, pergunto eu?

Julie acenou que não com a cabeça. — Nada. Nem uma palavra. Ela cortou-lhe o cabelo: e é tudo quanto sei sobre o assunto.

— Não ouviu as coisas que disseste acerca dele?

— Ouviu, de certeza.

— Mas não ligou.

— Ou não ligou ou não quis acreditar em nada do que eu disse.

— Por que motivo não ia acreditar em ti?

— Quem sabe? Mas amanhã falo com ela. Pode ser que consiga meter-lhe algum juízo naquela cabeça.

Mais tarde, Richard levou Andrea para sua casa e deixaram-se ficar na varanda a olhar o céu. Encostado a ela, pôs-lhe as mãos na barriga, movendo-as até lhe agarrar os seios. Andrea encostou a cabeça a ele e suspirou.

— Cheguei a recear que nunca mais telefonasses.

Richard beijou-lhe o pescoço e o calor dos seus lábios fê-la arrepiar-se. A Lua derramava uma luz de prata sobre as árvores.

— Isto aqui fora é tão bonito — disse ela. — Tão calmo.

— Chiu. Não digas nada. Limita-te a ouvir.

Não queria ouvir a voz dela, porque lhe lembrava que não estava a abraçar Julie. Estava com outra mulher, uma mulher que nada significava para ele, mas tinha um corpo macio e quente. E desejava-o.

— E o luar...

— Chiu!

Uma hora depois, quando estavam juntos na cama, Andrea gemeu e enterrou os dedos no cabelo dele, mas Richard avisara-a de que não devia emitir quaisquer outros sons. Não haveria sussurros nem palavras. Também insistira na escuridão total.

Debruçou-se por cima dela, a sentir-lhe a respiração na pele do peito. «Julie», queria sussurrar, «não podes continuar a fugir de mim. Não vês o que temos em comum? Não suspiras pela plenitude que a nossa união nos proporcionará?»

Mas, então, recordou-se do encontro na mata, na expressão de horror dos olhos dela. Sentiu a sua repulsa, ouviu-lhe as palavras de rejeição. Sentiu-lhe o ódio. A recordação fez doer; Richard lembrou-a como uma agressão aos seus sentimentos. «Julie», gostaria de sussurrar, «hoje foste cruel para mim. Ignoraste a minha confissão de amor. Trataste-me como se eu não significasse nada para ti...»

Ouviu-se um grito na escuridão do quarto. — Ai! Com tanta força não... estás a magoar-me... Ai!

O som obrigou-o a enfrentar a realidade.

— Chiu — sussurrou, mas não aliviou a pressão das mãos. Na luz escassa que se coava pela janela, só conseguiu vislumbrar o medo que ensombrava os olhos de Andrea. Sentiu o desejo submergi-lo.

TRINTA E UM

Na quarta-feira, embora o seu turno só começasse às oito horas, às seis Jennifer já se encontrava sentada diante do computador; ao lado do computador estava uma cópia do auto de prisão de Mike Harris. O auto começava pelos elementos fundamentais: nome, endereço, número de telefone, local de trabalho, etc. Desprezou essa parte e passou a ler a descrição da altercação propriamente dita. Como esperava, não havia ali qualquer elemento que ajudasse a definir o passado de Richard, mas esse pareceu-lhe o elemento que devia procurar. Precisava de qualquer coisa que pusesse a bola a rolar.

Graças a Deus, o pai tinha-lhe dado uma ajuda na noite anterior. Tinha-lhe ligado depois de chegar a casa, para lhe perguntar o que ele pensava do caso; depois de ser posto ao corrente, o pai confirmou as suas primeiras impressões, por muito vagas que fossem, acerca do que poderia vir a acontecer. — Ambas as hipóteses são válidas — dissera o pai. — Por conseguinte, tens de descobrir se o tipo é realmente louco ou se anda apenas a representar o papel de louco.

Ainda não sabia ao certo por onde começar, pois as informações sobre Richard Franklin escasseavam e as horas de que dispunha para as investigar não eram exactamente as horas normais de expediente. O departamento de pessoal do projecto da ponte só abria mais tarde e, embora lhe parecesse a entidade mais indicada para começar, o pai sugerira que começasse pelo senhorio. — Estão habituados a receber chamadas à noite, não faz mal ligar-lhes fora das horas normais de trabalho. Talvez consigas obter o número da Segurança Social ou da carta de condução, para além de referências. É habitual exigirem esse tipo de dados quando elaboram os contratos de arrendamento.

E foi exactamente o que fez. Depois de obter o nome do proprietário através de um conhecido que trabalhava para o município, falou com ele, um homem que parecia não ter mais de trinta anos. Pelo que ouviu, a casa pertencera aos avós do proprietário actual, a renda era paga a tempo e horas pela empresa do inquilino, além de Richard Franklin ter feito um depósito de garantia e pago dois meses adiantados. O proprietário não conhecia Richard pessoalmente e não visitava a propriedade há mais de um ano. A administração do prédio era feita por uma empresa de gestão imobiliária local, cujo número de telefone lhe forneceu.

A seguir, ligou para o gerente que, depois de um bocado de conversa, lhe enviou um fax com o contrato de aluguer. Como referências indicou a empresa local e o respectivo chefe de pessoal; nenhuma de Ohio ou do Colorado. Conseguiu obter os números da Segurança Social e da carta de condução e, sentada à secretária de Pete Gandy, inseriu estes dados no computador.

Passou a hora seguinte à procura de informações, começando pelo estado da Carolina do Norte. Richard Franklin parecia não ter cadastro nesse estado, nem nunca fora preso. Embora a carta de condução tivesse sido utilizada em Ohio, era demasiado cedo para contactar a divisão de trânsito local. O mesmo se passava com o Colorado.

Depois, usando o computador portátil, ligou-o à rede telefónica de banda larga e pesquisou na Internet. Usando os motores de busca normais, encontrou milhões de referências ao nome dele e algumas páginas pessoais da Web sobre vários Richard Franklin, mas nenhuma do Richard Franklin que procurava.

A partir daqui, começou a deparar com obstáculos. Obter informações dos estados do Colorado e do Ohio sobre um possível cadastro levaria pelo menos um dia e exigiria a cooperação de outro departamento, pois os cadastros policiais eram objecto de manutenção local. Não era difícil para um agente, mas para uma novata em formação não era pêra doce. Além disso, a resposta era dada através de um telefonema feito por eles e, se ligassem enquanto ela andava em patrulha no exterior — estaria com certeza no carro com Pete Gandy — teria de explicar ao chefe a razão das chamadas para as polícias de Denver e de Columbus; poderia ser totalmente afastada do caso e talvez até ficasse sem emprego.

Mas continuava a ter dúvidas quanto ao passado do homem e gostaria de saber se era o que apregoava.

Teria nascido em Denver? Julie pensava que sim, mas quem saberia a verdade? O pai tinha-se referido a isso na noite anterior:
— Novo na cidade e possivelmente tarado? Não me parece que ligasse muito ao que ele disse a essa mulher daí. Se até agora conse-

guiu ser tão bom a evitar as malhas da lei, tenho a certeza de que é igualmente bom a evitar falar dos problemas do passado.

Embora soubesse que era ilegal, Jennifer resolveu dar uma olhadela aos registos pessoais de crédito de Richard. Sabia quais eram as três agências mais importantes do ramo e que quase todas publicavam relatórios anuais. Usando o contrato de arrendamento como guia, foi inserindo todas as informações exigidas, exactamente as mesmas que a empresa de gestão imobiliária tinha utilizado para elaborar o contrato da casa onde Richard vivia. Nome, número da Segurança Social, última morada, endereços anteriores, número da conta bancária — finalmente, viu resultados.

Apareceu um conjunto de páginas que incluíam todos os pormenores dos registos pessoais de Richard.

A única pesquisa recente fora efectuada pela empresa de gestão imobiliária; até aqui não havia nenhuma surpresa, mas foi posta de sobreaviso por um pormenor caricato: nenhum daqueles registos parecia fazer muito sentido. Especialmente para um engenheiro que dispunha de um bom emprego.

Não havia nota de cartões de crédito em vigor, nenhum empréstimo para compra de automóvel, qualquer linha de crédito pessoal. Uma passagem rápida pelo registo de crédito mostrava que todas as contas constantes do registo tinham sido fechadas.

Estudando o registo com mais cuidado, verificou que, quatro anos antes, houvera uma importante falta de pagamento a um banco de Denver. Estava inscrita na lista de bens imobiliários e, pelo valor envolvido, pensou tratar-se de uma hipoteca sobre uma casa.

Por essa altura, havia também uma série de pagamentos fora de prazo: *Visa*, *MasterCard*, *American Express*, contas de telefone, de electricidade, de água — em todos os casos havia verbas em falta, que acabaram por ser pagas.

Mais tarde, cancelara as contas *Visa* e *MasterCard*, bem como os cartões *American Express* e *Sears*.

Jennifer recostou-se na cadeira, a reflectir sobre o que acabava de ver. Ora bem, vivera em Denver em determinada altura da vida e, quatro anos antes, tivera certas dificuldades de ordem financeira. Podia haver diversas explicações para isso, pois há muitas pessoas que não sabem muito bem como gerir o seu dinheiro; além disso, ele tinha contado a Julie que se tinha divorciado. Talvez o problema financeiro tivesse algo a ver com isso.

Ficou a contemplar o ecrã. Mas por que razão não havia movimentos mais recentes?

Era provável que as suas contas fossem pagas por intermédio da empresa, como acontecia com a renda da casa. Tomou uma nota para investigar esse pormenor.

Que mais? Sabia que não podia deixar de tentar saber mais acerca de Jessica. Porém, sem novos dados, não havia a mínima possibilidade de prosseguir a investigação desse ponto.

Desligou o computador portátil e guardou-o na maleta de protecção, a reflectir sobre o devia fazer em seguida. O melhor que tinha a fazer, decidiu, era esperar que o departamento de pessoal abrisse, para poder falar com alguém de lá. Se Richard era engenheiro-consultor a trabalhar num projecto importante, por conta de uma grande empresa, era forçoso que o departamento de pessoal dispusesse de outras referências. Talvez alguma delas pudesse aclarar o que acontecera quatro anos antes. Contudo, isso exigia mais uma hora de espera.

Não sabendo o que fazer nesse período de tempo, analisou o auto de prisão, antes de se concentrar no endereço e perguntar a si mesma se não deveria ir dar uma vista de olhos. Não sabia muito bem aquilo de que andava à procura; só pretendia saber onde ele morava, na esperança de que a localização lhe dissesse mais qualquer coisa sobre o homem. De computador debaixo do braço, serviu-se de um copo de café no caminho para a saída e meteu-se no carro.

Como ainda não conhecia bem a cidade, consultou o mapa guardado no porta-luvas e decidiu seguir pela avenida principal até sair da cidade e entrar numa zona rural.

Dez minutos depois, entrou na estrada de macadame onde Richard Franklin vivia. Abrandou ao aproximar-se da caixa de correio, à procura de um número, a tentar saber onde se encontrava. Depois de saber, verificando que ainda estava longe, voltou a acelerar.

Estava admirada por aquelas casas estarem ali, numa zona tão remota. Muitas delas faziam parte de propriedades com vários hectares, deixando-a a especular sobre as razões que levavam um engenheiro, vindo de uma grande cidade, a escolher um sítio daqueles para morar. Não estava perto da cidade, nem do local de trabalho, nem do que quer que fosse. E a estrada estava a ficar cada vez pior.

À medida que avançava, as casas eram mais velhas e estavam mais degradadas. Algumas pareciam abandonadas. Passou pelas ruínas de um antigo celeiro de tabaco. As paredes laterais tinham desabado para o interior devido à queda do telhado e toda a estrutura começava a ficar coberta de arbustos, que emergiam de entre as pranchas de madeira apodrecida. Mais atrás, havia um tractor a enferrujar no meio das ervas daninhas.

Uns minutos depois, outra caixa de correio. Estava perto.

Jennifer abrandou. Calculou que a casa dele devia ser a próxima, do lado direito, e viu-a por entre as árvores. Construída longe da estrada, era uma casa de dois pisos, menos degradada do que as restantes, mas o jardim mostrava ervas e arbustos bastante altos.

No entanto...

Era provável que as pessoas vivessem ali por se tratar de propriedades familiares ou por não terem escolha. Por que é que ele teria escolhido um lugar daqueles?

Por querer esconder-se?

Ou por querer esconder qualquer coisa?

Não parou; seguiu e fez inversão de marcha cerca de um quilómetro mais adiante. Continuava a fazer a si mesma as mesmas perguntas quando voltou a passar pela casa e iniciou o caminho de regresso à esquadra.

Richard Franklin afastou-se da cortina, mostrando-se algo contrariado.

Tinha uma visita, mas não reconhecia o carro. Sabia que não era Mike nem Julie. Nenhum deles tinha um *Honda* e estava certo de que nenhum deles viria procurá-lo ali. Também não era ninguém que vivesse para aqueles lados. A estrada acabava a poucos quilómetros dali e nenhum dos vizinhos conduzia um *Honda*.

O certo é que alguém viera. Tinha observado o carro ainda longe, a mover-se demasiado devagar, calculando que os ocupantes andassem à procura de alguma coisa. A inversão de marcha só servira para confirmar as suspeitas. Se a inversão tivesse sido devida a um erro, ou se alguém andasse perdido, não haveria necessidade daquele abrandamento em frente da casa — e só em frente da sua casa — e da aceleração que se seguiu.

Não, alguém viera certificar-se do lugar onde ele vivia.

— O que é que estás a ver? — indagou Andrea.

Richard largou a cortina e voltou-se. — Nada — respondeu secamente.

O lençol tinha descaído, deixando-lhe o peito à mostra. Acercou-se da cama e sentou-se junto dela. Andrea tinha nódoas negras nos braços e Richard passou um dedo sobre elas, suavemente.

— Bom dia — saudou. — Dormiste bem?

À luz da manhã, vestindo apenas umas calças de ganga, Richard tinha uma figura exótica. Sensual. Que mal havia em ter sido um pouco bruto na noite passada?

Andrea afastou uma madeixa solta de cabelo que lhe tinha caído sobre a cara. — Quando finalmente decidimos dormir, dormi bem.

— Tens fome?

— Alguma. Mas tenho de ir primeiro à casa de banho. Onde é que fica?, já não me lembro. Acho que ontem à noite estava um pouco tocada.

— É a última porta do lado direito.

Andrea saltou da cama, levando o lençol consigo. De pernas vacilantes, saiu do quarto. Richard ficou a vê-la ir, a pensar que preferia que ela não tivesse passado ali a noite, e voltou para junto da janela.

«Alguém viera certificar-se do lugar onde ele vivia.»

Não foram o Henry ou a Mabel. Também conhecia as matrículas dos carros de ambos. Quem tinha sido, então? Esfregou a testa.

Polícias? Sim, podia imaginar Julie a chamá-los. No dia anterior revelara-se completamente irracional. Assustada e furiosa. E agora, alterando as regras do jogo, estava a tentar recuperar o domínio da situação.

Mas qual seria o agente a quem pedira auxílio? Não seria a Pete Gandy. Disso tinha a certeza. Mas, e a outra, a agente nova? O que é que Gandy dissera a respeito dela? Que o pai dela era polícia em Nova Iorque?

Ficou a reflectir sobre o assunto.

A agente Romanello não acreditara na sua versão da altercação no bar. Lera descrença na maneira como olhou para ele. E era mulher. Sim, decidiu que devia ter sido ela. E Gandy, estaria a apoiá-la naquilo? Não, pensou, ainda não. E tomaria as suas precauções, para que tal não viesse a acontecer. O agente Gandy era um idiota. Podia ser manipulado com a mesma facilidade com que manipulara o agente Dugan.

Uma parte do problema estava solucionada. Ora, quanto a Julie...

Os pensamentos de Richard foram interrompidos por um grito vindo da parte de Andrea. Quando entrou no corredor viu Andrea rígida, de olhos esbugalhados, a tapar a boca com a mão.

Não abrira a porta da direita, a que dava entrada na casa de banho. Estava a olhar para o quarto do lado esquerdo.

A câmara escura.

Voltou-se e olhou para Richard, como se o visse pela primeira vez.

— Oh, meu Deus — murmurava Andrea —, oh, meu Deus!...

Richard pôs-lhe o indicador em cima dos lábios. — Chiu...

Andrea recuou um passo quando lhe viu aquela expressão.

— Não devias ter aberto essa porta — ameaçou Richard. — Eu disse-te onde era a casa de banho, mas não me deste ouvidos.

— Richard? As fotografias...

Deu um passo na direcção dela. — Estou muito... desapontado.

Mais um passo atrás, um novo murmúrio. — Richard!

Jennifer regressou à esquadra e ainda ficou com uns minutos livres. Graças a Deus, Pete ainda não tinha chegado. Dirigiu-se à secretária dele, sabendo que não dispunha de muito tempo. Apontou o número do telefone dos escritórios centrais do gabinete da ponte num pedaço de papel, colocando o auto no arquivo a que pertencia. Não havia necessidade, pelo menos para já, de o colega Pete saber o que ela andava a magicar.

Discou o número e foi atendida por uma secretária; depois de se identificar, Jennifer pediu para falar com Jake Blansen e ficou à espera.

Tratava-se do homem anteriormente mencionado por Mike.

Enquanto esperava, Jennifer recordou a si própria que tinha de agir com cuidado; a última coisa que desejava era fazer Richard desconfiar do que ela andava a fazer. Também não lhe interessava que Mr. Blansen ligasse para o chefe a reclamar ou lhe dissesse que aquele tipo de informações só era fornecido com ordem do tribunal. Nenhuma daquelas opções lhe seria útil; por isso, resolveu usar a verdade com uma pequena distorção, como se estivesse apenas a tentar confirmar os dados do auto de prisão de Mike.

Jake Blansen atendeu com a voz rouca de um sulista que andava há cinquenta anos a fumar cigarros sem filtro. Jennifer identificou-se como agente da esquadra de Swansboro, despachou a conversa mole habitual e fez um breve resumo do incidente.

— Nem quero acreditar que perdi as informações respeitantes à prisão e, como sou principiante, não quero meter-me em mais sarilhos. Nem desejo que Mr. Franklin pense que aqui somos uns desorganizados. Quero completar o auto, no caso de ele vir a ser necessário mais tarde.

Continuou a cena da agente pouco inteligente e, embora estivesse a construir um castelo de areia, para não dizer pior, Mr. Blansen não pareceu reparar nisso, ou não se preocupou.

— Não sei o que mais posso dizer-lhe — respondeu sem hesitação, a arrastar lentamente as palavras. — Sou apenas o encarregado.

É provável que tenha de falar com a administração. Só eles é que dispõem desse tipo de informações sobre os consultores. A sede é em Ohio, mas a secretária poderá dar-lhe o número.

— Estou a perceber. Bom, talvez me possa ajudar.

— Não vejo como.

— Trabalhou com Richard Franklin, não é verdade? Como é que ele é?

Jake Blansen levou o seu tempo a responder. Finalmente, perguntou:

— Isto é a sério?

— Desculpe, porquê?

— Você. Essa história de ter perdido o auto. Estar a falar da esquadra. Tudo isto.

— Pois, compreendo. Se preferir, posso dar-lhe o número da minha extensão e o senhor liga para cá. Ou vou aí falar consigo.

Jake Blansen respirou fundo. — Ele é perigoso — disse, em voz baixa. — A empresa contratou-o porque ele consegue manter os custos baixos, mas fá-lo à custa de cortes na segurança. Tivemos um acidente por causa dele.

— Como é que foi?

— Corta na manutenção, as coisas partem-se, as pessoas magoam-se. Os inspectores do trabalho teriam muito que fazer aqui. Numa semana, foi uma das gruas. Na semana seguinte, foi a caldeira de uma das barcaças. Cheguei a informar a sede e prometeram-me que iam investigar. Mas julgo que ele descobriu e veio à minha procura.

— Agrediu-o?

— Não... mas ameaçou-me. De uma forma indirecta. Começou a falar como se fôssemos amigos, percebe? A perguntar-me pela mulher e pelos filhos, coisas assim. Para depois me dizer que se sentia muito desapontado comigo e que, se eu não tivesse cuidado, deixaria de me proteger. Como se tudo acontecesse por minha culpa, como se estivesse a fazer-me um grande favor ao tentar proteger-me. Pôs o braço à volta dos meus ombros, a murmurar que seria uma desgraça se houvesse mais acidentes... A maneira como o disse deixou-me com a sensação de que estava a referir-se especificamente a mim e à minha família. Meteu-me medo e, para lhe ser franco, digo que fiquei encantado de o ver pelas costas. Passei o resto do dia a dançar. E aconteceu o mesmo com toda a gente que trabalha aqui.

— Espere lá... ele foi-se embora?

— Foi. Despediu-se. Teve de atender uma emergência qualquer, fora daqui, anunciou que precisava de dispor de algum tempo para tratar de assuntos pessoais. Nunca mais o vi.

Um minuto depois, após a chamada ter sido devolvida à secretária, que lhe deu o necessário número de Ohio, Jennifer desligou aquela chamada e telefonou para a sede da empresa. Foi passando de um funcionário para outro, até finalmente ser informada de que a pessoa que a podia ajudar estava fora e só voltaria pela tarde.

Jennifer tomou nota do número e da pessoa a quem devia ligar — Casey Ferguson — e recostou-se na cadeira.

Richard era perigoso, dissera Blansen. Muito bem, mas isso já ela sabia. Que mais? Richard tinha deixado o emprego um mês antes; a ela e ao Pete tinha contado uma história algo diferente. Em condições normais, não seria um dado muito importante, mas a altura em que se despediu não lhe passou despercebida.

Tinha-se despedido depois de ter regressado, solucionada a situação de emergência. Tinha-se despedido depois de Julie lhe ter afirmado que nunca mais queria vê-lo.

Uma ligação?

Viu Pete que entrava na sala pela porta situada na outra extremidade. Não a vira sentada à secretária dele, o que a alegrou bastante. Ainda precisava de mais uns segundos.

Era, decididamente, uma coincidência esquisita, em especial se tivesse em conta o que soubera naquela manhã acerca do seu passado. Mas Julie, segundo ela própria admitira, viu Richard poucas vezes e, embora lhe tivesse telefonado em diversas ocasiões, nunca ficara muito tempo ao telefone.

Jennifer ficou a olhar pela janela, em profunda reflexão.

Então, o que teria ele andado a fazer durante aquele tempo todo?

Mike parou a carrinha já dentro da oficina. O nevoeiro começava finalmente a dissipar-se. Julie ficara de olhos baixos e Mike seguiu-lhe o olhar, até às biqueiras dos sapatos. Estavam cobertas por uma camada do orvalho do seu relvado e, quando percebeu para onde estava a olhar, Julie encolheu ligeiramente os ombros, como se dissesse: «Acho que temos de aguardar e ver o que nos reserva mais este dia.»

Nenhum deles tinha dormido bem, e ambos tinham passado a manhã a mover-se lentamente. Durante a noite anterior, Mike não conseguia sentir-se confortável e levantou-se quatro vezes para beber água. Sempre que se levantava, dava consigo junto à janela, a espreitar para fora durante muito tempo. Julie, por sua vez, passara a noite a sonhar. Mesmo sem conseguir recordar-se dos pormenores dos sonhos, acordou com uma sensação de terror. Uma sensação que não deixou de aparecer e desaparecer durante o tempo que levou a vestir--se e a tomar o pequeno-almoço.

Quando saiu do carro sentiu que ainda não readquirira o domínio de si mesma. Mike abraçou-a, deu-lhe um beijo e ofereceu-se para a acompanhar até ao salão, mas ela não aceitou a oferta. Entretanto, o *Singer* seguira de cabeça baixa para o salão, em busca do seu biscoito da manhã.

— Eu fico bem — sossegou-o Julie. Parecia insegura e sentia-se insegura.

— Eu sei — corroborou Mike, igualmente inseguro. — Daqui a pouco vou lá espreitar para ver como estás, de acordo?

— De acordo.

Quando Mike entrou na oficina, Julie respirou fundo e atravessou a rua. A parte baixa da cidade ainda estava com pouco movimento — o nevoeiro parecia ter atrasado um pouco os relógios de toda a gente — mas, a meio da rua, imaginou que um carro se dirigia para ela a toda a velocidade e correu para sair dali o mais depressa possível.

Não apareceu nenhum carro.

Logo que alcançou o passeio do outro lado, ajeitou a mala e voltou a olhar para trás, tentando recompor-se. Pensou num café; com um café ficaria bem.

Entrou no restaurante. A empregada encheu-lhe a chávena na cafeteira acabada de tirar do lume. Acrescentou-lhe leite e açúcar, entornando um pouco em cima do balcão e, ao pegar num guardanapo para limpar a mancha, teve a estranha sensação de estar a ser observada por alguém postado no canto. Sentiu um nó no estômago e olhou para lá, esquadrinhando uma série de compartimentos, alguns ainda sujos com os restos dos pequenos-almoços de clientes que já tinham saído.

Não estava lá ninguém.

Cerrou os olhos, sentindo-se prestes a chorar. Saiu do restaurante sem se despedir.

Era cedo. O salão só abriria dentro de cerca de uma hora, mas estava certa de que Mabel já lá deveria estar. Quarta-feira era o seu dia de fazer o inventário e de encomendar o que faltava, pelo que, logo que abriu a porta, viu-a a observar as prateleiras dos champôs e amaciadores. Ficou com uma expressão preocupada logo que voltou a cabeça e viu a cara de Julie. Pôs de lado o bloco de apontamentos.

As primeiras palavras que proferiu foram: — O que é que aconteceu?

— Pareço assim tão mal?

— Richard, outra vez?

Como resposta, Julie mordeu o lábio e Mabel atravessou de imediato a sala para a abraçar.

Julie respirou fundo, lutando para se dominar. Não queria deixar-se vencer; para além de se sentir aterrada, ultimamente parecia que estava sempre pronta a chorar, que não era capaz de fazer mais nada.

E estava exausta. Por isso, apesar de todos os esforços, sentiu as lágrimas a assomarem-lhe aos olhos e não tardou muito que estivesse a chorar nos braços de Mabel, a tremer, com as pernas e braços tão fracos que, se a amiga a largasse, certamente cairia.

— Vá lá, vá lá — murmurava Mabel. — Acalma-te... vai correr tudo bem...

Não fez ideia do tempo que passou a chorar mas, no final, tinha o nariz vermelho e a maquilhagem estava borratada. Finalmente, quando Mabel a largou, só foi capaz de fungar e de pegar na caixa dos lenços.

Contou a Mabel o encontro com Richard nas imediações da casa. Contou-lhe tudo o que ele dissera e o aspecto que tinha; relatou o pedido de ajuda à agente Romanello e a conversa que tiveram na cozinha.

Mabel ouviu com uma expressão de grande inquietação e de simpatia, mas não disse nada. Estremeceu ao ouvi-la mencionar o telefonema da Emma.

— Vou telefonar à Andrea — decidiu.

Julie ficou a vê-la atravessar a sala e pegar no auscultador. Tentou mostrar um sorriso que, lentamente, quando se tornou evidente que Andrea não estava em condições de atender, foi dando lugar a um ar de profunda preocupação.

— De certeza já vem a caminho — atalhou Mabel. — Se calhar estará aqui dentro de poucos minutos. Ou talvez tenha decidido que este era um dos seus dias pessoais. Sabes como ela é. De qualquer maneira, a quarta-feira não costuma ser um dia de grande movimento.

Ao ouvi-la falar, Julie pensou que Mabel estava a tentar convencer-se a si mesma.

* * *

Jennifer passou parte da manhã, em que era suposto estar a acabar os relatórios de Pete, a fazer chamadas sub-reptícias para diversas empresas. As suas suspeitas estavam a confirmar-se. Todas as facturas tinham sido pagas por intermédio da empresa onde Richard trabalhava, RPF Industrial, Inc. Todas tinham sido pagas dentro dos prazos.

A partir daqueles dados, ligou para o gabinete da Secretaria de Estado, em Denver, Colorado, e ficou a saber que presentemente não havia qualquer empresa registada com aquele nome, embora tivesse existido uma RPF Industries, Inc. O registo fora cancelado havia cerca de três anos. Agindo por palpite, ligou para a Secretaria de Estado de Ohio, em Columbus, para ficar a saber que a sociedade de Richard em Ohio tinha sido criada mais de um mês antes de ele começar a trabalhar para a firma JD Blanchard Engineering e apenas uma semana depois de a RPF Industries ter falido, no Colorado.

As chamadas para os bancos onde a sociedade tinha contas proporcionaram-lhe poucas informações, embora tivesse ficado a saber que Richard Franklin não tinha contas, quer à ordem quer a prazo, em nenhum deles.

Continuando sentada à secretária, Jennifer ficou a reflectir sobre esta nova informação. Para ela, parecia evidente de Richard Franklin tinha fechado uma empresa para fundar outra com um nome parecido, num estado diferente, e que, a partir dessa data se decidira por um estilo de vida que não desse muito nas vistas. Ambas as decisões tinham sido tomadas pelo menos três anos antes. Uma situação esquisita. Sem contornos criminais, mas esquisita.

Apesar de ter começado por pensar que poderia estar perante um esquema engendrado por causa de Richard ter tido problemas anteriores com a Justiça — a não ser assim, por que razão se dava ao cuidado de passar despercebido e, com tudo o que se estava a passar com Julie, a conclusão era óbvia —, agora já não pensava assim. Querer passar despercebido era uma coisa, outra, muito diferente, era tentar ser invisível, e Richard Franklin podia ser encontrado com relativa facilidade por quem andasse à sua procura, incluindo a Polícia. Bastava consultar o relatório do crédito e o endereço; lá estava, bem à vista. Logo, que interesse poderia ele ter naquele jogo de enganos?

Não fazia sentido.

Verificou as horas, com a esperança de que a chamada para a firma JD Blanchard pudesse levantar um pouco aquele véu de mistério.

Infelizmente, ainda teria de esperar mais umas horas.

* * *

Pete Gandy dirigiu-se ao ginásio durante a hora de almoço e deu de cara com Richard Franklin, que estava na mesa de levantamento de halteres. Viu-o repetir o movimento seis vezes e repor o haltere no suporte; não era mau, embora nada que se pudesse comparar aos pesos que Pete Gandy conseguia levantar.

Quando Richard se sentou pareceu levar uns instantes a reconhecer o polícia.

— Viva, senhor agente, como está? Sou o Richard Franklin.

Pete Gandy aproximou-se. — Estou óptimo. Como é que se sente?

Richard sorriu. — A melhorar. Não sabia que frequentava este ginásio.

— Há anos que sou sócio.

— Tenho andado a pensar em fazer-me sócio. Hoje fiz uma inscrição provisória. Quer usar este haltere, enquanto eu descanso um pouco?

— Se não se importa.

— É claro que não.

Um encontro casual, seguido de uma conversa sem importância. Depois, passados uns minutos: — Ouça, agente Gandy...

— Trate-me por Pete.

— Pete — corrigiu Richard. — Verifiquei que me esqueci de lhe falar num pormenor quando prestei declarações, mas talvez o facto já seja do seu conhecimento. Pode ser que o considere importante.

— O que foi?

Richard explicou. Antes de se despedir, acrescentou: — Como disse, achei que devia saber este pormenor. Pode achá-lo importante.

Ao afastar-se, pensou no agente Dugan e na sua expressão quando abriu o casaco para lhe mostrar o ferimento. Idiota!

TRINTA E DOIS

Julie iria sempre recordar aquele dia como o último em que a sua vida decorreu com alguma normalidade.

E normal no sentido genérico do termo, pois, desde há várias semanas, nada lhe parecia normal. No salão, o *Singer* mostrou-se estranhamente nervoso, a andar sem descanso por entre as cadeiras, enquanto Mabel e Julie estavam a trabalhar. Os clientes apareceram, mas nenhum se mostrou muito falador. Julie supunha que aquela sensação se devia ao facto de não lhe apetecer estar ali (também não lhe apetecia estar em qualquer outro sítio, a não ser que se tratasse de um lugar muito, muitíssimo afastado) e de os clientes, especialmente as mulheres, notarem aquele seu estado de espírito.

A temperatura subira depois de o nevoeiro se ter dissipado e, para complicar tudo, a meio da manhã o aparelho de ar condicionado deixou de funcionar, o que contribuiu para acentuar o ambiente opressivo do salão. Mabel prendeu a porta com um tijolo para a manter aberta, mas como soprava apenas uma brisa ligeira, não serviu de muito e ainda fez entrar mais calor. A ventoinha do tecto não era suficiente e, com o avançar da tarde, Julie, inundada de suor, parecia prestes a desmaiar. As faces pareciam irradiar brilho e puxava o tecido da blusa com gestos rudes, a tentar arrefecer um pouco a pele.

Não voltara a chorar desde o abraço amigo de Mabel; quando Mike passou por lá, tinha-se recomposto o suficiente para conseguir esconder o facto de se ter deixado abater outra vez. Odiava a forma como se deixara afundar naquela manhã; gostava de imaginar que estava a conseguir enfrentar a situação com uma calma dignidade. Uma coisa era mostrar a Mike como na realidade se sentia, outra era deixar que as outras pessoas se apercebessem, mesmo os amigos. Desde a manhã que Mabel lhe lançava olhares furtivos, como se estivesse preparada para, a qualquer momento, correr pela sala para a confortar uma vez mais. A amiga estava a ser prestável mas, ao mesmo tempo e em primeiro lugar, aquela simpatia não deixava de lhe recordar como se sentia desamparada.

E Andrea. Ainda não aparecera. Depois de ter consultado a agenda dela, verificou que Andrea só tinha marcações para o final da manhã, dispondo, portanto de duas horas para se convencer de que a colega tinha apenas decidido tirar uma manhã de folga.

Mas, à medida que as horas foram passando e os clientes de Andrea começaram a aparecer, as preocupações de Julie aumentaram.

Mesmo sem serem verdadeiras amigas, esperava que não lhe tivesse acontecido nada de mal. E rezava para que ela não estivesse com Richard. Pensou em avisar a Polícia, mas o que é que tinha para dizer? Que Andrea não tinha aparecido? Sabia que começariam por perguntar se a ausência era um caso isolado. E Andrea sempre fora um pouco distraída quando se tratava de ir trabalhar.

Para começar, como é que Richard e Andrea travaram conhecimento? Seria durante o corte de cabelo? Fora óbvia a tentativa que ela fizera para se insinuar mas, tanto quanto lhe foi dado observar, Richard não correspondeu. Não correspondeu porque os seus olhos estiveram sempre focados nela. Estivera concentrado nela da mesma maneira que o fez logo que Edna se afastou deles.

Andrea estivera com Richard, conforme Emma contara ao Mike. «Acabo de o ver dar-lhe um beijo.»

Emma telefonou apenas umas horas depois de se terem encontrado na mata. Além disso, se estavam juntos em Morehead City, a meia hora de carro de Swansboro, Richard devia ter ido directamente para casa de Andrea, depois do encontro com ela. E fizera aquilo, pensou, logo a seguir a ter-lhe dito que a amava.

Não fazia qualquer sentido.

Teria Richard sabido que Emma andava por perto? Embora se tivessem encontrado apenas uma vez, tinha a certeza de que Richard reconheceria Emma se a visse de novo, e ficou a pensar se ele não quisera deixar um recado, pois sabia que Emma não deixaria de relatar o que viu. Só havia um problema: não conseguia perceber qual o sentido do recado. Se fora destinado a dar-lhe uma falsa sensação de segurança, estava redondamente enganado. Não ia deixar-se apanhar uma segunda vez.

De forma alguma. Richard já não conseguia surpreendê-la, fizesse o que fizesse.

Era, pelo menos, o que ela pensava.

* * *

Jennifer estava ao telefone, a falar com Casey Ferguson, da firma JD Blanchard, a brincar com a caneta e o bloco de notas.

— Sim, com certeza — dizia Ferguson, continuando a empatar, — mas não devemos fornecer esse tipo de informações. Os ficheiros de pessoal são confidenciais.

— Compreendo — respondeu a agente, a acomodar-se melhor na cadeira, fazendo o seu melhor para dar à voz o tom mais sério possível. — Mas, como disse, estamos a meio de uma investigação.

— Temos acordos estritos de confidencialidade. As administrações dos estados americanos assim o exigem, quando assinam contratos connosco.

— Compreendo — repetiu Jennifer —, mas, em caso de necessidade, podemos obter ordem judicial para acedermos a esses ficheiros. Não tenho qualquer interesse em ver a sua firma acusada de colocar entraves à investigação.

— Isso é uma ameaça?

— Não, é claro que não — atalhou Jennifer, mas reconheceu que tinha exercido demasiada pressão, enquanto ficou à espera de que ele dissesse mais alguma coisa.

— Lamento muito não poder ajudá-la — acabou por dizer Casey Ferguson. — Desde que haja um mandado do juiz, estaremos prontos a colaborar.

No instante seguinte, desligou, deixando Jennifer a praguejar baixo ao pousar o auscultador, a tentar descobrir o que poderia fazer em seguida.

Nessa noite, em casa de Julie, Mike pegou-lhe na mão e levou-a para o quarto.

Não faziam amor desde a noite em que encontraram Richard no bar. Apesar disso, nenhum deles mostrou um desejo premente. Agiram com lentidão e ternura, com muitos beijos à mistura. Depois, Mike manteve-se abraçado a Julie durante muito tempo, a passar os lábios lentamente pelo intervalo entre as omoplatas dela. Julie dormitou até que os movimentos de Mike a obrigaram a despertar. Estava escuro, mas ainda era cedo e Mike estava a vestir as calças.

— Aonde é que vais?

— Tenho de levar o *Singer* à rua. Acho que está a precisar.

Julie espreguiçou-se. — Quanto tempo é que dormi?

— Pouco tempo; uma hora, mais ou menos.

— Desculpa.

— Gostei que dormisses. Foi agradável ficar a ouvir a tua respiração. Devias estar verdadeiramente cansada.

— Ainda estou — comentou com um sorriso. — Mas vou arranjar qualquer coisa que se coma. Queres alguma coisa?

— Só uma maçã.

— Só isso? Nem queijo, bolachas ou coisa do género?

— Não. Esta noite não sinto fome. Só estou cansado.

Saiu da sala e Julie sentou-se, estendeu um braço para acender o candeeiro e ficou a piscar os olhos enquanto as pupilas não se acomodaram à luz. Levantou-se, abriu uma das gavetas da cómoda e tirou uma *T-shirt* comprida, que enfiou pela cabeça e foi vestindo enquanto descia a escada para a casa de entrada.

Mike estava de pé, enquadrado pela porta aberta, à espera do cão; olhou-a pelo canto do olho quando Julie passou a caminho da cozinha. Ela abriu o frigorífico e tirou de lá um iogurte, algumas bolachas com chocolate e uma maçã.

Foi ao passar pela sala que viu o medalhão; sentiu-se gelar. Estava na secretária, junto do calendário, parcialmente escondido por uma pilha de catálogos e vê-lo fez que se sentisse agoniada. O medalhão trouxe-lhe à mente imagens de Richard: o olhar dele quando lho ofereceu, Richard a agarrar a porta num repente, Richard na clareira, à espera dela. Não queria aquela jóia dentro de casa mas, com tudo o que tinha acontecido, acabara por ficar ali esquecida.

Agora estava ali, em cima da secretária, e vira-a facilmente, sem a procurar. Sem que quisesse vê-la. Como é que não tinha reparado nela antes?

No silêncio, conseguia ouvir o tiquetaque do relógio, na parede atrás de si. Pelo canto do olho via Mike encostado à ombreira da porta. O medalhão reflectia a luz do candeeiro de secretária, conferindo-lhe um brilho sinistro. Percebeu que tinha as mãos a tremer.

De súbito, pensou no correio. Sim, fora isso. Quando pôs o correio em cima da secretária, deve ter feito deslocar o medalhão. Engoliu em seco. Teria sido assim?

Não sabia. Só lhe interessava saber que não queria aquele objecto em casa. Por mais que achasse a ideia ridícula, a jóia parecia ter adquirido poderes maléficos, como se o gesto de lhe tocar fosse suficiente para provocar o aparecimento de Richard. Mas tinha de ser.

Forçou-se a caminhar na direcção da jóia, pegou-lhe e libertou-a da pilha de catálogos. Era apenas um medalhão, disse para si mesma.

Nada mais. Pensou atirá-lo para o lixo mas, pensando melhor, resolveu guardá-lo numa das suas gavetas para mais tarde o vender a um dos ourives locais, quando tudo estivesse solucionado de vez. Não valeria muito, dado que tinha as suas iniciais no interior, mas sempre lhe daria qualquer coisa; num domingo que fosse à igreja, punha o dinheiro no açafate das esmolas. Não queria tirar benefícios daquela coisa e o dinheiro serviria uma boa causa.

Levou-o para o quarto e, ao abrir a gaveta, deitou-lhe um último olhar. A decoração floral exterior parecia ter levado semanas a talhar por alguém que, obviamente, gostava muito do seu trabalho.

Pensou que era uma pena. Teria muita sorte se conseguisse que lhe dessem 50 dólares por aquilo.

Quando começou a arredar as roupas para um lado, sentiu necessidade de olhar o medalhão uma vez mais. Em si, o medalhão era o mesmo, mas havia qualquer coisa diferente. Qualquer coisa...

Sentiu um nó na garganta.

Não, não era possível. Por favor... não...

Abriu o fecho do fio, sabendo que era a única maneira de ter a certeza. Acercando-se do espelho da casa de banho, pôs as duas mãos à volta do pescoço, colocou o medalhão e fechou o fecho.

Então, ao olhar para o espelho, tentou apelar a todas as suas forças para resistir ao que já era evidente. O medalhão, que antes ficava entre a parte superior dos dois seios, ficava agora cinco centímetros mais acima.

«Vou arranjar um fio mais curto», dissera Richard. «Desse modo, passas a usá-lo sempre que te apeteça.»

De repente, sentiu-se tonta, afastou-se do espelho, largando o fio como se o metal estivesse a escaldar-lhe os dedos. O medalhão tombou por cima da blusa, antes de, com um som metálico, se despenhar em cima dos mosaicos do chão.

No entanto, não gritou.

Não, o grito não chegou nos dois segundos seguintes, só gritou quando olhou para baixo, para o medalhão caído.

Abrira-se ao bater no chão.

E, de ambos os lados, em fotografias escolhidas especialmente para ela, Richard sorria-lhe.

Desta vez, Jennifer Romanello não estava só quando veio a casa de Julie. O agente Pete Gandy estava sentado à mesa da cozinha, a examinar todos os presentes, sem se dar ao cuidado de esconder a sua expressão de dúvida. O medalhão estava em cima da mesa e Pete estendeu a mão para lhe pegar.

— Bem, vamos lá a ver se nos entendemos — começou, ao abrir o medalhão —, você bate no tipo e, como vingança, ele dá a Julie um par de fotografias dele. Não entendo.

Mike cerrou os punhos por debaixo da mesa, a conter-se para não explodir.

— Já lhe expliquei. Ele tem andado a assediá-la.

Pete assentiu mas continuou a olhar para as fotografias. — Pois é. Você continua a dizer a mesma coisa, mas eu estou apenas a tentar ver se o caso pode ser visto de outros ângulos.

— Outros ângulos — repetiu Mike. — Não consegue ver que a prova está diante dos seus olhos? Que ele esteve aqui? É um caso de entrada por arrombamento.

— Mas, segundo parece, não falta nada. E não há sinais de arrombamento. Quando chegaram a casa encontraram todas as portas fechadas, as janelas também. Segundo me disseram.

— Não o acusámos de roubar nada! E não faço ideia de como o fez, mas entrou. Tudo o que tem de fazer é abrir os olhos!

Pete levantou as duas mãos. — Vamos lá, acalme-se, Mike. Não há razão para se exaltar. Só pretendo chegar ao fundo da questão.

Jennifer e Julie estavam igualmente exaltadas, mas Pete informara Jennifer de que iria resolver aquele caso de uma vez por todas e que ela devia manter o bico calado. A expressão dela era um misto de horror e fascínio mórbido, especialmente depois do que conseguira na investigação pessoal a que dedicara a manhã. Como era possível que o homem fosse tão cego?

— Chegar ao fundo da questão?

— Isso mesmo — respondeu Pete. Debruçou-se para diante e voltou a pôr o medalhão em cima da mesa. — Não quero dizer que tudo isto não me pareça um pouco suspeito, porque parece. E, se Julie está a dizer a verdade, Richard Franklin tem um pequeno problema que vai exigir uma visita minha.

As feições de Mike endureceram. — Ela está a dizer a verdade — deixou escapar por entre os dentes cerrados.

Pete ignorou o comentário e olhou para Julie, sentada do outro lado da mesa. — Tem a certeza de tudo o que disse? Tem a certeza de que Richard só pode ter posto as fotografias no medalhão penetrando aqui em casa?

Ela acenou que sim.

— E disse também que não tocou neste medalhão durante as últimas semanas?

— Não toquei. Estava escondido debaixo de uma pilha de revistas, em cima da secretária.

— Por favor, Pete — atalhou Mike —, o que é que isso tem a ver com o problema que temos?

Pete continuou a ignorar os comentários de Mike, não desfitando Julie e mantendo a expressão de dúvida.

— Não teria ele disposto de outra ocasião para colocar as fotografias no medalhão? — persistiu. — Nenhuma outra ocasião?

Depois desta pergunta, registou-se um silêncio estranho na cozinha. Pete continuou a fitá-la e, perante aquele olhar de quem está seguro do que faz, Julie acabou por reconhecer que ele sabia. Sentiu um aperto no estômago.

— Quando é que ele lhe disse? — indagou.

— Disse o quê? — interrompeu Mike. Quando, finalmente, Julie respondeu, fê-lo em voz calma mas cheia de desprezo.

— Telefonou-lhe e disse-lhe que se tinha esquecido de mencionar um pormenor qualquer? Ou encontrou-se consigo, por mero acaso, e trouxe o assunto à baila?

Pete não disse nada, mas não era necessário que o fizesse. Um movimento súbito, quase imperceptível, de cabeça deu a Julie a certeza de que uma das suas insinuações estava certa. A última, provavelmente. Richard teria preferido fazer a revelação pessoalmente, desejaria que Pete estivesse a olhar para ele quando a fizesse. Para lhe ser mais fácil enganar o polícia.

Entretanto, Mike olhava ora para Pete ora para Julie, a tentar perceber do que é que eles estavam a falar. Havia entre eles um canal de comunicação secreto, um meio de comunicação que o fez sentir que estava a perder por completo o domínio da situação.

— Quer fazer o favor de se limitar a responder à pergunta? — insistiu Pete.

Contudo, Julie não respondeu de imediato. Continuou a trocar olhares com o polícia.

— Ela já respondeu à pergunta! — interpôs Mike. — Não há forma...

Julie mal o ouviu. Em vez disso, voltou-se para a janela, e olhou as cortinas com ar absorto.

— Sim — admitiu, com uma voz neutra. — Houve uma altura em que o poderia ter feito.

Pete recostou-se na cadeira, de sobrancelhas erguidas. — Quando passou aqui a noite, quer você dizer?

— O quê? — bradou Jennifer, boquiaberta.

O brado de Jennifer pareceu fazer eco em Mike: — O quê?

Julie virou-se para o encarar.

— Mike, não aconteceu nada entre nós — explicou calmamente. — Nada de nada. Vinha de assistir ao funeral da mãe, estava perturbado e conversámos. Apenas conversámos. Ele acabou por adormecer no sofá. É a isso que Pete se está a referir.

Embora tudo o que disse fosse a pura verdade, quando voltou a olhar para Pete, pela expressão do polícia verificou que Richard tinha insinuado qualquer coisa totalmente diferente.

E Mike, notou Julie, também verificou o mesmo.

Richard baixou a máquina fotográfica. Equipada com uma teleobjectiva, a câmara podia servir de óculo improvisado, que lhe havia permitido observar Mike e Julie desde que tinham chegado a casa ao princípio da noite. Ou melhor, observara aquilo que as cortinas de gaze permitiam. Durante o dia era impossível ver qualquer coisa mas, à noite, quando as luzes iluminavam o interior da casa, podia observar sombras e isso era tudo aquilo de que necessitava.

Esta seria a noite em que ela iria encontrar as fotografias. Depois de se ter encontrado com Pete Gandy, tivera de colocar o medalhão numa posição melhor, para estar certo de que ela o veria em cima da secretária.

Sabia que era uma acção miserável, mas não havia outra solução. Chegara a altura de acabar, de uma vez para sempre, com aquele pequeno capricho entre ela e o Mike.

Depois de ter acompanhado os polícias até à saída, Mike deixou-se ficar com as duas mãos apoiadas na porta, como se estivesse para ser revistado. Tinha a cabeça descaída sobre o peito e Julie podia ouvir-lhe a respiração pesada. O cão deixou-se ficar por perto, olhando-o com curiosidade, como se estivesse a ponderar se aquela posição se referia a um novo tipo de brincadeira. Mike não conseguia encarar os olhos de Julie.

— Não me disseste nada, porquê? — inquiriu, levantando um pouco o queixo.

Ainda de pé no meio da cozinha, Julie não olhou para ele. — Sabia que ficarias zangado...

Mike resfolegou, mas ela prosseguiu como se não tivesse percebido.

— Mas, pior do que isso, sabia que ia ferir os teus sentimentos e não havia razão para que isso acontecesse. Juro-te que não aconteceu nada. A única coisa que ele fez foi falar.

Mike endireitou-se e virou-se para ela, com uma expressão de fúria contida, dura.

— Isso aconteceu na noite da nossa primeira saída, não foi?

Também foi, recordava-se agora, a noite em que tentou o primeiro beijo, que ela recusou.

Julie aquiesceu. — Uma ocasião bem escolhida, não foi?

Não era a melhor altura para estar com piadas e arrependeu-se logo de seguida. Deu um passo em frente. — Não sabia que ele ia passar por aqui. Estava a pensar ir para a cama, quando ele bateu à porta.

— E depois? Deixaste-lo entrar, assim, sem mais nem menos?

— Não foi nada disso. Tivemos uma discussão porque eu lhe disse que nunca mais queria vê-lo. A discussão aqueceu um pouco e então o *Singer*...

Parou. Não queria entrar em mais pormenores. Não queria mais falar do assunto, porque não fazia qualquer sentido.

— O *Singer* fez o quê?

Julie cruzou os braços e encolheu os ombros. — O *Singer* mordeu-lhe. Quando tentei fechar a porta, ele estendeu a mão para a segurar e o *Singer* saltou e abocanhou-lhe o braço.

Mike olhou-a de frente. — E pensaste que nada disso tinha importância, que não valia a pena contares-me? Mesmo depois de tudo o que tinha acontecido nessa noite?

— Foi isso mesmo — lamentou-se Julie. — Não teve qualquer importância. Disse-lhe que não o queria ver mais e ele ficou perturbado.

Mike cruzou os braços. — Vamos lá ver se eu entendo. Ele bate à porta, tens uma discussão com ele, o *Singer* morde-lhe o braço e, depois disso tudo, convida-lo a passar aqui a noite. Corrige-me se estou enganado, mas a tua história não faz assim muito sentido.

— Mike, não sejas assim. Por favor...

— Não sou assim como? Como alguém que fica chateado quando tu lhe mentes?

— Eu não te minto.

— Não? Então, o que é que chamas a isto?

— Não te contei porque não interessava. Não teve qualquer significado e não aconteceu coisa nenhuma. O que está a acontecer não tem nada a ver com aquela noite.

— Como é que sabes? Pode ter sido isso que lhe deu ideias sobre a melhor maneira de te perseguir.

— Mas eu não fiz nada, para além de ficar sentada a ouvi-lo!

Mike não replicou, mas Julie sentiu o seu olhar acusador.

— Não acreditas? — perguntou. — O quê? Tu pensas que eu fui para a cama com ele?

Ele deixou a pergunta no ar durante uns instantes. — Já não sei o que hei-de pensar.

Julie vacilou. Em parte, sentia vontade de reagir com violência e imediatamente, de o invectivar, de o mandar embora, mas, com as palavras de Richard a ressoarem-lhe dentro da cabeça, resistiu a reacções instintivas desse género.

«Aposto que nem lhe disseste que me deixaste passar uma noite em tua casa. Como é que achas que ele vai reagir, quando souber uma novidade dessas?»

Percebeu, de súbito, que também isto fazia parte do plano de Richard. Estavam a ser manipulados por ele, como já acontecera com Pete Gandy. A forma como ele agira no Clipper. Respirou fundo, fazendo um enorme esforço para falar com voz calma, sem se deixar perturbar pela raiva.

— Mike, é isso que pensas de mim? Que dormi com um homem que mal conheço, no próprio dia em que lhe disse que não o queria ver mais? Depois de te ter dito que nem sequer gostava do homem? Depois de me conheceres há tantos anos, acreditas realmente que eu sou capaz de fazer coisas dessas?

Mike encarou-a sem pestanejar. — Não sei.

As palavras caíram fundo e Julie sentiu os olhos húmidos de lágrimas. — Não fui para a cama com ele.

— Talvez não — acabou Mike por concluir. Voltou-se para a porta. — Mas não evita a mágoa de não teres confiado em mim numa situação dessas. Especialmente depois de tudo começar a acontecer.

— Eu confio em ti. Só não quis magoar-te.

— Acabaste de fazer isso mesmo — respondeu Mike. — Acabaste de o fazer.

Dito isto, estendeu a mão para a porta e abriu-a e, pela primeira vez, Julie apercebeu-se de que ele se ia embora.

— Espera... onde é que tu vais?

Mike ergueu as mãos. — Preciso de algum tempo para reflectir sobre isto, está bem?

— Por favor, não vás. Não quero ficar sozinha numa noite destas.

Ele parou para respirar fundo. Contudo, instantes depois, a abanar a cabeça, saiu.

Richard observou Mike a descer o caminho e a bater com a porta quando entrou na carrinha.

Sorriu, sabendo que Julie tinha finalmente descoberto a verdade acerca de Mike. Que não podia contar com ele. Que Mike era uma pessoa que reagia impulsivamente, ao sabor das emoções e sem raciocinar. Que Mike não era digno dela, nem nunca fora. Que precisava de alguém mais forte, mais inteligente, alguém tão grande como o seu amor.

Em cima da árvore, mal conseguia aguardar o momento de a tirar daquela casa, daquela cidade, daquela vida em que ela se deixara aprisionar. Voltando a erguer a câmara, ficou a observar a silhueta de Julie através das cortinas da sala.

Em Julie, até a sombra era bela.

TRINTA E TRÊS

— Ela fez o quê? — perguntou Henry.

— Tu ouviste — respondeu Mike. — Deixou-o passar a noite lá em casa.

Nos quinze minutos de que precisara para chegar a casa do irmão, Mike foi ficando cada vez mais furioso. Encontravam-se os dois de pé, no quintal da frente. Emma abrira a porta uma vez, para perguntar o que se passava, mas Mike tinha deixado uma frase a meio e ficado a olhar para a cunhada, convencido de que ela já sabia o que Julie tinha feito. Henry limitou-se a erguer a mão.

— Emma, espera um minuto, se fazes favor. De momento, o Mike está muito perturbado.

Antes de se voltar para entrar em casa, a mulher lançou-lhe um olhar que dizia claramente: «Vou fechar a porta, mas fico à espera de um relatório completo, um pouco mais tarde.» Henry voltou-se de novo para o irmão.

— Foi ela que te disse isso? — perguntou.

— Foi, na presença dos polícias...

— Espera aí — atalhou Henry —, os polícias estavam lá?

— Saíram há pouco.

— Qual o motivo de terem lá ido?

— Por causa do medalhão. Richard pôs fotografias dele lá dentro. Que raio é que eu hei-de fazer depois disto?

Henry tentava perceber, mas sentia-se cada vez mais baralhado. Acabou por agarrar o irmão por um braço.

— Vamos, acalma-te. Acho melhor começares pelo princípio.

* * *

— Então, quanto tempo é que vais estar sem falar comigo? — inquiriu Pete Gandy.

Seguiam lentamente pela baixa, no carro-patrulha, e Jennifer Romanello não dissera uma única palavra deste que saíram de casa de Julie.

Ao ouvir o som da voz dele, Jennifer voltou-se para a janela.

— Continuas zangada comigo por causa do Mike Harris? — perguntou Pete. — Se é isso, tens de aprender a ultrapassar este tipo de coisas. O nosso trabalho nem sempre é fácil.

A colega olhou-o com uma expressão de desgosto. — Pode não ser fácil — concordou —, mas também não precisavas de fazer figura de parvo.

— De que é que estás a falar? Eu não fiz figura de parvo.

— Não? Então para que serviu aquele pequeno comentário que fizeste em frente de Mike? Não havia nenhuma necessidade de o fazeres.

— Referes-te ao facto de Richard ter lá passado a noite?

Ela não respondeu, mas também não era preciso. Até Pete era capaz de perceber que aquele era o facto que a preocupava.

— Qual o motivo de estares tão perturbada com isso? Foi verdade, não foi?

Jennifer decidiu que nunca deixaria de sentir desprezo por aquele tipo.

— Mas não era necessário dizer aquilo em frente do Mike — retorquiu. — Podias ter levado Julie para um canto para fazeres a pergunta. Ela poderia explicar tudo ao Mike, mais tarde.

— Qual é a diferença?

— A diferença é que apanhaste os dois desprevenidos e, de caminho, deste origem a uma tremenda discussão.

— E depois? Não tenho culpa de eles não serem honestos um com o outro. Só estava a tentar chegar ao fundo da questão.

— Pois estavas — aquiesceu Jennifer —, e essa é outra habilidade. Como é que descobriste onde ele tinha passado aquela noite? Falaste com Richard, ou quê?

— Sim, por acaso falei. Quase tropecei nele, no ginásio. Parece-me ser um tipo porreiro.

— Um tipo «porreiro».

— Sim — disse Pete, parecendo adoptar uma atitude de defesa. — Em princípio, não vai apresentar queixa, o que quer dizer alguma coisa, não achas? Pretende pôr toda a questão para trás das costas, esquecer-se de tudo. Também não quer prosseguir com a acção cível.

— E quando é que tencionavas pôr-me ao corrente disso tudo?

— Pôr-te ao corrente de quê? Como te disse, o caso será encerrado e, além disso, não é da tua responsabilidade. Tu ainda estás a aprender a música.

Jennifer fechou os olhos. — O problema é que Richard anda a assediar a Julie, que tem um medo de morte. Será que não consegues ver isso?

Pete abanou a cabeça. — Vamos a ver, Richard falou-me do medalhão, percebes? Mencionou-o para o caso de acontecer uma coisa deste género e disse-me que colocou lá as fotografias na noite que passou com ela. E recorda-te que a própria Julie declarou que não olhara para o medalhão desde essa altura. Então, quem é que estará a mentir?

— E não te preocupas com todas as outras coisas que ela disse? Por ele andar a segui-la? Não te passa pela cabeça que há coincidências a mais neste caso?

— Eh! — protestou Pete —, já falei com aquele homem por diversas vezes...

Foi interrompido pelo ruído do rádio. Ainda a fitar Pete intensamente, Jennifer esticou-se e pegou no microfone.

Sylvia, uma telefonista com vinte anos de serviço, que conhecia praticamente todos os habitantes da cidade, falou como se não fizesse a mínima ideia do que deveria pensar.

— Acabámos de receber a chamada de um camionista que está na estrada. Diz que viu algo de estranho na valeta e pensou que seria melhor mandarmos lá uma viatura.

— E pareceu-lhe que era o quê?

— Não esclareceu. Pareceu-me que estava com pressa e que não desejava ficar por ali para ter de responder a perguntas. Está à saída da estrada 24, cerca de quatrocentos metros adiante da estação de serviço da Amoco, no lado norte da estrada.

— Vamos dar uma vista de olhos — respondeu Jennifer, feliz por aquele acontecimento que obrigara Pete a calar-se.

Mike saíra há meia hora e em casa vivia-se uma quietude esquisita. Julie percorreu todas as divisões, a verificar se todas as portas e janelas estavam fechadas, e depois regressou à sala, que ficou a calcorrear de uma ponta à outra, sempre acompanhada pelo cão. Lá fora, ouvia-se o barulho das asas dos grilos e as folhas das árvores agitadas pela brisa.

Julie cruzou os braços e ficou a olhar para a porta. *Singer* sentou-se ao seu lado, descansando a cabeça na perna dela. Ganiu passado algum tempo e Julie confortou-o com umas festas no lombo. Como se soubesse o que estava a acontecer, não a tinha largado um segundo depois de Mike se ter ido embora.

Ela tinha a certeza de que Richard não pusera as fotografias no medalhão na noite que passara ali em casa. Por amor de Deus, o homem vinha de um funeral! E era plausível que andasse com duas fotografias pequenas de si próprio, prevendo a possibilidade de conseguir colocá-las no medalhão, enquanto ela estava a dormir no quarto ao lado?

Nem pensar.

Não, ele tinha estado ali. Tinha invadido a casa dela. Bisbilhotara, abrira gavetas, remexera nas suas coisas. O que implicava que conhecia a maneira de entrar.

E que podia fazê-lo de novo.

Sentia um aperto na garganta só de pensar nisso; correu para a cozinha, pegou numa cadeira e colocou-a a servir de tranca, apoiada por baixo do puxador da porta.

Como pudera Mike deixá-la sozinha? Com Andrea desaparecida e Richard à volta da casa? Onde encontrara coragem para a deixar sozinha numa noite daquelas?

Não lhe tinha contado o que acontecera com Richard. E depois? Não aconteceu nada!

No entanto, Mike não acreditara nela. Estava zangada com ele por isso, além de muito magoada. Não era noite para se deixar uma pessoa ao abandono...

Dirigindo-se para o sofá, Julie começou a chorar.

— Acreditas nela? — perguntou Henry.

Mike percorreu a rua com os olhos e respirou fundo. — Não sei.

O irmão encarou-o com ar severo. — É claro que acreditas.

— Não, não é nada claro — retorquiu Mike. — Como posso saber se nem estava lá?

— Porque conheces a Julie — contrapôs Henry. — És a pessoa que a conhece melhor.

Depois de reflectir durante algum tempo, os ombros dele descontraíram-se um pouco. — Não — concluiu —, não penso que a Julie tenha dormido com ele.

Henry não lhe respondeu de imediato.

— Então, onde é que está o problema?

— Ela mentiu-me.

— Não, nada disso. Só não te contou.

— É a mesma coisa.

— Ai isso é que não é. Julgas que conto tudo à Emma? Especialmente coisas sem importância?

— Isto teve importância, Henry.

— Mike, para ela não teve.

— Como é que não teve? Depois de tudo o que tem estado a passar-se?

Henry pensou que nesse ponto o irmão tinha alguma razão de queixa. Ela deveria ter-lhe dito qualquer coisa, mas, naquele momento, não havia interesse em discutir esse assunto.

— Então, agora vais fazer o quê?

Mike levou muito tempo a responder. — Não sei.

Richard conseguia ver a mancha de Julie sentada no sofá. Sabia que estava a chorar e gostaria de estar junto dela, de a confortar, de afastar aquela mágoa. Levou o indicador aos lábios, como se tentasse acalmar um criança. As emoções tinham-se tornado suas, sentia toda a solidão de Julie, todo o seu temor, o seu coração arrasado. Até agora, nunca se deixara comover pelas lágrimas de pessoa alguma.

Recordou que não se sentira assim ao ver a mãe chorar nos meses que se seguiram ao funeral do pai. No entanto, como também recordou, no fim acabou por odiá-la.

Mike deixou Henry e dirigiu-se para casa, com a cabeça ainda a andar à roda.

A estrada era uma mancha indistinta, de cada lado havia uma sucessão de imagens que parecia não reconhecer.

Voltou a pensar que Julie devia ter-lhe contado. Sim, teria ficado aborrecido, mas teria conseguido ultrapassar isso. Amava-a, e o que valia o amor se não existisse confiança e honestidade?

Também estava furioso com o irmão, por ele não dar importância ao episódio. Talvez sentisse de maneira diferente se Emma o enganasse, como a Sarah lhe tinha feito uns anos antes. Gato escaldado até da água fria tem medo, como diz o velho ditado.

Todavia, Julie não o tinha enganado. Quanto a esse aspecto, sabia que ela não estava a mentir.

No entanto, se não mentira, também não confiara nele. Sabia que tudo não passava disso. Confiança. Não lhe restavam dúvidas de que Julie teria contado ao Jim. Então, por que motivo não lhe contara a ele, Mike?

Seria a sua relação tão diferente da que tinha existido entre Julie e Jim? Dar-se-ia o caso de ela não confiar nele como confiara em Jim?

Dar-se-ia o caso de ela não o amar?

Empoleirado na árvore, Richard continuava a pensar na mãe.

Alimentara a esperança de que, morto o marido, ela se tornasse melhor, mais forte. Em vez disso, começara a beber como uma esponja e a cozinha estava imersa numa neblina perpétua, devido aos cigarros que ela fumava sem cessar. Depois tornara-se violenta, como se, para se recordar do marido, tivesse resolvido assumir os seus vícios. Da primeira vez que aconteceu, estava a dormir e acordou com uma dor excruciante, como se tivesse um fósforo a arder contra a pele.

A mãe estava de pé, junto da cama, de olhos muito abertos, empunhando o cinto que fora do marido. Tinha-lhe batido com a ponta onde estava a fivela.

— A culpa foi tua! — gritava. — Estavas sempre a fazê-lo zangar!

Bateu, uma e outra vez. Ele aceitava cada pancada, a implorar-lhe que não lhe batesse mais, tentando cobrir-se, mas ela continuou a vergastá-lo com o cinto até ficar exausta e não conseguir mais mexer o braço.

Na noite seguinte, a mãe fizera o mesmo; só que, dessa vez, ele estava à espera dela e aceitara a tareia com a mesma fúria contida com que costumava aceitar as surras do pai. Foi então que soube que a odiava, embora também soubesse que, de imediato, não podia fazer nada para obrigá-la a parar. Não podia, dadas as suspeitas da Polícia acerca das circunstâncias da morte do pai.

Nove meses depois, com as costas e as pernas cheias de mazelas, triturou os comprimidos para dormir da mãe e despejou o pó no seu copo de vodca. A mãe adormeceu e nunca mais acordou.

Na manhã seguinte, ficou um certo tempo de pé, junto da cama da mãe, a pensar quão limitada fora a inteligência dela. Embora suspeitasse de que o filho tivera algo a ver com a morte do marido, não conseguiu convencer-se a si própria de que lhe poderia vir a suceder o mesmo. A mãe deveria ter sabido que ele era suficientemente forte para fazer o que tinha de ser feito. Também a Julie tinha tido força suficiente para mudar a sua vida. Julie era uma lutadora.

Admirava-a por isso. Amava-a por ela ser assim.

Decerto chegara a altura de ela deixar de lutar. Richard tinha a certeza de que, a partir de agora, Julie ia perceber isso. Talvez não tivesse consciência disso; iria perceber, mesmo sem ter perfeita consciência do que estava a suceder. Agora que aquela farsa com o Mike tinha terminado, não existiam mais razões para adiar o inevitável.

Lentamente, começou a descer da árvore.

Os agentes Jennifer Romanello e Pete Gandy passaram pela estação de serviço da Amoco e estacionaram o carro na berma da estrada. Depois de ligarem as luzes de emergência, saíram do carro.

A curta distância, Jennifer via as luzes do posto de abastecimento, via carros a serem abastecidos nas bombas. Na estrada, os carros passavam a toda a velocidade. Aquele lado da estrada brilhava alternadamente com luzes azuis e vermelhas, que alertavam os motoristas para a presença deles ali.

— Vais naquele sentido — ordenou Pete, a apontar para as bombas de gasolina. — Eu vou por aqui.

Jennifer ligou a lanterna e iniciou a busca.

Sentada no sofá, Julie continuava a chorar quando ouviu movimento do lado de fora da porta. O *Singer* arrebitou as orelhas e correu para a janela, a rosnar. Com o coração a bater apressado, olhou à volta, à procura de uma arma qualquer.

Quando o cão ladrou, Julie saltou do sofá de olhos muito abertos, sem reparar logo que o *Singer* estava a agitar a cauda.

Ouviu alguém lá fora, que a chamava pelo nome. — Julie! Sou eu, o Mike.

Acercou-se da porta e não perdeu tempo a remover a cadeira que servia de tranca, sentindo um enorme alívio. Logo que Julie abriu a porta, Mike olhou para ela e depois pôs os olhos no chão.

— Sei que não dormiste com ele — explicou.

Julie aquiesceu. — Obrigada.

— Mesmo assim, gostaria que falássemos sobre isso.

— Pois bem, falaremos.

Manteve-se calado durante algum tempo. Meteu as mãos nas algibeiras e respirou fundo.

Finalmente, perguntou: — Terias contado ao Jim?

Julie hesitou. Era uma pergunta que nunca se lembraria de fazer a si mesma.

— Sim — respondeu. — Ter-lhe-ia dito.

Mike concordou. — Também acho que lhe dizias.

— Éramos casados, Mike. Tens de perceber isso.

— Eu sei.

— Não tem nada a ver com aquilo que sinto por ti. Se me perguntasses se o teria feito quando namorávamos, a resposta seria não.

— De verdade?

— De verdade. Não quis magoar-te. Amo-te. E, se soubesse as proporções que o caso iria tomar, que acabaria por perder o domínio da situação, não tinha guardado segredo. Lamento.

— Eu também lamento. Por ter dito o que disse.

Julie avançou um pouco, como que a medo, e, quando viu que Mike não recuou, acercou-se mais e encostou a cabeça ao peito dele. Sentiu-se abraçada pelos braços dele.

— Gostaria de ficar aqui esta noite — disse Mike —, se não te importas.

Julie cerrou os olhos. — Tinha uma certa esperança de que falasses nisso.

Richard interrompeu a operação quando viu Mike parar a carrinha em frente da casa dela; voltou a trepar para cima do mesmo ramo. Ficou a observá-los com uma expressão cada vez mais sombria.

Não, pensava. Não, não, não...

Como se vivesse um pesadelo, viu Julie cair nos braços dele; viu-o abraçá-la... Não, aquilo não estava a acontecer, não podia estar a acontecer.

Mike regressara e eles estavam abraçados. Como se se amassem mutuamente.

Richard procurou acalmar-se, recuperou o seu autodomínio. Cerrando os olhos, visualizou as fotografias que tirara a Jessica, as que tirara a Julie, os pássaros que fotografou; recitou lições sobre a maneira como focar uma câmara. Sobre objectivas e respectivas aberturas. Sobre o ângulo mais conveniente para o *flash*, sobre as propriedades da luz...

Já com a respiração normalizada, voltou a abrir os olhos. Tinha readquirido o autodomínio, mas continuava a sentir a fúria que lhe percorria o corpo.

Porquê? Como é que ela podia insistir nos mesmos erros?

Tentara ser simpático. Tentara ser justo. Tinha sido muito paciente com ela e com o seu amiguinho. Mais do que paciente.

Semicerrou os olhos. Teria ela alguma noção daquilo que estava a forçá-lo a fazer?

Jennifer fazia a luz da lanterna girar de um lado para o outro, tentando descobrir o que teria despertado a atenção do camionista.

A Lua estava baixa, ainda se encontrava abaixo da linha das árvores. O céu, lá em cima, era pontilhado por milhares de estrelas. Movia-se com cuidado, a esquadrinhar a valeta. Nada.

A menos de dez metros da estrada, havia um pinhal denso. O terreno à volta das árvores estava coberto por uma camada de moitas e erva alta, onde a luz não penetrava.

Os carros continuavam a passar, mas mal reparava neles. Ia de olhos postos no chão, a caminhar lentamente. Com o máximo cuidado. Deu mais um passo e ouviu uma restolhada vinda do pinhal.

Levantando a luz, viu o reflexo de dois olhos. Parou, surpreendida, mas o alce virou-se de repente e desapareceu a correr.

Respirando fundo, baixou a cabeça e continuou. A bomba de gasolina já estava perto e voltou a pensar naquilo que deveria procurar.

Passou ao lado de um saco de lixo atirado para ali, viu latas de alumínio e guardanapos acumulados no talude. Começava a pensar se não seria melhor voltar e ir ajudar o Pete, que seguia na direcção oposta, quando a lanterna iluminou qualquer coisa que, a princípio, a sua mente se recusou a identificar.

Quando finalmente o conseguiu, gritou.

Pete Gandy voltou-se logo que ouviu o grito e correu na direcção de Jennifer. Chegou junto dela em menos de um minuto e viu-a debruçada sobre um corpo. Ficou hirto, subitamente incapaz de se mexer.

— Chama uma ambulância, imediatamente! — gritou Jennifer. Pete voltou-se e correu para o carro-patrulha.

Abafando o pânico, Jennifer dirigiu o foco da lanterna para o corpo que jazia no chão. A face de uma mulher jovem estava cheia de sangue e deformada. Notava-se uma marca roxa, de aspecto repugnante, a toda a volta do pescoço. Uma das mãos ficara num ângulo esquisito, com o pulso obviamente partido. Jennifer pensou que estivesse morta, até estender a mão e sentir uma débil pulsação.

Quando Pete regressou, deixou-se ficar ao lado da colega.

Momentos depois, ao reconhecer a vítima, vomitou na beira da estrada.

TRINTA E QUATRO

Na quinta-feira, pela manhã, quando Julie chegou ao emprego tinha à sua espera os agentes Gandy e Romanello. Pelas expressões deles, percebeu imediatamente a razão da sua presença ali.

— É por causa da Andrea, não é?

Mabel estava junto deles, de olhos vermelhos e inchados. — Oh, querida! — exclamou, atravessando a sala para se abraçar a Julie. — O Mike e o Henry já vêm a caminho... — gemeu, sem conseguir parar de tremer.

— O que aconteceu?

— Ele bateu-lhe — disse Mabel, com voz sufocada. — Quase a matou... Está em coma... Não sabem se vai conseguir safar-se... Durante a noite tiveram de a levar de helicóptero para Wilmington...

Julie teve de fazer um esforço para dominar a fraqueza que sentia nos joelhos. Momentos depois, Mike e Henry irromperam pela porta. Mike viu Julie e Mabel antes de encarar os dois polícias.

— O que é que ele fez à Andrea? — indagou.

Jennifer hesitou. Como é que podia descrever uma agressão daquelas? O sangue, os ossos partidos...

Por fim, foi Pete quem se decidiu a falar. — Muito mau. Nunca tinha visto uma coisa assim.

Mabel rompeu de novo em soluços enquanto Julie lutava para não chorar. Henry parecia incapaz de se mexer, mas Mike olhou Jennifer, olhos nos olhos.

— Já prenderam o Richard? — inquiriu.

— Não — respondeu Jennifer.

— E por que não, com mil diabos?

— Por não sabermos se é ele o responsável.

— É claro que foi ele. Quem mais poderia fazer uma barbaridade dessas?

Jennifer ergueu as mãos, a tentar manter o domínio da situação.

— Ouça, sei que estamos todos perturbados...

— É claro que estamos perturbados! — bradou Mike. — Como não haveríamos de estar? Ele continua à solta pelas ruas, enquanto as autoridades estão aqui a perder tempo!

— Espera lá — atalhou Pete, levando Mike a voltar-se para ele.

— Espera lá? Para começar, foste tu quem lixou isto tudo! Se não fosses estúpido como uma porta, nada disto teria acontecido! Eu disse-te que o tipo era perigoso! Nós pedimos que fizesses qualquer coisa! Mas estavas tão ocupado a brincar aos polícias duros que não conseguiste perceber o que se estava a passar.

— Vamos a ter calma...

Mike deu um passo na direcção ele. — Não me digas o que tenho de fazer! A culpa é tua!

Pete apertou os lábios até eles formarem uma linha fina e deu um passo na direcção de Mike. Com um salto, Jennifer colocou-se entre os dois.

— Isso não serve para ajudar a Andrea! — gritou. — Para trás, os dois!

Mike e Pete não tiraram os olhos um do outro, de corpos ainda tensos. Jennifer não perdeu tempo.

— Ouçam lá... não sabíamos o que estava a acontecer com Richard — disse, olhando para Mike e Julie. — Nenhum dos dois nos informou de que a Andrea tinha sido vista com ele; e só encontrámos a Andrea na noite passada, depois de termos saído de vossa casa. Estava já em coma, pelo que não houve maneira de sabermos quem a tinha posto naquele estado. Pete e eu estivemos no local onde foi encontrada quase até de madrugada e viemos aqui, logo pela manhã, por sabermos que ela trabalhava cá, não por suspeitarmos de qualquer coisa. Só há menos de cinco minutos é que a Mabel nos pôs ao corrente do que se passava entre ele e Andrea. Estão a perceber?

Mike e Pete continuavam a enfrentar-se, até que Mike desviou os olhos, respirando fundo e desculpando-se:

— Sim, já percebi. Estou muito perturbado. Peço desculpa.

Contudo, Pete não tirou os olhos de Mike. Instantes depois, Jennifer interpelou Julie.

— A Mabel informou-nos de que a Emma viu o Richard e a Andrea juntos, em Morehead City; é verdade?

— É — respondeu Julie. — Foi há dois dias. No dia em que o vi na mata.

— De entre vós, ninguém os tinha visto? Sabiam que andavam a namoriscar?

Foi Julie quem respondeu. — Não. Ela nunca nos falou disso. Só soube quando a Emma telefonou.

— Mabel?

— Não. Nunca me falou no assunto.

— E ontem não veio trabalhar?

— Não.

— Não lhe pareceu estranho? Se sabia que ela tinha sido vista com Richard, quero eu dizer?

— Decerto ficámos preocupadas, mas, quando se trata da Andrea, há que dar um certo desconto — explicou Mabel. — Não foi a primeira vez que faltou ao trabalho. Ela é assim mesmo.

— Mas não costumava telefonar, ou coisa assim?

— Às vezes. Nem sempre.

Jennifer voltou-se de novo para Julie. — Por que motivo não nos disse nada acerca do caso de Andrea e Richard quando eu e o agente Gandy fomos a sua casa, na noite passada?

— Não pensei nisso. Estava demasiado preocupada com o medalhão; e depois do que o agente Pete disse...

Jennifer assentiu, sabendo exactamente o que Julie queria dizer. — Seria possível que a Emma viesse aqui ter connosco? Gostaria de ouvir o que ela tem a dizer.

— Não é difícil — respondeu Henry. — Deixe-me fazer uma chamada.

Para ter a certeza de que ficava de posse de todos os dados, Jennifer voltou a colocar todos os eventos na devida sequência, antes de passar às questões mais gerais: onde Andrea gostava de passar os tempos livres, quem eram os seus amigos, quaisquer outras pessoas que pudessem estar envolvidas. Era o procedimento normal num inquérito policial, pois a agente sabia que a falta de investigação de outros possíveis suspeitos poderia ser usada em tribunal por um advogado de defesa empenhado em demonstrar que o seu cliente estava a ser perseguido pelos agentes da autoridade.

Julie sentiu dificuldades de concentração quando procurou responder às perguntas seguintes. Preocupada como estava com o que tinha sucedido à Andrea, também não conseguia deixar de pensar que andava a ser seguida pelo Richard há várias semanas. Que ele tinha estado em sua casa. E que podia ser ela a próxima vítima.

Finalmente, Emma chegou, de olhos vermelhos de chorar. Jennifer repetiu o interrogatório.

Não adiantou nada em relação ao que Julie e Mabel já tinham declarado, com excepção de um pormenor importante: o local onde tinha visto Andrea e Richard juntos; foi à porta de um bar chamado Mosquito Grove, no cais.

Depois de ter interrogado Emma, Jennifer inspeccionou um dos lados da sala. — Importa-se que dê uma vista de olhos ao posto de trabalho da Andrea? — perguntou. — Pode ter deixado alguma pista que nos dê uma ideia de quando começou a andar com Richard, ou se essa foi a primeira vez.

— Não, faça favor — aquiesceu Mabel.

Jennifer levou pouco mais de um minuto a abrir as gavetas e a dar uma olhadela ao conteúdo. Fechou as gavetas e notou a fotografia de Andrea colada no espelho.

— Posso ficar com isto? Pode vir a ser necessária.

— Com certeza — assentiu Mabel.

A agente analisou a fotografia de Andrea, antes de a guardar. — Muito bem — acrescentou —, por agora é tudo.

Toda a gente pareceu concordar. Jennifer pensou que estava na altura de sair, mas, em vez disso, dirigiu-se para onde estavam Mike e Julie. Depois das horas que passara na cozinha com eles, começava a considerá-los quase como amigos.

— Desejo que ambos saibam — começou —, que, se Richard foi o autor desta agressão, então é um homem capaz de tudo. Foi a agressão mais violenta de que tenho conhecimento. Quase não há palavras para a descrever. Estamos perante um tarado. Só quis ter a certeza de que ficavam bem cientes disso.

Mike engoliu em seco, sentia um nó na garganta.

— Façam o que têm a fazer para estarem em segurança — aconselhou Jennifer. — Ambos.

A caminho da saída, Jennifer passou por Pete, mas nenhum deles falou. Tinha de estar-lhe grata, não só por ter-lhe permitido a condução do interrogatório mas também pelo ar resoluto que agora notava na expressão grave do colega.

Depois de entrarem no carro, Pete enfiou a chave na ignição mas recostou-se no assento, sem ligar o motor. Ficou a olhar em frente, sem parecer ver nada.

— Era ela quem me cortava o cabelo — acabou por admitir.

— A Andrea?

— Sim. Foi por isso que a reconheci, a noite passada.

Jennifer manteve-se em silêncio, a ver Pete cerrar os olhos.

— Não merecia o que lhe aconteceu — concluiu. — Ninguém merece semelhante coisa.

A colega pôs-lhe a mão no ombro, dizendo apenas: — Lamento.

Ele assentiu, com ar de quem queria apenas esquecer o que vira na noite anterior. Pôs o motor em marcha.

— Julgo que é tempo de fazermos uma curta visita ao senhor Richard Franklin, no local de trabalho — disse, calmamente. — Se possível, prefiro caçá-lo desprevenido. Não quero dar-lhe tempo para engendrar uma história. Se for o homem que procuramos, quero fazê-lo pagar. Com juros.

Jennifer juntou as duas mãos no colo. O carro deslocava-se velozmente em direcção à ponte; lá fora, as árvores e os edifícios eram apenas manchas fugidias.

— Não o vamos encontrar lá — acabou por dizer. — Despediu-se há um mês.

Pete olhou para Jennifer. Tinha círculos escuros à volta dos olhos; no interior sombrio do carro, pareceu sentir a mesma fadiga que afectava a colega.

— Como é que sabes isso?

— Esta manhã contactei o departamento de pessoal da firma JD Blanchard.

Pete continuou a olhar para ela. — Andaste a investigá-lo?

— Sem carácter oficial.

Pete voltou a concentrar a atenção na estrada e encostou à berma, parando o carro à sombra de uma magnólia imponente. — Não será preferível começares do princípio e contares-me tudo o que tens andado a fazer? — perguntou, enquanto procurava a caneca de café que tinha trazido pela manhã. — E não te preocupes com possíveis sarilhos: isto ficará só entre nós os dois.

Jennifer soltou um longo suspiro e começou.

Dos que permaneceram no salão, Henry olhava para diante com ar absorto, Mike estava pálido e Mabel não conseguia deixar de chorar. Emma parecia doente e sentava-se enroscada sob a protecção do braço do marido. Julie tinha cerrado os olhos e estava sentada no sofá, a oscilar o tronco para diante e para trás.

— Não posso acreditar — sussurrou Emma. — Não consigo. Como é que ele pôde fazer uma coisa daquelas à Andrea?

Ninguém tinha resposta; Mabel ficou a olhar para os pés. — Acho que vou a Wilmington para tentar vê-la. Não sei o que mais possa fazer.

— A culpa foi minha — interrompeu Julie. — Naquele dia em que ela lhe cortou o cabelo, devia tê-la avisado, dizer-lhe que se mantivesse afastada dele. Bem vi que ela se sentia atraída pelo Richard.

— A culpa não é tua — protestou Mike. — Não podias fazer nada para evitar o que se passou. Se não fosse a Andrea, seria outra pessoa qualquer.

«Eu, por exemplo.»

Mike aproximou-se dela. — Ela vai pôr-se boa.

Julie abanou a cabeça. — Como é que podes saber isso? Não te deites a adivinhar.

Pareceu mais impaciente do que desejaria e Mike virou-se para o outro lado. Não, não podia saber.

— Só há uma coisa que me faz confusão — disse Julie. — Porquê aqui? Qual o motivo da sua vinda para aqui, entre tantas cidades possíveis? E porquê a Andrea? Não lhe fez mal nenhum.

— Ele é louco — redarguiu Mabel. — Quando o apanharem, espero que o ponham atrás das grades durante muito, muito tempo.

Se o apanharem, reflectiu Julie.

No silêncio que se seguiu, Henry observou a rua e depois olhou para Julie.

— A agente teve razão acerca do que há a fazer. Não podeis ficar aqui.

Julie levantou os olhos para ele.

— Não é sensato, depois do que aconteceu à Andrea — continuou Henry. — Se ele esteve na tua casa, não podes ficar aqui. Não é seguro, para nenhum de vós.

— E para onde é que havemos de ir?

— Para qualquer sítio. Há que desaparecer enquanto este tipo não for apanhado.

Fez uma pausa. — Se quiserem, podem usar a casa da praia. Não vai encontrá-los ali.

— Ele tem razão — acrescentou Emma. — Tendes de sair daqui.

— E se estiveres enganado? — inquiriu Julie. — E se ele me encontrar?

— Não consegue. A casa nem está registada nos nossos nomes. Usamo-la a título de usufruto, Richard não tem maneira de descobrir que a casa nos pertence. Ninguém lá viveu nos últimos dois meses, pelo que não existe um indício que o leve a desconfiar da sua existência. Nem saberá por onde começar a procurar.

— Fico numa pilha de nervos só de pensar em viver num sítio daqueles — objectou Julie. — É demasiado sossegado.

— Preferes ir viver para minha casa? — ofereceu Mike.

— Não. Tenho a certeza de que ele também sabe onde tu vives.

— Vão — interpôs Mabel. — O Henry tem razão. Isto aqui é muito perigoso.

— E se ele nos seguir? E se ele estiver a observar-nos neste preciso momento?

Cinco pares de olhos dirigiram-se instintivamente para a janela.

— Levem o meu carro — alvitrou Henry. — Não, levem o da Emma. E saiam já. Eu e o Mike vamos dar uma vista de olhos lá por fora, para vermos se ele anda por aí. Se não houver sinais dele, dirijam-se para a estrada e mantenham-se a rodar. É sempre em linha recta e conseguem ver se vai alguém a perseguir-nos. Logo que chegarem a Jacksonville, façam uma série de desvios malucos para terem a certeza de que não estão a ser seguidos. O mais importante é conseguirem afastar-se daqui antes que Richard se aperceba de que já cá não estão.

— E quanto à Polícia? Não devíamos avisá-los?

— Eu encarrego-me disso. Mas vão. E, seja o que for que decidirem, não vão a casa primeiro.

Momentos depois, Mike e Julie tinham desaparecido.

Jennifer levou quase dez minutos a descrever o que tinha conseguido averiguar: a estranha história dos créditos, a nova empresa de Ohio para substituir a do Colorado, o desejo evidente de Richard não dar nas vistas, os comentários de Jake Blansen acerca do perigo que o homem representava, para além do facto de já não trabalhar para a firma JD Blanchard. Quando ela terminou, Pete ficou a batucar no volante e a acenar com a cabeça, como a dizer que tudo o que ela dissera fazia perfeito sentido.

— Sabia que havia qualquer coisa de esquisito naquele gajo — comentou. — Mesmo no ginásio, pareceu-me demasiado escorregadio, percebes o que quero dizer?

Jennifer ficou a olhar para ele, sem proferir palavra. Apesar do alívio que sentia por lhe parecer que Pete acabara, finalmente, por perceber, mesmo mortificada por concluir que tinha de lhe meter tudo à força na cabeça, restava-lhe, pelo menos, a consolação de o ver do seu lado.

— Foi o que me constou — acabou por dizer.

— Mas, então, se não está a trabalhar, onde é que se encontra?

— Não sei. Podemos tentar a casa dele.

Pete assentiu. — É isso que vamos fazer.

Um quarto de hora mais tarde, Pete e Jennifer paravam no acesso à casa alugada de Richard. Ao saírem do carro, ambos abriram os coldres e ficaram a analisar o local.

Mais de perto, a casa parecia mais degradada do que quando era vista da estrada. As cortinas da frente estavam corridas. Não havia sinais de qualquer veículo, embora existisse uma vereda, coberta de erva, que conduzia às traseiras da casa.

O motor do carro-patrulha dava estalidos ao arrefecer. Um bando de estorninhos, a pipilar e a bater as asas, pareceu explodir das ramagens das árvores. Um esquilo passou a correr e procurou abrigo num dos ramos mais altos de um pinheiro. Nada mais, nenhum som. Nenhum sinal de movimento no interior das janelas.

— Parece que o nosso suspeito fugiu — murmurou Pete.

Não, pensou Jennifer com uma certeza que a assaltou subitamente, ele ainda cá está.

Richard estava escondido por entre as árvores, a observá-los. Estava fora de casa, a lavar o interior do carro — já fizera uma limpeza à casa, na tentativa de eliminar os sinais mais evidentes do que se passara naquela noite —, quando os ouviu chegar.

É certo que esperava aquela visita; só não a esperava tão cedo.

Pete e Jennifer caminharam com todo o cuidado em direcção à porta da frente, fazendo o soalho do alpendre ranger. Ficaram defronte da porta, com a pintura em mau estado, a olharem um para o outro, antes de Pete bater. Jennifer postou-se de um dos lados, a mão na coronha da arma. Ia olhando de relance para as cortinas, à espera do mínimo movimento.

Então, por puro instinto, sacou da arma.

Richard observou os movimentos dos polícias.

Fez uma inspiração longa, profunda, e internou-se mais no bosque, a reflectir sobre a rapidez com que se tinha estabelecido a ligação entre ele e Andrea.

ADN? Demasiado demorado, pensou, pelo menos uma semana. Andrea deve ter contado qualquer coisa a alguém, mesmo que lhe fosse ordenado que mantivesse a boca fechada. Também não era de descartar a hipótese de terem sido vistos juntos. No bar, talvez. Ou em Morehead City.

Não interessava. Já sabia que o seu tempo como Richard Franklin tinha chegado ao fim. O incidente com Andrea servira apenas para acelerar o desfecho inevitável. Apesar dos seus esforços na limpeza, sabia que era impossível eliminar todas as provas do que ele tinha feito à Andrea dentro daquela casa. A ciência forense moderna tem evoluído de tal maneira que um perito consegue identificar vestígios de sangue, ou um simples cabelo, uma das razões que o tinham levado a não se preocupar em esconder o corpo de Andrea. Se os polícias conseguissem uma ordem de busca — o que, na realidade, era apenas uma questão de tempo —, encontrariam tudo aquilo de que precisavam para o condenar.

Só lamentava não ter podido dispor de mais uma hora para juntar as suas coisas. As câmaras e as objectivas estavam no interior da casa e não lhe agradava a ideia de partir sem elas. E as fotografias que tinha na pasta, especialmente as de Jessica. Sabia não ser provável que a Polícia as pudesse usar para saber mais pormenores acerca de Jessica, pois tivera o cuidado de destruir todas as fotografias que pudessem conter qualquer pista que denunciasse os lugares onde tinham estado, mas não lhe seria possível substituí-las.

Também lamentava ter perdido as de Julie, mas essas não o preocupavam tanto. Tinham o resto das suas vidas para suprir a falta das que agora eram deixadas para trás.

Gostaria de saber se Julie já estaria a par do sucedido com Andrea. Sim, era mais que provável. O mais certo era aqueles polícias terem acabado de falar com ela. O que é que ela iria fazer?

Fugiria, pensou de imediato. Como tinha fugido da mãe. Tentaria esconder-se e provavelmente levava aquele tonto com ela. De facto, era provável que já tivesse fugido.

Mais uma razão para se pôr a andar dali para fora.

Ficou a ponderar aquela opção. Se os polícias decidissem ver o que se passava nas traseiras da casa...

Era um risco, mas que alternativa tinha? Lentamente, começou a caminhar em direcção ao carro-patrulha.

* * *

— Vamos dar uma vista de olhos nas traseiras — sussurrou Jennifer. Na mão, a arma parecia-lhe estranhamente leve. — Tenho a estranha sensação de que ele ainda anda por aqui.

Pete assentiu e saíram ambos do alpendre. Pete dirigiu-se para a vereda de gravilha mas, ao ver Jennifer seguir pelo outro caminho, hesitou um pouco, acabando por se decidir a seguir a colega. Deste lado, tinham de caminhar por entre as árvores, com os ramos a estalar debaixo dos pés. Ervas altas e mato roçavam pelos uniformes, produzindo o som de raspar. Pararam junto às traseiras da casa. Jennifer seguia à frente e, bem encostada à parede, deu uma espreitadela para o outro lado. O carro de Richard encontrava-se ali, com a porta do lado do passageiro aberta.

Segurou a arma à frente do peito, de cano levantado, e fez um sinal naquela direcção. Lentamente, Pete tirou a arma do coldre.

Jennifer espreitou outra vez, percorrendo o jardim com os olhos, à procura de sinais dele, e fez o sinal para Pete avançar. Deram a volta à esquina da casa, tentando não fazer ruído.

Passaram pelas janelas do gaveto.

Sempre à escuta...

Jennifer notou que até os pássaros estavam silenciosos.

Passaram o alpendre. Viram que a porta das traseiras da casa estava aberta. Ela apontou naquela direcção e Pete acenou que sim e dirigiu-se para a casa.

O carro já estava próximo. Vindo do interior, ouvia-se o som fraco do rádio, sintonizado numa estação de Jacksonville, a transmitir música tradicional.

Jennifer parou, a olhar para ambos os lados. Ele andava ali por fora, pensou. E estava a observá-los.

A persegui-los. Como fazia com Julie.

Mentalmente, recordou o que tinha restado do rosto de Andrea. Olhando por cima do ombro, viu Pete no alpendre das traseiras, a aproximar-se da porta aberta.

Foi então que ouviram o grito.

Foi um grito lancinante, angustioso e doentio, que quase levou Jennifer a puxar o gatilho da arma. Houve uma pequena hesitação, até trocar um olhar com o colega.

O grito viera da parte da frente da casa.

Pete saltou do alpendre a começou a correr pelo mesmo caminho de onde viera. Jennifer seguiu-o. Rodaram a esquina e correram por entre os ramos baixos das árvores, com as folhas e os galhos secos a fustigarem-nos, procurando atingir a frente da casa.

Contudo, quando lá chegaram, não viram nada.

Estava tudo exactamente como tinham observado minutos antes.

Separaram-se, com Pete a aproximar-se da frente da casa, enquanto Jennifer seguia em frente, penetrando no quintal.

Sentia a boca seca e a respiração ofegante, mas procurava manter-se calma. A curta distância, avistou um maciço de árvores baixas, rodeado de buxo, um esconderijo perfeito.

Desviou os olhos, mas voltou a olhar o maciço. Sentia a arma a ficar escorregadia devido à transpiração das mãos.

Devia estar ali, pensava. Está escondido, a aguardar que eu me aproxime para o ir buscar. Mais atrás, ouvia os passos de Pete na gravilha.

Jennifer ergueu a arma bem à sua frente, como o pai lhe ensinara.

— Mr. Franklin, sou a agente Jennifer Romanello e estou a apontar-lhe uma arma — chamou em voz alta e nítida. — Identifique-se e saia daí, de mãos levantadas.

Pete voltou-se ao ouvir a voz dela e, vendo o mesmo que ela estava a ver, começou a andar na direcção da colega, atravessando a vereda, Tal como ela, empunhava a arma.

Das traseiras da casa chegou-lhe o som de um motor a ser posto em funcionamento. O motor gemeu quando o acelerador foi carregado a fundo, com os pneus a fazerem as pedras saltar. Vindo do outro lado da casa, o carro dirigia-se velozmente para eles.

Pete ficou no meio da vereda; viu o carro uma fracção de segundo antes de Jennifer.

Percebeu que o condutor não tencionava abrandar.

O agente ficou paralisado por um instante. Apontou a arma ao carro mas hesitou e, nessa altura, até Jennifer se apercebeu do que ia acontecer.

No último instante, Pete mergulhou da vereda e o carro raspou por ele a toda a velocidade. Caiu de peito no chão, como um jogador de basebol a deslizar para a meta, não conseguindo segurar a arma.

Jennifer dispôs de uma fracção de segundo para apontar e atirar mas, devido ao mergulho de Pete e à má visão provocada pelas árvores, desistiu.

O carro estrondeou em direcção à estrada, fez a curva a derrapar e desapareceu da vista, deixando um rasto de gravilha a voar juntamente com os gases do escape.

Jennifer correu para Pete, que já estava a levantar-se e a procurar a arma na altura em que ela chegou ao pé dele.

Passaram alguns segundos até conseguirem encontrá-la e, sem palavras, correram para o carro-patrulha. Jennifer abriu a porta do passageiro e sentou-se de um salto; ambas as portas foram fechadas simultaneamente. Com um gesto instintivo, Pete levou a mão à chave de ignição.

Não estava lá.

Foi então que Jennifer reparou nos fios de ligação do rádio. Tinham sido arrancados do quadro de bordo.

O som do motor do carro de Richard já nem se ouvia.

— Raios o partam! — berrou Pete, dando um murro no volante.

Jennifer pegou no telemóvel e ligou para a esquadra. Como se tratava de uma cidade pequena e dispunha de poucos guardas de serviço, não alimentava grandes esperanças de que conseguissem evitar que Richard se escapasse. Quando desligou, viu que Pete estava a olhar para ela.

— E agora, que fazemos?

— Vou entrar.

— Sem um mandado.

Jennifer abriu a porta e saiu do carro. — Ele tentou atropelar-te e é provável que esteja a caminho de cometer outro crime. Julgo tratar-se de uma situação que nos dá o direito de entrar. Não achas?

Instantes depois, Pete Gandy seguia no encalço da colega.

Mesmo inundado de adrenalina e de frustração, tinha de reconhecer que, quanto a aprender a música, nunca conhecera ninguém tão rápido como Jennifer Romanello.

Mal entrou, Jennifer ficou surpreendida pela normalidade que se respirava naquela casa.

Pelo que via, aquela podia ser a casa de qualquer pessoa.

A cozinha estava impecavelmente limpa, o lava-louças brilhava à luz do sol, junto da cuba estava arrumado um esfregão bem dobrado. Não havia tachos ou panelas em cima do fogão ou pratos sujos em cima da bancada. Se a fotografasse, ninguém veria naquela cena nada de errado. Embora, sem dúvida antiquada: o frigorífico parecia um último modelo anunciado no catálogo da *Sears* distribuído logo a seguir à Segunda Guerra Mundial, e não havia máquina de lavar louça ou microondas — a cozinha era acolhedora, aquele género de cozinha que as crianças recordam quando pensam nos avós.

Jennifer avançou, passando por uma saleta que devia ter servido para tomar o pequeno-almoço. A divisão tinha uma luz fantástica, o sol da manhã passava através das vidraças altas e enviava jorros de luz dourada que se derramavam sobre o soalho. As paredes estavam forradas de papel com um padrão floral bonito, amarelo-pálido, com o tecto de madeira de carvalho a conferir à sala um certo ar de riqueza. A mesa era simples e as cadeiras encontravam-se muito bem arrumadas à sua volta.

Passou à sala de visitas, voltando a reflectir que não havia ali nada fora do comum. A mobília era vulgar e estava tudo nos devidos lugares. No entanto...

Levou algum tempo a aperceber-se do que estava mal.

Não havia ali o mínimo toque pessoal, pensou. Nada. Não viu fotografias ou pinturas nas paredes, não havia revistas ou jornais espalhados pela mesa, as plantas estavam ausentes. Nem sistema de alta-fidelidade, nem televisor.

Apenas um sofá, mesinhas e candeeiros.

Jennifer analisou a escada. Atrás dela, estava Pete, de arma aperrada.

— Um bocado vazio, não achas? — opinou Pete.

Ela decidiu-se. — Vou lá acima.

Pete seguiu-a. Chegados ao cimo, espreitaram o corredor e decidiram-se por virar à direita. Abrindo a porta, deram com a sala escura e carregaram no interruptor. De súbito, banhada pela luz avermelhada, Jennifer sentiu as pernas fracas; apercebeu-se do modo como Richard tinha ocupado o tempo desde que se despediu do emprego.

— Valha-nos Deus! — foi só que conseguiu dizer.

Não querendo chamar a atenção sobre si, Richard abrandou logo que atingiu as vias principais.

Sentia o coração a bater forte, mas estava livre! Livre! Soltava sonoras gargalhadas ao lembrar que escapara quando a fuga parecia impossível. Ainda estava a ver a cara dos polícias quando ele disparou a toda a velocidade pela vereda de acesso à estrada e sentia-se nas nuvens.

Era pena que Pete Gandy tivesse conseguido saltar do caminho. Mentalmente, conseguia sentir o som cavo e delicioso que o carro faria ao passar por cima dele mas, pouca sorte, Pete ainda poderia viver mais um dia.

Radiante, soltou outra gargalhada e começou a concentrar-se no seu plano.

Tinha de livrar-se do automóvel, mas queria afastar-se o mais possível de Swansboro. Entrou na estrada que vai dar a Jacksonville. Chegado ali, arrumaria o carro num sítio onde não fosse encontrado com facilidade e iniciaria a caçada para encontrar Julie.

Jessica também fizera uma tentativa de fuga, recordou, e pensou que tomara todas as precauções. Tomou um autocarro que percorreu metade do país e esperava que ele se limitasse a deixá-la ir. Mas encontrou-a e, quando abriu a porta do quarto do motel decadente em que ela estava e a encontrou sentada na cama, Jessica nem se mostrou surpreendida de o ver. Tinha estado à sua espera e, no final, apenas concluíra que a espera só servira para a desgastar. Nem teve energia para gritar. Quando lhe deu o medalhão, limitou-se a pô-lo ao pescoço, como se soubesse que não tinha alternativa.

Ajudou-a a levantar-se da cama, ignorando a letargia dos seus movimentos e rodeou-lhe a cintura com os braços. Afundou o rosto nos seus cabelos, sentindo-lhe o cheiro, enquanto Jessica, de braços caídos ao longo do corpo se deixava abraçar.

Sussurrou-lhe junto ao ouvido: — Nunca pensaste que eu desistia de ti com toda esta facilidade, pois não?

A resposta foi apenas um murmúrio: — Por favor!

— Responde.

As palavras de Jessica saíram, aos poucos: — Não, sabia que nunca me deixarias fugir.

— Fizeste asneira, não fizeste?

Jessica começou a chorar, finalmente a reconhecer aquilo que a esperava.

— Oh... por favor... não me batas... por favor, outra vez não...

— Mas tentaste fugir — bradou ele. — Isso magoou-me Jessica.

— Oh... meu Deus... por favor... não...

Pete Gandy ficou à entrada da sala escura, a pestanejar repetidamente, a virar a cabeça de um lado para o outro como se tentasse registar tudo o que estava a ver.

Nas paredes estavam pregadas centenas de fotografias de Julie. Julie a sair do salão e a entrar no carro, Julie na mata a dar um passeio com o cão, Julie a jantar, Julie no supermercado, Julie no alpendre das traseiras, Julie lendo o jornal da manhã, Julie a recolher o correio, Julie na praia, Julie a caminhar pela rua. Julie no quarto.

Julie em todos os sítios onde estivera durante o mês precedente.

Jennifer sentiu que algo se desmoronava dentro dela. Mesmo que estivesse à espera daquilo. Queria ficar ali mais tempo, sabia quanto era importante vasculhar o resto da casa à procura de provas palpáveis de que Andrea tinha ali estado. Pete parecia petrificado, não passara da porta.

— Não consigo perceber este tipo — murmurou quando a colega passou por ele. No segundo quarto, Jennifer encontrou o equipamento desportivo de Richard. Tinha um espelho na parede, rodeado de mais fotografias. Passou para a última porta, que julgou ser o quarto de dormir. Embora tivesse dúvidas sobre a legalidade dos seus actos, decidiu dar uma vista de olhos enquanto esperava a chegada de reforços.

Aberta a porta, deparou com uma cómoda antiga, com todo o aspecto de ter sido abandonada por alguém que vivera naquela casa. No guarda-fatos encontrou as roupas de Richard, arrumadas com todo o cuidado. Junto à parede, havia um cesto grande; o telefone estava no chão, junto da cabeceira da cama.

Mas foi a fotografia colocada na mesa de cabeceira que lhe chamou a atenção.

A princípio, pensou que fosse de Julie. O cabelo era o mesmo, os olhos a mesma mistura de azul e verde; mas não era Julie, conforme percebeu quase de seguida, mas alguém parecido com ela. A segurar uma rosa junto da face, a mulher da fotografia era uns anos mais nova do que Julie, além de mostrar um sorriso quase infantil.

Foi ao estender a mão para a moldura que reparou no medalhão pendurado do pescoço da mulher. O mesmo medalhão que Julie lhe havia mostrado na cozinha.

O mesmo...

Tropeçou num objecto qualquer; era pesado, embora fácil de deslocar. Olhando para o chão, viu o canto de uma pasta a aparecer de baixo da cama.

Trouxe-a para cima da cama e abriu-a.

Lá dentro viu dezenas de fotografias da mulher da moldura e começou a dar uma vista de olhos a todas elas.

Pete veio até junto dela. — O que é? — perguntou.

Jennifer abanou a cabeça.

— Mais fotografias.

— De Julie?

— Não — concluiu Jennifer, ao virar-se para ele. — Não tenho a certeza, mas julgo que devem ser de Jessica.

TRINTA E CINCO

No espaço de quarenta minutos juntou-se em casa de Richard Franklin uma verdadeira multidão de polícias de Swansboro e de xerifes do distrito de Onslow. A equipa de especialistas forenses, vinda de Jacksonville, também lá estava, a colher impressões digitais e a procurar outras provas da presença de Andrea na casa.

Jennifer e Pete encontravam-se no exterior, a falar com o seu chefe, o capitão Russell Morrison — um homem rude e forte, com o cabelo grisalho a ficar ralo e os olhos demasiados juntos. Por sua insistência, os agentes foram obrigados a contar a história duas vezes e Jennifer teve de lhe relatar tudo o que já tinha descoberto.

Quando ela acabou, Morrison não fez mais do que abanar a cabeça com veemência. Tinha nascido e crescido em Swansboro, considerando-se protector da cidade; na noite anterior fora das primeiras pessoas a chegar ao local onde Andrea foi encontrada, embora estivesse a dormir profundamente quando lhe ligaram para casa.

— Este é o mesmo tipo que foi agredido por Mike Harris no bar? Aquele que foi acusado de andar a assediar a namorada do Mike?

— Esse mesmo — respondeu Jennifer.

— Mas ainda não há quaisquer provas concretas que o relacionem com este crime?

— Ainda não.

— Falaram com os vizinhos da Andrea para saber se ele foi visto por lá?

— Não. Viemos directamente do salão para aqui.

Russell Morrison ficou uns instantes a analisar o que acabava de ouvir.

— O simples facto de ter fugido não significa que ele seja o homem que agrediu Andrea. E o mesmo acontece com todos os outros pormenores que me contaram acerca dele.

— Mas...

Morrison ergueu as duas mãos para não os deixar prosseguir. — Não estou a dizer que o considero inocente. Com mil diabos, ele tentou matar um polícia, uma coisa que não pode acontecer na minha área. Olhou Pete com cuidado. — Tens a certeza de que estás bem?

— Sim. Apesar de chateado, sinto-me bem.

— Bom. Estás encarregado desta investigação, mas vou pôr alguém a ajudar-te.

Pete assentiu, mas, nesse preciso momento, a conversa foi interrompida por um grito de Fred Burris, um dos agentes que se encontravam dentro de casa. Vinha a caminhar rapidamente para eles.

— Meu capitão! — chamou.

Morrison virou-se para ele. — O que é que se passa?

— Acho que encontrámos qualquer coisa — anunciou.

— O quê?

A resposta de Burris foi simples e directa: — Sangue.

A casa de praia de Henry ficava na Topsail Island, uma tira de terra, a cerca de dois quilómetros da costa, à distância de quarenta minutos de viagem de Swansboro. Coberta de dunas arredondadas, espinheiros e areias brancas, a ilha era um destino favorito das famílias durante a época balnear, embora tivesse poucos habitantes permanentes. Durante a Primavera, os visitantes pareciam ter toda a ilha por sua conta.

Como sucedia com todas as casas das redondezas, o piso principal da casa fora construído por cima da garagem e das áreas adjacentes, onde eram guardados diversos artigos sempre que havia tempestades. Nas traseiras havia uma escada que dava directamente para a praia e uma janela com uma vista desafogada, que permitia observar as ondas a rebentar no areal.

Julie estava à janela, a observar o movimento incessante das ondas.

Nem ali conseguia descontrair-se. Ou sentir-se segura.

No caminho, ela e Mike tinham passado pelo supermercado e comprado géneros alimentares para uma semana; também pararam num armazém Wal-Mart e compraram roupa suficiente para se aguentarem durante vários dias. Nenhum deles fazia a mínima ideia de quanto tempo teriam de ali permanecer e Julie não queria frequentar lugares públicos, a menos que tivesse absoluta necessidade.

As cortinas estavam corridas em todas janelas, excepto numa; Mike tinha recolhido o carro de Emma na garagem, de forma a que não pudesse ser visto da estrada. Durante a viagem seguiram o conselho de Henry, tendo saído da estrada principal por três vezes, às voltas por bairros inteiros, sempre a observarem o retrovisor para verificar se eram seguidos. Ninguém viera atrás deles; tinham a certeza disso. Mesmo assim, Julie não conseguia libertar-se da sensação de que, fizesse o que fizesse, Richard acabaria por encontrá-la.

Por detrás dela, Mike estava a arrumar os artigos de mercearia; Julie ouvia o ruído das portas dos armários que ele ia abrindo e fechando.

— Talvez já o tenham apanhado — sugeriu Mike.

Julie não respondeu. O *Singer* acercou-se e aninhou a cabeça no colo dela. A mão de Julie dirigiu-se automaticamente para a cabeça do animal.

— Sentes-te bem?

— Não — respondeu Julie —, não estou nada bem.

Mike assentiu. Pergunta estúpida.

— Espero que Andrea esteja bem — continuou Mike.

Ao ver que Julie não respondia, olhou para o mar. — Aqui, estamos em segurança. Sabes isso, não sabes? Ele não tem maneira de saber que estamos aqui.

— Eu sei.

Mas não estava assim tão certa disso, sentia um medo tão forte que deu consigo a afastar-se instintivamente da janela. Com aquele movimento, o cão levantou-se e ficou atento.

— O que foi? — perguntou Mike.

Julie abanou a cabeça. Na praia viam-se dois casais que caminhavam à beira da água, mas em direcções opostas. Uns minutos antes, tinham passado junto da casa, sem se dignarem olhar.

— Nada — acabou por responder.

— É uma bela vista, não é?

Julie baixou os olhos. Para ser franca, nem tinha reparado.

Morrison estava reunido com os subordinados junto da casa de Richard, a passar o caso em revista e a esboçar um plano de acção.

— A polícia de Jacksonville e o departamento do xerife andam à procura do automóvel, para ver se conseguimos encontrar este tipo — anunciou —, mas, entretanto, há uma série de coisas que quero que façam.

Foi apontando os agentes com quem falava.

— Haroldson e Teeter: quero que vão até à ponte e falem com alguém da equipa que possa ter alguma ideia do paradeiro deste homem. Onde costuma parar, quem são os seus amigos, o que gosta de fazer...

«Thomas: quero que fiques aqui enquanto os especialistas forenses recolhem as provas. Assegura-te de que guardam tudo em sacos devidamente identificados... Este caso tem de obedecer a todas as normas...

«Burris: quero que vás ao apartamento da Andrea e fales com os vizinhos. Quero saber se alguém viu este tipo a entrar ou a sair do apartamento...

«Johnson: o mesmo trabalho. Preciso que vás a Morehead City para saberes se alguém poderá confirmar que viu Andrea e Richard Franklin juntos...

«Puck: preciso de que descubras se Andrea andou com alguém capaz de a agredir daquela forma. É provável que já tenhamos o nosso homem, mas sabem como são os advogados de defesa. Temos de investigar todos os presumíveis suspeitos...

Voltou-se para Jennifer e Pete. — Tu e tu: quero que descubram tudo o que for possível descobrir acerca deste tipo. Tudo. E vejam também se conseguem saber mais acerca de Jessica. Quero falar com ela, se for possível.

— E quanto à intimação da firma JD Blanchard? — inquiriu Jennifer.

Morrison olhou-a nos olhos. — Deixa isso por minha conta.

Tal como Julie e Mike, Richard parou no supermercado. Depois de ter arrumado o carro no parque de estacionamento existente nas traseiras do hospital — onde não daria nas vistas que ficasse parado no mesmo sítio durante vários dias —, pegou nos sacos das compras e percorreu uns quarteirões, até à casa de banho da estação de serviço. Fechou a porta com cuidado. Olhando-se no espelho de má qualidade pendurado na parede, voltou a ser o homem metódico de sempre.

Nos sacos de plástico havia os artigos necessários para ele operar a transformação, como já fizera antes: máquina de barbear, tesoura, tinta para o cabelo, creme de bronzear e uns óculos baratos. Não era muito, mas era o suficiente para, visto de longe, parecer diferente; suficiente para, de imediato, se esconder, embora andando à vista de toda a gente. O suficiente para a encontrar.

Havia, contudo, o problema de saber para onde ela teria ido. Tinha a certeza de que Julie já não se encontrava na cidade. No salão ninguém atendia o telefone e, quando ligou para a oficina, um dos lacaios de Henry disse que Mike também se fora embora.

Portanto, Julie tinha fugido. Para onde? Richard sorriu, sabendo que não tardaria a obter uma resposta. As pessoas cometem erros, por mais cuidadosas que tentem ser. E o erro dela, tinha a certeza disso, fora o seguinte: alguém sabia exactamente onde Julie se encontrava.

Henry, Emma e Mabel provavelmente sabiam. E os polícias também não deixariam de saber. Teriam necessidade de falar com ela, de a informar sobre o que tinham descoberto, de a manter vigiada.

Não tinha dúvidas de que uma daquelas pessoas iriam conduzi-lo até à porta dela.

Assobiava baixinho ao empreender a tarefa de alterar o seu aspecto. Meia hora mais tarde, emergiu à luz do dia: mais louro, mais bronzeado, de óculos e sem bigode. Um homem diferente.

Pensou que só precisava de arranjar um novo carro. Começou a percorrer a rua, em direcção à baixa, afastando-se do hospital.

De regresso à esquadra, o primeiro telefonema de Jennifer foi para o Departamento de Polícia de Denver, onde a chamada foi passando de uma pessoa para outra, até chegar ao inspector Cohen. Disse-lhe quem era e pô-lo ao corrente da investigação; enquanto ia falando, ouviu o inspector soltar pequenos assobios.

— Pois bem — rematou Cohen —, vou ver o que posso fazer. Não estou na minha secretária; por isso, desligue que eu ligo-lhe dentro de minutos.

Depois de desligar, olhou de relance para Pete. Estava ao telefone, a ligar para diversas companhias aéreas das áreas de Jacksonville, Raleigh e Wilmington, a tentar descobrir se Richard tinha saído da cidade por via aérea na altura em que informara Julie de que fora assistir ao funeral da mãe. Em caso afirmativo, queriam saber aonde é que tinha ido, na esperança de que a informação os levasse junto de alguém que lhes dissesse alguma coisa acerca do homem.

Morrison encontrava-se no seu gabinete, servindo de coordenador das informações que eram transmitidas pelos agentes. Thomas ligara momentos antes: informara que os especialistas forenses tinham encontrado manchas de sémen nos lençóis e continuavam a vasculhar a cama para obterem provas adicionais.

Quando Cohen ligou, Jennifer levantou o auscultador logo ao primeiro toque.

— Dispomos de dados sobre diversos indivíduos com o nome de Richard Franklin — informou. — Não é um nome invulgar, pelo que o sistema nos revelou a existência de vários. Fale-me dele.

Jennifer forneceu-lhe uma descrição sucinta: altura e peso, cor dos olhos e do cabelo, idade aproximada, raça.

— Muito bem, espere um pouco.

Através do telefone chegavam-lhe os ruídos que ele fazia a teclar no computador.

— Ah!

— O que é?

O outro hesitou. — Julgo que não tenho qualquer informação com interesse para si.

— Nada? Nem mesmo uma prisão?

— Com base nos elementos que me deu, não tenho. Temos registos de sete indivíduos com o nome de Richard Franklin. Quatro deles são afro-americanos, um morreu, outro anda na casa dos sessenta.

— E quanto ao sétimo?

— Um drogado típico. Tem mais ou menos a idade do seu homem, mas nenhum dos outros dados se ajusta. Não teria a mínima hipótese de passar por engenheiro, nem por um dia. Tem passado os últimos vinte anos a entrar e a sair da prisão. E, de acordo com os nossos registos, nunca morou no endereço que me indicou.

— Há mais alguma coisa? Pode verificar nos registos da comarca? Ou talvez nos registos de cidades vizinhas?

— Está tudo aqui — respondeu Cohen, parecendo tão desapontado quanto Julie. — O sistema foi aperfeiçoado há uns dois anos. Dispomos de informações sobre todas as prisões feitas a partir de 1977. Se tivesse sido preso em qualquer ponto do estado do Colorado, teríamos conhecimento.

Jennifer bateu com o lápis no bloco de apontamentos. — De qualquer modo, podia mandar-me por fax a fotografia desse último tipo? Ou enviá-la juntamente com um *e-mail*?

— Com certeza. Mas não julgo que seja o seu homem — disse Cohen, demonstrando pouco entusiasmo. Fez uma pausa. — Ouça, se precisar de mais alguma coisa, não faça cerimónia. Esse fulano não me parece nada bom. Não é o tipo de pessoa que gostemos de ver andar por aí à solta.

Depois de desligar, Jennifer ligou para a Polícia de Columbus, Ohio, alimentando a esperança de ser mais bem-sucedida.

Mabel deixara o salão logo pela manhã e fora de carro até ao hospital. Estava agora sentada junto da cama de Andrea, na unidade de cuidados intensivos, pegando-lhe na mão e desejando que a rapariga, por um qualquer meio desconhecido, pudesse saber quem se encontrava ali junto dela.

— Vais pôr-te boa, minha querida — murmurou quase só para si. — Os teus pais não devem tardar a aparecer.

A única resposta foram os sinais ritmados do monitor dos movimentos cardíacos. A atenção de Mabel desviou-se para o telefone.

Gostaria de saber em que pé estava a investigação. Por momentos, esteve tentada a telefonar a Pete Gandy e perguntar-lhe. Continuava, porém, furiosa por ele ter deixado as coisas irem tão longe e julgava não conseguir falar com ele sem gritar. Mike tinha razão. Tudo o que se exigia de Pete era que tivesse dado ouvidos a Julie. Se assim fosse, nada daquilo teria acontecido. Como é que aquele homem podia ser tão estúpido? Como diabo tinha conseguido fazer o curso de formação?

Mabel ouviu o som de passos que se aproximavam, levantou a cabeça e deparou com a enfermeira que vinha, de vinte em vinte minutos, verificar os monitores para detectar qualquer alteração.

O período mais crítico era o das primeiras vinte e quatro horas, dissera o médico. Se Andrea viesse a conseguir sair do coma sem lesões cerebrais, o mais provável seria que passado esse período apresentasse algum sinal de melhoria.

Observar a enfermeira em acção, a verificar os sinais vitais e a tomar notas, foi o suficiente para Mabel sentir um aperto na garganta.

Pela expressão dela, Mabel soube que não se registara qualquer melhoria.

* * *

Jennifer estava a terminar a conversa com o Departamento da Polícia de Ohio quando Morrison saiu do seu gabinete.

— Já consegui a intimação — informou. — O juiz Riley assinou-a há momentos e estão agora mesmo a enviá-la por fax para a JD Blanchard. As informações que queremos não devem tardar, a menos que eles resolvam meter o departamento jurídico no caso e tentem atrasar as coisas.

Jennifer assentiu mas não conseguiu disfarçar a satisfação que sentia.

— Ainda não tivemos sorte? — perguntou o chefe.

Ela abanou a cabeça. — Nada. Nem um nico. Em dois estados, Colorado e Ohio, nem uma simples multa por excesso de velocidade. Nenhuma prisão, nem registos de ter sido considerado suspeito de qualquer crime.

— O fax de Denver não veio ajudar nada?

— Não se trata do nosso homem. Nem de perto nem de longe.

Mesmo assim, procurou a fotografia. — Não consigo perceber. Um tipo destes não aparece assim, caído do céu. Sei que já fez coisas deste género. Há-de haver algum registo disso — continuou. — Alguma novidade sobre a casa?

— Parece que andou envolvido em limpezas recentes. Conseguiram recolher umas coisas, mas só podemos avaliar a sua utilidade depois de terminados os exames. De momento, ainda estão a fazer-se análises de sangue em Wilmington. A polícia de lá dispõe de um dos melhores laboratórios deste estado e, logo que recebam as duas amostras, estabelecerão a comparação com o sangue de Andrea obtido através do hospital. É a mais importante das nossas prioridades e, se correr como esperamos, a comparação será positiva. Para já, o tipo de sangue confirma-se. O sangue de Andrea é tipo A positivo, tal como a amostra que colhemos. Não é tão comum como o tipo O; parece que ele é o nosso homem.

— Alguma coisa de Morehead? Ou dos trabalhadores das obras da ponte?

— Nada, até agora. Franklin parecia ser um homem metido consigo. Haroldson e Teeter não conseguiram encontrar uma só pessoa que gostasse do tipo, ninguém conseguia dar-se com ele. Nem sabiam onde morava. Ainda têm de falar com mais algumas pessoas, mas não alimentam grandes esperanças. Quanto a Burris e Puck, dizem que ninguém se recorda de ter visto o Franklin por perto do apartamento onde Andrea vive. Mas, só para que conste, estão a recolher informações acerca de outros possíveis suspeitos. Ela mostrava tendência para andar com uns tipos pouco recomendáveis e Puck anda a tentar recolher os nomes deles.

— Richard Franklin é o nosso homem — reiterou Jennifer.

Morrison ergueu a mão, como a querer dizer que concordava com ela. — Teremos a certeza dentro de poucas horas — afiançou. — Quanto a Morehead City, Johnson anda a mostrar a fotografia da Andrea por lá. A propósito, foi uma rica ideia, essa de trazeres a fotografia. Contudo, até agora, não conseguiu nada. Há muitos bares e restaurantes a visitar e ele chegou lá há pouco tempo. Os turnos da noite dos bares e restaurantes começam por volta das cinco da tarde; por isso, a investigação ainda vai levar algum tempo.

Jennifer concordou.

Morrison apontou para o telefone. — Já conseguiste alguma informação a respeito de Jessica?

— Não. Ainda não. É o meu próximo passo.

Julie estava sentada no sofá; com uma orelha inclinada para diante, o *Singer* sentava-se a seu lado. Mike ligou o televisor e passeou por vários canais e depois desligou-o. Vagueou pela casa, foi certificar-se de que a porta da frente estava fechada e espreitou pela janela, para a esquerda e para a direita da rua.

Silêncio. Silêncio absoluto.

— Acho que vou ligar para o Henry — acabou por decidir. — Só para ele saber que conseguimos.

A afastar o cabelo para trás com ambas as mãos, Jennifer começou a analisar as fotografias encontradas na pasta de Richard. Ao contrário de Julie, Jessica parecia ter posado alegremente na maioria delas. O que, certamente por serem casados, não tinha nada de estranho; notou que em algumas fotografias ela aparecia com um anel de noivado, a que depois juntara uma aliança de casamento.

Infelizmente, as fotografias não lhe diziam nada acerca da própria Jessica, se esse era o seu nome. Nenhuma tinha qualquer anotação no verso que pudesse revelar um apelido de solteira ou até o lugar onde fora tirada. Em si, as fotografias não serviam de pontos de referência, pelo que, depois de as ter observado, Jennifer continuava com a mesma necessidade de saber coisas sobre a mulher; só gostaria de saber como as obter.

Procurou na Internet qualquer menção de Jessica Franklin, partindo dos elementos mais evidentes — qualquer pessoa dos estados do Colorado ou de Ohio, por exemplo — e verificou todas as páginas que incluíam fotografias. Não chegavam a ser uma mão-cheia, o que não a surpreendeu. Depois do divórcio, a maioria das mulheres volta a usar o apelido de solteira.

Mas, teria havido divórcio?

Ele já tinha demonstrado até que ponto podia ser violento. Jennifer olhou para o telefone. Após um momento de hesitação, marcou o número do inspector Cohen, em Denver.

— Não, não há problema — disse este, em resposta ao pedido. — Depois da sua chamada, fiquei a pensar nesse tipo. Por qualquer razão, o nome não me é estranho. Esse pormenor não deve ser difícil de averiguar. Deixe-me ver.

Ficou à espera enquanto ele consultava os registos.

— Não — concluiu Cohen. — Não há vítimas de assassínio registadas em nome de Jessica Franklin, nem existe nenhuma na lista de pessoas desaparecidas.

— Existe alguma maneira de sabermos qualquer coisa acerca do casamento? Quando se realizou ou quanto tempo estiveram casados?

— Não dispomos aqui de informações desse tipo; talvez tentando nos registos da conservatória. A sua melhor hipótese é analisar os registos de impostos sobre a propriedade, pois muitas casas estão registadas em nome dos dois cônjuges. Para começar, pode ser uma ajuda. Mas precisa de falar com alguém que tenha acesso a esses arquivos. O que só é válido, como se calcula, se eles se casaram na zona.

— Pode dar-me o número?

— Não o tenho à mão, mas dê-me um minuto para o procurar.

Ouviu-o abrir uma gaveta e depois pedir a lista a um dos colegas. Momentos depois estava a recitar o número, que Jennifer escrevia no bloco de apontamentos, ao mesmo tempo que viu Pete a correr para ela.

— Daytona! — exclamou. — O sacana foi a Daytona quando disse que foi assistir ao funeral da mãe...

— Daytona? A Julie não é de lá?

— Não me lembro — respondeu Pete rapidamente —, mas, ouve... se a mãe morreu, talvez consigamos obter informações nos registos necrológicos recentes. Já acedi à página do jornal e estou a imprimir as informações. Bastante inteligente, não?

A reflectir no assunto, Jennifer não respondeu de imediato. — Não achas estranho? — perguntou. — Estou a falar no facto de a mãe dele ter morrido na mesma cidade em que Julie cresceu.

— Se calhar foram criados juntos.

Possível, mas pouco provável, pensou Jennifer, a abanar a cabeça. Não parecia possível. Em especial, se fosse tido em conta o facto de Richard estar a viver em Denver há quatro anos, além de que, se tivessem uma história comum, Julie não deixaria de a ter mencionado. Mas... qual a razão daquela viagem a Daytona?

De repente, empalideceu.

— Tens o número de telefone da mãe de Julie? — perguntou.

Pete negou com um movimento de cabeça. — Não.

— Vê se o arranjas. Julgo que devíamos falar com ela.

— Mas, e os registos necrológicos?

— Esquece. Nem sabemos se a história da morte da mãe é verdadeira. Vamos, antes, verificar os registos de chamadas telefónicas de Richard. Talvez consigamos descobrir a quem ele telefonou.

De súbito, apercebeu-se de que deveria ter começado por ali.

— Registos de chamadas?

— Feitas de casa dele, Pete. Pede os registos de chamadas de Richard Franklin.

Pete pestanejou, a fazer um esforço para perceber. — E quanto aos registos de óbitos, não servem para nada?

— Não. Ele não foi a Daytona para ver a mãe. Foi lá para colher informações sobre a Julie. Apostava a minha vida.

Henry e Emma estavam sentados à mesa da cozinha e ele seguia atentamente os movimentos de uma mosca a bater contra o vidro da janela.

— Têm, portanto, a certeza de que ninguém os seguiu?

Henry assentiu. — Foi o que Mike disse quando telefonou.

— E continuas a pensar que eles estão em segurança?

— Espero que sim, mas até que apanhem aquele filho da mãe não acabam os receios.

— E se não o apanharem?

— Acabará por ser caçado.

— Mas, se não for? — voltou Emma a perguntar. — Até quando é que eles terão de viver ali escondidos?

O marido abanou a cabeça. — O tempo que for necessário.

Ficou a reflectir sobre o que devia fazer. — Talvez seja melhor ligar para a esquadra, para informar os polícias do local onde eles se encontram.

Ao terminar a conversa com Henry, Jennifer ficou absorta, a enrolar uma madeixa de cabelo entre os dedos.

— Obrigada pela informação. Fico-lhe muito agradecida. Adeus.

Tinham, portanto, deixado a cidade, pensou, ao desligar. Por um lado, se estivesse na situação deles, era provável que tivesse feito o mesmo. Por outro, se fosse necessário contactá-los, havia a dificuldade acrescida de estarem mais longe. Embora Topsail ainda pertencesse à comarca, situava-se no sua parte mais meridional, a pelo menos quarenta minutos de Swansboro.

Sem mais nada que investigar de momento, Jennifer voltou a concentrar a atenção nas fotografias. Sabia que as fotografias podem revelar muita coisa, tanto sobre o fotografado como sobre o fotógrafo. E Richard era muito bom, muitas das imagens eram fantásticas, despertavam a atenção. Richard Franklin, decidiu, não era um desses fotógrafos de fim-de-semana. Era alguém que considerava a fotografia uma arte. Fazia sentido, tendo em conta o equipamento que havia sido encontrado em casa dele.

Fora um pormenor que, desde o início, não lhe passara despercebido; mas seria útil? E em que sentido? Ainda não sabia.

No entanto, quanto mais olhava mais se convencia de que aquele era o rumo certo para a investigação. Embora ainda não soubesse as respostas ou, para ser mais precisa, ainda tivesse de encontrar as perguntas certas, ao olhar as fotografias não conseguia deixar de pensar que estava prestes a descobrir algo de muito importante.

TRINTA E SEIS

Em Denver, o inspector Cohen continuava a pensar nos telefonemas. A agente Romanello tinha pedido informações sobre um Richard Franklin e, embora tivesse pesquisado a base de dados sem êxito, sabia que já tinha ouvido aquele nome. Como dissera a Jennifer Romanello, aquele nome não lhe era estranho.

As razões podiam ser muitas, sem dúvida. Uma testemunha nas centenas de casos em que estivera envolvido, por exemplo; poderia até ser um nome lido no jornal. Poderia até tratar-se de um estranho que tivesse encontrado numa festa qualquer ou uma pessoa que tivesse conhecido de passagem.

No entanto, tinha a sensação de que o nome estava relacionado com o seu trabalho de polícia.

Porém, se não fora preso, qual seria a ligação?

Levantou-se da cadeira e resolveu perguntar aos outros. Talvez no departamento houvesse alguém capaz de lhe esclarecer a dúvida.

Uma hora mais tarde, Morrison saiu do seu gabinete a agitar nas mãos os registos das chamadas telefónicas e as informações que Richard Franklin tinha fornecido à firma JD Blanchard quando foi admitido. O fax incluía o currículo e o resumo dos projectos anteriores em que ele fora consultor.

Pete ficou com os registos de chamadas; Jennifer pôs as fotografias de lado e começou a analisar as informações fornecidas pela firma JD Blanchard.

No início do currículo, Richard tinha indicado um apartamento em Columbus, como endereço; mais abaixo, porém, havia uma mina de ouro: as firmas onde tinha trabalhado e as respectivas datas, filiação em associações, experiência anterior, formação académica.

— Apanhei-te — murmurou. Depois de conseguir o número, ligou para a empresa Lentry Construction, de Cheyenne, Wyoming, a última companhia onde trabalhara antes de se estabelecer por conta própria.

Depois de se identificar à recepcionista, a chamada foi passada para Clancy Edwards, vice-presidente, que estava na empresa há quase vinte anos.

— Richard Franklin? Lembro-me perfeitamente — informou Edwards quase de imediato. — Foi um excelente quadro. Um homem muito sabedor do ofício. Não fiquei nada surpreendido, quando decidiu formar a sua própria empresa.

— Quando é que falou com ele pela última vez?

— Ora... deixe-me pensar um pouco. Mudou-se para Denver, sabe. Estimo que deve ter sido há oito ou nove anos. Estávamos a trabalhar em... ora deixe ver... teria sido em 1995, não é? Penso que se tratava de um projecto em...

— Desculpe, Mr. Edwards, sabe se era casado?

Edwards não percebeu logo que lhe tinham feito outra pergunta. — Casado?

— Sim, se era casado?

Edwards riu-se em surdina. — De maneira nenhuma. Nós estávamos praticamente todos convencidos de que era homossexual...

Jennifer apertou mais o auscultador contra a orelha, a duvidar de que tivesse ouvido bem. — Espere. Tem a certeza?

— Bom, não a cem por cento. Nem ele alguma vez falou no assunto. A vida pessoal de cada um não me interessa, desde que cumpra as suas obrigações para com a firma. Sempre foi a nossa norma. Na nossa empresa fazemos um bom trabalho de acção afirmativa. Sempre fizemos.

Jennifer já mal o ouvia.

— Wyoming tem progredido muito, mas não é São Francisco, se percebe o que quero dizer, e nem sempre foi fácil. Mas os tempos estão a mudar, até aqui.

De repente, ao recordar-se do que Jake Blansen lhe dissera pelo telefone, Jennifer lançou uma nova pergunta: — Ele dava-se bem com toda a gente?

— Oh, sim, absolutamente. Como disse, era um homem muito sabedor e isso tornava-o respeitado. E era também um tipo muito simpático. Até ofereceu um chapéu à minha mulher, uma prenda de aniversário. Não que ela continue a usá-lo. Sabe como as mulheres são, nestas...

— E os operários da construção civil? Também se entendia bem com eles?

Apanhado no meio da frase, Clancy Edwards precisou de um instante para se recompor.

— Sim, é claro, com eles também. Como já disse, toda a gente gostava dele. Talvez um ou dois tivessem tido problemas com... bem, com a sua vida pessoal, mas toda a gente tinha um excelente relacionamento com ele. Todos tivemos pena de o ver ir-se embora.

Como Jennifer ficou calada, Edwards sentiu-se na obrigação de não deixar cair a conversa.

— Posso perguntar a razão de ser de tudo isto? Richard não se meteu em sarilhos, pois não? Não lhe aconteceu nada, pois não?

Jennifer continuava a tentar dar sentido àquelas informações.

— É por causa de uma investigação. Tenho muita pena, mas não posso adiantar pormenores — respondeu. — Lembra-se de ter recebido algum pedido de referências, feito pela firma JD Blanchard?

— Eu não, mas penso que foi recebido pelo presidente. Demos as melhores informações. Como disse, ele é muito bom na sua profissão...

Jennifer voltou a passear os olhos sobre as fotografias de Jessica.
— Recorda-se de ele ter a fotografia como hóbi?

— Richard? É possível que tivesse, mas nunca me falou do assunto. Porquê?

— Por nada — defendeu-se, verificando, de repente, que se lhe tinham esgotado as perguntas. — Quero agradecer-lhe o tempo que perdeu comigo, Mr. Edwards. Se precisar de mais algum esclarecimento, importa-se que volte a telefonar-lhe?

— Não, de forma alguma. Na maioria dos dias, pode ligar-me até às seis da tarde. Por aqui, temos o maior respeito pelas autoridades. O meu avô chegou a ser xerife de... oh, meu Deus... penso que durante uns vinte anos, mais ou menos...

Jennifer desligou o telefone mesmo antes de ele acabar; ficou a abanar a cabeça, a perguntar a si mesma qual seria a razão de aquelas novas informações não fazerem qualquer sentido.

— Tinhas razão — disse Pete, uns minutos mais tarde, parecendo confuso por ela ter razão nas suas previsões, enquanto as dele não tinham ponta por onde se pegasse. — Ele ligou para o número de um investigador privado de Daytona — continuou, a ler as notas que tinha tirado. — Richard fez três chamadas para uma firma chamada Croom's Investigations. Não obtive resposta quando liguei, mas deixei uma mensagem. Parece ser negócio de uma pessoa só. Não existe secretária e no gravador de chamadas ouve-se uma voz masculina.

— E quanto à mãe de Julie?

O colega abanou a cabeça. — Já obtive o número através do serviço de informações, mas ninguém atendeu. Vou tentar mais tarde. E da tua parte, como é que isso vai?

A colega descreveu-lhe a conversa com Clancy Edwards. Quando ela acabou, Pete ficou a coçar o cachaço.

— Homo, hein? — aquiesceu, como se fizesse sentido. — Estou a ver.

Tentando ignorar o comentário, Jennifer voltou à análise do currículo.

— Vou tentar a empresa que se segue na lista — referiu. — Há muito tempo que deixou de trabalhar lá, mas espero encontrar alguém que ainda se lembre dele. Depois disso, julgo que vou tentar os bancos de Denver onde ele tinha contas abertas, ou talvez tente obter informações junto de antigos vizinhos. Se conseguir localizar algum, bem entendido.

— Parece que vais precisar de algum tempo.

Jennifer assentiu, distraída, ainda a pensar na conversa com Edwards. Enquanto tomava algumas notas, resumindo as informações constantes do currículo, sugeriu-lhe: — Olha lá, enquanto faço isto, vê se consegues alguns dados acerca da infância dele. Como aqui diz que nasceu em Seattle, contacta os hospitais mais importantes e vê se consegues encontrar o registo de nascimento. Talvez consigamos mais resultados se pudermos contactar a família. Vou continuar este trabalho.

— Está bem.

— Oh, e continua a tentar o detective particular e a mãe de Julie. Adorava falar com eles.

— É para já.

Precisou de mais tempo do que imaginara para encontrar um carro, mas conseguiu sair do parque de estacionamento ao volante de um *Pontiac Trans Am* verde, de 1994. Meteu-se no meio do tráfego citadino e dirigiu-se para a estrada. Não lhe parecia que estivesse a ser vigiado.

Ia a pensar como são ridículas as pessoas que, nos tempos que correm, continuam a deixar as chaves na ignição. Não se apercebem de que pode haver alguém que tire partido da sua estupidez? Não, é claro que não. Essas coisas só acontecem aos outros. O mundo estava cheio de indivíduos da laia de Pete Gandy, de parvos, cegos e preguiçosos que nos deixam vulneráveis perante os terroristas, não só por causa da sua estupidez como também pela falta de vigilância e da sua ignorância balofa e contente com a vida. Ele nunca seria tão descuidado, mas não tinha de que se queixar. Precisava de um carro e aquele servia perfeitamente.

A tarde ia decorrendo.

No decurso das chamadas telefónicas, Jennifer foi chegando a sucessivos becos sem saída. Achar vizinhos fora quase impossível — tivera de convencer um funcionário da conservatória a verificar os registos do imposto sobre imóveis para encontrar os proprietários, depois usar a informação para descobrir os nomes dos vizinhos, sempre com a esperança de que não se tivessem mudado — e levara mais tempo do que previra. Em quatro horas de trabalho, conseguira falar com quatro pessoas, cada uma das quais havia conhecido Richard Franklin numa época distinta. Dois eram antigos vizinhos, e dois eram directores que se recordavam vagamente de um Richard Franklin que trabalhara durante um ano para uma empresa de Santa Fé, Novo México. Todos disseram praticamente as mesmas coisas que já tinha conseguido saber através de Edwards.

Era um tipo simpático que se dava bem com toda a gente.

Provavelmente homossexual.

Se tinha a fotografia como hóbi, nunca falara disso.

Jennifer levantou-se da secretária e foi até ao outro lado da esquadra para encher outra caneca de café.

Bem gostaria de saber quem era aquele homem. E como é que tinha aquela sensação de que todos os testemunhos descreviam um indivíduo em tudo diferente do Richard Franklin que lhe interessava?

Como sucedia com ele, os colegas reconheciam o nome mas não conseguiam lembrar-se das circunstâncias. Um deles, convencido de que o homem tinha cadastro, até se deu ao cuidado de verificar os dados já analisados por Cohen, mas chegou às mesmas conclusões.

Cohen acabou por regressar à secretária, mas quedou-se em profunda reflexão. Por que motivo o nome lhe parecia conhecido? E não só a ele, mas também a todas as outras pessoas do departamento? Como era possível, se o indivíduo nunca fora preso e se ninguém se lembrava de o utilizar como testemunha?

Deu um salto na cadeira quando, de repente, viu a solução. Depois de teclar umas palavras no computador, analisou a informação que apareceu no ecrã. Confirmado o palpite, levantou-se da cadeira para procurar o detective com quem tinha de falar.

Pete, sem sair da secretária, estava a ter mais sucesso. Tinha acabado de coligir informações acerca do período inicial da vida de Richard, nenhuma delas difícil de descobrir. Sentindo-se bastante orgulhoso, ia a caminho da secretária da colega para a pôr ao corrente quando o telefone dela tocou. Jennifer fez-lhe sinal com um dedo, para que ele esperasse até que o telefonema acabasse.

— Departamento de Polícia de Swansboro — informou. — Fala a agente Romanello.

Ouviu um pigarrear do outro lado da linha.

— Daqui fala o inspector Cohen, de Denver.

Jennifer endireitou-se na cadeira. — Ah... olá. Descobriu alguma coisa?

— Talvez. Depois da sua chamada, fiquei a magicar sobre o motivo de o nome Richard Franklin não me parecer desconhecido; por isso, fui perguntar às pessoas daqui, antes de conseguir recordar-me de onde já ouvira o nome.

Fez uma pausa. — Depois disso, um dos outros inspectores daqui falou-me de um pormenor muito interessante, a respeito de um caso que ele investigou há alguns anos, um caso de desaparecimento de uma pessoa.

Jennifer pegou na esferográfica. — Jessica Franklin?

Pete olhou para a colega quando ouviu o nome de Jessica.

— Não. Não foi Jessica quem desapareceu.

— Nesse caso, estamos a falar de quem?

— De Richard Franklin. O tipo de que me falou.

Jennifer ficou embatucada. — O que é que pretende dizer com isso?

— Richard Franklin — reiterou o inspector Cohen lentamente —, é a pessoa desaparecida.

— Mas ele está aqui.

— Já percebi. Mas esteve vários anos desaparecido. Um dia não apareceu no trabalho e, depois de deixar passar cerca de uma semana, a secretária dele entrou em contacto connosco. Falei com o detective que investigou o caso. Tudo parecia mostrar que o homem decidira desaparecer, sem deixar rasto. Deixou as roupas de cama, mas as gavetas pareceram saqueadas. Faltavam duas malas de viagem — as duas que costumava usar nas viagens de serviço, segundo nos informou a secretária — e o carro também tinha desaparecido. No último dia em que foi visto levantou dinheiro de uma caixa automática.

— Fugiu?

— Foi o que pareceu.

— Porquê?

— Sobre isso o detective não conseguiu chegar a nenhuma conclusão. Das entrevistas com os conhecidos de Franklin não se obteve nenhuma informação importante. Todos afirmaram que Franklin não era pessoa para se pôr a andar, sem se preocupar com o trabalho que deixava para trás. Ninguém conseguiu perceber o que acontecera.

— E não houve nenhum problema de ordem legal?

— Nada que o detective conseguisse descobrir. Não havia qualquer processo pendente e, como já lhe disse, não tinha qualquer tipo de problemas connosco. Pareceu que ele sentira apenas desejo de começar de novo.

Jennifer lembrou-se de que também pensara o mesmo, quando viu o relatório acerca do crédito de que Richard gozava.

— E a família não contactou as autoridades? Porquê?

— Bem, esse é o problema. Não apareceu nenhum familiar com quem pudéssemos falar. O pai já tinha falecido, não tinha irmãos e a mãe encontrava-se internada num lar e sofria de demência.

Jennifer ficou a pensar nas implicações. — Dispõe de alguns dados sobre o caso que me possa enviar?

— Com certeza. Já tenho o dossiê. Posso enviá-lo amanhã pelo Federal Express, depois de o fotocopiar.

— Não tem maneira de o enviar por fax?

— É um processo volumoso — respondeu Cohen. — Levaria pelo menos uma hora a chegar até si.

— Por favor — implorou Jennifer. — De qualquer maneira, é provável que tenha de passar a noite aqui.

— Muito bem. Posso fazer isso. Dê-me outra vez o número do seu fax.

* * *

Para lá da janela alta da cozinha da casa de praia do Henry, o oceano apresentava um brilho cor-de-laranja, como se alguém tivesse ateado um fogo por baixo da superfície da água. Os últimos vestígios do dia começavam a desvanecer-se, a cozinha ia pouco a pouco ficando mais escura. O candeeiro do tecto zumbia com o som típico da lâmpada fluorescente.

Sem deixar de observar o *Singer* que estava na praia, Mike aproximou-se de Julie. O cão estava deitado na areia, de orelhas arrebitadas, por vezes a inclinar a cabeça, ora para um lado ora para o outro.

— Já queres comer? — perguntou.

— Não tenho fome.

Mike fez um aceno de compreensão. — O que achas do *Singer*?

— Está óptimo.

— Lá fora não anda ninguém — constatou Mike. — Se andasse, o *Singer* avisava-nos.

Julie assentiu e encostou-se a Mike, quando ele lhe pôs um braço à volta dos ombros.

Morrison saiu do seu gabinete e deu umas passadas enérgicas em direcção a Jennifer e Pete.

— Era realmente o sangue de Andrea Radley. Acabo de falar com o laboratório e eles confirmaram. Não restam quaisquer dúvidas.

Jennifer mal deu pela presença dele; em vez disso, tinha os olhos fixos na primeira página do fax enviado de Denver, que estava a receber.

— E Jonhson descobriu uma testemunha — continuou Morrison. — Acontece que um dos empregados de balcão de Mosquito Grove se recorda de ter visto Andrea. Fez uma descrição perfeita de Richard Franklin. Disse que o tipo lhe pareceu um verdadeiro pateta.

Ignorando as páginas que continuavam a chegar, Jennifer não conseguia tirar os olhos da primeira página do fax.

— Ele não se chama Richard Franklin — afirmou, com toda a calma.

Morrison e Pete encararam-na.

— De quem é que estás a falar? — perguntou o chefe.

Ela continuou calma. — Do suspeito. Não se chama Richard Franklin. O verdadeiro Richard Franklin desapareceu há três anos. É este — concluiu, mostrando a primeira página do fax. Era uma fotografia do desaparecido e, a despeito da falta de nitidez da imagem enviada por fax, a calvície e as feições pesadas mostravam claramente que não se tratava do homem que procuravam. — Isto acaba de chegar de Denver. Este é o verdadeiro Richard Franklin.

Morrison e Pete analisaram a fotografia.

Pete ficou confuso. — Este é o verdadeiro Richard Franklin? — repetiu.

— É.

Estupefacto, Pete continuou a olhar para a fotografia. — Mas não são nada parecidos.

Os olhares de Morrison e Jennifer encontraram-se. — Estás a dizer que o suspeito assumiu a identidade deste homem.

Jennifer concordou.

— Então, de quem é que andamos à procura? — indagou o chefe.

A olhar pela janela da outra extremidade da sala, Jennifer limitou-se a responder: — Não faço ideia.

TRINTA E SETE

— Ideias? — exigiu Morrison.

Uma hora depois, com a maioria dos agentes presente, o chefe não conseguia disfarçar a fúria e a frustração que o consumiam. Juntamente com Jennifer e Pete, tinha analisado, sem qualquer resultado, tudo o que fora trazido de casa do suspeito, na esperança de conseguirem algum elemento que lhes indicasse a verdadeira identidade dele. Uma nova análise do registo das chamadas telefónicas também não resultou.

— E quanto a impressões digitais? Poderiam dar uma ajuda — alvitrou Burris.

— Estamos a investigar. Porém, a menos que já tenha sido preso no estado da Carolina do Norte, isso não dá nada. Falei com o chefe da polícia do Colorado e ele concordou em nos fornecer esses dados; contudo, nem sequer temos a certeza de que o suspeito esteve em Denver.

— Mas ele apoderou-se da identidade de Richard Franklin — protestou Jennifer.

— Não existem provas de que ele seja o responsável pelo desaparecimento. Pode ter tropeçado na informação e resolvido servir-se dela.

— Mas...

Morrison ergueu as mãos. — Estou a contemplar todas as hipóteses. Não estou a dizer que ele não esteve envolvido, mas temos de considerar todos os aspectos. Além disso, o nosso caso não é esse. O nosso caso chama-se Andrea Radley, aquilo que ele fez e aquilo que é capaz de fazer. Que certezas é que temos? Romanello? Pareces ser a pessoa que o conhece melhor.

Jennifer descreveu o que sabia.

— É culto. É provável que tenha uma licenciatura em Engenharia, o que significa que frequentou a universidade. Gosta de fotografia e parece ser bom nisso, o que demonstra que não é um gosto recente. Foi casado uma vez, com uma mulher chamada Jessica, mas não sabemos nada acerca dela. O mais provável é ser um tarado; tem assediado Julie desde que se conheceram e parece confundi-la com a ex-mulher. São muito parecidas e ele chegou a tratá-la pelo primeiro nome da esposa. E, devido à complexidade da vida que tem levado nestes últimos anos, tenho quase a certeza de que teve problemas com a Justiça. Julgo provável que ande fugido, o que significa que tem experiência de viver sem dar nas vistas das autoridades.

Morrison assentiu. — Pete? É a tua vez.

Pete ficou um instante a pensar. — É mais forte do que parece. Levanta quase tantos quilos como eu.

Os colegas ficaram a olhar para ele. — Observei-o no ginásio — justificou.

O chefe abanou a cabeça e suspirou, como se quisesse saber o motivo que o levara a perguntar. — Muito bem, vamos fazer o seguinte: Burris volta à Blanchard e vê se têm alguma fotografia deste homem. Não dispomos de muito tempo, mas pretendo que seja mostrada no noticiário da noite, se possível. Ligo para o director da emissora e explico a situação. Também quero a fotografia no jornal; por isso, tragam para cá um repórter, de modo a que possamos controlar a informação. Quero que os restantes tentem descobrir onde é que o homem está. Contactem todos os hotéis e motéis de Swansboro e Jacksonville, verifiquem se hoje deram entrada a alguém com as características físicas dele. Sei que é uma possibilidade remota, mas não podemos ignorar a possibilidade de o termos mesmo diante do nariz. Nestas diligências quero que vão aos pares. E, depois disso, quero-os aqui todos esta noite, depois do noticiário da televisão. Vamos ser inundados por telefonemas e necessitamos de todos para os atender. O mais importante é descobrir alguém que o tenha visto hoje. Nem ontem, nem na semana passada. Tentem não ligar às chamadas dos malucos; depois faremos a análise do que conseguirmos.

Morrison olhou à volta. — Estamos todos esclarecidos?

Ouviram-se resmungos de concordância a toda a volta.

— Vamos a isto!

Sabendo que andariam à procura dele na área de Swansboro, Richard conduziu durante duas horas na direcção nordeste e hospedou-se num motel decrépito, mesmo à beira da estrada, o género de estabelecimento onde os clientes pagam a dinheiro e não se exige identificação.

Agora, estava deitado, a olhar o tecto, a pensar que os polícias não iam conseguir encontrá-lo, por mais que procurassem.

Gostaria de saber se os polícias já teriam descoberto que ele não era o verdadeiro Richard Franklin. Se já soubessem, não tinha importância; não conseguiriam relacioná-lo com o desaparecimento de Franklin nem saber da sua identidade anterior. A parte difícil fora descobrir o tipo de homem adequado, um homem sem família, mesmo depois de consultar os diversos bancos de dados que tinha visitado enquanto andava fugido à Justiça. Seleccionar uma pessoa através dos registos das associações profissionais, usando a Internet, fora um trabalho enfadonho e demorado, mas conseguiu levá-lo a cabo; diligente na sua busca do homem certo enquanto andava de cidade em cidade. Dadas as circunstâncias, não tivera outra opção e nunca poderia esquecer a sensação de alívio e satisfação quando finalmente encontrou o homem de que precisava.

No caminho para Denver tinha atravessado três estados, cruzara o Mississípi e as terras áridas de Dakota do Norte e Dakota do Sul, antes de consumir três semanas só a familiarizar-se com os hábitos do homem. Tinha observado o verdadeiro Richard Franklin com o mesmo cuidado que agora empregava na observação de Julie. Descobriu que Franklin era baixo e estava a ficar calvo, que era obviamente homossexual e que passava a maior parte do tempo sozinho. Uma vez por outra, ficava a trabalhar até tarde e uma noite observou-o a dirigir-se para o carro que tinha deixado num parque mal iluminado, de cabeça baixa, à procura da chave.

Franklin não deu pela aproximação dele, apenas notou que tinha uma arma apontada à cabeça.

— Faz exactamente o que te digo — sussurrou-lhe —, e deixo-te viver.

Uma mentira, é claro, mas o embuste servira os seus propósitos. Franklin fez tudo o que lhe mandaram fazer e respondeu a todas as perguntas que lhe foram feitas. Foi levantar dinheiro a uma caixa automática e encheu uma mala de roupa. Até deixou que lhe amarrasse as mãos e lhe colocasse uma venda nos olhos, sempre na esperança de que a sua cooperação fosse recompensada.

Conduziu Franklin para as montanhas e mandou-o deitar-se na berma da estrada. Lembrava-se das súplicas, de Franklin ter aliviado a bexiga quando ouviu o clique característico de uma arma a ser destravada.

Quase soltou uma gargalhada ao ver a fraqueza do sujeito, a sua pequenez, ao pensar como eram diferentes. O homem não era nada; uma coisa minúscula e sem substância. Estivesse êle naquela situação, teria lutado e tentado fugir. Mas Franklin começou a chorar e, três horas mais tarde, jazia numa sepultura que nunca seria descoberta.

Sem ninguém a fazer pressão para que fosse encontrado, sabia que o dossiê seria sepultado na pilha dos das outras pessoas desaparecidas e rapidamente esquecido. Desde que Richard Franklin continuasse desaparecido, não morto, não teria problemas em assumir a sua identidade. Depois disso, treinou-se para não responder quando chamado pelo seu verdadeiro nome, mesmo que o chamassem de longe; agora, se o ouvisse nem o reconheceria.

Livrou-se do verdadeiro Richard Franklin como se livrara do pai e da mãe. E dos rapazes do lar de infância. E do colega de quarto na universidade. E de Jessica.

Semicerrou os olhos.

E agora era chegado o momento de se livrar de Mike.

Mabel estava junto de Andrea quando os pais chegaram. Tinham conduzido durante seis horas, ao mesmo tempo que combatiam os receios e as lágrimas. Saiu do quarto para os deixar sozinhos com a filha.

Ao dirigir-se para a sala de espera, pensou em Mike e Julie, esperando que ambos se encontrassem em segurança. Depois de ver os ferimentos de Andrea quando os médicos lhe substituíram as ligaduras, deixou de ter dúvidas de que Richard Franklin era um monstro e convenceu-se de que Mike e Julie corriam um perigo ainda maior do que ela tinha pensado.

Topsail não ficava suficientemente longe. Não, eles tinham de afastar-se o mais possível de Swansboro e de se manterem afastados durante o tempo que fosse necessário. Fosse como fosse, tinha de os convencer.

Durante toda a tarde e parte da noite, as instalações policiais de Swansboro registaram uma actividade fora do comum.

Depois de terem processado a avalanche de telefonemas, começou a investigação de doze suspeitos que se tinham hospedado em diversos hotéis. Com a ajuda do xerife do distrito de Onslow, investigaram casa uma das pistas, mas sem resultados.

A firma JD Blanchard dispunha de uma boa fotografia do suspeito e Burris fez diversas cópias, que distribuiu pelas emissoras de televisão. A informação que acompanhava a difusão das fotografias informava o público de que aquele homem era suspeito de agressão na pessoa de Andrea Radley e que era considerado perigoso. Também foi incluída a descrição do carro e a respectiva matrícula.

Como Morrison tinha previsto, os telefonemas começaram a chegar minutos depois das transmissões.

Todo o pessoal estava presente para lhes responder; tomavam-se notas e registavam-se nomes, com as maluquices a serem ignoradas.

Às duas horas da madrugada, a esquadra já tinha atendido mais de duzentas pessoas.

Mas nenhuma tinha visto o suspeito naquele dia. E ninguém notara a presença do carro.

Exausto, quando se sentiu prestes a ceder ao sono, Richard pensou em Jessica.

Fora empregada de mesa num restaurante frequentado por ele e, mesmo sem ser a empregada que o servia, enquanto comia tinha reparado na rapariga.

Ela tinha-o visto olhar e respondera com um breve sorriso, sem desviar os olhos; Richard voltou ao restaurante à hora do fecho e esperou por ela.

Parecia que a rapariga já o esperava; a forma como a luz dos candeeiros lhe iluminava as feições enquanto caminhavam pelas ruas de Boston... a forma como ela olhava para ele durante o jantar... o fim-de-semana seguinte em Cape Cod, quando passearam pela praia e fizeram um piquenique no areal... ou um piquenique e um passeio de balão... Jessica e Julie... tão parecidas... as recordações de ambas a misturarem-se numa só... imagens sobrepostas... Julie... as suas lágrimas ao assistir à representação de *O Fantasma da Ópera*... o toque sensual dos seus dedos quando prendia o cabelo na orelha... a simpatia demonstrada quando lhe mentira acerca da morte inesperada da mãe... o orgulho com que o tinha apresentado aos amigos, no bar...

Por Deus, amava-a. Nunca deixaria de a amar.

Momentos depois, a respiração dele era profunda e regular.

TRINTA E OITO

Na manhã seguinte, o canal interior estava envolto por uma ligeira neblina, que começou a desaparecer logo que o Sol se levantou acima da ramagem do arvoredo. Um prisma de luz coava-se através da janela da esquadra, a iluminar a terceira caneca de café que Jennifer tomava naquela manhã.

Tinha a impressão de que andavam à procura de um fantasma.

Não dispunham de nada, absolutamente nada, que lhes permitisse prosseguir, e a espera era a parte mais difícil de suportar. Jennifer regressara depois de umas escassas horas de sono, mas lamentava a decisão. Não conseguia pensar em nada que pudesse fazer.

As impressões digitais não tinham ajudado, embora Morrison tivesse decidido recorrer também à base de dados do FBI, que logo informara estar soterrado numa infinidade de casos provenientes de todo o país e que o processamento da informação podia levar cerca de uma semana.

No entanto, os telefonemas continuavam e atendia o telefone com regularidade. As notícias tinham ido para o ar no início da manhã, e deveriam ser repetidas ao meio-dia, mas, tal como acontecera na noite anterior, não estava a conseguir as informações de que precisava. Havia demasiados telefonemas de cidadãos assustados, que só queriam ser confortados, ou de outros que erradamente afiançavam que o suspeito estava no seu próprio quintal. Na sua maioria, os colegas tinham chegado à mesma hora e estavam no exterior, a investigar as denúncias. Sendo o único agente ainda presente na esquadra, duvidava da veracidade de quase todas as informações, mas não havia remédio: todas as pistas tinham de ser investigadas.

Era a contrapartida da utilização dos meios de comunicação como auxiliares, pensava Jennifer. Embora fosse possível o aparecimento de uma informação válida, a má informação estava garantida e era esta que absorvia os recursos necessários à investigação.

Mas, qual investigação? O único elemento de que dispunha eram as fotografias que enchiam a pasta; e ainda não conseguira perceber a razão por que se deixara fascinar por elas. Já as tinha visto uma dúzia de vezes mas, logo que as punha de lado, sentia necessidade de as analisar de novo.

Uma por uma, via as mesmas imagens. Jessica no jardim. Jessica numa varanda. Jessica sentada. Jessica de pé. Jessica a sorrir. Jessica com ar sério.

Contrariada, pôs as fotografias de lado. Nada.

Momentos depois, o telefone voltou a tocar. Depois de ouvir, começou a responder:

— Sim, minha senhora. Tenho a certeza de que é seguro ir à loja de ferragens...

Na altura em que saiu de Wilmington, depois de passar quase toda a noite acordada, Mabel sentia-se um pouco menos preocupada com a Andrea. Embora a rapariga não tivesse ainda aberto os olhos, antes de amanhecer houvera uns movimentos dos dedos e os médicos informaram os pais de que aquele era um bom sinal.

Sabendo que não tinha mais nada a fazer ali, meteu-se no carro e regressou a Swansboro. A luz da manhã fazia-lhe doer os olhos e sentia dificuldades em concentrar-se na estrada.

As suas preocupações em relação a Mike e Julie tinham-se intensificado durante a noite. Disse a si própria que, depois de dormir uma soneca, ia dirigir-se à casa da praia para terem uma conversa.

Richard acordou, levantou-se, tomou duche e saltou para o *Trans Am* roubado. Duas horas mais tarde, depois de comprar uma caneca de café e algumas revistas numa loja de conveniência, entrou em Swansboro, sentindo-se de regresso a casa.

Vestia *dockers* e um pólo; com aquele cabelo claro e os óculos, ele próprio tinha dificuldade em se reconhecer sempre que olhava pelo espelho retrovisor. Parecia um vulgar chefe de família a dirigir-se para a praia, onde ia passar o fim-de-semana.

Bem gostaria de saber o que Julie estaria a fazer naquele preciso momento. Estaria no duche? A comer? E estaria a pensar nele, com a mesma intensidade com que ele pensava nela? Sorriu e meteu uma série de moedas num posto de venda de jornais. Em Jacksonville publicava-se um diário, mas o jornal de Swansboro só saía duas vezes por semana.

Depois de passar pela loja de conveniência, dirigiu-se para um parque, assentou arraiais num banco próximo dos escorregas e abriu o jornal. Não pretendia alarmar os pais da crianças presentes no parque; estava-se numa altura em que a presença de adultos num parque punha as pessoas paranóicas, mas achava que era uma atitude compreensível, mesmo numa cidade pequena.

A sua fotografia estava na primeira página do jornal; levou o seu tempo a ler o artigo que a acompanhava. Fornecia informações genéricas, mas pouco mais, não lhe deixando dúvidas de que o jornalista reunira as informações directamente na esquadra de polícia; também fornecia uma lista de números de telefone para quem quisesse comunicar qualquer informação. Quando acabou a leitura do artigo, deu uma vista de olhos pelo resto do jornal, à procura de qualquer notícia sobre o roubo do carro. Nada. Decidiu ler o artigo uma vez mais, olhando com frequência à sua volta.

Se necessário, podia esperar durante todo o dia; sabia de quem estava à espera, da pessoa que havia de o conduzir até junto de Julie e Mike.

Quando Pete se aproximou da secretária de Jennifer, esta pensou que ele parecia tão cansado quanto ela.

— Alguma coisa? — perguntou.

Ele abanou a cabeça e tentou disfarçar um bocejo. — Outro alarme falso. E tu?

— Nada de importante. Apareceu outra empregada de mesa do Mosquito Grove a lembrar-se de ter visto a Andrea e o Richard juntos. Também tivemos notícias do hospital de Wilmington. A Andrea ainda não está safa, mas os médicos alimentam algumas esperanças. Fez uma pausa. — Esta manhã, esqueci-me de perguntar se conseguiste falar com o detective particular ou com a mãe da Julie.

— Ainda não.

— Por que não me dás os números enquanto vais arranjar café para nós ambos? Vou tentar.

— Porquê? Já sabemos o que é que ele lá foi fazer.

— Não tenho mais nada que fazer.

* * *

Jennifer acabou por conseguir falar com a mãe de Julie, mas, por uma vez, Pete tivera razão. A chamada não lhe revelou nada que ela não tivesse já adivinhado. Sim, dissera a mãe, tinha falado com um homem que se apresentou como um velho amigo da filha. Uma semana depois, ele trouxe um amigo com ele. Esse amigo correspondia à descrição do suspeito.

Continuava a não haver resposta por parte do investigador particular.

Ainda não havia notícias sobre as impressões digitais.

Sem novas informações, estava de regresso ao ponto de partida, mas mais frustrada. Será que ainda se encontra na cidade? Não sabia. O que vai ele fazer em seguida? Não fazia ideia. Continuaria no encalço de Julie? Pensava que sim, mas não tinha a certeza absoluta. Existia sempre a possibilidade de que, ao ver-se acossado pelos polícias, ele decidisse sair da cidade e recomeçar noutro ponto qualquer, como fizera no passado.

Só havia um problema: o homem tinha-se transformado em Richard Franklin para todos os fins. Em casa, não tinham descoberto nada de pessoal, com excepção das roupas, das máquinas fotográficas e das fotografias. E as fotografias não lhe diziam nada a não ser que ele era um bom fotógrafo. Podiam ter sido tiradas em qualquer sítio, numa altura qualquer e, como era Richard quem as revelava, não havia nenhum laboratório onde fosse possível saber alguma coisa...

Jennifer interrompeu aquela linha de pensamento quando a resposta começou a ajustar-se ao respectivo lugar.

Em qualquer sítio, numa altura qualquer?

Bom a fotografar?

Laboratório próprio para as revelar?

Não se tratava apenas de um passatempo, pensou. Pois bem. Já sabia disso. E que mais? Olhou para a pilha de fotografias que tinha em cima da secretária. Trata-se de algo que ele faz há muito tempo. Há anos. O que significa...

Que poderá ter usado máquinas fotográficas ainda antes de se tornar conhecido como Richard Franklin.

De repente, chamou em voz alta: — Pete, as máquinas fotográficas dele ainda estão em poder dos especialistas forenses?

— As do Franklin? Trouxe-as para cá ontem...

Jennifer saltou da cadeira e começou a caminhar em direcção à secção de provas.

— O que é que estás a fazer?

— Julgo que descobri uma maneira de saber quem é este tipo.

Momentos depois, Pete esforçava-se por acompanhá-la, enquanto percorriam os corredores da esquadra.

— O que é que se passa? — indagou Pete.

Jennifer estava ao balcão da secção de provas, a preencher a requisição do equipamento de fotografia, sob o olhar do agente responsável.

— As câmaras, as objectivas. É um equipamento dispendioso, não concordas? E, como disseste, as fotografias podem ter sido tiradas em qualquer altura. Só com estas máquinas, não é?

O colega encolheu os ombros. — Julgo que sim.

— Não estás a ver o que isso significa? — perguntou ela. — Se ele sempre foi o dono destas máquinas?

— Não. Não chego lá. O que é?

Por esta altura, o agente tinha colocado uma caixa *Tupperware* em cima do balcão e Jennifer estava preparada para sair dali. Demasiado ocupada para poder responder-lhe, pegou na caixa e regressou com ela à sua secretária.

Um minuto depois, com um misto de confusão e fascínio, Pete Gandy estava a ver a colega a analisar a parte posterior da câmara.

— Tens por aí uma chave de fendas pequena? — perguntou Jennifer.

— Para quê?

— Tenho de remover esta peça.

— Porquê?

— Estou à procura do número de série.

— Para quê? — repetiu Pete.

Jennifer estava demasiado ocupada a procurar nas gavetas para se preocupar a dar-lhe resposta. — Que raio!

— Deve haver uma na manutenção — sugeriu o colega, continuando a não perceber aquela mania de saber os números de série.

Muito excitada, levantou os olhos para ele. — És um génio!

— De verdade?

Um quarto de hora depois, tinha os números de série de que precisava. Deu metade dos números a Pete e ficou com a outra metade; foi sentar-se à secretária, tentando manter o moral elevado.

Ligou para as informações, obteve os números de telefone dos fabricantes das máquinas fotográficas e ligou para o primeiro. Depois de explicar que precisava de se certificar do nome e endereço do proprietário, ouviu a pessoa que estava a atendê-la a teclar o número.

— Pertence a um Richard P. Franklin...

Desligou e tentou o número seguinte. Depois outro. Contudo, na quarta chamada, obteve outro nome.

— Essa câmara foi registada em nome de Robert Bonham, de Boston, estado do Massachusetts. Deseja o endereço?

As mãos de Jennifer tremiam e mal lhe permitiam tomar nota da informação.

Morrison analisou a questão. — Como podes ter a certeza de ser esse o nome dele?

— O nome está ligado a quatro peças diferentes de equipamento e, de acordo com os registos dos fabricantes, nunca foi comunicado qualquer roubo. Creio poder arriscar que este é o nosso homem.

— O que é que precisas que eu faça?

— Gostaria que, no caso de haver problemas com o Departamento de Polícia de Boston, desse uma palavrinha.

Morrison aquiesceu. — Avança.

Jennifer não teve de enfrentar quaisquer problemas. O primeiro detective contactado conseguiu fornecer-lhe todas as informações de que ela carecia e declarou:

— Robert Bonham é procurado para interrogatório no caso do desaparecimento da mulher, Jessica Bonham, há quatro anos.

Sabendo que a permanência prolongada no mesmo sítio podia levantar suspeitas, Richard pegou nas suas coisas e procurou outro banco.

Gostaria de saber o que ela estaria a fazer dentro de casa, mas, pensando bem, não lhe interessava. Há muito que aprendera a ser paciente e, depois de olhar mais uma vez para a janela, voltou a mergulhar a cabeça no jornal aberto. Já tinha lido cada um dos artigos três ou quatro vezes, alguns mais. Sabia os filmes em exibição e onde ficavam os cinemas, sabia que o centro comunitário estava a oferecer cursos de informática para a terceira idade, mas o jornal aberto escondia-o dos olhares curiosos das pessoas que passavam.

Não o preocupava a possibilidade de ser descoberto; embora soubesse que estava a ser procurado, ninguém se lembraria de que ele pudesse estar num sítio daqueles. Mesmo que a ideia ocorresse a alguém, graças ao jornal e às alterações que fizera no seu aspecto, tinha a certeza de que não seria reconhecido.

Tinha o carro arrumado logo a seguir à esquina, no parque de estacionamento de um supermercado, sítio onde chegaria rapidamente, em caso de necessidade. A partir de agora, sabia que tudo se resumia a uma questão de tempo.

Uma hora depois, com o fax ainda a despejar páginas do processo de desaparecimento de Jessica enviadas de Boston, Jennifer sentou-se à secretária, a preparar-se para a chamada telefónica que tinha de fazer em seguida. Feita a ligação, ouviu uma voz feminina do outro lado do fio.

— Estou!

— Estou a falar com Elaine Marshall?

— Sim. Quem fala?

— Sou a agente Jennifer Romanello. Estou a falar do Departamento de Polícia de Swansboro.

— Swansboro?

— É uma pequena cidade da Carolina do Norte — informou Jennifer. — Gostaria de saber se dispõe de uns minutos para falar comigo.

— Não conheço ninguém na Carolina do Norte.

— Estou a falar por causa da sua irmã, Jessica.

Seguiu-se um longo silêncio.

— Encontraram-na?

— Lamento, mas não a encontrámos. Mas estava a pensar se me poderia dizer alguma coisa acerca de Robert Bonham.

Jennifer verificou que, ao ouvir aquele nome, Elaine Marshall soltou um profundo suspiro.

— Porquê?

— Porque, neste momento, andamos à procura dele.

— Por causa de Jessica?

A agente estava a pensar até aonde deveria ir. — Não — acabou por dizer. — É procurado por causa de uma outra pessoa.

Verificou-se outra pausa prolongada.

— Ele matou alguém, não foi? — inquiriu Elaine Marshall automaticamente. — Em Swansboro?

Jennifer hesitou. — Há alguma coisa que me possa dizer acerca dele?

— É um louco — respondeu Elaine. As palavras saíam-lhe com rapidez, como se ela estivesse a fazer um esforço para se dominar. — Toda a gente tinha medo dele, incluindo Jessica. É violento e perigoso... e inteligente. Jessica empreendeu uma tentativa de fuga. Ele costumava bater-lhe. Uma noite, foi ao supermercado comprar comida e nunca mais voltámos a vê-la. Toda a gente soube que foi ele o culpado, mas Jessica nunca foi encontrada.

Elaine Marshall começou a chorar. — Oh, meu Deus... tem sido tão difícil... Não sabe quanto é difícil saber... isto é, não ter a certeza... Sei que ela está morta, mas há sempre uma ligeira centelha de esperança... Tenta-se passar adiante, mas logo acontece qualquer coisa que nos faz recordar tudo...

Jennifer ouviu soluços do outro lado da linha. — Como é que ele era, no início da relação com a sua irmã? — perguntou em tom amável, passado um ligeiro momento de silêncio.

— O que interessa isso? Ele fez tudo o que pensam que fez... Ele é diabólico...

— Por favor — implorou Jennifer. — O nosso maior desejo é apanhá-lo.

— E pensa que isso vai ajudar? Pois, não vai. Há anos que o procuramos. Contratámos investigadores particulares, pressionámos as autoridades para não deixarem morrer o caso... — mas não conseguiu concluir.

— Ele encontra-se aqui — informou Jennifer. — E queremos ter a certeza de que não vai escapar. Agora, por favor, pode dizer-me como é que ele era?

Elaine Marshall soltou um profundo suspiro, a tentar encontrar as palavras exactas.

— Oh, como seria de esperar; é uma velha história, não é? — começou, sem esconder a tristeza. — Era encantador, bonito, e assediou a Jessica até conseguir dar-lhe volta à cabeça. De início, pareceu simpático, todos gostámos dele. Deram o nó seis meses depois de se terem conhecido e, depois do casamento, as coisas mudaram. Tornou-se demasiado ciumento e nem sequer gostava que Jessica contactasse a família. Passado pouco tempo, ela deixou praticamente de sair de casa mas, nas raras ocasiões em que conseguíamos estar com ela, tinha sempre hematomas. Como era de esperar, tentámos chamá-la à razão, mas só passado muito tempo é que começou a dar-nos ouvidos.

— Foi na altura em que me disse que ela fugiu...

— Finalmente, admitiu que tinha de fazer isso. Durante dois dias, ele agiu como se não tivesse acontecido nada. Tentou que lhe disséssemos onde ela estava mas, como era de esperar, nenhum de nós estava disposto a isso. Sabíamos o que aconteceria de seguida. A minha irmã foi para Kansas City, um lugar onde podia refazer a vida, mas ele caçou-a. Não faço ideia de como o conseguiu, mas encontrou-a e trouxe-a de volta. E ela ficou junto dele mais duas semanas. Não sei como explicar isto, diria que, quando estavam juntos, Robert exercia uma espécie de poder sobre ela. Isto é, Jessica ficava de olhos em alvo quando ele lhe dirigia a palavra, como se soubesse que nunca poderia livrar-se dele, mas eu e a minha mãe acabámos por ir lá a casa e arrastámo-la dali para fora. Foi morar com os nossos pais e estava a tentar refazer a vida. Parecia estar a recuperar bastante bem. E, então, numa noite, foi ao supermercado e nunca mais voltou a ser vista.

Depois de desligar, Jennifer continuou sentada à secretária, a reflectir sobre o que acabara de ouvir, com as palavras ainda a retinirem-lhe nos ouvidos.

«Mas ele caçou-a lá.»

Mabel levantou-se e tomou duche. Apesar de exausta, não dormiu bem por estar tão preocupada com Mike e Julie. Tinha de falar com eles pessoalmente, para os fazer compreender toda a gravidade da situação. Pegou nas chaves do carro e dirigiu-se para a porta, a recordar-se do que Julie lhe dissera, no salão, no momento em que, juntamente com Mike, estava a entrar no carro da Emma.

«E se ele for atrás de nós?»

Já a caminho da garagem, Mabel estacou. E se Richard a seguisse até à casa da praia? Como poderia saber se ele estava a observá-la naquele preciso momento?

A rua estava deserta em ambas as direcções, mas Mabel continuou na dúvida.

Não quis arriscar.

Rodou sobre os calcanhares e regressou a casa.

Depois de rever as informações acerca de Robert Bonham e de ter feito mais uns telefonemas, incluindo uma segunda chamada para Elaine Marshall, Jennifer resumiu tudo em duas páginas. Disse a Pete o que gostaria que ele fizesse; depois, juntos, foram falar com o chefe Morrison.

Este levantou os olhos quando Jennifer lhe entregou os papéis e leu-os rapidamente. Depois de terminar, encarou-a.

— Tens a certeza quanto a tudo isto?

— Julgo que sim. Ainda tenho de fazer mais uns telefonemas, mas confirmei tudo isso que está a ver.

Morrison recostou-se na cadeira. Ficou quieto por momentos, a tentar absorver a gravidade da situação.

— O que é que pretendes fazer?

Jennifer pigarreou. — Até que consigamos prendê-lo, acho melhor que Pete permaneça junto de Mike e Julie, na casa da praia. Não me parece que haja alternativa. Se o que ouvimos é verdade, sabemos o que este homem é capaz de fazer e aquilo que vai tentar fazer de seguida.

Morrison cravou nela um olhar penetrante. — Pensas que eles vão concordar com esse plano?

— Sim, tenho a certeza. Isto é, uma vez conhecido o perigo que correm, terão de concordar.

— Vais telefonar-lhes?

— Não. Julgo que será melhor falarmos pessoalmente com Julie.

Morrison aquiesceu. — Só autorizo se ela concordar.

Minutos depois, ia a caminho, acompanhada de Pete.

Nenhum deles se apercebeu de que o *Trans Am* roubado arrancou e colocou-se atrás deles.

TRINTA E NOVE

— O nome dele é Robert Bonham — começou Jennifer. — O verdadeiro Richard Franklin foi dado como desaparecido há três anos.

— Não percebo — disse Julie.

Estavam na cozinha da casa da praia de Henry. Mike e Julie estavam sentados à mesa; firme, e adoptando a posição de polícia silencioso, Pete estava encostado a um canto.

Mike pegou na mão de Julie e fez pressão com os dedos.

Jennifer percebeu que tinha de começar pelo princípio, pois nem Mike nem Julie sabiam fosse o que fosse acerca das investigações. Seguir passo a passo, poderia reduzir as perguntas ao mínimo; também lhe daria oportunidade de lhes expor a gravidade da situação.

— Como foi isso possível? — indagou Mike.

— O verdadeiro Richard Franklin não era casado e, para além da mãe, que morreu num lar de idosos no ano passado, não havia ninguém que pudesse aperceber-se de que o seu número da Segurança Social tinha voltado a ser usado. E por ser considerado desaparecido, não morto, não houve motivos para lançar um alarme geral.

Mike olhou-a de frente. — Pensa que Robert Bonham o matou? Foi mais uma afirmação do que uma pergunta.

A agente fez uma pausa. — Tendo em consideração tudo o que descobrimos acerca dele? Sim, é o que me parece.

— Meu Deus...

Julie olhou pela janela, subitamente desnorteada. Na praia andava um casal de idosos, que pararam em frente da casa. O homem abaixou-se e apanhou uma concha, que guardou num saco de plástico, antes de prosseguir.

— Então, quem é esse Robert Bonham? E como sabe que esse é o seu verdadeiro nome?

— Soubemos o nome graças aos números de série das máquinas fotográficas. Registou-as há muitos anos. São o único elo que o liga ao passado, mas, desde que soubemos o nome dele e o lugar de nascimento, o resto foi bastante fácil de descobrir — continuou Jennifer, consultando as suas notas. — Foi criado nos arredores de Boston e era filho único. O pai era um alcoólico que trabalhava numa fábrica de produtos químicos, a mãe era apenas dona de casa. Houve diversas participações de agressão em casa... ao longo dos anos, a polícia investigou uma dúzia de incidentes do género, até que o pai morreu.

Depois de explicar as circunstâncias que rodearam a morte do pai dele, Jennifer apontou o dossiê. — Falei com um dos agentes que investigaram o caso. Está agora reformado, mas recorda-se de tudo. Afirma que ninguém acreditou que Vernon Bonham tivesse cometido suicídio mas, por não terem provas (e sabendo que Vernon não era exactamente um modelo como marido e como pai), deixaram correr. Mas este agente continua a crer que o miúdo fechou a porta da garagem e repôs o motor a trabalhar, depois de o pai ter adormecido.

Ao ouvir isto, Julie sentiu o estômago às cambalhotas. — E a mãe? — sussurrou.

— Morreu com uma dose excessiva de drogas, menos de um ano depois. Segundo as autoridades, foi mais um suicídio.

Jennifer deixou a acusação velada pairar durante uns segundos, e continuou.

— Passou os anos seguintes em instituições para menores abandonados, passando de uma casa para outra, nunca ficando muito tempo no mesmo sítio. O cadastro juvenil está selado, pelo que não sabemos o que fez durante os primeiros anos da adolescência, mas, na universidade, foi suspeito de agressão e danos corporais a um antigo colega de quarto. O companheiro acusou-o de roubar dinheiro, o que Robert negou. Meses depois, ao sair de casa da namorada, o colega foi atingido por um taco de golfe e passou três semanas no hospital. Embora tivesse acusado Robert Bonham, não houve provas suficientes para o prenderem. Uma ano mais tarde, Robert concluiu a licenciatura em Engenharia.

— Deixaram-no continuar na universidade? — perguntou Mike.

— Não sei se podiam ter agido de outra forma, pois o caso nunca chegou a ser julgado em tribunal. Depois disso, e durante uns anos, não existe nada nos registos. Se foi para outro estado ou apenas não se tornou a envolver em sarilhos, isso ainda não sabemos. O dado seguinte de que dispomos refere-se a 1994, quando se casou com Jessica.

— O que é que lhe aconteceu? — quis saber Mike, embora não soubesse muito bem se desejava saber a resposta.

— Jessica está dada como desaparecida desde 1998 — respondeu Jennifer. — Estava a viver com os pais e foi vista pela última vez no supermercado da zona. Uma testemunha recordou-se de nessa noite ter visto Robert Bonham dentro do carro, parado no parque de estacionamento, mas ninguém viu o que aconteceu a Jessica. Robert e Jessica desapareceram nessa mesma noite.

— Quer dizer que ele a matou? — inquiriu Mike.

— Tanto a família como a Polícia de Boston acreditam que sim — respondeu Jennifer.

Mike e Julie retesaram-se nas cadeiras, ambos pálidos com a revelação. O ar parecia-lhes espesso e asfixiante.

— Falei com a irmã de Jessica — continuou a polícia, lentamente —, e essa é uma das razões da minha vinda aqui. Contou-me que Jessica fez uma tentativa de fuga. Percorreu metade do país, mas, não se sabe como, Robert seguiu-lhe o rasto. Na realidade, ela usou a palavra «caçada».

Fez uma pausa, deixando que as palavras assentassem. — Não sei se têm consciência disso, mas Robert Bonham, ou Richard, deixou o emprego há um mês. Em sua casa, encontrámos fotografias suas. Centenas de fotografias. Tanto quanto podemos saber, desde a sua primeira saída com ele, nunca mais deixou de a espiar, praticamente vinte e quatro horas por dia. E também andou a investigar o seu passado.

— O que é que pretende dizer? — perguntou uma Julie em desespero.

— Na semana em que disse que estivera com a mãe moribunda, foi a Daytona. Foi procurar informações a seu respeito. Encarregara um detective particular de verificar a sua história; falámos com a sua mãe sobre o assunto. Parece não restarem dúvidas de que andou a persegui-la durante todo este tempo.

Como um caçador, pensou Julie, a sentir um aperto na garganta.

— Mas porquê a mim? — conseguiu perguntar. — Por que motivo foi eu a escolhida?

Proferiu as palavras em tom lamentoso, como uma criança prestes a chorar.

— Não posso saber ao certo — respondeu Jennifer. — Mas deixe-me mostrar-lhes o que achámos.

«Mais. O que seria agora?»

Tirando-a da pilha, fez deslizar uma fotografia sobre o tampo da mesa, aquela que encontrara na mesa de cabeceira. Mike e Julie olharam e, lentamente, voltaram a olhar para a agente.

— Esquisito, não acham? Esta é a Jessica. Quero também que vejam isto.

Embora o gesto lhe provocasse a sensação de que tinha vermes a passear por baixo da pele, Julie olhou de novo a fotografia e, desta vez, percebeu aquilo que Jennifer queria que ela visse.

Suspenso do pescoço da jovem estava o medalhão que Richard... Robert, fosse lá quem fosse... tinha oferecido a Julie. Deu consigo a murmurar o nome da mulher.

— Jessica Bonham — murmurou —, J. B.

Atrás de si, Julie sentiu a respiração pesada de Mike.

— Sei que é duro para si — continuou Jennifer —, mas houve outra razão que me levou a querer falar consigo. Por causa da Andrea e do que pensamos que aconteceu a Jessica, sem esquecer o destino do verdadeiro Richard Franklin, gostaríamos que o agente Pete Gandy ficasse convosco durante alguns dias.

— Aqui, dentro de casa? — perguntou Mike.

— Se estiverem de acordo.

Os olhos de Julie pareciam de vidro e Mike olhou de esguelha para Pete. — Muito bem — concordou. — Parece-me uma boa ideia.

Pete saiu para ir ao carro buscar a mala que tinha preparado e viu Jennifer a observar de longe as casas que se alinhavam ao longo da praia.

— Isto aqui é sempre tão sossegado?

— Parece que sim — respondeu Pete.

A agente voltou a observar as casas. Havia poucas com automóveis estacionados nos caminhos de acesso às garagens, os habituais jipes, os *Camry* e também um *Trans Am*, tudo máquinas que um adolescente não se importaria de conduzir, o tipo de carro com que ela sonhara quando andava na escola secundária. Seis carros, no conjunto, mas o número não deixava de implicar que apenas um quarto das casas se encontravam ocupadas. A ideia não lhe agradava muito, mas também não duvidava de que estavam ali melhor do que na cidade.

— E consegues ficar acordado durante toda a noite? — perguntou a Pete.

— Consigo — respondeu o colega, ao fechar a mala do carro. — Durmo umas horas durante a manhã. Vais dar-me notícias de vez em quando, para me manteres acordado, de acordo?

— Logo que descubra alguma coisa de jeito, telefono-te.

Ele assentiu. Após uma ligeira pausa, perguntou: — Ouve, sei que isto é uma medida que temos de tomar, mas, na realidade, pensas que ele ainda anda por aí? Ou achas que voltou a ser um fugitivo?

— Para te ser franca, acho que sim, que ele ainda está por perto.

Os olhos de Pete seguiram os dela, que percorriam a rua em ambas as direcções. — Também eu.

Julie passou a noite sem conseguir adormecer.

Lá fora, ouvia o marulhar das ondas que se espraiavam pelo areal num ritmo constante. Mike estava deitado a seu lado e, antes de se deitar, abrira um fresta da janela; adormecera logo de seguida. Julie tinha-se levantado para fechar a janela e para se assegurar de que o fecho estava bem corrido.

Por debaixo da porta do quarto, via a luz que vinha da cozinha. Tinha ouvido os passos de Pete através da casa mas, nas duas últimas horas, o polícia parecia ter-se sentado.

Apesar da sua actuação anterior, Julie estava contente por o ter ali. Não só era um homem possante, como, ainda mais importante, dispunha de uma arma.

Das dunas, Richard observava a luz amarelada que iluminava a janela da casa da praia.

Estava aborrecido por saber que o agente Gandy tinha decidido ficar por lá, mas sabia que o polícia não conseguiria fazê-lo parar. Nem Mike, nem o cão. Ele e Julie tinham sido feitos um para o outro, pelo que estava pronto a ultrapassar qualquer obstáculo que obstasse à felicidade futura do casal. Tudo o resto eram inconvenientes, mas não eram mais graves do que mudar de aspecto ou roubar um automóvel. Ou de ter necessidade de recomeçar tudo outra vez.

Ficou a reflectir para onde iriam depois de deixarem o estado da Carolina do Norte. Achava que Julie devia apreciar São Francisco, com as suas esplanadas nos passeios e a visão do Pacífico. Ou a cidade de Nova Iorque, onde podiam escolher novas peças teatrais quase todos os meses. Ou até Chicago, com toda aquela vibração e vitalidade.

Seria maravilhoso, pensava. Pura magia.

Dorme bem, pensou, a sorrir. Dorme e sonha com um novo futuro, que começa amanhã à noite.

QUARENTA

Na noite seguinte, instalara-se uma grande tranquilidade. A brisa era constante e o negrume do céu era atenuado pela existência de nuvens. O mar estava calmo, com as ondas a rolarem mansamente. A maresia pairava no ar como se fosse uma neblina.

Tinham acabado de jantar, uma hora antes, e o *Singer* estava junto da porta das traseiras, a agitar ligeiramente a cauda. Julie atravessou a cozinha para lhe abrir a porta, ficando a vê-lo descer a escada e, logo a seguir, desaparecer no escuro.

Não gostava de o deixar andar lá por fora, pois, apesar da presença de Mike e de Pete, sentia-se mais segura com o cão junto de si; mas o animal precisava de correr e era melhor que o fizesse à noite. Não se importava de que saísse logo pela manhã, quando não se via ninguém mas, durante o dia, havia demasiada gente por ali, para o animal vadiar sem trela.

Também pensara em sair — com Pete e Mike, certamente —, por achar que um pouco de ar fresco lhe faria bem, mas desistira da ideia. Tinha a certeza de que Mike e Pete diriam que não, mesmo se ela insistisse. Contudo, teria sido agradável. Em teoria, pelo menos.

Tinha atendido chamadas de Mabel e de Emma; Henry ligou mais tarde, para falar com Mike. Nenhuma das chamadas durara mais do que uns minutos. Nenhum deles, segundo parecia, tinha muito de que conversar, excepto Mabel, que ligou depois de falar com os pais de Andrea, que tinha saído do coma e, embora continuasse desorientada, parecia estar a recuperar. Jennifer previa ir falar com ela dentro de dois dias.

Jennifer Romanello também ligara duas vezes para os pôr ao corrente das últimas novidades; finalmente, conseguira encontrar o investigador particular que tinha andado a meter o nariz no passado de

Julie e, depois das lamentações habituais sobre o impedimento ético de revelar o nome do cliente, tinha colaborado. Também apresentou uma factura da companhia dos telefones, que confirmou a existência de chamadas para a residência de Richard.

Infelizmente, ainda não haviam encontrado sinais de Richard, Robert, ou lá como se chamava.

Julie voltou as costas à porta e atravessou a sala, em direcção à cozinha, onde Mike estava a mergulhar os pratos no lava-louça. Pete estava ainda à mesa, a fazer uma paciência. Desde a hora do almoço, já jogara mais de uma centena de jogos, deixando as horas passar e, na maior parte do tempo, sem dar sinais de vida, excepto quando dava uma volta pelo exterior para ver como estavam as coisas.

— O perímetro está seguro — tinha-se tornado a sua nova frase preferida.

Julie passou os braços à volta de Mike, que voltou a cabeça para corresponder à carícia.

— Está quase — informou. — Só faltam uns pratos. Onde é que está o *Singer*?

Julie pegou num pano e começou a limpar os pratos. — Abri-lhe a porta.

— Outra vez?

— Não está habituado a viver numa gaiola tanto tempo.

— Continuas a pensar naquilo que Jennifer nos disse?

— Penso nisso e penso em tudo. No que ele fez antes. No que fez à Andrea. Onde estará neste momento. Porquê eu. Quando ouvia falar de assédio, sempre me pareceu que havia uma lógica retorcida por detrás disso. Como a mania de assediar estrelas de cinema. Ou ex-maridos, ou ex-namorados. Mas só saímos duas ou três vezes e mal nos conhecíamos. Por isso, continuo a pensar, a tentar saber se fiz qualquer coisa capaz de ter desencadeado este processo.

— Não passa de um maluco — rematou Mike. — Não sei se alguma vez chegaremos a compreender.

Do seu ponto de observação, junto da duna, Richard viu Julie abrir a porta para dar passagem ao cão. Com a luz por detrás, pareceu-lhe um anjo a descer do céu. Richard sentiu a erecção, excitado pelo pensamento do que ia acontecer de seguida.

No dia anterior, depois de os ter localizado, tinha arrumado o carro junto da garagem de uma casa que estava à venda. Embora a maioria das casas existentes ao longo da praia ainda estivessem vagas naquela altura do ano, esta parecia estar desocupada há um certo tempo. Uma inspecção rápida revelara a existência de um alarme para a casa mas não para a garagem. A fechadura era simples e não lhe deu problemas; uma chave de fendas que encontrou no porta-luvas do *Trans Am* foi suficiente para a abrir. Retirou a chave de rodas que encontrou na mala do carro.

Dormiu em cima de um colchão poeirento que encontrou numa prateleira da garagem e também achou uma pequena geladeira. Embora bolorenta, servia. De tarde, tinha passado uma hora a comprar tudo aquilo de que precisava.

Agora, só lhe restava aguardar que o cão andasse a vadiar pela praia. Sabia que Julie o ia deixar sair, como fizera na última noite e muito provavelmente na noite anterior. Quando pressionadas, as pessoas caem sempre nos velhos hábitos e rotinas, esperando, ao agirem assim, manter um simulacro de ordem nas suas vidas.

Olhando para longe, já não conseguia ver sinais do cão.

Tinha a seu lado os quatro hambúrgueres que tinha trazido do Island Deli, um restaurante que encontrou perto da loja de ferragens onde fora durante a tarde.

Ainda estavam embrulhados em papel de alumínio, mas já tinham sido desembrulhados uma vez, para serem cortados em pedaços.

Levando-os consigo, começou a rastejar por entre as ervas, em direcção aos degraus da casa.

— Odeio este maldito jogo — dizia Pete. — É impossível ganhar.

Enquanto arrumava a louça no armário, Julie olhou de relance para a mesa. — Põe o sete vermelho em cima do oito preto.

Pete Gandy pestanejou, ainda sem perceber. — Onde?

— Na última sequência.

— Pois é. Já está.

Novamente absorto no jogo, Pete manteve os olhos baixos.

Mike lavou o último prato, tirou a válvula do lava-louça e olhou para a janela alta.

Com a luz da cozinha a incidir sobre o vidro, apenas conseguiu ver a sua própria imagem.

* * *

Lá fora, Richard desembrulhou a carne e espalhou os bocados pelos degraus que iam das dunas à porta da casa. Sabia que o cão iria chegar ali antes de Julie ou Mike, pelo que não estava preocupado com a possibilidade de ser visto por qualquer deles.

Não fazia ideia de quanto pesava o cão e, por isso, misturara a maior quantidade daquele pó amargo que julgara possível sem destruir o aroma da carne. Não queria que o *Singer* a cheirasse repetidamente, sentindo que aquilo não era o que parecia e passasse adiante.

Não, isso não seria nada bom. O cão já o tinha mordido uma vez e não sentia nenhum desejo de enfrentar outra vez aquela dentadura. Da primeira vez, Julie tinha obrigado o *Singer* a parar, mas não tinha ilusões de que o viesse a fazer uma segunda vez. Além do mais, aquele cão tinha uma característica qualquer que o preocupava, algo que não conseguia definir. Algo... impróprio de um cão, na falta de melhor definição. Uma coisa sabia: enquanto o cão andasse por perto, Julie continuaria confusa e com vontade de resistir.

Voltou a rastejar para o esconderijo e preparou-se para esperar.

Mike e Julie estavam sentados no sofá, com os olhos postos em Pete Gandy, que perdia jogo após jogo.

— Alguma vez te falei da carta que recebi de Jim? — perguntou Julie. — A que recebi na noite de Natal, depois de ele ter morrido?

Falava com se estivesse a fazer uma confissão. Tinha metade da cara na sombra e Mike percebeu que ela não tinha a certeza do que desejava dizer.

— Já falaste nisso, mas não sei o que a carta dizia.

Julie assentiu e encostou-se mais, sentindo o braço dele a rodear-lhe os ombros.

— Não tens de me contar, se preferes guardá-la para ti — sugeriu Mike.

— Julgo que deves saber. De certa forma, penso que a carta se refere tanto a mim como a ti.

Mike permaneceu calado, esperando que ela prosseguisse. Por momentos, Julie ficou a olhar para a cozinha, até o seu olhar encontrar o dele. Falou com voz suave.

— A carta tinha mais a ver com o *Singer*. Explicava o motivo por que me comprara um cão de raça dinamarquesa, que não queria que me visse sozinha e como, sabendo que eu não tinha mais família, pensou que um cão me poderia ajudar. Teve razão quanto a isso mas, no final da carta, dizia que desejava que eu voltasse a ser feliz. Dizia que eu devia procurar alguém que me fizesse feliz.

Fez uma pausa e exibiu um sorriso feliz, o primeiro desde que tinham começado aquela fuga que parecia não ter fim.

— É por isso que penso que se referia a ti e a mim. Sei que me amas e eu também te amo. Mike, tu fazes-me feliz. Mesmo no meio desta situação horrível, continuas a fazer-me feliz. Só quis ter a certeza de que sabias isso.

As palavras pareceram-lhe estranhamente deslocadas; não percebia o motivo que a levara a falar daquilo, naquele momento. Parecia que estava à procura de uma maneira agradável de dizer adeus. Mike apertou-a mais contra si.

— Julie, tu também me fazes feliz. E tens toda a razão, eu amo-te.

Ela pôs-lhe uma mão na perna. — Não estou a dizer isto por querer pôr termo à nossa relação. De maneira nenhuma. Só falo por não saber como poderia ter passado as últimas semanas sem a tua ajuda. E que tenho muita pena de te ter arrastado para esta situação.

— Não há nada de que ter pena...

— É claro que há. Sempre foste a pessoa ideal para mim e, de certa maneira, penso que Jim tentou dizer-me isso mesmo na sua carta. Se eu lhe tivesse feito a vontade, nunca teria existido um Richard. E quero que saibas quanto te agradeço, não só por teres suportado tudo aquilo mas também por te encontrares aqui a meu lado.

— Não tive alternativa — murmurou Mike.

Richard continuava deitado entre as ervas, sem tirar os olhos dos degraus. Passaram vários minutos até que se apercebeu de sombras por entre as dunas.

O *Singer* entrou numa zona iluminada pelo luar e rodou a cabeça para ambos os lados. As manchas de cor do pêlo e a estatura davam-lhe uma aparência quase fantasmagórica.

Richard viu-o virar de novo a cabeça e trotar em direcção aos degraus.

Estava quase lá.

O *Singer* abrandou o trote e acabou por parar. Ergueu ligeiramente o nariz, como se estudasse os degraus, mas não fez nenhum movimento na direcção deles.

Richard deu consigo a estimular o cão em pensamento, mas ele parecia não ter vontade de se mover. Começou a sentir-se cada vez mais tenso. Como se falasse consigo, mandou: — Come!

Nem se apercebeu de que estava a conter a respiração. Ouvia as ondas a revolverem-se e a rebentarem ao longo da praia. A erva alta ondulava com a brisa. Lá em cima, uma estrela cadente deixou um traço momentâneo de luz brilhante.

Finalmente, o cão avançou.

Foi um passo hesitante, mas um passo, e começou a esticar a cabeça para diante, como se acabasse de farejar qualquer coisa. Deu outro passo, depois um terceiro, até ficar com a cabeça por cima do hambúrguer.

Baixou a cabeça e farejou para, em seguida, voltar a erguê-la, como que a perguntar se devia comer.

Lá longe, trazido pelo vento, ouviu-se o som abafado do motor de uma traineira.

Decidindo-se, o cão baixou a cabeça e começou a comer.

Em Swansboro, a agente Jennifer Romanello passou a tarde a obter o máximo de informação possível acerca de Robert Bonham.

Antes, o capitão tinha-a chamado ao seu gabinete. Não sabia o que a esperava mas, para sua grande surpresa, depois de entrar e fechar a porta, o chefe tinha-a elogiado pelo trabalho que estava a fazer.

— Não temos maneira de formar a sagacidade, mas essa é uma das qualidades que não existe em quantidade por aqui. Pete Gandy pode estar enganado acerca da chegada da Mafia à cidade, mas tem razão quando pensa que Swansboro está a mudar, juntamente com o resto do mundo — explicou o capitão. — Sei que todos gostamos de pensar que vivemos numa pequena cidade sonolenta, o que em grande parte é verdade, mas aqui também se cometem crimes.

Jennifer já sabia o suficiente para não abrir a boca enquanto o capitão a avaliava de alto a baixo. — Desde o início, percebeste que este tipo era um criminoso e tens feito um trabalho excelente de busca de informações, especialmente na descoberta da sua verdadeira identidade. Tudo isso é trabalho teu.

— Obrigada.

Depois, não fosse alguém pensar que o capitão se tinha tornado sentimental, mandou a subordinada embora. Mostrou um ar de impaciência, como que escandalizado por ela ainda estar no gabinete, e apontou-lhe a porta.

— Pois bem, volta ao teu trabalho — vociferou. — Continuo a não conseguir saber o que motiva este homem. Talvez isso nos ajudasse a deitar-lhe a mão.

— Sim, meu capitão — repetiu Jennifer e, ao deixar o gabinete, a sentir os olhares de todos os colegas cravados em si, teve de usar de todo o seu autodomínio para não desatar a rir.

Agora, enquanto se empenhava em cumprir as ordens do chefe — continuava a analisar os documentos vindos de Boston e a contactar pessoas que tinham conhecido Robert Bonham —, percebeu que Burris estava muito contente enquanto falava ao telefone e olhou para ele. Estava a acenar vigorosamente com a cabeça e a tomar nota da informação, até que terminou a chamada. Viu-o levantar-se, pegar no papel com as notas e dirigir-se para ela.

— Acabo de receber uma chamada — começou Burris. — O carro dele foi encontrado no parque de estacionamento do hospital de Onslow, em Jacksonville.

— Ainda andará por lá?

— Não é provável. O guarda tem quase a certeza de que o carro esteve lá pelo menos dois dias. Percorre o parque todas as noites, tomando nota das matrículas, e esta faz parte da sua lista desde o dia em que tu e o Gandy foram falar com ele. Mas, como estava a trabalhar, só ontem é que ouviu a informação no noticiário e não relacionou as duas coisas, até há pouco.

Estava explicado o motivo de o carro não ter sido descoberto mais cedo.

— Mas ninguém viu o condutor do carro?

— Tanto quanto sabemos, não. Os colegas de Jacksonville mostraram-lhe a fotografia de Robert Bonham, mas o guarda não o reconheceu. No entanto, vou para lá agora e farei umas perguntas. Queres vir comigo?

Jennifer ponderou a questão. Não estava a conseguir nada do trabalho que tinha entre mãos, mas também não sabia o que resultaria daquela nova diligência. Podiam, decerto, encontrar alguém que tivesse visto o condutor do carro, e depois? O que precisavam de saber era onde é que ele estava agora.

— Não — respondeu —, acho que vou continuar a analisar o dossiê. Talvez me tenha escapado alguma coisa.

Embora as cortinas tapassem as janelas quase todas, as da sala estavam abertas e Richard observava as sombras. Não ouvia nada, para além do marulhar das ondas. O ar estava parado, como a acompanhá-lo naquela expectativa de cortar a respiração.

Julie não tardaria a dirigir-se para a porta das traseiras; não era normal que deixasse o *Singer* cá fora por mais de uns vinte minutos e queria ver a cara dela quando viesse chamar pelo cão. Ao olhar para a casa, permitiu-se alimentar a esperança de que ela acabasse por lhe perdoar tudo o que ele tinha de fazer.

Havia de confortá-la mas, para isso, teria tempo de sobra, mais tarde. Depois de ultrapassada toda aquela desgraça. Quando estivessem sós, como devia ser.

O *Singer* começou a subir os degraus, mas voltou a descer para a areia e ficou a andar em círculos, de língua de fora. Recomeçou a trotar, como se o movimento lhe aliviasse as dores de barriga.

Entretanto, tinha começado a ofegar.

Jennifer debruçou-se sobre as informações que tinha sobre Jessica Bonham, tentando saber como é que Richard tinha conseguido seguir-lhe o rasto.

Tê-la-ia seguido por causa da utilização do cartão de crédito? Duvidoso, pensou. A menos que conhecesse algum membro das forças de segurança, não lhe seria fácil. Então, teria sido como? Gostaria de saber se algum familiar tinha telefonado a Jessica, dando a Richard alguma possibilidade de descobrir o número para onde tinha ligado. Era possível: na sua maioria, as pessoas deitam fora as facturas logo que estão pagas. Nesse caso, tudo o que teria a fazer era ligar para todos os números de rede interurbana que aparecessem na factura. No entanto, Richard teria sido obrigado a remexer no contentor do lixo... ou a entrar em casa dessa pessoa, quando ela se ausentasse.

Tinha feito isso com Julie, por isso, talvez...

Gostaria de saber se as chamadas entre Swansboro e Topsail eram feitas através da rede interurbana. Se assim fosse, tinha de avisar Henry, Emma e Mabel, dizer-lhes que não ligassem para o Mike ou para a Julie e, se já o tivessem feito, que queimassem as facturas mal as pagassem.

Voltou a pensar no carro.

Que o abandonasse não tinha nada de surpreendente, mas tivera necessidade de arranjar um meio qualquer de deslocação. Qual? Táxi? Pensou nisso, mas pôs a ideia de parte. O homem era suficientemente esperto para saber que as constantes entradas e saídas de táxis podiam ser registadas; e, pensando na facilidade com que conseguira desaparecer no passado, não julgava possível que ele cometesse um erro desses.

Portanto, se ainda andava por ali, e se estava a tentar descobrir o esconderijo de Julie, como é que se deslocava?

A martelar a lista telefónica com um dedo, viu o capitão Morrison sair do seu gabinete.

— Meu capitão?

Ele olhou-a, surpreendido. — Pensei que tinhas ido ao hospital, por causa do carro.

— Pensei nisso, mas...

— Mas o quê?

— O hospital fica exactamente onde? — perguntou. — No centro da cidade? Nos subúrbios?

— Mesmo no centro da cidade. Porquê?

— O que é que existe à volta? Quero dizer, já esteve nessa zona?

— Com certeza, muitas vezes. Há uma série de consultórios de médicos, a bomba de gasolina, a área comercial. Como disse, fica mesmo no centro da cidade.

— A que distância da área comercial?

— Do outro lado da rua — esclareceu, e fez uma pausa. — Estás a pensar em quê?

— Só estou a tentar perceber como é que ele se desloca por aí. Acha possível que tenha roubado um carro?

O capitão franziu o sobrolho. — Vou verificar. Deixa-me fazer um telefonema.

Jennifer assentiu; mentalmente, já estava a imaginar os vários cenários. Pegou nas chaves do carro-patrulha.

— Onde é que vais? — perguntou Morrison.

— Acho que vou até ao hospital para ver se os outros descobriram alguma coisa útil. Se tiver alguma informação sobre um carro roubado, faça favor de me informar imediatamente, de acordo?

— De acordo.

Julie foi até à janela e encostou a cara à vidraça, observando a praia.

— Ainda não ouviste o *Singer* ladrar? — perguntou.

Mike veio colocar-se ao lado dela. — Não. Não penso que já tenha voltado.

— Há quanto tempo é que saiu?

— Não há muito. Tenho a certeza de que estará de volta não tarda.

Julie concordou. Lá longe, distinguiu as luzes fracas de uma traineira que andava na faina. Embora a praia estivesse escura, julgava que conseguiria ver o cão.

— Talvez seja melhor ir chamá-lo.

— Queres que eu vá?

— Não, não é preciso. Até me faz bem um pouco de ar fresco.

Pete ficou a vê-la sair.

Richard inclinou-se para diante quando a viu assomar à janela, com o rosto iluminado. Apercebeu-se, naquele preciso momento, que nunca amara ninguém com a intensidade com que amava Julie.

Foi então que Mike se enquadrou na imagem e destruiu o efeito. Estragou tudo, até que ambos se afastaram da janela. Richard abanou a cabeça. Não lamentava nada do que estava para acontecer àquele Mike.

Continuou à espera, sabendo de antemão o que ela ia fazer. Dentro de momentos, ouviria a voz dela a vibrar no ar salgado. Se tivesse sorte, ela talvez se atrevesse a descer à praia, mas não contava com isso. Não, chamaria pelo *Singer* mas não viria.

E o *Singer* ficaria exactamente onde estava.

Julie chamou durante uns três minutos, sempre a andar entre a porta e as duas extremidades do alpendre, até que Mike se juntou a ela.

— Ainda não voltou? — perguntou Mike.

Julie disse que não com a cabeça. — Não. Nem consigo avistá-lo.

Mike olhou em todas as direcções. — Queres que vá à procura dele? Talvez não consiga ouvir-te por causa do barulho das ondas.

Julie sorriu. — Obrigada.

Ele desceu para o areal. — Estou de volta dentro de minutos.

Instantes depois, ela ouviu a voz de Mike, quando, também ele, começou a chamar pelo *Singer*.

QUARENTA E UM

Jennifer Romanello seguia a piscar os olhos devido aos faróis que vinham no outro sentido. A falta de sono dos últimos dois dias estava a fazer estragos e provocava-lhe dores nos olhos. Ia a ponderar se devia fazer uma paragem para beber um café que a ajudasse a manter-se acordada, quando o rádio do carro deu sinal. Reconhecendo a voz do capitão, pegou no microfone.

— Parece que temos qualquer coisa — dizia Morrison. — Acabo de falar com o colega de Jacksonville e eles registaram o roubo de um carro que estava no mesmo parque de estacionamento, no dia em que Richard desapareceu. Está registado em nome de Shane Clinton, que vive em Jacksonville.

— Tem o endereço?

— Tenho: 412 Melody Lane.

— Que tipo de carro?

— Um *Pontiac Trans Am* de 1994. Verde.

Depois recitou o número de matrícula e informou: — Já emitimos uma ordem de detenção do veículo.

Jennifer arquivou a informação na cabeça. — Já falaram com o dono do carro?

— Não, mas ele vive mesmo ao lado do hospital. Queres o número do telefone?

— Com certeza.

Morrison disse o número e Jennifer inseriu-o na memória, decidindo seguir de imediato para lá.

* * *

Os pés de Mike enterravam-se na areia da praia a cada passada. Olhando por cima do ombro, via Julie no pórtico, de pé, uma imagem gradualmente mais pequena à medida que se ia afastando dela.

— *Singer!* — voltou a gritar.

Com os olhos cada vez mais habituados à escuridão, ia percorrendo as dunas com o olhar, à procura de qualquer sinal do cão. Sabia que por vezes o *Singer* passava para lá das dunas, em profundas explorações dos espaços entre as casas, mas era estranho que ainda não tivesse regressado.

Estava ocupado a fazer concha com as mãos para gritar outra vez, quando notou uma sombra à sua esquerda, perto de uma pequena escada. Olhou melhor, aproximando-se mais e reconheceu a forma que jazia na areia. Voltando-se na direcção de Julie, gritou:

— Achei-o!

Deu mais dois passos em frente. — O que é que estás aqui a fazer? Vamos embora. Vamos para casa.

A cauda do cão agitou-se ligeiramente e Mike ouviu o que lhe pareceu ser um ganido fraco. O cão estava ofegante, de língua de fora. O peito do animal subia e descia com enorme rapidez.

— Parece que te cansaste demasiado... — começou, mas, ao ouvir o *Singer* ganir de novo, parou.

— Estás bem? — inquiriu.

O cão continuou imóvel.

— *Singer!* — voltou a chamar.

Mike agachou-se e pôs a mão no peito do animal; sentiu que o coração estava a bater de forma acelerada. Tinha os olhos vidrados, a fixar o vazio. Não respondeu ao toque e só então Mike se apercebeu de que as patas traseiras do animal estavam a tremer.

Pete juntou-se a Julie no alpendre das traseiras.

— O que é que se passa? — perguntou.

Julie olhou-o de lado. — Só estou à espera de que o Mike e o *Singer* voltem para casa.

Pete assentiu e quedaram-se em silêncio, ambos a olharem a praia. Julie estava a tentar saber onde é que eles poderiam estar, quando ouviu Mike chamá-la pelo nome. Mesmo à distância, era perceptível o pânico que a voz dele revelava. Momentos depois, apareceu em pleno areal, longe de casa.

— É o *Singer*! — gritou. — Passa-se qualquer coisa! Vem cá!

Julie levou um momento a perceber, pestanejou com ar de dúvida e gritou:

— O que é que queres dizer? O que é que se passa?

— Não sei! Vem cá depressa!

Sentindo uma súbita opressão no peito, Julie caminhou para a escada.

— Espera — mandou Pete. Tentou agarrar-lhe um braço para a fazer parar, mas Julie já estava fora do alcance. Vendo-a correr pelos degraus, ficou a debater se devia ficar onde estava ou ir atrás dela.

— Merda! — resmungou. E encaminhou-se para a praia.

Richard viu os três a correrem pela praia. Ao vê-los afastarem-se, começou a sentir a adrenalina percorrer-lhe as veias. Tinha começado.

Quando os perdeu de vista, começou a descer a duna. Sempre a correr agachado, dirigiu-se para a casa, sem largar a chave de rodas.

De respiração pesada por tentar acompanhar Mike na corrida, Julie começou a sentir-se presa das garras do pânico. Mais atrás, ouvia Pete a chamá-la pelo nome, a suplicar-lhe que voltasse para casa.

Momentos depois, viu para onde Mike estava a dirigir-se e viu o cão deitado na areia.

Julie começou a tremer quando se aproximou do *Singer*. Quando Pete os alcançou, estavam os dois ajoelhados junto do cão.

— O que é que se passa? — indagou Pete, a ofegar.

— *Singer*? O que é que sentes, meu querido? — murmurava Julie enquanto lhe alisava o pelo do lombo.

Não obtendo resposta, Julie encarou Mike com ar infantil, como a suplicar-lhe que a descansasse, que lhe dissesse não haver motivo de preocupação, que estava enganada, que não tinha razões para estar assustada.

— Por que é que o cão não se mexe? — perguntou Pete.

— Mike? — inquiriu Julie.

— Não sei. Já estava assim quando o encontrei...

— Talvez esteja cansado — sugeriu Pete, mas o olhar que Mike lhe lançou fê-lo calar-se.

— O que é que ele tem? — gritou Julie. — Ajudem-no!

Com todo o cuidado, Mike levantou a cabeça do cão. — Anda lá, meu rapaz, vamos a levantar...

O pescoço do *Singer* estava rígido e os movimentos do peito intensificaram-se, como se o movimento o fizesse sofrer. Quando o animal ganiu, Mike voltou a pôr-lhe a cabeça na areia. Pete olhava de Mike para Julie e desta para o cão, sem decidir o que devia fazer, sentindo-se tão confuso como os outros.

— Temos de fazer qualquer coisa! — gritou Julie.

Foi aquele grito de angústia que acabou por chamar Mike à realidade. — Pete, vai lá a casa e vê se consegues encontrar um veterinário que cuide de situações de emergência.

— Não devo deixá-los sós...

— Mexe-te! — gritou Mike. — E vai depressa!

— Mas...

— Põe-te a mexer!

— Está bem, eu vou.

Instantes depois corria pela escuridão, deixando Mike e Julie na companhia do cão.

Jennifer estava a entrar na cidade de Jacksonville quando se apercebeu de um certo desassossego interior. Tinha começado uns minutos depois de Morrison lhe ter dado as informações via rádio, mas ainda não conseguira descobrir o motivo de se sentir tão inquieta.

Estava a escapar-lhe um pormenor qualquer. Qual?

Mais à frente, só enxergava luzes de farolins traseiros e a estrada parecia dividir o mundo em duas partes. O motor roncou quando ela pressionou o pedal do acelerador. Os reflectores colocados no piso passaram por debaixo do carro em cadência rápida.

Não tinha a ver com o carro roubado... ou tinha? E se tivesse...

Não conseguia descobrir o que era, mas sabia que havia qualquer coisa. Algo que estava no subconsciente, qualquer coisa óbvia, qualquer coisa a que não conseguia chegar de momento.

Ora bem, pensou, devia recapitular tudo, desde o início. O carro de Richard fora abandonado. Certo. O outro carro fora roubado mais ou menos à hora a que Richard chegara a Jacksonville. Certo. Se juntasse as duas informações nascia a suspeita, ou melhor, a certeza de que Richard tinha roubado o carro desaparecido. Certo.

O que é o capitão disse? Deu-lhe a marca e o modelo do veículo, o nome do proprietário, o endereço do jovem. Pensou em tudo isso. Decidiu que os dois últimos elementos não tinham a ver com o que a preocupava de momento. Mas, e a marca e o modelo do carro?

Pontiac Trans Am. Verde.

O tipo de carro com que tinha sonhado quando andava na escola secundária...

Franziu a testa, a tentar descobrir o motivo de aqueles elementos lhe quererem dizer alguma coisa.

Do alpendre, Richard ouviu Julie gritar por causa do cão, Por instantes, parou para ouvir os lamentos, sentindo uma espécie de remorso. Decerto sabia que isto ia ser difícil para ela, mas ouvi-la — o medo e a dor — afectou-o mais do que esperava.

Não queria que Julie sofresse e bem gostaria que houvesse outra solução. Mas não havia. Tinha de terminar a tarefa. Se o *Singer* fosse um cão mansinho, um cão amoroso, nunca lhe teria feito mal. Mas aquele cão era tão complicado e tão temperamental quanto a dona.

Os gritos de Julie tornavam-se mais altos, mais pungentes, o som era terrível de se ouvir. Sentiu pena dela e desejou pedir-lhe perdão, mas isso podia ficar para mais tarde, quando ela estivesse em condições de ultrapassar a dor e reconhecesse que ele fizera tudo para bem de ambos.

Depois de ela deitar tudo aquilo para trás das costas, talvez viesse a comprar-lhe outro cão. Embora nunca tivesse desejado ter um cão, por ela seria capaz de fazer o sacrifício. Iriam juntos escolher um cão e ela acabaria por esquecer o *Singer* por completo. Talvez fizessem uma visita especial a um canil para encontrarem um cão que gostasse de saltar como o *Singer* fazia. Ou podiam procurar ambos no jornal, tentando encontrar alguém que vendesse cachorros para escolherem o que mais agradasse a ambos.

Sim, estava decidido. Teriam outro cão. Um cão melhor. Faria isso por ela, quando toda aquela desgraça estivesse terminada. Ela apreciaria esse gesto. Havia de sentir-se feliz e isso era o que sempre desejara para ela. Felicidade.

Agora que se sentia mais capaz de controlar a situação, os gritos dela passaram a soar-lhe mais distantes.

Detectou um movimento súbito na praia. Sabendo o que isso significava, Richard dobrou a esquina e escondeu-se na sombra da casa.

Pete Gandy correu para a escada, passou pelo alpendre e entrou pela porta das traseiras, em direcção à cozinha. Com um puxão que quase a partiu, abriu a porta do armário que havia por baixo da mesa do telefone e pegou na lista telefónica.

— Mexe-te, mexe-te — ia dizendo ao tentar encontrar a página que pretendia, uma página onde constasse o veterinário mais próximo.

Encontrou a secção própria e correu o dedo pela página, à procura de alguém capaz de acorrer a uma emergência.

O hospital de animais mais próximo ficava a trinta minutos de caminho, em Jacksonville, e quase podia garantir que o cão não viveria tanto tempo.

Pete tentava descobrir o que havia de fazer. Qual devia ser o seu próximo passo.

Forçou-se a acalmar e a pôr ordem no caos de ideias que lhe fervilhavam na cabeça.

Os nomes dos veterinários constavam da lista e decidiu ligar para casa deles, pois era tarde para haver consultórios ainda abertos. Era a única oportunidade que o cão teria. Mas isso obrigava a procurar nos números de telefone, um de cada vez.

E o tempo estava a esgotar-se.

Jennifer foi obrigada a parar num semáforo, em plena baixa de Jacksonville. Embora, tecnicamente, estivesse a caminho de Melody Lane, a fim de falar com Shane Clinton, o problema do *Pontiac Trans Am* de cor verde não deixava de a preocupar.

«O tipo de carro com que tinha sonhado quando andava na escola secundária.»

Pensara o mesmo, numa data recente, mas onde? Na esquadra? Não, nos últimos dois dias mal se tinha levantado da secretária. Em casa? Não, também não fora em casa. Então, onde foi?

O semáforo mudou para verde e Jennifer abanou a cabeça e voltou a pôr o carro em andamento.

Em que sítios é que tinha estado? Só fora falar com Julie e Mike, quando lá deixara o Pete...

Apertou o volante com força.

Não, pensou, não podia ser...

Pegando no telemóvel, carregou no acelerador a fundo, sabendo que precisava de pelo menos vinte minutos para chegar a Topsail Beach... e junto do *Trans Am* que vira estacionado na estrada.

* * *

Pete Gandy folheava a lista telefónica para trás e para diante, corria o dedo pelas páginas, sentindo-se cada vez mais frustrado. Havia mais de uma dúzia de veterinários na lista, mas a maioria deles vivia em Jacksonville, demasiado longe para o poderem ajudar.

Ainda faltavam três nomes e ele virou as páginas à procura da próxima possibilidade, o fino papel a rasgar-se nas suas mãos.

Linda Patinson era o próximo nome e ele procurou na secção da lista onde constavam as localidades. Não vivia em Jacksonville, nem em Orton, nem em Maysville. Indo para a última secção, percorreu a página com os olhos até encontrar uma Linda Patinson.

Morava em Sneads Ferry, a dez minutos dali, na mesma estrada.

Pegou no auscultador e começou a marcar o número; enganou-se e desligou, forçando-se a respirar profundamente, até se acalmar. Dizia a si mesmo que tinha de ter calma. Se pensar que sou maluco, ela não vai certamente ajudar-me.

Iniciou uma nova ligação e ouviu a campainha do receptor a tocar.

Uma vez.

Duas vezes.

— Atende lá...

Três vezes.

E quatro.

— Deus queira que estejas em casa...

Ouviu um clique no momento em que do outro lado alguém atendeu.

— Estou!

A voz parecia jovem, como a de uma estudante universitária.

— Boa-noite, sou o agente Pete Gandy, da Polícia de Swansboro. Desculpe a pergunta, mas estou a falar com a doutora Linda Patinson, veterinária?

Notou um momento de hesitação. — Sim, sou eu — respondeu uma voz pouco segura.

— Não sabia que mais fazer. O nosso cão parece estar com uma espécie de convulsões.

— Bom, em Jacksonville existe uma clínica com serviço de emergência.

— Eu sei. Mas não penso que o cão viva o suficiente para chegar lá... Não pára de tremer e tem a respiração muito acelerada. O coração não vai aguentar, já nem consegue levantar a cabeça.

Pete continuou a descrever o estado do *Singer* o melhor que podia e, quando acabou, foi evidente a hesitação de Linda Patinson.

Embora não tivesse grande prática — tinha concluído o curso há poucos anos — sabia que o caso era grave, não só pelo pânico que detectava na voz de Pete como também pelos sintomas que ele ia descrevendo.

— Teria comido alguma coisa que houvesse na garagem? Insecticida? Outro veneno qualquer?

— Que eu saiba, não. Ainda há pouco estava óptimo.

— De que raça é o cão?

— É um *grand danois*.

Linda Patinson hesitou. — Não tem maneira de meter o cão no carro e trazê-lo cá? Posso estar no consultório dentro de dez minutos. É mesmo ao fundo da rua...

— Eu consigo aí chegar.

Segundos depois, Pete já tinha desligado e caminhava pelo alpendre, depois de ter o cuidado de fechar a porta. Mal notou a sombra que se moveu na sua direcção.

De mãos a tremer, Julie estava a dar palmadinhas no cão.

— Por que será que se demora tanto? — suplicou. — O que é que ele estará a fazer?

Mike não respondeu, pois reconhecia que ela falava mais para si mesma do que para ele. Em vez disso, tentou sossegá-la.

— Ele vai pôr-se bom — sussurrou.

A respiração do animal era cada vez mais difícil e tinha os olhos dilatados. A língua estava estendida na areia e apresentava-se manchada de grânulos. Cada inspiração provocava um ganido.

— Aguenta-te, meu querido — suplicava Julie. — Por favor... oh, meu Deus... por favor...

No alpendre, Pete Gandy não sabia bem o que o obrigara a virar-se. Talvez o raspar suave de uns sapatos contra o soalho de madeira, ou a alteração quase imperceptível das sombras projectadas pela lâmpada amarelada do alpendre. Não fora apenas intuição. Pete tinha a certeza. Naquele momento estava a pensar em venenos e no que podiam significar; no seu subconsciente não havia lugar para processar qualquer ideia que não lhe permitisse saber o que devia fazer de seguida.

Mas soube, mesmo antes de ver Richard, que alguém estava a mover-se na sua direcção e já iniciara o movimento instintivo de mergulhar para diante quando sentiu qualquer coisa bater-lhe violentamente na cabeça.

Sentiu uma explosão imediata de dor, depois luzes vermelhas nos cantos dos olhos, que subitamente se transformaram em escuridão.

— Talvez seja melhor ir à procura do Pete — sugeriu Mike. — Ver por que motivo se demora tanto.

De lábios cerrados, Julie mal o ouviu, mas acenou que sim.

Mike virou-se e começou a andar em direcção a casa.

Richard ficou a olhar o vulto caído de Pete Gandy. Um trabalho repugnante, claro, mas necessário e, dadas as circunstâncias, inevitável.

Depois, havia o facto de Pete ter uma arma, o que, pensou, lhe facilitaria muito as tarefas seguintes. Durante uma fracção de segundo, depois de se ter apoderado da arma, pensou em meter uma bala na cabeça do polícia; mas decidiu que não valia a pena. Não tinha nada contra Pete Gandy. Era apenas um homem que estava a cumprir a sua obrigação.

Richard virou-se e ia começar a andar para a escada quando viu Mike, vindo da praia, a dirigir-se para a casa.

Olhando para o corpo do polícia, apercebeu-se de que seria a primeira coisa que Mike veria ao chegar. Pensou rapidamente no que havia de fazer e agachou-se, ficando à espera de ouvir os passos pesados de Mike nos degraus.

Enquanto acelerava em direcção à casa da praia, Jennifer Romanello não deixava de marcar o número do telefone. Primeiro, ouvira o sinal de impedido; agora ninguém atendia. Ouvindo o telefone tocar sem descanso, não pôde evitar a sensação de que algo de terrível estaria a acontecer. Ligou o rádio e pediu reforços mas, embora isso lhe aliviasse as preocupações, sabia muito bem que eles não chegariam à casa de praia antes dela.

QUARENTA E DOIS

Mike olhou para cima no preciso momento em que um vulto escuro se lançou do cimo da escada.

A rapidez do ataque fê-lo cair de costas pela escada abaixo; algo que lhe caiu em cima fê-lo bater com a cabeça nos degraus, deformando-lhe as costelas e espetando-lhe as arestas dos degraus nas nádegas.

A dor foi excruciante. Mike não conseguia ver nada, mas sentia-se escorregar de costas pelos degraus, de cabeça para baixo, parecendo que cada degrau era mais um martelo com que lhe estavam a bater nas costelas, até que a cabeça aterrou na areia e parou repentinamente, ficando com o pescoço dobrado num ângulo esquisito. Sentiu que estava alguém por cima dele, a segurar-lhe o pescoço e a apertar. Havia uns pés cravados na areia, um de cada lado do seu corpo e, assente em cima do peito, tinha uma espécie de saco, pesado como se estivesse cheio de chumbo.

As mãos começaram a apertar e Mike lutou contra a agonia quando a dor lhe percorreu o corpo todo. Até abrir os olhos era difícil mas, quando distinguiu o rosto de Richard Franklin, conseguiu pensar de novo.

Quis gritar o nome de Julie, dizer-lhe que fugisse.

Mas não emitiu qualquer som. Tapada a entrada de oxigénio, começou a sentir-se tonto e a ficar confuso. Enquanto lutava por um pouco de ar, agarrou instintivamente as mãos de Richard, tentando aliviar o aperto da garganta e sentindo a adrenalina a soltar-se. Mas Richard não aliviou a pressão.

Mike debatia-se com movimentos de animal ferido, levou as mãos ao rosto de Richard mas sem resultado. Cada célula do seu organismo suplicava um pouco de oxigénio. Aproveitou ter as pernas livres para tentar libertar-se, mas Richard não cedeu. Tentou agitar a cabeça de um lado para o outro, o que apenas serviu para Richard apertar com mais força.

E a dor...

Precisava de ar. Não conseguia pensar em mais nada quando deitou as mãos à cara do outro, procurando atingir-lhe os olhos. Dobrando as mãos como se fossem garras, a lutar furiosamente, atingiu o alvo momentaneamente, mas Richard conseguiu erguer a cabeça e pôr o rosto fora do alcance das suas mãos.

Foi então que Mike se convenceu de que ia morrer.

Em pânico, procurou outra vez as mãos de Richard e contorceu-se para tentar alcançá-las e dessa vez conseguiu agarrar um polegar, tentando dobrá-lo com toda a força que lhe restava.

Ouviu o som de qualquer coisa a partir-se, mas Richard não o largou. Dobrou ainda com mais força e a curva do polegar formou um ângulo que não era natural. Com a boca contorcida por um ricto de dor, Richard afrouxou a pressão e inclinou-se para diante.

Era daquilo que Mike precisava. A estrebuchar e a dar pontapés, sentiu, finalmente, que a garganta se abria para deixar passar um sopro de ar. Com a mão livre, agarrou Richard pelos cabelos e, golpeando-lhe as costas com os joelhos, aproveitou o impulso e a força da gravidade para obter vantagem. Richard passou-lhe por cima, indo aterrar na areia, para lá da cabeça de Mike.

Lutando para respirar, Mike tentou afastar-se dos degraus e atacar Richard; mas ter de gatinhar deixou-o exausto. Embora conseguisse uma inspiração rápida, continuava com a garganta apertada, cortando a entrada de ar para os pulmões. Richard foi o primeiro a levantar-se e, rodando subitamente, aplicou-lhe um tremendo pontapé das costelas, e depois outro. Mike caiu para trás e recebeu um novo pontapé, desta vez na cabeça. A dor foi tão intensa que pareceu ficar cego e voltou a sentir dificuldade em respirar.

Pensou em Julie.

Julie...

De gatas, a tremer, atirou-se a Richard, mas ele aplicou-lhe um novo pontapé; Mike sentiu o golpe mas continuou a avançar. Passados instantes, quando acabava de conseguir lançar as mãos à garganta de Richard, sentiu um objecto duro a pressionar-lhe o estômago e ouviu um estoiro.

A princípio não pareceu importante, mas logo depois sentiu a barriga em fogo, água a ferver a percorrer-lhe os nervos, a dor que se espalhava em todas as direcções e lhe subia pela espinha. O choque pareceu paralisá-lo, sentiu que perdia o controlo da língua. As pernas recusaram mover-se, sentiu uma grande fraqueza e foi empurrado por Richard.

Quando levou as mãos ao estômago sentiu qualquer coisa escorregadia, viscosa. Na semiobscuridade, o sangue mais parecia óleo de motor a fazer poça por baixo de um carro, mas viu a arma, mal Richard se levantou.

Richard olhou para ele, de cima para baixo, e Mike rolou para longe.

«Tenho de me levantar... tenho de ficar de pé... preciso de avisar a Julie...»

Sabia que Richard não deixaria de ir à procura dela e era preciso evitar que tal acontecesse. Tinha de salvar Julie. Tentou vencer a dor, pensar no que deveria fazer de seguida... Recebeu outro pontapé na cabeça.

Estava novamente de bruços, com o sangue a jorrar da barriga. De mãos no estômago, sentia a vida fugir-lhe. — Julie! — gritou, mas o som mal se ouviu.

«Mais tonto... mais fraco... tenho de a salvar... tenho de a proteger...»

Outro pontapé na cabeça e tudo ficou escuro.

Richard ficou de pé, a observar Mike que jazia no chão, a ofegar mas sentindo uma nova energia. As mãos tremiam-lhe, sentia as pernas inseguras, mas os sentidos! Oh, como estavam vivos! Era como se estivessem a viver num mundo totalmente desconhecido. Um mundo de sons e luzes amplificados, em que a sua pele registava a mais ligeira deslocação de ar. O efeito era estonteante, parecia que o inebriava.

Este não se parecia nada com o Pete. Ou com o verdadeiro Richard Franklin. Ou até com Jessica. Jessica mostrara ser lutadora, mas nada que se parecesse com este. Jessica morrera-lhe nas mãos, mas não houve sentimento de júbilo, nem qualquer emoção por ter saído vencedor. Houvera apenas uma sensação de tristeza por ela ter provocado aquela desgraça a si mesma.

Não, esta noite sentia-se triunfante, infatigável, invicto. Tinha uma missão e os deuses estavam com ele.

Ignorando a dor no polegar, virou-se e começou a andar na direcção da praia. À sua esquerda, havia dunas cobertas de erva e tufos de hera; as ondas continuavam o seu movimento perpétuo. Pensou que estava uma bela noite. Lá mais adiante, no escuro, conseguia entrever a sombra de Julie debruçada sobre o cão. Mas o cão estava morto ou não tardaria a estar. Ficariam sós, pensou. Sem mais complicações. Ninguém seria capaz de os deter.

Começou a andar mais depressa, excitado pela ideia de que ia vê-la. É certo que Julie ficaria aterrorizada quando o visse. Era provável que reagisse da mesma forma que Jessica reagira naquela noite, no parque de estacionamento do supermercado, quando o encontrou a aguardá-la, sentado dentro do seu próprio carro. Tinha tentado explicar-se, fazê-la compreender, mas Jessica lutou e arranhou-o com as unhas afiadas, até ele lhe pôr as mãos à volta do pescoço, até ela revirar os olhos, a observá-lo e a saber que o forçara a fazer aquilo e que, por força das suas razões egoístas, não voltariam a ser um casal.

Porém, quanto a Julie, ia tratá-la com a paciência que ela merecia. Falaria com ela em voz calma e, uma vez que ela percebesse a verdadeira natureza do amor que lhe dedicava, aceitaria a situação, logo que se apercebesse que ele fizera tudo aquilo por ela — por eles —, aceitaria a situação. Era provável que ainda estivesse perturbada pela morte do *Singer,* mas acabaria por conseguir confortá-la e Julie compreenderia que ele não tivera alternativa.

Bem gostaria de a levar para a cama depois disso, mas sabia que não dispunha de tempo suficiente. Mais para o meio da noite, quando já estivessem suficientemente longe dali, parariam em qualquer motel para se amarem; e teriam uma vida inteira, juntos, à sua frente, para os compensar do tempo perdido.

— Ele já vem, meu querido — sussurrou Julie. — Vai chegar aqui num instante e vamos levar-te ao doutor, está bem?

Os olhos marejados de lágrimas mal lhe permitiam ver o cão, que piorava a cada minuto; tinha fechado os olhos e, embora continuasse com a respiração muito acelerada, gania e notava-se uma espécie de assobio agudo, como faz o ar a escapar-se por um pequeno furo num colchão de ar, que não parecia nada natural. Não eram apenas as pernas que tremiam; todo o corpo do animal estremecia. Por baixo da mão, Julie sentia os músculos do cão a endurecerem, como que a porem-se em posição de combater a morte.

O *Singer* ganiu e Julie sentiu-se entrar em pânico. Estava a afagá-lo com as duas mãos, sofrendo com ele, sentindo-se mal, como se as dores do cão também fossem suas.

— Tu não podes deixar-me. Por favor...

Por dentro, sentia-se gritar com Pete e com Mike para que se despachassem, que o tempo estava a esgotar-se. Embora tivessem passado apenas uns minutos, parecia que tinham saído dali havia uma eternidade; e sabia que o *Singer* não tinha forças para continuar aquela luta durante muito mais tempo.

— *Singer*... tu consegues... Não desistas. Por favor...

Estava prestes a gritar por Mike e por Pete, mas as palavras morreram-lhe na garganta.

A princípio, recusou-se a acreditar no que os seus olhos estavam a ver, pestanejou a tentar afastar aquela imagem. Porém, ao olhar uma vez mais, percebeu que não estava enganada.

Apesar de ter pintado o cabelo de cor diferente, embora usasse óculos e se tivesse livrado do bigode, reconheceu-o imediatamente.

— Boa noite, Julie — saudou Richard.

Jennifer tentava andar depressa, serpenteava por entre os outros carros, as luzes todas a faiscar.

Sem tirar os olhos da estrada, apertava o volante até as mãos lhe doerem.

Pensava nos dez minutos que faltavam. Que só necessitava de mais dez minutos.

Julie ficou a olhar para Richard, mal ousando respirar, a perceber que ele era a explicação de tudo o que estava a passar-se.

Andara por ali. Dera qualquer coisa a comer ao cão. Tinha feito qualquer coisa ao Pete. Tinha feito qualquer coisa ao Mike.

Maldito!

Mike...

E agora viera buscá-la.

Caminhava lentamente na direcção dela.

— Tu... — foi só o que conseguiu dizer.

Um breve sorriso perpassou pelo rosto de Richard. «É claro», parecia dizer, «quem esperavas que fosse?» Parou perto dela e, depois de a olhar nos olhos durante um bocado, desviou o olhar para o cão.

— Desculpa o que aconteceu ao *Singer* — desculpou-se, com voz suave. — Sei quanto o estimavas.

Falou como se não tivesse nada a ver com o assunto. Fez uma expressão de desconsolo, como se estivesse a assistir ao funeral de um amigo íntimo.

De repente, Julie sentiu que estava prestes a vomitar, mas forçou a bílis a voltar para trás, tentando não perder por completo o domínio da situação. A tentar descobrir o que fazer. A tentar perceber o que tinha acontecido ao Mike.

«Oh! Meu Deus, Mike.»

— Onde está o Mike? — exigiu, desejando saber mas subitamente receosa de descobrir. Tinha de manter o tom normal de voz.

Richard levantou os olhos, com a mesma expressão de há pouco.

— Já acabou — disse, como se estivesse a falar do tempo.

Aquelas palavras tiveram um impacte quase físico sobre Julie que, logo de seguida, sentiu as mãos começarem a tremer.

— O que é que lhe fizeste?

— Isso não interessa.

— O que é que fizeste? — gritou, incapaz de se dominar. — Onde é que ele está?

Richard deu mais um passo na direcção dela, continuou a falar-lhe com voz suave. — Não tive alternativa, Julie. Sabes isso muito bem. Ele estava a dominar-te e eu não podia permitir que isso continuasse. Mas agora estás em segurança. Prometo que tomarei conta de ti.

Deu mais um passo e, de súbito, Julie sentiu necessidade de recuar, afastando-se do *Singer*.

— Julie, ele não te amava. Não te amava da maneira que eu te amo.

Julie pensou que ele ia matá-la. Tinha liquidado Mike, *Singer* e Pete, só faltava ela. Começou a levantar-se quando Richard já estava muito próximo, mais aterrorizada a cada passo que ele dava na sua direcção. Via-o nos olhos dele, via precisamente o que ele ia fazer.

«Vai matar-me, mas só depois de me violar...»

Uma ideia capaz de a deixar petrificada, mas dentro de si houve uma voz que a mandou correr e Julie reagiu instintivamente.

Disparou a correr, sem se preocupar a olhar para trás, com os pés a deslizarem na areia enquanto corria pela praia fora.

Richard não tentou detê-la. Apenas sorriu, com a certeza de que ela não tinha para onde fugir. Sabia que em breve estaria cansada; o pânico ia obrigá-la a desistir. Por isso, prendeu a arma no cinto e começou a correr, mas devagar,. atrás dela, mantendo uma passada que lhe permitia não a perder de vista, para se aproximar dela quando achasse conveniente.

* * *

Mike jazia no chão, umas vezes consciente e outras sem dar conta de nada. Com a mente aprisionada algures, entre a vida real e o mundo dos sonhos, acabou por conseguir perceber que estava a perder muito sangue.

E que Julie precisava dele.

A tremer, começou a levantar-se lentamente.

Julie tentava manter uma passada rápida e corria em direcção às luzes da única casa que parecia ocupada em toda a praia. As pernas começavam a pesar-lhe e começou a ter a sensação de que corria mas quase não avançava. As luzes pareciam próximas, mas não lhe parecia que conseguisse lá chegar.

Dizia para si própria que não, ele não ia conseguir agarrá-la. Que ia conseguir chegar àquela casa e que havia lá pessoas prontas a ajudá-la. Vou gritar por socorro e eles chamam a Polícia e...

No entanto, as pernas... os pulmões que pareciam em fogo... o bater apressado do coração...

Só o terror continuava a obrigá-la a correr.

Sem deixar de correr, deu uma olhadela por cima do ombro.

Apesar da escuridão, viu que Richard se estava a aproximar.

De súbito, apercebeu-se de que não ia conseguir.

Corria aos tropeções. Sentia cãibras na barriga das pernas. Precisava de todas as suas forças só para se manter de pé.

E ele continuava a aproximar-se...

Sentia ganas de gritar: «Onde é que se meteram todos? Socorro!»

Sabia, de certeza absoluta, que o marulhar das ondas lhe abafaria os gritos. Deu mais umas passadas e voltou a olhar para trás. Mais perto.

Já conseguia ouvir os passos dele.

Sentiu que não podia continuar...

Virou para o lado das dunas, na esperança de encontrar, do outro lado, um buraco onde pudesse esconder-se.

Richard já via o cabelo dela a ondular com a corrida. Agora já estava perto, tão perto que podia tentar agarrá-la.

Está quase, pensou, quando ela fez uma curva súbita e começou a subir em direcção às dunas. Apanhado desprevenido, Richard escorregou ligeiramente, mas não tardou a recomeçar a perseguição. Soltou uma sonora gargalhada.

Que bravura! Que belo esforço! Ela era, em tudo, a sua alma gémea. Deliciado, quase se sentiu tentado a aplaudir com ambas as mãos.

Julie viu uma casa que se destacava bem acima das dunas, mas a corrida a subir a duna estava a revelar-se quase impossível; com os pés a escorregarem constantemente, era obrigada a usar as mãos para se equilibrar e, na altura em que atingiu o cimo da duna, as pernas só queriam descansar.

Analisou a casa por breves momentos; construída sobre pilares, tinha espaço para arrumar carros por baixo, mas valia pouco como esconderijo. Porém, a casa a seguir oferecia mais possibilidades e dirigiu-se para lá.

Foi então que sentiu Richard pregar-lhe uma rasteira, como se fosse um jogador de futebol a querer desarmar um adversário. Perdeu o equilíbrio e escorregou pela duna, para o lado de terra.

Quando a alcançou, Richard dobrou-se e agarrou-a por um braço, ajudando-a a pôr-se de pé.

— És uma verdadeira maravilha — elogiou, a sorrir e a tentar recuperar o fôlego. — Percebi tudo quando te vi pela primeira vez.

Julie tentou libertar o braço e sentiu as pontas dos dedos dele a enterrarem-se-lhe na carne. Debateu-se com mais força.

Richard admoestou-a. — Julie, não sejas assim. Não consegues perceber que tudo, desde o início, foi uma preparação para este momento?

Ela não desistia de tentar libertar o braço. — Larga-me! — gritou.

Richard apertou com mais força, fazendo-a retrair-se. Sorriu, divertido, como que a perguntar: «Vês como não vale a pena lutar?»

— Será melhor pormo-nos a caminho — sugeriu, com toda a calma.

— Não vou a lado nenhum contigo!

Julie contorceu-se de novo, conseguindo finalmente libertar-se, mas, ao tentar afastar-se dele, sentiu um empurrão nas costas e voltou a cair.

Ao vê-la caída, Richard repreendeu-a com acenos suaves de cabeça e perguntou:

— Estás bem? Lamento ter tido de fazer isto, mas temos necessidade de conversar.

Conversar? Agora pretendia conversar.

«Vai-te lixar», pensou Julie. «Que se lixe isto tudo.»

Logo que ele começou a andar, Julie pôs-se de pé e tentou correr, mas Richard fez um movimento rápido e agarrou-a com força pelo cabelo.

Ouviu-o soltar uma gargalhada de espanto.

— Por que é que tens de tornar tudo tão difícil? — perguntou.

Caído na praia, Mike estava a tentar levantar-se, queria agarrar os degraus, lutava com a náusea provocada pela dor que lhe percorria o corpo todo, sentia uma grande confusão na cabeça.

«Levantar... tenho de chamar a Polícia... ajudar Julie... mas esta dor... baleado... dor... onde é que estou... aquele barulho contínuo... uma e outra vez... a dor... vem em ondas... o oceano... Julie... tenho de a ajudar...»

Conseguiu dar um passo.

Depois outro.

Julie atirou-se com violência contra Richard, arranhando-o na cara e no peito. Ele voltou a puxar-lhe os cabelos, fazendo-a gritar.

— Por que é que continuas a lutar comigo? — inquiriu Richard, com toda a calma e sem levantar a voz, como se tentasse chamar à razão uma criança desobediente. — Ainda não percebeste que acabou? Agora só existimos nós. Não há motivo para agires desta maneira.

— Deixa-me! — gritou Julie. — Afasta-te de mim!

— Pensa em tudo o que poderemos fazer juntos — sugeriu. — Sabes bem que somos dois seres iguais. Ambos somos sobreviventes.

— Não vamos fazer nada juntos! — gritou ela. — Odeio-te!

Ele voltou a agarrá-la com violência pelo cabelo, obrigando-a a ajoelhar-se. — Não digas isso.

— Odeio-te!

— Estou a falar a sério — disse Richard, agora em voz mais baixa, de mau agouro. — Seis que estás perturbada, mas longe de mim a ideia de te magoar, Jessica.

— Eu não me chamo Jessica! — bradou Julie.

A meio caminho, Mike caiu de joelhos mas conseguiu arrastar-se para diante. Com uma das mãos a segurar o estômago, agarrou o corrimão com a outra e conseguiu erguer-se.

Já estava perto do cimo da escada e viu o polícia, de cara voltada para o chão, com o sangue a formar uma poça em redor da cabeça. Mais uns passos e conseguiu atingir o alpendre, dirigindo-se para a porta. Sem a ajuda do corrimão teve dificuldade em equilibrar-se, mas manteve os olhos focados na porta, inteiramente concentrado no que tinha de fazer.

Richard ficou a olhar para ela com uma expressão curiosa, como se não conseguisse perceber o que ela queria dizer. Pestanejou, começou a inclinar a cabeça para um lado, como uma criança que analisa a sua imagem num espelho.

— O que é disseste?

— Que não me chamo Jessica! — repetiu.

Ele levou a mão livre atrás das costas; quase no mesmo instante, Julie viu a arma.

Mike conseguiu agarrar o puxador e rodou-o, sentindo que ia estatelar-se quando a porta se escancarou.

Só pensava no telefone. Tinha de chegar ao telefone, antes que fosse demasiado tarde.

Foi nessa altura que sentiu qualquer coisa a entrar de roldão pela porta da frente. Levantando os olhos, teve uma súbita sensação de alívio.

— Julie precisa de ajuda — disse com voz rouca. — Na praia...

Aflita com o estado de Mike, Jennifer chegou junto dele de um salto e ajudou-o a instalar-se na cadeira. Pegou no telefone e marcou o número de emergência. Quando ouviu o telefone tocar, passou-lhe o auscultador.

— Chame uma ambulância! — bradou. — Consegue fazer isso?

Mike aquiesceu, a respirar com dificuldade ao levantar o telefone para junto da orelha. — Pete... lá fora...

Jennifer correu para a porta quando Mike já estava a pedir a ambulância. Na varanda, a primeira coisa que lhe ocorreu é que Pete estava morto. Saía-lhe sangue da cabeça mas, quando se debruçou para confirmar, o colega mexeu um braço e gemeu.

— Não te mexas. A ambulância já vem a caminho.

Levantou os olhos para as escadas. Uma fracção de segundo depois, ia a correr pelos degraus abaixo.

* * *

Richard encostou a arma à têmpora de Julie que, instintivamente, ficou quieta. A expressão calma da rosto dele tinha desaparecido; parecia estar a viver fora da realidade. Percebia isso pela maneira como ele a olhava, no som áspero que ouviu quando ele respirou fundo.

— Eu amo-te — repetiu. — Sempre te amei.

Pensou que o melhor era ficar quieta. Calculava que ele a mataria ao mais ligeiro movimento que tentasse.

— Mas não me dás uma oportunidade de demonstrar o meu amor.

Puxou-a pelo cabelo, para que o ouvido de Julie ficasse junto da boca dele.

— Diz. Diz que me amas.

Julie não disse nada.

— Diz! — gritou; e Julie estremeceu dada a fúria com que ele falou. Foi um som bruto, quase feroz. O calor da respiração dele atingiu-a em cheio no rosto.

— Dei-te uma oportunidade e até perdoei tudo o que me fizeste! Tudo que me forçaste a fazer. Agora, diz!

O medo invadira-lhe o peito, a garganta, as pernas.

— Amo-te — sussurrou, quase a chorar.

— Diz de forma a que eu consiga ouvir. Com sentimento.

Julie começou a chorar. — Amo-te.

— Outra vez!

Choro mais forte. — Amo-te.

— Diz que desejas ir comigo.

— Desejo ir contigo.

— Porque me amas.

— Porque te amo.

E, como se estivesse a sonhar, pelo canto de um olho viu um vulto dobrar o topo da duna, o do seu guardião, lançado à desfilada no meio da escuridão.

Quando a visão tomou forma, Julie viu o *Singer* pular sobre Richard, a rosnar, com as mandíbulas abertas para abocanhar o braço com que ele empunhava a arma.

O *Singer* abocanhou e não largou a presa; Julie e Richard caíram para o lado, com ele a fazer gestos desesperados com o braço para tentar libertar-se. O cão filara-lhe o braço e agitava a cabeça, pondo no gesto toda a força que lhe restava, e Richard gritou e largou a arma.

Ficou de costas, a debater-se para evitar que o cão lhe abocanhasse a garganta.

Com o rosto contorcido de dor, Richard aguentou o cão com a mão esquerda e procurou agarrar a arma com a mão livre. O cão não deixava de atacar, mas Julie gritou e foi o som do próprio grito que pareceu dar-lhe forças para se levantar e fugir dali.

Correu duna acima, sabendo que não dispunha de muito tempo.

Lá atrás, Richard conseguiu agarrar o punho da arma com as pontas dos dedos.

Foi o som do tiro que obrigou Julie a ficar de novo paralisada. O *Singer* ganiu, um protesto longo e cansado.

— *Singer*! — gritou Julie. — Oh, meu Deus, nãooo!

Outro tiro e novo ganido, agora mais fraco. Olhando por cima do ombro, viu Richard a tirar o cão de cima de si e a levantar-se.

Julie começou a tremer, completamente descontrolada.

O *Singer* estava deitado de lado, a lutar para se levantar, rosnando e ganindo ao mesmo tempo, a contorcer-se de dores e com o sangue a empapar a areia.

De longe, chegou-lhes o som das sirenes.

— Agora temos de ir — comandou Richard. — Estamos no limite do tempo.

Porém, tudo o que Julie conseguia fazer era olhar para o cão.

— Já! — ordenou Richard. Tornou a agarrá-la pelo cabelo e levou-a a reboque. Julie não cedeu, deu pontapés e gritou, até que se ouviu uma voz vinda do alto da duna.

— Quieto!

Richard e Julie viram a agente Jennifer Romanello ao mesmo tempo. Ele apontou a arma na direcção da polícia e disparou à toa; um instante depois soltou um grito abafado. Sentiu uma dor aguda no peito, como se fosse uma queimadura, ouviu o som de um comboio a correr dentro dos ouvidos. De repente, a arma que segurava na mão pareceu-lhe ridiculamente pesada. Atirou de novo e falhou, sentindo uma nova sensação de queimadura na garganta, que o obrigou a recuar. Sentiu o sangue inundar-lhe os pulmões, ouvindo gorgolejar sempre que tentava inspirar. Não conseguia engolir, pois aquele fluido pegajoso não lho permitia. Quis tossir, cuspi-lo na direcção da agente, mas estava a perder as forças rapidamente. A arma escorregou-lhe da mão, caiu de joelhos, a sentir a cabeça vazia. Só desejara a felicidade de Julie, nada mais do que a felicidade dela. As sombras à sua volta começaram a escurecer, desaparecendo pouco a pouco. Voltou-se para Julie e tentou falar, mas a boca não conseguiu articular as palavras.

Porém, tentava agarrar-se ao seu sonho, ao sonho de uma vida na companhia de Julie, da mulher que amava. Julie, pensava, a sua doce Jessica...

Deixou-se cair para a frente.

Julie olhou o corpo e depois voltou-se para o *Singer*.

Estava de lado, a respirar com dificuldade, de boca aberta. Julie foi até junto dele, debruçou-se, a lutar para o ver por entre as lágrimas.

Ganiu quando sentiu a mão dela na cabeça e tentou chegar-lhe com a língua.

— Oh... meu querido.

O animal apresentava duas feridas profundas e o sangue estava a empapar a areia por debaixo dele. A tremer, Julie pôs-lhe a cabeça em cima do lombo e o *Singer* tornou a ganir. Tinha os olhos abertos e assustados e, quando tentou levantar a cabeça, ganiu, com um som que destroçou o coração de Julie.

— Não te mexas... Vou buscar o veterinário para te tratar, está bem?

Sentia a respiração dele, rápida e curta. Voltou a lamber-lhe a mão e ela beijou-o.

— Foste tão bom para mim, doçura. Foste tão valente... tão valente...

O cão tinha os olhos postos nela. Ganiu de novo e Julie teve de abafar o choro.

— Adoro-te, *Singer* — murmurou quando sentiu os músculos dele começarem a amolecer. — Está tudo bem, meu amor. Não haverá mais lutas. Estou salva e tu podes dormir...

EPÍLOGO

Julie dirigiu-se ao quarto, deixando Mike a cozinhar. O cheiro do molho do *spaghetti* enchia a casa. Acendeu a luz.

Tinham passado quase dois meses desde aquela noite tormentosa na praia. Apesar de se recordar de tudo o que acontecera na altura, o que sucedeu depois tornou-se menos claro, uma confusão de eventos a desenrolarem-se em simultâneo. Recordava-se de ser ajudada a regressar a casa pela agente Jennifer Romanello, lembrava-se do pessoal das ambulâncias a tratar de Mike e de Pete, recordava que a casa se fora enchendo de gente; depois disso, tudo se confundiu, foi como se apagasse a luz.

Acordou no hospital. Pete também lá estava e Mike estava noutro quarto, mesmo ao fundo do corredor. Dentro de poucos dias, Pete pôde levantar-se e ir-se embora, mas Mike esteve em estado crítico durante uma semana inteira. Uma vez estabilizada a situação e iniciado o processo de cura, ficou no hospital durante mais três semanas. Durante todo o tempo, Julie acampou numa cadeira colocada ao lado da cama dele, sempre a pegar-lhe na mão e a falar-lhe baixinho, mesmo quando ele estava a dormir.

A Polícia tinha mais perguntas e também mais informações acerca do passado de Richard, mas descobriu que o assunto não lhe interessava nada. Richard Franklin estava morto — nunca o recordaria como Robert Bonham — e nada mais lhe interessava.

E, sem dúvida, havia o *Singer*.

Mais tarde, a veterinária tinha-lhe dito que lhe tinham dado raticida em quantidade suficiente para matar seis cães em poucos minutos. — Não consigo perceber — confessou Linda Patinson. — Mexer-se foi, só por si, um milagre, quanto mais lutar com um homem daquela estatura.

Mas lutou, pensava Julie. E salvou-me a vida.

No dia em que enterraram o *Singer* no quintal das traseiras, caiu uma chuva miúda e quente sobre o pequeno grupo de pessoas reunidas para dizerem adeus ao *grand danois*, que em vida fora o companheiro constante de Julie e, no final, o seu guardião.

Depois que Mike saiu do hospital, as semanas foram vividas numa espécie de confusão. Passava a maior parte do tempo em casa dela. Embora conservasse o apartamento, não voltara a dormir lá desde que tinham ido para a casa da praia, e Julie estava-lhe grata por isso. Não sabia como, mas ele tinha meios de saber quando ela queria ser abraçada ou quando preferia estar só.

Contudo, nada parecia o mesmo; a casa estava demasiado vazia, o que lhe sobejava no tacho ia para o contentor do lixo, não havia um animal a roçar-lhe pelas pernas. No entanto, havia alturas em que lhe parecia que o *Singer* continuava por ali. Por vezes, parecia ver um movimento pelo canto do olho, mas, quando se voltava para ver o que o tinha provocado, não via absolutamente nada. Uma vez, chegou-lhe um odor ao nariz que era, sem dúvida, o dele. Era o cheiro que ele emanava quando se sentava ao lado dela, depois de ter andado a brincar nas ondas; mas quando se levantou do sofá para ver de onde vinha o cheiro, este tinha desaparecido. E, outra vez, a altas horas da noite, sentiu necessidade de se levantar e ir para a sala. Embora a casa estivesse às escuras, ouviu-o a beber água da malga que estava na cozinha. O som deixou-a petrificada, a pulsação acelerou-se, mas, uma vez mais, o som acabou por desaparecer.

Uma noite sonhou com Jim e com o *Singer*. Iam a caminhar num campo aberto, de costas para ela, e ela corria, a tentar aproximar-se deles. No sonho chamava por ambos e eles paravam e viravam-se para ela. Jim sorria, o *Singer* ladrava. Queria ir ter com eles, mas não conseguia mexer-se. Ficaram a olhar para ela com a mesma inclinação das cabeças, a mesma expressão nos olhos, a mesma auréola por detrás de ambos. Jim punha-lhe a mão no lombo e o *Singer* soltava latidos de satisfação, como se quisesse demonstrar-lhe como as coisas deviam passar-se. Em vez de caminharem para ela, voltaram-lhe outra vez as costas e ela ficou a vê-los ir, com as silhuetas de ambos a fundirem-se progressivamente numa só.

Quando acordou, pegou na fotografia que tinha em cima da mesa de cabeceira e ficou a olhar para o *Singer*, a lembrar-se da falta que o cão lhe fazia. Ainda lhe doía o coração quando olhava para aquela fotografia, embora já não chorasse. A carta que Jim lhe escrevera estava detrás da fotografia. Resolveu tirá-la do esconderijo.

E, enquanto o sol da manhã ia aquecendo o vidro da janela, leu-a uma vez mais, abrandando ao aproximar-se do último parágrafo.

E não te preocupes. Esteja onde estiver, nunca te perderei de vista. Meu amor, serei o teu anjo da guarda. Podes contar comigo para te proteger.

Julie pousou a carta, tinha os olhos húmidos.

«Sim», pensou, «protegeste-me.»

NOTA DO AUTOR

A génese de um romance é sempre um processo complicado. Muitas vezes começa por uma ideia vaga, ou, no meu caso, por um tema; e, para este romance, escolhi os temas do amor e do perigo. Por outras palavras, quis escrever uma história em que dois personagens credíveis se apaixonam um pelo outro, mas quis acrescentar um certo ambiente de expectativa e de perigo que, afinal, iria colocar esses dois personagens numa situação difícil. Não sei onde estava quando tomei a decisão de escrever uma história assim, mas recordo-me de pensar que iria apreciar o processo de tentar um tipo de romance a que nunca me abalançara.

Mas estava enganado.

Bom, deixem que me explique. Embora tivesse apreciado o processo enquanto se tratou de escrever o romance, quando houve necessidade de rever e fazer cortes esperavam-me as maiores dificuldades que experimentei até hoje. Entre a primeira e a última versão, o romance passou por oito revisões profundas, até que o editor, e eu próprio, nos considerámos satisfeitos, porque o romance conseguia ser aquilo que nós pretendíamos que fosse; isto é, em primeiro lugar, e antes de tudo, seria uma história de amor e, em segundo, de uma forma que conseguisse prender o leitor, um romance policial interessante.

No decurso da minha vida, é provável que tenha lido uns dois milhares de romances policiais e, embora muitos deles tenham personagens que se apaixonam no decurso da acção, não me recordo de nenhum em que o elemento de mistério fosse secundário para a relação amorosa. O motivo é muito simples: quanto mais medonha é uma coisa, mais a história é dominada por ela. Portanto, no caso deste livro, o desafio era encontrar o equilíbrio entre os dois elementos e de fazer que a acção decorresse de acordo com esse equilíbrio, de forma a que o leitor nunca perdesse de vista a verdadeira razão de ser do romance: uma história de amor entre duas pessoas normais, cujo caminho é perturbado por terem encontrado o tipo de pessoa que não interessa. Apesar de parecer simples, antes de conseguir o objectivo passei muitas noites sem dormir.

Além disso, sempre desejei escrever uma história que incluísse um cão. Quer fosse *Old Yeller* de Frank Gipson, *Where the Red Fern Grows* de Wilson Rawls, *To Dance with the White Dog* de Terry Kay, quer *My Dog Skip* de Willie Morris, sempre adorei histórias com cães; por isso, achei que seria interessante incluir um cão neste mesmo romance. Estou grato a estes escritores pelos seus trabalhos e pelas horas de prazer que a leitura dos seus livros me proporcionou. Houve ainda uma história comovente, «Delayed Delivery», de Cathy Miller, incluída em *Chicken Soup for the Pet Lovers Soul* (colectânea editada por Jack Canfield, Mark Victor Hansen, Marty Becker e Carol Kline, HCI Publishers), que inspirou o prólogo deste meu livro. Gostaria de lhe agradecer, bem como aos editores, pelas lágrimas que me fizeram verter.

GRANDES NARRATIVAS

1. O Mundo de Sofia,
JOSTEIN GAARDER
2. Os Filhos do Graal,
PETER BERLING
3. Outrora Agora,
AUGUSTO ABELAIRA
4. O Riso de Deus,
ANTÓNIO ALÇADA BAPTISTA
5. O Xangô de Baker Street,
JÔ SOARES
6. Crónica Esquecida d'El Rei D. João II,
SEOMARA DA VEIGA FERREIRA
7. Prisão Maior,
GUILHERME PEREIRA
8. Vai Aonde Te Leva o Coração,
SUSANNA TAMARO
9. O Mistério do Jogo das Paciências,
JOSTEIN GAARDER
10. Os Nós e os Laços,
ANTÓNIO ALÇADA BAPTISTA
11. Não É o Fim do Mundo,
ANA NOBRE DE GUSMÃO
12. O Perfume,
PATRICK SÜSKIND
13. Um Amor Feliz,
DAVID MOURÃO-FERREIRA
14. A Desordem do Teu Nome,
JUAN JOSÉ MILLÁS
15. Com a Cabeça nas Nuvens,
SUSANNA TAMARO
16. Os Cem Sentidos Secretos,
AMY TAN
17. A História Interminável,
MICHAEL ENDE
18. A Pele do Tambor,
ARTURO PÉREZ-REVERTE
19. Concerto no Fim da Viagem,
ERIK FOSNES HANSEN
20. Persuasão,
JANE AUSTEN
21. Neandertal,
JOHN DARNTON
22. Cidadela,
ANTOINE DE SAINT-EXUPÉRY
23. Gaivotas em Terra,
DAVID MOURÃO-FERREIRA
24. A Voz de Lila,
CHIMO
25. A Alma do Mundo,
SUSANNA TAMARO
26. Higiene do Assassino,
AMÉLIE NOTHOMB
27. Enseada Amena,
AUGUSTO ABELAIRA
28. Mr. Vertigo,
PAUL AUSTER
29. A República dos Sonhos,
NÉLIDA PIÑON
30. Os Pioneiros,
LUÍSA BELTRÃO
31. O Enigma e o Espelho,
JOSTEIN GAARDER
32. Benjamim,
CHICO BUARQUE
33. Os Impetuosos,
LUÍSA BELTRÃO
34. Os Bem-Aventurados,
LUÍSA BELTRÃO
35. Os Mal-Amados,
LUÍSA BELTRÃO
36. Território Comanche,
ARTURO PÉREZ-REVERTE
37. O Grande Gatsby,
F. SCOTT FITZGERALD
38. A Música do Acaso,
PAUL AUSTER
39. Para Uma Voz Só,
SUSANNA TAMARO
40. A Homenagem a Vénus,
AMADEU LOPES SABINO
41. Malena É Um Nome de Tango,
ALMUDENA GRANDES
42. As Cinzas de Angela,
FRANK McCOURT
43. O Sangue dos Reis,
PETER BERLING
44. Peças em Fuga,
ANNE MICHAELS
45. Crónicas de Um Portuense Arrependido,
ALBANO ESTRELA
46. Leviathan,
PAUL AUSTER
47. A Filha do Canibal,
ROSA MONTERO
48. A Pesca à Linha – Algumas Memórias,
ANTÓNIO ALÇADA BAPTISTA
49. O Fogo Interior,
CARLOS CASTANEDA
50. Pedro e Paula,
HELDER MACEDO
51. Dia da Independência,
RICHARD FORD
52. A Memória das Pedras,
CAROL SHIELDS
53. Querida Mathilda,
SUSANNA TAMARO
54. Palácio da Lua,
PAUL AUSTER
55. A Tragédia do Titanic,
WALTER LORD
56. A Carta de Amor,
CATHLEEN SCHINE
57. Profundo como o Mar,
JACQUELYN MITCHARD
58. O Diário de Bridget Jones,
HELEN FIELDING
59. As Filhas de Hanna,
MARIANNE FREDRIKSSON
60. Leonor Teles ou o Canto da Salamandra,
SEOMARA DA VEIGA FERREIRA
61. Uma Longa História,
GÜNTER GRASS
62. Educação para a Tristeza,
LUÍSA COSTA GOMES
63. Histórias do Paranormal – I Volume,
Direcção de RIC ALEXANDER
64. Sete Mulheres,
ALMUDENA GRANDES
65. O Anatomista,
FEDERICO ANDAHAZI
66. A Vida É Breve,
JOSTEIN GAARDER
67. Memórias de Uma Gueixa,
ARTHUR GOLDEN
68. As Contadoras de Histórias,
FERNANDA BOTELHO
69. O Diário da Nossa Paixão,
NICHOLAS SPARKS
70. Histórias do Paranormal – II Volume,
Direcção de RIC ALEXANDER
71. Peregrinação Interior – I Volume,
ANTÓNIO ALÇADA BAPTISTA
72. O Jogo de Morte,
PAOLO MAURENSIG
73. Amantes e Inimigos,
ROSA MONTERO
74. As Palavras Que Nunca Te Direi,
NICHOLAS SPARKS
75. Alexandre, O Grande – O Filho do Sonho,
VALERIO MASSIMO MANFREDI
76. Peregrinação Interior – II Volume
ANTÓNIO ALÇADA BAPTISTA
77. Este É o Teu Reino,
ABILIO ESTÉVEZ
78. O Homem Que Matou Getúlio Vargas,
JÔ SOARES
79. As Piedosas,
FEDERICO ANDAHAZI
80. A Evolução de Jane,
CATHLEEN SCHINE
81. Alexandre, O Grande – O Segredo do Oráculo,
VALERIO MASSIMO MANFREDI
82. Um Mês com Montalbano,
ANDREA CAMILLERI
83. O Tecido do Outono,
ANTÓNIO ALÇADA BAPTISTA
84. O Violinista,
PAOLO MAURENSIG
85. As Visões de Simão,
MARIANNE FREDRIKSSON
86. As Desventuras de Margaret,
CATHLEEN SCHINE
87. Terra de Lobos,
NICHOLAS EVANS
88. Manual de Caça e Pesca para Raparigas,
MELISSA BANK
89. Alexandre, o Grande – No Fim do Mundo,
VALERIO MASSIMO MANFREDI
90. Atlas de Geografia Humana,
ALMUDENA GRANDES
91. Um Momento Inesquecível,
NICHOLAS SPARKS
92. O Último Dia,
GLENN KLEIER
93. O Círculo Mágico,
KATHERINE NEVILLE
94. Receitas de Amor para Mulheres Tristes,
HÉCTOR ABAD FACIOLINCE
95. Todos Vulneráveis,
LUÍSA BELTRÃO
96. A Concessão do Telefone,
ANDREA CAMILLERI
97. Doce Companhia,
LAURA RESTREPO
98. A Namorada dos Meus Sonhos,
MIKE GAYLE
99. A Mais Amada,
JACQUELYN MITCHARD
100. Ricos, Famosos e Beneméritos,
HELEN FIELDING
101. As Bailarinas Mortas,
ANTONIO SOLER
102. Paixões,
ROSA MONTERO
103. As Casas da Celeste,
THERESA SCHEDEL
104. A Cidadela Branca,
ORHAN PAMUK
105. Esta É a Minha Terra,
FRANK McCOURT
106. Simplesmente Divina,
WENDY HOLDEN
107. Uma Proposta de Casamento,
MIKE GAYLE
108. O Novo Diário de Bridget Jones,
HELEN FIELDING
109. Crazy – A História de Um Jovem,
BENJAMIN LEBERT
110. Finalmente Juntos,
JOSIE LLOYD E EMLYN REES
111. Os Pássaros da Morte,
MO HAYDER

GRANDES NARRATIVAS

112. A Papisa Joana,
DONNA WOOLFOLK CROSS
113. O Aloendro Branco,
JANET FITCH
114. O Terceiro Servo,
JOEL NETO
115. O Tempo nas Palavras,
ANTÓNIO ALÇADA BAPTISTA
116. Vícios e Virtudes,
HELDER MACEDO
117. Uma História de Família,
SOFIA MARRECAS FERREIRA
118. Almas à Deriva,
RICHARD MASON
119. Corações em Silêncio,
NICHOLAS SPARKS
120. O Casamento de Amanda,
JENNY COLGAN
121. Enquanto Estiveres Aí,
MARC LEVY
122. Um Olhar Mil Abismos,
MARIA TERESA LOUREIRO
123. A Marca do Anjo,
NANCY HUSTON
124. O Quarto do Pólen,
ZOË JENNY
125. Responde-me,
SUSANNA TAMARO
126. O Convidado de Alberta,
BIRGIT VANDERBEKE
127. A Outra Metade da Laranja,
JOANA MIRANDA
128. Uma Viagem Espiritual,
BILLY MILLS e NICHOLAS SPARKS
129. Fragmentos de Amor Furtivo,
HÉCTOR ABAD FACIOLINCE
130. Os Homens São como Chocolate,
TINA GRUBE
131. Para Ti, Uma Vida Nova,
TIAGO REBELO
132. Manuela,
PHILIPPE LABRO
133. A Ilha Décima,
MARIA LUÍSA SOARES
134. Maya,
JOSTEIN GAARDER
135. Amor É Uma Palavra de Quatro Letras,
CLAIRE CALMAN
136. Em Memória de Mary,
JULIE PARSONS
137. Lua-de-Mel,
AMY JENKINS
138. Novamente Juntos,
JOSIE LLOYD E EMLYN REES
139. Ao Virar dos Trinta,
MIKE GAYLE
140. O Marido Infiel,
BRIAN GALLAGHER
141. O Que Significa Amar,
DAVID BADDIEL
142. A Casa da Loucura,
PATRICK McGRATH
143. Quatro Amigos,
DAVID TRUEBA
144. Estou-me nas Tintas para os Homens Bonitos,
TINA GRUBE
145. Eu até Sei Voar,
PAOLA MASTROCOLA
146. O Homem Que Sabia Contar,
MALBA TAHAN
147. A Época da Caça,
ANDREA CAMILLERI
148. Não Vou Chorar o Passado,
TIAGO REBELO
149. Vida Amorosa de Uma Mulher,
ZERUYA SHALEV
150. Danny Boy,
JO-ANN GOODWIN
151. Uma Promessa para Toda a Vida,
NICHOLAS SPARKS
152. O Romance de Nostradamus – O Presságio,
VALERIO EVANGELISTI
153. Cenas da Vida de Um Pai Solteiro,
TONY PARSONS
154. Aquele Momento,
ANDREA DE CARLO
155. Renascimento Privado,
MARIA BELLONCI
156. A Morte de Uma Senhora,
THERESA SCHEDEL
157. O Leopardo ao Sol,
LAURA RESTREPO
158. Os Rapazes da Minha Vida,
BEVERLY DONOFRIO
159. O Romance de Nostradamus – O Engano,
VALERIO EVANGELISTI
160. Uma Mulher Desobediente,
JANE HAMILTON
161. Duas Mulheres, Um Destino,
MARIANNE FREDRIKSSON
162. Sem Lágrimas Nem Risos,
JOANA MIRANDA
163. Uma Promessa de Amor,
TIAGO REBELO
164. O Jovem da Porta ao Lado,
JOSIE LLOYD & EMLYN REES
165. € 14,99 – A Outra Face da Moeda,
FRÉDÉRIC BEIGBEDER
166. Precisa-se de Homem Nu,
TINA GRUBE
167. O Príncipe Siddharta – Fuga do Palácio,
PATRICIA CHENDI
168. O Romance de Nostradamus – O Abismo,
VALERIO EVANGELISTI
169. O Citroën Que Escrevia Novelas Mexicanas,
JOEL NETO
170. António Vieira – O Fogo e a Rosa,
SEOMARA DA VEIGA FERREIRA
171. Jantar a Dois,
MIKE GAYLE
172. Um Bom Partido – I Volume,
VIKRAM SETH
173. Um Encontro Inesperado,
RAMIRO MARQUES
174. Não Me Esquecerei de Ti,
TONY PARSONS
175. O Príncipe Siddharta – As Quatro Verdades,
PATRICIA CHENDI
176. O Claustro do Silêncio,
LUÍS ROSA
177. Um Bom Partido – II Volume,
VIKRAM SETH
178. As Confissões de Uma Adolescente,
CAMILLA GIBB
179. Bons na Cama,
JENNIFER WEINER
180. Spider,
PATRICK McGRATH
181. O Príncipe Siddharta – O Sorriso do Buda,
PATRICIA CHENDI
182. O Palácio das Lágrimas,
ALEV LYTLE CROUTIER
183. Apenas Amigos,
ROBYN SISMAN
184. O Fogo e o Vento,
SUSANNA TAMARO
185. Henry & June,
ANAÏS NIN
186. Um Bom Partido – III Volume,
VIKRAM SETH
187. Um Olhar à Nossa Volta,
ANTÓNIO ALÇADA BAPTISTA
188. O Sorriso das Estrelas,
NICHOLAS SPARKS
189. O Espelho da Lua,
JOANA MIRANDA
190. Quatro Amigas e Um Par de Calças,
ANN BRASHARES
191. O Pianista,
WLADYSLAW SZPILMAN
192. A Rosa de Alexandria,
MARIA LUCÍLIA MELEIRO
193. Um Pai muito Especial,
JACQUELYN MITCHARD
194. A Filha do Curandeiro,
AMY TAN
195. Começar de Novo,
ANDREW MARK
196. A Casa das Velas,
K. C. McKINNON
197. Últimas Notícias do Paraíso,
CLARA SÁNCHEZ
198. O Coração do Tártaro,
ROSA MONTERO
199. Um País para Lá do Azul do Céu,
SUSANNA TAMARO
200. As Ligações Culinárias,
ANDREAS STAÏKOS
201. De Mãos Dadas com a Perfeição,
SOFIA BRAGANÇA BUCHHOLZ
202. O Vendedor de Histórias,
JOSTEIN GAARDER
203. Diário de Uma Mãe,
JAMES PATTERSON
204. Nação Prozac,
ELIZABETH WURTZEL
205. Uma Questão de Confiança,
TIAGO REBELO
206. Sem Destino,
IMRE KERTÉSZ
207. Laços Que Perduram,
NICHOLAS SPARKS
208. Um Verão Inesperado,
KITTY ALDRIDGE
209. D'Acordo,
MARIA JOÃO LEHNING
210. Um Casamento Feliz,
ANDREW KLAVAN
211. A Viagem da Minha Vida
– Pela Índia de Mochila às Costas,
WILLIAM SUTCLIFFE
212. Gritos da Minha Dança,
FERNANDA BOTELHO
213. O Último Homem Disponível,
CINDY BLAKE
214. Solteira, Independente
e Bem Acompanhada,
LUCIANA LITTIZZETTO
215. O Estranho Caso do Cão Morto,
MARK HADDON